Friedrich Albert von Langenn, Conrad Eickel, Karl Magnus Pöschmann

Annalen des Königl. Sächs. Oberappellationsgerichts zu Dresden

Siebenter Band

SALZWASSER VERLAG

Friedrich Albert von Langenn, Conrad Eickel, Karl Magnus Pöschmann

Annalen des Königl. Sächs. Oberappellationsgerichts zu Dresden

Siebenter Band

Unveränderter Nachdruck der Originalausgabe von 1864.

1. Auflage 2022 | ISBN: 978-3-75259-579-6

Verlag: Salzwasser Verlag GmbH, Zeilweg 44, 60439 Frankfurt, Deutschland
Vertretungsberechtigt: E. Roepke, Zeilweg 44, 60439 Frankfurt, Deutschland
Druck: Books on Demand GmbH, In de Tarpen 42, 22848 Norderstedt, Deutschland

Annalen

des

Königl. Sächs. Oberappellationsgerichts

zu

Dresden.

Herausgegeben

durch

Dr. Friedrich Albert von Langenn,
wirklichen Geheimen Rath, Präsidenten des K. S. Oberappellationsgerichts,
Großkreuz des K. S. Verdienstordens u. s. w.,

Dr. Conrad Sickel,
Oberappellationsrath, Ritter des K. S. Verdienstordens,

und

Dr. Karl Magnus Pöschmann,
Oberappellationsrath.

Siebenter Band.

Leipzig,

1864.

Kann die Ehe wegen Ehebruchs geschieden werden, wenn der schuldige Theil die ihm zuerkannte Strafe noch nicht verbüßt hat?

Von Herrn Oberappellationsrath, Ritter rc. **Siegmann.**

Die Frage, ob bei einer auf Verletzung der ehelichen Treue gegründeten Scheidungsklage die Trennung der Ehe erst nach Beendigung der Untersuchung und Verbüßung der Strafe, oder schon während eines früheren Stadium dieser Untersuchung vom Eherichter ausgesprochen werden könne, ist weder in den älteren oder neueren sächsischen Gesetzen zweifellos entschieden, noch läßt sich bei derselben das Bestehen einer constanten und übereinstimmenden Praxis der sächsischen Gerichtshöfe in Ehesachen nachweisen. Das Rescript vom 20./30. September 1785*) sub I. (C. A. II. Forts. Theil 1, S. 311) bestimmte nämlich als Regel nur, daß von demjenigen Consistorium, bei welchem eine auf getriebenem Ehebruche beruhende Ehescheidungsklage angebracht worden, der Kläger an die weltliche Obrigkeit des Beklagten verwiesen und beschieden werden solle, daß, bevor in der Ehesache weiter verfahren werden könne, bei der weltlichen Obrigkeit vorher das Verbrechen untersucht werden müsse.**)

*) In der Oberlausitz (mutatis mutandis) publicirt unterm 21. November 1785, Collectionswerk IV., S. 666.

**) Die Ausnahmen sub no. 2. 3. des Rescriptes sind hier nicht von Interesse.

Die Rescripte vom 22. September 1802 und vom 3./13. Januar 1804 §. 1 und 3. (C. A. Forts. III. Th. 1, S. 159. 160.) betreffen nur, beziehentlich, die Erwähnung des in der Untersuchung erfolgten Eingeständnisses bei Scheidungserkenntnissen wegen Ehebruchs und die Anwendung des Rescripts vom 30. September 1785 auf Scheidungsklagen wegen präsumtiven und attentirten Ehebruchs, desgleichen auf die Fälle, wenn erst im Fortgange des Verfahrens oder beim Beweise sich solche Dinge offenbaren, woraus ein wahrer oder zu präsumirender Ehebruch zu folgern stehe, und enthalten in Betreff der obigen Frage nichts Anderes und Bestimmteres, als das Rescript von 1785 selbst. Das letztere aber stellt nach seinem Wortlaute weder die Beendigung der Untersuchung durch richterliches Erkenntniß, noch die Verbüßung der etwa erkannten Strafe als ein absolut nothwendiges Erforderniß für die Zulässigkeit der Ehetrennung auf. Wenn daher auch die sächsischen Schriftsteller nach dem Rescripte von 1785*) wenigstens die Beendigung der Untersuchung durch Publication eines Strafurtheils für nothwendig erachten, um die Trennung der Ehe vom Bande wegen Ehebruchs aussprechen zu dürfen, so ist doch, nach dem Zeugnisse Weber's, Kirchenrecht Th. II. Abth. 3, S. 1240 diese Ansicht in der damaligen sächsischen Praxis nicht unbedingt befolgt und der Ausgang der Untersuchung von den Ehegerichten nicht unter allen Umständen abgewartet worden, und Weber selbst ist der Meinung, daß die Scheidung erfolgen könne, wenn die Untersuchung veranstaltet und von einem solchen Resultate derselben, worauf eine Untersuchung gegründet werden könne, beglaubte Nachricht beigebracht worden sei.

Die zugleich mit der neueren Strafgesetzgebung in Verbindung stehenden Vorschriften des Gesetzes vom 8. Febr. 1834

*) Kind, quaest. for. Tom. III. cap. 30, p. 210. 211. ed. I. Tom. IV. cap. 4, p. 15. ed. II.

Kori, Theorie der summarischen Prozesse, §. 20.

Biener, systema process. §. 306 n. 2.

Neubert, Handbuch des im Königreiche Sachsen geltenden Kirchen-, Ehe- und Schulrechtes, §. 193 Th. 2, S. 121.

§. 23 (G.-S. S. 52) und des Gesetzes vom 3. April 1838 sub I. (G.- u. V.-Bl. S. 220) stimmen im Wesentlichen mit einander überein, und gehen dahin, daß einer Klage des unschuldigen Ehegatten auf Ehescheidung wegen Ehebruchs die Untersuchung vorausgehen müsse, als worauf der unschuldige Ehegatte vor Ablauf der Strafverjährung anzutragen habe.

Die Verbüßung der dem schuldig befundenen Ehegatten auferlegte Strafe wird in diesen Gesetzen ebensowenig, als in dem Rescripte von 1785 erwähnt und bei den allerdings nicht ganz präcisen Ausdrücken: „die Untersuchung müsse vorausgehen" oder: „das Verbrechen müsse bei der weltlichen Obrigkeit vorher untersucht werden", kann selbst die Frage entstehen, ob der Gesetzgeber nicht schon den Antrag auf Bestrafung und die hierauf erfolgte Einleitung der Untersuchung zum Wenigsten in dem Falle zur Beseitigung des Verdachts einer Collusion für genügend erachtet habe, wenn die Untersuchung bereits zu einem Resultate geführt, bei welchem sich die Bestrafung des schuldigen Ehegatten erwarten lasse.

Eine übereinstimmende Ansicht der neueren Schriftsteller oder eine allgemeine und constante Praxis hierbei hat sich auch seit dem Erscheinen des Gesetzes vom 4. April 1838 nicht gebildet.*) Indessen berechtigen die Worte dieses Gesetzes „die Criminaluntersuchung" — nicht die Anzeige — müsse vorausgehen und der Unterschied, welchen dasselbe zwischen dieser und dem Antrage auf selbige macht, allerdings zu der Annahme, daß die Untersuchung durch Publication eines Erkenntnisses, wogegen ein Rechtsmittel nicht mehr zuläßig, oder dem sich der Angeklagte submittirt, beendigt sein müsse, bevor der Ehe-richter sich definitiv über die nachgesuchte Trennung der Ehe vom Bande aussprechen könne. Es ist dies auch insofern rath-

*) Leugnik, Eheprozeß, §. 30, S. 110.
Volkmann, System des s. Civil- und Administrativproz., §. 210, not. g.
Osterloh, summar. Prozeß, §. 138, not. 10 und die im Wochenblatt für merkw. Rechtsfälle v. J. 1861 §. 159 abgedruckte Entscheidung des OAG.'s.

sam und zweckmäßig, als die schließlichen Ergebnisse der Untersuchung, insbesondere auch die im Laufe derselben erlangten Geständnisse des Angeschuldigten einen wesentlichen Einfluß auf die Entscheidung des Eherichters gewinnen können.*)

Diese letztere Rücksicht tritt aber nicht mehr ein, wenn es sich nur darum noch handelt, ob im Falle eines endgültigen Straferkenntnisses im Untersuchungsprozesse der Eherichter auch noch die Verbüßung der Strafe abzuwarten habe. In diesem Falle wird es nämlich in der Regel nur darauf noch ankommen, ob der im Eingange des Gesetzes verkündete Zweck des letzteren, eine Collusion zu vermeiden, gesichert erscheine, wenn die Ehe unerwartet der Strafverbüßung geschieden werde. Dabei ist nothwendigerweise auf die neueren und neuesten strafrechtlichen Bestimmungen über die Zurücknahme des Antrags auf Bestrafung und über die Verzeihung beim Ehebruche Rücksicht zu nehmen.

Nach der Strafgesetzgebung des Jahres 1838 (Criminalgesetzbuch Art. 75) bestand bei der Zurücknahme des Strafantrages ebensowie nach Art. 106 des damaligen Strafgesetzbuches die Regel, daß bei den s. g. Antragsverbrechen die Zurücknahme des Strafantrags nur bis zur Publication eines Straferkenntnisses zuläßig sei. Eine Ausnahme von dieser Vorschrift war auch in den Art. 211—215 des Criminalgesetzbuches in Betreff des Ehebruchs nicht mit ausdrücklichen Worten gemacht worden. Allein nach der insoweit mit keiner Beschränkung verbundenen Vorschrift des Art. 215 über den Einfluß der ausdrücklichen und stillschweigenden Verzeihung auf die Anstellung und den Fortgang der Untersuchung wegen Ehebruchs ließ sich allerdings auch die Meinung aufstellen, daß beim Ehebruche sowohl die Verzeihung als die bloße Zurücknahme des Antrags auf Bestrafung so lange wirksam sei, als die Strafe verbüßt oder doch in zweiter Instanz erkannt und damit die Untersuchung völlig geschlossen sei.**)

---

*) Vergl. diese Annalen Bd. IV., S. 444 fg.

**) Weiß, Criminalgesetzbuch zu Art. 75 no. 8 und zu Art. 215 no. 3 S. 305. 567. ed. II.

Dieser Zweifel ist durch Art. 264 des Strafgesetzbuches*) dahin entschieden worden, daß beim Ehebruche die Verzeihung im eherechtlichen Sinne, und die Zurücknahme des Antrags — weil diese eine derartige Verzeihung enthalte — auch nach der Bekanntmachung des Straferkenntnisses und nach Antritt der Strafe noch zulässig sein und die Bestrafung ausschließen solle, „wenn nicht die Ehe inmittelst geschieden worden sein sollte.“ Der Art. 264 enthält eine Ausnahme von der schon gedachten Regel des Art. 106 und bezieht sich eben nur auf die Frage, ob die Zurücknahme des Antrags und die eherechtliche Verzeihung auch nach der Publication des Straferkenntnisses und wie lange sie alsdann noch statthaft sein solle; die Schlußworte, „wenn nicht die Ehe inmittelst geschieden worden sein sollte“, können also dem Zusammenhange nach nur von einer nach Publication eines Straferkenntnisses, beziehentlich nach Antritt der Strafe erfolgten Ehetrennung verstanden werden, während der Einfluß, welchen die Ehescheidung auf beides äußern werde, wenn sie vor der Publication des Straferkenntnisses erfolgt sein sollte, nicht ausdrücklich erwähnt wird.

Daß aber auch in diesem Falle die Zurücknahme des früher gestellten Strafantrages oder eine wirksame Verzeihung nicht mehr stattfinden solle, wurde schon nach dem Criminalgesetzbuch angenommen**) und dürfte auch nach dem Schlußsatze des Art. 264 um so mehr anzunehmen sein, als, wie die Motive besagen, nach geschiedener Ehe von einer Verzeihung in diesem — dem eherechtlichen — Sinne nicht mehr die Rede sein und folglich auch die Zurücknahme des Antrags nicht mehr die mit der Verzeihung verbundenen Wirkungen haben könnte. Diese Erwägung würde zwar nicht genügen, um die Gründe vollständig zu beseitigen, welche dafür sprechen, daß der Eherichter die Beendigung der Untersuchung abzuwarten hat; wohl aber begründet der Schlußsatz des Art. 264 in seiner obgedachten Fassung die Annahme, daß der Gesetzgeber dabei von der Vorstellung aus-

*) Vergl. Krug, Commentar, S. 157.

**) Weiß, a. a. O., S. 305 n. 8, S. 567 n. 5.

gegangen sei, daß nach dem Gesetze vom 3. April 1838 der Eherichter nach Publication eines Straferkenntnisses nicht gehindert sei, die Ehe zu trennen, wenn auch zu Förderung und Aufrechthaltung der Ehebündnisse die Verzeihung des begangenen Fehltrittes noch so lange auch in strafrechtlicher Beziehung wirksam sein solle, bis sie durch die Trennung der Ehe unmöglich geworden ist. Denn daß der Gesetzgeber bei der gedachten Bestimmung ausschließlich an den besonderen Fall eines Versehens oder einer Hintergehung des Eherichters durch arglistige Vorenthaltung der Beweismittel, oder ausschließlich an eine aus andern Gründen, als den zur Untersuchung gelangten Ehebruch eintretenden Scheidung gedacht habe, läßt sich nicht voraussetzen. Es ist also zwar die Beendigung der Untersuchung, aber nicht die Verbüßung der Strafe nothwendig, um dem Zweck der Gesetze vom 8. Februar 1834 und vom 3. April 1838 zu erreichen, und eine Scheidung wegen des zur Bestrafung angezeigten Ehebruchs mit Sicherheit aussprechen zu dürfen.*)

Zwar könnte man vielleicht gegen diese Ansicht, daß die Trennung der Ehe wegen des zur Untersuchung gezogenen Ehebruchs nicht bis zu der wirklichen und vollständig erfolgten Verbüßung der anerkannten Strafe oder was dem gleich zu stellen sein würde, dem Nachweise, daß die Strafvollstreckung wegen stattgefundener Begnadigung oder aus anderen nicht von dem unschuldigen Ehegatten veranlaßten Gründen**) unterbleiben müsse, beanstandet zu werden brauche, noch das Bedenken geltend machen, daß möglicherweise eine zufolge der Bestimmung des Art. 264 des StGB.'s auch nach der Publication des Straferkenntnisses wirksame Verzeihung bei dem Untersuchungsrichter durch Zurücknahme des Strafantrages oder sonst erfolgt, beziehentlich constatirt und diese Thatsache dem Eherichter von den

---

*) Osterloh, a. a. O. — Das bürgerliche Gesetzbuch vom 2. Januar 1863 §. 1716 fixirt den Zeitpunkt der Ehescheidung: wenn das Strafverfahren stattgefunden hat und darüber rechtskräftig erkannt ist.

**) Als dergleichen erwähnt beispielsweise das bürgerliche Gesetzbuch §. 1717: Entfernung des schuldigen Theiles in das Ausland, Verweigerung der Einleitung des Strafverfahrens Seiten des inländischen Richters.

Parteien verschwiegen werden. Dieses Bedenken wird sich bei der formellen Gestaltung des sächsischen Eheprozesses in der Mehrzahl der Fälle durch Einforderung und Einsicht der Untersuchungsacten und nach Befinden Mitwirkung des Untersuchungsrichters beseitigen lassen. Wollte man aber dennoch die Möglichkeit einer solchen Collusion — wenigstens unter besonderen Umständen — für erheblich genug erachten, um zu Vermeidung derselben die Verbüßung der Strafe noch abzuwarten, so erledigt sich doch in dieser Beziehung jedes Bedenken, wenn die Verletzung der ehelichen Treue nicht durch einen Ehebruch, sondern durch einen Incest, mithin ein Verbrechen begangen worden ist, welches von Amtshalber zu untersuchen und zu bestrafen, bei dem also die Vollstreckung der bereits erkannten Strafe weder durch eine vom Ehrichter zu beachtende Verzeihung, noch durch eine Zurücknahme der von dem Verletzten selbst etwa erstatteten Anzeige vermieden werden kann.

Die bisher entwickelten Ansichten sind auch von dem K. OAG. anerkannt worden. Schon in einem Erkenntnisse aus dem Jahre 1858 (Wochenbl. f. merkw. Rechtsf. 1861, S. 159) wurde darauf hingewiesen, daß nach Art. 264 des StGB.'s die Verbüßung der Strafe wegen des untersuchten Ehebruchs nicht abgewartet zu werden brauche, und daß die Scheidung vor diesem Zeitpunkte erfolgen könne, wenn der Beklagte wegen Incests mit Strafe belegt worden, ist neuerlich in Sachen G. c/a uxor. (II. Sen.-Erk. v. 25. August 1863 no. 507/454) entschieden worden.

Präjudizien.

Zu dem Strafgesetzbuche.

1.

Bei Untersuchungen, zu deren Führung es der Anordnung des Ministeriums der Justiz bedarf (Art. 4 fg. StGB.), wird, wenn sie ohne diese Anordnung eröffnet worden, durch nachträgliche Genehmigung das Verfahren insoweit geheilt, als es nur einer Wiederholung desselben bedurft haben, und eine solche — abgesehen von dem Art. 7 Abs. 2 vorgesehenen Falle — thunlich gewesen sein würde.

Erkenntn. v. 1. Juni 1863 no. 569/534.

Formell bedurfte es zu der fraglichen Untersuchung wider E.'n nach Art. 6 und 2 des StGB.'s der Anordnung des Justizministerii, und da diese nun nachträglich nur wegen dessen, was E. auf österreichischem Staatsgebiete begangen hat, ertheilt worden ist, so folgt hieraus, daß, in Folge der Bl. erhobenen Nichtigkeitsbeschwerde, der Bescheid als nichtig aufzuheben, und diese Sache zur anderweiten Entscheidung, auch nach Befinden zu weiterer Verhandlung an das Ger.-Amt zu S. zurückzuweisen war. Dasselbe wird bei der neuen Entscheidung sich auf dasjenige zu beschränken haben, wozu die nachträgliche Genehmigung ertheilt worden ist; zugleich wird wegen der bis Bl. erwachsenen Kosten Bestimmung zu treffen sein.

Wiefern die erhobene Nichtigkeitsbeschwerde noch weiter geht, war solche zu verwerfen. Es versteht sich von selbst, daß in Fällen der im Art. 6 des StGB.'s gedachten Art die Einholung der Anordnung des Justizministerii vor Einleitung der Untersuchung die Regel bilde und ordnungsmäßig zunächst zu geschehen habe. Wenn dies aber aus Versehen unterblieben ist, so kann, wie das OAG. bereits Bl. ausgesprochen hat, auch dem Justizministerio selbst Bl. unbedenklich erschienen sein muß, eine nachträglich eingeholte Genehmigung immerhin als genügend betrachtet werden. Es entspricht dies dem in Art. 244 der StPO. aufgenommenen Grundsatze, und es würde zu ganz unnützen Weiterungen führen, wollte man, weil das Justizministerium die Genehmigung voraus nicht ertheilt hat, solche aber, später darum angegangen, noch ertheilen will, das eingeschlagene Verfahren als nichtig aufheben, dagegen aber, in Folge der späteren Genehmigung, ganz dasselbe Verfahren wiederholen lassen. Der Angeschuldigte hat in der Hauptsache nur dabei ein Interesse, daß zu dem Verfahren wider ihn in einem Falle der gedachten Art die Genehmigung des Justizministerii eingeholt werde, und insofern ist auch die Vorschrift im Art. 6 des StGB.'s eine wesentliche; allein ein absolutes Interesse dabei, ob die Genehmigung vor Einleitung der Untersuchung, oder in deren Fortgange erfolgt sei, hat er nicht. Er kann allerdings mit Bezugnahme auf den Art. 6 des StGB.'s dem, ohne Genehmigung des Justizministerii, über die im Art. 7 Abs. 2 des StGB.'s bezeichneten Handlungen hinaus sich erstreckenden Verfahren widersprechen; hat er aber dabei Beruhigung gefaßt, so macht die spätere Einholung der Genehmigung des Justizministerii nicht schlechthin Alles, was ihr vorausgegangen, ohne unter Art. 7 Abs. 2 gestellt werden zu können, nichtig.

2.

Zum Begriffe der „nahen Beihilfe" Art. 54 StGB.

Erkenntn. v. 10. Juli 1863 no. 589/692.

G.'s Vertheidiger hat besage Bl. bestritten, daß G.'s Betheiligung an dem obgedachten Diebstahle unter 5, sowie die an dem weiter unten annoch zu erwähnenden unter 8, die Merkmale der nahen

Beihilfe an sich trage, und behauptet, daß sie nur unter Art. 57 des StGB.'s subsumirt werden könne, weil nicht anzunehmen sei, die Diebstähle würden ohne diese Beihilfe unausgeführt geblieben sein, daß G. nur an der Vorbereitung zu den Verbrechen unter 4 Theil genommen habe, und daß, wenn auch die Mittheilung G.'s den Genossen recht willkommen gewesen sein möge, diese die mitgetheilte Gelegenheit auch ohne G. hätten auskundschaften können.

Hierauf ist im Allgemeinen zu entgegnen, daß die nahe Beihilfe im Sinne von Art. 54 des StGB.'s nicht einen derartigen Beistand voraussetzt, ohne welchen das Verbrechen nicht hätte ausgeführt werden können, sondern lediglich einen solchen, ohne welchen es nicht würde ausgeführt worden sein. Es genügt, daß die Hilfeleistung ein Bestimmungsgrund zur That ist. Daß Seiten G.'s eine Beihilfe in dem zuletzt erwähnten Sinne stattgefunden hat, geht aus den hierauf bezüglichen Erhebungen klar hervor. Mag es auch an dem Beweise fehlen, daß im Sommer 1861, als Fr. St. und A. in der Wohnung der G.'schen Eheleute waren und bei dieser Gelegenheit über die Wohlhabenheit der Landleute gesprochen, insbesondere von den G.'schen Eheleuten die Wohlhabenheit des Gutsbesitzers H. in N — an welchem Orte die Schwiegereltern G.'s wohnen — und des Gutsbesitzers F. in W. hervorgehoben worden ist, bereits ein Diebstahlsunternehmen beschlossen worden sei, so hat doch, wenn man die Persönlichkeiten der Genannten ins Auge faßt, bei diesem Gespräche die Absicht der Ausführung eines Diebstahls den Genannten mindestens vorgeschwebt. Dieses Gespräch hat denn auch zu den weiteren Besprechungen zwischen Fr. St. und G. über Ausführung eines Diebstahls in N. Veranlassung gegeben, bis endlich im Anfange des November 1861 auf dem Chemnitzer Jahrmarkte, gleichviel ob zufällig oder in Folge einer Verabredung, Fr. St., A., A. St. und G. sich getroffen und beschlossen haben, sich nach N. zu begeben. Auf diesem Wege hatten sie einen Centrumbohrer und zwei eiserne Brechstangen bei sich. In N. angelangt, haben sie sich an das Gut des erwähnten H. verfügt, weil aber in demselben noch Licht gebrannt, haben sie die Thür der Scheune aufgesprengt und in der letzteren einige Zeit gewartet. Es hat ihnen jedoch die Gelegenheit nicht günstig geschienen, deshalb sind sie unter G.'s Führung weiter nach dem Gute K.'s gezogen, woselbst nun der Diebstahl unter A. 5 ausgeführt wurde.

G. hat insbesondere angegeben: Fr. St. sei — nach jenem Gespräche, bei welchem ein Kasten voll Geld, den ein Bauer besitze, den Hauptgegenstand gebildet — mehrere Male bei ihm gewesen und habe ihn aufgefordert, wenn er einmal nach N. gehe, es ihm zu sagen, er wolle ihn dahin begleiten. Er, G., habe aber von der Sache nichts wissen wollen; die Zusammenkunft in C. sei eine zufällige. Nach dieser Zusammenkunft habe St. wieder Auskunft verlangt; darüber, weshalb er, G., die Bauern zeigen solle, habe St. sich nicht ausgesprochen, er habe es sich aber denken können, daß sie dort hätten stehlen wollen, denn die beiden St. seien gierig auf den Bauer mit dem Geldkasten gewesen. Er habe St.'n beigestimmt, mit nach N. zu fahren, weil er gedacht, H. und F. hätten feste, gutverwahrte Güter. Wozu St. die „Stangel" (Brechstangen) bei sich geführt, habe er nicht erfahren. Er sei nun mit A., Fr. und A. St. auf der Eisenbahn nach M. gefahren und von da nach N. gegangen, wo er ihnen das H.'sche Gut gezeigt und gesagt habe, daß H. seine Expedition in der ersten Etage haben müsse. Zu dem Einbrechen bei H.'n sei es jedoch noch nicht Zeit gewesen, weil in der Unterstube Licht gebrannt habe. Er habe bei dem Einbrechen nicht gegenwärtig sein wollen und sei bei den Uebrigen nur noch verblieben, weil das Einbrechen nicht sogleich habe vor sich gehen können. Ohne daß ein Einbruch in das Wohnhaus H.'s stattgefunden habe, seien sie nun — er, G., um in die Wohnung seiner Schwiegereltern sich zu begeben — zusammen weiter gegangen. Fr. St. habe das ganze Dorf hindurch ihn gefragt, wer in diesem oder jenem Hause wohne, und deshalb sei ihm, G.'n, der Gedanke beigekommen, daß St. sich ein geeignetes Haus zum Einbrechen aussuchen wolle, weil es bei H.'n nicht gepaßt. Er habe St.'n auf alle Fragen Auskunft ertheilt, sich aber vorgenommen, bei keinem Diebstahle sich zu betheiligen. Nachdem er an dem Hause des Gemeindevorstandes K. St.'n gesagt, wer hier wohne, mitgetheilt, daß K. mit seiner Frau und seinen Kindern allein in dem Hause wohne, daß in dem Parterre die Wohnstube und darüber die Schlafkammer sich befinde, sei er weiter in die Wohnung seiner Schwiegereltern gegangen. Daß seine Begleiter nichts

Gutes im Sinne gehabt, habe er natürlich geahnt. Seine Thätigkeit liegt sonach klar zu Tage und tritt noch deutlicher hervor, wenn man damit das weiter bei A. 7 und 8 erwähnte Verhalten G.'s in Verbindung bringt, bereitwillige Führung und Auskunftsertheilung war für die Uebrigen der Bestimmungsgrund zu Ausführung der Verbrechen.

3.

Begünstigung bei böslichem Bankerott. Art. 61. 304. StGB.

Erkenntn. v. 3. Juni 1863 no. 502/547.

Das Verbrechen des böslichen Bankrotts war in der hier fraglichen Richtung auf Seiten P.'s vollendet, als er den Bl. befindlichen Wechsel nach der Eröffnung des Concursprozesses zu seinem Vermögen heimlich zurückbehalten hatte, in der Absicht, solchen für sich zu verwerthen und dessen Betrag der Concursmasse zu entziehen. Dem Einwande Bl. steht entgegen, daß genannter P. formell der berechtigte Inhaber der Wechselforderung und solche ohne Weiteres zu realisiren im Stande war, während in dem Bl. gedachten Falle der Entwendung eines Wechsels es immer erst noch eines neuen selbstständigen Verbrechens zur Verwerthung desselben bedurfte. Ist es nun, wie Bl. anerkannt wird, thatsächlich begründet, daß die Betheiligung R.'s und B.'s an des resp. Schwiegersohnes und Bruders Verbrechen nicht eher eingetreten sei, als nachdem bereits die Zurückbehaltung des Wechsels aus der Concursmasse von Seiten P.'s eine vollendete Thatsache war, so läßt sich auch deren Handlungsweise nur dem Art. 61 des StGB.'s unterstellen, und wird damit, zufolge der Specialbestimmung im Art. 72 Abs. 1 des StGB.'s, zur straflosen.

4.

Der fünfzehnjährige Lauf einer Strafverjährung, wenn er durch ein gleichartiges (Art. 83) neues Verbrechen unterbrochen ist, beginnt von Neuem ohne Unterschied, ob das unterbrechende Verbrechen ebenfalls der fünfzehn-

jährigen oder ob es einer kürzeren Verjährung unterliegt. — Zu Art. 84 und 300 StGB.*)

Erkenntn. v. 15. Juli 1863 no. 739/712.

Es ist durch den Bescheid die Angeklagte wegen eines gemeinen, unter Art. 272 und 276 zu subsumirenden Diebstahls mit Strafe belegt und ausgesprochen worden, daß die Angeklagte zwar wiederholt wegen Eigenthumsvergehen bestraft worden, der Rückfall jedoch verjährt sei. Der letztgedachte Ausspruch kann nur auf der Ansicht beruhen, daß die Verjährung der Bl. unter 1 und 2 aufgeführten Vorbestrafungen durch die von der Angeklagten im Jahre 1854 wegen Verleitung zu einem Felddiebstahle erlittene, Bl. unter 4 erwähnte Strafe, da dieses Vergehen der einjährigen Verjährung unterworfen, nicht unterbrochen worden sei. Diese Ansicht ist, wie das OAG. bereits mehrmals ausgesprochen hat,

(vergl. Annalen des OAG.'s Bd. V., S. 122, 136 und 137.)

eine irrige, vielmehr beginnt der fünfzehnjährige Lauf einer Strafverjährung, wenn er, wie hier der Fall, durch ein gleichartiges neues Verbrechen unterbrochen worden ist, von Neuem ohne Unterschied, ob das unterbrechende Verbrechen ebenfalls der fünfzehnjährigen oder ob es einer kürzeren Verjährung unterliegt, und wird die Rückfallsverjährung bei Verbrechen, die nach Art. 300 des StGB.'s zu ahnden sind, auch dann ausgeschlossen, wenn das in den Verjährungslauf fallende Verbrechen entweder keines der in Art. 300 besonders benannten oder ein durch das Gesetz vom 25. September 1861 Num. IX. ausgeschlossenes, sondern nur überhaupt ein nach Art. 83 des StGB.'s als gleichartig zu betrachtendes ist.

5.

Das Recht der Mutter, Strafanträge wegen Rechtsverletzungen zu stellen, die ihr Kind erlitten, ist ein beschränktes. — Art. 99. 246. StGB.

Erkenntn. v. 20. Juli 1863 no. 765/729.

Es unterliegt keinem Zweifel, daß die Mutter eines Kindes nur wegen der dem letzteren zugefügten Ehrenkränkungen (vergl. Art. 246

*) Vergl. Annalen Bd. V., S. 122, 136, 137. Bd. VI., S. 437.

des StGB.'s), nicht aber auch bei anderen Antragsverbrechen einen Strafantrag zu stellen berechtigt ist, da sie als Mutter nicht zu den in Art. 99 des StGB.'s erwähnten gesetzlichen Vertretern zu zählen ist. Aus diesem Grunde war, da das Ger.-Amt auf den Strafantrag der verehel. M. gegen G.'n wegen der ihm beigemessenen Körperverletzung des Sohnes der Ersteren Untersuchung eingeleitet hat, infolge der von dem Angeklagten eingewendeten Nichtigkeitsbeschwerde nicht blos der ertheilte Strafbescheid, sondern auch das Verfahren überhaupt als nichtig aufzuheben. Es konnte jedoch in dem vorliegenden Falle nur eine Straffreisprechung des Angeklagten rücksichtlich des gegenwärtig gestellten Antrags eintreten, weil die Freisprechung blos darauf gegründet, daß ein unrichtiger Antragsteller aufgetreten ist. Die Untersuchung kann daher wieder aufgenommen werden, wenn der wirklich zu dem Antrage Berechtigte solches verlangt. (Vergl. den vorletzten Abschnitt von Art. 386 der StPO.)

Zu diesem Antrage würde der Vater des Kindes berechtigt sein, allein da dieser um dasselbe seit Jahren in keiner Weise sich bekümmert, die Sorge für selbiges ausschließlich seiner von ihm getrennt lebenden Ehefrau überlassen und sonach als gesetzlicher Vertreter des Kindes sich nicht gerirt hat, so würde, dafern der Vater einen nach den Umständen gerechtfertigten Antrag zu stellen sich weigert, mit Rücksicht auf die Bestimmung in §. 26 der Ausführungsverordnung vom 31. Juli 1856, nach dem Ermessen der Vormundschaftsbehörde ein Specialvormund, nach Befinden in der Person der Mutter, bestellt und von diesem für das verletzte Kind ein Strafantrag gestellt werden können.

6.

Was ist unter „widerrechtlichem Eindringen" beim Verbrechen des Hausfriedensbruchs Art. 151 StGB. zu verstehen?

Erkenntn. v. 13. Juli 1863 no. 685/700.

Johanne Ch. P. ist, wie durch Bezugnahme auf das von ihr Eingeräumte in dem Erkenntnisse thatsächlich festgestellt worden, am 27. Februar 1863 in die unverschlossene Schulstube zu R. eingetreten und hat ihren zugleich mit einem unbekannten jungen Manne allein darin befindlichen Sohn von da hinweg und nach Hause geführt.

Diese Handlung haben beide Instanzen unter den Begriff des Hausfriedensbruchs, Art. 151 des StGB.'s, gestellt, unter dem Anführen, daß die Absicht der P., insofern als sie den auf Anordnung des Lehrers in der Schulstube verbliebenen Knaben habe hinausführen wollen, eine widerrechtliche gewesen, und zu einer Zeit ausgeführt worden sei, während derer der Lehrer die Schulstube zu einem disciplinellen Schulzwecke benutzt habe.

Die Unterstellung kann jedoch das OAG. nicht für richtig anerkennen.

Zu dem Begriffe des Hausfriedensbruchs gehört, daß Jemand in eines Andern Wohnung ꝛc. widerrechtlich eindringt oder ohne gesetzliche Befugniß und wider den erklärten Willen des Besitzers oder seiner Stellvertreter daselbst verweilt.

Von dem letzteren Falle kann hier abgesehen werden, da der Lehrer, unter dessen Wohnung oder Geschäftslocal übrigens die Schulstube mit gerechnet werden mag,

vergl. Annalen des OAG.'s Bd. IV., S. 549.

nicht anwesend war, auch von einem Stellvertreter, der seinen Willen ausgesprochen hätte, nicht die Rede ist. Es bleibt daher nur noch die Frage zu beurtheilen übrig, ob die P. in jene Schulstube widerrechtlich eingedrungen sei?

Nun läßt sich zwar die Absicht, mit welcher die verehel. P. in die Schulstube zu R. eintrat, als eine widerrechtliche bezeichnen, denn sie wollte ihren Sohn, der auf Anordnung des Lehrers in der Schulstube zurückgeblieben war, mit sich nehmen und auf diese Weise in die Schuldisciplin störend eingreifen, allein diese widerrechtliche Absicht ist nicht geeignet, ihren Eintritt in die Schulstube zu einem Hausfriedensbruche zu machen. Wenn jede widerrechtliche Absicht, in welcher Jemand eine fremde Wohnung ꝛc. betritt, genügen sollte, um das Verbrechen des Hausfriedensbruchs zu begründen, so würde man auch in dem Eintritte des Diebes, des Brandstifters, des Betrügers ꝛc. einen Hausfriedensbruch finden müssen.

Es muß vielmehr nach der Begriffsbestimmung bei diesem Vergehen der Eintritt selbst ein widerrechtlicher sein, er muß also erfolgt sein gegen den Willen des Besitzers oder seiner Stellvertreter, mag dieser nun ausdrücklich erklärt worden sein, oder aus anderen thatsächlichen Verhältnissen geschlossen werden müssen, oder mag der Eintritt geschehen sein unter Hinwegräumung entgegenstehender Hindernisse oder auf einem ungewöhnlichen Wege, zu dem der Eintretende die Einwilligung des Eigenthümers nicht voraussetzen konnte. Nur in solchen und ähnlichen Fällen wird der Eintritt in eine Wohnung 2c. sich als widerrechtliches Eindringen bezeichnen lassen.

Ein solches liegt aber hier nicht vor. Die Schulstube, in welche die verehel. P. eintrat, war unverschlossen, der Eintritt daher präsumtiv nicht verboten, sie erfuhr auch von Niemand einen Widerspruch, da der Lehrer nicht zugegen war, und hat daher das Vergehen des Hausfriedensbruchs, das seiner Natur nach ohnehin mehr auf einer persönlichen Kränkung des Inhabers einer Wohnung beruht und daher auch die Gegenwart desselben oder dessen Stellvertreters voraussetzt, nicht begangen.

Vergl. Neue Jahrbücher für sächs. Strafrecht Bd. II., S. 247 fg. Bd. IX., S. 227.

Held und Siebdrat, Criminalges.-Buch, S. 181.

Krug, Commentar zum StGB., Anmerk. zu Art. 151.

Unter diesen Umständen waren daher die gesprochenen Erkenntnisse in Verfolg der vom Staatsanwalte zu Gunsten der Angeklagten eingewendeten Nichtigkeitsbeschwerde als nichtig aufzuheben und die verehel. P. in Betreff des ihr beigemessenen Hausfriedensbruchs straffrei zu sprechen.

7.

Unter den in Art. 208 StGB. aufgeführten Holzvorräthen sind solche nicht zu verstehen, die innerhalb eines durch Brand zerstörbaren Gebäudes sich befinden.

Erkenntn. v. 8. Juli 1863 no. 661/682.

Dem Angeklagten fällt zur Last, daß er am 31. März 1863 in den Nachmittagsstunden durch ein Luftloch, welches sich in der Wand der in dem Schirrkammergebäude der Landesanstalt zu H. gelegenen verschlossenen Spähnekammer befindet, angezündete Hobelspähne geworfen und damit die in der gedachten Kammer aufbewahrten Hobelspähne und Hölzer absichtlich in Brand gesteckt hat. Es ist auch ein Theil dieser Hobelspähne in der Ausdehnung von etwa drei Ellen Länge, einer halben Elle Breite und einer gleichen Höhe von der Flamme verzehrt, auch sind einige Holzstücke angekohlt, der Brand selbst aber bereits nach Verlauf von etwa einer Viertelstunde, von dem Einwerfen der brennenden Spähne an gerechnet, entdeckt und wieder gelöscht worden, ohne daß das Gebäude selbst davon ergriffen worden wäre. Die vorige Instanz hat in der Handlung des Angeklagten vollendete Brandstiftung gefunden, hat dies zwar in dem Erkenntnisse nicht näher begründet, kann aber wohl zu dieser Annahme nur dadurch gelangt sein, daß es die in der Spähnekammer gelegenen Holzspähne und Holzstücke nicht als Brandstoff, sondern als selbstständiges Object einer Brandstiftung angesehen hat.

Nun bezeichnet zwar Art. 208 des StGB.'s als Gegenstände, an denen eine Brandstiftung verübt werden kann, nicht nur fremde Gebäude, wohin auch Schiffe, Schiff- und Windmühlen, Wachhütten, Brücken und andere dergleichen Bauwerke gerechnet werden sollen, sondern auch fremde Holzvorräthe, Waldungen, Anpflanzungen, Fruchtfelder, Getreidefeimen, Stein- oder Braunkohlenlager oder andere dergleichen Gegenstände, und es könnte daher scheinen, als ob die hier in Frage befangenen Hobelspähne und Holzstücke unter den Begriff der fremden Holzvorräthe fielen, und darnach die Beurtheilung der vorigen Instanz eine richtige sei. Allein dies ist nicht der Fall.

Man kann zwar die Ansicht des Vertheidigers, welcher in der Behufs der weiteren Begründung des gebrauchten Rechtsmittels beim OAG. unmittelbar eingereichten Schrift behauptet, Hobelspähne müßten nicht nothwendig zu den Holzvorräthen gerechnet werden, weil sie, namentlich in Strafanstalten, meist zu einem anderen Zwecke als zum Brennen, z. B. zur Streu oder zum Ausstopfen von Matratzen und Kissen, auch zu Anfertigung von Flechtwaaren verwendet würden, dadurch aber aufhörten Holzvorräthe im gewöhnlichen Sinne des Wortes zu sein, keineswegs theilen, denn der Gesetzgeber hat nirgends angedeutet, daß er einen Unterschied zwischen den Holzvorräthen je nach ihrer Bestimmung, nach der Art ihrer künftigen Verwendung, gemacht wissen wolle, daß nur solche Holzvorräthe, welche zum Verbrennen bestimmt sind, Object einer Brandstiftung sein könnten, nicht aber solche, welche zum Bauen oder für andere Zwecke der Industrie verwendet werden sollen. Wohl aber ist zu beachten, daß die im Gesetze als Objecte einer Brandstiftung der zweiten Kategorie, die also nicht in Gebäuden oder denselben gleichgeachteten Bauwerken bestehen, specieller bezeichneten Gegenstände, nämlich Waldungen, Anpflanzungen, Fruchtfelder, Getreidefeimen, Stein- oder Braunkohlenlager, das gemeinschaftliche Merkmal an sich tragen, daß sie insgesammt selbstständige Objecte bilden, die nicht innerhalb eines Bauwerkes gelegen sind, an dem ebenfalls eine Brandstiftung verübt werden könnte, und daß daher unter den an der Spitze dieser Exemplification aufgeführten Holzvorräthen ebenfalls nur solche, die als selbstständiges, außerhalb eines Gebäudes gelegenes Object in Betracht kommen können, verstanden werden müssen. Hierher würden z. B. nach Ansicht des OAG.'s nicht nur aufgestellte Holzfeimen und im Freien aufgestelltes Klafterholz, sondern auch Klötzer, die Behufs des Zerschneidens zu Bretern bei den Schneidemühlen aufgestapelt liegen, ebensowie außer Verschluß aufgestellte Holzvorräthe anderer Art gehören, nicht aber würde man hierher zählen können solche Holzvorräthe, wie die, von denen in vorliegender Untersuchung die Rede ist, welche in Holzställen oder anderen Räumen in Gebäuden untergebracht worden sind.

Daß die vorgedachte in Art. 208 des StGB.'s enthaltene Bestimmung in dieser Weise zu interpretiren ist, geht auch noch daraus deutlich hervor, daß darin Getreide f e i m e n als Brandstiftungsobjecte bezeichnet worden sind, nicht auch Getreide v o r r ä t h e, dadurch aber das in Scheunen und anderen Räumen untergebrachte Getreide geflissentlich ausgenommen erscheint, was bei der sonstigen Aehnlichkeit, die offenbar zwischen den beiden Gattungen von Bodenerzeugnissen, Holz und Getreide, nach der Art ihrer üblichen Aufbewahrung und ihrer leichten Entzündbarkeit besteht, unerklärlich sein würde, wenn man unter den in Art. 208 erwähnten Holzvorräthen solche verstehen wollte, die in Schuppen und anderen Gebäuden untergebracht worden sind. Es hatte aber auch der Gesetzgeber gar nicht nöthig, derartige in Gebäuden aufbewahrte brennbare Gegenstände als selbstständige Brandstiftungsobjecte zu bezeichnen, weil deren Entzündung, so lange dadurch das Gebäude nicht selbst beschädigt wird, in der Regel den

Versuch einer Brandstiftung am Gebäude enthält, für den, wenn auch nicht leicht vorkommenden, doch möglichen Fall aber, daß dabei eine Brandbeschädigung des Gebäudes im Voraus für ausgeschlossen anzusehen wäre, keine Veranlassung vorhanden zu sein scheint, die Handlung nach einem anderen Gesichtspunkte, als dem der Beschädigung fremden Eigenthums, Art. 335 des StGB.'s, zu beurtheilen.

In dem vorliegenden Falle ist nun aber offenbar auf diese letztgedachte Art der Beurtheilung der That des Angeklagten nicht zuzukommen, denn die Spähnekammer, in welcher derselbe den Brand entzündete, hatte, wie aus den Protokollen über die vorgenommenen Localbesichtigungen hervorgeht und mit den Geständnissen St.'s übereinstimmt, eine hölzerne Thür, auch Balken und eine brennbare Decke, so daß diese Theile des Gebäudes sehr leicht vom Feuer hätten ergriffen werden können; ja der Angeklagte stellt dies auch nicht in Abrede, sondern behauptet nur, daß er diesen Umstand sich nicht überlegt habe.

Hätte aber St. die in der Spähnekammer vorhandenen leicht brennbaren Holzvorräthe in rechtswidriger Absicht entzündet, und kann nach den Umständen der That nicht füglich angenommen werden, daß er die Absicht gehabt habe, den Brand in dieser vor den Einwirkungen des Feuers keineswegs gesicherten Kammer auf jene Holzvorräthe zu beschränken, zumal ihm selbst nach dem Einwerfen des Brandstoffes alle und jede Einwirkung auf die Richtung, welche der Brand im Innern der verschlossenen Kammer nahm, entzogen war, so muß demselben die bestimmte Absicht, einen Brand in und an dem Schirrkammergebäude der Landesanstalt zu H. zu erregen, beigemessen werden, und zwar um so gewisser, als St., wie Bl. von mehreren Personen versichert, von ihm auch laut der in den Entscheidungsgründen enthaltenen gerichtlichen Versicherung zugestanden worden ist, die Absicht hegte, der Anstalt einen Possen zu spielen, eine Beschädigung der Anstalt selbst daher zweifellos in seinem Plane lag. Zu Ausführung dieser Absicht hat er aber Alles gethan, was er zu thun für nöthig halten konnte, und ist die Vollendung dieses Verbrechens nur durch die zeitige Entdeckung des Feuers und sofort bewirkte Löschung desselben abgewendet worden.

Unter diesen Umständen charakterisirt sich aber die Handlungsweise des Angeklagten nach Art. 40, 46, 208 des StGB.'s als beendigter Versuch einer dolosen Brandstiftung an dem Schirrkammergebäude der Landesanstalt zu H.

8.

Was ist unter dem „Schlusse der Abhörung" in Art. 229 Abs. 3 des StGB.'s zu verstehen?

Erkenntn. v. 22. Juli 1863, no. 752/745.

Nach Art. 229 Abs. 3 des StGB.'s ist das Vergehen der wahrheitswidrigen Aussage mit dem Schlusse der Abhörung, wobei sie erstattet worden, für vollendet zu achten, und es soll wegen Versuchs dieses Vergehens ein Strafverfahren nicht stattfinden. Daß aber der Schluß einer Zeugenabhörung erfolgt ist, wenn das über dieselbe aufgenommene Protocoll, wie in dem vorliegenden Falle, vorgelesen, genehmigt und unterzeichnet, und der Zeuge hierauf sogar wieder entlassen worden, läßt sich nicht bestreiten, und selbst wenn sich im Laufe der Sache eine nochmalige Befragung des bereits abgehörten Zeugen, beziehentlich eine Confrontation erforderlich machen sollte, so würde doch die gedachte frühere Verhandlung immerhin als ein für sich bestehendes geschlossenes Ganzes anzusehen sein, so lange nicht aus den Acten zu ersehen, daß sie blos abgebrochen und später fortgesetzt worden.

Wenn nun in dem Erkenntnisse Bl. demungeachtet die Angeklagte wegen der von ihr eingeräumten wahrheitswidrigen Aussagen nur um deswillen straffrei gesprochen worden, weil sie vor dem Schlusse der betreffenden Abhörung nicht in Gemäßheit der Vorschrift im 4. Abs. des Art. 222 der StPO. befragt worden, ob ihr noch ein zur Sache gehöriger Umstand bekannt sei, so beruht diese Entscheidung offenbar auf einer unrichtigen Gesetzesanwendung, denn durch die nurgedachte Vorschrift hat keineswegs ein Merkmal für den erfolgten Schluß einer Verhandlung festgestellt werden sollen, die Beantwortung der Frage, von welchem Zeitpunkte an eine Abhörung als geschlossen und eine dabei erstattete unwahre Aussage demnach als vollbracht anzusehen, hängt vielmehr dem Obigen nach von ganz anderen Erfordernissen ab und steht mit der gedachten Vorschrift der StPO. in gar keinem näheren Zusammenhange; dieselbe ist aber überdies auch keineswegs als eine so wesentliche anzusehen, daß eine Verletzung derselben die Nichtigkeit der stattgefundenen Abhörung begründen müßte, da ihr, wenn es nothwendig erscheint, auch noch nachträglich nachgekommen werden kann, und nichts berechtigt zu der Annahme, daß sie zu dem Zwecke getroffen worden, um damit einem Zeugen noch eine besondere Gelegenheit zu geben, wahrheitswidrige Aussagen rechtzeitig zurückzunehmen, und daß das StGB. die Bestrafung dieses Vergehens nicht blos von der im Art. 229 Abs. 3 allein erwähnten, dem Angeschuldigten ohnedies schon sehr günstigen Voraussetzung, sondern überdies auch noch davon abhängig habe machen wollen, daß derselbe vor dem Schlusse der Abhörung darüber, ob ihm noch ein zur Sache gehöriger Umstand bekannt sei, befragt worden.

9.

Zur Bestrafung der Art. 232 StGB. gedachten Aeußerungen wird nicht erfordert, daß durch sie öffentliches Aergerniß wirklich erregt worden ist.

Erkenntn. v. 8. Juni 1863 no. 585/558.

Daß demnächst, die zweite Beschwerde anlangend, K.'s Auslassung bei den daselbst festgestellten thatsächlichen Verhältnissen dem Art. 232 des StGB.'s und dem Erl. Ges. vom 25. September 1861 unter V. mit Recht unterstellt worden sei, läßt sich nicht bezweifeln. Erst aus der, kurz vor dem Verspruche der Sache eingegangenen Ausführungsschrift ist zu entnehmen gewesen, daß der Verfasser derselben bestreiten will, jene Aeußerung habe öffentliches Aergerniß erregt und sei von seinem Defendenden zu diesem Zwecke gethan worden. Abgesehen davon, daß K.'s Aeußerung wohl öffentliches Aergerniß erregt haben muß, da sie zur Kenntniß des Gensd'armes gebracht worden ist, kommt darauf auch nicht einmal Etwas an, denn die Worte „zum öffentlichen Aergernisse — sich erlaubt" deuten bekanntlich, als wovon auch die vorige Instanz ausgeht, nur die Füglichkeit an, daß von anderen Anwesenden Aergerniß an der Aeußerung, ihrer Beschaffenheit nach, genommen werden konnte, sie erheischen aber nicht den Beweis, daß Aergerniß wirklich genommen worden sei, wie es denn auch Seiten des Schmähenden eines speciellen Vorsatzes nach dieser Richtung hin nicht bedarf, vielmehr genügt, daß er, als eine zurechnungsfähige Person, sich sagen mußte, daß seine Aeußerung Aergerniß bei den Zuhörern hervorzurufen geeignet sei.

10.

Der Ausdruck „lügenhaft" enthält nicht unbedingt der Form nach eine Beleidigung. Art. 239 verb. 238. 240. StGB.

Erkenntn. v. 13. Juli 1863 no. 735/701.

Wenn Jemand Mittheilungen, die ein Anderer in Bezug auf ihn dritten Personen gemacht hat, öffentlich als „lügenhafte" bezeichnet hat, so wird er rücksichtlich dieses Ausdruckes zwar dadurch allein, daß er die Unwahrheit der gedachten Mittheilung nachweiset und sein persönliches Interesse an einer öffentlichen Widerlegung derselben darlegt, noch nicht ohne Weiteres die Anwendung der Strafbestimmungen des Art. 239 jct. Art. 238 Abs. 2 und Art. 240 des StGB.'s von sich abwenden können; dagegen wird ihm eine Straffreisprechung nach Art. 238 Abs. 2 dann nicht zu versagen sein, wenn die Verbreitung einer ihm nachtheiligen falschen Nachricht geflissentlich wider besseres Wissen erfolgt war, und dieselbe mithin in der That eine Lüge enthielt, indem unter dieser Voraussetzung auch nicht einmal behauptet werden kann, daß die wahrheitsgemäße Bezeichnung des verbreiteten Gerüchts als eines lügenhaften in einer schon an sich beleidigenden Form geschehen sei; es wird aber, da das Strafgesetzbuch eine culpose Beleidigung nicht kennt, außerdem auch noch in den Fällen, in welchen, wie hier, zwar als constatirt anzusehen, daß der Ausbreiter der falschen Nachricht deren Unwahrheit nicht gekannt, ohne daß jedoch dadurch ausgeschlossen wird, daß der dadurch Verletzte den Umständen nach zu der Annahme des Gegentheils vollständig berechtigt gewesen sein kann, die Frage aufgeworfen und entschieden werden müssen, ob dem letzteren in Bezug auf den in Rede stehenden, von ihm gebrauchten Ausdruck eine beleidigende Absicht beizumessen sei? und wenn nun diese lediglich den Beweis des dolus betreffende Frage in dem Bescheide durch die Bemerkung, daß in dem gerügten Worte „lügenhaft" nach

Lage der Sache eine Beleidigung nicht zu finden sei, zu Gunsten des Denunciaten offenbar verneint worden, und die hierauf erfolgte Freisprechung des Angeschuldigten mithin insoweit als eine Klagfreisprechung sich darstellt, so konnte das Erkenntniß nach dieser Richtung hin auch nur mittelst des Einspruchs angefochten werden.

11.

Ehefrauen können die ihren lebenden Ehemännern widerfahrenen Ehrverletzungen nicht retorquiren. — Art. 243. 246. StGB.

Erkenntn. v. 19. Aug. 1863 no. 836/831.

Das StGB. Art. 246 Abs. 2 gestattet zwar einem Ehemanne für seine Ehefrau wegen dieser zugefügten Ehrverletzungen einzutreten und als mittelbar selbst Beleidigter sich zu betrachten. Das gleiche Befugniß aber ist nach Abs. 3 und 4 der angezogenen Gesetzesstelle einer Ehefrau nur unter gewissen Beschränkungen wegen solcher Ehrenkränkungen zugebilligt worden, welche ihrem verstorbenen Ehegatten vor oder nach seinem Tode wiederfahren sind. Hieraus aber legt sich unzweifelhaft zu Tage, daß eine Ehefrau, welche eine ihrem noch am Leben befindlichen Ehemanne zugefügte Beleidigung ihrer Seits mit einer Beleidigung des Gegners ihres Ehemannes sofort erwidert, keinen Anspruch darauf machen kann, ihr Vergehen nach Art. 243 des StGB.'s als ein strafloses beurtheilt zu sehen.

12.

Die Strafbestimmung im Art. 265 StGB. ist nicht auf den Fall der sogen. Quasidesertio zu beziehen, sondern nur auf bösliche Verlassung i. e. S. auch nur unter den im Artikel erwähnten Voraussetzungen.

Erkenntn. v. 15. Juli 1863 no. 712/716.

Im Art. 265 des StGB.'s ist „bösliche Verlassung" des einen Ehegatten durch den andern nicht in dem vollen Umfange, wie solche das Eherecht als malitiosa desertio und quasi desertio kennt, für criminalrechtlich strafbar erklärt worden; der angezogene Artikel gedenkt nur der Fälle der böslichen Verlassung, wo der betreffende Ehegatte entweder seinen Aufenthaltsort verheimlicht, oder sich in das Ausland begeben hat. Liegt nun, wie im gegenwärtigen Falle, kein specieller Strafantrag Seiten des verlassenen Theiles vor, soll vielmehr die Berechtigung des Untersuchungsrichters zum Einschreiten aus dem zweiten Satze des Art. 267 des StGB.'s abgeleitet werden, welcher so lautet: „Eine bei dem Ehegerichte angebrachte Klage auf Trennung der Ehe wegen böslicher Verlassung gilt für einen solchen (Straf=) Antrag", so muß eben auch die beim Ehegerichte angebrachte Klage auf die im Art. 265 des StGB.'s gedachten Fälle der eigentlichen malitiosa desertio sich stützen, denn es können die Worte „bösliche Verlassung" im Art. 267 Satz 2 unmöglich eine andere, insonderheit nicht eine weitere Bedeutung haben, als in der Ueberschrift des Art. 265 in Verb. mit dem Inhalte dieses Artikels. Nach Ausweise der in der von M.'schen Ehesache ergangenen Acten ist dies aber nicht der Fall; zwar traten später veränderte Verhältnisse ein, die die Einreichung einer auf wirkliche malitiosa desertio begründeten Klage wohl gerechtfertigt haben würden, allein eine solche ist nicht eingereicht, vielmehr ist Bl. Ehetrennung nur begehrt und auch schließlich verfügt worden, weil das, in Folge der Weigerung des v. M., seine Ehefrau wiederum bei sich aufzunehmen, Bl. der Eheacten beantragte Zwangsverfahren ohne Erfolg geblieben war. Das hierauf gestützte Ehetrennungsgesuch ist aber eben keine solche Klage auf Ehetrennung, wie sie Art. 267 Satz 2 als Strafantrag wegen des im Art. 265 des StGB.'s aufgeführten Verbrechens voraussetzt; es fehlt mithin der gegenwärtigen Untersuchung an der Grundbedingung ihrer Zulässigkeit, dem Antrage von Seiten des verlassenen Theiles und diesfalls rechtfertigt sich auf die erhobene Nichtigkeitsbeschwerde des Angeschuldigten die vorstehende Entscheidung.

13.

Der Begriff des Diebstahls unter erschwerenden Umständen Art. 277 unter 4 StGB. ist nicht auf die speciell im Gesetze aufgeführten Fälle zu beschränken.

Erkenntn. v. 10. Juni 1863 no. 528/577.

Die Straferhöhung auf Grund Art. 277 unter 4 um 1 Monat erscheint vollkommen gerechtfertigt. Zwar hat der Vertheidiger den vorliegenden Fall zu Anwendung dieses Erschwerungsgrundes nicht für geeignet gehalten, allein ohne ausreichenden Grund. Es steht thatsächlich fest, daß an dem fraglichen Tage in W. Jahrmarkt abgehalten worden, auf dem Saale des dasigen Stadtkellers bei Tanzmusik eine Mehrzahl von Personen anwesend gewesen, am Spätabende im Saale ein Gedränge entstanden und dabei der etwas angetrunkene K. hin- und hergestoßen, bis er von einem Andern aus dem „Menschenknäuel" herausgezogen worden ist. In dem Augenblicke nun, in welchem dieses Gedränge stattgefunden hat, und jener Menschenknäuel vorhanden gewesen ist, hat der Angeklagte, dieses Menschengedränge benutzend, dem Bestohlenen das Geldtäschchen und das Lotterieloos aus der Beinkleidertasche herausgenommen. Das OAG. trägt kein Bedenken, einen derartigen Fall zu denen in Art. 277 unter 4 zu zu zählen, da eine Erschwerung der Aufsicht Seiten des Verletzten über sein Eigenthum, ebensowie z. B. bei großem Andrange an oder in einem Theater — worauf jener Artikel wiederholt angewendet worden ist — stattgefunden, und der Angeklagte diese Gelegenheit zum Stehlen benutzt hat, die in gedachter Gesetzesstelle angeführten Fälle aber lediglich als Beispiele aufgeführt worden sind, und daher andere Fälle, insbesondere solche der vorliegenden Art, nicht ausschließen.

14.

Die Strafbestimmung Art. 289 sub 2 StGB. ist gegen Geschäftsführer nur unter der Voraussetzung anwendbar, daß der Geschäftsherr durch die Unterschlagung verletzt worden.

Erkenntn. v. 24. Aug. 1863 no. 856/842.

Soll wider einen Geschäftsführer, welcher eine Unterschlagung verübt hat, die Strafbestimmung unter 2 Art. 289 des StGB.'s angewendet werden, so muß die von ihm verübte Unterschlagung objectiv mit der Geschäftsführung, deren er sich vertragsmäßig oder von freien Stücken unterzogen hat, dergestalt im Zusammenhange stehen, daß der Geschäftsherr als der Verletzte angesehen werden kann. Ist der Thäter nicht in seiner Eigenschaft als Geschäftsführer, sondern blos als Detentor durch die Thatsache der Innehabung in den Stand gesetzt worden, über eine fremde Sache zum Nachtheile des Eigenthümers zu verfügen, so liegt in dem zufälligen Umstande, daß die für einen Andern übernommene Geschäftsführung die Veranlassung zu der zwar einem Dritten, nicht aber dem Geschäftsherrn zum Nachtheil gereichenden verbrecherischen Handlung gelegen hat, und daß dieselbe zugleich mit dem übernommenen Auftrage ausgeführt worden ist, kein Grund für die Annahme einer erhöhten Strafbarkeit, wie im Gegensatze zu der Bestimmung unter 3, die unter 2 des angezogenen Artikels voraussetzt. Es würde daher zwar den Worten, aber keineswegs dem Sinne des Gesetzes entsprechen, wenn man eine an sich nur auf Antrag strafbare Unterschlagung deshalb, weil sie bei Gelegenheit einer Geschäftsführung — obgleich nur zum Nachtheile eines Dritten, nicht des Geschäftsherrn — verübt worden ist, als ein amtshalber zu untersuchendes Vergehen ansehen wollte. Vielmehr ist in diesem Falle ebenso, wie bei der in Abschn. 2 Art. 287 des StGB.'s gedachten widerrechtlichen Verfügung erforderlich, daß sie zum Nachtheile des Geschäftsherrn geschehen sei.

15.

Die Bestimmung Art. 302 StGB. leidet keine Anwendung bei dem Verbrechen der Hinterziehung der Hilfsvollstreckung.

Erkenntn. v. 29. Juni 1863 no. 570/636.

Das Gerichtsamt hat die gegen J. und dessen Ehefrau von dem Bruder des Ersteren angezeigte Hinterziehung der Hilfsvollstreckung als Privatanklagsache behandelt, nachdem von dem Staatsanwalte die Sache dem Ger.-Amte zur eigenen Entschließung zurückgegeben worden war. Dieses Verfahren steht mit den gesetzlichen Vorschriften nicht im Einklange. Der Staatsanwalt ist von der Ansicht ausgegangen, daß durch die Fassung des Art. 302 des StGB.'s: „sind die in diesem Kapitel erwähnten Verbrechen rc." die Anwendung des Artikels auf das in Art. 310 (welcher sich im nächstfolgenden Kapitel befindet) gedachte Verbrechen der Hinterziehung der Hilfsvollstreckung als ausgeschlossen nicht zu betrachten sei, weil dieses Verbrechen mit den Strafen des einfachen Betrugs belegt und dadurch dem Verbrechen des Betrugs gleichgestellt worden sei, und daß mithin das gedachte Verbrechen als Entfremdung sich darstelle, wenn es gegen eine der in Art. 302 genannten Personen verübt worden sei. Dieser Ansicht kann nicht beigestimmt werden. Hätte der Gesetzgeber eine Erweiterung des Art. 302 über die Grenzen dieses, d. i. des zwölften Kapitels, in dem obgedachten Sinne bezweckt, so würde er dies nothwendig haben aussprechen und beifügen müssen, daß außerdem auch Art. 302 in den Fällen Anwendung leide, in welchen überhaupt das betreffende Verbrechen nach den in dem zwölften Kapitel ausgesprochenen Strafbestimmungen zu ahnden sei. Da eine solche Vorschrift nicht existirt, so kann eine Entfremdung nur rücksichtlich der im zwölften Kapitel erwähnten Verbrechen — mit Ausnahme der im Art. 280 und 289 ι gedachten Fälle — stattfinden.

16.

Inwieweit sind die Bestimmungen im Art. 303 StGB. auf die gegen Gastwirthe zu Erlangung von Eß- und Trinkwaaren gerichteten Betrügereien anwendbar?

Erkenntn. v. 15. Juni 1863 no. 619/590.

Auf Betrügereien, welche gegen Gastwirthe in der Absicht, von demselben eß- und trinkbare Gegenstände unentgeldlich zu erlangen, verübt worden sind, ist die mildere Bestimmung Art. 303 des StGB.'s nur anzuwenden, wenn es dem Thäter dabei einzig und allein um die sofortige Befriedigung eines augenblicklichen Bedürfnisses zu thun gewesen ist. Davon kann aber nicht die Rede sein, wenn der Thäter gleichwie ein einkehrender Reisender in einem Gasthofe sich förmlich einlogirt hat, und in Folge dessen von dem Wirthe mit dem zu seinem Lebensunterhalte Nothwendigen während des Aufenthaltes daselbst in Erwartung seiner Zahlungsfähigkeit Tag für Tag versorgt worden ist. Ob man in dergleichen Fällen in concreto anzunehmen habe, daß durch die Täuschung blos die Erlangung eines Credits bezweckt worden sei, oder daß der Täuschende gleich vom Anfange an die weiter gehende Absicht gehabt habe, seinen übernommenen Verbindlichkeiten nicht nachzukommen, ist eine Frage, welche insofern, als für deren Beantwortung nur die hinsichtlich des subjectiven Thatbestandes erlangten factischen Ergebnisse der Untersuchung maßgebend sind, niemals zum Gegenstande einer Nichtigkeitsbeschwerde gemacht werden kann.

17.

Ueber die Bedeutung des Wortes „**unbescholten**" in Art. 356 StGB.

Erkenntn. v. 5. Aug. 1863 no. 789/794.

Da der Art. 355 des StGB.'s, wie sich aus dessen Anfangsworten „wer dergleichen Personen u. s. w." ganz klar ergiebt, mit dem unmittelbar vorhergehenden Art. 354 im engsten Zusammenhange steht, und offenbar nur auf solche Fälle zu beziehen ist, in denen Jemand Weibspersonen, die die Unzucht bereits gewerbmäßig betreiben, Andern zuführt oder ihnen das unzüchtige Gewerbe in seiner Wohnung gestattet, so müssen auch den im Art. 356 im offenbaren Gegensatze zu den Lohnhuren, von denen der Art. 355 jct. 354 handelt, erwähnten unbescholtenen Frauenspersonen nothwendig alle diejenigen beigezählt werden, die sich früher und bis zu dem Zeitpunkte ihrer Verleitung zur Unzucht noch keiner unter die Strafbestimmungen des Art. 354 fallenden Handlung schuldig gemacht haben, ohne Rücksicht darauf, ob dieselben auch nach anderen Richtungen hin und im weiteren Sinne des Wortes als völlig unbescholten dastehen.

Zu der Strafprozeßordnung.

1.

In dem Antrage auf Bestrafung der schweren Gattung eines Verbrechens liegt zugleich der eventuelle Antrag auf Bestrafung der leichtern Abstufungen desselben. — Art. 35 StPO.

Erkenntn. v. 17. Juni 1863 no. 634/601.

Obschon der Privatankläger die Bestrafung des Privatangeklagten wegen der demselben beigemessenen Verleumdung auf Grund der Bestimmungen Art. 235 und 236 des StGB.'s beantragt hat, so mag doch in Hinblick auf die Bestimmung Absch. 2 Art. 35 der StPO. nicht behauptet werden, daß in der gedachten Bezeichnung des Strafgesetzes für das erkennende Gericht eine Behinderung gelegen habe, auf die Strafbestimmung Art. 237 des StGB.'s zuzukommen, da hier nicht, wie die erwähnte prozessualische Vorschrift voraussetzt, eine zugleich mehreren strafgesetzlichen Bestimmungen unterzustellende Handlung angezeigt war, sondern eine Handlung, die zwar der Verletzte als einen Fall der schwereren Verleumdung aufgefaßt, das Gericht aber nach dem Beweisergebnisse nur als einen Fall der leichteren Verleumdung ahnden zu dürfen geglaubt hat, wobei dasselbe allerdings von der Voraussetzung ausgehen mußte, daß der Verletzte in Ermangelung einer zu treffenden Wahl zwischen ganz verschiedenen einschlagenden Gesetzessubsumtionen seinen Strafantrag eventuell ebenfalls auf eine Ahndung des in seiner Anzeige mit inbegriffenen leichteren Falles stillschweigend gerichtet habe.

2.

Vertretung angeklagter Unmündigen in Injuriensachen durch den Vater und dessen Beauftragten zu Art. 41. 43. 101. 371 StPO.

Erkenntn. v. 15. Juli 1863 no. 674/714.

Da die Privatanklage J. L. Sch.'s und F. W. K.'s lediglich gegen den jüngeren W. — R. W. — gerichtet ist, von diesem selbst aber weder eine mündliche, noch eine schriftliche Auslassung über den Inhalt der Rüge erfolgt ist, alle desfallsigen Erklärungen vielmehr nur durch einen von dem älteren W. in väterlicher Gewalt des seiner Versicherung nach noch unmündigen Angeklagten bestellten Sachwalter abgegeben worden sind, so könnte zunächst die Frage entstehen, ob der Denunciat überhaupt vor seiner Verurtheilung vorschriftmäßig gehört worden und ob daher dem Straferkenntnisse ihm gegenüber eine rechtliche Wirkung beizulegen sei? Würde nun aber auch eine solche vollständige Vertretung eines, wennschon noch unmündigen, Angeschuldigten durch dessen Vater in dem gewöhnlichen Untersuchungsverfahren jedenfalls unstatthaft sein, wie sich dies auch schon aus den bezüglichen speciellen Bestimmungen in den Artikeln 41 Abs. 4, 43, 101 der StPO. ergiebt, so kann dieselbe doch in Untersuchungen wegen angezeigter Beleidigungen und Verleumdungen in Hinsicht auf die besonderen Vorschriften, welche die StPO. hierüber im 2. Kapitel der 4. Abth. des besonderen Theils und namentlich im Art. 371 enthält, nicht für schlechterdings unzulässig erachtet werden. Hat vielmehr in einer Untersuchung dieser Art der Richter, wie hier geschehen, von der ihm im 2. Absatze des angezogenen Artikels ertheilten Ermächtigung einem noch in väterlicher Gewalt befindlichen unmündigen Angeschuldigten gegenüber Gebrauch gemacht, und ihm die schriftliche Beantwortung der Rüge nachgelassen, so kann dieselbe unstreitig auch durch einen Bevollmächtigten bewirkt werden, und es muß in Folge dessen und nach allgemeinen Rechtsgrundsätzen auch dem Vater des Angeschuldigten als dem gesetzlichen Vertreter desselben das Recht zugestanden werden, die schriftliche Beantwortung der Rüge für seinen Sohn und dessen Rechtsvertheidigung entweder selbst zu übernehmen, oder durch einen von ihm dazu beauftragten Sachwalter besorgen zu lassen. Unter diesen Umständen hat auch in dem vorliegenden Falle von der Frage, ob der Beklagte nicht außerdem, und wenn man die für ihn eingereichten Schriften nicht berücksichtigen zu dürfen geglaubt hätte, der Rüge für geständig erachtet werden müßte? abgesehen werden können.

3.

Diejenigen Personen, denen nach Art. 213 StPO. das Recht zusteht, Zeugniß abzulehnen, sind auch befugt, nur in Bezug auf einzelne Punkte von diesem Rechte Gebrauch zu machen.

Erkenntn. v. 1. Juni 1863 no. 542/540.

Zufolge der Bestimmung Abschn. 2 Art. 213 der StPO. darf kein Angehöriger eines Angeschuldigten zu Ablegung eines denselben gravirenden Zeugnisses genöthigt werden. Durch diese ebenso zu Gunsten der erwähnten Zeugen, als der Angeklagten getroffene Ausnahmebestimmung ist also das den letzteren im Art. 294 der StPO. eingeräumte Recht, alle zu ihrer Entschuldigung dienende Thatsachen geltend zu machen, und die diesfalls ihnen zu Gebote stehenden Beweismittel zu benutzen, in keiner Weise eingeschränkt worden. Ist daher in Folge eines von einem Angeklagten gestellten Antrages ein solcher Zeuge bereit, insoweit als sein Zeugniß bezüglich eines oder des andern die Anklage betreffenden Umstandes dem Angeklagten dienſam sein kann, von seiner Verweigerung abzugehen und über den in Frage gekommenen Punkt sich abhören zu lassen, so darf ein solches Entlassungszeugniß nicht deshalb als unzulässig zurückgewiesen werden, weil der betreffende Zeuge übrigens nach wie vor bei seiner Weigerung, gegen den Angeklagten als Belastungszeuge aufzutreten, beharrt. Es kann von einem dergleichen Zeugen, der sich auf Verlangen des Angeklagten dazu verstanden hat, in dessen Interesse über einen bestimmten Umstand die gewünschte Auskunft zu ertheilen, nur gefordert werden, daß er, gleich wie jeder andere Zeuge, die reine und unverfälschte Wahrheit angebe, nicht aber, daß er, Falls er einmal sich abhören lasse, nunmehr auch über dasjenige, was ihm sonst, außer dem auf sein Zeugniß gestellten speciellen Punkte von dem Gegenstande der Untersuchung oder den damit in Verbindung stehenden Umständen bekannt ist, Zeugniß ablege. In einer solchen dem Zeugen gestellten Alternative würde ein indirect gegen die Bestimmung Abschnitt 2 Art. 213 der StPO. verstoßender Zwang und eine nicht zu rechtfertigende Verkürzung des dem Angeklagten durch Art. 294 der StPO. zugestandenen Vertheidigungsrechts liegen. Wenn daher in der vorliegenden Sache der Gerichtshof ungeachtet des von dem Vertheidiger und dem Staatsanwalte erfolgten Widerspruchs bei der Entschließung stehen geblieben ist, daß der Ehefrau des Angeklagten in Folge des von dem letzteren gestellten Antrags zwar freistehe, sich annoch abhören zu lassen, daß sie aber dann über alle Punkte der Anklage Auskunft zu geben habe, und sec. fol. anzunehmen ist, daß die verehel. F. lediglich wegen dieses ihr gemachten Ansinnens der Verweigerung, Zeugniß abzulegen, inhärirt hat, so ist in diesem Verfahren allerdings die Verletzung einer wesentlichen Vorschrift zu erblicken, und die darauf gestützte, bereits im Verhandlungstermine angemeldete Nichtigkeitsbeschwerde zu beachten gewesen.

4.

Wenn Personen, denen das Recht der Zeugnißablehnung zusteht, von diesem Rechte Gebrauch machen, nachdem sie zuvor als der Mitschuld verdächtig befragt worden sind, so dürfen dennoch die über diese Befragungen aufgenommenen Protocolle bei der Hauptverhandlung als Beweismaterial benutzt werden. — Zu Art. 213. 289. StPO.

Erkenntn. v. 22. Juli 1863 no. 742/744.

Da die verehel. O. im Laufe der criminalpolizeilichen Vorerörterungen nicht als Zeugin gegen ihren Ehemann abgehört, sondern als dessen Mitschuldige vernommen worden ist, eine Verweisung auf das ihr nach Art. 213 der StPO. zustehende Recht, die Ablegung eines Zeugnisses gegen den Angeklagten zu verweigern, mithin gar nicht am Platze gewesen sein würde, so läßt sich von diesem Gesichtspunkte aus selbstverständlich kein Bedenken gegen die Statthaftigkeit der Vorlesung der von der verehel. O. bei ihrer früheren Befragung erstatteten Aussagen erheben. Es ist aber ferner der Ansicht der vorigen Instanz auch insoweit beizutreten, als dieselbe, obwohl der Staatsanwalt den wider die verehel. O. angeregten Verdacht später zu einer weiteren strafrechtlichen Verfolgung nicht für ausreichend erachtet hat, die O. auch zu der Hauptverhandlung nicht als Mitschuldige, sondern als Zeugin vorgeladen worden, in derselben jedoch ein Zeugniß nicht abgelegt hat, dennoch die Vorlesung des bei den Acten befindlichen, über die früher erfolgte vorläufige Vernehmung der verehel. O. aufgenommen, dem Obigen nach an sich völlig gültigen Protocolls nach Art. 289 Abs. 2 der StPO. des von dem Vertheidiger des Angeschuldigten dagegen erhobenen Widerspruchs ungeachtet für zulässig erachtet hat, denn es handelte sich hierbei, ganz abgesehen davon, daß die O. selbst nicht einmal bestimmt erklärt hat, daß sie von ihrem Rechte, der Zeugnißverweigerung, Gebrauch machen wolle, sondern sich blos dahin ausgesprochen, daß sie ein Zeugniß nicht ablegen könne, weil sie gar nicht mehr bei Verstande sei und nicht wisse, was sie sage, eben nur um die Vorlesung der Angaben eines Mitschuldigen über den Hergang der Sache, deren Vorlesung nach Art. 289 Abs. 2 jct. Abs. 1 der

StPO. allerdings auch dann für statthaft anzusehen ist, wenn die förmliche Untersuchung gegen die betreffende Person später nicht eingeleitet oder nicht fortgestellt worden, dieselbe jedoch aus irgend einem Grunde als Zeuge in der Hauptverhandlung nicht abgehört werden kann.

5.

Bei Injurien gegen eine Mehrheit genügt der Strafantrag eines einzelnen Mitbeleidigten. — Art. 246. Abschnitt 2. 5. StGB. — Art. 349 III. u. 377. StPO.

Erkenntn. v. 8. Juni 1863 no. 601/553.

Wie an sich schon in Ermangelung eines irgend haltbaren Grundes von der Voraussetzung nicht ausgegangen werden kann, daß die allgemeine, eine Ausnahme nicht statuirende Strafbestimmung Art. 239 des StGB.'s auf Handlungen, durch welche Mehrere beleidigt worden sind — die Fälle einer reinen Collectivinjurie — nur dann Platz greifen könne, wenn von allen Beleidigten und nicht blos von einem oder dem andern derselben die Bestrafung beantragt worden sei, so weisen auch die aus den Bestimmungen Abschnitt 2 und 5 Art. 246 des StGB.'s sich ergebenden Gegensätze und Folgerungen auf das Unthunliche einer solchen anomalen Annahme bestimmt genug hin. Im Art. 246 des StGB.'s sind die im Art. 239 für die Begriffsbestimmung angegebenen Merkmale je nach Verschiedenheit der Fälle insofern, als die in diesem Artikel für die Regelung des Verfahrens an die Hand gegebenen Bedingungen solches erheischten, besonders hervorgehoben worden. Hierbei wird ebenso der mittelbaren, als der Collectivinjurie ausdrücklich gedacht. Der ersteren in Abschnitt 2, der letzteren in Abschnitt 5. Durch den in Abschnitt 2 aufgestellten Grundsatz, daß bei Ehrverletzungen gegen ganze Stände und Corporationen jedes Mitglied derselben zum Strafantrage berechtigt sei, ist dem Zweifel, ob in einem solchen Falle blos den Vorständen der angegriffenen Körperschaften, mit Ausschluß der einzelnen Mitglieder, ein Strafantrag zustehe, durch den in Abschn. 5 aufgestellten Grundsatz aber, daß in allen Fällen, wo wegen einer und derselben beleidigenden Handlung eine Mehrzahl von Personen zum Antrage berechtigt seien, nur eine einmalige Bestrafung stattfinde, dem Zweifel, ob in diesen Fällen eine mehrfache Strafverfolgung erlaubt sei, begegnet worden. Beide Bestimmungen stehen also ebenso unter sich, als mit der allgemeinen Strafbestimmung Art. 239 des StGB.'s in Einklang, und würde es weder mit den Worten, noch mit dem Sinne des Gesetzes zu vereinigen sein, wenn man aus der Fassung Abschn. 2, wo blos der gegen ganze Stände und Körperschaften gerichteten Ehrverletzungen gedacht wird, folgern wollte, daß wegen der nicht in diese Kategorie zu stellenden Beleidigungen einer Mehrzahl von Personen durch eine und dieselbe beleidigende oder verleumderische Handlung, also in den Fällen einer reinen Collectivinjurie, den Einzelnen das Recht auf Bestrafung des Beleidigers anzutragen entzogen worden sei, und ein Strafverfahren nur eingeleitet werden könne, wenn die Bestrafung von der Gesammtheit der Verletzten beantragt wird, da doch in dieser Beziehung das Gesetz weiter keine Beschränkung enthält, als die einer blos einmaligen Bestrafung, und in dieser Beschränkung die indirecte Anerkennung des einem jeden Einzelnen zustehenden Antragsrechts liegt.

6.

Wenn der wegen einer Mehrzahl von Verbrechen gemachte Concurrenzzusatz die Einsatzstrafe nicht übersteigt, so kann seine unverhältnißmäßige Höhe nur durch Berufung oder Einspruch, aber nicht mittels der Nichtigkeitsbeschwerde angefochten werden. — Art. 349 III. 2 StPO. verb. Art. 78 StGB.

Erkenntn. v. 19. Aug. 1863 no. 791/834.

In gegenwärtiger Untersuchungssache hat der Staatsanwalt gegen den Bescheid des Ger.-Amts S. um deswillen Nichtigkeitsbeschwerde zu Gunsten der Angeklagten R., H., N. und S. erhoben, weil bei diesen vier Angeklagten die den ausgeworfenen Einsatzstrafen hinzugefügten Concurrenzzuschläge zu hoch bemessen worden seien. In dieser Beziehung würde nach Inhalt der im Art. 349 der StPO. unter III. 2 enthaltenen Bestimmung, auf welche das vorliegende Rechtsmittel gestützt wird, nur dann eine Nichtigkeitsbeschwerde statthaft erscheinen, wenn das Ger.-Amt S. bei Auswerfung jener, auf Art. 78 des StGB.'s gegründeten Concurrenzzuschläge über das diesfalls nach dem gedachten Artikel zulässige höchste Strafmaß hinausgegangen wäre. Dies ist jedoch nicht der Fall. Art. 78 des StGB.'s setzt hinsichtlich der Höhe des Strafquantums, welches bei materieller Concurrenz mehrerer Verbrechen der für das schwerste derselben auszuwerfenden Einsatzstrafe hinzuzufügen ist, fest, daß dasselbe nicht über das doppelte des Strafeinsatzes ansteigen darf. Nur dann also, wenn in einem Straferkenntnisse der Concurrenzzuschlag höher ist, als der Strafeinsatz, läßt sich sagen, daß bei Auswerfung des ersteren das nach Art. 78 des StGB.'s zulässige höchste Strafmaß überschritten worden sei, und es steht folglich auch nur in diesem Falle*) dem Angeklagten und beziehentlich statt desselben der Staatsanwaltschaft Nichtigkeitsbeschwerde wegen der Höhe des Concurrenzzusatzes zu. Nun ist aber, so viel die gegenwärtige Sache betrifft, bei keinem der vier Angeschuldigten, für welche der Staatsanwalt Nichtigkeitsbeschwerde erhoben hat, dem Strafeinsatze ein denselben übersteigendes Strafquantum als Concurrenzzuschlag beigefügt worden, und es liegt daher derjenige Fall nicht vor, in welchem allein nach dem Bisherigen eine den gesetzlichen Maximalbetrag überschreitende Höhe der fraglichen Concurrenzzusätze angenommen werden könnte.

Stellt sich nun hiernach die Nichtigkeitsbeschwerde des Staatsanwalts als unzuläßig dar, so mußte deren Verwerfung erfolgen. Nur Folgendes mag noch bemerkt werden. In den Entscheidungsgründen des angefochtenen Bescheides ist bezüglich eines jeden von denjenigen Verbrechen, welche bei R., H., N. und der S. in Concurrenz fallen, angeführt, welche Strafe diesem Verbrechen, wenn man es für sich betrachten wollte, entsprechen würde, und es übersteigt nun bei jedem der genannten vier Angeschuldigten der festgesetzte Concurrenzzuschlag den Gesammtbetrag jener für die Concurrenzverbrechen ausgeworfenen Separatstrafen. Hieraus hat der Staatsanwalt das Vorhandensein des in Art. 349 III. 2 der StPO. gedachten Nichtigkeitsgrundes abnehmen zu können geglaubt. Aber mit Unrecht. Einmal sind die Aussprüche der vorigen Instanz darüber, wie die in

*) Abgesehen von einem, unter einen anderen Gesichtspunkt fallenden Verstoße gegen Art. 32 StGB. — Art. 78, Abschn. 2. verbis: „darf jedoch" ꝛc. — „überschreiten".

die Concurrenz fallenden Verbrechen, wenn sie für sich vorlägen, zu bestrafen wären, nur in den Entscheidungsgründen enthalten, auch stehen sie mit dem decisiven Theile des Bescheides in keinem unmittelbaren Zusammenhange. Sodann aber gelangt hauptsächlich in Betracht, daß zwar die Praxis in Beachtung des der Concurrenztheorie zu Grunde liegenden Princips die Concurrenzzuschläge niedriger zu bemessen pflegt, als die Summe der durch jedes Concurrenzverbrechen, an sich betrachtet, verwirkten Strafen betragen würde, daß aber eine diesfallsige gesetzliche Vorschrift nicht existirt, eine solche auch, wie aus den Motiven zu dem dem Art. 78 des StGB.'s correspondirenden Art. 74 des Entwurfs abzunehmen,

vergl. auch Krug, Commentar zu dem StGB.'e Ausg. 2 Abth. 1, S. 147 Nr. 3.

von dem Gesetzgeber absichtlich nicht ertheilt worden ist. Es ist hiernach klar, daß zwar R., H., N. und die S. durch dasjenige, was über ihr Concurrenzverbrechen in den Rationen des Bescheids gesagt war, sich hätten veranlaßt finden können, wegen zu hoher Bemessung der Concurrenzzusätze Einspruch gegen den Bescheid zu erheben, daß aber denselben keineswegs deshalb das Rechtsmittel der Nichtigkeitsbeschwerde zustand.

7.

Art. 375 der StPO. leidet auch auf Untersuchung des Verbrechens des thätlichen Angriffs auf die Schamhaftigkeit Anwendung.

Erkenntn. v. 3. Aug. 1863 no. 786/784.

Wenn auch das im Art. 244 des StGB.'s gedachte Vergehen der Privatanklage entzogen worden ist, so kann doch aus dieser lediglich auf das Verfahren sich beziehenden Ausnahmebestimmung nicht gefolgert werden, daß die nur wegen ihrer höheren Strafbarkeit im Art. 244 besonders hervorgehobene Beleidigung, dem Rechtsbegriffe nach, als ein von den im 2. Theile Cap. 9 des StGB.'s erwähnten, unter 2. Art. 44 der StPO. collectiv als Verletzungen der Ehre bezeichneten Vergehen ganz verschiedenes Delict aufzufassen sei, auf welches die Ermächtigung, die dem Richter hinsichtlich der Beleidigungen und Verleumdungen, ohne Ausnahme, ganz im Allgemeinen im Art. 375 der StPO. ertheilt worden ist, keine Anwendung leide. Für eine solche, weder aus den Worten, noch aus dem Sinne des Gesetzes zu folgernde Beschränkung liegt kein Grund vor.

8.

Die Vorschrift der StPO. Art. 386 sub 3, daß Wiederaufnahme einer Untersuchung gegen den Angeklagten beantragt werden könne, wenn nach einer Klagfreisprechung neue Thatsachen oder Beweismittel sich ergeben, welche schon an sich und ohne daß es eines Zurückgehens auf die Ergebnisse der früheren Beweisaufnahme im Betreff des Beweises der Thäterschaft gegen den Angeklagten bedarf, die Ueberführung des Letzteren zu begründen geeignet sind, schließt die Prüfung des dem früher vorhandenen Verdachte entgegengestellt gewesenen Entlastungsbeweises nicht aus.

Erkenntn. v. 6. Juli 1863 no. 710/668.*)

Das Verfahren des BG.'s läßt sich kaum anders, als durch die Annahme erklären, daß dasselbe in Hinsicht auf den Grund, aus welchem dem Antrage des Staatsanwalts gemäß auf Wiederaufnahme der Untersuchung erkannt worden, und nach den Bestimmungen des Art. 386 der StPO. sub 3 sich bei der jetzigen Entscheidung der

*) Inculpat war wegen Meineids, ungeachtet der ihm entgegenstehenden eidlichen Depositionen mehrerer Anschuldigungszeugen, auf Grund der ebenfalls beschworenen Aussagen von vier Defensionalzeugen klagfrei gesprochen worden. Die Wiederaufnahme der Untersuchung erfolgte dem Antrage des Staatsanwalts gemäß ausdrücklich nur wegen neuer Beweismittel — neuer Anschuldigungszeugen — nach Art. 386 sub 3 StPO., überdies waren aber auch die früheren Defensionalzeugen wegen Meineids zur Untersuchung und Bestrafung gezogen worden.

Das Gericht verurtheilte den Angeklagten ohne alle Rücksichtsnahme auf diesen letzteren Umstand und auf den früheren Entlastungsbeweis lediglich auf Grund der Aussagen der neueren Zeugen. Das OAG. sagte hierüber in den Gründen seiner auf eingewendete Berufung des Angeschuldigten gefällten Entscheidung das im Texte gegebene.

Sache nur an die Aussagen der neuerlich aufgetretenen Anschuldigungszeugen halten, sich lediglich auf die Beantwortung der Frage, ob dieselben für sich allein zur Ueberführung des Inculpaten für ausreichend erscheinen? beschränken zu müssen und auf die frühere Beweisaufnahme dabei nach keiner Richtung hin wieder zurückkommen zu dürfen geglaubt hat.

Das Bez.-Ger. würde jedoch solchenfalls offenbar von einer durchaus unrichtigen Ansicht ausgegangen sein, denn wenn einmal eine Untersuchung gegen einen freigesprochenen Angeschuldigten aus irgend einem der im Art. 386 der StPO. sub 1 und 3 angegebenen gesetzlichen Gründe wieder aufgenommen worden ist, so ist dieselbe sodann auch auf alle weiter etwa noch zu constatirende neue Thatsachen oder Beweismittel, die zur Ueberführung des Inculpaten, beziehentlich zur Beseitigung früherer Exculpationsmomente, dienen können, zu erstrecken, und es tritt hierbei nur insoweit eine Beschränkung zu Gunsten des Angeschuldigten ein, als Behufs der Vervollständigung des Anschuldigungsbeweises nach Art. 386 sub 3 der StPO. nicht auf die früher bereits gegen den Angeschuldigten vorgelegenen Verdachtsgründe zurückgegangen werden darf, indem diese vielmehr durch eine bereits vorausgegangene Klagfreisprechung für völlig beseitigt angesehen werden sollen. Daß nun aber diese Bestimmung nicht zum Nachtheile des Angeschuldigten auch auf einen früher für erbracht angesehenen Entlastungsbeweis dergestalt ausgedehnt werden kann, daß derselbe einem neueren Anschuldigungsbeweise gegenüber schon an sich als gar nicht existirend zu betrachten wäre, bedarf kaum der Erwähnung, denn es liegt, wie schon oben bemerkt worden, in der Natur der Sache, daß in einem solchen Falle die Frage, ob durch die Ergebnisse der wieder aufgenommenen Untersuchung der frühere Entlastungsbeweis entkräftet worden, gar nicht umgangen werden kann, und daß mithin insoweit nothwendig auf den letzteren zurückgegangen werden muß, wie dies denn auch ganz ins Besondere dann, wenn es sich um eine Ablegung falscher Zeugnisse in der früheren Untersuchung handelt, klar am Tage liegt.

Civilprozeß und Concursrecht.

1.

In Rechtsangelegenheiten, welche die Revierbetriebsanstalten und Cassen betreffen, steht die prozessuale Vertretung den Revierausschüssen in ihrer Gesammtheit, nicht blos dessen Vorsitzenden zu.

II. Sen.-Erk. v. 1. Oct. 1863 no. 576/566.

[Der Satz wurde conform mit einem früheren Falle (II. Sen.-Erk. v. 1. Decbr. 1859 no. 529/568) ausgesprochen. Hier war derselbe in Bezug auf den speciellen Fall des Anspruchs gegen eine Knappschaftscasse durch Bezugnahme auf §. 144 des Berggesetzes vom 22. Mai 1851 in Verbindung mit dem diesem Gesetze angefügten Regulative D., im Allgemeinen durch Verweisung auf das gedachte Regulativ sub m. und §. 107 der Ausf.-Verordn. vom 16. Decbr. 1851 gerechtfertigt und für das Nichteinschlagen der für die gegentheilige Ansicht angezogenen §. 155 jcto. 129 des Ges. darauf hingewiesen worden, daß solche auf die innere Geschäftseinrichtung bei den Revierausschüssen sich beziehen, und die dem Vorsitzenden zugewiesene Vollziehung der in deren Namen auszufertigenden Schriften nur auf den gewöhnlichen Geschäftsgang, nicht aber auf Rechtsangelegenheiten bezogen werden dürfe, in deren Fortgange z. B. auch Eidesleistungen vorkommen können, welche, wie §. 144 des Berggesetzes ausdrücklich erwähnt, den Revierausschüssen, nicht allein dem Vorsitzenden obliegen. — Hiernächst war aber auch noch auf die Verordn. vom 16. Aug. 1853 (G. u. V.Bl. S. 163) zu verweisen.]

2.

Geläugneter Klaggrund oder Exception? — Accordsumme?

II. Sen.-Erk. v. 26. Febr. 1863 no. 919/930 v. 1862.

Hat auch Beklagter bei dem 27. und 28. Einl.-Punkte zugestanden, daß er dem Kläger gegenüber sich verpflichtet habe, für den von diesem zu erbauenden Dampfbackofen ein Accordquantum von

400 Thlr. baar zu bezahlen, so hat doch derselbe daneben ausdrücklich behauptet, daß er sich zu Bezahlung des Aversionalquantums der 400 Thlr. nur unter den Bedingungen verstanden habe,

a) daß der Verlag Klägers für die in den Ofen zu verwendenden Eisentheile mit Einschluß der Modellspesen der Eisengießerei und sämmtlicher Schlosserarbeit die Höhe von 295 Thlr. und der weitere Verlag Klägers für die bei dem Baue zu verwendenden Chamotteziegel die Höhe von 61 Thlr. 10 Ngr. erreiche, indem, wie Beklagter weiter anführt, zwischen ihm und dem Kläger die ausdrückliche Vereinbarung getroffen worden sei, daß Kläger für seine Bemühungen nicht mehr als 50 Thlr., außerdem aber nur noch die wirklich gehabten Verläge zu beanspruchen haben solle, und

b) daß der zu erbauende Backofen die Bl. angegebenen Eigenschaften und Vorzüge besitze.

Diese Behauptungen nun stehen mit dem Zugeständnisse des Vertragsabschlusses selbst in unmittelbarem Zusammenhang, und es läßt sich daher auch jenes Zugeständniß nur dahin auffassen, daß es mit Rücksicht auf das damit zusammenhängende sonstige Anführen Beklagtens abgelegt worden sei, und daß es deshalb auch etwas Anderes und Weitergehendes nicht enthalte, als das, was der Beklagte in Betreff des Vertragsabschlusses in dem der Einlassung selbst unmittelbar vorausgehenden Theile seines Exceptionssatzes bemerkt hat. Es steht hiernach jenes Zugeständniß mit dem sonstigen Vorbringen des Beklagten keineswegs in einem solchen Widerspruch, daß das Letztere mit Rücksicht auf das Erste unbeachtet bleiben müßte und ebensowenig läßt sich mit hinreichendem Grund behaupten, daß schon um deswillen, weil Beklagter selbst die Vergütung, welche er dem Kläger für Erbauung des fraglichen Backofens zugesichert hatte, als Accordquantum bezeichnet hat, ein weiteres Absehen auf des Beklagten obgedachte Behauptungen und insonderheit auf die oben unter a. erwähnte nicht zu richten sei, da jene Bezeichnung an sich nicht die Möglichkeit ausschließt, daß die zwischen den Parteien getroffene Verabredung in der That die von dem Beklagten angegebenen näheren Bestimmungen mit enthalten habe.

Es hätte sich mithin nur die, auch von dem Kläger angeregte Frage aufstellen lassen, ob in den oben unter a. gedachten Anführungen des Beklagten ein Läugnen des Klaggrundes oder, als von welchem Gesichtspunkte die vorige Instanz ausgegangen ist, eine Ausflucht zu erblicken sei. Von einem weiteren Eingehen auf diese Frage konnte man indeß gegenwärtig um deswillen absehen, weil nur ein Rechtsmittel des Klägers vorliegt, und dieser wenigstens keine Veranlassung hatte dadurch, daß in voriger Instanz das fragliche Vorbringen des Beklagten als ein exceptivisches angesehen worden ist, sich für beschwert zu halten.

3.

Der zur Rechnungslegung pflichtig gewesene Administrator kann nicht mit Umgehung der Vorlegung der Rechnung bei der Klage und beziehentlich des Moniturverfahrens, unter nackter Bezugnahme darauf, daß er Rechnung gelegt habe, auf Justification klagen.

II. Sen.-Erk. v. 10. Oct. 1862 no. 520/518.

Differenzen, welche, wie die vorliegende, über die Richtigkeit einer abgelegten Administrationsrechnung entstehen, können nur nach vorgängigem Moniturverfahren zur Erörterung und Entscheidung gebracht werden, diejenige Partei aber, welcher daran gelegen ist, daß auf diesem Wege die von ihr abgelegte, oder ihr von dem andern Theile zugestellte Rechnung festgestellt werde, ist verbunden, letztere dem Antrage auf Einleitung des Rechnungsprozesses beizufügen, da außerdem weder der Richter darüber, ob eine ausreichende Unterlage zur Eröffnung des Defecturverfahrens vorhanden, zu beurtheilen im Stande ist, noch der Streitpunkt sich gehörig fixiren läßt.

Geht man von diesen, in dem Wesen des Rechnungsprozesses beruhenden Grundsätzen aus, so kann es nicht dem entferntesten Zweifel unterliegen, daß Kläger sein Gesuch nicht ohne Weiteres darauf richten konnte, daß ihm von den Beklagten in Betreff der denselben über die von ihm geführte Verwaltung ihres Gutes zugestellten Rechnung ein Justificationsschein ausgestellt werde, vielmehr mußte er, da er weder darauf, daß jene Rechnung von den Beklagten als richtig anerkannt, noch darauf, daß ihm von diesen die Ertheilung eines Justificationscheines zugesichert worden sei, sich zu beziehen vermocht hat, zunächst auf Einleitung des Defecturverfahrens antragen, zu diesem Behufe aber seiner Klage die fragliche Rechnung in Abschrift oder im Originale beifügen, beziehentlich wegen Ausantwortung des letzteren zuvor ein präparatorisches Rechtsmittel ergreifen.

4.

Ueber den Verlust der Decima bei nothwendiger Subhastation.

II. Sen.-Erk. v. 20. Febr. 1862 no. 89/84.*)

Zwar würde man aus dem BI. angeregten Gesichtspunkte, einen absoluten Ausschluß der Pönalbestimmungen der Erl. Pr.-Ordn. ad Tit. XXXIX. §. 17 herzuleiten nicht gemeint sein, indem derjenige, welcher nach nothwendiger Versteigerung eines Grundstückes mit Genehmigung des Subhastationsrichters in das Erstehungsrecht eines Dritten eintritt, als Ersteher im Sinne des §. 17 zu gelten hat. Dies schließt jedoch nicht aus, daß in seiner Person den Erfordernissen genügt sein müsse, welche das Gesetz als Voraussetzung des Eintrittes der Pönalbestimmung des §. 17 cit. statuirt.

Dazu gehört es aber, daß der Ersteher von dem ersten Adjudicationstermine, wie solcher in §. 16 vorgesehen, legal in Kenntniß gesetzt sein müsse, bevor die peremtorische Anberaumung eines zweiten Termines in Gemäßheit des §. 17 cit. erfolgen könne.

Wenn schon nämlich über die Modalität, wie es mit solchen Terminen zu halten, verschiedene Meinungen obgewaltet haben,

vergl. Griebner, Discurs ad h. l. s. v. „Ueberfluß", 2. Ausgabe, S. 346 und not. 54 a.

so befolgt doch das OAG. die bereits vom vormaligen Appellationsgericht ausgesprochene Meinung, daß es der Anberaumung dieser Termine und insbesondere nach vergeblichem Verfluß des ersten, eines zweiten in der §. 17 cit. vorgezeichneten Maße bedürfe, wenn der

---

*) Nachdem in B.'s Creditwesen dessen Grundstück zur Subhastation gelangt war, hatte Adv. N. solches erstanden, jedoch sein Erstehungsrecht an die Ehefrau B.'s abgetreten. Das Zehntheil war erlegt, jedoch sodann Weiteres nicht geleistet. Der Curator erachtete die decima für verfallen und Ima und IIda beferirten seinem Antrage auf diesfallsigen Ausspruch. Allein das OAG. reformirte auf anderweiten Adjudicationstermin, wogegen ein Rechtsmittel des Cur. bon. zur IVta nicht eingewendet wurde.

Verlust des Erstehungsrechtes und des angezahlten Zehntels wegen Nichtberichtigung des Viertheils erfolgen solle.

Zeitschr. für Rechtspfl. und Verw. Bd. III., S. 343.

Wochenbl. f. merkw. Rechtsf. 1853, S. 56 jct. 54.

Im vorliegenden Falle ist nun in den Subhastationsbedingungen sub 2 ausdrücklich vorgesehen, daß der Adjudicationstermin zu Erfüllung des Viertheils — binnen spätestens vier Wochen von der Subhastation, dem 21. März 1861, ab — anberaumt werden solle. Es hat aber der Ersteher, Adv. T., am 2. April dess. J. mit Genehmigung des Gerichts sein Erstehungsrecht an die Beklagte unter Ueberlassung des angezahlten Zehntheils als Anzahlung für deren Rechnung abgetreten, ohne daß ein Adjudicationstermin anberaumt war. Denn es hatte zwar das Gericht bereits unter dem 30. März Vorladung zum Adjudicationstermine auf den 20. April concipirt, es ist jedoch dieselbe an Adv. T. gerichtet, diesem erst am 5. April, somit zu einer Zeit, wo er ex nexu getreten, insinuirt worden und somit für Beklagte nicht verbindlich. Es kann daher auch ganz dahingestellt bleiben, ob das Anführen des Ehemannes der Beklagten begründet und ob er von Letzterer mit Auftrag versehen gewesen sei, was mindestens in keiner Weise liquid ist. Somit war die präjudizielle Vorladung zum anderweiten Adjudicationstermine verfrüht und als solche wirkungslos, und es kann auch die Eingabe Bl. hierunter schon deshalb Etwas nicht ändern, weil auf den Antrag auf Fristerstreckung nicht eingegangen worden, vielmehr im Bescheide der Verlust des Erstehungsrechts und des Zehntheils auf die Nichterfüllung des Viertheils in jenem sogenannten anderweiten Termine gesetzt ist.

Könnte man daher auch den Gründen voriger Instanz im Allgemeinen beipflichten, ist man ferner auch mit diesen darüber einverstanden, daß der erste Termin nicht in Betracht kommen könne, und der zweite als erster zu gelten habe, so theilt man doch, wie bereits oben gedacht, die Bl. ausgesprochene Meinung, daß die dreiwöchentliche Nachfrist von selbst und ohne daß es einer besonderen Einräumung derselben und überhaupt einer ausdrücklichen diesfallsigen gerichtlichen Ladung bedarf, laufe, nicht und es vermag auch die Meinung des Herausgebers von Curtius Handbuch, Theil IV. 3. Aufl., welche auch in der Note **) zu §. 1384a mit Beziehung auf Gottschalk Disc. II. pag. 375 ausgesprochen, hierunter um so weniger ein Gewicht zu äußern, als die von Letzterem angezogene Gesetzesvorlage Gesetzeskraft nicht erlangt hat, die Frage aber, welche von ihm behandelt und mit Beispielen aus der Spruchpraxis des vormaligen Appellationsgerichts erläutert ist, eine ganz andere als die hier in Rede stehende, nämlich die ist: ob der säumige Ersteher außer dem Verluste des Zehntels auch noch das Interesse zu tragen habe?

Gottschalk, l. c. pag. 357.

Auch vermag nicht etwa aus dem Mandate vom 14. Juni 1826 (Ges.=Samml. S. 170) verbis: „oder in der nach gedachter Gesetzstelle, statthaften dreiwöchentlichen Frist zu leistenden Zahlungen" Etwas Anderes gefolgert zu werden, da hierbei offenbar nicht bestimmt werden sollen, wie jene Frist zu fixiren.

Man hat daher lediglich bei der oben dargelegten Meinung, wonach es der besonderen Anberaumung des zweiten Adjudicationstermines bedarf, die auch die des Gerichts gewesen zu sein scheint, als sie mit der Vorladung Bl. verfuhr, und welche auch von anderen Gerichten befolgt wird,

vergl. z. B. Wochenbl. 1853, S 226.

zu beharren und demgemäß reformatorisch auf legale Anberaumung anderweiten Adjudicationstermines zu sprechen gehabt.

5.

Ueber die Beibringung verbesserter Vermögensumstände des früheren Cridars, Behufs der Begründung des Nachforderungsrechts.

II. Sen.-Erk. v. 17. Jan. 1863 no. 963/982 v. 1862.

Kläger, welcher aus dem zu des Beklagten Vermögen im Jahre 1856 ausgebrochenen Concurse auf die von ihm in Letzterem angemeldete und locirte Forderung von 185 Thlr. 1 Ngr. irgend eine Befriedigung nicht erlangt hat, macht gegenwärtig sein Forderungsrecht unter Beziehung auf den Umstand geltend, daß Beklagter Miterbe seiner immittelst verstorbenen Ehefrau geworden und dadurch zu besserem Vermögen gelangt sei, indem nach der von dem Beklagten selbst herausgegebenen Nachlaßspecification das diesem als Pflichttheil gebührende Viertheil des auf 1326 Thlr. 26 Ngr. 8 Pf. berechneten reinen Nachlaßbestandes das Libellat nicht unerheblich übersteige. Obschon die libellirte Forderung an sich von dem Beklagten eingeräumt worden ist, hat die erste Instanz die Klage in der angebrachten Maße abgewiesen, weil aus den von beiden Parteien angezogenen Nachlaßacten erhelle, daß eines Theils der Nachlaßbestand selbst durch neu hervorgetretene Passiven sich mindere, andern Theils das Erbtheil des Beklagten durch die in Gemäßheit des eheweiblichen Testaments darauf abzurechnenden Posten an zusammen 305 Thlr. cum annexis absorbirt werde. Die zweite Instanz hat diese Entscheidung bestätigt, weil die Voraussetzung des durch das beneficium compententiae beschränkten Nachforderungsrechts, die Verbesserung der Vermögensumstände des Schuldners keineswegs vorliege; nicht der bloße Erbanfall, sondern erst die wirkliche Erhebung des Erbtheils als solche gelten könne; unter den aus den vorbezeichneten Nachlaßacten sich ergebenden Umständen aber nicht zu ersehen sei, was Beklagter an verfügbaren Mitteln resp. Hülfsobjecten in die Hand bekommen werde, mithin es an den zu Beurtheilung der Vermögenslage des Beklagten in Beziehung auf das ihm zustehende beneficium competentiae erforderlichen Unterlagen gebreche. In jetziger Instanz ist man zu einer reformatorischen Entscheidung aus nachstehenden Gründen gelangt.

Weder im römischen, noch im sächsischen Rechte ist die Ausübung des sogenannten Nachforderungsrechtes durch einen stringenten genauen Nachweis der melior fortuna des Gemeinschuldners bedingt. Die einschlagenden Gesetzstellen des römischen Rechtes

§. 40 J. de action. (IV. 6.)

l. 4, 6, 7, D. de cess. bon. (42. 3.)

l. 1 C. qui bon. ced. poss. (VII. 71.)

l. 3 C. de bon. auct. jud. possid. (VII. 72.)

vergl. Gottschalk, sel. disc. tom. III. cap. XVII. pag. 212 sq.

gehen davon aus, daß zwar die cessio bonorum den insolventen Schuldner von seiner Verbindlichkeit gegen den Gläubiger, der nicht volle Befriedigung erlangt hat, keineswegs befreie, daß jedoch die Ausübung des dem Letzteren zustehenden Forderungsrechtes aus Rücksichten der Billigkeit und Humanität, theils nur unter Belassung der dem Schuldner nöthigen Subsistenzmittel (in quantum facere potest), theils blos insoweit, als derselbe nach der cessio bonorum anderweit Vermögen erworben hat, zuzulassen sei, darüber aber, ob diese Bedingungen des Nachforderungsrechtes nach Lage der Sache als vorhanden anzusehen, eintretenden Falles das richterliche Ermessen zu entscheiden und dabei insbesondere zu berücksichtigen habe, ob der fragliche Vermögenszuwachs zureichende Befriedigungsmittel darbiete und nicht vielmehr blos den unentbehrlichen Lebensbedarf des Schuldners zu decken geeignet sei. Ein förmliches Parteiverfahren hierüber, auf dessen Grund der Richter die ihm überlassene aestimatio bewirken solle, ist in jenen Gesetzen weder vorgeschrieben, noch vorausgesetzt. Es kommt nur darauf an, daß der Gläubiger durch gehörige Darlegung des neuen Erwerbes den Richter bestimme, das anderweite Einschreiten gegen den Schuldner zu gestatten. Ebenso verlangt das Particularrecht im gesch. Banq.-Mandat vom 20. Decbr. 1766 §. 17 im Falle eines Nachzahlungsanspruchs keinen stringenten Nachweis, daß der Gemeinschuldner nach getroffenem und erfülltem Accorde (beendigtem Concurse) zu besserem Vermögen gelangt sei, sondern nur „glaubhafte Anzeige dieserhalb" bei dessen Obrigkeit. Auch hier ist die Entscheidung dem Ermessen des Richters ohne vorgängiges Parteiverfahren und sogar mit der Ermächtigung überlassen, den Schuldner ohne Weiteres mit dem juramento manifestationis zu belegen.

In dem gegenwärtigen Falle hat nun zwar Kläger sein Nachforderungsrecht, von dem Weg bloßer Imploration absehend,

Gottschalk, l. l. p. 219 sq.

durch förmliche Klaganstellung geltend gemacht, indessen kann einleuchtender Weise der Umstand, daß dem Beklagten hierdurch Gelegenheit gegeben worden ist, auch seiner Seits Momente beizubringen, welche auf die richterliche Cognition über die behauptete Vermögensverbesserung Einfluß äußern können, die gesetzlichen Anforderungen an die Begründung des geltend gemachten Anspruchs nicht steigern oder erschweren. Der Anforderung einer glaubhaften Anzeige der eingetretenen Vermögensverbesserung entspricht aber das oben erwähnte durch die Beilageacten in Liquidität gesetzte Klagvorbringen zur Genüge. Unter Zugrundelegung der von dem Beklagten selbst herausgegebenen und von seinen Miterben für richtig anerkannten Nachlaßspecification hat Beklagter vermöge gesetzlichen Erb- und Pflichttheilsrechts eine

Summe zu beanspruchen, die als neuer, zu Klägers Befriedigung ausreichender Vermögenszuwachs zu betrachten ist. Richtig ist zwar, daß, wie in der vorliegenden Klage unerwähnt geblieben ist, in dem Testamente die Ehefrau des Beklagten dem Letzteren auf sein Erbtheil die Summe von zusammen 305 Thlrn., zu deren Bezahlung sie bei verschiedenen Gelegenheiten im alleinigen Interesse des Ehemannes sich verbindlich gemacht haben will, in Anrechnung gebracht hat. Ganz abgesehen jedoch von der Frage, ob im vorliegenden Falle die prozessualischen Grundsätze über prozeßhinderliche Einreden und die Nothwendigkeit ihrer replikatorischen Elision auf die dem richterlichen Ermessen unterliegenden materiellen Voraussetzungen des Nachforderungsrechtes Anwendung leiden, kann eine Einrede der gedachten Art aus jenem Thatumstande nicht abgeleitet werden. Schon in den Beilageacten Bl. hat Kläger bei der Nachlaßregulirung zu Geltendmachung dieses Rechtes die betreffende Testamentsdisposition als thatsächlich unbegründet und rechtlich unwirksam bestritten, auch deshalb eine Sicherungsmaßregel auszubringen gesucht. Ob seine Einwendungen gegen die betreffende Disposition unbegründet und schlechthin unerheblich seien, läßt sich zur Zeit mit Sicherheit noch nicht übersehen. Das Erbrecht des Beklagten ist in den Gesetzen begründet, nicht von der Willkür der Testirerin abhängig, und es wird daher erst bei näherer Prüfung des einschlagenden Sachverhältnisses zu beurtheilen sein, ob und inwieweit der der Intention Klägers an sich zur Seite stehende gesetzliche Erbanspruch des Beklagten durch die Bestimmung des eheweiblichen Testamentes mit Recht aufgehoben sei, oder, wie Kläger behaupet, eine in fraudem creditorium unternommene Erbentziehung vorliege. Daß Beklagter selbst dieselbe zur Zeit nicht angefochten hat, ist von diesem Gesichtspunkte aus einflußlos, und wenn auch die diesfallsige Anfechtung des Testamentes mit praktischem Erfolge nicht gegen den Beklagten allein, sondern gegen dessen Miterben durchzuführen ist, so ist dies doch kein Grund, dem Kläger die Füglichkeit, zu Sicherung seines Rechtes auf Befriedigung aus dem Erbanspruche des Beklagten im Wege der Hülfsvollstreckung zu gelangen, zu entziehen, eine Sicherung, die er durch andere Sicherungsmaßregeln gleich schnell und wirksam zu erlangen nicht vermag. Zuzugeben ist der zweiten Instanz die Möglichkeit, daß Kläger mit der beabsichtigten

Anfechtung des fraglichen Testaments nicht durchdringe und somit ein erfolgloser Prozeß eingeleitet werde. Allein so sehr die umsichtige Erwägung dieser Möglichkeit dem Kläger auch von jetziger Instanz in seinem eigenen Interesse empfohlen sein mag, so trägt man doch Bedenken, sie gegen seine entschieden ausgesprochene Intention Amtswegen zur Geltung zu bringen, zumal da es sich um Beschränkung einer an sich wohlbegründeten, von dem Beklagten gar nicht bestrittenen Forderung handelt, bei welcher nicht über das gesetzlich vorgeschriebene oder durch die Natur der Sache unbedingt gebotene Maß hinauszugehen ist. Im bloßen Interesse des Beklagten aber und insbesondere mit Rücksicht auf das ihm zuständige beneficium competentiae erscheint eine Hemmung des libellirten Anspruchs nicht geboten. Als eine schon an sich zu seinem Lebensbedarfe bestimmte und unentbehrliche Zuwendung ist das streitige Erbtheil weder dem Inhalte des Testamentes gemäß zu betrachten, noch von dem Beklagten selbst bezeichnet worden. Letzterer hat vielmehr sich begnügt, sein fortdauerndes Unvermögen zu Klägers Befriedigung zu behaupten, ohne über seine jetzigen Nahrungs- und Erwerbsverhältnisse irgend etwas Näheres anzugeben. Will man daher auch hierin die genügende Berufung auf die Rechtswohlthat der Competenz erblicken, so folgt doch daraus noch nicht, daß dieselbe auch in Bezug auf das fragliche Erbtheil anzuwenden sei, das ihm, die Befolgung der testamentarischen Verfügung vorausgesetzt, reelle Subsistenzmittel gar nicht gewähren würde. Anders würde sich die Sache gestalten, wenn Kläger auf Grund des gegenwärtigen Judicats seine Befriedigung aus einem anderen Vermögenstheile des Beklagten, als aus dem oft erwähnten Erbtheile suchen sollte. Denn eine sonstige, beziehentlich allgemeine Verbesserung der Vermögenslage des Letzteren, als die aus dem fraglichen Erbanfalle resultirende hat Kläger zur Zeit nirgends behauptet, und es versteht sich daher von selbst, daß, insofern seine etwaigen Hülfsanträge über diesen Gegenstand der zeitherigen Erörterung hinausgehen sollten, dann eine anderweite, selbstständige Erörterung der melior fortuna des Schuldners einzutreten haben würde, in Ansehung deren dem richterlichen Ermessen durch die gegenwärtige Entscheidung in keiner Weise vorgegriffen werden soll.

Bei Sistirung des ersten Verfahrens im Gütetermine, ohne Compromiß wegen dessen späteren Laufs, bedarf es neuer Ladung.

In einer zur Cognition des OAG.'s gelangten Rechtssache *) hatte des Klägers Sachwalter in dem am 11. April 1862 abgehaltenen Güte- und Rechtstermine, in welchem beide Parteien erschienen, einen von Beklagtem gemachten Vergleichsvorschlag ad referendum mit dem Bemerken angenommen, daß er seine Erklärung binnen acht Tagen abgeben werde und einstweilen Sistirung des Verfahrens beantragt. Am 20. April 1862 erklärte nun Kläger, daß er auf den im Gütetermine vom Beklagten gemachten Vergleichsvorschlag einzugehen Bedenken trage, und bat, einen Bescheid abzufassen und Beklagten auf Grund der Zugeständnisse desselben ad petita libelli zu verurtheilen. Hierauf setzte das Prozeßgericht den Beklagten von der nur gedachten Erklärung des Klägers in Kenntniß, verwies denselben zum Verfahren und belehrte ihn über dessen Absetzung.

Beklagter widersprach jedoch der gedachten Resolution, trat das rechtliche Verfahren nicht an und trug vielmehr darauf an,

*) No. 460/427 des Verspruchsprotokolls vom 14. Aug. 1863. — Die Hinausgabe eines Urthels in dem im deductiven Theile entwickelten Sinne erfolgte wegen Renunciation vor der Ausfertigung nicht, und es hatte daher diese Ausführung nicht unter der Rubrik der Präjudizien Mittheilung zu finden, wogegen die unter der gewählten durch das wissenschaftliche Interesse gerechtfertigt erschien.

daß ein anderweiter Güte= und Rechtstermin anberaumt und hierzu neue Ladung erlassen würde. Dieser Antrag wurde von den beiden ersten Instanzen für unbeachtlich angesehen, deshalb Beklagter wegen unterlassener Einlassung innerhalb der ihm vom Prozeßgericht nachgelassenen gesetzlichen Einlassungsfrist der Klage für geständig und überführt erachtet und in die geforderten 260 Thlr. 11 Ngr. cum annexis verurtheilt. Namentlich hatte die zweite Instanz die Bescheidung zur Herbeiführung der Contumazialstrafen aus dem Grunde für ausreichend angesehen, weil für das Prozeßgericht, nachdem der Termin ordnungsmäßig abgehalten und nur der Antritt des rechtlichen Verfahrens durch einstweilige Sistirung des Prozesses aufgeschoben worden sei, auch Kläger den Vergleichsvorschlag zurückgewiesen gehabt und solches dem Beklagten eröffnet worden, weiter nichts übrig geblieben sei, als den Beklagten zum rechtlichen Verfahren zu verweisen.

Dieser Entscheidung stehen folgende Bedenken entgegen.

Der erste Termin in Civilsachen hat den doppelten Zweck, zwischen den Parteien eine gütliche Vereinigung zu versuchen und falls solche nicht zu vermitteln ist, die Zeit zu fixiren, zu welcher sich Beklagter auf die erhobene Klage einzulassen und zu antworten hat. Mit Rücksicht auf diesen verschiedenen Zweck ist daher der erste Termin gleichzeitig Verhörs= oder Güte= und Rechtstermin, weshalb nach Maßgabe der Erl. Pr. Ordn. ad tit. I. §. 1 und 4 und ad tit. IV. §. 1 die Parteien zum Erscheinen im Verhörs= oder Gütetermine lediglich bei einer Geldstrafe, Beklagter aber zum Erscheinen im Rechtstermine und zur Einlassung und Antwort auf die Klage bei Vermeidung des Geständnisses und der Ueberführung vorzuladen ist. Nun ist zwar die Ladung an Beklagten unter dem gesetzlichen Präjudize erlassen worden, das letztere hat jedoch seine Wirkung deshalb verloren, weil Kläger schon im ersten Termine, nachdem eine gütliche Vereinigung zwischen den Parteien nicht zu Stande gekommen war, auf Sistirung des Verfahrens angetragen hat. Denn in Folge dieses Antrags hat nicht nur Kläger seine Zustimmung, daß der Termin zum Beginnen des rechtlichen Verfahrens (der Rechtstermin) keinen Fortgang nehme, gegeben, sondern es ist auch das Prozeßgericht behindert worden, der Vorschrift der Erl. Pr.=Ordn. ad tit. I. §. 4, nach welcher die Parteien sofort im ersten Termine, falls unter ihnen ein gütlicher Vergleich oder ein Compromiß nicht zu Stande kommt, zum rechtlichen Verfahren zu verweisen sind, zu genügen. Selbst in dem Falle, wo ein anstehender Güte= und Rechtstermin aufgehoben und auf einen andern Tag verlegt wird, erlöscht das in der früheren Ladung angedrohte Präjudiz, falls solches nicht in der in Folge der Prorogation des Termins zu erlassenden neuen Ladung ausdrücklich wiederholt, oder Beklagter auf dasselbe verwiesen wird.

Biener, systema processus §. 66.

Noch weit mehr verliert die erste Ladung zum Güte= und Rechtstermine und die darin angedrohten Contumazialstrafen jede Wirkung, wenn die Parteien zwar in diesem Termine erschienen, vom Kläger jedoch auf Sistirung des Verfahrens angetragen und hierdurch stillschweigend eingewilligt wird, daß Beklagter dasjenige, was ihm in Gemäßheit der Ladung zu thun obliegt, nicht vornehme. Denn in Folge dieser Erklärung ist der anberaumte Rechtstermin dergestalt für circumducirt zu achten, daß die erlassene Ladung aufgehoben ist und es einer neuen, unter Beobachtung der gesetzlichen Vorschriften zu erlassenden Citation bedarf, wenn Kläger auf Fortstellung des Verfahrens anträgt.

Biener, l. c. §. 90.

Wollte Kläger die prozessualischen Nachtheile, welche in Gemäßheit des Antrags auf Sistirung des Prozesses und der hierdurch herbeigeführten Circumduction des Rechtstermins entstanden sind, vermeiden und das in der Ladung für den Fall der unterlassenen Einlassung und Antwort auf die Klage angedrohte Präjudiz aufrecht erhalten, so hätte ihm obgelegen, mit dem Beklagten ein Compromiß dahin abzuschließen, daß das rechtliche Verfahren nach Ablauf einer bestimmten Frist, bis zu welcher der Proceß sistirt sein solle, zu laufen beginne.

Hiernach wäre das Prozeßgericht, nachdem Kläger auf Fortstellung des Prozesses angetragen hatte, einen neuen Rechtstermin anzuberaumen und hierzu Beklagten unter den gesetzlichen Präjudizien vorzuladen verpflichtet, die an Beklagten ertheilte mündliche Bescheidung aber nicht geeignet gewesen, die Stelle der gedachten Ladung zu vertreten, da nicht nur die Anberaumung eines bestimmten Terminstags, mit welchem das Verfahren beginnt,

§. 12 der Proz.-Nov. vom 30. Decbr. 1860.

sondern auch die Androhung des gesetzlichen Präjudizes, ganz abgesehen davon, ob solches mündlich angedroht werden kann, gänzlich unterlassen worden war.

Präjudizien.

I. Handels- und Wechselrecht.

1.

Im kaufmännischen, namentlich im Contocorrentverkehr sind 6 % Zinsen und außerdem Provision zulässig, auch leidet auf letzteren das Verbot des Anatocismus keine Anwendung.*)

II. Sen.-Erk. v. 5. Febr. 1863 no. 752/758 v. 1862.

Einen Grund für Abweisung der Klage in der angebrachten Maaße hat die zweite Instanz darin gefunden, daß bei allen früheren Rechnungsabschlüssen 6 Proc. Vertragszinsen in Ansatz gebracht worden seien, obwohl zufolge der zur Zeit der Eingehung der hier in Frage befangenen Rechtsgeschäfte in Geltung bestandenen Landesgesetze ein höherer Zinsfuß als 5 vom Hundert außerhalb des Wechselverkehrs nicht gestattet gewesen sei, und insbesondere aus der Vorschrift des StGB.'s v. J. 1855 Art. 340 fg., daß in Fällen der vorliegenden Art die Strafen des Wuchers nicht eintreten sollen, nicht gefolgert werden könne, daß dadurch auch die entgegenstehenden

---

*) Mit den Ergebnissen der Auffassung dritter Instanz in dieser nach dem particularen Rechte vor dem HGB. zu beurtheilenden Rechtssache stimmen dessen Vorschriften Art. 287 fg.

civilrechtlichen Bestimmungen als aufgehoben gelten müßten. Nun hat zwar das OAG. dieselbe Ansicht sowohl in früherer als neuerer Zeit

Zeitschr. f. Rechtspfl. u. Verw. N. F. Bd. XXI, S. 459.

wiederholt beim Rechtsprechen befolgt. Man hat jedoch dieselbe in neuester Zeit aus den nachstehenden, zunächst dem Erkenntnisse vom 28. Septbr. 1861 in Sachen Tonne/Hasse zu Grunde gelegten Gründen, welche hier ebenfalls Anwendung leiden, aufgegeben.

Auch nach Ansicht der jetzigen Instanz kann daraus allein, daß Art. 347 des StGB.'s die darin aufgeführten Fälle von den Strafen des Wuchers ausnimmt, zumal wenn man damit die Vorschrift der Publicationsverordnung vom 13. August 1855 vergleicht, nicht ohne Weiteres die Annahme gerechtfertigt werden, daß mit der in jenem Artikel ausgesprochenen Unanwendbarkeit der Strafen des Wuchers auf die darin bezeichneten Geschäfte diese selbst in ihren privatrechtlichen Wirkungen der Beurtheilung entzogen werden sollen, welcher sie nach den Mandaten vom 10. März 1704 und vom 20. December 1766 §. 2 unterliegen würden. Daß aber dessenungeachtet eine solche Annahme Platz ergreife, kann nach der Meinung des OAG.'s nicht bezweifelt werden, wenn man theils dasjenige, was zu Normirung eines gewissen Zinsfußes und zu Ergreifung von Zwangsmaßregeln gegen die Ueberschreitung des letzteren Veranlassung gegeben hat, theils die Rücksichten in's Auge faßt, von welchen die neue Criminalgesetzgebung seit dem Jahre 1838 bei Aufhebung der Strafbarkeit des Wuchers für Fälle der vorliegenden Art ausgegangen ist.

Die Feststellung eines gewissen Zinsmaßes und die Ahndung der Uebertretung des letzteren in gewissen Fällen beruht offenbar nur auf Rücksichten der allgemeinen Wohlfahrtspolizei, welche da, wo der an sich erlaubte Gebrauch, den Jemand von seinem Eigenthume macht, seinem Erfolge nach zu einer nicht nur im Einzelnen schädlichen, sondern auch gemeingefährlichen Minderung fremden Vermögens führen würde, einzuschreiten hat. Von diesem Gesichtspunkte gehen namentlich die Mandate vom 10. März 1704 und vom 20. Decbr. 1766 bei Normirung des Zinsfußes aus, indem sie das Bedingen und die Annahme höherer als der gesetzlich gestatteten Zinsen lediglich deshalb verbieten, weil wucherliche Zinsen leicht üble Folgen nicht nur für den Einzelnen, sondern selbst für den öffentlichen Verkehr überhaupt äußern können. Wird nun ein derartiges, früher mit der Strafe des Wuchers bedrohtes Geschäft später für straflos erklärt, so kann dies füglich nicht anders als aus der Ansicht hervorgegangen angesehen werden, daß der Grund, weshalb dasselbe vordem als gemeingefährlich erachtet und von der freien Vereinbarung ausgenommen worden ist, nicht mehr bestehe. Als nothwendige Folge hiervon stellt die Annahme heraus, daß nunmehr ein solches, seiner Natur nach den erlaubten Handlungen angehörendes Geschäft auch nicht weiter der civilrechtlichen Giltigkeit entbehren könne. Zudem geben die Verhandlungen der Ständeversammlung über die Bestimmungen des Art. 301 des Crim.- und des Art. 347 des StGB.'s und beziehentlich die Motiven zu dem letztgedachten Artikel an die Hand, daß bei Ertheilung jener Bestimmungen die Absicht des Gesetzgebers nicht bloß darauf, eigentlich kaufmännische, diesem Gewerbsbetriebe eigenthümliche Geschäfte von den Strafen des Wuchers auszunehmen, sondern auch darauf gerichtet gewesen ist, dieselben von den über den Zinsfuß bestehenden gesetzlichen Vorschriften zu eximiren.

Mittheilungen über die Verhandlungen des Landtags 1836/37, S. 4117 und 4119.

Krug, Commentar zu dem StGB. Abth. 3, S. 122 zu Art. 347. Namentlich hat man Inhalts dieser Verhandlungen und Motiven angenommen, daß die zur Normirung des Zinsfußes gegebenen Gesetzesvorschriften auf eigentliche rein kaufmännische Geschäfte nicht passen, da Geschäfte dieser Art mehr die Natur von Käufen als Darlehnen haben, das Geld hierbei nicht als ein gewöhnliches Tauschmittel, sondern als Waare in Betracht komme; man hat in Erwägung gezogen, daß bei solchen Geschäften der Erborger selbst das Geld weit höher, als zu dem gesetzlichen Zinsfuße nutze, und somit eine Ungleichheit vorliegen würde, wenn man nicht dem Darleiher gestatten wolle, sich ebenmäßige Vortheile zu verschaffen; man hat berücksichtigt, daß eine starre ausnahmslose Festhaltung an dem gesetzlichen Zinsfuße bei dem Handelsverkehr mit dem Auslande nur zum Nachtheile des Inlandes gereichen könnte; und somit allenthalben deutlich zu erkennen gegeben, daß bei Feststellung der Bestimmungen des Art. 301 des CrGB.'s und des Art. 347 des StGB.'s die Absicht nicht bloß dahin, die daselbst erwähnten Geschäfte von den Strafen des Wuchers auszunehmen, gegangen, sondern damit zugleich bezweckt worden sei, diese Geschäfte als solche, welche den über die Höhe der Zinsen bestehenden gesetzlichen Beschränkungen überhaupt nicht unterliegen, zu bezeichnen.

Uebrigens ist die vorige Instanz nach Bl. der auf Erfordern mittelst Berichts vom 20. Novbr. 1862 eingesendeten, dasselbe Streitobject betreffenden, und zwischen denselben Parteien ergangenen, Voracten selbst von der Ansicht ausgegangen, daß dem Beklagten seine Bezugnahme auf die angebliche Wucherhaftigkeit der vom Kläger geltend gemachten Forderungen an Zinsen und Provision nicht zu der verlangten Klagabweisung verhelfen könne.

Ebensowenig verdienen die übrigen Ausstellungen des Beklagten gegen die Schlüssigkeit der Klage rechtliche Beachtung. Denn im kaufmännischen Handelsverkehre ist keineswegs ungewöhnlich, daß die Contocorrentabschlüsse in kürzeren als Jahresfristen erfolgen, und daß der Contocorrentgläubiger von den gemachten Vorschüssen und von dem vorgetragenen Saldo außer 6 Proc. Vertragszinsen eine bedungene Provision von 1/3 oder 1/2 Proc. berechnet, und daß beim jedesmaligen Rechnungsabschlusse die Zinsen zum Capitale geschlagen und von da ab verzinst werden.

Brinkmann, Handelsrecht S. 115, 504 u. 605.

Die angeblich bedungene Provision ist aus denselben Gründen gestattet, aus welchem nach Obigem 6 Proc. Vertragszinsen im kaufmännischen Verkehre nicht unter die Wuchergesetze fallen. Ebensowenig ist das Verbot des Anatocismus auf den Contocorrent-Saldo, obwohl darin Zinsenbeträge aus dem vorausgegangenen Geschäftsverkehre begriffen sind, zu erstrecken.

Annalen des OAG. Bd. I. S. 289 fg.

2.

Zu Art. 348 [3] HGB. — Welches Gericht ist das zu Vornahme der darin vorgesehenen Feststellung competente?

III. Sen.-Verordn. v. 5. Septbr. 1863 no. 260.

Impetrant, der Spinnereibesitzer in Ch., hat nach Bl. bei dem Handelsger. im BG. Ch. den Antrag gestellt, daß von der letzteren

Gerichtsbehörde nach Maßgabe des Art. 348 des allgem. deutschen HGB.'s Sachverständige ernannt und denselben die in seiner Baumwollenspinnerei zu K. befindliche, ihm von dem Maschinenfabrikanten R. und B. zu Ch. auf vorgängige Bestellung nach K. gelieferte und daselbst aufgestellte Dampfmaschine Behufs der Feststellung der angeblichen Untauglichkeit der letzteren mittelst Requisition des GA.'s Ch. als der Gerichtsbehörde über K., zu Prüfung und Abgabe von Gutachten überwiesen werde. Das genannte HG. hat den gedachten Antrag zurückgewiesen, weil zu Vornahme der nachgesuchten Maßregel nach Abs. 3, Art. 348 des allgem. deutschen HGB.'s nicht das HG. für die Stadt Ch., sondern das GA. Ch. in seiner Eigenschaft als Handelsgericht beziehentlich Ortsbehörde für K., als denjenigen Ort, an welchem sich die beanstandete, von einem auswärtigen Orte übersendete Dampfmaschine befinde, competent sei. Die zweite Instanz ist der gedachten Ansicht beigetreten. Impetrant hat gegen die deshalb ergangene Verordnung anderweit das Rechtsmittel der Berufung eingewendet. Obwohl nun zur Zeit die von dem Impetranten als Gegner bezeichneten Maschinenfabrikanten R. und B. nicht gehört worden sind, und das Rechtsmittel zunächst nur als eine Beschwerde über ein Untergericht wegen Verweigerung der Justiz sich darstellt, so hat dennoch das OAG. keinen Anstand genommen, über dieselbe zu cognosciren, weil es sich um Feststellung desjenigen Fori, vor welchem der nach Art. 348 des allgem. deutschen Handelsgesetzbuchs gestattete anticipirte Beweis durch Sachverständige zu führen ist, mithin um eine Frage handelt, welche mit dem einzuleitenden künftigen Rechtsstreite im nächsten Zusammenhange steht. Der Umstand, daß die Impetraten R. und B. von dem Antrage Impetrantens nicht in Kenntniß gesetzt worden sind, bringt es jedoch mit sich, daß das OAG. sich lediglich auf die Frage, welches Gericht zur Vornahme des beantragten gerichtlichen Actes, dessen Zulässigkeit vorausgesetzt, competent sei, zu beschränken hat.

Art. 348 des HGB.'s disponirt:

> „Wenn der Käufer die von einem andern Orte übersendete Waare beanstandet, so ist er verpflichtet, für die einstweilige Aufbewahrung derselben zu sorgen. Er kann, wenn sich bei der Ablieferung oder später Mängel ergeben, den Zustand

der Waare durch Sachverständige feststellen lassen. Die Sachverständigen ernennt auf Antrag des Betheiligten das Handelsgericht oder in dessen Ermangelung der Richter des Orts."

Mit den beiden vorigen Instanzen stimmt man darin überein, daß unter dem in Absatz 3 gedachten „Handelsgericht oder in dessen Ermangelung dem Richter des Orts" lediglich die in Handelssachen competente Gerichtsbehörde desjenigen Orts zu verstehen ist, an welchem der Käufer die ihm vom Verkäufer von einem andern Orte übersendete Waare, welche er wegen Mängel beanstandet, aufbewahrt. Für diese Auslegung spricht nicht nur der Wortlaut der gedachten Bestimmung, sondern auch der Zweck der Vorschrift, wie sich derselbe aus dem Gesetze selbst und aus den Protokollen der Nürberger Commission zur Berathung des HGB.'s ergiebt. Wäre die Absicht des Gesetzgebers dahin gegangen, die Benennung der Sachverständigen dem zur Verhandlung in der Hauptsache zuständigen Handelsgericht oder in dessen Ermangelung dem gewöhnlichen Gericht zu überlassen, so würde solches beziehentlich unter Verweisung auf Art. 3 des HGB.'s ausgedrückt, oder die gebrauchten Worte: „Handelsgericht oder in dessen Ermangelung der Richter des Orts" mit dem Ausdruck „Gericht", wie von der Regierung zu H. vorgeschlagen worden war,

Lutz, Commissionsprotokolle Bd. IX., Erinnerungen der Regierungen gegen den Entwurf zweiter Lesung S. 55.

oder mit andern diese Absicht anzeigenden Worten vertauscht worden sein. Dies ist nicht nur nicht geschehen, sondern es ist ausdrücklich vorgeschrieben worden, daß der Richter des Orts, und zwar falls Handelsgerichte eingeführt sind, das daselbst zuständige Handelsgericht, außerdem aber der gewöhnliche Richter des Orts die Sachverständigen zu ernennen habe. Diese Anordnung ist deshalb getroffen worden, weil der Käufer, welchem in Art. 347 und 348 des HGB.'s die Verpflichtung, die ihm von einem andern Orte übersendete Waare ohne Verzug zu untersuchen und wenn sich dieselbe nicht als vertrags- oder gesetzmäßig ergiebt, nicht nur dem Verkäufer davon sofort Anzeige zu machen, sondern auch für die einstweilige Aufbewahrung derselben zu sorgen, auferlegt worden ist, ein unleugbares Interesse hat, daß der Zustand der Waare zur Zeit der Ablieferung festgestellt werde.

Man hat deshalb dem Käufer das Recht eingeräumt, Behufs der legalen Feststellung dieses Zustandes die Mitwirkung des Gerichts an dem Orte, wo die Waare aufbewahrt wird, in Anspruch zu nehmen und deshalb diesem Richter die Verpflichtung, auf Anträge wegen Ernennung von Sachverständigen einzugehen, auferlegt, damit letzterer sich nicht für incompetent erklären könne.

Lutz, Confer.-Protokolle Thl. I, S. 654, 655 u. Bd. II, S. 1385.

Ein gleiches Befugniß wurde dem Verkäufer bei der zweiten Lesung des Entwurfs eingeräumt, damit dieser für seine Person die Untersuchung der angeblich mit Mängeln behafteten Waare veranlassen könne, wenn der Käufer nach der Anzeige über vorgefundene Mängel keine weiteren Schritte Behufs deren Constatirung thue oder die Untersuchung so lange hinausschiebe, bis der ursprüngliche Zustand der Waare sich gar nicht mehr feststellen lasse.

Lutz, a. a. O. Thl. II, S. 1585, 1586 und 1590.

Ferner liegt es in der Natur der Sache, daß eine kunstgemäße Beurtheilung des Zustandes der Waare zur Zeit der Ablieferung nur dann mit der nothwendigen Sicherheit und Gründlichkeit bewirkt werden kann, wenn die Sachverständigen die Waare selbst unmittelbar nach dem angegebenen Zeitpunkte besichtigt haben, da außerdem leicht durch Naturereignisse, Translocation oder aus sonstigen Gründen die Beschaffenheit der Waare verändert werden kann. Zur Zeit der Beanstandung der Waare läßt sich in der Regel noch nicht übersehen, ob der Käufer oder Verkäufer die Rolle des Klägers übernehmen, mithin ob zur Verhandlung des einzuleitenden Rechtsstreites der persönliche Richter des Verkäufers oder Käufers competent sein wird, und selbst abgesehen hiervon, wird der für die Hauptsache zuständige Richter in der Regel entfernt von demjenigen Orte wohnen, wo die fehlerhafte Waare lagert, und die beantragte Maßregel nur mittelst Requisition des Richters, unter dessen Jurisdiction sich die Waare befindet, vornehmen können. Durch diese Weiterungen würde eine Säumniß entstehen, welche dem Zwecke der Disposition — der sofortigen Untersuchung und Begutachtung der beanstandeten Waare — widersprechen würde. Es ist deshalb sowohl im Art. 348, als auch in der analogen Bestimmung des Art. 407 des HGB.'s über Feststellung des Zustandes von Frachtgütern, wenn der bezeichnete Empfänger nicht auszumitteln ist, oder wenn Streit über die Annahme oder den Zustand des Gutes entsteht, die Ernennung der Sachverständigen auf Antrag eines Betheiligten dem Gerichte des Orts, wo die Waare aufbewahrt wird, übertragen worden.

Impetrant behauptet, daß die oftерwähnte Vorschrift in Art. 348 lediglich prozeßrechtlicher Natur sei und folgert aus dem Umstande, daß die Prozeßformen, unter welchen dieselbe zur Anwendung zu bringen, weder im HGB. noch in der sächsischen Ausführungsverordnung vom 30. December 1861 festgesetzt worden sind, daß in Sachsen die Grundsätze des sächsischen Prozeßrechts über den Beweis zum ewigen Gedächtniß, und namentlich der Grundsatz, daß der Beweisführer den zuletztgedachten Beweis in dem Falle, wenn der Hauptprozeß noch nicht anhängig sei, bei demjenigen Gericht, vor welchem künftig der Prozeß werde anhängig werden, einzureichen habe, als Normen dienen müßten. Nun ist aber bereits bei den Berathungen der Nürnberger Commission darauf aufmerksam gemacht worden, daß die Vorschriften über Erhebung von Beweisen zum ewigen Gedächtnisse um deswillen nicht ausreichend seien, weil diese hin und wieder an umständlichere Formen geknüpft seien, während hier mitunter sehr schnell verfahren werden müsse, weil ferner die Voraussetzungen für die Zulässigkeit der fraglichen Beweisführung nicht überall gleich seien und weil endlich deren Resultate nach manchen Prozeßgesetzgebungen bis zum Beweisverfahren im Prozesse geheim gehalten werden müßten.

Lutz, a. a. O. Bd. I, S. 655.

Hauptsächlich aber ist der Grundsatz, daß der Beweis zum ewigen Gedächtnisse nur vor dem für die Hauptsache competenten Richter geführt werden könne, nach gemeinem Rechte keineswegs unbestritten, indem die Vorschrift des R. A. von 1600 §. 28, wonach der zum ewigen Gedächtnisse aufgenommene Beweis so lange aufbewahrt werden soll, bis die die Herausgabe begehrende Partei einen Schein vom Richter der anhängigen Hauptsache beibringt, daß die Sache anhängig sei, und man des Beweises bedürfe, die Folgerung zuläßt, daß die Beweisaufnahme bei einem andern als dem für die Hauptsache zuständigen Gerichte nicht untersagt sei.

Linde, Abhandlungen aus dem Civilprozesse Thl. II., S. 39 u. 66.
Bayer, Vorträge S. 449 ed. 7.

Diese Controverse ist durch Art. 348 des HGB.'s dahin entschieden worden, daß in dem daselbst erwähnten Falle der Richter des Orts, wo die von auswärts zugesendete, vom Käufer beanstandete Waare sich befindet, die Sachverständigen Behufs der Constatirung der Beschaffenheit der Waare zu ernennen habe.

Aus diesen Gründen ist Impetrant in Betreff des Bl. gestellten Antrags mit Recht an das GA. Ch., als das für den Ort K. nach Maßgabe §. 12 der Ausführungsverordnung vom 30. Decbr. 1861 zuständige Handelsgericht, verwiesen worden.

3.

„Ende Decbr. prox." ist eine ungenügende Bezeichnung des Zahlungstages. — WO. Art. 4, no. 4.

II. Sen.-Erk. v. 24. Febr. 1863 no. 106/68.

Allerdings ist das OAG. der auch von verschiedenen anderen obersten Gerichtshöfen getheilten Ansicht, daß es der Gültigkeit des Wechsels, in der Regel wenigstens, keinen Eintrag thue, wenn in demselben als die Verfallzeit „Ende" oder „ultimo" eines Monats ohne Angabe des Jahrs, in welchem gezahlt werden solle, bezeichnet worden ist, weil man anzunehmen hat, daß unter diesem „ultimo" der letzte Tag des nächstbevorstehenden benannten Monats gemeint sei,

Annalen des OAG. Bd. I, no. 11, S. 245. — Bd. III, no. 9, S. 250 fg.

allein im vorliegenden Falle steht hinter den Worten „Ende Decbr." noch der Beisatz: „prox.", was unstreitig die Abkürzung von „proximi" sein soll. Stände dieses „prox." vor dem Monatsnamen, so würde man nicht im geringsten Zweifel darüber sein können, welcher Tag gemeint gewesen; bei der dem „prox." hier gegebenen Stellung aber wird es jedenfalls sehr zweifelhaft, ob damit der letzte Tag des nächsten Decembermonats oder nicht vielmehr der letzte Tag des Monats December des nächsten Jahrs habe bezeichnet werden sollen, so daß man „anni" zu suppliren hätte. Diese Ungewißheit bewirkt, daß man die Bezeichnung des Verfalltags im vorliegenden Falle nicht als eine genügend bestimmte ansehen kann, wie sie die ADWO. Art. 4 unter 4 verlangt. Man tritt daher der ersten Instanz darin bei, daß dem der Wechselklage zum Grunde gelegten Wechsel eine zu seiner Gültigkeit ganz wesentlich erforderliche Eigenschaft abgehe, derselbe also auch eine geeignete Grundlage für den angestellten Wechselprozeß nicht abgeben könne.

4.

Nichtigkeit des Wechselverfahrens, wenn Klägers Mandatar nicht gehörig zum Prozesse legitimirt ist.

II. Sen.-Erk. v. 24. Febr. 1863 no. 106/68.

Die Abweisung des Klägers erscheint auch aus folgendem Grunde gerechtfertigt. Nach §. 32 des Gesetzes über den Schuldarrest und den Wechselprozeß vom 7. Juni 1849 nämlich ist es wesentliches Formale der Anstellung der Wechselklage, daß, wenn der Gläubiger die Klage nicht persönlich anbringt, sondern sich dabei eines Sachwalters bedient, dieser Sachwalter sich durch Einreichung der Vollmacht legitimire. Diesem Requisite ist im vorliegenden Falle nicht Genüge geleistet, denn der in dieser Sache für den Kläger aufgetretene Sachwalter hat zwar mit der Klage die Vollmacht Bl. eingereicht, allein diese im Blanquet ausgestellte Vollmacht leidet insofern an ganz wesentlichen Mängeln, als der Aussteller seinen Vornamen nicht vollständig ausgeschrieben hat und das Blanquet jede nähere Bezeichnung des Streitgegenstandes vermissen läßt.

II. Römisches und Sächsisches Civilrecht.

1.

Vertragsschluß durch Stellvertreter. — Täuschung, Irrthum in Bezug auf die Person des Mitcontrahenten.*)

II. Sen.-Erk. v. 26. Febr. 1863 no. 22/72.

Inhalts der Klage soll B. die in Rede stehenden 20 Stück Feldschlößchenbierbrauerei-Actien unter dem Eröffnen, daß ihm solche

*) Vergl. Bürgerliches Gesetzbuch v. 2. Jan. 1863 §. 788 fg., 841

von einer dritten — von ihm jedoch hierbei nicht genannten — Person zum Verkaufe in Commission übergeben worden seien, dem Mitbeklagten G. zum Kaufe angeboten haben. Wäre dieses wahr und darauf hin ein Kaufvertrag — über dessen Abschluß im übrigen zwischen den Parteien Einverständniß obwaltet — zu Stande gekommen, so würde allerdings, wie nicht bestritten werden soll, wenn auch nicht Kläger selbst, so doch dessen Mandatar B. als Verkäufer zu gelten haben; dieses um so gewisser, als es im Erfolge gleich ist, ob Jemand, wenn er im fremden Auftrage einen Vertrag abschließt, seine Eigenschaft als Stellvertreter gänzlich verschweigt oder ob er, wie es hier der Fall gewesen sein soll, den Namen seines Mandanten gar nicht nennt, und sich solchergestalt für seine Person als Selbstcontrahent gerirt.

Wesentlich anders dagegen würde der Fall dann sich gestalten, wenn B., wie dieses im Gegensatze zu Klägers Vorbringen von Seiten der Beklagten nach Bl., verbunden mit Anmerk. zum Einl.-Pkt. 14. Bl. behauptet wird, bei dem Angebote der Actien erklärt hätte, er solle dieselben für Fr. verw. N. verkaufen. Denn durch die Namhaftmachung einer Person, als deren Beauftragter er handele, gab derselbe, wenn dies auch in noch so genereller Weise geschah, doch immerhin so viel zu erkennen, daß er nicht für seine Person Verkäufer sein wolle, sondern lediglich in Stellvertretung einer andern den Kauf proponire, und es hing nun nur noch von den Beklagten ab, ob sie in dieser Maaße mit ihm contrahiren, oder nach der Person der angeblichen Auftraggeberin, wenn sie deren Bezeichnung nicht für genügend erachteten, vorerst noch weiter sich erkundigen wollten. Wie daher solchenfalls nicht B. es war, welcher aus dem von ihm abgeschlossenen Kaufvertrage Rechte erlangte, so wurden Beklagte aus jenem Vertrage ihm für die Person ebensowenig verpflichtet. Vielmehr würde die hierunter Berechtigte nur die verw. N. gewesen sein, wenn überhaupt solchenfalls von einem Vertrage hätte die Rede sein können, was aber aus dem einfachen Grunde nicht der Fall war, weil ein Mandatsverhältniß, wie es von B. angegeben, in Wahrheit nicht bestand und nie bestanden hatte.

Wenn nun diese Sachdarstellung der Beklagten, mit dem Vorbringen in der Klage verglichen, wie die vorige Instanz mit Recht annimmt, ein Ableugnen des Klaggrundes in einem wesentlichen Punkte, nämlich in Ansehung der Person des Verkäufers, involvirt, so ist insoweit mit Recht den Beklagten der diesfalls angetragene Eid nachgelassen und in Letzterem ganz richtig in der Weise, wie Bl. zu lesen, die Adversative zugleich mit aufgenommen worden.

Würden Beklagte indessen nurgedachten Eid auch nicht schwören, und hierdurch die Annahme Platz ergreifen müssen, daß B. in der Maaße, wie die Klage besagt, als Verkäufer selbst sich gerirt hat, so wäre hierdurch nach der Ansicht des OAG.'s immer noch nicht so ohne Weiteres schon eine Verurtheilung im Sinne der prima gerechtfertigt. Zwar bestreiten Beklagte, daß B. beim Verkaufe der Actien in Wahrheit nur als Klägers Beauftragter gehandelt hat, nach dem 2. Einleitungspunkte jetzt selbst nicht. Allein daß sie dieses Verhältniß bereits beim Abschlusse des Handels gekannt, wird von ihnen keineswegs eingeräumt, wie denn solches klägerischer Seits auch nicht einmal behauptet wird. Liegt also, daß Beklagte schon beim Abschlusse des Vertrags diese Kenntniß gehabt, nicht vor — nach ihrer durch nichts widerlegten Behauptung in der Anmerk. zum 40. Einl.-Punkte, wollen sie dieses erst später auf der Börse erfahren haben — so rechtfertigt der später gelieferte Nachweis der wirklichen — beim Vertragsabschlusse aber verschwiegenen — Eigenschaft Klägers als Auftraggebers ihnen gegenüber immer noch nicht die Befugniß Klägers an der Stelle B.'s so ohne Weiteres in das Vertragsverhältniß einzutreten. Hierzu würde derselbe freilich, wie man ihm zugeben kann, dann befugt sein, wenn es in einem Falle der hier vorliegenden Art, wo aus einem von dem Mandatar unter Verschweigung seiner Mandatseigenschaft abgeschlossenen Vertrage von dem Mandanten Rechte abgeleitet werden, dem Verpflichteten gegenüber lediglich darauf ankäme, daß das Mandatsverhältniß als ein vorhanden gewesenes nachgewiesen würde, wie dieses von manchen Rechtslehrern, unter andern

> Sintenis, praktisches gem. Civilrecht, II. Bd., §. 102, 1. S. 359, verb. mit 2. S. 365.

geschiebt, indem sie diesen Fall von dem, wo es sich um von dem Mandatar unter Verschweigung seiner Eigenschaft begründete Verpflichtungen und deren Geltendmachung gegen den Mandanten handelt, unterscheiden. Allein das OAG. vermag sich von der Richtigkeit einer derartigen Distinction nicht zu überzeugen. Denn nach dem Begriffe und Wesen eines Obligationsverhältnisses, welches anderergestalt nicht als in der Beziehung auf bestimmte Personen zur Erscheinung kommt, gehören die Subjecte desselben so wesentlich zu seinem Inhalte, daß eine Veränderung letzterer die obligatio selbst zu einer andern macht. Es hat dieses zur Folge, daß der Verpflichtete in der Regel wenigstens immer zu hören ist, wenn er, wie dies auch im vorliegenden Falle Seiten der Beklagten geschieht, der Forderung des Mandanten den Einwand entgegensetzt, es könne ihm nicht gleichgiltig sein, wem er sich verpflichtet habe, indem er Gründe gehabt, in der Maaße, wie geschehen, nicht zu contrahiren, wenn er, daß eine andere Person als sein Mitcontrahent Rechte aus dem Vertrage ableiten würde, gewußt hätte. Ist dieser Einwand, wie nicht wohl zu bestreiten sein wird, ein an sich keineswegs verwerflicher, so wird consequenter Weise in der Regel überall, wo Folgen eines von einem Mandatar im verschwiegenen Auftrage abgeschlossenen Vertrags in Frage gelangen, welche der Mandant zu seinen Gunsten aus solchem ableitet, dem andern Paciscenten das Recht nicht versagt werden können, wegen Irrthums in der Person des Mitpaciscenten den Vertrag anzufechten, wie denn auch der schon angezogene Rechtslehrer, ohne dies zu verkennen, sich unter anderen dahin ausspricht, daß ein derartiger Einwand, wenn er erfolgt, immerhin nicht anders als durch Cession der Klage an den Mandanten sich beseitigen lassen werde.

Anmerk. 20. Seite 359, verb. mit Anmerk. 48. Seite 365 fg.

Wie nun aus den eben dargelegten Gründen, das Vorbringen in der Klage als wahr vorausgesetzt, nach der Ansicht des OAG.'s Kläger anderergestalt zur Erhebung der Klage nicht befugt war, als wenn derselbe, wie auch wirklich geschehen ist, auf eine Abtretung der Rechte, welche B. gegen Beklagte erworben, auf ihn selbst Bezug nahm, so rc.

2.

Auslegung einer Poenaldisposition.

II. Sen.-Erk. v. 12. Febr. 1863 no. 2441.*)

Bei Poenalbestimmungen der in Rede stehenden Art kommt es nicht sowohl darauf, was derjenige, der solche ausbedingt, sich bei der Stipulation gedacht hat, als darauf an, was deren Wortlaute nach mit Nothwendigkeit gegen den andern Theil gefolgert werden muß.

Betrachtet man nun die Stipulation Bl., so will man zunächst eine Auffassung bei Seite lassen, wonach in Hinblick auf die Stellung der Worte „bei Verlust dieser Anzahlung und des Kaufrechts" in

---

*) Kläger hatte freiwillige Subhastation seiner Mühle für den 25. Febr. 1860 angesetzt und war in den den Licitanten bekannt gemachten Bedingungen d. d. des Subhastationstages u. A. Folgendes enthalten:

2) Bis übermorgen Mittag, bis wohin Verkäufer seine Erklärung wegen käuflicher Ueberlassung überhaupt sich vorbehält, ist jeder Bieter an sein Gebot gebunden.

3) Bei Abgabe einer zusagenden Ueberlassungserklärung sind von der Kaufsumme 1500 Thlr. sofort zu erlegen, wogegen der 3. Theil bei Verlust deren Anzahlung und des Kaufrechts spätestens Ende März d. J. zu zahlen ist.

Bei der Licitation hatte Beklagter sich betheiligt und Kläger angeblich bis zum 27. Febr. Mittag ihm, daß er ihn als Käufer erwählt, mitgetheilt. Als Beklagter nicht die Anzahlung leistete, erhob Kläger (praes. 27. März 1860, insin. 17. April d. a.) Klage auf Anerkennung des Kaufs mit dem Petitum, dahin zu erkennen, daß Bekl. die 1500 Thlr. c. a. zu zahlen schuldig, ferner aber, dafern er außer diesen 1500 Thlr. nicht bis Ende März 1860 annoch das $1/3$ erfülle, und nachher Kläger zurücktreten wollte, der zu zahlenden 1500 Thlr. und des Kaufrechts verlustig sei. — Diese Klage wurde in 2. Instanz rechtskräftig i. d. a. M. abgewiesen, weil nicht gleichzeitig Erfüllung und Rescission gefordert werden könne (Zeitschr. f. Rechtspfl. u. Verw. N. F. Bd. XVI, S. 169). Nun erhob Kläger neue Klage ex clausula cassatoria auf Verlust des Kaufrechts und Zahlung der 1500 Thlr. c. a. Die Ima condemnirte; die IIda (AG. Zwickau) reformirte auf Abw. i. d. a. M. und das OAG. confirmirte. — Im übrigen wurde conform mit der IIda ausgeführt, daß die Rechtskraft des Vorprozesses, insofern in IIda nicht der jetzt angewendete, sondern der obbemerkte Abweisungsgrund geltend gemacht worden, nicht ein Präjudiz zu Gunsten des Klägers in Betreff des ersteren Grundes involvire. — Die im Text behandelte Auslegungsregel: semper in obscuris etc. ist anerkannt im bürgerlichen Gesetzbuch, §. 813 i. f.

Verbindung damit, daß Kläger sich die Consenserklärung zum Kaufe vorbehalten hat und in der Lage ist, deren ihn bis auf Weiteres bindende Abgabe von der Zug um Zug zu leistenden Anzahlung abhängig zu machen, angenommen werden kann, daß dem vom Kläger gewählten Licitanten ein Kaufrecht nur dann als erwachsen gelten solle, wenn er sofort bei Eröffnung der solchergestalt nur eventuellen Consenserklärung des Verkäufers 1500 Thlr. Anzahlung leiste und sodann bis spätestens Ende März das Drittheil der Kaufsumme erfülle. Jeden Falles folgt aber aus jener Stipulation eben nur so viel, daß Kläger Erfüllung des Kaufs fordern, jedoch auch dann, wenn Beklagter zwar sofort die Anzahlung geleistet, jedoch das Drittheil bis mit Ende März nicht erfüllt hat, poenitiren, und die geleistete Anzahlung als im Voraus quantificirtes Interesse der durch die Nichterfüllung des Drittheils vereitelten definitiven Kaufsfeststellung, inne zu behalten berechtigt ist. Dagegen ist ihm aber dem Wortlaute nach nicht das Recht ertheilt, zu einer Zeit, wo der Normaltag der cassatorischen Clausel bereits verflossen, einen Theil der „Kaufsumme" als Anzahlung lediglich der Gestalt zu fordern, daß sie in keinem Falle dem Beklagten als Anzahlung auf das Kaufgeld zu Gute geht, also in keinem Momente die Natur einer Kaufgelderzahlung hat, sondern eben nur als Zahlung des quantificirten Interesses, des Nichtzustandekommens des Kaufs, vom Kläger in Empfang genommen und innebehalten werden kann. Mag es daher immer wahrscheinlich sein, daß Kläger bei der Stipulation auch letzteres beabsichtigt habe, so bleibt es doch ungewiß, ob Beklagter die Stipulation in dem vom Kläger beabsichtigten Sinne verstanden habe; und eben diese Ungewißheit ist es, welche nach ausdrücklichen, auf dem Principe der aequitas und einem gewissen odium gegen Poenaldispositionen beruhenden Vorschriften des Römischen Rechts:

> l. 9. l. 56. l. 90. l. 168. l. 192. §. 1 de R. I. (L. 17) — Semper in obscuris, quod minimum est, sequimur. — Semper in dubiis benigniora praeferenda sunt — in omnibus maxime tamen in jure aequitas spectanda. — rapienda occasio est, quae praebet benignius responsum. — in re dubia benigniorem interpretationem sequi, non minus justius est, quam tutius,

eine irgend zweifelhafte Stipulation zu Gunsten des Klägers auszulegen verbietet, welcher sich nach der Anlage derselben in Betreff seines Gebundenseins durch den Vertrag möglichst viele Vortheile gegen den Beklagten bedungen hat; wie denn dafür, daß er bei Nichtzustandekommen des Kaufs einen durch eine Conventionalstrafe zu deckenden Verlust und insbesondere einen solchen von deren Höhe habe, Etwas nicht vorliegt, aus der Verurtheilung aber im Zweifel ein Vermögensverlust Beklagtens folgen würde.

3.

Die Annahme und der Verbrauch einer bestellten und mit Preisnote abgelieferten Waare gilt auch zwischen Nichtkaufleuten als thatsächliches Einverständniß mit den Preisansätzen des Verkäufers.

II. Sen.-Erk. v. 24. Febr. 1863 no. 92/71.

(Der Satz wurde als von dem OAG. befolgte Ansicht unter Hinweis auf den in der Zeitschr. f. Rechtspfl. u. Verw. N. F. Bd. XXII., S. 506 mitgetheilten Vorgang ausgesprochen. Derselbe dient als Beispiel für die Vorschrift des BGB.'s §. 98.)

4.

Fall der actio locati, beziehentlich legis Aquiliae bei Beschädigung des Miethobjects.

II. Sen.-Erk. v. 20. Febr. 1863 no. 86/65.*)

Das OAG. findet kein Bedenken, dem Satze beizutreten, daß, wenn nach dem Antrage des Ermiethers auf miethweise Ueberlassung

*) Beklagtem ließ bei Klägern, einem Pferdeverleiher, für ihre unmündige Tochter ein Miethpferd bestellen. Dies wurde gebracht, jedoch, wenigstens nach Klägers Behauptung, bei der Ueberlieferung an die Tochter erklärt, daß letztere nicht Carriere reiten dürfe. Die Tochter wählte nichtsdestoweniger auf einem an sich dazu geeigneten Reitwege in einem Parke diese Gangart, und das Pferd brach, auf nicht aufgeklärte Weise, das Bein, so daß es getödtet werden mußte. Kläger nahm nun Beklagte theils als Ermietherin wegen contractwidriger Benutzung, theils als Vormünderin ihrer Tochter ex lege Aquilia in Anspruch. In beiderlei Hinsicht wies die Ima die Klage in

einer Sache der Vermiethung, ohne vorher wörtlich seine Einwilligung auszusprechen, die Sache überschickt, der Zeitpunkt des Contractabschlusses mit dem der Uebergabe zusammenfällt, und daß daher Bestimmungen über den Umfang des Gebrauchs der vermietheten Sache rechtzeitig bei der Uebergabe getroffen werden können, aber freilich — was bei der vorigen Entscheidung keine Beachtung gefunden hat — unter der Voraussetzung, daß der Ermiether die Sache übernommen, obgleich ihm die vom Vermiether verlangten Gebrauchsmodificationen bekannt geworden waren. Denn wenn es an der Kenntniß dieser letzteren gebricht, so kann der Natur der Sache nach keine Uebereinstimmung des Willens beider Theile, die das Wesen der zweiseitigen Contracte bildet, in Bezug auf die beliebte Gebrauchsmodification stattfinden.

Hat Beklagte, wie in der Klage behauptet wird, vom Kläger die miethweise Ueberlassung eines Pferdes verlangt, oder durch einen Beauftragten verlangen lassen, so hat sie dadurch eingewilligt, die Verpflichtung zu übernehmen, neben Bezahlung des Miethgeldes für pflegliche Benutzung des Pferdes besorgt zu sein, dagegen aber auch erwarten dürfen, daß ihr das ermiethete Pferd zu jeder Benutzung überlassen sei, welche die Grenzen des pfleglichen Gebrauchs nicht überschreitet. Wollte Kläger ihr diesen an und für sich den Gegenstand der Miethe eines Pferdes bildenden Gebrauch im vollen Umfange nicht gestatten, so konnte er durch die Uebergabe des Pferdes, wenn er sie mit einschränkenden Bestimmungen in Begriff der Benutzung verband, den Abschluß des von der Beklagten beabsichtigten Vertrags nicht bewirken, vielmehr setzte er an die Stelle des ihm proponirten einen andern Miethvertrag, dessen Eingehung von Seiten der Beklagten zwar nicht nothwendig nur durch wörtliche Erklärungen zu erfolgen hatte, vielmehr auch durch solche Handlungen bewirkt werden konnte, in welchen der stillschweigende Ausdruck der Zustimmung enthalten war. Allein wenn aus Handlungen Zustimmung gefolgert werden soll, so setzt dies von Seite des Handelnden, also

---

der angebrachten Maaße ab. Die IIda hielt sie zwar in ersterer aufrecht allein die IIIa stellt auch insoweit die Ima wieder her. — Vergl. auch §. 1205 des BGB.'s.

hier der Beklagten, nothwendig eine Kenntniß des klägerischerseits angebotenen Miethvertrags voraus.

Der Kläger hat aber darauf, daß die seinerseits bei der Uebergabe des Pferdes gemachte Gebrauchsbeschränkung der Beklagten bekannt gegeben worden sei, sich nirgends bezogen, kann also aus der Annahme des Pferdes nicht die Einwilligung der Beklagten in die bei der Uebergabe gemachten Gebrauchsbeschränkungen folgern.

Nun ist zwar in der Klage behauptet, es sei der minderjährigen Tochter der Beklagten bei Ueberbringung des Pferdes die Gebrauchsbeschränkung ausdrücklich bekannt gemacht worden, und Kläger ist der Meinung, daß deshalb, weil von Beklagter das Pferd zur Benutzung dieser Tochter ermiethet worden, sie also auch den durch eine von der letztern durch unpflegliche Benutzung des Pferdes verhangenen Schaden zu vertreten habe, auch die gegen die Tochter erklärte Gebrauchsbeschränkung für das Contractsverhältniß zwischen Klägerm und Beklagter maßgebend sei. Allein da diese Tochter — abgesehen davon, daß sie als Unmündige zu Eingehung von Rechtsgeschäften überhaupt nicht befähigt war — weder contrahirender Theil, noch Beauftragte eines contrahirenden Theiles gewesen, so bleiben die von ihr oder gegen sie gegebenen Erklärungen auf das Contractsverhältniß ohne allen Einfluß.

Unter diesen Umständen, da Kläger aus dem Miethvertrage, wie er ihn in der Klage dargestellt hat, irgend einen Anspruch gegen Beklagte abzuleiten nicht vermag, bedarf es des erkannten Eides nicht, bei dessen Nichtleistung immer noch nicht der Abschluß des Vertrags, sondern nur der Beklagten Erbieten zum Vertragsabschluß in einem andern, als dem zur Begründung des klägerischen Anspruchs erforderlichen Umfange constatirt sein würde. Es war vielmehr der Ansicht der ersten Instanz beizutreten, daß die Klage, soweit sie als Contractsklage gegen die Beklagte persönlich gerichtet worden, in der angebrachten Maaße unstatthaft sei.

Soweit die Klage als actio ex lege Aquilia oder in factum gegen Beklagte als Vormünderin ihrer Tochter gerichtet gewesen, sind schon bei den vorigen Erkenntnissen die Gründe angegeben, aus denen die Unstatthaftigkeit einer solchen Klage folgt. Es ist namentlich darauf hinzuweisen, daß die Klage die Behauptung einer rechtswidrigen Handlung, injuria, vermissen läßt, durch welche der Schaden entstanden. Denn wenn Man selbst davon absehen könnte, daß daraus, daß ein Gegenstand beim Gebrauche Schaden erleidet, noch nicht folgt, daß der Schade durch den Gebrauch verursacht worden sei, so ist zunächst den vorigen Instanzen darin beizupflichten, daß der Carriere-ritt innerhalb der Grenzen des erlaubten Gebrauchs eines ermietheten Pferdes liegt, also an und für sich eine rechtswidrige Handlung nicht enthält. Die Erklärung an die Tochter der Beklagten bei der Uebergabe des Pferdes, daß sie nicht Carriere reiten solle, änderte hieran aber nichts, sondern würde nur dann von Einfluß gewesen sein, wenn die Tochter zu dem Ueberbringer des Pferdes oder dem Kläger im Contractsverhältnisse gestanden hätte. Dies war aber deshalb nicht der Fall, weil sich ihr Recht auf Benutzung des Pferdes nicht auf einen Vertrag mit dem Kläger, sondern auf die in der Klage behauptete Gestattung ihrer Mutter gründete, für welche, wie oben gezeigt, die bei Uebergabe des Pferdes gemachte Beschränkung der Gebrauchsgestattung ohne rechtliche Wirkung bleiben mußte, und die daher keine weiteren contractlichen Verpflichtungen auf ihre Tochter übertragen konnte, als diejenigen waren, die von ihr stillschweigend durch das Anverlangen der miethweisen Ueberlassung eines Reitpferds ausgedrückt wurden.

Auch insoweit erscheint also die Abweisung der Klage gerechtfertigt.

5.

Fall einer unstatthaften Klage auf Gewährung eines nicht versprochenen Lohns für geleistete Dienste.*) — Condictio ob causam?

II. Sen.-Erk. v. 27. Febr. 1863 no. 84/81.

Daß der geklagte Anspruch auf Gewährung eines Dienstlohns von 548 Thlr. 11 Ngr. als actio locati oder actio praescriptis verbis nicht aufrecht erhalten werden könne, weil Kläger selbst einräumt, daß ihm vom Beklagten ein Dienstlohn oder eine sonstige Entschädigung nicht versprochen worden sei, auch Kläger sich darauf,

*) §. 1231 jcto 820 des BGB.'s.

daß er aus Diensten der in der Klage gedachten Art einen Erwerbszweig mache, in einer für den gebrauchten Eidesantrag hinlänglich bestimmten Weise nicht bezogen hat, ist bereits in den früheren Instanzen ausreichend nachgewiesen worden. Nicht minder entbehrt der Anspruch, wenn man ihn aus dem Gesichtspunkte einer condictio causa data causa non secuta, auf welche Kläger hinzudeuten scheint, auffassen wollte, der schlüssigen Begründung.

In dem Inhalts der Beilagsacten zwischen denselben Parteien verhandelten Vorprozesse hatte Kläger die Behauptung aufgestellt, daß er am 1. März 1860 in Folge eines mit Beklagtem mündlich abgeschlossenen Societätscontracts als Theilhaber in das Geschäft des Beklagten eingetreten sei und in dieser Eigenschaft alle diejenigen Arbeiten besorgt habe, welche zu Erhaltung und Fortführung des Geschäfts nothwendig gewesen seien. Der nurgedachte, auf Rechnungslegung gerichtete Prozeß hat dadurch seine Erledigung gefunden, daß Beklagter den über den Klaggrund angetragenen Eid geschworen hat.

Geht man von der vom Kläger nicht bestrittenen Annahme aus, daß Kläger die in der Klage erwähnten, ihm von Beklagtem übertragenen Dienstleistungen in der Erwartung, daß Beklagter ihn als socius in sein Geschäft aufnehmen werde, übernommen und ausgeführt habe, so kann der Umstand allein, daß zwischen den Parteien ein Societätscontract nicht zu Stande gekommen, mithin Kläger in der Hoffnung, welcher er bei Leistung der Dienste sich hingegeben hat, getäuscht worden ist, einen Anspruch auf Gewährung einer Vergütung für Dienste nicht begründen. Sollte nämlich Kläger die gedachte Absicht, weshalb er die Dienste leiste, dem Beklagten gar nicht zu erkennen gegeben haben, so würde die Vorschrift der l. 3. 7. D. de condict. causa data causa non secuta 12. 4.

> Constat, eum qui dedit ea spe, quod se ab eo, qui acceperit, remunerari existimaret, vel amiciorem sibi esse futurum, repetere non posse, opinione falsa deceptum.

eintreten, indem Kläger sich der Dienste in der Hoffnung unterzogen hätte, daß Beklagter durch dieselben bewogen, oder wenigstens desto geneigter gemacht werden würde, ihn als Gesellschafter in sein Geschäft aufzunehmen. Hat sich nun Kläger in seinen Erwartungen getäuscht, und nicht die Bedingung, daß ihm die Dienste bei dem Nichtabschlusse des Societätscontracts vergütet werden, gestellt, so steht ihm im Zweifel ein Anspruch auf nachträgliche Entschädigung wegen der Dienste nicht zu.

l. 7. C. de condict. ob causam datam 4. 6.

v. Langenn und Kori, Erörterungen Thl. I. S. 8 flg. ed. 2.

Kläger hat sich darüber, ob er die Voraussetzung, daß er die Dienste in der Erwartung eines künftig einzugehenden Societätscontracts verrichten wolle, gegen den Beklagten ausgesprochen habe, nicht ausgelassen. Sollte nun selbst Kläger eine Erklärung der gedachten Art abgegeben haben, so würde doch hieraus die Absicht des Klägers, von Beklagtem die Vergütung der Dienste im Falle, daß der Gesellschaftsvertrag nicht zu Stande komme, zu verlangen, mit Sicherheit nicht gefolgert werden können, vielmehr Kläger genöthigt sein, auf solche Thatsachen sich zu beziehen, aus denen hervorgeht, daß er die Dienste nicht in der Absicht einer Freigebigkeit, sondern unter der Voraussetzung deren Vergeltung geleistet habe, so daß von Neuem die Frage entsteht, ob das zwischen den Parteien bestandene Rechtsverhältniß nach den Grundsätzen der actio praescriptis verbis, oder der actio locati zu beurtheilen sei.

Reinhard, im Archive für civ. Praxis, Bd. XXIX., S. 252.

Denn selbst im Falle des Zustandekommens des Societätsvertrags würde Kläger nicht einen Lohn für seine Dienste, sondern als socius nur einen Antheil am Gewinne, falls ein solcher wirklich erlangt wird, haben beanspruchen können

Annalen des OAG.'s Bd. II., S. 221 flg.

und zwar erst von der Zeit an, wo der Societätscontract zum Abschluß gelangte. Die Behauptung Klägers, daß er für den Fall, daß das Societätsverhältniß zu Stande gekommen wäre, durch Perception eines entsprechenden Gewinnantheils seine Absicht, eine Vergütung für die geklagten Dienstleistungen zu erlangen, erreicht haben würde, entbehrt jeder factischen Unterlage, da ein Societätscontract gar nicht zum Abschlusse gediehen ist, mithin auch nicht übersehen werden kann, nach welcher Höhe dem Kläger ein Gewinnantheil zugesichert und ob insbesondere hierbei auf die vor dem Abschlusse des

Contracts vom Kläger geleisteten Dienste Rücksicht genommen worden sein würde.

6.

Haftpflicht des Frachtfuhrmanns.

II. Sen.-Erk. v. 27. Febr. 1863 no. 921/936 v. 1862.*)

Beklagter hatte, mag man ihn als conductor operis oder als Mandatar ansehen, bei Ausführung des ihm von dem Kläger übertragenen Geschäfts die größtmöglichste Sorgfalt zu verwenden;

1. 13. 31. Cod. mand. (4. 35.)

Hänel, Lehre von Schadenersatz §. 59, S. 63.

Sintenis, Civilr. Bd. II, §. 113, I. S. 574.

er war in dem einen wie in dem andern Falle verbunden, die ihm übergebenen Marktkisten an den Ort ihrer Bestimmung gelangen zu lassen und würde sich daher auch als bloßer Mandatar des Klägers von der Verbindlichkeit für die eine dieser Kisten, welche seinem eigenen Bekenntnisse zufolge, der getroffenen Vereinbarung entgegen, von ihm an den Kläger in D. nicht ausgeantwortet, sondern seinem Anführen zufolge auf dem Transporte von P. nach D. von dem Frachtwagen gestohlen oder verloren, später aber dem Kläger nicht im unverletzten Zustande, sondern eines Theils ihres Inhalts entledigt, zugestellt worden ist, dem Kläger nach Höhe des demselben solchergestalt erwachsenen Schadens Ersatz zu leisten, nur durch den Nachweis befreien können, daß gedachtes Frachtstück ohne seine Verschuldung abhanden gekommen sei.

Hänel a. a. O. §. 90, S. 106.

Wochenbl. f. merkw. Rechtspf. Jahrg. 1859, S. 469.

Allein, daß letzteres der Fall gewesen, hat Beklagter nicht einmal zu behaupten vermocht, vielmehr, indem er, wie bereits bemerkt worden ist, sich darauf bezieht, daß die Kiste vom Frachtwagen gestohlen oder verloren worden sei, Zugeständnisse im entgegengesetzten

---

*) Die hier gegebene Ausführung galt dem Einwande Beklagtens, daß eine ausdrückliche Lohnvereinbarung nicht Platz ergriffen habe, er somit nicht die custodia wie ein Lohnfuhrmann zu prästiren habe. — BGB. §. 1302, jcto §. 728.

Sinne, Zugeständnisse, welche dafür sprechen, abgelegt, daß er es auf dem Transporte an der erforderlichen Ueberwachung der ihm anvertraut gewesenen Frachtgüter habe fehlen lassen.

7.

Bedeutung der Ausdrücke: „einen Käufer zuschicken — zuweisen — bringen" — bei einem Mäklervertrage.*)

II. Sen.-Erk. v. 24. Febr. 1863 no. 90/69.

Gegen die Schlüssigkeit der Klage im Allgemeinen läßt sich kein gegründeter Einwand erheben. Nach der Behauptung Klägers ist ihm das beanspruchte Proxeneticum für das Zuschicken eines Käufers zugesagt worden. Es kann auf sich beruhen, ob in der Bemerkung, welche der Kläger bei dieser Gelegenheit zu Motivirung seines Anspruchs gemacht haben will und die nach der chronologischen Reihenfolge der in der Klageschrift angeführten Thatsachen erst nach dem Abschlusse des Mäklervertrags erfolgt ist, die Absicht, diesen Vertrag in Bezug auf die dem Kläger obliegende Leistung zu ändern oder zu erläutern gefunden werden könnte; denn man pflichtet den beiden vorigen Instanzen darin vollkommen bei, daß mit dem bei dieser Bemerkung gebrauchten Worte: „Zuweisen" keine andere, als die bereits mit dem Worte: „Zuschicken" bezeichnete Thätigkeit des Klägers gefordert worden sein würde. Die Ausdrücke: „einen Käufer zuweisen oder nachweisen" umfassen jede Art der Vermittlung, welche der Mäkler zur Zustandebringung des fraglichen Rechtsgeschäfts anwendet und man könnte selbst in dem Zuschicken des Käufers insofern noch etwas mehr, als in dem Zu- oder Nachweisen eines solchen erblicken, als sich im ersteren Falle der Agent anheischig macht, dafür zu sorgen, daß sich der ermittelte Kauflustige persönlich zu dem Verkäufer begebe. Der Kläger hatte also in beiden Fällen das ihm zugesagte Proxeneticum verdient, wenn er, wie dies in der Klage bestimmt und speciell behauptet worden ist, dem von B. mittheilte, daß das Grundstück der Beklagten verkäuflich sei, wenn er denselben hierbei aufforderte, sich zu der Letzteren zu begeben und mit dieser zu verhandeln

*) BGB. §. 1254.

und wenn hierauf*) der Kauf über jenes Grundnück auch wirklich zum Abschluß gediehen ist. Daß solchenfalls die Benachrichtigung von B.'s durch den Kläger und die Aufforderung des letzteren an von B.'n, sich zur Beklagten zu bemühen, die ursachliche Veranlassung zu dem geständlich erfolgten Abschlusse des Kaufvertrags gewesen, muß vorausgesetzt werden, so lange nicht Thatsachen angeführt und nachgewiesen werden, welche das Gegentheil erkennen lassen. Die Anführung solcher Thatsachen wäre aber Gegenstand einer Ausflucht gewesen, welche dem angetragenen und in den für die Entscheidung wesentlichen Punkten stillschweigend angenommenen Eide gegenüber aus bekannten formellen Gründen nicht berücksichtigt werden könnte.

Man hat aber auch, abweichend von der Ansicht der vorigen Instanz anzunehmen gehabt, daß zwischen dem in der Klage behaupteten und dem in den Anmerkungen zum 10., 11., 12., 13. Einl.-Punkte eingeräumten Versprechen kein wesentlicher Unterschied liege. Daß mit dem Ausdrucke: „einen Käufer nachweisen — zuweisen" — nicht mehr, als mit dem Ausdrucke: „einen Käufer schicken", bezeichnet werde, ist schon erwähnt worden. Das „Bringen" weist allerdings dem strengen Wortlaute nach auf eine persönliche Präsentation, aber nach der Meinung des OAG.'s nicht auch zugleich auf eine persönliche Gegenwart und Mitwirkung des Mäklers bei Einleitung oder Fortstellung der Kaufsverhandlungen hin. Sonach ist es aber ohne Bedeutung für den Verkäufer, ob der Agent den Kauflustigen persönlich begleitet oder nicht, vielmehr liegt das Wesentliche seiner Thätigkeit und Vermittelung darin, daß er die Person, welche er von der Verkäuflichkeit in Kenntniß gesetzt, dem Eigenthümer genügender Weise bezeichnet oder sonst dafür Sorge getragen hat, daß diese Verhandlungen angeknüpft werden konnten. Man hat daher übereinstimmend mit der Ima den Vertragsabschluß selbst für eingeräumt angesehen und demgemäß den der Beklagten sub 3 alternativ nachgelassenen Eid in Wegfall gestellt.

*) Alsbald nach der Zuweisung.

8.

Zu Bestellung eines Faustpfandes an einer dem Schuldner gehörigen, jedoch im Besitze seines Mandatars befindlichen Sache reicht die Ausstellung der Pfandverschreibung und die Ermächtigung, sich die Sache vom Mandatar aushändigen zu lassen, nicht hin. — Possessio instrumentalis. *)

II. Sen.-Erk. v. 12. Febr. 1863 no. 817/932 v. 1862.

Zu der Zeit, als der Gemeinschuldner die Bl. anzutreffende Pfandverschreibung ausstellte, waren, wie Liquidant selbst angiebt, die in dieser Urkunde erwähnten 5 Ballen Hopfen nicht im Besitz des Cridars, sondern in dem der Spediteure F. und S. Sollte daher dem Liquidanten an den erwähnten 5 Ballen Hopfen ein Faustpfand bestellt werden, so hatte der Gemeinschuldner dafür Sorge zu tragen, daß die genannten Spediteure die fraglichen 5 Ballen Hopfen an den Liquidanten ausantworteten, oder es mußte, wollte man davon ausgehen, daß es auf Grund der Vorschrift der Erl. Pr. Ordn. ad tit. 42, §. 2 nicht unbedingt nothwendig gewesen sei, daß dem Liquidanten selbst die 5 Ballen Hopfen Behufs der Erlangung eines Pfandrechts an selbigen übergeben wurden, daß vielmehr die Möglichkeit gegeben gewesen sei, dem Liquidanten ein Pfandrecht auch dadurch zu gewähren, daß die verpfändete Sache einem Dritten übergeben wurde, damit dieser fortan den Pfandbesitz für den Liquidanten ausübe,

Reinhard, Ordnung der Gläubiger §. 157.

wenigstens dahin von dem Gemeinschuldner Vorkehrung getroffen werden, daß F. und S. die 5 Ballen Hopfen, in deren Besitz sie bereits waren, als Pfand des Liquidanten inne behielten. Auf keinen Fall reichte aber zur Constituirung des gedachten Pfandrechts die bloße Ausstellung der Pfandverschreibung, beziehentlich deren Uebergabe an den Liquidanten aus. Denn heißt es auch in dieser, es überlasse und übergebe hiermit der Gemeinschuldner die dort bezeichneten 5 Ballen Hopfen, welche bei F. und S. aufbewahrt würden, an M. S.

*) Conform BGB. §. 466, 471, jcto §. 194, 197, 201.

(den Liquidanten) als Faustpfand zur Sicherstellung der demselben zustehenden Forderung an 649 Thlr. 20 Ngr., so erfolgte doch durch diese Erklärung an sich noch keine Besitzübertragung an den Liquidanten und ebensowenig enthielt sie einen einer solchen unmittelbaren Besitzübertragung nach Befinden gleichzustellenden Act, sondern es ist in ihr nur die Absicht des Gemeinschuldners ausgesprochen, dem Liquidanten an den 5 Ballen Hopfen ein Pfandrecht bestellen zu wollen. Daß aber eine derartige Verschreibung allein zur wirklichen Constituirung eines Faustpfands nicht ausreicht, unterliegt nach der angezogenen Vorschrift der Erl. Pr.=Ordn. keinem Zweifel und wenn Liquidant darauf Bezug nimmt, daß durch die Aushändigung der angezogenen Urkunde an ihn eine wirkliche Besitzübertragung der fraglichen 5 Ballen Hopfen stattgefunden und er eine sogenannte possessio instrumentalis erlangt habe, so ist er eines Theils über den Sinn dieses letztern Ausdrucks an sich im Unklaren, da derselbe nur von dem Falle gebraucht wird, in welchem der bisherige Besitzer die seine eigenen Besitzrechte beweisenden Urkunden an denjenigen, auf welchen er den Besitz übertragen will, übergiebt und andern Theils würde, läge wirklich eine symbolische Uebergabe vor, auch eine solche nach der allegirten Gesetzesvorschrift ohne Wirkung sein.

9.

Ein Faustpfand kann nicht dadurch bestellt werden, daß der Schuldner die Sachen durch einen von ihm requirirten Notar versiegeln läßt.*)

II. Sen.=Erk. v. 12. Febr. 1863 no. 817/932 v. 1862.

Es war der Ansicht der vorigen Instanzen, daß den Liquidanten M. S. und J. S. auf Grund der Bl. anzutreffenden Notariatsinstrumente ein Pfandrecht an den in diesen erwähnten Fässern nicht zuzusprechen sei, beizutreten. Wie in den früheren Rationen hervorgehoben worden, hat bei den betreffenden notariellen Expeditionen eine Vertretung der beiden Liquidanten nicht stattgefunden, sondern es haben bei denselben außer dem Notar selbst und den von diesem

*) Conform BGB. §. 466, 467, 471.

zugezogenen Zeugen und Sachverständigen lediglich Bevollmächtigte des Gemeinschuldners concurrirt. Der Notar aber war nach Inhalt der angezogenen Urkunden von dem Gemeinschuldner selbst requirirt worden, und wenn er auch in dem Ersteren jener Documente bezeugt, er sei von H. (dem Cridar) gebeten worden, die in Folge einer mit den Gebrüdern S. getroffenen Uebereinkunft um mehrerer Sicherheit willen beliebte Versiegelung desjenigen Locals, in welchem sich die dort näher erwähnten Fässer befänden, vorzunehmen, und er habe in Folge dessen die gedachte Versiegelung vorgenommen, so handelte er doch immer hierbei, ebenso wie bei der späteren fernerweiten Versiegelung der in dem zweiten Notariatsinstrumente erwähnten Niederlage-Abtheilung lediglich für seinen Requirenten, den Gemeinschuldner, nicht aber für die Gebrüder S. Namentlich läßt sich bei der Stellung, die der Notar bei jenen Expeditionen einnahm, nicht behaupten, daß derselbe als Geschäftsführer der Gebr. S. aufgetreten sei und überhaupt als solcher habe auftreten können, und die Grundsätze, welche über den Besitzerwerb durch Stellvertreter gelten, finden nach Lage der Sache hier keine Anwendung. Die Gebr. S. erwarben daher auch durch die notariellen Versiegelungen der fraglichen Localitäten an sich keine Rechte, sondern es waren jene Versiegelungen nur Handlungen, die aus dem einseitigen Willen des Gemeinschuldners hervorgingen und die für sich allein eine Uebertragung des Besitzes der in Rede stehenden Fässer auf die Gebr. S. nicht bewirkten, und daß später noch etwas geschehen sei, wodurch diese Besitzübertragung erfolgt wäre, haben die letzteren selbst nicht behauptet. Von selbst folgt hieraus, daß das prätendirte Pfandrecht der Liquidanten durch die angezogenen Urkunden nicht in Liquidität gesetzt werden könne. Ebensowenig aber war den Gebr. S. noch der Beweis dieses ihres Pfandrechts nachzulassen. Hierzu wäre nur dann zu gelangen gewesen, wenn die Liquidanten die Existenz eines solchen Rechts in schlüssiger Weise behauptet hätten. Beide Liquidanten haben sich aber bei Anmeldung ihrer bezüglichen Forderungen nur auf den Inhalt der allegirten Urkunden berufen und daß diese für die Existenz eines Pfandrechts keinen genügenden Anhalt gewähren, unterliegt nach dem oben Gesagten und dem schon von der vorigen Instanz Bemerkten keinem gegründeten Bedenken.

10.

Klagerecht des Ehemanns einer während der Ehe außerehelich geschwängerten Ehefrau auf Ersatz der für den Schwängerer verlagsweise berichtigten, beziehentlich annoch zu beschaffenden Alimente.

II. Sen.-Erk. v. 12. Febr. 1863 no. 43/35.

Das OAG. befolgt die Ansicht, daß der auf dem Mandate vom 12. November 1828 beruhende Anspruch auf gesetzliche Alimente nur dem außerehelichen Kinde selbst und zwar zunächst gegen den außerehelichen Vater, dann gegen die außereheliche Mutter und nach diesen gegen die successiv verpflichteten beiderseitigen Großältern zustehe. Hieraus folgt, daß sowohl die Mutter, als dritte Personen die Gewährung von Alimentengeldern für ein solches Kind nur auf Grund einer negotiorum gestio von dem außerehelichen Vater beanspruchen können. Der ledigen Mutter steht in dieser Beziehung die in dem natürlichen Verhältnisse und ihrer eigenen Alimentationspflicht begründete Präsumtion zur Seite, daß sie die Erziehung ihres Kindes selbst besorgt habe und dieselbe auch fernerhin besorgen werde; diese Präsumtion fällt aber hinweg, wenn die Mutter des außerehelichen Kindes eine Ehefrau ist, und es tritt solchenfalls an deren Stelle die Vermuthung, daß der Unterhalt des Kindes zugleich mit den Kosten des sonstigen Haushaltes von dem Ehemanne bisher bestritten worden sei und auch in der Zukunft werde bestritten werden. Von dieser Ansicht, welche das OAG. bereits wiederholt ausgesprochen und näher begründet hat,

Zeitschr. f. Rechtspfl. u. Verw., N. F. Bd. XIII., S. 352 flg., Bd. XVI., S. 158 flg., Bd. XVIII., S. 218., Bd. XXI., S. 62, Annalen Bd. I, S. 355.

findet man sich nicht veranlaßt, abzugehen und will für den vorliegenden Fall nur Folgendes noch bemerken.

1) Die Argumentation der vorigen Instanz für die entgegengesetzte Meinung beruht in der Hauptsache auf der Prämisse, daß das

*) Bestätigt in IVta (III. Sen.-Erk. v. 12. Sept. 1863 no. 1) im Wesentlichen aus vorigen Gründen. Mit dem Ergebnisse der obstehenden Ausführung stimmt die Vorschrift in §. 1869 des BGB.

Mandat vom 12. November 1828 der außerehelichen Mutter ein eigenes und selbstständiges Recht auf Gewährung von Alimentengeldern gegen den außerehelichen Vater beilege, ohne hierbei einen Unterschied zwischen einer ledigen Frauensperson und einer Ehefrau zu machen. Daß das Mandat in Bezug auf die Alimentationspflicht keinen Unterschied zwischen Kindern, die im Ehebruch erzeugt worden sind und anderen außerehelichen Kindern aufgestellt hat, ist richtig; dagegen vermag man die Bestimmung, daß die Mutter die Alimente kraft ihres eigenen Rechts und beziehentlich als einen Beitrag zu der ihr obliegenden Erziehung des Kindes zu fordern habe, in dem gedachten Gesetze nicht zu finden; denn sowohl in diesem als in den älteren Sächsischen Gesetzen

const. 27, P. IV. und
decisio 28 v. J. 1746

wird das Kind als die alimentenberechtigte Person bezeichnet und in der dec. 28 und dem Mandate vom 12. Nov. 1828 wird unter den zur Alimentation eines außerehelichen Kindes successiv verpflichteten Personen die Mutter selbst in zweiter Linie mit aufgeführt,

Zeitschr. f. Rechtspfl. u. Verw., N. F. Bd. XIII, S. 144, 147 und Bd. XXI., S. 62 flg.

2) Die Rechtsregel: pater est, quem justae nuptiae demonstrant, schließt zwar, wie das OAG. in ähnlichen Fällen stets anerkannt hat, den Beweis, daß ein in der Ehe geborenes Kind im Ehebruche erzeugt worden sei und solchenfalls auch die gesetzliche Alimentationspflicht des adulter keineswegs aus und insofern läßt sich allerdings sagen, daß die Kosten für den Unterhalt und die Erziehung eines solchen Kindes nicht zu den Kosten des Haushalts zu rechnen seien, für welche der Ehemann aufzukommen verbunden ist. Allein eine andere Frage ist es, ob nicht demungeachtet die Präsumtion dafür streite, daß dieses Kind von den zu Bestreitung des gemeinschaftlichen Haushalts im Allgemeinen von dem Ehemanne beschafften Mitteln mit erhalten worden sei? Diese Vermuthung findet ihre Begründung eines Theils in dem ehelichen Verhältnisse und dem Zusammenleben der Ehegatten, andern Theils in der gesetzlichen Verpflichtung des Ehemanns, die Kosten seines Hausstandes zu bestreiten und in der Berechtigung desselben, das etwaige Vermögen seiner

Ehefrau zu verwalten und zu nutznießen. Hat also die Verletzung der ehelichen Treue den Ehemann nicht bewogen, die Ehescheidung zu beantragen oder sich factisch von der schuldigen Ehegattin zu trennen, hat derselbe vielmehr das eheliche Verhältniß und die gemeinschaftliche Wirthschaftsführung fortgesetzt, so liegt die Annahme, daß auch das im Ehebruche geborene Kind der Frau im Hause des Ehemanns sein Unterkommen und seinen Unterhalt gefunden und die Mittel dazu mittelbar von dem letztern gewährt worden seien, um so näher, je weniger man ohne Hinzutritt besonderer Umstände voraussetzen kann, daß der Ehefrau die Mittel zum Unterhalte ihres außerehelichen Kindes zur Verfügung gestanden und daß sie die Erziehung des letztern, gesondert von dem übrigen Haushalte, besorgt habe. Uebrigens kann der obigen Rechtsregel, wenigstens in Bezug auf die Vergangenheit, deshalb nicht aller Einfluß auf die Beantwortung der vorliegenden Streitfrage abgesprochen werden, weil in Folge derselben und bis zum Beweise des Gegentheils der Ehemann als Vater eines in der Ehe geborenen Kindes betrachtet und deshalb auch nöthigenfalls zu dessen Unterhalt von obrigkeitswegen angehalten werden würde.

3) Das OAG. hat zwar in einigen der oben angezogenen Fälle auch den Umstand mit geltend gemacht, daß der Ehemann das von seiner Ehefrau in Folge eines außerehelichen Beischlafs geborene Kind auf seinen Namen, als eheliches, hatte taufen lassen; es ist dies aber nicht als ein hauptsächliches und zur Begründung jener Präsumtion nothwendiges, sondern nur als ein in jenen Fällen noch besonders hinzugetretenes Moment angeführt worden.

4) Der Kläger hat sich allerdings in der Klage nicht darauf bezogen, daß die beiden Kinder sich bisher in seinem Hause aufgehalten hätten, und daß er bereit sei, dieselben auch künftighin bei sich zu behalten. Beides war aber auch zur Schlüssigkeit der Klage nicht nöthig. Es kann nämlich zuvörderst nicht vorausgesetzt werden, daß sich der Kläger von seiner Ehefrau getrennt, oder daß letztere die noch jetzt im zartesten Alter stehenden und der unmittelbaren Pflege bedürfenden Kinder außer dem Hause untergebracht habe; denn beides sind thatsächliche Ereignisse, welche der Beklagte anführen und beweisen mußte, wenn er sich mit Erfolg darauf beziehen zu können

glaubte. Das Erbieten zur künftigen Unterhaltung der Kinder liegt aber schon in der Anstellung der gegenwärtigen Klage,

Zeitschr. f. Rechtspfl. u. Verw. Bd. XVIII., S. 251.

und der Kläger würde die ihm für die Zukunft zugebilligten Alimentengelder nicht weiter beanspruchen können, wenn er etwa die Erziehung der Kinder nicht mehr bestreiten sollte.

11.

Inwieweit ist der Bürge an die Schuldanerkenntnisse des Hauptschuldners gebunden?*)

II. Sen.-Erk. v. 5. Febr. 1863 no. 752/758 v. 1862.

Das Contocorrent A. Bl. beginnt mit einem dem Hauptschuldner unter dem 31. December 1855 zu Last geschriebenen ältern Saldo im Betrage von 7072 Thlr., welches der Hauptschuldner in der Klagbeilage B. Bl., einem Briefe vom 4. Febr. 1856 des Inhalts:

> „In Beantwortung Ihrer werthen Zuschrift vom 29. p. melde ich Ihnen heute, daß ich das darin vorgefundene Conto in allen Theilen richtig befunden, und dessen Saldo zu Ihren Gunsten mit Thlr. 7072 . — . — . (abgeschlossen p. ult. Decbr. 1855) gleichförmig auf neue Rechnung gebucht habe."

als richtig anerkannt hat. Die früheren Instanzen haben nach Bl. und Bl. angenommen, daß dieses Anerkenntniß des Hauptschuldners den Beklagten, als Bürgen, nicht verpflichte, weil ein Bürge, welcher sich nicht für eine bereits bestehende Forderung, sondern für eine solche verbürgt habe, deren Existenz oder deren Betrag zur Zeit der Uebernahme der Bürgschaft noch ungewiß war, vom Gläubiger den Beweis der Verität der Schuld zu verlangen berechtigt sei, und von diesem Beweise der Gläubiger durch das Zugeständniß in Betreff der Existenz und Höhe der Forderung nicht befreit werde. Obwohl nun die Richtigkeit des vorstehenden Grundsatzes im Allgemeinen nicht bezweifelt werden mag, so erleidet derselbe dennoch dann eine Ausnahme, wenn der Bürge sich schon bei Eingehung der Bürgschaft für

*) Vergl. §. 1454, jcto 1397, 1401 des BGB.'s.

eine fremde künftige Schuld damit einverstanden erklärt hat, daß er zur Zahlung gehalten sei, wenn der Hauptschuldner das Guthaben des Klägers als richtig anerkennen werde. Dieses Einverständniß kann nicht nur, wie in dem in der

Zeitschr. f. Rechtspfl. u. Verw., N. F. Bd. XI, S. 278 flg.

referirten Rechtsfalle geschehen ist, ausdrücklich ausgesprochen, sondern auch stillschweigend zu erkennen gegeben werden. Ein solches stillschweigendes Einverständniß des Beklagten, daß das vom Hauptschuldner erklärte Anerkenntniß der Forderung des Klägers ihm gegenüber rechtliche Wirkung äußere, glaubt im vorliegenden Rechtsfalle das OAG. deshalb annehmen zu müssen, weil Beklagter bei Uebernahme der Bürgschaft Inhalts der Bürgschaftsverschreibungen sowohl davon, daß sein Bruder, der Hauptschuldner, mit dem Kläger in laufender Rechnung stehe, Kenntniß gehabt, als auch sich für diejenige Summe, welche aus dieser Geschäftsverbindung, bei dereinstiger Auflösung derselben, sein Bruder dem Kläger schulden werde, bis zur Höhe von 3000 Thlr. verbürgt hat.

Der sogenannte Contocorrentvertrag besteht in der Vereinigung zweier Kaufleute oder eines Kaufmanns, Banquiers u. s. w. mit einem Nichtkaufmann, daß über ihre gegenseitige Geschäftsverbindung eine fortlaufende Rechnung, in welcher diejenigen Posten, welche der Buchführer dem Geschäftsfreunde creditirt hat, letzterm zur Last (in das Debet) gesetzt, diejenigen dagegen, welche der erstere dem letztern zu erstatten hat, gutgeschrieben (in das Credit gebracht) werden, geführt, diese Rechnung von Periode zu Periode, und zwar in der Regel in ein- oder halbjährigen Zeitabschnitten, abgeschlossen, und die Differenz, welche sich bei dem Abschlusse zwischen den Credit- und Debetbeträgen herausstellt (Saldo, Bilanz), festgestellt werde. Das Contocorrentverhältniß hat nun das Eigenthümliche, daß die sich gegenüberstehenden Credit- und Debetposten nicht als Schuld und Zahlung, sondern als Forderungen und Gegenforderungen sich darstellen, so daß die in den einzelnen Perioden bewirkten Zahlungen oder sonstigen ein Guthaben vermittelnden Leistungen im Zweifel in der Absicht gemacht werden, im laufenden Geschäftsverkehre ein Guthaben dergestalt zu begründen, daß während laufender Rechnung keine Anrechnung der Zahlung oder Compensation auf einzelne Posten stattfindet, vielmehr die aus dem Contocorrentverhältnisse hervorgegangenen Rechtsbeziehungen erst bei dem jedesmaligen Rechnungsabschlusse definitiv geregelt werden. Hieraus folgt, daß die Absicht der Parteien bei Eingehung eines Contocorrentvertrags unmittelbar auf Herbeiführung eines Rechnungsabschlusses zu den verabredeten Rechnungsperioden und auf eine Abrechnung und Anerkenntniß des sich hierbei für den einen oder andern Theil ergebenden Saldo's gerichtet ist, mithin in dem Momente, wo das Saldo anerkannt worden ist, die Abrechnung selbst perfect und bindend wird, die einzelnen gegenseitigen Forderungen verschwinden und eine Gesammtforderung, welche mit einer selbstständigen Klage zu verfolgen ist, constituirt wird.

Brinkmann, Handelsrecht §. 129, S. 502 flg.

Annalen des OAG.'s Bd. I., S. 299, Bd. II., S. 27, Bd. V., S. 36.

Während bei anderen Forderungen, für welche ein Dritter sich verbürgt hat, die nach den Verbürgungen stattgefundenen Abrechnungen zwischen dem Gläubiger und dem Hauptschuldner und die hierbei von dem letztern geleisteten Anerkenntnisse den Bürgen nicht verpflichten können, da letzterer lediglich für die ursprünglich bestandenen Forderungen und nicht für diejenigen, welche erst durch spätere Anerkenntnisse des Hauptschuldners begründet worden sind, zu haften versprochen hat, tritt ein abweichendes Verhältniß in dem vorliegenden Falle ein, in welchem Beklagter ausdrücklich für diejenige Schuld Bürgschaft geleistet hat, welche sich für seinen Bruder bei Auflösung des zwischen ihm und dem Kläger bestehenden Contocorrentverhältnisses ergeben werde. Indem sich nämlich Beklagter für eine Contocorrentschuld verbürgt hat, ist er offenbar von der Voraussetzung ausgegangen, daß der ihm wohlbekannte, zwischen seinem Bruder und dem Kläger bestehende Contocorrentvertrag seinen regelmäßigen Fortgang nehmen, mithin ein halbjähriger Rechnungsabschluß stattfinden, hierbei die Bilanz gezogen und letztere von dem Hauptschuldner anerkannt werde. Der Zweck der unter Vorwissen des Beklagten bedungenen laufenden Rechnung — Abschluß des Rechnungswerks zu einer Zeit, wo die Vorgänge noch frisch im Gedächtniß leben, die Belege noch bei der Hand sind, Anstände und Ausstellungen sich leicht beseitigen lassen und die Gewinnung einer sichern Unterlage für die Inventur des eigenen Handelsgeschäfts —

Mothes in der Zeitschr. f. Rechtspfl. u. Verw., N. F., Bd. VIII., S. 331.

würde offenbar vereitelt werden, wenn man dem Beklagten das Recht zugestehen wollte, die vom Hauptschuldner erklärten Anerkenntnisse der regelmäßigen Rechnungsabschlüsse ihm, dem Beklagten, gegenüber für unverbindlich zu erklären und auf Nachweis der Verität jeder einzelnen in der langjährigen Geschäftsverbindung entstandenen Forderung zu dringen, da dem Gläubiger jedes Mittel abgeht, den Bürgen, dessen Verpflichtungen erst nach Beendigung des Contocorrentverhältnisses eintreten, zum Anerkenntnisse der jedesmaligen Rechnungsabschlüsse während des Bestehens der laufenden Rechnung zu nöthigen. Hätte es in der Absicht des Beklagten gelegen, daß er selbst bei den halbjährigen Abrechnungen concurrire, so würde er verpflichtet gewesen sein, bei Eingehung der Bürgschaft die Bedingung zu stellen, daß ihm die Rechnungsabschlüsse zum Anerkenntnisse vorgelegt würden. Da er jedoch einen solchen Vorbehalt nicht gemacht, sondern sich ganz im Allgemeinen für das Guthaben des Klägers an seinen Bruder, wie sich solches bei Auflösung des Contocorrentverhältnisses herausstellen werde, verbürgt hat, so muß er die Anerkenntnisse der Rechnungsabschlüsse Seiten seines Bruders so lange gegen sich gelten lassen, als er nicht deren Unrichtigkeit darzuthun vermag, weshalb es des Nachweises der Verität der einzelnen Forderungen nur insoweit bedarf, als über dieselben eine endgültige Abrechnung zwischen dem Hauptschuldner und dem Kläger nicht zu Stande gekommen ist.

12.

Gegen rechtmäßige Pfändung kann der Gepfändete nicht mit der Spolienklage aufkommen. *)

II. Sen.-Erk. v. 20. Febr. 1863 no. 77/64.

Wie das OAG. bereits vielfach ausgesprochen hat, findet die actio spolii nur dann statt, wenn die Entziehung des Besitzes einer

*) Vergl. §. 488, jcto 409 des BGB.'s.

Sache oder die Entsetzung aus dem Quasibesitz von Rechten, durch eine ungesetzmäßige, schon an und für sich und ihrer Form nach widerrechtliche Handlung erfolgt ist,

Wochenbl. f. merkw. Rechtsf., Jahrg. 1849, S. 315 flg., Jahrg. 1850, S. 65 u. 343 flg.

Annalen, Bd. III., S. 473.

sie hat mithin nicht statt, wenn der Handelnde innerhalb seines Rechtsbereichs gehandelt hat und dadurch mittelbar dem Quasibesitz eines Dritten entgegengetreten ist. Zu den gesetzlichen Mitteln, durch welche ein Grundeigenthümer sich gegen Eingriffe dritter Personen in sein Eigenthum vertheidigen und der Anmaßung von Servituten Seiten Dritter begegnen darf, gehört das dem Deutschen und Sächsischen Rechte eigenthümliche Institut der Pfändung, indem nicht nur

der Sachsenspiegel, Buch 2, Art. 28.

bestimmt: „Wer Holz hauet oder Gras schneidet, oder fischet in eines andern Mannes Wasser ꝛc., findet man ihn in der Statt (an Ort und Stelle), man muß ihn wohl pfänden oder aufhalten, ohne des Richters Urlaub,“ sondern auch

const. VII. P. II. vom Jahre 1572.

die Frage, ob die Pfändung, welche der Eigenthümer eines Grundstücks gegen denjenigeu vornimmt, welcher sich darauf einen Servitut anmaßt, auch dann die erwerbende Verjährung derselben unterbreche, wenn letzterer die Servitut, der Pfändung ungeachtet, fortsetze, ausdrücklich bejaht.

Die vorliegende Spolienklage ist auf das Anführen gestützt, daß sich der K. S. Staatsfiscus im Besitze der Fischerei im Schwarzwasserflusse am 21. Mai 1861 befunden habe, daß ihm jedoch dieser Quasibesitz dadurch entzogen worden sei, daß Beklagter am 21. Mai 1861 den von Klägers Fischereipächtern bestellten Fischern nicht nur das Fischen im Schwarzwasserflusse untersagt, sondern denselben auch die Fischereigeräthschaften de facto und mit Gewalt entrissen und abgenommen habe. Wie aus den Beilagsacten sich ergiebt, bilden die nurgedachten angeblichen Turbativhandlungen den vom Beklagten in seiner Eigenschaft als Adjacent des Schwarzwassers, beziehentlich im angeblichen Auftrage eines zweiten Adjacenten vorgenommenen Pfändungsact, von welchem Beklagter sofort unter Einlieferung der abgenommenen Pfänder das competente Gericht in Kenntniß gesetzt hat. Auch hat sich nach Ausweis derselben Acten das Gericht der Cognition über die Rechtmäßigkeit und die Wirkungen der Pfändung unterzogen, und insbesondere von der Ansicht ausgehend, daß das Schwarzwasser ein Privatfluß sei, in welchem präsumtiv dem angrenzenden Grundstücksbesitzer das Recht zum Fischen zustehe, den Kläger zu Ausführung seines Befugnisses im Prozeßwege verwiesen.

Auf die Gründe, aus welchen Kläger in der Replik die Legalität der Pfändung bestreitet, ist gegenwärtig nicht einzugehen. Denn wenn man auch zugeben kann, daß wegen einer unrechtmäßig vorgenommenen Pfändung der Verletzte nach Befinden eine Spolienklage anstellen darf,

Beseler, System des gem. deutschen Rechts, Bd. I., S. 290.
Eichhorn, Einleitung in das deutsche Privatrecht, §. 123, S. 337, ed. 5.

so würde doch im gegenwärtigen Falle dem Kläger obgelegen haben, in der Klage die Thatsachen anzuführen, aus denen er folgert, daß der vom Beklagten vorgenommenen Pfändung die Wirkung einer gesetzlich gestatteten Selbsthilfe abgehe, vielmehr die Pfändung als eine widerrechtliche, ein spolium enthaltende Handlung anzusehen sei.

13.

Aquilische Culpa bei dem Ueberfahren einer Person.*)

II. Sen.-Erk. v. 19. Febr. 1863 no. 888/933 v. 1862.

Die vorliegende Klage nimmt, insoweit sie sich auf eine dem Beklagten zur Last gelegte culpa gründet, in dem auf Eidesantrag gestützten und von dem Beklagten zum 1. bis mit 27. Einl.-Punkte im Wesentlichen geleugneten Theile nur darauf Bezug, daß am 26. Januar 1861 Beklagter, welcher damals, ein einspänniges Fuhrwerk selbst führend, auf der Landstraße zwischen Brand und Freiberg die Klägerin von Weitem neben einem beladenen Kohlenwagen hingehen gesehen habe, bei letzterm im stärksten Trabe vorbeigefahren sei und daß bei dieser Gelegenheit ein Rad seines Wagens die Klägerin

*) Vergl. §. 1483 flg. des BGB.'s.

erfaßt, sie zu Boden geworfen habe und über sie weggegangen sei. Keineswegs wird aber, wie von der vorigen Instanz gleichwohl angenommen worden ist, an dieser Stelle der Klage behauptet, daß Beklagter auf die Klägerin zu und so nahe an sie herangefahren sei, daß in Folge dieses Umstandes das Wagenrad die Klägerin gefaßt habe. Gedachtes Klageanführen vermag sonach für sich allein die Behauptung der Klägerin, daß Beklagter die Schuld an dem Unfalle trage, welchen sie bei der erwähnten Gelegenheit erlitten haben will, noch keineswegs zu begründen, denn es ist so allgemein gehalten, daß es die Annahme nicht ausschließt, die Klägerin habe jenen Unfall durch eigene Unachtsamkeit oder durch sonstige von dem Beklagten nicht zu vertretende Umstände sich zugezogen. Dagegen wird am Schlusse der Klage zugleich darauf, daß der Beklagte bei der Klägerin an einer Stelle vorbeigefahren sei, wo Platz zum Ausweichen für sie nicht vorhanden gewesen, somit auf eine Sachlage Bezug genommen, wornach das Vorüberfahren des Beklagten bei der Klägerin allerdings als eine mit dem der letztern angeblich zugestoßenen Unfalle zusammenhängende widerrechtliche Handlung erscheint.

Hiernach liegt zwar einer Seits kein Grund vor, dem Antrage des Beklagten auf Abweisung der Klage, insoweit sie als actio ex lege Aquilia eingeführt ist, Statt zu geben, anderer Seits würde aber auch, falls der Beklagte den ihm über die Einlassungsabschnitte 22, 23, 24 und 26 angetragenen und von ihm angenommenen Eid zu leisten Anstand nehmen, und somit in rechtliche Gewißheit gesetzt werden sollte, daß, als Beklagter bei der Klägerin vorübergefahren, das eine Rad des Wagens desselben die Klägerin erfaßt und sie zu Boden geworfen habe, hierdurch allein die dem Beklagten beigemessene Verschuldung als constatirt anzusehen sein, vielmehr würde es hierzu noch des Nachweises der Behauptung der Klägerin bedürfen, daß das Vorüberfahren des Beklagten bei ihr an einer Stelle, an welcher zum Ausweichen kein Platz für sie vorhanden gewesen, erfolgt sei. Ist nun dieses Klaganführen, welches von dem Beklagten zu den Einl.-Punkten 75^b und 76 geleugnet worden, auf Eidesantrag nicht gestellt, und von der Beschaffenheit, daß, wenn es nicht erwiesen werden sollte, die von dem Beklagten zum 22., 23., 24. und 26. Einl.-Abschnitte unter Annahme des ihm darüber deferirten Eides verneinten Behauptungen der Klägerin das Gewicht einer ausreichenden Unterlage für eine ex lege Aquilia abgeleiteten Klage verlieren würden, so ist auch selbiges zunächst darzuthun, und somit als ein Gegenstand zu behandeln, auf welchen die Klägerin den ihr bereits in anderen Beziehungen auferlegten förmlichen Beweis mit zu richten hat, während die Angaben, die Beklagter zur Abwehr der ihm in der Klage beigemessenen Verschuldung, über die Entfernung, in welcher er bei der Klägerin vorübergefahren sein will, gethan hat, sich zwar nicht als eine wirkliche Ausflucht auffassen lassen, doch immerhin insofern, als sie direct gegen die Wahrheit einer zum Beweise auszusetzen gewesenen Behauptung ankämpfen, dem Beklagten zur Ausführung im Gegenbeweise nicht versagt werden können.

14.

Nichtanwendbarkeit der Rescission nach §. 15 des gesch. Bank.-Mand. v. 20. Dec. 1766 außerhalb des Concurses.

II. Sen.-Erk. v. 12. Febr. 1863 no. 42/39.

Daß Klägers Anspruch durch die directe Anwendung §. 15 des Banqueroutirmandats vom 20. December 1766 nicht aufrecht erhalten werden könne, ist in den Gründen der vorigen Instanz überzeugend nachgewiesen. Es könnte sich also nur noch um die Frage handeln, ob analog, also auch in dem Falle, wenn Concurs zu des Ehemanns Vermögen nicht ausbricht, sondern nur die Insolvenz zur Zeit der Klaganstellung behauptet oder bewiesen ist, der durch denselben erfolgte Verkauf von Immobilien an seine Ehefrau als nichtig dergestalt angefochten werden dürfe, daß auch einzelnen Gläubigern das Recht zustehe, gegen Rückgabe des gewährten Kaufpreises die Wiederausantwortung der erkauften Grundstücke von der Frau zu beanspruchen

Die gedachte Vorschrift des Banqueroutier-Mandats enthält eine Erweiterung der Paullianischen Klage insofern, als sie beim Verkaufe eines Immobile des nachmals in Concurs verfallenden Ehemanns an seine Ehefrau diejenigen Thatsachen, deren Beweis bei der Paullianischen Klage dem Kläger obliegt, als bereits bewiesen präsumirt.

Ob sich dies vom legislatorisch-politischen Standpunkte rechtfertigen lasse, kann füglich dahin gestellt bleiben; aber im höchsten Grade bedenklich muß es fallen, dergleichen von den allgemeinen Rechtsgrundsätzen abweichende Bestimmungen auf andere Fälle, als die, für welche sie ausdrücklich gegeben sind, wegen bloßer Analogie der Verhältnisse auszudehnen, wie denn auch das OAG. in neueren, zu seiner Entscheidung gediehenen Fällen Bedenken getragen hat, der Vorschrift des Banqueroutiermandats die erwähnte extensive Auslegung zuzugestehen.

Annalen des OAG.'s Bd. IV., S. 418.

15.

Der Satz: mutatio non praesumitur ist nicht anwendbar, um aus einer später hervorgetretenen Zahlungsunfähigkeit einen Rückschluß auf einen frühern insolventen Zustand zu vermitteln. — Anwendung auf die actio Paulliana.

II. Sen.-Erk. v. 12. Febr. 1863 no. 42/39.

Der in den vorigen Erkenntnissen zur Genüge dargelegte Satz, daß, um die Rechtsgültigkeit eines Geschäfts mit der Paullianischen Klage anfechten zu können, es erforderlich sei, daß der Schuldner entweder zur Zeit des Geschäftsabschlusses insolvent gewesen, oder durch die Veräußerung in den Zustand der Insolvenz gekommen sei, wird vom Kläger selbst nicht weiter bestritten, vielmehr nur die Behauptung aufgestellt, daß er des Beweises der zur Zeit des angefochtenen Kaufs vorhanden gewesenen Insolvenz des Verkäufers dadurch überhoben sei, daß beiläufig ein Jahr nach dem Kaufsabschlusse durch die gegen den Verkäufer vergeblich versuchte, bis zur Auspfändung vorgeschrittene Hilfsvollstreckung das Vorhandensein einer solchen Zahlungsunfähigkeit zu Tage getreten sei und von diesem vorhandenen Zustande auf dessen frühere Existenz so lange zurückgeschlossen werden müsse, bis sein Anfangspunkt und dadurch zugleich der Zeitpunkt nachgewiesen werde, zu welchem der solvente Zustand noch bestanden hat.

Der Satz: mutatio non praesumitur, ist, wie alle dergleichen Parömieen, nur mit Vorsicht anzuwenden und paßt nur auf solche Zustände, die vom rechtlichen Gesichtspunkte betrachtet, also relativ, nicht nothwendig einen Anfang gehabt oder ein Ende haben müssen. Nun läßt sich zwar wohl die Fortdauer eines Zustandes, soweit eine solche rechtlich in Betracht kommt, in den meisten Fällen voraussetzen, aber ein Zustand ohne Anfang nicht, oder wenigstens nicht da, wo Zustände ihr Entstehen nothwendig bestimmten Thatsachen, vorzugsweise menschlichen Thätigkeiten verdanken müssen. In diesem letztern Falle ist der Rückschluß vom Bestehen auf das Bestandenhaben unzuläßig. Ein derartiger Zustand ist aber die Insolvenz. Sie beruht auf der Thatsache, entweder daß Verbindlichkeiten entstanden sind, deren Umfang größer ist, als der, der zu ihrer Lösung verwendbaren Mittel, oder daß die Mittel der Erfüllung der Verbindlichkeiten sich unter das Maß des Umfangs der letzteren vermindert haben und in der Behauptung vorhandener Insolvenz liegt mithin nothwendig die Bezugnahme auf eine dieser beiden Thatsachen oder auf beide, die also nach den allgemeinen Grundsätzen über Beweislast derjenige zu beweisen hat, der Rechte für sich aus dem behaupteten Zustande abzuleiten gemeint ist.

Wenn aber dem gemäß im vorliegenden Falle vom Kläger verlangt wird, daß er die Thatsachen in seiner Klage anführen solle, aus denen hervorgeht, daß der Ehemann der Beklagten zu dem Zeitpunkte, zu welchem er seine Grundstücke an die Beklagte verkauft, sich im Zustande der Insolvenz befunden habe, so hat Kläger dagegen nicht einmal eine factische Vermuthung für sich in Anspruch zu nehmen, da zwischen dem Zeitpunkte des Kaufsabschlusses und demjenigen, zu welchem das Vorhandensein der Insolvenz sich herausgestellt hat, dem 30. Octbr. 1858 und dem 14. Septbr. 1859 der Zeitraum von 10½ Monat innen liegt, innerhalb dessen mannigfache Veränderungen im Vermögenszustande des Verkäufers eingetreten sein können.

16.

Der Vertrag von Grundstücksnachbarn wegen Anlegung eines Brunnens auf des Einen Grundstück bezweckt i. Z. ein dingliches Rechtsverhältniß.*)

II. Sen.-Erk. v. 5. Febr. 1863 no. 711/809 v. 1862.

Insofern Kläger behaupten, daß ihre Besitzvorgänger im Jahre 1798 in Gemeinschaft mit dem damaligen Eigenthümer der jetzt K.'n gehörigen Gartennahrung im Gehöfte des Letztern auf gemeinsame Kosten und zu ihrem alleinigen und ausschließlichen Gebrauche einen Brunnen erbaut haben, nehmen sie auf eine für eine auf förmlichen Beweis gestellte Klage ausreichende Weise auf einen Vertrag Bezug, welcher über seine Natur als ein pactum intuitu fundi initum insofern keinen Zweifel aufkommen läßt, als er seinem Gegenstande und Zwecke nach darauf gerichtet gewesen erscheint, zum bleibenden Vortheile der Grundstücke des einen Theils, diese eines in dem Eigenthume des Grundstücks des andern Theils enthaltenen Rechts theilhaft werden zu lassen, mit anderen Worten, letzteres Grundstück zu Gunsten der erstern dienstbar zu machen, diesen zum Zwecke der Mitbenutzung des auf jenem zu Tage tretenden, unter der Oberfläche desselben befindlichen Wassers eine Servitut einzuräumen.

17.

Eine bei Abschluß eines Steinkohlenabbauvertrags vorbehaltene lex commissoria, z. B., daß das Abbaurecht für erloschen zu erachten, wenn der Abbau nicht bis zu einem gewissen Zeitpunkte in Gang gekommen u. s. w., kann i. Z. auch von den Nachbesitzern der dem Abbaurecht unterworfenen Grundstücke geltend gemacht werden.

II. Sen.-Erk. v. 20. Febr. 1863 no. 895/934 v. 1862.

(Der Satz wurde als Ansicht des OAG.'s unter Verweisung auf den in der Zeitschr. f. Rechtspfl. u. Verw., N. F., Bd. XVII., S. 34 mitgetheilten Vorgang ausgesprochen.)

---

*) Vergl. §. 857 des BGB.'s verbis: „ausgenommen" — „begründet worden sind."

18.

Actio negatoria gegen den Pachter. — Laudatio auctoris?*)

II. Sen.=Erk. v. 5. Febr. 1863 no. 711/809 v. 1862.

Beachtlich sind die Ausstellungen, welche von dem Beklagten gegen das vorige Urthel deshalb erhoben worden sind, weil dieses in seinen (des Beklagten) Bl. unter 3 aufgestellten Behauptungen eine laudatio auctoris erblickt und in Folge dessen auf Einleitung des in der Erl. Pr. Ordn. zu Titel XIV., §. 3 vorgezeichneten Verfahrens erkannt hat. Der Beklagte hat, wie von der vorigen Instanz selbst nicht bestritten wird, die Einleitung eines solchen Verfahrens nirgends ausdrücklich beantragt. Es konnte sich daher nur noch fragen, ob Beklagter etwa die Absicht, aus dem gegenwärtigen Prozesse entlassen zu werden, indirect zu erkennen gegeben habe. Allein diese Frage war zu verneinen. Die Behauptungen des Beklagten bekämpfen die Klage lediglich aus Gründen des materiellen Rechts. Beklagter beruft sich auf die Rechtmäßigkeit seiner ihm von dem Kläger und den Mitklägern als Turbativacte zur Last gelegten Handlungsweise, er bezieht sich darauf, daß er dabei zwar in Ausübung eines fremden, dem Besitzer des Ritterguts K., als Eigenthümer der Bl. näher bezeichneten Häuslernahrung zuständigen Befugnisses gehandelt habe, doch zu Ausübung des letztern insofern, als er diese Häuslernahrung in Pacht habe, ermächtigt sei, zugleich legt er aber auch das für letztere vindicirte Befugniß selbst näher dar, indem er es als ein solches, welches für jenes Grundstück theils durch Vertrag, theils durch Verjährung erworben worden sei, aufführt. Nirgends deutet Beklagter darauf hin, daß er die von dem Kläger und den Mitklägern wider ihn anhängig gemachte Streitsache als eine solche, die nicht ihn, sondern lediglich seinen Verpachter berühre, betrachte; die Berufung auf das Pachtverhältniß geschieht vielmehr von ihm nur um dem Einwande, als verfechte er ohne allen Grund ein fremdes Recht, zu begegnen, und ebenso läßt sich der Umstand, daß er dieses näher zu begründen gesucht hat, und darauf hin mit peremtorischen Einreden gegen die Klage hervorgetreten ist, nicht anders als aus der Absicht des Beklagten hervorgegangen, er-

*) Vergl. §. 321, 324 des BGB.'s.

klären, die Rolle, welche ihm in dem gegenwärtigen Prozesse von dem Kläger und den Mitklägern trotz seiner ihnen bekannten Eigenschaft als bloßer Pachter des in Rede stehenden Grundstücks zugedacht worden ist, zu übernehmen und durchzuführen. Für die Richtigkeit dieser Auffassung spricht aber auch noch die Erwägung, daß Beklagter nicht nur zum Beweise seiner peremtorischen Ausflüchte sich erboten, sondern auch gegen die Entscheidung erster Instanz, obschon von letzterer in seinen Auslassungen eine nominatio auctoris nicht erblickt worden war, dennoch nicht in dieser, sondern in einer andern Richtung appellirt hat. Auch läßt sich nicht behaupten, daß die Fortstellung des gegenwärtigen Prozesses gegen den dermaligen Beklagten nur zu einer völlig leeren Entscheidung führen würde und daher das in der Erl. Proz. Ordn. zu Titel XIV, §. 3 vorgeschriebene Verfahren selbst in Ermangelung eines darauf gerichteten Antrags des Beklagten schon aus einer prozeßpolitischen Rücksicht auf vorliegenden Fall in Anwendung gebracht werden müßte. Denn wenn schon der vorigen Instanz darin beizupflichten ist, daß der Ausgang des gegenwärtigen Prozesses den dabei als Partei nicht aufgetretenen Verpachter des Beklagten in keiner Weise berühren kann, so läßt sich doch nicht verkennen, daß Beklagter daran, auf die Dauer seiner Pachtzeit in der Ausübung der mit dem Pachtgrundstücke verbundenen Gerechtsame ungeschmälert zu verbleiben, ein besonderes Interesse haben, und wie er einerseits, obschon nur Pachter des fraglichen Grundstücks, wegen der ihm von dem Kläger als eine Störung des Eigenthums, von den Mitklägern aber als Eingriff in ein ihnen zustehendes Dienstbarkeitsbefugniß zur Last gelegten Handlungsweise theils negatorie, theils und beziehentlich confessorie belangt werden konnte,

Wochenbl. f. merkw. Rechtsf., Jahrg. 1853, S. 379.

Annalen des OAG.'s Bd. II., S. 44.

so muß er auch andererseits berechtigt sein, die ihm zur Entkräftung der wider ihn gerichteten Angriffe zur Seite stehenden Gründe selbstständig geltend zu machen, zumal ihm direct kein Mittel zu Gebote steht, den Verpachter zu nöthigen, wider Willen für ihn in gegenwärtigen Prozeß einzutreten.

Diesem Allen zufolge war das Erkenntniß erster Instanz, insoweit es die Fortstellung des Prozesses gegen den Beklagten zuläßt, und demgemäß ohne Weiteres dem Kläger den Beweis des Grundes der Klage, bestehend in der Darthuung des Eigenthums des Klägers an dem Grund und Boden, auf welchem sich der Bl. gedachte Brunnen befindet, auferlegt, den Beklagten aber die Ausführung der Bl. unter 3 und 4 vorgeschützten Ausflüchte für den Gegenbeweis nachläßt, wiederherzustellen.

19.

Wirksamkeit der Codicillarclausel bei dem Testator bekannt gewesener agnatio postumi.*)

II. Sen.-Erk. v. 13. März 1863 no. 114/107.

Es ist durchaus ohne Einfluß auf die Aufrechthaltung der zu Gunsten der Klägerin im Testamente J.'s enthaltenen Bestimmungen in dem Umfange, wie solches im vorigen Erkenntnisse geschehen, daß J. im Eingange seines Testaments die Errichtung desselben in der Maaße, wie er solches niedergelegt, durch den Mangel an Leibeserben ausdrücklich motivirt hat. Denn wenn er dies auch nicht mit ausdrücklichen Worten gethan hätte, so mußte der Mangel an Descendenz immer den Grund enthalten haben, weshalb er so, wie er es gethan, letztwillig mit rechtlichem Erfolge testiren zu können glaubte, und wenn also, wie Beklagte nicht zu bezweifeln scheint, für diesen letztern Fall die dem Testamente beigefügte Codicillarclausel bewirken müßte, daß die zu Gunsten der Klägerin getroffenen letztwilligen Bestimmungen als fideicommissarische aufrecht erhalten werden können, so ist nicht abzusehen, weshalb nicht auch im erstern die Codicillarclausel die nämliche Wirkung haben soll, da sie doch nicht für einen einzelnen bestimmten Fall, oder für alle Fälle mit Ausnahme eines bestimmten beigefügt worden ist, sondern ganz im Allgemeinen wenn „aus irgend welchem Grunde" das Testament als feierlicher letzter Wille nicht gelten könne.

---

*) Vergl. Annalen, Bd. III., S. 493, auch Bd. VI., S. 187. — Für das neue Recht des BGB.'s sind die einschlagenden Controversen des Röm. Rechts durch eingreifende Aenderungen im Allgemeinen abgeschnitten. — Ueber den Fall der agnatio postumi vergl. §. 2601.

Wenn aber der Testator Kenntniß von der Wirkung der Codicillarclausel hatte, was vorauszusetzen, weil er derselben sich bedient, so hatte er, wenn er die im Testamente der Klägerin gemachte Zuwendung eventuell als fideicommissarische Erbeinsetzung erhalten wissen wollte, nicht mehr Grund, es ohne Weiteres bei dem niedergelegten Testamente bewenden zu lassen, wenn er bei dessen Errichtung bereits den Fall sich als möglich gedacht hatte, daß er Descendenz hinterlassen werde, als er ihn hatte, wenn er bei Errichtung des Testaments zwar speciell einer solchen Möglichkeit sich nicht bewußt geworden, später aber zu einer Zeit, wo die Errichtung eines neuen letzten Willens ihm noch möglich gewesen, sich, wie in Wirklichkeit geschehen, nicht nur von der Möglichkeit, sondern sogar von der Gewißheit einer Nachkommenschaft überzeugte.

Hätte der Testator wirklich gewollt, daß durch das Vorhandensein seiner Descendenz die zu Gunsten der Klägerin getroffene letztwillige Verfügung völlig außer Kraft trete, so bedurfte es nur der Zurücknahme, nach Befinden der Abänderung des Testaments und eben darin, daß er dies nicht gethan, liegt der Beweis dafür, daß die Vertheilung seines Nachlasses, welche bei Anwendung der Bestimmungen der Rechte auf Grund des mit der Codicillarclausel versehenen Testaments vorgenommen werden muß, in der That sein letzter Wille war.

Daß Klägerin das Testament als giltig anerkannt hat, präjudicirt ihrem Klaggerechte offenbar nicht, denn auf Grund dieses Testaments beruht allein ihr Anspruch auf Succession, wenn auch nicht in der Eigenschaft der eingesetzten Erbin, doch mit Rücksicht auf die im Testamente zugleich enthaltene Codicillarclausel als fideicommissarische Erbin und die Vorschrift

L. 8, pr. C. de codicillis (6, 26.)

Curtius, Handb. §. 818.

kann deshalb nicht zur Abweisung der Klage führen, weil Klägerin in der erhobenen Klage ausdrücklich nur fideicommissarische Erbfolge beanspruchte.

Eine Bemerkung zu Art. 278 sub 1 und 2 des Strafgesetzbuchs.

Nach der Ansicht, welche bereits zur Zeit der Geltung des Criminalgesetzbuchs von 1838 in der Praxis des OAG.'s und so viel erinnerlich auch in der der Bezirksappellationsgerichte recipirt war, und die bisher constant befolgt worden ist,*) werden die Bestimmungen über Bestrafung des qualificirten Diebstahls auch dann zur Anwendung gebracht, wenn der entwendete Gegenstand aus einem mit dem dazu gehörigen Schlüssel geöffneten Behältnisse gestohlen, der zur Oeffnung angewendete Schlüssel aber zuvor auf qualificirende Weise, sei es durch Erbrechung oder durch den Gebrauch eines Diebsinstruments von dem Diebe entwendet worden ist. Es sind jedoch bei dem Unterzeichneten Bedenken gegen die Richtigkeit dieser, auch neuerlich von

Schwarze, das Verbrechen des ausgezeichneten Diebstahls S. 198. befürworteten Ansicht aufgestiegen, die er dem juristischen Publikum zur Prüfung, beziehentlich Widerlegung hier vorlegen will.

Man hat die jetzt befolgte Ansicht auf den Wortlaut des Art. 230 des CGB.'s und 278, 2 des StGB.'s gründen zu können gemeint, weil der erstere von einem durch Erbrechung, der letztere von einem mittels Erbrechung ausgeführten Diebstahle handelt, im fraglichen Falle aber durch die qualificirte

*) Vergl. Annalen, Bd. III., S. 377 und unten S. 103.

Entwendung des Schlüssels der Diebstahl vermittelt werde, diese Entwendung also mit der spätern Entwendung in einem durch die Worte durch oder mittels bezeichneten ursachlichen Zusammenhange stehe. Allein dem ist entgegen zu halten, daß in beiden Artikeln die Worte durch, resp. mittels zunächst sich auf das Wort ausführen beziehen, die Wahl dieses letztern Wortes aber auf einen mehr unmittelbaren Causalzusammenhang des Erbrechens mit dem Diebstahle hinweist, als der ist, welcher zwischen der bloß vorbereitenden Thätigkeit und dem Verbrechen, dem Acte des zweiten Diebstahls, selbst besteht.*)

Die Entwendung eines Schlüssels, sie geschehe in welcher Absicht sie immer wolle, also mit der Absicht, mit Hilfe des entwendeten Schlüssels einen weitern Diebstahl zu begehen, oder ohne dieselbe, ist ein mit allen Begriffsmerkmalen des Diebstahls ausgestattetes, also ein für sich abgeschlossen bestehendes Verbrechen. Wird es mit der Absicht verübt, mit Hilfe des entwendeten Schlüssels einen weitern Diebstahl zu begehen, so nimmt es die Natur einer Vorbereitungshandlung für den weitern Diebstahl an und steht mit diesem im Fortsetzungsnexus.

Nun hat aber, wo nicht das Gesetz ausdrücklich etwas Anderes verordnet, also wo es nicht zwei verbrecherische Thätigkeiten verschiedener Art zu einem einzigen Verbrechensbegriff vereinigt, die Eigenschaft des vorbereitenden Verbrechens keinen Einfluß auf den Begriff des durch dasselbe vorbereiteten Verbrechens, und daß das vorbereitete Verbrechen mit dem vorbereitenden unter den nämlichen Gattungsbegriff fällt, begründet dabei keinen Unterschied, es ist vielmehr ein rein zufälliger Umstand. Beispiele werden dies am deutlichsten hervortreten lassen.

Der Dieb findet den Schlüssel und begeht den Diebstahl mit Anwendung desselben. Der Diebstahl wird, auch wenn beim Aufnehmen des Schlüssels der Dieb sofort den Entschluß faßte, ihn zum Stehlen zu benutzen, also sich des Zusammenhangs der

*) Man vergl. über die Bedeutung der Worte „ausführen", „Ausführung" die Bestimmungen in den Artikeln: 44, 45, 50, 52 fgg. des StGB.'s.

Fundunterschlagung mit dem Diebstahl bewußt war, nicht zur Fundunterschlagung, sondern bleibt Diebstahl.

Oder der Dieb entwendet den Schlüssel, begiebt sich mit demselben zu den Angehörigen des Eigenthümers unter Vorspiegelung eines Auftrags, zu welchem ihn der Besitz des Schlüssels legitimirt, und läßt sich eine Summe Geldes aus dem verschlossenen Behältnisse ausantworten. Man wird schwerlich auf den Gedanken kommen, daß hier Diebstahl am Gelde und nicht Betrug vorliege.

Oder umgekehrt, der Schlüssel wird durch Betrug erlangt und benutzt, um aus dem damit eröffneten Behältnisse Geld zu entwenden, es kann in Bezug auf das Geld von Diebstahl oder Veruntrauung die Rede sein, aber nicht von Betrug.

Ueberdies pflegt auch in Fällen der hier fraglichen Art bei Entwendung des Schlüssels durch Erbrechung bei weitem nicht immer der die Absicht der Aneignung erfordernde Diebstahl vorzuliegen, sondern vermöge des Zwecks der Entwendung zu einmaligem Gebrauche nur eine nach Art. 330 zu beurtheilende Entwendung.

Sind diese Bedenken gegründet, so ergiebt sich daraus folgendes Resultat:

Die Entwendung des Schlüssels ist ein für sich zu beurtheilendes Verbrechen; wird sie als Mittel zur Ausführung eines Diebstahls unternommen, so steht sie zu diesem im Fortsetzungsnexus, und es ergreifen die Bestimmungen der Art. 77, 78 Platz, nach denen die Strafe des schwersten Verbrechens unter Berücksichtigung der ideellen Concurrenz des andern innerhalb des Strafmaßes auszusprechen ist.

Dr. Sickel.

Präjudizien.

Zu dem Strafgesetzbuche.

18.

Die Eigenschaft des „Mitwirkenden" bei der gewaltsamen Befreiung von Gefangenen wird dadurch nicht ausgeschlossen, daß die Thätigkeit sich auf solche Gewaltacte beschränkt, welche die Befreiung nicht zum unmittelbaren Erfolge gehabt haben. — Art. 154 StGB.

Erkenntn. v. 9. Septbr. 1863 no. 891/878.

Wenn auch bei der erst durch eine Reihe successiver Gewaltacte ermöglichten Befreiung eines Gefangenen Einer oder der Andere der zum Angriffe Vereintgewesenen bei dem zum Erfolge führenden Schlußacte nicht mitgewirkt haben sollte, so ist doch nicht zu behaupten, daß die Thätigkeit eines dergleichen Theilnehmers innerhalb der Grenzen eines bloßen Versuchs stehen geblieben sei, oder daß sein vor Vollendung des Verbrechens geleisteter Beistand sich als eine bloße Beihülfe im Sinne Art. 53 des StGB.'s charakterisire. Der letztern Annahme steht entgegen, daß der Thäter, als er den zu Ausführung des Verbrechens Schreitenden in eingreifender Weise sich anschloß, nothwendig deren Entschluß zur That stillschweigend mit zu dem seinigen gemacht haben muß; der erstern Annahme aber, daß, insofern als die in ununterbrochener Continuation auf Erreichung eines und desselben Erfolgs gerichteten, successiven Gewaltacte, durch welche der die Befreiung des Gefangenen hindernde Widerstand erst gebrochen wurde, ob- und subjectiv eine Gesammthandlung bilden, welche alle diejenigen, die dabei sich betheiligt haben, unverkennbar als Mitwirkende im Sinne Abschn. 1 u. 2, Art. 154 des StGB.'s erscheinen läßt.

19.

Um die Art. 173, Abs. 1 des StGB.'s den Theilnehmern an einem Raufhandel, bei welchem ein Mensch schwer verletzt oder getödtet worden, angedrohte Strafe zur Anwendung zu bringen, ist es nicht erforderlich, daß der Verletzte oder Getödtete am Raufhandel selbst Theil genommen hat.

Erkenntn. v. 13. Mai 1863 no. 468/485.

Was die übrigen Angeschuldigten betrifft,*) so mußte zunächst die Frage entstehen, ob überhaupt denselben gegenüber nach dem Stande der Sache die Bestimmungen des Art. 173, Abs. 1 des StGB.'s zur Anwendung kommen konnten, da der Begriff eines Raufhandels selbstverständlich nicht auf einen jeden Schenkenexceß in dessen ganzem Umfange ausgedehnt werden kann, K. aber, wenn schon derselbe unstreitig während eines bei Gelegenheit des eingangsgedachten Excesses zwischen den im vorstehenden Erkenntnisse namentlich aufgeführten Angeschuldigten und dem Zimmermann E. stattgefundenen Raufhandels getödtet worden, doch an diesem letztern persönlich und unmittelbar nicht betheiligt gewesen, sondern unthätig dabei gestanden und an der in der Handzeichnung mit 4 bezeichneten Stelle von Ma'n allein, und ohne daß er vorher mit den übrigen Inculpaten thätlich zusammengerathen, gestochen worden ist; erwägt Man jedoch, daß der Verletzte in derselben Stube, in welcher die nurerwähnte Schlägerei vor sich ging, und in nur geringer Entfernug davon stand, daß demnächst H. M. M.'n, der sich mit unter denen befand, die auf E.'n losschlugen, von letzterm wegzog, und daß sich nun Ma gleich darauf mit dem Messer gegen K.'n, den er für denjenigen hielt, der ihn von hinten angepackt und weggezogen, wendete und ihm die tödtliche Verwundung beibrachte, während daneben der Raufhandel zwischen

*) Der des Todtschlags schuldig befundene Ma. war mit 8jähriger Zuchthausstrafe, die übrigen Angeschuldigten mit Arbeitshausstrafen von 1 Jahr 3 Monat bis zu 4 Monat herab belegt worden.

den übrigen Inculpaten und E'n noch fortdauerte, daß hiernach aber die Tödtung K.'s mit diesem Raufhandel im engsten Zusammenhange steht, durch denselben erst veranlaßt und von den Theilnehmern an demselben demnach auch im Allgemeinen mit verschuldet worden, so mußte der Ansicht der vorigen Instanz, daß K. bei einem Raufhandel getödtet worden, und daß mithin auch die Theilnehmer an dem letztern nach den Vorschriften des Art. 173, Abs. 1 des StGB.'s, welche eben nur eine ganz generelle, schon allein in der bloßen Theilnahme an einem Raufhandel enthaltene Verschuldung voraussetzen, zu bestrafen seien, allerdings beigetreten werden.

20.

Ueber die Wirkung der Zurücknahme des wegen Ehebruchs gestellten Strafantrags. — Zu Art. 264, Abs. 2 StGB.

Verordnung v. 13. Juli 1863 no. 701/702.

Es findet das OAG. keine Veranlassung vor, von der von ihm in der hier fraglichen Beziehung ausgesprochenen, in der Allg. Ger.-Ztg. Bd. II., S. 290 unter No. 45 veröffentlichten Ansicht zurückzugehen. Die einschlagenden gesetzlichen Bestimmungen erscheinen hinreichend klar und consequent. Nach Art. 263 des StGB.'s soll der Antrag auf Bestrafung des schuldigen Ehegatten zugleich als Antrag auf Bestrafung seines Mitschuldigen gelten und umgekehrt. Dem entspricht die Bestimmung im Art. 264, Abs. 2 des StGB.'s, daß die Zurücknahme des Antrags auf Bestrafung für eine Verzeihung gelte. Wie also in dem Antrage auf Bestrafung des Mitschuldigen zugleich der Antrag auf Bestrafung des schuldigen Ehegatten zu erblicken ist, so enthält die Zurücknahme des Antrags auf Bestrafung des Mitschuldigen eine Verzeihung des Ehebruchs, die selbstverständlich zugleich dem schuldigen Ehegatten zu Statten kommt. Das Gesetz hält sich nun einmal in den Worten: „die Zurücknahme des Antrags gilt für eine Verzeihung," ganz allgemein, und der Sinn der betreffenden Dispositionen in Art. 263 und 264 des StGB.'s ist offenbar der, daß bei dem Verbrechen des Ehebruchs sowohl Antrag, als Zurücknahme des Antrags jederzeit beide schuldige Theile afficiren soll. Zu der von Krug, im Commentar rc. Abth. II., S. 158, Ausg. 2, gemachten Distinction scheint kein ausreichender Grund vorzuliegen, und der daselbst aufgestellten Auslegung des Worts „Verzeihung" ist entgegen zu halten, daß eine Verzeihung der verbrecherischen That zu Gunsten des schuldigen Ehegatten und seines Mitschuldigen ganz unbedenklich mit dem Sprachgebrauche vereinbar ist. Wer in die hier berührte Streitfrage nicht im Voraus eingeweiht ist, der wird aus Art. 263 und 264 des StGB.'s schwerlich herauslesen, daß zwar, den Strafantrag betreffend, der Antrag wider den einen beim Ehebruche concurrirenden Theil jederzeit zugleich den wider den andern Theil mit enthalte, daß dagegen, die Zurücknahme des Strafantrags anlangend, zwischen der Zurücknahme des Strafantrags gegen den schuldigen Ehegatten und der des Antrags gegen den Mitschuldigen desselben unterschieden werden müsse, indem nur jene auf den Grund der Verzeihung die Untersuchung beendige, diese dagegen ganz ohne Wirkung sei. Gewiß erscheint die vom OAG. befolgte Auslegung als die den Worten des Gesetzes entsprechendere, und sie harmonirt auch, nur in anderer Weise als die Krug'sche Auffassung, mit dem Sinne des Gesetzes.

21.

Dem Erbrechen eines verschlossenen Behältnisses oder seiner Eröffnung mittels Nachschlüssels ist die Eröffnung mittels des durch Erbrechung oder durch Anwendung von Nachschlüsseln erlangten dazu gehörigen Schlüssels gleich zu achten.*) Art. 278, $1^{b\,2}$ StGB.

Erkenntn. v. 31. Aug. 1863 no. 633/817.

Allerdings hat S. das verschlossene Gewölbe, worin die Nickelspeise in dem Niederpfannenstieler Blaufarbenwerke aufbewahrt wird, nicht unmittelbar, sondern das verschlossene Kästchen, in welchem der Schlüssel zu jenem Gewölbe aufbewahrt wurde, mittels Nachschlüssels geöffnet und nunmehr des in diesem Kästchen gefundenen richtigen Schlüssels zu Oeffnung des Gewölbes sich bedient. Allein dieser Fall steht dem, in welchem der Dieb mittels des Nachschlüssels das verschlossene, den Gegenstand des Diebstahls enthaltende Behältniß unmittelbar öffnete, offenbar ganz gleich und es bedurfte daher einer

---

*) Vergl. Annalen Bd. III., S. 377.

besondern Auszeichnung dieses Falls in dem betreffenden Artikel des StGB.'s keineswegs. Dem Gesetzgeber war bei Abfassung des StGB.'s aus den Commentaren zu dem CGB.

Weiß, CGB., II. Ausg., S. 609 sub 6.

Held und Siebdrat, CGB., S. 316 zu A und B 1.

die Gleichstellung beider obgedachten Fälle in der Praxis der Spruchbehörden unzweifelhaft bekannt. Hätte er diese Praxis gemißbilligt, so war ihm zu dem Ausspruche dieser Mißbilligung die Gelegenheit bei Abfassung des Art. 278 des StGB.'s gegeben. Da aber in demselben eine solche Mißbilligung nicht enthalten ist, so kann daraus nur auf eine Bestätigung jener Praxis von Seiten des Gesetzgebers geschlossen werden.

22.

Zur Charakteristik der gewerbmäßigen Hehlerei. — Art. 293 StGB.

Erkenntn. v. 16. Septbr. 1863 no. 903/899.

Die im Art. 293 des StGB.'s als ein besonderes, für sich bestehendes Verbrechen bezeichnete gewerbmäßige Hehlerei setzt Umstände voraus, welche das Thun und Treiben des Hehlers gewissermaßen als eine generelle Verleitung oder Anstiftung zu Eigenthumsvergehen, als eine den dazu Geneigten gleichsam entgegengebrachte fortdauernde Begünstigung erscheinen lassen. Es muß also der Hehler durch irgend eine positive Thätigkeit den auf Eigenthumsvergehen Ausgehenden seine Bereitwilligkeit, ihnen bei ihren Unternehmungen fortgesetzt Vorschub leisten zu wollen, unzweideutig, so daß diese darauf sich haben verlassen können, zu erkennen gegeben haben. Nur wo bei der Aufnahme von Dieben oder des von ihnen Gestohlenen — den für den objectiven Thatbestand erforderlichen Merkmalen — eine dergleichen generelle Willensrichtung sich manifestirt hat, wird ebenfalls dem subjectiven Thatbestande nach eine gewerbmäßige Hehlerei im Sinne Art. 293 des StGB.'s angenommen werden können. Im vorliegenden Falle, wo die verw. K. und C. G. K. bloß haben geschehen lassen, daß ihre mit ihnen zusammen wohnenden Angehörigen gestohlenes Gut in der gemeinsamen Wohnung niedergelegt haben, kann den ersteren wohl insofern, als es in ihrer Macht gestanden haben würde, dem verbrecherischen Treiben ihrer Angehörigen Einhalt zu thun, und der Verdacht vorliegt, daß sie solches bloß wegen der daraus für sie entspringenden Vortheile ungehindert haben fortbestehen lassen, je nach der Verschiedenheit der einzelnen Fälle, eine Begünstigung im Sinne Art. 61, oder eine Hehlerei im Sinne Art. 292 des StGB.'s beigemessen werden; dagegen ist nicht anzunehmen, daß es den Angeschuldigten gleichfalls darum zu thun gewesen sei, den verbrecherischen Verkehr der mit ihnen zusammen Wohnenden überhaupt, in der oben angedeuteten Weise zu begünstigen, und zwar um so weniger, als es sich ohnehin fragt, ob die in dem passiven Verhalten der Angeklagten liegende indirecte Begünstigung, da sie lediglich ihren mit ihnen zusammen wohnenden Angehörigen zu Statten gekommen ist, für eine solche gemeingefährliche, wie die qualificirte Hehlerei voraussetzt, erachtet worden sei.

23.

Ueber die Werthermittelung in dem Falle des zweiten Absatzes von Art. 295 des StGB.'s.

Verordnung v. 5. Febr. 1862 no. 115/76.

Faßt man die Bestimmungen des zweiten Absatzes des Art. 295 des StGB.'s, von deren Auslegung die Entscheidung des vorliegenden Competenzconflicts abhängt, nach dem gewöhnlichen Sprachgebrauche auf, so kann nicht zweifelhaft sein, daß man unter dem in dieser Bestimmung gebrauchten Ausdrucke: „Wiederherstellung des Ganzen", die Ergänzung des betreffenden Gegenstandes durch neue Theile an Stelle der gestohlenen und für solche Fälle, wo eine derartige Ergänzung unthunlich ist, die Neuanschaffung eines Gegenstandes gleicher Art zu verstehen hat. Streitet nun aber die Präsumtion dafür, daß der Gesetzgeber bei der fraglichen Disposition die Auffassung derselben in demjenigen Sinne, welchen dieselbe nach dem gemeinen Sprachgebrauche hat, beabsichtigte, so steht demnächst dieser Annahme auch sonst nichts entgegen. Zwar werden allerdings nach der obigen Auslegung des Art. 295, Abs. 2 in solchen Fällen, wo eine Ergänzung des betreffenden Gegenstandes durch neue Theile nicht vorgenommen werden kann, in der Regel die Wiederherstellungskosten den Werth, welchen der Gegenstand zur Zeit der Entwendung hatte, übersteigen. Allein diese Rücksicht und die daraus sich ergebende Consequenz, daß derjenige Dieb, welcher einen fremden Gegenstand erst beschädigt und dann einen Theil desselben sich zueignet, härter gestraft wird, als derjenige, welcher ohne Weiteres des ganzen Gegenstandes sich anmaßt, steht der obigen Interpretation der Bestimmung in Art. 295, Abs. 2 nicht entgegen, da in Fällen der ersteren Art mit dem Diebstahle eine Beschädigung fremden Eigenthums zusammentrifft, und es daher sehr erklärlich ist, daß der Gesetzgeber für solche Fälle eine härtere Ahndung verfügen wollte.

24.

Zur Begriffsbestimmung der rechtswidrigen Absicht beim Verbrechen der Fälschung. — Art. 311 StGB.

Verordnung v. 1. Juni 1863 no. 548/535.

Wenn der Buchhändler J. das fragliche Inserat*) unter dem fingirten Namen „Therese Knorr" selbst abgefaßt und durch das Leipziger Tageblatt veröffentlicht, dabei aber den Zweck, Käufer für die in dem Inserate erwähnten Bücher zu gewinnen, verfolgt hat, so ist dies eine Handlungsweise, welche den Thatbestand des im Art. 311 des StGB.'s aufgeführten Verbrechens vollständig in sich enthält. Wie nämlich nach demjenigen, was Bl. über den Begriff einer Urkunde im rechtlichen Sinne richtig bemerkt worden ist, und mit Rücksicht auf den Inhalt des gedachten Inserats letzteres allerdings als eine Urkunde angesehen werden muß, so läßt sich demnächst auch nicht mit Grund bezweifeln, daß der Zweck, welchen J. bei Abfassung des Inserats im Auge hatte, ein rechtswidriger war. J. wollte durch dasselbe den Glauben, daß die darin erwähnten Druckschriften von der als Einsenderin unterzeichneten Frauensperson gekauft, geprüft und

---

*) Dasselbe lautete so: Eingesandt. Nachdem auch ich mir die empfohlene „Puppenschneiderin mit Schnitten und Text" und das „Puppenkochbuch" von P. J. —gasse no. 2 erkauft, fand ich bei näherer Einsicht, daß kleine Mädchen wirklich dadurch spielend das Schneidern und Kochen lernen.

Therese Knorr.

sehr nützlich befunden worden seien, erwecken, und durch diese Täuschung Käufer für die gedachten Druckschriften anlocken. Daß dies die Tendenz seiner Handlungsweise war, folgt ohne Weiteres daraus, daß J., statt die Bücher in seinem eigenen Namen anzukündigen und anzupreisen, dies unter dem fingirten Namen einer gewissen Person aus dem Publikum zu thun vorzog und daß er, wenn er durch Einschlagung des letztern Weges mehr Käufer für die Bücher zu gewinnen hoffte, dieser Erfolg eben nur durch die vorbemerkte Täuschung erreicht werden konnte. Ist übrigens auch J. voraussetzlich sich bewußt gewesen, daß der größte Theil des Publikums durch die fragliche Annonce nicht getäuscht worden, in derselben vielmehr eine von J. selbst unter fremdem Namen vorgenommene Bücheranpreisung erkennen oder wenigstens vermuthen würde, so konnte er doch daneben sehr wohl erwarten, daß Leute aus den ungebildeteren Ständen durch das Inserat in der vorerwähnten Weise getäuscht und ihm hierdurch Käufer für die fraglichen Bücher zugeführt werden würden. Und daß J. dies in der That erwartet hat, folgt aus der Beschaffenheit seiner Handlungsweise, welche außerdem zweck- und sinnlos erscheinen würde. Die Rechtswidrigkeit desjenigen Zwecks aber, welcher nach dem Bisherigen von J. bei der sich gestatteten Anfertigung einer Urkunde unter erdichtetem Namen angestrebt wurde, leuchtet von selbst ein.

25.

Bei Partirerei an Gegenständen, deren Entwendung nach dem Forst- rc. Strafgesetze bestraft wird, ist die Auferlegung von Geldstrafe mittels Strafverfügung zulässig. — Zu Art. 22, 26. FStG. 292. StGB. 368. StPO. no. XXVII v. 25. Sept. 1861.

Verordnung v. 10. Juni 1863 no. 549/576.

Der Staatsanwalt geht von der Ansicht aus, daß verübte Partirerei niemals mit Geldstrafe geahndet werden könne, weil durch das StGB. die Partirerei als ein selbstständiges Verbrechen hingestellt, die Untersuchung gegen den Partirer mit der gegen den Haupturheber, wenn ein solcher vorhanden, nur prozessualisch vereinigt, und in Art. 292 des StGB.'s lediglich Gefängnißstrafe, nicht auch Geldbuße angedroht, ein Ausnahmefall desfalls aber nicht besonders festgestellt worden sei, denn mit der in Art. 26 des Forst ꝛc. Strafgesetzes auf Art. 22 dess. Ges. erfolgten Bezugnahme habe der Gesetzgeber die allgemeine Vorschrift in Art. 292 des StGB.'s nicht abgeändert, sondern nur ausgedrückt, daß wegen der Partirerei, sofern die zu bemessende Strafe nur die in Art. 22 des Forst ꝛc. Strafgesetzes festgesetzte Strafe nicht übersteige, nach Art. 368 der StPO. verfahren werden könne. Deshalb müsse auch, weil die Vorschrift in no. XXVII, Abs. 2 des Erl.-Gesetzes vom 25. Sept. 1861 lediglich die nach dem Forst- ꝛc. Strafgesetze zu behandelnden Vergehen, nicht aber das selbstständige, nach Art. 292 des StGB.'s zu beurtheilende Vergehen der Partirerei betreffe, selbst wenn bei dem geringfügigsten Forstvergehen Partirerei concurrire, eben weil letztere ein für sich bestehendes, mit dem Forstdiebstahle als solchem in keinem Zusammenhange stehendes Verbrechen sei, dem Staatsanwalte der Actenschluß und Bescheid bekannt gemacht, ihm daher auch die Strafverfügung mitgetheilt werden.

Diese Ansicht des Staatsanwalts vermag jedoch das OAG. nicht zu theilen, es stimmt vielmehr in der Hauptsache der von dem GA. zu L. und von dem BG. zu A. ausgesprochenen gegentheiligen Ansicht bei.

Nach Vorschrift von Art. 26 des Forst- ꝛc. Strafgesetzes leiden von den besonderen Bestimmungen des StGB.'s unter andern auch die in Art. 292 enthaltenen auf Entwendungen der im Forst- ꝛc. Strafgesetze gedachten Art Anwendung, und es ist in jenem Artikel ausdrücklich angeordnet, daß dadurch die Anwendung der im Art. 22 des Forst- ꝛc. Strafgesetzes getroffenen Bestimmungen, sobald die Strafe das daselbst angegebene Maß nicht übersteigt, nicht ausgeschlossen werde. In Art. 22 des gedachten Gesetzes ist aber vorgeschrieben, daß der Richter, sobald er eine Strafverfügung nach Maßgabe von Art. 368 der StPO. erläßt, in dieser Verfügung, wenn eine Gefängnißstrafe verwirkt ist, welche die Dauer von drei Wochen nicht übersteigt, statt der Gefängnißstrafe eine Geldstrafe festzusetzen habe, dafern nicht die in Art. 27 des StGB.'s erwähnten — in dem vorliegenden Falle nicht vorhandenen — Verhältnisse entgegenstehen.

Zufolge dieser Vorschriften hat daher der Richter in dem Falle, in welchem wegen Partirerei die mit einem Forstvergehen in objectiver Beziehung in Verbindung steht, Art. 292 des StGB.'s in Anwendung zu bringen ist, und wobei er eine Strafverfügung nach Art. 368 der StPO. erläßt, in dieser Strafverfügung, statt der an sich verwirkten, jedoch die Dauer von drei Wochen nicht übersteigenden Gefängnißstrafe, Geldstrafe festzusetzen.

Der Staatsanwalt hat bes. Bl. selbst gefühlt, daß bei Durchführung seiner Ansicht der Urheber eines Forstdiebstahls in gewissen Fällen nur mit Geld, der Partirer dagegen stets mit Gefänguiß zu bestrafen sein würde, obschon der Gesetzgeber den Partirer gelinder bestraft wissen will, als den Urheber des Eigenthumsverbrechens; allein diese Härte ist, weil die Voraussetzung eine irrige, nicht vorhanden. Der Gesetzgeber hat eben durch jene Vorschriften diese Härte beseitigt.

Aus dem oben Entgegneten folgt wiederum von selbst, daß bei einer derartigen objectiven Connexität der Partirerei mit einer Entwendung der im Forst- 2c. Strafgesetze gedachten Art und bei Anwendung des Art. 292 des StGB.'s, sowie des Art. 26 und 22 des Forst- 2c. Strafgesetzes das desfallsige Vergehen der Partirerei ebenfalls nach dem Forst- 2c. Strafgesetze zu untersuchen und zu bestrafen ist. In derartigen Fällen, in welchen die wegen Partirerei bei dem Forstvergehen erlassene Strafverfügung gerechtfertigt erscheint, bedarf es aber nach ausdrücklicher Bestimmung im zweiten Absatze von no. XXVII des obgedachten Erl.-Ges. einer Mittheilung dieser Strafverfügung an den Staatsanwalt nicht.

Zu der Strafprozeßordnung.

9.

Wenn das Bezirksgericht in einem Fall, in welchem wider einen Angeschuldigten neben einem zur bezirksgerichtlichen Cognition gehörigen Verbrechen noch andere an sich zur Cognition verschiedener Einzelrichter gehörige zur Anzeige gekommen sind, von dem Rechte der Verweisung an den Einzelrichter nach Art. 47 StPO. Gebrauch machen will, so hat die Verweisung, mit der Folge die Untersuchung der einzelrichterlichen Verbrechen an sich zu ziehen, an denjenigen Einzelrichter zu geschehen, der zur Untersuchung des zur Cognition des BG.'s gehörigen Verbrechens competent gewesen sein würde, wenn dasselbe ein einzelrichterliches wäre. Zu Art. 47, 57, 58 StPO.

Verordnung vom 3. Juli 1861 no. 724/697.

Die Competenz des BG.'s zu L. zu Führung der Untersuchung wider F. bezüglich des Bl. zur Sprache gebrachten, an sich vor den Einzelrichter gehörigen Vergehens beruhte auf der Bestimmung im Art. 58, Abs. 1 der StPO., wonach, wenn wider denselben Angeschuldigten Verbrechen zur Anzeige gelangen, welche theils zur bezirksgerichtlichen Zuständigkeit, theils zu der des Einzelrichters gehören, das zur Untersuchung der ersteren zuständige Bezirksgericht die Untersuchung und Aburtheilung auch auf die letzteren mit zu erstrecken hat. Hiernach wurden das ursprünglich zur Competenz des BG.'s gehörige und die beiden an sich zur einzelrichterlichen Zuständigkeit gehörigen Verbrechen ein Ganzes, und wenn nun das BG. für angemessen fand, alle diese zu einem Ganzen vereinten Verbrechen in Gemäßheit von Art. 47 der StPO. an den Einzelrichter zu verweisen, so konnte als der betreffende Einzelrichter nur derjenige angesehen werden, welcher, wenn das an sich bezirksgerichtliche Verbrechen, wegen dessen die Vorschrift im Art. 47 der StPO. ertheilt ist, ein einzelrichterliches wäre, zur Untersuchungführung competent sein würde, hier also das GA. zu T. Nicht beitreten kann dagegen das OAG. der Ansicht des BG.'s zu L., wonach in dem vorliegenden Falle bei Beantwortung der Frage, an welchen Einzelrichter die Verweisung nach Art. 47 der StPO. zu erfolgen habe, die nach Art. 58, Abs. 1 der StPO. zu einem Ganzen vereinigten Verbrechen wieder getrennt, alle als zur einzelrichterlichen Zuständigkeit gehörige Verbrechen aufgefaßt und die Competenz des unter den in Frage kommenden mehreren zuständigen Einzelrichters nach Art. 57 der StPO., insonderheit also mit Rücksicht auf obwaltende Prävention bestimmt worden, wobei sich die Zuständigkeit des GA.'s zu B. herausgestellt hat. Denn die nach Art. 58, Abs. 1 der StPO. eingetretene Vereinigung kann (abgesehen von dem auf Zweckmäßigkeitsrücksichten basirten Ausnahmefalle im Art. 58, Abs. 3 der StPO.) nicht willkürlich aufgehoben, und es kann daher in einem Falle der gegenwärtigen Art Prävention selbstverständlich gar nicht statuirt werden, vielmehr ist, möge nun ein bezirksgerichtliches Verbrechen allein oder in der nach Art. 58, Abs. 1 eingetretenen Verbindung mit Einzelrichter-Verbrechen zufolge der Vorschrift im Art. 47 der StPO. verwiesen werden, allemal derjenige Einzelrichter der zuständige, vor den das bezirksgerichtliche Verbrechen, wenn es ein einzelgerichtliches wäre, gehört haben würde.

10.

Der Beschluß, Steckbriefe hinter einem Angeschuldigten zu erlassen, ist dem Beschlusse, die Untersuchung zu eröffnen, gleich zu achten und begründet Prävention. — Zu Art. 49, 145 fg. StPO.

Verordnung v. 21. Juli 1862 no. 770,738.

Es würde zwar dem GA. Z. darin beizutreten sein, daß weder in der von ihm verfügten Befragung der anzeiglich durch die Angeschuldigte verletzten Personen, noch in der von ihm ausgeführten, öffentlichen Vorladung, welche von einem erfolgten Beschlusse, die Untersuchung gegen die B. einleiten zu wollen, nichts enthält, etwas gefunden werden könne, was als eine Untersuchungshandlung des Gerichts angesehen werden müßte, die eine Competenz des Gerichts zu begründen im Stande wäre, da die durch die Vorladung bezweckte Befragung der Angeschuldigten immer noch die Entschließung des

GA.'s zur Folge haben könnte, daß keine Untersuchung einzuleiten sei, die übrigen vorgedachten Erörterungen aber nach Inhalt des Art. 116 der StPO. ausdrücklich als nicht zur Voruntersuchung gehörig bezeichnet worden sind. Allein das GA. Z. ist, wie die Acten ausweisen, weiter gegangen, es hat nach Bl. des eingesendeten Fascikels, und zwar am 23. Juni 1862 beschlossen, Steckbriefe hinter der verehel. B. zu erlassen. Diese Resolution aber setzt nach der Wichtigkeit der beschlossenen, gegen die Angeschuldigte gerichteten Maßregel und deren nach Art. 145 fg. der StPO. daran geknüpften Folgen nothwendig den Beschluß, die Untersuchung einleiten zu wollen, voraus, oder schließt ihn ein, und das Gericht, welches diesen Beschluß faßt, macht von seiner Zuständigkeit zu Einleitung einer Untersuchung Gebrauch, wird daher auch nach Art. 49 der StPO. im Schlußsatze und Art. 57, Abs. 1 bei dem Vorhandensein von mehreren competenten Gerichten das zuvorkommende.

11.

Die Vorschrift im 2. Abs. des 280. Artikels StPO., wie im Falle einer Abweichung der Angaben des Angeschuldigten bei der Hauptverhandlung von seinen Aussagen in der Voruntersuchung zu verfahren sei, greift auch dann Platz, wenn die früheren Aussagen nicht in der eigentlichen Voruntersuchung, sondern bei Gelegenheit der justizpolizeilichen Vorerörterungen gemacht worden sind.

Erkenntn. v. 5. August 1863 no. 680/793.

Die im Art. 280, Abs. 2 der StPO. getroffene Bestimmung, wonach einem Angeklagten, welcher in der Hauptverhandlung Thatsachen leugnet, deren er in der Voruntersuchung geständig gewesen ist, oder dessen Aussagen sonst von den in der Voruntersuchung erstatteten abweichen, die einschlagenden Protokolle vorgelesen und er zur Erklärung darüber aufgefordert werden soll, beruht nicht auf der Annahme einer größern oder geringern Glaubwürdigkeit der einen oder andern Niederschrift, sondern hat nur den Zweck, den Angeklagten darauf aufmerksam zu machen, daß er sich früher anders erklärt habe, und ihm Gelegenheit zu geben, sich darüber auszusprechen, ob er wirklich so ausgesagt habe, wie in der Voruntersuchung niedergeschrieben worden, und auf welche Weise er die Verschiedenheit seiner Aussagen zu erläutern im Stande sei. Es leuchtet mithin ein, daß ein rechtlich zu beachtender Unterschied zwischen den verschiedenen früheren Aussagen eines Angeklagten, je nach den Zeiträumen, in denen sie erstattet worden sind, nicht begründet erscheint, so daß die angezogene Gesetzesstelle ebensowohl auf die vor der vom Untersuchungsrichter gefaßten Entschließung auf Eröffnung der Voruntersuchung erstatteten Aussagen des Angeklagten bezogen werden muß, als auf die nach diesem Zeitpunkte erfolgten. Es folgt dies auch schon daraus, daß in Fällen, wo eine unmittelbare Verweisung zur Hauptverhandlung stattgefunden hat, eine eigentliche Voruntersuchung im engern Sinne gar nicht existirt, Art. 280, Abs. 2 der StPO. aber keine Andeutung darüber enthält, daß alsdann Verschiedenheiten in den Aussagen des Angeklagten nicht beachtet und eine weitere Erörterung des Grundes dieser Abweichungen unterlassen werden soll, wie doch hätte geschehen müssen, wenn dies in der Absicht der Gesetzgeber gelegen hätte.

Civilprozeß und Concurs.

6.

Nachweis der Veränderung des Domicils.

II. Sen.-Erk. v. 19. Febr. 1863 no. 6455.

Beklagter hat zwar, da derselbe unbestrittenermaßen früher in L. wohnhaft gewesen, nachzuweisen gehabt, daß er zur Zeit der an seine Ehefrau bewirkten Insinuation der Vorladung auf die erhobene Klage sein Domicil verändert gehabt; allein diesen Nachweis hat derselbe durch die sub A, B und C zu den Acten beigebrachten Zeugnisse auch zur Genüge geführt.

Aus dem Zeugnisse des Polizeiamts zu L. sub A geht hervor, daß derselbe bereits am 29. März 1862 — also ziemlich 4 Wochen vor Insination der Ladung, welche erst am 26. April 1862 bewirkt worden — sich im Fremdenbüreau des bemerkten Polizeiamts unter dem Anführen, in seine Heimath (die Stadt O.) zurückkehren zu wollen, abgemeldet und seine Legitimationspapiere wieder ausgehändigt erhalten hat. Schon dieses Zeugniß ist nicht ganz unerheblich insofern, als dasselbe die Absicht Beklagtens, sein zeitheriges Domicil in L. aufzugeben, bekundet, da der animus commorandi wesentlich zum Begriffe des Domicils gehört.

Bringt man nun aber damit die weiteren Zeugnisse des Magistrats zu Q. sub B und C in Verbindung, wodurch bestätigt wird,

a) daß Beklagter am 3. April 1862 die nach den in Q. über die Aufnahme Neuanziehender bestehenden gesetzlichen Einrichtungen erforderliche Meldung bewirkt habe,

b) daß Beklagter am 3. April 1862 von L. in Q. wieder zugezogen, auch in den dortigen Stadtverband aufgenommen worden sei und vom 1. April 1862 an daselbst die ihn treffenden Steuern entrichte,

so kann nicht wohl bezweifelt werden, daß Beklagter seine Absicht, das Domicil in L. aufzugeben und nach Q. überzusiedeln **vor** dem 26. April 1862, als dem Tage der Insinuation der Ladung, auch bereits ausgeführt habe.

7.

Die Anstellung der Wiederklage in foro conventionis enthält an sich keinen Verzicht auf die in letzterer tempestiv vorgeschützte exceptio fori incompetentis.

II. Sen.-Erk. v. 12. März 1863 no. 111/105.

(Der Satz wurde gegen den bezüglichen Einwand des Klägers in der Convention unter Bezugnahme darauf ausgesprochen, daß eine Wiederklage nur eine eventuelle Ausführung illiquider Einreden enthalte.)

8.

Geleugneter Klaggrund oder Exception?

II. Sen.-Erk. v. 19. Febr. 1863 no. 87/54.

Wenn Beklagter, wie von ihm in seinem Einlassungssatze geschehen ist, die von dem Kläger in seiner Klage angegebenen, das behauptete Schenkungsversprechen enthaltenden Erklärungen geleugnet und daneben erläuterungsweise bemerkt hat, daß er dem Kläger nur das Versprechen ertheilt habe, demselben 1000 Thlr. unter der Bedingung schenken und geben zu wollen, wenn er sich in B. etabliren würde und die Auszahlung jener Summe an den Kläger dann zu bewirken, wenn Letzterer sich dort etablirt haben werde, so ist von ihm hiermit offenbar der Grund der wider ihn erhobenen Klage in Abrede gestellt worden. Denn Beklagter hat damit eben geleugnet, daß er dem Kläger wirklich das von diesem behauptete Schenkungsversprechen ertheilt habe und dasjenige Versprechen, welches er geständlicher Maaßen geleistet hat, ist ein ganz anderes, als das von dem Kläger angeführte, nämlich ein an die Voraussetzung und an die ausdrücklich gestellte Bedingung geknüpftes, daß Kläger in B. sich etabliren werde. Hätte daher Beklagter das fragliche Versprechen dem Kläger wirklich nur in der von dem Ersteren angeführten Maaße ertheilt, so würde Kläger auf Grund desselben die Bezahlung der 1000 Thlr. nur dann beanspruchen können, wenn er sich wirklich in B. etablirt hätte, und es würde dann die Behauptung, daß letzteres von ihm geschehen sei, zur Begründung seiner Klage gehört haben. Dagegen ist aber von dem Kläger selbst angeführt worden, daß er sich nicht in B., sondern in A. niedergelassen habe und sobald daher constatirt wird, daß Beklagter die 1000 Thlr dem Kläger nur für den Fall seiner Etablirung in B. versprochen habe, muß die Entbindung und Loszählung des Beklagten von der wider ihn erhobenen Klage Platz ergreifen, weil dann eben der Fall nicht eingetreten ist, für den allein der Beklagte die schenkungsweise Gewährung der 1000 Thlr. dem Kläger zugesagt hatte.

Daß Letzterer nur das reine Schenkungsversprechen acceptirt, nicht aber der demselben beigefügten Modification sich unterworfen haben will, kann in Beurtheilung der Sache offenbar etwas nicht ändern. Denn Kläger konnte das fragliche Versprechen eben nur so acceptiren, wie es gegeben wurde, er war nicht befugt, den einen Theil desselben anzunehmen und den andern abzulehnen und that er letzteres, so erwarb er eben aus der von dem Beklagten ertheilten, in ihrem ganzen Zusammenhange aufzufassenden Zusage keine Befugnisse, sondern es fehlte dann an der erforderlichen Uebereinstimmung des Willens der Contrahenten und es kam somit dann ein Vertrag überhaupt nicht zu Stande. Mit Recht ist daher in den vorigen Instanzen die Entscheidung der Sache von Leistung des bei der Klage angetragenen Eides abhängig gemacht worden.

9.

Zulässigkeit des Eidesantrags über die active Sachlegitimation.*)

II. Sen.-Erk. v. 5. März 1863 no. 123/86.

Das OAG. vermag die Ansicht der vorigen Instanz, daß der Eidesantrag bei der activen Sachlegitimation nicht statthaft sei, sobald sie auf Rechtsverhältnissen beruhe, bei denen der Gegner nicht concurrirte, nicht zu theilen, hat vielmehr stets den Gebrauch des gedachten Beweismittels auch zum Behuf der Activlegitimation an sich für zulässig geachtet und nur die für den Eidesantrag erforderliche, specielle, thatsächliche Begründung verlangt. Diese ist nun im vorliegenden Falle keineswegs zu vermissen gewesen.

10.

Aeltern, inwiefern für die Kinder zulässige Zeugen?

II. Sen.-Erk. v. 5. März 1863 no. 105/94.

Zwar schreibt das Römische Recht vor, daß Aeltern in Streitigkeiten ihrer Kinder giltiger Weise als Zeugen nicht auftreten können,

l. 9 D. de testib. (22. 5.)

auch erkennt das kanonische Recht dieses Princip an und erklärt nur ausnahmsweise rücksichtlich der Ehesachen die Aeltern für, wenn auch nicht classische, doch auch nicht für unzulässige Zeugen.

cap. 3 X. qui matrim. accus. poss. (4. 18.)
cap. 22 X. de testib. et attest. (2. 20.)

Allein der Gerichtsbrauch erstreckt diese Ausnahme auch auf Dotalsachen, indem er davon ausgeht, daß dabei Angelegenheiten in Frage seien, welche nur im Kreise der Familie verhandelt zu werden

*) Ueber den Fall, wenn der Eidesantrag nicht statthaft erscheint, vergl. diese Annalen Bd. VI., S. 421.

und in Folge dessen meist nur den nächsten Verwandten aus eigener Wissenschaft bekannt zu sein pflegen

Hommel, Rhaps. obs. 211. 5. V. consang. et parent.

Heyne, in der Zeitschr. f. Rechtspfl. u. Verw. N. F. Bd. VIII., S. 156 fg.

Hat nun auch derselbe hierbei vornehmlich nur den Fall vor Augen, wo es sich um den Beweis des von einer Ehefrau oder deren Erben zurückgeforderten Einbringens handelt, so läßt sich doch bei der Gleichheit des Grundes nicht in Zweifel ziehen, daß ein Gleiches auch dann zu gelten habe, wenn, wie im vorliegenden Falle, auf Erfüllung eines von den Aeltern einer Ehefrau für diese deren Ehemann wegen Gewährung einer Mitgift geleisteten Versprechens geklagt wird und die Existenz des letztern darzuthun ist.

Gottschalk, Dix. for. Tom. II., cap. XXIV., p. 314, ed. II.

Kann demnach der von dem Kläger benannte testis I. nur als ein der Classicität entbehrender, nicht aber als ein völlig verwerflicher Zeuge angesehen werden, so erscheint es auch vollkommen gerechtfertigt, daß die vorige Instanz den gegen die Abhörung desselben von den Beklagten erhobenen Widerspruch als unbegründet verworfen und ihnen nur vorbehalten hat, ihre Einwendungen gegen die Glaubwürdigkeit dieses Zeugen im künftigen Hauptverfahren vorzubringen.

11.

Appellabilität des Streites über die Höhe der Alimente.*)

II. Sen.-Verordn. v. 13. März 1863 no. 130,113.

Da in Gemäßheit der den Klaggrund umfassenden Zugeständnisse zu Einl.-Punkt 2, 3 und 5 die Verpflichtung des Beklagten zu Entrichtung des in dem Mandate einige Bestimmungen über die Verbindlichkeit zu Ernährung unehelicher Kinder betr. v. 12. Novbr. 1828, §. 2 auf Zwölf Thaler jährlich festgesetzten Mindestbetrags von Alimenten außer Zweifel, mithin der in der Klage geforderte Alimentensatz von Zwanzig Thalern jährlich überhaupt nur insoweit

*) Vergl. über die Appellabilität von Alimentenansprüchen im Allgemeinen diese Annalen Bd. IV., S. 223 fg.

streitig ist, als er über den vorgedachten Minimalbetrag hinausgeht, nun aber der hiernach in Frage bleibende Betrag der Differenz, auf vierzehn Jahre gerechnet, die Summe von Zweihundert Thalern offenbar nicht übersteigt, folglich wider das Erkenntniß zweiter Instanz, welches in Conformität mit dem Instanzbescheide den Beklagten in Entrichtung von Alimenten nach Höhe des von der Klägerin geforderten Alimentensatzes verurtheilt hat, nach der Vorschrift in §. 18 des Gesetzes die höheren Justizbehörden und den Instanzenzug in Justizsachen betr. vom 28. Jan. 1835 die nochmalige Einwendung eines Rechtsmittels nicht stattfindet, so hat das OAG. die eingewendete Berufung, welche lediglich die Herabsetzung des der Klägerin zugesprochenen Alimentenbetrags bezweckt, für unzulässig befunden.

12.

Ueber die Voraussetzungen und Wirkungen der Deposition in Gemäßheit des Münzmandats vom 31. Juli 1623 im Executionsstadium.

III. Sen.=Verordn. v. 19. Septbr. 1863 no. 259.

Der Beklagte war im vorliegenden Executionsprozesse in der Bl. ersichtlichen Maaße verurtheilt worden. Auf Grund dieser rechtskräftigen Verurtheilung hatte die Klägerin die Einleitung des executivischen Verfahrens beantragt, und obwohl sie sich dabei gewisse Bedenken gemacht und dieselben ihrerseits zunächst zur Beschlußfassung des Prozeßgerichts gestellt, doch die Berichtigung des gesammten ihr dermalen rechtskräftig zuerkannten Betrags in Anspruch genommen. Das Prozeßgericht hatte ihrem Antrage gefügt und die Zahlungsauflage erlassen, zugleich aber auch auf Ansuchen des Beklagten einen Termin zur förmlichen Deposition des ausgeklagten Schuldbetrags anberaumt. Diese Deposition hat der Beklagte nicht deshalb beantragt, damit der eingezahlte Betrag bis zur Entscheidung der Bl. angeregten Fragen im gerichtlichen Gewahrsam bleibe, sondern, weil die Klägerin die Annahme der ihr angebotenen Zahlung verweigert habe. Der Beklagte wollte also, wenn auch unter Vorbehalt gewisser Ansprüche und weiterer Maßnehmungen zahlen und die Klägerin hat auch zugestanden, daß ihr der Beklagte mittelst des Bl. zu lesenden Schreibens die Zahlung des dort berechneten Liquidum thatsächlich angeboten habe. Daß sich der Beklagte im Termine zur wirklichen Einzahlung angeschickt habe und die letztere nur durch den Widerspruch und die Appellation der Klägerin verhindert worden sei, läßt sich nach dem Inhalte des Protokolls Bl. ebenso wenig bezweifeln, als daß in der Erklärung des Beklagten, es solle seine Appellation gegen die Hilfsauflage, welche das Prozeßgericht ohnedies nicht zu beachten und einzuberichten resolvirt, der Auszahlung an die Klägerin nicht entgegenstehen, daß er sich aber das Recht vorbehalte, dasjenige, was er als unbegründete Forderungen der Klägerin bezeichnet habe, zurückzufordern, ein nochmaliges, von der Klägerin nicht acceptirtes Zahlungsangebot liege.

Unter diesen Umständen konnte der eben bemerkte Widerspruch derselben gegen die beabsichtigte Deposition für erheblich nicht angesehen werden. Zuvörderst ist es zweifellos, daß ein rechtskräftig verurtheilter Beklagter die Füglichkeit haben muß, dem Judicate freiwillig nachzukommen und daß es ihm insonderheit gestattet sein muß, sich nach Erlaß der Hilfsauflage und in Gemäßheit der letztern selbst durch vollkömmliche Zahlung vor dem Fortgange des Hilfsverfahrens und der Hilfsvollstreckung selbst zu bewahren. Nach der Meinung des OAG.'s würde zur Beanstandung der letztern, selbst eine formlose Einzahlung des gerichtlich berechneten Schuldbetrags in die Hände des Gerichts und die Ausfolgung an den Kläger genügen, eine andere Frage aber darin bestehen, ob bei einer Weigerung des Klägers, den eingezahlten Betrag anzunehmen, die Zahlung für geleistet zu erachten und demzufolge auch der Zinsenlauf unterbrochen sei. Die voraussetzlich in dieser Erwägung von dem Beklagten beabsichtigte förmliche Deposition ist eine durch das Münzmandat vom 31. Juli 1623 anerkannte Sicherheitsmaßregel; sie soll, wie das Gesetz sagt, dem Gläubiger plenam securitatem in den dort erwähnten Beziehungen gewähren. Es liegt in der Natur der Sache, daß bei derselben ein Streit über den Betrag, die Zeit, den Ort oder die Modalität der Zahlung vorausgesetzt werden muß, dessen Erörterung und Entscheidung noch zu erwarten ist, und der Zweck der gedachten Deposition besteht eben darin, daß sich der Schuldner durch die Zahlung des Betrags, den er zu schulden anerkannt, in die Hände des Gerichts gegen die Nachtheile sichern soll, welche ihm andernfalls durch die verzögerte Annahme des Schuldbetrags auf Seiten des Gläubigers bis zum Austrage der obwaltenden Differenz entstehen könnten. Dieser Zweck würde aber entweder gar nicht oder nur theilweise erreicht werden können, wenn eine Deposition nach Maßgabe des angezogenen Münzmandats schlechthin nur in dem Falle zulässig wäre, wenn der Deponent die mora accipiendi des Gläubigers nachgewiesen hätte. Wollte man überhaupt dem Schuldner eine Bescheinigung der mora aufsinnen, so würde es wenigstens genügen, daß die Klägerin die ihr wiederholt angebotene Zahlung nicht angenommen hatte, ohne gegen die Vollkömmlichkeit derselben Ausstellungen zu erheben, während die eigentliche Streitfrage, ob wegen des schon erwähnten Vorbehalts des Beklagten oder aus anderen Gründen die Weigerung der Klägerin, den ihr angebotenen Schuldbetrag anzunehmen, eine berechtigte sei, wenigstens nach dem damaligen Sachstande bei dem Beschluß über die Zulassung des Beklagten zur Deposition, noch nicht erörtert zu werden brauchte. In dem beifälligen Beschluß, welchen das Prozeßgericht in dieser Beziehung gefaßt hat, liegt also noch keineswegs eine Entscheidung über die behauptete mora accipiendi selbst, und es ist der vorigen Instanz darin beizupflichten, daß durch die Einzahlung zum depositum der Frage, ob auf fernern Antrag der Klägerin das auf Grund rechtskräftiger Entscheidung eingeleitete Hilfsverfahren fortzustellen oder zu beanstanden sei, nicht vorgegriffen worden sein würde. Die Klägerin konnte sich also auch durch diese Resolution um so weniger für beschwert erachten, als die beabsichtigte Deposition in ihrer Eigenschaft als Sicherheitsmaßregel zunächst auf Kosten und Gefahr des Deponenten zu erfolgen gehabt hätte.

13.

Der bloße Nebenzweck, den Vorwurf muthwilliger Streitsucht abzulehnen, um dadurch zu Compensation der Kosten zu gelangen, giebt keinen Grund ab, auf einen für die Entscheidung der Hauptsache selbst irrelevanten Eid zu erkennen.

II. Sen.-Erk. v. 10. März 1863 no. 101/98.

(Zu Motivirung des Satzes wurde unter Anderm bemerkt, daß die Entscheidung der Kostenfrage in der Regel nicht sowohl von dem Umstande, ob dem einen oder dem andern Theile gerade eine geflissentliche Streitsucht beizumessen, als vielmehr zunächst und hauptsächlich von dem Unterliegen in der Sache selbst bedingt werde. — Erl. Pr.-Ordn. ad Tit. XXXVI, §. 5; Gesetz, die Kostencompensation 2c. betr. v. 11. Jan. 1838.)

14.

Zur Lehre vom documentum guarentigiatum im Sinne des §. 4 des Anhangs zur Erl. Pr.-Ordn.

(II. Sen.-Erk. v. 4. Septbr. 1863 no. 487/490.*)

Das OAG. erkennt den von voriger Instanz dem Sinne nach dahin ausgesprochenen Satz:

> es komme bei Beantwortung der Frage, ob eine Urkunde ein als Unterlage des Executivprozesses zu benutzendes Schuldanerkenntniß enthalte (documentum guarentigiatum sei), darauf an, ob die betreffende Erklärung unter Umständen und in Verhältnissen abgelegt wurde, die nicht füglich eine andere Absicht, als die, annehmen lassen, die daraus gefolgerten Rechte und Verbindlichkeiten dem darin benannten Gläubiger resp. dessen Rechtsnachfolger gegenüber dadurch zu begründen, oder als begründet anzuerkennen,

als richtig an.

---

*) In einer „Erklärung" überschriebenen Urkunde hatte Beklagte „bekannt", daß sie in die beabsichtigte Verheirathung ihrer Tochter mit dem Soldaten N. N. (Klägern) unter der Bedingung willige, wenn letzterer aus dem Militärdienst entlassen werde, sowie daß sie die zur Entlassung erforderliche Einstandssumme zu erlegen bereit sei und ihrer Tochter noch eine baare Mithilfe von 2000 Thlrn. verwillige. Unter Bezugnahme auf diese Urkunde, einen Trauschein und einen Militärabschied, sowie unter Bekenntniß, daß Beklagte das Einstandsgeld erlegt, diese aber Zahlung der Mithilfe, ebenso wie der Vormund seiner annoch unmündigen Ehefrau deren Einklagung verweigere, erhob Kläger Executivklage auf Zahlung jener 2000 Thlr. an den Vormund. Allein obschon bei Fortstellung der Sache das l. 31, §. 2 C. de jure dot. (V. 12) geordnete biennium verflossen, wiesen Ima und IIda die Klage in d. a. M. ab, und das OAG. bestätigte.

Ebenso hat es aber die Folgerungen als zutreffend zu befinden, welche an diesen Satz in Bezug auf die vorliegende Executivklage geknüpft sind.

Ganz abgesehen davon, daß sich aus dem Documente sub A nicht ergiebt, daß solches dem Kläger, oder auch nur dessen Ehefrau zu dem Zwecke ausgestellt sei, um solches als Schuldbekenntniß zu benutzen, vielmehr eine andere Bewandniß nach dessen Inhalte wahrscheinlich wird, so legt sich diese bei dem Zusammenhalten mit Doc. B und C und den Geständnissen in der Klage dahin zu Tage, daß die Urkunde der Militärbehörde gegenüber, Behufs Erwirkung des Abschieds für Beklagten, ausgestellt ist und es ist somit jedenfalls für den Executivprozeß die Annahme verschlossen, daß Beklagte durch Ausstellung dieses Documents, Klägerm oder ihrer Tochter gegenüber eine Dotationsverbindlichkeit begründen oder als begründet bekennen wollte. Ebenso fehlt es für die Annahme, daß ein pactum in favorem tertii geschlossen worden, an jedem Anhalten, wie denn für den Gesichtspunkt des Geständnisses in Betracht zu ziehen ist, daß solcher schon durch den Wortlaut ausgeschlossen ist, übrigens ein solches Geständniß gegen einen Dritten wenigstens nicht als ein den Executivprozeß rechtfertigendes Moment gelten kann.

In dieser Maaße hat sich das OAG., abgesehen von dem von voriger Instanz bezogenen Falle

Wochenbl. f. merkw. Rechtsf. 1858 S. 361.

in einem speciell die Anwendung jenes Grundsatzes im Executivprozeß betreffenden Erkenntnisse vom 5. Jan. 1858 Tetzner/Kühn ausgesprochen, und Man findet, von diesen Grundsätzen abzugehen, in der Deduction Bl. um so weniger Veranlassung, als letztere auf der, wie gezeigt, irrigen Annahme beruht, daß die Urkunde A ein gegen Klägern oder dessen Ehefrau abgegebenes Mitgiftversprechen erkennen lasse.

15.

Im Executionsprozesse führen an sich und zumal durch Einreden limitirte Geständnisse des Beklagten nicht zu Aufrechthaltung der ohne diese unschlüssigen Klage.

II. Sen.-Erk. v. 12. März. 1863 no. 111/105.

(Der Satz wurde als Ansicht des OAG.'s unter Bezugnahme auf ein in der Zeitschr. f. Rechtspfl. u. Verw., N. F. Bd. XIX., S. 476 mitgetheiltes Präjudicat ausgesprochen. S. a. unten S. 127.)

16.

Ueber die Benutzung der Cassatorischen Clausel für den Executionsprozeß.

II. Sen.-Erk. v. 5. März. 1863 no. 100/90.

Zunächst steht der Statthaftigkeit der Klage als einer auf den Eintritt der cassatorischen Clausel gegründeten Executionsklage der Umstand entgegen, daß Kläger den Empfang verschiedener Summen auf die erwachsenen Zinsrückstände zugegeben hat, ohne dabei anzugeben, zu welcher Zeit er diese Zahlungen und ob er sie unter Vorbehalt des aus dem Eintritte der Bedingungen der cassatorischen Clausel ihm erwachsenen Rechts angenommen hat. Denn wenn es schon an sich richtig ist, daß derjenige, welcher seine Klage auf eine wegen unterbliebener rechtzeitiger Leistung in Wirksamkeit getretene cassatorische Clausel gründen will, die Negative, daß die Leistung unterblieben, nur zu behaupten, nicht zu beweisen braucht, so ändert sich das Verhältniß doch dann, wenn er zugiebt, daß eine Leistung erfolgt sei, welche an sich geeignet ist, die Wirkungen der cassatorischen Clausel aufzuheben, sobald sie nicht unter Umständen erfolgt, welche die Kraft der Clausel zu erhalten geeignet sind. Derartige Umstände aber müssen, sobald durch das Anführen der Klage selbst die Möglichkeit der Wirkungslosigkeit der unterbliebenen rechtzeitigen Leistung liquid ist, der Klage replikweise inserirt und in gleicher Weise wie der übrige Klaginhalt, also beim Urkundenprozesse durch Urkunden dargethan werden, und dies zu thun hat Kläger unterlassen.

Abgesehen von diesem aus dem Inhalte der Klage selbst gegen deren Statthaftigkeit entnommenen Grunde erwächst auch, wie bereits von voriger Instanz bemerkt worden, durch dasjenige, was vom Kläger bei Gelegenheit der Ausführung seiner gegen das Erkenntniß erster Instanz eingewendeten Berufung vorgebracht worden ist, ein erhebliches Bedenken dagegen, ob die in den drei der Klage zu Grunde liegenden Urkunden enthaltene cassatorische Clausel überhaupt noch bei Kräften sei. Denn wenn, wie aus jenem Anführen zu entnehmen, die drei eingeklagten Darlehnsposten in der Folge zu einem einzigen Darlehnscapitale verschmolzen worden sind, so haben sich dadurch voraussetzlich auch die Bestimmungen über die Zinsentrichtung verändert und es würde dann neuer Festsetzungen über den etwaigen Eintritt der cassatorischen Clausel bedurft haben.

Wenn endlich Kläger, um ein condemnatorisches Urthel zu erlangen, sich darauf beruft, daß seit Erhebung seiner Klage abermals Zinstermine verstrichen, zu welchen Beklagter durch Nichtzahlung die cassatorische Clausel verwirkt habe, so würde, wenn überhaupt, wie nach dem so eben Erwähnten zweifelhaft erscheint, die laut der der Klage zu Grunde liegenden Urkunden festgesetzte cassatorische Clausel noch Wirksamkeit zu äußern vermag, dadurch zwar ein erneuter Executionsantrag begründet, keineswegs aber die Fortstellung des an sich der nothwendigen Unterlagen entbehrenden, bisher beantragten Hilfsverfahrens gerechtfertigt werden können.

17.

Nichtbenutzbarkeit indiscreter Quittungen, beziehentlich qualificirter Geständnisse zum Nachweis der Compensationseinrede im Executionsprozesse. — Pluralitas non praesumitur?

II. Sen.-Erk. v. 19. Febr. 1863 no. 68/60.*)

Aus der Urkunde C ist in keiner Weise zu ersehen, aus welchem Grunde von Beklagtem die darin gedachte Summe an den Gläubiger

*) Kläger belangte den Beklagten im Executionsprozesse auf Zahlung von 175 Thlrn. rückständige Termingelder. Beklagter excipirte Compensation mit einer Forderung von 700 Thlrn., die er dadurch erlangt, daß er sich bei

des Klägers ausgehändigt und von dem letztern in Empfang genommen worden ist. Auf den Mangel der Angabe jeden Rechtstitels in dem Empfangsbekenntnisse C ist aber um so mehr Gewicht zu legen, als aus der bloßen Ausantwortung und Uebergabe von Geldern (numeratio) nicht ohne Weiteres die Absicht des Zahlenden, eine Bezahlung oder Tilgung einer bestehenden Schuld (solutio) zu bewirken, gefolgert werden kann. Namentlich ist im vorliegenden Falle das Empfangsbekenntniß sub C so allgemein gefaßt, daß dasselbe ebensowohl auf Rechtsverhältnisse, vermöge deren der Aussteller H. Schuldner des Beklagten M. geworden ist, z. B. auf ein vom Beklagten erhaltenes Depositum, Darlehn u. s. w., als auch auf Tilgung einer Schuld des Beklagten dem Aussteller gegenüber bezogen werden kann.

Nun wird zwar zufolge Praxis unter Bezugnahme auf den Grundsatz: Pluralitas debitorum non praesumitur angenommen, daß der Beklagte, welcher die geklagte Schuld zugesteht, und die Ausflucht der Zahlung vorschützt, mit dem Beweise, daß durch die Zahlung die libellirte Schuld getilgt worden, zu verschonen sei, vielmehr der Nachweis genüge, daß Beklagter, nachdem er die geklagte Schuld contrahirt gehabt, an den Kläger eine gewisse Summe gezahlt habe, indem solchenfalls vom Kläger darzuthun sei, daß durch die Zahlung nicht die libellirte, sondern eine andere Schuld getilgt worden sei. Allein ganz abgesehen von der Frage, ob und inwieweit der gedachte Grundsatz richtig sei,

---

H. wegen 600 Thlr. und 100 Thlr. für Klägern verbürgt und diesen Betrag an H. gezahlt habe. Zum Nachweise producirte er die beiden Schuld- und Bürgschaftsurkunden (A. B.) und eine Urkunde H.'s (C.), lautend: Sien (sic!) Hundert Thaler habe ich unter dem heutigen Datum von Hrn. M. (Beklagtens Name) richtig und par erhalten. D., d. 7. Juli 1854. Traugott H. — Die Ima erachtete die Exception nicht für bescheinigt. Die IIda reformirte hinsichtlich eines Betrags von Einhundert Thalern, indem sie die Urkunde wenigstens nach dieser Höhe für beweisend ansah und ein Geständniß Klägers in der Replik benutzte, daß Beklagter in den Besitz der betr. Urkunden dadurch gekommen, daß er mit Klägers Geld für diesen an H. Zahlung geleistet und sich die Urkunden A B, sowie C auf seinen Namen lautend aushändigen lassen. Das OAG. stellte die Ima her. Rationen im Text.

Kritz in der Zeitschr. f. Rechtspfl. u. Verw., N. F. Bd. VII., S. 495 fg.

findet derselbe dann nicht Anwendung, wenn der Beklagte, wie im vorliegenden Falle geschehen ist, nicht die exceptio solutionis, sondern die exceptio compensationis vorschützt,

Wochenbl. f. merkw. Rechtssätze Jahrg. 1859, S. 228.

und die letztere darauf gestützt hat, daß er ein Darlehn, welches der Kläger einem Dritten schuldet, bezahlt, mithin als Mandatar oder Geschäftsführer des Klägers einen Verlag für den letztern bestritten habe. Zu dem Nachweise der letztern Exception kann sich der Beklagte im Executivprozesse der sogenannten indiscreten Quittungen und namentlich Empfangsbekenntnisse der vorliegenden Art, aus welchen weder die Absicht des Zahlenden, eine bestehende Schuld zu tilgen, noch die Forderung, auf welche die Zahlung sich bezieht, zu ersehen ist, nicht bedienen,

Küstner zu Griebner's Discurs zur Erl. Pr.-Ordn. Anh. §. 5, not. 88 und 89.

Kori, Executivprozeß §. 13, S. 30, ed. 2.

und zwar um so weniger, als eine Vermuthung dafür, daß ein Bürge durch die Zahlung an den Gläubiger die Bürgschaftsschuld zu tilgen beabsichtigt habe, nicht aufgestellt werden kann.

l. 4. D. de solut. et liberat. 46. 3.

„magis quod meo nomine, quam quod pro alio fidejussoris nomine debeo, videtur solutum.“

Die vorige Instanz hat den Nachweis, daß Inhalts der Urkunde C Beklagter einen Theil der Schuld des Klägers an H. im Betrage von mindestens 100 Thlr. bezahlt habe, theils durch den Umstand, daß der Beklagte sich im Besitze der auf das fragliche Schuldverhältniß bezüglichen Schuld- und Bürgschaftsurkunden befunden habe, theils durch die Geständnisse des Klägers für erbracht angesehen. Beide Momente können jedoch nach Ansicht des OAG.'s im vorliegenden Executionsprozesse nicht beachtet werden. Denn aus dem Besitze der Urkunden A und B läßt sich, zumal mit Hinblick auf das nahe Verhältniß, in welchem die Parteien, als Schwiegervater und Schwiegersohn, Auszügler und Wirth, zu einander stehen, irgend eine dem Kläger nachtheilige Folgerung nicht ableiten, und selbst wenn man

das Gegentheil annehmen wollte, sind factische Präsumtionen im Urkundenprozesse nicht geeignet, den erforderlichen urkundlichen Nachweis zu ersetzen. Hiernächst hat Kläger angeführt, daß Beklagter in den Besitz der von ihm producirten Quittungen dadurch gekommen sei, daß derselbe das von ihm, dem Kläger, zur Auszahlung auftragsweise erhaltene Geld, als von ihm selbst bezahlt, sich habe quittiren lassen. Abgesehen jedoch von der Frage, ob in dem nurgedachten Vorbringen eine Verneinung der vom Beklagten vorgeschützten exceptio compensationis oder ein Zugeständniß des Klägers, daß Beklagter die H.'sche Schuld bezahlt habe, wiewohl mit der Replik, daß die Zahlung vom Beklagten nicht aus seinen Mitteln, sondern mit den ihm von Klägerm übergebenen Geldern bewirkt worden sei, zu finden ist, können nach der vom OAG. beim Rechtsprechen festgehaltenen Ansicht Geständnisse im Urkundenprozesse nicht berücksichtigt werden.
Zeitschr. f. Rechtspfl. u. Verw., N. F. Bd. XVIII., S. 246 fg. Bd. XIX., S. 476. Bd. XX., S. 154.

Dieser Grundsatz ist auf die peremtorischen Einreden, welche Beklagter dem im Executionsprozesse verfolgten Anspruche des Klägers entgegengestellt, anzuwenden, da diese Einreden zufolge der ausdrücklichen Bestimmung in §. 91 des Executionsgesetzes vom 28. Febr. 1838 nur dann beachtet werden können, wenn Beklagter zu deren Nachweise mit öffentlichen oder Privaturkunden versehen ist, so daß die vom Kläger abgelegten Geständnisse bei Abfassung des Erkenntnisses nicht benutzt werden dürfen, um etwaige Lücken des exceptivischen Vorbringens, welche sich bei einer Vergleichung des letztern mit den zu dem Nachweise beigebrachten Urkunden ergeben, zum Nachtheile des Klägers zu ergänzen. Wollte Man das qualificirte Geständniß des Klägers Bl. berücksichtigen, so würde eine Verletzung der prozessualischen Rechte des Klägers herbeigeführt werden, indem man genöthigt wäre, das Geständniß willkürlich zu trennen, auf Grund desjenigen Theils desselben, welcher anscheinend dem Beklagten günstig ist, eine Verurtheilung auszusprechen, und dem Kläger wegen des illiquiden Vorbringens, daß er dem Beklagten die Gelder zur Befriedigung jenes Dritten ausgehändigt habe, den Beweis im vorliegenden Prozesse zu versagen und den Kläger zu Anstellung einer condictio indebiti im ordentlichen Prozesse zu verweisen.

18.

Hat ein Cridar eine hypothekarische Forderung cedirt, ohne daß die Ueberschreibung im Hypothekenbuche erfolgt ist, so kann der Cessionar i. Z. nicht gegen den Concurs auf Geschehenlassen der Ueberschreibung klagen, sondern sein Interesse nur durch Liquidation geltend machen.

II. Sen.-Erk. v. 17. Febr. 1863 no. 18/49.*)

Nach §. 84 des Hypothekengesetzes vom 6. Novbr. 1843 geht bei der Abtretung hypothekarischer Forderungen die eingetragene Forderung, mithin sowohl das persönliche Forderungsrecht, als die zu dessen Sicherstellung dienende Hypothek, dem Schuldner und dritten Personen, zu denen

Annalen des OAG.'s Bd. III., S. 223.

auch die Concursgläubiger des Cedenten mit zu rechnen sind, erst durch die vorschriftsmäßige Verlautbarung der Cession im Grund- und Hypothekenbuche in das Vermögen des Cessionars über. Bis zu diesem Zeitpunkte gehört die hypothekarische Forderung, auf welche sich die Cession bezieht, noch zu dem Vermögen des Cedenten und der Cessionsvertrag begründet nur zwischen den Contrahenten selbst einen persönlichen Anspruch (Rechtstitel) des Cessionars gegen den Cedenten auf den Erwerb der abgetretenen Forderung vermittelst des hierzu erforderlichen Eintrags in das Grund- und Hypothekenbuch. Ist also in der Zwischenzeit der formelle Concurs zu dem Vermögen des Cedenten ausgebrochen, so geht die abgetretene Forderung gleich allen anderen übertragbaren Vermögensrechten des Gemeinschuldners auf die Gläubigerschaft zum Zwecke ihrer Befriedigung in der gesetzlichen Reihenfolge über; sie wird durch die Concurseröffnung ein Bestandtheil der Concursmasse und kann mit Rücksicht auf die Bestimmungen in §. 18 und 130 des angezogenen Gesetzes nicht ohne

*) Klägerin forderte von dem Concurse Rückcession einer hypothekarischen Forderung, welche sie dem Cridar früher cedirt gehabt und zu deren Rückcession derselbe nicht allein bei einem Vergleiche sich verbindlich erklärt, sondern auch vor der Concurseröffnung im Executionswege, wenn auch noch nicht bis in dessen letztes Stadium angehalten worden war. Die Instanzen hatten dieses Anverlangen i. d. a. M. abgewiesen und das OAG. confirmirte.

Antrag und Zustimmung der Gläubigerschaft und ihres curator bonorum auf dritte Personen übertragen werden. In dieser auf Antrag oder mit ausdrücklicher Zustimmung der Gläubigerschaft erfolgten Eintragung liegt also, wie die vorige Instanz ganz richtig bemerkt hat, der Veräußerungsact und mit diesem zugleich die directe Erfüllung des von der Klägerin angeführten Cessionsvertrags. Hierzu war aber die Gläubigerschaft als solche nicht verbunden. Denn obschon dieselbe sich außer dem Falle einer alienatio in fraudem creditorem facta nicht entbrechen kann, die Rechtsbeständigkeit der vor dem Ausbruche des Concurses von dem Gemeinschuldner abgeschlossenen Veräußerungsverträge an sich anzuerkennen, so folgt es doch schon aus dem Wesen und dem Zwecke des heutigen Concursverfahrens, daß die Gläubigerschaft nicht zur Gewährung der vom Gemeinschuldner übernommenen Leistung selbst angehalten, sondern lediglich der Geldwerth dieser Leistung oder das nach Geld berechnete id quod interest der unterbliebenen Vertragserfüllung zur antheiligen Befriedigung aus der vorhandenen Masse beim Concurse liquidirt werden kann. Die Ansicht der Klägerin, daß infolge der Concurseröffnung eine Universalsuccession der Gläubigerschaft in das Vermögen und die Verpflichtungen des Gemeinschuldners eintrete, ist irrig; vielmehr ist das Verhältniß der Concursgläubiger lediglich aus dem Gesichtspunkte einer Singularsuccession in das active Vermögen des Gemeinschuldners aufzufassen, welche den Zweck hat, die Gläubiger aus diesem Vermögen in der gesetzlichen Ordnung und Reihefolge thunlichst zu befriedigen.

Günther, Concurs der Gläubiger, S. 34 fg.

Der in der Sächsischen Praxis bestehende, auch nach dem Eintritte des Hypothekengesetzes vom 6. November 1843 noch festgehaltene Grundsatz, daß die vor Ausbruch des formellen Concurses von dem Gemeinschuldner bewirkte Veräußerung eines Grundstücks von der Gläubigerschaft in ihrer vollen Wirksamkeit anerkannt und der Eintrag des Käufers in das Grund- und Hypothekenbuch von ihr genehmigt werden muß, wenn das verkaufte Grundstück vor der Concurseröffnung gegen Zahlung oder Creditirung der Kaufgelder an den Käufer bereits übergeben worden, kann auf die Cession einer hypothekarischen Forderung nicht analog angewendet werden, weil zwar nach dem Gesetze vom 6. Novbr. 1843 ein s. g. natürliches Eigenthum an Grundstücken, für welche ein Folium besteht, durch die an den Käufer bewirkte Uebergabe nicht mehr begründet wird, wohl aber dem letztern durch diese Uebergabe die auch gegen den Concurs wirksame exceptio rei venditae et traditae erwächst, mit welcher sich derselbe schützen könnte, wenn der Concurs die Zurückgabe des erkauften Grundstücks Behufs dessen anderweiter Veräußerung von ihm verlangen wollte, während die Cession einer hypothekarischen Forderung, so lange sie noch nicht eingetragen ist, gegen den abgetretenen Schuldner und gegen dritte Personen überhaupt noch gar keine Wirksamkeit äußert.

Das auf Grund des schon erwähnten Vergleichs eingeleitete executivische Verfahren ändert nichts an der Sache. Denn der Eintritt des in der Hilfsauflage angedrohten Präjudizes (dessen Zweckmäßigkeit und Vollständigkeit hier auf sich beruhen mag) hätte immer nur den Erfolg haben können, daß die in dem Vergleiche Bl. der Klägerin eventuell zugesagte Rückcession für nunmehr definitiv erklärt zu erachten gewesen wäre; diese fingirte Erklärung würde aber dem Concurs gegenüber keine andere Bedeutung haben, als eine ausdrücklich erklärte oder schriftlich vollzogene Abtretung, sie würde also, gleich dieser, nach den obentwickelten Grundsätzen und nach Maßgabe der Vorschriften in §. 84 des Hypothekengesetzes, immer nur einen persönlichen, dem Concurse gegenüber unwirksamen Rechtstitel begründen, denn daß der Eintrag in das Grund- und Hypothekenbuch auch infolge eines executivischen Verfahrens nicht für geschehen erachtet werden kann und nur wenn er wirklich erfolgt ist, die nach dem Hypothekengesetze damit verbundenen Wirkungen zu äußern vermag, folgt mit Nothwendigkeit aus dem Systeme der Ingrossation, auf welchem das Gesetz bekanntlich beruht.

Auch die Protestation, auf deren Einwendung sich die Klägerin bezieht, ist nicht geeignet, ihrer Klage die nöthige Stütze zu verleihen. Die Protestation soll nach §. 24, 25 und 147 des Hypothekengesetzes auch da, wo sie nicht bloß die in §. 148 angegebenen Zwecke verfolgt, kein dingliches Recht gewähren, sondern lediglich zur Sicherung eines Rechtstitels auf Eintragung oder Löschung gegen eine diesem Rechtstitel zuwiderlaufende Verfügung des Besitzers eines

Grundstücks oder des Inhabers eines in das Grund- und Hypothekenbuch eingetragenen Rechts dienen. Der Uebergang der eingetragenen Forderung auf die Concursgläubigerschaft als eine gesetzliche Folge der Concurseröffnung wird durch eine gegen die Veräußerung der erstern gerichtete, die Sicherstellung des Rechtstitels auf den Eintrag einer diesfälligen Cession bezweckende Protestation nicht gehindert.

Hiernächst ist auch der Behauptung der Klägerin, daß, weil die betreffende Forderung ursprünglich ihr selbst zugestanden habe und dem Cridar ohne Baarzahlung der Valuta und nur zum Behufe der Regulirung ihrer in Unordnung gerathenen Vermögensverhältnisse abgetreten worden sei, diese Forderung materiell gar nicht zum Vermögen des Cridars gehört habe, nicht so ohne Weiteres beizupflichten. Die vorige Instanz bemerkt mit Recht, daß nach den Vorschriften des Hypothekengesetzes §. 5 nur diejenige Person als Inhaberin einer hypothekarischen Forderung anzusehen ist, welche als solche im Grund- und Hypothekenbuche aufgeführt wird, und daß es vor dem Grund- und Hypothekenbuche nicht zweierlei neben einander bestehende Rechte an dieser Forderung giebt. Gleichwohl und unbeschadet dieses Grundsatzes läßt sich der Fall denken, daß Jemand ein Grundstück oder eine eingetragene Forderung unter solchen Verhältnissen erwirbt, daß er ohnerachtet seines Eintrags und der mit diesem nach §. 5 verbundenen Folgen in der weitern Verfügung über das Erworbene dergestalt rechtlich beschränkt ist, daß daß Grundstück, beziehentlich die Forderung, von Anfang an nicht als ein zur Befriedigung seiner Gläubiger benutzbarer Bestandtheil seines Vermögens im vollen Sinne des Worts betrachtet werden kann, wie z. B. wenn Jemand ein Grundstück oder eine Forderung unter einer Resolutivbedingung oder widerruflich erworben hat. Zwar würde auch in diesem Falle Angesichts der Vorschriften in §. 3 und 5 des Hypothekengesetzes der Erwerber nur einen persönlichen Rechtstitel und keinen dinglichen Anspruch gegen sich haben, allein auch einen persönlichen Anspruch olcher Art würde der Concurs unter geeigneten Umständen gegen sich gelten lassen müssen. Denn so gewiß der Concurs, wie schon gedacht, keine Universalsuccession mit sich bringt, ebenso gewiß können die Gläubiger Behufs ihrer Befriedigung am activen Vermögen nicht mehr beanspruchen, als der Gemeinschuldner selbst hatte; es ist also bei der Frage, ob die Gläubigerschaft verbunden sei, einen Vertrag zu erfüllen, welchen der Gemeinschuldner vor der Concurseröffnung abgeschlossen hat, zwischen Verträgen, durch welche derselbe einen seiner Disposition unterliegenden Bestandtheil seines Vermögens veräußert und Verträgen, wodurch er einzelne, zur Masse gezogene Vermögensobjecte unter vertragsmäßigen Beschränkungen erworben hat, wohl zu unterscheiden. Demungeachtet hat man die Klage auch von dieser Seite her nicht aufrecht erhalten können, weil sich aus den Bl. zu lesenden, theilweise nur ein Urtheil enthaltenden Angaben der Klägerin der eigentliche Sachverhalt noch gar nicht übersehen, insbesondere auch der Einfluß, welchen der gerichtliche und der demselben angeblich vorausgegangene außergerichtliche Vergleich auf das ursprüngliche Rechtsverhältniß gehabt haben könnten, nicht bemessen läßt, und im Mangel der hier jedenfalls nöthigen speciellen factischen Darstellung ein Beweisthema mit Sicherheit nicht aufgestellt werden konnte.

19.

Interpretation einer Poenalclausel wegen Verlust der Kündigungsfrist und Zinsenerhöhung im Fall nicht pünktlicher Zinszahlung. — Anwendung im Concurs.

II. Sen.=Erk. v. 12. Febr. 1863 no. 817/932 v. 1862.

a.

Die Clausel, wonach sich der Vorbesitzer des Gemeinschuldners, dem Liquidanten gegenüber der Bestimmung unterworfen hat, daß bei nicht pünktlich erfolgender Zinszahlung der sofortige Verlust der stipulirten Kündigungsfrist einzutreten habe und daß er solchenfalls verpflichtet sein solle, das Capital der 2000 Thlr. auf die Zeit des Zinsrückstands nach Höhe von 5 vom Hundert zu verzinsen, läßt sich nur dahin verstehen, daß die jedesmaligen in Rückstand gelassenen Zinsen nach Eintritt des Verzugs in deren Abführung statt mit $4\frac{1}{2}$ mit 5 v. H. zu gewähren seien, nicht aber dahin, daß, wenn mit der pünktlichen Abführung der Zinsen einmal nicht sollte verfahren worden sein, dann das Capital der 2000 Thlr. so lange, bis der fragliche Zinsrest vollständig würde getilgt sein, mit 5 v. H. zu verzinsen sei. Die bedungenen Zinsen waren nun alljährlich und zwar Mitte Januar jedes Jahres zu bezahlen. War daher der Gemeinschuldner, der die mit „2000 Thlr. Darlehn sammt Zinsen zu 4½ und eventuell 5 v. H." im Grund- und Hypothekenbuche verlautbarte Forderung des Liquidanten mit übernommen hatte, im Jahre 1859 mit einer oder mehreren Zinsraten in Rückstand, so hatte er diese rückständigen Zinsen an sich allerdings mit 5 v. H. zu bezahlen, während die von Mitte Januar 1859 ab laufenden Zinsen wenigstens, nur mit 4½ v. H. zu berechnen waren und eine Erhöhung derselben erst dann eintreten konnte, wenn der Gemeinschuldner selbige bei dem nächsten Verfallstermine, also Mitte Januar 1860, nicht pünktlich abführte.

b.

Seit Mitte Januar 1860 bis zum Ausbruch des Concurses ist aber ein neuer Zinstermin nicht fällig geworden und nach Ausbruch des Concurses konnte er, da mit diesem Zeitpunkte die Abführung der vertragsmäßig stipulirten Zinsen nicht weiter terminlich zu erfolgen hatte, der Gläubigerschaft gegenüber nicht mehr auf jene Clausel sich berufen, indem im Allgemeinen nur die Geltendmachung solcher Ansprüche aus der Mora des Schuldners, welche sich aus der Zeit vor der Concurseröffnung herschreiben, bei dem Concurs erfolgen kann.

Schweppe, System des Concurses 3. Ausg. §. 49, no. 7, S. 91.

Ebensowenig ist aber

c.

auch der Liquidant berechtigt, von den locirten 2000 Thlr. Zinsen des Verzugs bereits von dem am 28. Novbr. 1860 abgehaltenen Liquidationstermine ab zu fordern. Er ist selbst damit einverstanden, daß bei auf Kündigung stehenden Forderungen deren Anmeldung im Concurs die Stelle der Aufkündigung vertritt und daher Verzugszinsen solcher Capitalien erst mit Ablauf der stipulirten Kündigungsfrist, von dem Tage der Anmeldung ab gerechnet, verlangt werden können. Er glaubt jedoch diese Zinsen im vorliegenden Falle schon von dem Liquidationstermine ab um deswillen beanspruchen zu dürsen, weil nach Inhalt der Bl. anzutreffenden Urkunde der Vorbesitzer des Cridars ausdrücklich damit sich einverstanden erklärt habe, daß er, wenn die Zinsen nach deren Verfallzeit nicht pünktlich abgeführt würden, der bedungenen halbjährigen Kündigung für verlustig und gedachtes Capital sofort für aufgekündigt, mahn- und zahlbar zu achten sein sollte, der Gemeinschuldner aber die Zinsen seit dem 17. Jan. 1857 in Rückstand gelassen habe. Da jedoch die cassatorische Clausel in Fällen der hier vorliegenden Art ihre Wirkung erst dann äußert, wenn der Berechtigte dem Verpflichteten gegenüber von derselben wirklich Gebrauch macht, mithin seinen diesfallsigen Willen in der That ausspricht,

l. 2. 3. D. de lege commiss. (18. 3.)

nun aber Liquidant darauf, daß er vor Ausbruch des Concurses dem Gemeinschuldner erklärt habe, er sehe wegen des von diesem verhangenen Verzugs in der pünktlichen Abführung der Zinsen auf Grund jener Clausel das fragliche Capital als sofort fällig an und verlange dessen Zurückzahlung, sich nicht berufen hat, endlich auch der Liquidant nach den schon oben angegebenen Grundsätzen nach dem Ausbruche des Concurses wegen der nicht weiter erfolgten Bezahlung der vertragsmäßigen Zinsen nicht mehr der cassatorischen Clausel sich bedienen und ebensowenig darauf sich beziehen kann, daß er bereits vorher berechtigt gewesen sei, von jener Clausel Gebrauch zu machen, so erscheint das oben erwähnte Verlangen des Liquidanten, auch ganz abgesehen von der Frage, ob der Gemeinschuldner deshalb allein, weil er bei Erkaufung der verpfändeten Immobilien die gedachten 2000 Thlr. ohne Neuerung mit übernahm, ohne Weiteres auch die von seinem Vorbesitzer in der Agnitionsurkunde eingegangene cassatorische Clausel gegen sich gelten zu lassen habe, als unbegründet.

20.

Das Versprechen eines Hypothekenschuldners, daß der Gläubiger im Concursfalle die Proprekosten der Anmeldung ersetzt erhalten, beziehentlich sich deshalb an das Pfand halten solle, ist dem Concurse gegenüber wirkungslos.

II. Sen.-Erk. v. 12. Febr. 1863 no. 817/932 v. 1862.

Daß die durch Anmeldung im Concurs erwachsenen Kosten von jedem Liquidanten selbst zu tragen sind und eine Befriedigung derselben aus der Concursmasse nicht stattfindet, erhellt aus bekannten gesetzlichen Bestimmungen,

Erl. Pr.-Ordn. ad tit. 42 §. 1.

Generale, was eigentlich zu den Concurs- und Sequestrationskosten zu rechnen sei, vom 3. Juli 1748 §. 2, 3.

Gesch. Banq.-Mand. vom 20. Decbr. 1766 §. 23.

welche auch durch das

Gesetz, die Vorwegnahme der allgem. Concurskosten ꝛc. betr. vom 25. Juni 1840.

keine Abänderung erlitten haben. Auch würde die Zusage des Schuldners, daß der Gläubiger diese Kosten aus der Masse erstattet erhalten solle, dem Concurs gegenüber ohne Wirkung sein.

Zeitschr. f. Rechtspfl. u. Verw. N. F. Bd. II., S. 74.

Günther, Concurs S. 123.

21.

Beurtheilung des Illatenbeweises im Concurse.

II. Sen.-Erk. v. 12. März 1863 no. 733/752 v. 1862.

In Gemäßheit der Vorschrift der Erl. Pr.-Ordn. ad tit. 41 §. 4, verbunden mit §. 17 des Banq.-Mandats vom 20. Decbr. 1766, ist auch nach geführtem förmlichen Beweise, besonders in Fällen vorliegender Art, wo das eheweibliche Einbringen in Frage steht, schon eine aliqualis demonstratio zur eidlichen Bestärkung einer angemeldeten Forderung als ausreichend anzusehen.

Zeitschr. f. Rechtspfl. u. Verw. N. F. Bd. IV., S. 463.

Wenn nun nach Obigem durch gegenwärtigen Beweis eine nicht unerhebliche Wahrscheinlichkeit dafür geliefert worden, daß die Klägerin dem Cridar ein beträchtliches Waarenlager inferirt habe und wenn den gedachten Angaben des ersten und vierten Zeugen, ihrer Beschaffenheit ungeachtet, bei Beurtheilung dieses Beweises insofern nicht jede Berücksichtigung zu versagen ist, als sie in Verbindung mit den fol. eingetretenen Erwägungen wenigstens dafür sprechen und es glaubhaft machen, daß das eingebrachte Waarenlager zu der fraglichen Zeit einen nicht unbedeutenden Werth gehabt habe, so ist, auch in Ermangelung specieller diesfallsiger Nachweisungen, die Klägerin hierunter zu einer eidlichen Bestärkung zu lassen, nicht für unstatthaft zu erachten gewesen, zumal, wie schon bemerkt, im Gegenbeweise solche Thatsachen nicht dargethan worden sind, welche jene Wahrscheinlichkeit zu entkräften geeignet wären, von der Entscheidung durch ein Purgatorium aber bei der präsumtiven Unbekanntschaft des Beklagten mit den einschlagenden Verhältnissen ohnehin abzusehen ist.

Handels- und Wechselrecht.

5.

Kaufsofferte. — Prüfung der Waare nicht Disposition. — Zeit der Dispositionsstellung. — Ablehnung.*)

II. Sen.-Erk. v. 5. März 1863 no. 109/95.

Bei dem in der Klage referirten und vom Beklagten eingeräumten Geschäftsverkehre zwischen Klägerm und Beklagtem treten drei zu unterscheidende Momente hervor. Zuerst ein Vorschlag Klägers, Beklagtem 100 Pfd. Gummi Tragant zum Preise von 1 Thlr. 6 Ngr. für das Pfd. käuflich zu überlassen, ferner ein Gegenvorschlag Beklagtens, die angebotenen 100 Pfd. Gummi zu dem gesetzten Preise unter der Bedingung käuflich anzunehmen, wenn Kläger dadurch zugleich einen erhobenen Anspruch auf ein früheres Guthaben von

*) Vergl. HGB. Art. 322, 347.

7 Thlr. 13 Ngr. für abgemacht annehme, und endlich das Angebot Klägers zur käuflichen Annahme von $136^{1}/_{4}$ Pfd. Gummi zu dem bereits erwähnten Preise und solchenfalls zugesagtem Erlaß der Hälfte des gedachten ältern Saldo.

Vollständig erledigt erscheinen die ersten beiden Geschäftsanerbieten, denn eine bedingte Annahmeerklärung ist eine Ablehnung, wie sie auch das Allg. Deutsche Handelsgesetzbuch Art. 322 als solche bezeichnet und Beklagter hat ebensowenig das Anerbieten der Ueberlassung von 100 Pfd. gegen Entrichtung des geforderten Preises unbedingt angenommen, als Kläger das der Abnahme der 100 Pfd. zu dem gesetzten Preise gegen Erlaß des ältern Saldo. Vermag daher Kläger wider den Beklagten auf Grund des Klaginhalts Klage zu erheben, so kann dies nur in Bezug auf das letzte der drei Geschäfte sein und es fragt sich daher, ob Beklagter durch dasjenige, was er in Folge von Klägers zweitem Angebot vorgenommen, in der vom Kläger behaupteten, oder sonst einer Weise zu einer Leistung verpflichtet worden ist.

Beide Theile sind darüber einig, daß eine wörtliche Annahmeerklärung Beklagtens in Beziehung auf Klägers letzte Offerte nicht erfolgt ist, und ebenso ist Einverständniß der Parteien darüber vorhanden, daß Beklagter die ihm überschickte Waare — abgesehen von einer vom Kläger behaupteten unbedeutenden Minderung derselben — nachdem sie ihm unterm 12. August 1861 vom Kläger übersendet worden, bereits unterm 16. desselben Monats an Klägern retournirt hat, die ablehnende Antwort mithin innerhalb eines Zeitraums bewirkt hat, welcher sie ohne Zweifel als eine sofortige, mithin rechtzeitige betrachten läßt.

Wenn nun aber Kläger weiter behauptet, Beklagter habe das die Waare enthaltende Faß vom Bahnhofe zu P. in Empfang genommen, es eröffnet und einige Pfund Gummi daraus entnommen, obwohl er zuvor durch den unterm 12. August ihm zugesendeten Avisbrif davon Kenntniß erlangt habe, wie viel Waare und unter welchen Bedingungen er dieselbe zugesendet erhalte, so vermag das OAG. hierin und ganz abgesehen davon, zu welcher Zeit Beklagter vom Inhalte des Avisbriefs Kenntniß erlangt hat, kein Verhalten zu erblicken, durch welches der Beklagte sein Einverständniß mit dem durch den Kläger mittels des gedachten Briefs ihm offerirten Geschäfte zu erkennen gegeben hätte.

Es war dies Geschäft, wie gedacht, ein neues, dessen Anerbieten durch die Früheren nicht zu Stande gekommenen Geschäfte zwar veranlaßt, aber nicht bedingt war, und das mit den früheren Geschäften nichts gemein hat, als die Art der Waare und den Preis. Sollte Beklagter über Annahme des Kaufsanerbieten sich erklären, so mußte ihm die Möglichkeit gegeben werden, den Gegenstand des Kaufs, auch wenn es nicht einem Kaufe nach Probe galt, zu sehen und zu prüfen, bevor er seinen Entschluß faßte und aussprach und deshalb durfte er das übersendete Faß in seine Verwahrung nehmen und es öffnen, ohne dadurch eine Handlung vorzunehmen, aus welcher aus seinen Willen, das ihm offerirte Geschäft zu entriren, seine stillschweigende Einwilligung in das Anerbieten, geschlossen werden kann. Selbst aus dem theilweisen Zurückbehalten der Waare läßt sich eine Einwilligung in das proponirte Geschäft im ganzen Umfange nicht folgern, weil das Kaufsobject als ein untrennbares Ganzes, wenn schon vielleicht nach des Verkäufers Meinung, doch nicht nach seiner Beschaffenheit betrachtet werden kann. An und für sich vielmehr, wie schon die Preisstellung nach Gewichtseinheiten deutlich ausspricht, handelt es sich um den Verkauf einer größern Anzahl gleichartiger Gegenstände, deren Einzelnwerth sich durch die Verbindung mit, oder durch die Trennung von einander nicht ändert und der Wille des Beklagten, wie er sich durch Zurückhalten solcher einzelnen Gegenstände zu erkennen giebt, enthält deshalb abermals nur das Anerbieten eines neuen Kaufgeschäfts, dessen Gegenstand die zurückbehaltene Quantität bildet und dessen Ablehnung Klägerm allerdings freisteht, das ihm aber, wenn er es genehmigt, ein weiteres Recht nicht verleiht, als das, den nach Verhältniß der Einzelnpreise für die zurückbehaltene Quantität zu berechnenden Kaufpreis zu beanspruchen, oder, wenn er es nicht genehmigt, die Rückgabe der abgesonderten und zurückbehaltenen Waare, nach Befinden deren Ersatz zu fordern.

Wenn also die erhobene Klage, soweit sie auf Annahme und Bezahlung des vom Beklagten zurückgesendeten Theils der Waare gerichtet ist, deshalb in der angebrachten Maße abgewiesen werden mußte, weil kein auf den beiderseitigen Vertragswillen zu gründendes

Klagrecht existirt, so wird der gleiche Ausspruch hinsichtlich der Forderung des Kaufpreises für den angeblich zurückbehaltenen Theil der Waare durch die Unvollständigkeit der Klage in dieser Beziehung gerechtfertigt. Denn Kläger behauptet zwar, daß die zurückbehaltene Quantität nicht über drei Pfund betrage, die Menge jedoch bezeichnet er nicht, von welcher er versichern kann, daß Beklagter sie an sich behalten habe, und es ist daher nicht möglich, eine Verurtheilung des Beklagten in dieser Richtung auszusprechen.

6.

Wegfall der Redhibition wegen Probewidrigkeit in Folge Disposition.*)

II. Sen.-Erk. v. 5. März 1863 no. 946,938 v. 1862.

Wenn schon Beklagter gegen den klagbar gemachten Anspruch eingewendet hat, daß der Handel über die in der Klage erwähnten 100 Scheffel Kartoffeln nach einer ihm, dem Beklagten, von dem Kläger vorgelegten Probe abgeschlossen worden, die Lieferung aber probewidrig erfolgt sei, so ist doch, wie bereits von der vorigen Instanz richtig hervorgehoben worden ist, nicht unbeachtet zu lassen, daß Beklagter geständig gewesen, die 133 Säcke, in welche die ihm von dem Kläger übersendeten Kartoffeln gefüllt gewesen, ausgeschüttet, die letzteren zurückbehalten und nur die leeren Säcke an den Kläger zurückgesendet, auch dabei Ausstellungen gegen die Beschaffenheit der Waare nicht gemacht zu haben. Ueberdies unterscheiden sich nach dem Ausspruche der auf Beklagtens eigene Anregung befragten Sachverständigen die dem Beklagten gelieferten Kartoffeln von denjenigen, welche bei dem Abschlusse des Handels als Probe gedient haben sollen, nur dadurch, daß sie zum bei weitem größten Theile kleiner als diese sind. Dasjenige, was Beklagter an den Kartoffeln auszusetzen hat, bezieht sich also nicht auf einen erst durch den Gebrauch zu ermitteln gewesenen, verborgenen Fehler, sondern besteht in einem, sofort in die Augen fallenden äußern Mangel. Um sich von diesem zu ver-

*) In Betreff des Waarenhandels hat das HGB. Art. 347 gleiche Grundsätze aufgestellt.

gewissern, bedurfte es auch nicht erst der Ausleerung sämmtlicher Säcke, vielmehr reichte hierzu schon die Ausschüttung des einen oder andern derselben aus. Hat aber Beklagter, wie bereits bemerkt worden, sich hierauf nicht beschränkt, vielmehr sämmtliche Säcke ausgeschüttet und trotzdem, daß ihm bei diesem Gebahren die gerügte Probewidrigkeit nicht hat entgangen sein können, die Kartoffeln in seinen Gewahrsam genommen und nur die leeren Säcke ohne Weiteres an den Kläger zurückgesendet, so liegen nach Beklagtens eigener Sachdarstellung Momente vor, welche nach den über die stillschweigend erklärten Willensmeinungen bestehenden Rechtsgrundsätzen auf eine von dem Beklagten factisch zu erkennen gegebene Billigung der Waare und die Absicht desselben, selbige sich aneignen zu wollen, mit Nothwendigkeit schließen lassen, mitfolglich aber einen Verzicht auf das Recht involviren, welches dem Beklagten wegen Redhibition der Kartoffeln an sich zugestanden haben würde, dafern diese wirklich nach Probe bestellt und nicht der letzteren entsprechend geliefert worden sein sollten.

7.

Verkaufsrecht des in Vorschuß gehenden Einkaufscommissionärs bei Verzug des Committenten in Erstattung des Vorschusses.*)

II. Sen.-Erk. v. 26. März 1863 no. 19/138.

Nach des Klägers eigener Sachdarstellung hat derselbe die Beklagten beauftragt, die der Stückzahl nach näher angegebenen Darmstädter Bankactien und Genfer Creditactien für ihn einzukaufen und Beklagte haben diesen Auftrag ausgeführt, die erwähnten Actien für den Kläger erkauft und an sich genommen und den Kläger hiervon nach dem Einkauf jeder einzelnen Post unter Zusendung einer Rechnung in Kenntniß gesetzt. Ging nun auch der Auftrag, welchen der Kläger den Beklagten ertheilte, nicht auf den Einkauf gewisser, der Nummer nach im Voraus bestimmten Actien der gedachten Art, sondern nur im Allgemeinen auf die Erkaufung einer gewissen Anzahl Actien der fraglichen Gattungen und hatte man daher auch anzu-

*) Conform HGB. Art. 375.

nehmen, daß es dem Kläger gleichgültig war, welche einzelne Stücke jener Actien Beklagte für ihn einkaufen würden, so hatte doch Kläger, nachdem Seiten der Beklagten der ihnen ertheilte Auftrag einmal ausgeführt worden war, jedenfalls nur diejenigen speciellen Stücke gedachter Actien zu beanspruchen, welche Beklagte in der That für ihn erkauft und an sich genommen hatten. Denn der Mandatar, welcher im Auftrag des Mandanten eine, wenn auch von Letzterm bei Ertheilung des Mandats nur der Gattung nach bestimmte Sache einkauft, hat nach Ausführung des Mandats nur diejenige Species an seinen Mandanten auszuantworten, welche er für den Letztern einkaufte und es kann hierbei auch keinen Unterschied machen, ob die erkaufte Sache an sich zu den vertretbaren zu rechnen ist oder nicht, weil auch ersternfalls nur das eingekaufte Stück, also die betreffende Species, den Gegenstand der Verbindlichkeit des Mandatars bildet. Wollte man nun auch annehmen, daß es dem Kläger, indem er die Ausantwortung der fraglichen Species verlangt, nicht obgelegen habe, die von ihm beanspruchten Actien den einzelnen Nummern nach in seiner Klage aufzuführen, so muß doch Letztere, so weit sie eben auf Aushändigung der von den Beklagten eingekauften Actien in Natur gerichtet ist, dann hinfällig werden, wenn constatirt wird, daß Beklagte in der factischen Unmöglichkeit sich befinden, jene Actien dem Kläger noch abliefern zu können. Daß nun der Letztere die Behauptung der Beklagten, es seien von ihnen die von ihnen für den Kläger eingekauften Actien vorlängst an der Berliner Börse verkauft worden, eingeräumt habe, ergiebt sich aus seinen Auslassungen zur Genüge und die von dem Kläger jetzt aufgestellte Behauptung, daß jene Auslassungen als Zugeständnisse nicht zu betrachten seien, entbehrt, wie sich aus dem Inhalte und der Wortfassung der ersteren ohne Weiteres ergiebt, der Begründung, und daß Beklagte, wenn sie jene Papiere im Jahre 1859 wirklich an der Börse verkauften, jetzt nicht mehr im Stande sind, dieselben wieder zu erlangen und sie dem Kläger auszuantworten, folgt aus der Natur der Sache.

Aber auch darin hatte Man der vorigen Instanz beizupflichten, daß, selbst abgesehen von dem nurerwähnten Umstande, die erhobene Klage in der obangegebenen Beziehung materiell der Begründung entbehre. An sich steht dem Einkaufscommissionär, und als solche sind Beklagte hier zu betrachten, das Recht zu, beim Verzug des Committenten in Abnahme der eingekauften Waare und Beschaffung des verlegten Kaufpreises, die Waare ohne Weiteres wieder zu verkaufen und sich aus dem Erlöse Deckung zu verschaffen. Dieser von dem OAG. auch schon früher anerkannte Grundsatz

Annalen Bd. IV., S. 111 fg.

findet aber nicht bloß, wie Kläger behauptet, da Anwendung, wo Committent und Commissionär dem Kaufmannsstande angehören, sondern auch da, wo solches, wie hier, hinsichtlich des Committenten nicht der Fall ist. Jenes Prinzip beruht darauf, daß der Commissionär, welcher im Auftrage seines Committenten, für diesen aber in seinem eigenen Namen eine Waare einkauft, nicht verpflichtet ist, für seinen Committenten in Vorschuß zu gehen, daß er vielmehr verlangen kann, daß ihm der Committent, sobald er über die Ausführung der Commission und über die Höhe des zu gewährenden Kaufpreises von dem Commissionär Nachricht empfangen, dem Letztern sofortige Deckung verschaffe. In dieser Verpflichtung des Committenten macht aber offenbar der Umstand keinen Unterschied, ob derselbe ein Kaufmann ist oder nicht, denn es trifft jene Verbindlichkeit eben jeden Committenten, welches Standes er auch sein möge, und man würde, wollte man sie einem dem Kaufmannsstande nicht angehörigen Committenten gegenüber nicht eintreten lassen, dem Commissionär eine Obliegenheit aufbürden, welche in der ganzen Natur des Commissionsgeschäfts keine Begründung findet.

Ebenso wenig bedarf es an sich, um den Commissionär zum Weiterverkauf zu berechtigen, einer besondern Aufforderung desselben an seinen Committenten zur Deckung des von ihm gemachten Vorschusses. Eine solche Aufforderung liegt vielmehr ohne Weiteres in der Anzeige des Commissionärs, daß er den ihm gewordenen Auftrag in gehöriger Weise erfüllt habe, beziehentlich in der Benachrichtigung des Committenten von der Höhe des geleisteten Vorschusses und es hat dann der Committent sofort die nöthige Deckung dem Commissionär einzuhändigen, auch ohne daß Letzterer ihn vorher an Erfüllung seiner diesfallsigen Verbindlichkeit noch besonders mahnt. Erzeigt sich aber der Committent säumig, so steht es zwar selbstverständlich dem Commissionär frei, mit dem Verkauf der eingekauften

Waare noch eine Zeitlang Anstand zu nehmen, aber sein Verkaufsrecht an sich wird durch eine solche stillschweigende Nachsicht nicht alterirt und er kann daher dasselbe immer noch ausüben, sobald es ihm angemessen erscheint, seinem Committenten eine weitere Nachsicht zu versagen. Etwas Anderes würde sich nur dann annehmen lassen, wenn der Commissionär auf sein Verkaufsrecht Verzicht geleistet hätte. Ein solcher Verzicht läßt sich aber darin, daß der Commissionär des von dem Committenten verhangenen Verzugs ungeachtet den Weiterverkauf nicht sofort vornahm, offenbar noch nicht erblicken, es hätten vielmehr dann ausdrückliche Erklärungen des Commissionärs oder doch solche Umstände hinzutreten müssen, welche darauf, daß der Commissionär seines Befugnisses sich begeben habe, in unzweideutiger Weise schließen lassen würden.

Im vorliegenden Falle hat nun aber Kläger in seiner Klage nicht nur selbst angeführt, daß ihm Beklagte von dem bewirkten Einkauf jedes einzelnen Postens unter Zusendung einer Rechnung in Kenntniß gesetzt hätten, sondern er hat auch noch außerdem bemerkt, daß ihm von den Beklagten im Monat Mai 1859 ein vollständiger Rechnungsabschluß zugestellt worden sei, er wußte mithin, daß Beklagte die ihnen ertheilten Aufträge ausgeführt hatten und wie hoch sich ihr Guthaben belief, und wenn er demungeachtet und nachdem ihm sogar die Beklagten, wie er an den Bl. ausgehobenen Stellen in Verbindung mit Bl. eingeräumt, zur sofortigen Deckung und Zahlung ihres Guthabens aufgefordert hatten, keine Anstalt zur Abnahme der von den Beklagten eingekauften Actien machte, so konnte er sich nicht darüber beschweren, daß endlich Beklagte weitere Nachsicht ihm nicht bewilligten und von ihrem Verkaufsrechte Gebrauch machten.

8.

Auslegung einer Wechseladresse.

II. Sen.-Erk. v. 5. März 1863 no. 81/53.

Die auf dem Wechsel als Adresse der Bezogenen und bei derselben zu lesenden Worte: „Herrn Alfred Claudius & Co. und Ehefrau zu Tharandt und in Dresden zahlbar bei Herrn B. C.“, lassen sich nach Ansicht der gegenwärtigen Instanz nicht füglich anders verstehen, als dahin, daß mit ihnen habe ausgedrückt werden sollen, es seien die Bezogenen zu Tharandt wohnhaft und es solle der gedachte Wechsel in Dresden bei B. E. gezahlt werden. Zunächst spricht für diese Auslegung die Stellung der fraglichen Worte selbst, welche deutlich darauf hinweist, daß die Worte „und in Dresden" nicht mit den vorhergehenden Worten „Herrn A. E. & Co. und Ehefrau zu Tharandt", sondern mit den darauf folgenden Worten „zahlbar bei Herrn B. E." in Verbindung zu setzen seien und außerdem empfiehlt sich auch diese Interpretation durch die Erwägung, daß, wenn auch die Weglassung der Angabe des Wohnorts derjenigen Person, bei welcher die Zahlung erfolgen sollte, an sich möglich war, doch eine solche Weglassung nicht präsumirt werden kann.

9.

Der Besitzer eines Wechsels ist auch dann durch ein Blancoindossament zur Klage legitimirt, wenn der Protest auf Requisition einer andern Person, welche hierbei ihre Legitimation, aus demselben Blancoindossament abgeleitet, erhoben worden ist.

II. Sen.-Erk. v. 23. April 1863 no. 478/822 v. 1862.

(Der Satz wurde als Ansicht des OAG.'s unter Verweisung auf die in der Zeitschr. f. Rechtspfl. u. Verw. N. F., Bd. XV., S. 378 und im Wochenbl. f. merkw. Rechtsf. 1858, S. 297 abgedruckten älteren Präjudizien ausgesprochen. — Vergl. auch Annalen Bd. III., S. 417, Bd. VI., S. 272.)

Ueber die Berechnung der Conceptionsfrist.

Von Dr. Pöschmann.

Bekanntlich fußt die in Sachsen übliche Berechnung der Conceptionsfrist, d. i. desjenigen Zeitraums, welcher bei Beantwortung der Frage, ob ein in solchem stattgehabter Concubitus, rechtlicher Vermuthung nach, Veranlassung einer Geburt sei? auf Römischen Gesetzen [1]), welche das Princip enthalten, daß eine lebend geborene, oder sonst vollkommene Frucht nicht weniger als 6 volle Monate und nicht länger als 10 dergleichen, vom Moment der Conception an gerechnet, im Uterus geborgen gewesen sein könne. [2])

Auf dieser Berechnungsmodalität beruht die namentlich für Alimentationsklagen einer außerehelichen Mutter auch jetzt noch übliche, und früher bei Eidesförmelungen auch in der Spruchpraxis dem Wortlaute nach berücksichtigte Klagbegründung:

„daß sich Beklagter in der Zeit vom Anfange des 7. bis

---

1) L. 3 §. 11. 12 de suis et leg. her. (38. 16.) L. 29 pr. D. de liber. et post. (28. 2.) L. 4 C. de post. hered. (6. 29.) L. 12 D. de statu hom. (1. 5.)

2) Vergl. Zeitschr. f. Rechtspfl. u. Verw. N. F. II. S. 162 fg., 513 fg., IV. S. 2. XVI. S. 119. XVII. S. 289 fg., insbesondere die an letzterer Stelle enthaltene Abhandlung von Ackermann; ingleichen Wochenbl. f. merkw. Rechtsf. 1841 S. 257, 265. 1845 S. 121. 1860 S. 111.

zum Ende des 10. Monats, von der Geburt an zurückgerechnet, mit der Klägerin fleischlich vermischt habe." [3])

Inzwischen bot schon für den kürzesten Termin das Römische Recht [4]) und für den längsten die Glosse zum Sachsenspiegel [5]) eine andere nach Tagen ausgedrückte Berechnungsmodalität, wonach die Klagbegründung und beziehentlich der Eid die Fassung erhielt:

„daß Beklagter innerhalb der Zeit vom 182. bis 302. Tage von dem Tage der Geburt an zurückgerechnet — oder: daß Beklagter in der Zeit vom 302. bis zum 182. Tage vor der Geburt des Kindes — mit Klägerin (resp. nicht) den Beischlaf vollzogen habe."

Allein auch diese Ausdrucksweise fand, wenigstens was die Eidesförmelung anlangt, später nicht unbegründete Anfechtung und es ist daher jetzt in der Spruchpraxis eine Formel üblich, worin unter Zugrundelegung der Berechnung nach dem 182. und 302. Tage die Monatstage ausgedrückt werden, innerhalb welcher die Conception erfolgt sein müßte, wenn sie als Ursache der in Rede stehenden Geburt rechtlich angesehen werden soll. Man faßte also z. B., wenn die Geburt am 1. Januar 1863 erfolgt war, den Eid dahin:

„daß sich Beklagter mit der Klägerin in der Zeit vom 5. März bis zum (oder: bis mit dem) 3. Juli 1862 fleischlich nicht vermischt habe."

Sollte nun aber der Eid in dieser Maße geförmelt werden, so entstand bei der diesfalls erforderlichen — an sich nicht gerade schwierigen, aber auch nicht ganz offen zu Tage liegenden — Rechnung, der Zweifel, ob der Tag der Geburt bei dem Abzäh-

3) Hommel, Flavius s. u. Schwängerung III [2] förmelt das Delatum: „daß er in der Zeit von dem 10. Monate an, bis zum 7. vor ihrer Niederkunft, sich mit Klägerin fleischlich nicht vermischt habe," was offenbar noch unbestimmter in der Fassung ist.

4) L. d. §. 12 D. de suis et legit. her. (38. 16.)

5) Buch I., Art. 33. — Es ist hier von 10 Monaten — offenbar zu 30 Tagen gerechnet — und 2 Tagen die Rede.

len, oder dem Aufrechnen der 182. resp. 302. Tage als erster, oder als solcher der vorhergehende Kalendertag zu rechnen sei.

Während sich nun für erstere Modalität anführen ließ, daß die kürzeste Schwangerschaftsfrist zu 6 Monaten und die längste zu 10 Monaten, den Monat aber zu 30 Tagen gerechnet, sich nur 180 resp. 300 Tage ergeben, und die überschießenden 2 Tage eben die der Geburt und des Concubitus seien [6]), hat sich in der Praxis häufiger die andere Modalität Geltung verschafft, wonach der Kalendertag vor der Geburt als erster der 182 resp. 302 nach Kalendertagen rückwärts abzuzählenden Tage der Schwangerschaft angenommen wurde. [7])

Diese Berechnungsweise hat auch das OAG., wenigstens in neuerer Zeit, wiederholt bei etwa ihm zufallender Prüfung oder Förmelung der betreffenden Eidesnotuln zu Grunde gelegt.

Dieselbe beizubehalten lag auch bei Abfassung des BGB.'s um so gewisser in Absicht, als sie der in §. 87 aufgestellten allgemeinen Regel über Berechnung von Zeiträumen entschricht. [8])

Die einschlagenden Bestimmungen finden sich in §. 1771, 1772, 1776 und 1859 des BGB.'s und lauten:

---

6) In dem im Wochenbl. f. merkw. Rechtsf. 1860, S. 111 mitgetheilten Falle hat sich das AG. Leipzig, conform mit der ersten Instanz, in Bezug auf Berechnung des 182. Tages in dieser Maße ausgesprochen. In dem in dems. Wochenbl. 1845, S. 121 referirten Falle dagegen scheint der 302. Tag dem entsprechend berechnet.

7) Vergl. Zeitschr. f. Rechtspfl. u. Verw. Bd. XVII., S. 292 zu Note 3. — In dem Beispiele S. 294 ist i. Z. unberücksichtigt geblieben, daß 1856 ein Schaltjahr war.

8) §. 87 lautet: „Soll ein Zeitraum von einem Ereignisse an berechnet werden, so wird der auf den Tag, an welchem das Ereigniß vorfiel, folgende Tag als erster Tag des Zeitraums betrachtet, und das Ende desselben tritt ein, wenn der letzte Tag vorüber ist."

Vergl. auch Siebenhaar, Commentar S. 116. — In den Commissionsprotokollen vom 30. Aug. 1859 no. 188 S. 26 ist ausdrücklich bemerkt: „Einverstanden war man zugleich darüber, daß bei der Berechnung des 182. und des 302. Tags der Tag der Geburt nicht mitgerechnet werde" und das Gleiche wurde im Protokolle vom 8. Sept. 1859 no. 192 S. 28, 29 ausgesprochen.

§. 1771.

Für ehelich zu achten sind Kinder, welche von einer Ehefrau nach dem 182. Tage von Eingehung der Ehe an bis zum Ende des 302. Tags nach Beendigung der Ehe geboren werden ꝛc.

§. 1772.

Der Ehemann kann seine Vaterschaft nur bestreiten, wenn er in der Zeit vom 302. bis zum 182. Tage vor der Geburt des Kindes, den Tag derselben ungerechnet, seiner Ehefrau nicht ehelich beigewohnt hat.

§. 1776.

Wird ein Kind während der Ehe am 182. Tage nach Eingehung der Ehe oder vorher geboren, so gilt dasselbe als ehelich, wenn der Ehemann seine Vaterschaft ausdrücklich oder stillschweigend anerkennt.

§. 1859.

Als Schwängerer gilt derjenige, welcher mit der Geschwängerten in dem Zeitraume zwischen dem 182. und dem 302. Tage vor deren Niederkunft, den Tag derselben ungerechnet, den Beischlaf vollzogen hat.

Hiernach ist so viel klar, daß die oben beregte Controverse jedenfalls insoweit conform mit der oben zu Note 7 berührten Ansicht entschieden ist, daß bei Berechnung des 182. und 302. Tags vor der Geburt, der Tag der letztern nicht mitzuzählen ist, also, wie es in §. 1772 lautet, der fragliche Concubitus „in der Zeit vom 302. bis mit dem 182. vor der Geburt des Kindes, den Tag derselben ungerechnet,“ stattgehabt haben muß (beziehentlich nicht stattgehabt haben darf), wenn ein solcher als Ursache der Geburt, (beziehentlich nicht) gelten soll.

Inzwischen giebt die Verschiedenheit der Wortfassung in jenen §§., von denen §. 1771 und 1776 ziemlich übereinstimmen, dagegen §. 1772 und §. 1859 sich, dem Wortlaute nach, in anders gestalteten Ausdrücken bewegen, noch zu folgenden Bemerkungen Anlaß.

Während §§. 1771, 1772, 1776 in dem Abschnitte über die „Rechtsverhältnisse ehelicher Kinder“ stehen, findet sich §. 1859 in dem über das „Verhältniß zwischen außerehelichen Aeltern und Kindern.“

Daß nun in beiden Beziehungen genau dieselbe Berechnungsmodalität angewendet werden sollte, ist nicht allein nach dem Wortlaute der betr. §§. annehmbar, sondern auch in dem Protokolle vom 8. Septbr. 1859 no. 192 S. 28 fg. mit den Worten anerkannt:

Nicht minder ward der 1. Satz von §. 257: daß als Schwängerer derjenige gilt, welcher mit der Geschwängerten in dem Zeitraume zwischen dem 182. und dem 302. Tage vor der Niederkunft derselben, „den Tag der Geburt nicht mitgerechnet“ ꝛc. von der Majorität, welche ꝛc. auch bei unehelichen Geburten die für eheliche aufgestellten Nativitätstermine als schlechthin maßgebend für die Paternität erkennt ꝛc., angenommen.

Während nun nach dem Wortlaute des §. 1859 der Zweifel denkbar wäre, ob die darin für die kalendarische Bestimmung genau bezeichneten beiden Tage zur Conceptionsfrist mitzurechnen seien, oder, wenn man die Präposition „zwischen“ in dem Sinne, wie sie bei räumlichen Ausdehnungen gebraucht wird, [9]) benutzen wollte, davon auszuschließen seien? so erhellt doch, daß nur ersteres zulässig, aus Folgendem. Daß schon nach dem gewöhnlichen Sprachgebrauche bei Zeitbestimmungen die als Grenzen eines Zeitraums genannten Tage regelmäßig diesem zugerechnet werden, ergiebt sich aus dem Beispiele, wenn Jemand seine Ankunft zwischen dem 2. und 6. Januar ankündigt, indem solchen Falls sein Eintreffen am 2. oder 6. Januar, eben so gut, wie das am 3., 4. oder 5., als der Meldung entsprechend aufgefaßt wird. Allein daß eben dieser gewöhnliche Sprachgebrauch auch der bei Erklärung des §. 1859 zu benutzende sei, folgt auch unzweifelhaft nach obiger Prämisse aus §. 1772, dessen Wortfassung [10]) darüber keinen Zweifel läßt, daß der 302., wie der 182. Tag

---

9) Z. B. der zwischen den Rainsteinen no. 1 und 5 befindliche Feldrain war zur Hälfte abgeackert. — Auf der linken Brust fand sich zwischen der 4. und 5. Rippe eine bis in das Innere der Brusthöhle führende Wunde u. s. w.

10) Dieselbe schließt sich an die oben S. 146 mitgetheilte Spruchformel an.

vor der Geburt, den Tag derselben ungerechnet, in die Conceptionsfrist einzurechnen seien.

Zu einem andern Zweifel könnte aber auch die Wortfassung der §§. 1771 und 1776 benutzt werden wollen, nämlich zu dem, ob bei Berechnung des „182. Tags von Eingehung der Ehe an" der Tag der Trauung, oder der darauf folgende als erster der 182 Tage zu rechnen sei. Wollte man jedoch letzteres annehmen, so würde man das Princip des §. 87 doppelt anwenden, indem für §. 1771 schon durch die Redewendung „nach dem 182. Tage ꝛc. jenes Princip — die Aufhebung des Satzes: dies coeptus habetur pro completo [11]) — einmal gewahrt ist. Man würde aber auch mit den insoweit zweifellosen Fristbestimmungen in §. 1772 und 1859 in Widerspruch treten, indem, zählte man zwischen dem Tage der Trauung und der Geburt, beide ungerechnet, 182 volle Kalendertage, der Tag der Trauung der 183. vor der Geburt, den Tag derselben ungerechnet, sein würde. Es müssen also die Worte des §. 1771 „nach dem 182. Tage von Eingehung der Ehe an" so aufgefaßt werden, als lauteten sie: „am 182. Tage nach Eingehung der Ehe, den Tag derselben ungerechnet ꝛc., geboren werden;" woraus denn weiter mit logischer Nothwendigkeit folgt, daß derselbe Sprachgebrauch bei §. 1776, wo es sich um eine Geburt handelt, die aus einem vor dem Trauungstage liegenden Concubitus originirt, indem hier, im Gegensatze zu den Bestimmungen des §. 1771 und 1772, die Legitimität des Kindes von dem Anerkenntnisse des Ehemanns abhängt, der Gestalt festzuhalten ist, daß hier ebenfalls der Tag der Trauung als erster der 182 Tage zu gelten, man somit nach den Worten „nach Eingehung der Ehe" diese Worte: „den Tag derselben mitgerechnet" hinzuzudenken hat.

Treffen sonach die vorbezeichneten Bestimmungen nach beiden Hauptkategorien, wie im Einzelnen überein, so mag nur noch darauf aufmerksam gemacht werden, daß, wie auch bereits in den speciellen Motiven [12]) hervorgehoben ist, die Fassung der

11) Vergl. Siebenhaar a. a. O.

12) S. 869 zu §. 1804 und S. 879 zu §. 1892.

§. 1771 und 1772 für eheliche, die des §. 1859 aber für außerehelicheGeburten den zeither namentlich für letztere in der Praxis, wenn auch mit gewissen Beschränkungen [13]) gestatteten Beweis ausschließt, daß ungeachtet des formellen Zutreffens der Conceptionsfrist, die Geburt doch, wegen der körperlichen Beschaffenheit des Kindes, Folge eines außerhalb derselben gelegenen, oder eines andern als des dem angeblichen Schwängerer nachgewiesenen Concubitus sein müsse. Es ist dies von der Commission laut der oben bezogenen Protokolle no. 188 S. 24 und no. 192 S. 29 ausdrücklich anerkannt worden.

Um nun die entscheidenden Tage in der Praxis sofort zu bestimmen, ohne daß es einer Auszählung oder Berechnung in jedem einzelnen Falle bedarf, hat Man anderwärts Tabellen [14]) entworfen, aus welchen die gewünschte Auskunft durch einfachen Einblick zu erlangen ist und es dürfte dem Spruchrichter, wie dem Sachwalter, nicht unerwünscht sein, wenn er im Anschlusse eine solche nach der zeitherigen Praxis des OAG.'s und den damit conform gehenden Bestimmungen des BGB.'s aufgestellt findet.

Vorerinnerung
über den Gebrauch der angeschlossenen Tabelle.

Die erste Columne enthält in fortlaufender Folge die Tage der Geburt, die zweite die Angabe des 182. Tags, mit zwei Unterspalten, eine für den Fall, daß das Jahr der Geburt ein gemeines, die andere für den, daß es ein Schaltjahr ist, die dritte endlich die Anzeige des 302. Tags, mit zwei ebenmäßig für das gemeine und das Schaltjahr den Nachweis liefernden Unterspalten der Gestalt, daß der 182. und 302. Tag vor dem der betreffenden Geburt, deren Tag ungerechnet, ausgezählt ist. Hierbei hat man nur das noch zu berücksichtigen, daß jede An-

13) Annalen Bd. I., S. 43. Bd. II., S. 156.

14) Dergleichen finden sich in dem Preuß. Terminkalender für jedes laufende und das demselben vorhergehende Jahr neu formirt, je nachdem es ein Schalt- oder ein gemeines Jahr ist. Für Sachsen sind diese nicht benutzbar, weil nach Preußischem Rechte als die entscheidenden Tage der 210. und der 285. vor der Geburt angenommen sind.

gabe eines Tages in der zweiten und dritten Hauptcolumne, welche, dem Kalender nach, ein späterer im bürgerlichen Jahre als der der Geburt ist, auf das dem Jahre der Geburt vorausgehende, außerdem aber auf dieses selbst sich bezieht, sowohl, daß in Fällen, wo in die Schwangerschaftsperiode der letzte Tag des Februar nicht hineinfällt, zwischen einem gemeinen und einem Schaltjahre kein Unterschied ist, somit auch für letzteres die Norm des gemeinen Jahres gilt. Diese Fälle sind durch Striche in den Schaltjahrspalten markirt.

Sollte übrigens bis zum Inkrafttreten der Vorschriften des BGB.'s ein Gerichtshof die oben zu Note 6 bemerkte Berechnungsweise, wonach bei Berechnung des 182. und 302. Tags vor der Geburt, der Tag dieser als erster gilt, anzuwenden geneigt sein, so sind statt der in der Tabelle als 182. resp. 302. Tag angegebenen, die diesem nachfolgenden, also z. B. bei einer Geburt am 1. Jan. 1863, der 4. Juli und 6. März die bei Feststellung der Conceptionszeit zu benennenden.

Handelt es sich um Fälle, welche nach §. 1771 des BGB.'s zu beurtheilen sind, so repräsentirt für den in der 1. Columne zu suchenden Tag der Geburt, der 182. Tag in der 2. Columne den kürzest möglich zurückliegenden Trauungstag, dagegen der 302. Tag in der 3. Columne den längst möglich zurückliegenden Tag der Schließung der Ehe. Handelt es sich dagegen bei noch nicht erfolgter Geburt, z. B. wegen einer cura ventris, um Ermittelung des einschlagenden Geburtstags, so sind für den in Columne 2 aufzusuchenden Tag der Trauung, und den in Columne 3 zu ermittelnden Tag der Trennung der Ehe der correspondirende Tag in Columne 1 für Beurtheilung der Legitimität dergestalt maßgebend, daß im ersten Falle eine an diesem Tage oder später, im zweiten eine an demselben oder früher erfolgte Geburt als ehelich zu gelten habe. Für den Fall des §. 1776 endlich bedarf ein an sich in der Ehe geborenes Kind, um als ehelich zu gelten, dann des Anerkenntnisses der Vaterschaft Seiten des Ehemanns, wenn der Tag der Trauung ein späterer als der ist, welcher in Columne 2 dem Geburtstage in Columne 1 entspricht.

Tabelle

für Berechnung des 182. und des 302. Tages vor dem Tage einer Geburt für jedes gemeine, sowie für jedes Schaltjahr.

(Zugleich zu §. 1771, 1772, 1776 und 1859 des bürgerlichen Gesetzbuchs.)

Tag der Geburt.	182. Tag vor dem der Geburt, wenn das Jahr der Geburt ein		302. Tag vor dem der Geburt, wenn das Jahr der Geburt ein		Tag der Geburt.	182. Tag vor dem der Geburt, wenn das Jahr der Geburt ein		302. Tag vor dem der Geburt, wenn das Jahr der Geburt ein	
	gemeines	Schaltjahr.	gemeines	Schaltjahr.		gemeines	Schaltjahr.	gemeines	Schaltjahr.
Jan. 1	Juli 3	—	März 5	—	Febr. 4	Aug. 6	—	April 8	—
2	4	—	6	—	5	7	—	9	—
3	5	—	7	—	6	8	—	10	—
4	6	—	8	—	7	9	—	11	—
5	7	—	9	—	8	10	—	12	—
6	8	—	10	—	9	11	—	13	—
7	9	—	11	—	10	12	—	14	—
8	10	—	12	—	11	13	—	15	—
9	11	—	13	—	12	14	—	16	—
10	12	—	14	—	13	15	—	17	—
11	13	—	15	—	14	16	—	18	—
12	14	—	16	—	15	17	—	19	—
13	15	—	17	—	16	18	—	20	—
14	16	—	18	—	17	19	—	21	—
15	17	—	19	—	18	20	—	22	—
16	18	—	20	—	19	21	—	23	—
17	19	—	21	—	20	22	—	24	—
18	20	—	22	—	21	23	—	25	—
19	21	—	23	—	22	24	—	26	—
20	22	—	24	—	23	25	—	27	—
21	23	—	25	—	24	26	—	28	—
22	24	—	26	—	25	27	—	29	—
23	25	—	27	—	26	28	—	30	—
24	26	—	28	—	27	29	—	Mai 1	—
25	27	—	29	—	28	30	—	2	—
26	28	—	30	—	29	—	Aug. 31	—	Mai 3
27	29	—	31	—	März 1	31	Sept. 1	3	4
28	30	—	April 1	—	2	Sept. 1	2	4	5
29	31	—	2	—	3	2	3	5	6
30	Aug. 1	—	3	—	4	3	4	6	7
31	2	—	4	—	5	4	5	7	8
Febr. 1	3	—	5	—	6	5	6	8	9
2	4	—	6	—	7	6	7	9	10
3	5	—	7	—	8	7	8	10	11

Tag der Geburt.	182. Tag vor dem der Geburt, wenn das Jahr der Geburt ein gemeines	182. Tag vor dem der Geburt, wenn das Jahr der Geburt ein Schaltjahr.	302. Tag vor dem der Geburt, wenn das Jahr der Geburt ein gemeines	302. Tag vor dem der Geburt, wenn das Jahr der Geburt ein Schaltjahr.	Tag der Geburt.	182. Tag vor dem der Geburt, wenn das Jahr der Geburt ein gemeines	182. Tag vor dem der Geburt, wenn das Jahr der Geburt ein Schaltjahr.	302. Tag vor dem der Geburt, wenn das Jahr der Geburt ein gemeines	302. Tag vor dem der Geburt, wenn das Jahr der Geburt ein Schaltjahr.
März 9	Sept. 8	Sept. 9	Mai 11	Mai 12	April 24	Oct. 24	Oct. 25	Juni 26	Juni 27
10	9	10	12	13	25	25	26	27	28
11	10	11	13	14	26	26	27	28	29
12	11	12	14	15	27	27	28	29	30
13	12	13	15	16	28	28	29	30	Juli 1
14	13	14	16	17	29	29	30	Juli 1	2
15	14	15	17	18	30	30	31	2	3
16	15	16	18	19	Mai 1	31	Nov. 1	3	4
17	16	17	19	20	2	Nov. 1	2	4	5
18	17	18	20	21	3	2	3	5	6
19	18	19	21	22	4	3	4	6	7
20	19	20	22	23	5	4	5	7	8
21	20	21	23	24	6	5	6	8	9
22	21	22	24	25	7	6	7	9	10
23	22	23	25	26	8	7	8	10	11
24	23	24	26	27	9	8	9	11	12
25	24	25	27	28	10	9	10	12	13
26	25	26	28	29	11	10	11	13	14
27	26	27	29	30	12	11	12	14	15
28	27	28	30	31	13	12	13	15	16
29	28	29	31	Juni 1	14	13	14	16	17
30	29	30	Juni 1	2	15	14	15	17	18
31	30	Oct. 1	2	3	16	15	16	18	19
April 1	Oct. 1	2	3	4	17	16	17	19	20
2	2	3	4	5	18	17	18	20	21
3	3	4	5	6	19	18	19	21	22
4	4	5	6	7	20	19	20	22	23
5	5	6	7	8	21	20	21	23	24
6	6	7	8	9	22	21	22	24	25
7	7	8	9	10	23	22	23	25	26
8	8	9	10	11	24	23	24	26	27
9	9	10	11	12	25	24	25	27	28
10	10	11	12	13	26	25	26	28	29
11	11	12	13	14	27	26	27	29	30
12	12	13	14	15	28	27	28	30	31
13	13	14	15	16	29	28	29	31	Aug. 1
14	14	15	16	17	30	29	30	Aug. 1	2
15	15	16	17	18	31	30	Dec. 1	2	3
16	16	17	18	19	Juni 1	Dec. 1	2	3	4
17	17	18	19	20	2	2	3	4	5
18	18	19	20	21	3	3	4	5	6
19	19	20	21	22	4	4	5	6	7
20	20	21	22	23	5	5	6	7	8
21	21	22	23	24	6	6	7	8	9
22	22	23	24	25	7	7	8	9	10
23	23	24	25	26	8	8	9	10	11

Tag der Geburt.	182. Tag vor dem der Geburt, wenn das Jahr der Geburt ein: gemeines	Schaltjahr.	302. Tag vor dem der Geburt, wenn das Jahr der Geburt ein: gemeines	Schaltjahr.	Tag der Geburt.	182. Tag vor dem der Geburt, wenn das Jahr der Geburt ein: gemeines	Schaltjahr.	302. Tag vor dem der Geburt, wenn das Jahr der Geburt ein: gemeines	Schaltjahr.
Juni 9	Dec. 9	Dec. 10	Aug. 11	Aug. 12	Juli 25	Jan. 24	Jan. 25	Sept. 26	Sept. 27
10	10	11	12	13	26	25	26	27	28
11	11	12	13	14	27	26	27	28	29
12	12	13	14	15	28	27	28	29	30
13	13	14	15	16	29	28	29	30	Oct. 1
14	14	15	16	17	30	29	30	Oct. 1	2
15	15	16	17	18	31	30	31	2	3
16	16	17	18	19	Aug. 1	31	Febr. 1	3	4
17	17	18	19	20	2	Febr. 1	2	4	5
18	18	19	20	21	3	2	3	5	6
19	19	20	21	22	4	3	4	6	7
20	20	21	22	23	5	4	5	7	8
21	21	22	23	24	6	5	6	8	9
22	22	23	24	25	7	6	7	9	10
23	23	24	25	26	8	7	8	10	11
24	24	25	26	27	9	8	9	11	12
25	25	26	27	28	10	9	10	12	13
26	26	27	28	29	11	10	11	13	14
27	27	28	29	30	12	11	12	14	15
28	28	29	30	31	13	12	13	15	16
29	29	30	31	Sept. 1	14	13	14	16	17
30	30	31	Sept. 1	2	15	14	15	17	18
Juli 1	31	Jan. 1	2	3	16	15	16	18	19
2	Jan. 1	2	3	4	17	16	17	19	20
3	2	3	4	5	18	17	18	20	21
4	3	4	5	6	19	18	19	21	22
5	4	5	6	7	20	19	20	22	23
6	5	6	7	8	21	20	21	23	24
7	6	7	8	9	22	21	22	24	25
8	7	8	9	10	23	22	23	25	26
9	8	9	10	11	24	23	24	26	27
10	9	10	11	12	25	24	25	27	28
11	10	11	12	13	26	25	26	28	29
12	11	12	13	14	27	26	27	29	30
13	12	13	14	15	28	27	28	30	31
14	13	14	15	16	29	28	29	31	Nov. 1
15	14	15	16	17	30	März 1	—	Nov. 1	2
16	15	16	17	18	31	2	—	2	3
17	16	17	18	19	Sept. 1	3	—	3	4
18	17	18	19	20	2	4	—	4	5
19	18	19	20	21	3	5	—	5	6
20	19	20	21	22	4	6	—	6	7
21	20	21	22	23	5	7	—	7	8
22	21	22	23	24	6	8	—	8	9
23	22	23	24	25	7	9	—	9	10
24	23	24	25	26	8	10	—	10	11

Tag der Geburt.	182. Tag vor dem der Geburt, wenn das Jahr der Geburt ein gemeines	182. Tag vor dem der Geburt, wenn das Jahr der Geburt ein Schaltjahr.	302. Tag vor dem der Geburt, wenn das Jahr der Geburt ein gemeines	302. Tag vor dem der Geburt, wenn das Jahr der Geburt ein Schaltjahr.	Tag der Geburt.	182. Tag vor dem der Geburt, wenn das Jahr der Geburt ein gemeines	182. Tag vor dem der Geburt, wenn das Jahr der Geburt ein Schaltjahr.	302. Tag vor dem der Geburt, wenn das Jahr der Geburt ein gemeines	302. Tag vor dem der Geburt, wenn das Jahr der Geburt ein Schaltjahr.
Sept. 9	März 11	—	Nov. 11	Nov. 12	Oct. 25	April 26	—	Dec. 27	Dec. 28
10	11	—	12	13	26	27	—	28	29
11	13	—	13	14	27	28	—	29	30
12	14	—	14	15	28	29	—	20	31
13	15	—	15	16	29	30	—	31	Jan. 1
14	16	—	16	17	30	Mai 1	—	Jan. 1	2
15	17	—	17	18	31	2	—	2	3
16	18	—	18	19	Nov. 1	3	—	3	4
17	19	—	19	20	2	4	—	4	5
18	20	—	20	21	3	5	—	5	6
19	21	—	21	22	4	6	—	6	7
20	22	—	22	23	5	7	—	7	8
21	23	—	23	24	6	8	—	8	9
22	24	—	24	25	7	9	—	9	10
23	25	—	25	26	8	10	—	10	11
24	26	—	26	27	19	11	—	11	12
25	27	—	27	28	10	12	—	12	13
26	28	—	28	29	11	13	—	13	14
27	29	—	29	30	12	14	—	14	15
28	30	—	30	Dec. 1	13	15	—	15	16
29	31	—	Dec. 1	2	14	16	—	16	17
30	April 1	—	2	3	45	17	—	17	18
Oct. 1	2	—	3	4	16	18	—	18	19
2	3	—	4	5	17	19	—	19	20
3	4	—	5	6	18	20	—	20	21
4	5	—	6	7	29	21	—	21	22
5	6	—	7	8	20	22	—	22	23
6	7	—	8	9	21	23	—	23	24
7	8	—	9	10	22	24	—	24	25
8	9	—	10	11	23	25	—	25	26
9	10	—	11	12	24	26	—	26	28
10	11	—	12	13	25	27	—	27	28
11	12	—	13	14	26	28	—	28	29
13	13	—	14	15	27	29	—	29	30
13	14	—	15	16	28	30	—	30	31
14	15	—	16	17	29	31	—	31	Febr. 1
15	16	—	17	18	30	Juni 1	—	Febr. 1	2
16	17	—	18	19	Dec. 1	2	—	2	3
17	18	—	19	20	2	3	—	3	4
18	19	—	20	21	3	4	—	4	5
19	20	—	21	22	4	5	—	5	6
20	21	—	22	23	5	6	—	6	7
21	22	—	23	24	6	7	—	7	8
22	23	—	24	25	7	8	—	8	9
23	24	—	25	26	8	9	—	9	10
24	25	—	26	27	9	10	—	10	11

Tag der Geburt.	182. Tag vor dem der Geburt, wenn das Jahr der Geburt ein		302. Tag vor dem der Geburt, wenn das Jahr der Geburt ein		Tag der Geburt.	182. Tag vor dem der Geburt, wenn das Jahr der Geburt ein		302. Tag vor dem der Geburt, wenn das Jahr der Geburt ein	
	gemeines	Schaltjahr.	gemeines	Schaltjahr.		gemeines	Schaltjahr.	gemeines	Schaltjahr.
Dec. 10	Juni 11	—	Febr. 11	Febr. 12	Dec. 21	Juni 22	—	Febr. 22	Febr. 23
11	12	—	12	13	22	23	—	23	24
12	13	—	13	14	23	24	—	24	25
13	14	—	14	15	24	25	—	25	26
14	15	—	15	16	25	26	—	26	27
15	16	—	16	17	26	27	—	27	28
16	17	—	17	18	27	28	—	28	29
17	18	—	18	19	28	29	—	März 1	—
18	19	—	19	20	29	30	—	2	—
19	20	—	20	21	30	Juli 1	—	3	—
20	21	—	21	22	31	2	—	4	—

Präjudizien.

Handels- und Wechselrecht.

10.

Zur Lehre von dem Rücktritt des Bestellers vom Handel wegen verspäteter Lieferung.*)

II. Sen.-Erk. v. 30. März 1863 no. 216/230.

Die Entscheidungen der vorigen Instanzen weichen hauptsächlich darin von einander ab, daß die erste Instanz das Klaganführen zu Einl.-Pct. 3 und 4

> es sei die streitige Waare zum sofortigen Versand pr. Dampfer an Luigi G. in T. zu Verfügung der Beklagten zu liefern gewesen,

mit der von den Beklagten Bl. behaupteten Bedingung der Bestellung,

> daß der Versand der Waare mit dem von S. nach T. zunächst abgehenden Dampfer bewirkt werden müsse, widrigenfalls den Beklagten die Waare nicht dienen könne, resp. ihr Auftrag als nicht geschehen betrachtet werden müsse,

im Wesentlichen für gleichbedeutend, und zwar als die Stipulation einer solchen Diligenz in rechtzeitiger Lieferung der Waare, deren Nichteinhaltung die Beklagten von der Verpflichtung zu Abnahme der Waare befreie, betrachtet, während die zweite Instanz eine derartige

*) Vergl. §. 355—357 HGB.

Stipulation nur in dem Vorbringen der Beklagten erblickt, das Anführen der Kläger dagegen bloß als rechtliche Grundlage etwaiger Schädenansprüche wegen verspäteter Lieferung ansieht, dergleichen von den Beklagten gar nicht geltend gemacht, mithin in gegenwärtigem Rechtsstreite nicht in Betracht zu ziehen seien. Das OAG. hat in dieser Beziehung der Ansicht erster Instanz beizutreten aus nachstehenden Gründen sich bewogen gefunden.

Die actio emti geht schon nach Römischem Rechte nicht lediglich auf die Erfüllung des Vertrags durch Tradition des Kaufobjects, sondern kann unter Umständen auch anstatt auf Erfüllung, im Falle der Säumniß Seiten des Verkäufers auf Leistung des id quod interest der Nichterfüllung gerichtet werden,

Siebenhaar, in der Zeitschr. f. Rechtspfl. u. Verw. N. F. Bd. X., S. 205 fg.

und es bedarf, wenn, wie im vorliegenden Falle, der Käufer als sein diesfallsiges Interesse bloß die Enthebung von der Verbindlichkeit zu Abnahme des Kaufsobjects geltend macht, nicht schlechterdings einer ausdrücklichen Stipulation über diesen Punkt, vielmehr genügt dazu das Vorhandensein solcher Umstände, aus welchen hervorgeht, daß die Leistung für den Käufer in Folge der Säumniß des Mitcontrahenten eine wesentlich andere, als die vertragsmäßig bedungene sein, mithin ihm durch Aufnöthigung derselben gar nicht das gewährt werden würde, worauf er aus dem Vertrage Anspruch hat. Die bezüglichen Bestimmungen des HGB.'s in Art. 355 und 357, welche auf den vorliegenden Fall noch nicht angewendet werden können, drücken, abgesehen von der in Art. 356 enthaltenen positiven Sanctionirung einer Maßnahme, die bis dahin bloß als Sache des eigenen Interesse der Betheiligten gegolten hat, im Wesebtlichen nur das aus, was im Geschäftsverkehre unter Kaufleuten, namentlich bei sogenannten Lieferungsgeschäften, schon bisher allgemein angenommen worden ist und in der Rechtspflege der Gerichte, insbesondere auch in der Praxis des OAG.'s seit geraumer Zeit Anerkennung gefunden hat.

Annalen, Bd. IV., S. 329 fg.

Dabei hat man zwar zunächst hauptsächlich Lieferungsgeschäfte mit ausdrücklich bestimmter Lieferzeit vor Augen; es hat jedoch das OAG. auch solche Lieferungsgeschäfte, bei welchen für die Lieferung der Waare nur factisch und indirect nach der Beschaffenheit und dem Zwecke des Vertrags ein gewisser Zeitpunkt der Lieferung als der von den Contrahenten beabsichtigte und stillschweigend bedungene erschien, nach gleichen Grundsätzen um so unbedenklicher beurtheilt, als, die Gewißheit des Vertragswillens vorausgesetzt, auf die bloße Form, in welcher derselbe zum Ausdrucke gelangt ist, in der Regel nichts ankommt.

11.

Wie ist der Verkaufswerth von Waare, insbesondere marktgängiger Waare zu bestimmen?

II. Sen.-Erk. v. 28. April 1863 no. 110/204.*)

Wenn man auch an sich zugeben wollte, daß dem Beklagten der Absatz der hier fraglichen 300 Pfd. Seide thunlich gewesen sein und daß es zu diesem Zwecke nicht gerade des Nachweises einer bestimmten Gelegenheit bedurft haben würde, so kann doch eine ebenmäßige Präsumtion nicht dafür eintreten, daß ihm dies auch zu dem von ihm angenommenen Preise von 11 Thlr. pr. Pfd. gelungen sein würde. Die in Bew.-Art. 100 dafür angeführte — ohnedies nicht näher specialisirte — Thatsache, daß er zu der in Betracht kommenden Zeit Seide in gleicher Qualität an zwei Käufer in Ch. zu 10½ bis 11½ Thlr. pr. Pfd. abgesetzt habe, berechtigt noch nicht zu der Folgerung, daß Beklagter für die fraglichen 300 Pfd., wenn Kläger sie ihm geliefert hätten, den nämlichen Preis, namentlich den Preis von 11 Thlr. pr. Pfd., welchen er in Ansatz bringt, auch von anderen Käufern erzielt haben würde. Um über den Preis ein Anhalten zu gewinnen, zu welchem Seide der fraglichen Beschaffenheit damals verkäuflich gewesen, hätte Beklagter auf das Zeugniß Sachver-

*) Compensando hatte Beklagter einen Schädenanspruch von 900 Thlr. geltend gemacht, welcher ihm dadurch erwachsen, daß ihm Kläger 300 Pfd. zu 8 Thlr. gehandelte Seide nicht geliefert, welche er mit 3 Thlr. pr. Pfd. Gewinn hätte weiter verkaufen können. Im Beweise war nun zum Beleg des letztern Punktes darauf Bezug genommen, daß Beklagter zu jener Zeit zwei Posten Seide zu 10½—11½ Thlr. pr. Pfd. abgesetzt habe. Die Instanzen erachteten diesen Beweis nicht für gelungen.

ständiger oder verpflichteter Waarenmäkler sich beziehen sollen, und zwar um so mehr, als er die — übrigens mit Recht beanstandete — Ansicht aufstellt, daß Rohseide als eine marktgängige Waare zu betrachten sei. Denn auch in Betreff der marktgängigen Waaren läßt sich der Marktpreis nicht so ohne Weiteres darnach bestimmen, was der eine oder andere Käufer bezahlt hat, sondern es kann darüber nur durch den Nachweis einer größern Zahl gleichartiger Fälle entschieden werden, der nur sehr ausnahmsweise anders als durch das Zeugniß der mit der Aufsicht über das Marktwesen betrauten Beamten oder der den Waarenverkehr vermittelnden Personen wird dargethan werden können. Auf einen dergestaltigen Nachweis ist aber Beklagter nicht zugekommen.

12.

Die Dispositionsstellung unverlangt zugesendeter Waare erledigt sich, wenn der Adressat vor Eingang der Preisnote oder des Avisbriefs sich der eingegangenen Waare auf eine ihm nicht an sich als Verschuldung anzurechnende Weise entäußert hat. — Beweislast? — Schädenklage?

II. Sen.-Erk. v. 28. Mai 1863 no. 233/286. *)

Die vorliegende Klage mußte allerdings von einem zwiefachen Gesichtspunkte aus geprüft werden; einmal als actio venditi, dann

*) In Folge einer Bestellung von Beklagtens minderjährigem Bruder G. R. hatte Kläger Waaren und Verkaufsrechnung — ob gleichzeitig, war in der Klage nicht gesagt — an Beklagten, und zwar die Factura auf Beklagtens Namen gestellt, gesendet, letzterer aber die Waare an seinen Bruder ausgehändigt; da, wie Kläger in der Klage als Beklagtens Ausflucht mittheilte, er ohne Avis oder wenigstens gleichzeitigen Eingang der Rechnung, über den Zweck der Sendung im Unklaren, kein Bedenken getragen, solche seinem sich alsbald nach dem Eingange der Waare als Besteller präsentirenden Bruder auszuantworten. Kläger verlangte nun, als eine etwaige Befriedigung durch letztern mindestens problematisch war, Zahlung von Beklagtem; theils als Empfänger, wenn auch unbestellt, doch mit Preisnote zugesendeter Waare, wegen unterlassener Dispositionsstellung, resp. wegen Disposition, theils als ihm aus jenem Verhalten, als eines culposen, mindestens zum Schadenersatz verpflichtet. Die Instanzen wiesen Klägers Suchen i. d. a. M. ab.

aber als eine auf Arglist oder Fahrlässigkeit des Beklagten gegründete Schädenklage.

Man hat dieselbe aber auch in gegenwärtiger Instanz in keiner von beiden Beziehungen für schlüssig zu erachten vermocht.

Da in der Klage nicht angeführt worden ist, daß der Beklagte seinen Bruder G. R. zur Bestellung der Bl. gedachten Waaren beauftragt oder diese Bestellung späterhin genehmigt habe, bleiben für die Begründung dieser Klage als actio venditi nur noch die Grundsätze übrig, welche bei der Zusendung unbestellter Waaren unter Kauf- und Handelsleuten, denen die Parteien mit Rücksicht auf die Zugeständnisse p. l. c. 3, 10, 18—20 und das Zeugniß Bl. beigezählt werden können, in der Sächs. Praxis und insbesondere auch von dem OAG.

Annalen Bd. I., S. 551.

befolgt werden. Wenn man hierbei annimmt, daß der Empfänger einer unbestellten, aber mit Preisnote oder Begleitschreiben abgesendeten Waare, dieselbe behalten und den ihm notificirten Kaufpreis bezahlen muß, wenn er sie nicht rechtzeitig zur Disposition des Absendens gestellt hat, so hängt dies im Wesen mit der Lehre von den thatsächlichen Willenserklärungen zusammen. Der Absender giebt entweder ausdrücklich, im Begleitschreiben, oder thatsächlich durch Beifügung der auf den Namen des Empfängers lautenden Preisnote, seinen Willen, dem letztern die unbestellt übersendete Waare zu verkaufen, mit hinreichender Bestimmtheit zu erkennen, und der Empfänger, welcher von der Absicht des Absenders in Kenntniß gesetzt, die Waare nicht zur Disposition des letztern stellt, erklärt sich dadurch mit der Kaufsofferte des Absenders einverstanden. Es ist nicht unbedingt nöthig, daß beides, Waare und Brief oder Factur gleichzeitig bei dem Empfänger eintrifft, wenn derselbe nur bei dem Empfange des Briefs oder der Factur entweder noch im Besitze der Waare ist, oder in einer solchen Weise, z. B. durch sofortige Verwendung in seinem Geschäfte, über selbige verfügt hat, daß sich schon aus dieser Dispositionshandlung selbst die Ueberzeugung, daß ihm die Waare zum Kaufe angeboten werden solle, und der Wille zu kaufen ausspricht. Die in der Klage behauptete Aushändigung der bezüglichen Waare an Beklagtens Bruder ist, an und für sich allein betrachtet, keine Disposition der so eben gedachten Art und der Wille, einen Kauf mit dem Kläger über diese Waaren abzuschließen, konnte begreiflicherweise nicht vorausgesetzt werden, so lange der Beklagte von der Absicht des Klägers, einen Kaufvertrag mit ihm abzuschließen, noch keine sichere Kenntniß hatte. Ist die Behauptung des Beklagten, daß er die Waare einer dritten Person, welche sich als deren Besteller gemeldet haben soll, herausgegeben habe, bevor er noch den Bl. gedachten Brief und die demselben beigefügte Rechnung erhalten, begründet, so läßt diese Handlung nicht auf den Willen, die Waare zu kaufen, sondern im Gegentheil darauf schließen, daß der Beklagte damals diese Absicht nicht gehabt und nicht einmal vorausgesetzt habe, daß ihm dieselbe zum Kaufe angeboten werden sollte. Es liegt daher auch in dem, was der Beklagte seinerseits in Betreff seiner Handlungsweise angeführt hat, kein Zugeständniß einer solchen Verfügung, welche ihn verpflichten konnte, den geforderten Kaufpreis als Käufer zu bezahlen. Befand sich aber der Beklagte zu der Zeit, wo er durch das Eintreffen des Briefs sammt Rechnung von der Absicht des Klägers Kenntniß erlangt haben sollte, nicht mehr im Besitz der Waare und deshalb auch nicht mehr im Stande, dieselbe dem Kläger zur Disposition zu stellen, so kann dem Unterlassen der Dispositionsstellung auch nicht mehr die Bedeutung einer thatsächlichen Annahme der Kaufsofferte beigelegt werden. Zweifelhafter ist in Bezug auf die Beweislast die Frage, ob der Kläger zu behaupten und darzuthun gehabt habe, daß die nach der übereinstimmenden Angabe beider Theile erfolgte Aushändigung an G. R.'n nach dem Empfange des Briefs und der Rechnung, oder umgekehrt der Beklagte, daß sie schon früher erfolgt sei? Für die letztere Ansicht könnte man anführen, daß die Aushändigung der geständlich in Beklagtens Besitz gelangten Waare an G. R.'n ein thatsächliches Ereigniß sei, welches der Beklagte, insofern er sich darauf beziehen wollen, um das Unterlassen der Dispositionsstellung zu rechtfertigen und dessen Bedeutung als thatsächliche Acceptation der Kaufsofferte zu beseitigen, als Ausflucht geltend zu machen gehabt habe. Allein obschon sich für diese Auffassung nicht unerhebliche Gründe angeben ließen, hat man doch der entgegengesetzten Ansicht der vorigen Instanz den Vorzug gegeben. Zur Begründung einer Kaufsklage gehörte vor Allem das schlüssige Anführen, daß der Vertrag durch eine übereinstimmende Willenserklärung der Betheiligten zum endgiltigen Abschlusse gelangt sei. Sollte nun vorliegenden Falls die Willenserklärung mindestens auf Seiten des Beklagten eine fingirte sein, so mußte der Kläger anführen und beweisen, daß die thatsächlichen Voraussetzungen eingetreten seien, welche bei einer logischen Schlußfolgerung der Handlung oder Unterlassung des Beklagten die Bedeutung einer zustimmenden Willenserklärung verleihen würden. Dazu reichte aber nach den oben entwickelten Grundsätzen betreffs der Zusendung unbestellter Waaren unter Kaufleuten die Behauptung, daß der Beklagte eine Quantität Waaren empfangen und dieselben einer dritten Person ausgehändigt habe, schon deshalb, weil sich diese Handlung, in Folge deren eine spätere Dispositionsstellung unterblieb, sehr füglich auf andere Weise erklären läßt, als durch die Voraussetzung, daß der Beklagte in der bloßen Zusendung der Waaren eine Kaufsofferte des Klägers gefunden und dieselbe zu acceptiren beabsichtigt habe. Es gehörte vielmehr zur Vollständigkeit des thatsächlichen Klagvorbringens die Behauptung, daß Beklagter, als er die gedachten Waaren an seinen Bruder ausgehändigt, von der Absicht Klägers, ihm dieselben zu verkaufen, bereits benachrichtigt gewesen sei. Da sich nun der Kläger nicht darauf bezogen hat, daß der Brief und die Rechnung (abgesehen hier von deren im Wesentlichen verneinten Inhalte) gleichzeitig mit der Waare oder doch wenigstens vor Ausantwortung der letztern an G. N.'n in Beklagtens Besitz gelangt sei, so hat man die Klage als actio venditi nicht aufrecht erhalten können.

Sie ist aber auch als Schädenklage unschlüssig. Mit Recht ist von der vorigen Instanz bemerkt worden, daß es an jeder, auf einen dolus hinweisenden, thatsächlichen Angabe des Klägers fehlt. In Betreff einer culpa, deren Dasein — sofern sie außerhalb eines Vertragsverhältnisses den alleinigen Grund einer Schädenklage bilden soll — jederzeit thatsächlich begründet und dargethan werden muß, enthält die Klage nur das Anführen, daß der Beklagte die an ihn abgesendete Waare einige Tage nach deren Empfang an G. N.'n, welcher damals noch minorenn gewesen, ausgehändigt habe. Die ohne Bestellung erfolgte Zusendung der Waare verpflichtete an und für sich allein den Beklagten noch zu gar nichts; daß er sie nicht sogleich zurückwies, sondern einstweilen an sich nahm, begründet noch nicht die Annahme, daß er in ein Contractsverhältniß, insbesondere in das Verhältniß eines Depositar zu dem Kläger, welcher einen Vertrag der letztern Art seinerseits gar nicht beabsichtigte, getreten und in dessen Folge zur Vertretung irgend einer culpa gegen den Kläger verpflichtet worden sei, und wenn man darin, daß der Beklagte die bei ihm abgelieferte Waare dem ernannten G. N. verabfolgte, ohne sich vorher zu vergewissern, ob dessen Angaben richtig und denselben zur Empfangnahme berechtigte, eine an sich unberechtigte Verfügung über fremde Sachen erblicken wollte, so würde es immer noch sehr zweifelhaft sein, ob nicht der dem Beklagten hierbei treffende Mangel an Vorsicht durch die eigene Unvorsichtigkeit des Klägers ausgeglichen werden würde, wenn sich derselbe ohne die Zustimmung des Beklagten auf eine Bestellung des minorennen G. N. für den Beklagten eingelassen und die bestellten Waaren ohne Weiteres und ohne auf eine rechtzeitige Benachrichtigung des Beklagten bedacht zu sein, an den letztern abgesendet hat.

Aber auch abgesehen davon, würde eine Fahrlässigkeit des Beklagten immer nur eine Verbindlichkeit des letztern zum Ersatz des dem Kläger durch die vorzeitige Ausantwortung der Waare an G. N.'n wirklich entstandenen Schadens zur rechtlichen Folge haben. Nach der eigenen Darstellung des Klägers würde G. N. zunächst verpflichtet gewesen sein, dem Kläger die widerrechtlicher Weise an sich genommene Waare zu restituiren, oder wenn er dies nicht mehr konnte, den Werth derselben zu ersetzen. Erst wenn G. N. keiner von diesen beiden Verpflichtungen zu genügen im Stande gewesen wäre und der Kläger seine Waare auch sonst wieder zu erlangen nicht vermocht hätte, würde ein Schaden vorliegen, dessen Ersatz der Kläger auf Grund der dem Beklagten beigemessenen culpa zu beanspruchen berechtigt wäre. Nun ist aber wenigstens die Behauptung, daß G. N. außer Stande sei, den Werth der an sich genommenen Waaren zu ersetzen, nicht in schlüssiger Weise begründet. Denn einmal sind die Angaben, welche dieser bei Gelegenheit einer wider ihn geführten Untersuchung erstattet hat, nicht maßgebend für die Beurtheilung seiner Zahlungsfähigkeit, und dann enthält auch die Behauptung, daß G. N. nach diesen Angaben zahlungsunfähig sei, nur ein

Urtheil des Klägers ohne alle factische Unterlagen. Obschon schon dieser Theil der Klage vom Eidesantrag ausgeschlossen worden ist, hätte man doch, die culpa des Beklagten vorausgesetzt, immerhin Bedenken tragen müssen, auf einen Beweis zu interloquiren, bei dem sich gar nicht übersehen läßt, ob der Kläger geeignete Thatsachen anführen könne.

13.

Der Absender einer Waare ist i. Z. nicht berechtigt, vom Spediteur dem Adressaten zu viel angerechneten Speditionsverlag zu condiciren.

II. Sen.-Erk. v. 21. April 1863 no. 107/156.

Kläger führt in seiner Klage an, er habe die in der Klagbeifuge unter B verzeichneten Waaren dem Beklagten mit dem Auftrage übergeben, dieselben via Odessa franco Spesen an die russische Dampfschifffahrtscompagnie in Odessa zur weitern Verladung an deren Agentur nach Eupatoria und daselbst zur Verfügung S. R.'s in Simferopol zu befördern, die Fracht und die Spesen aber für Rechnung R.'s von A. S. in Odessa zu erheben. Gleichzeitig giebt Kläger zu, daß Beklagter den ihm ertheilten Auftrag ausgeführt habe, und ferner führt derselbe an, daß A. S. die von dem Beklagten angeblich in Pesth bei der Donaudampfschifffahrtsgesellschaft nachgenommenen 839 fl. an den Agenten dieser Gesellschaft in O. bezahlt habe. Indem er aber daneben behauptet, daß die letztgenannte Gesellschaft dem Beklagten für den Transport der Waaren von L. nach O. nur 341 fl. 78 kr. berechnet und zur Last geschrieben habe, verlangt er von dem Beklagten die Restitution der von ihm angeblich zu viel nachgenommenen 498 fl. 22 kr.

Nach dieser von dem Kläger selbst gegebenen Sachdarstellung mußte sich nun zunächst fragen, ob die letztere so beschaffen sei, daß anzunehmen wäre, der Kläger sei für seine Person berechtigt, den von ihm erhobenen Anspruch gegen den Beklagten geltend zu machen, und diese Frage hatte Man zu verneinen.

Nach allgemeiner Observanz erhält der Spediteur nur seine Unkosten und Auslagen von dem Empfänger der Waare, namentlich dann, wenn die letztere, was meistens der Fall ist, für Rechnung des Empfängers geht,

Treitschke, Kaufcontract, S. 192.

Brinkmann, Handelsrecht §. 113, S. 428. §. 114, S. 436. §. 116, S. 448.

und daher der letztere die Unkosten zu tragen hat. Im vorliegenden Falle aber sollte nach Klägers eigenem Anführen Beklagter in Gemäßheit des zwischen ihnen eingegangenen Vertrags bei A. S. in O. die Fracht und die Spesen für Rechnung S. R.'s, des Empfängers, erheben und hiernach war auch anzunehmen, daß die in der Klage erwähnten Waaren in der That für Rechnung R.'s gehen sollten und daß A. S. die in der Klage gedachte Nachnahme für Rechnung S.'s, nicht aber für die des Klägers zu bezahlen hatte. War aber Letzteres der Fall, so hatte auch im Zweifel nur R., nicht aber der Kläger, einen Anspruch an den Beklagten, wenn dieser von A. S. mehr hätte erheben lassen, als die durch den Transport der Waaren von L. nach O. entstandenen Kosten betrugen, indem solchenfalls die Mehrzahlung auf Kosten R.'s erfolgte, nicht aber auf die des Klägers. Es müßten deshalb noch andere factische Momente hinzutreten, wenn Klägers Forderung überhaupt ihre Begründung finden sollte. Nun hat allerdings Kläger in seine Klager noch angeführt, R. sei sein Schwiegervater und er, Kläger, habe denselben zur Empfangnahme der fraglichen Waaren, den A. S. aber zur Bezahlung der auf den letzteren ruhenden Fracht und Spesen für seine, des Klägers, Rechnung beauftragt gehabt, und es habe S. in seinem Auftrage auch für seine Rechnung die gedachte Nachnahme an den Agenten der Donaudampfschifffahrtsgesellschaft bezahlt. Allein auf das zwischen dem Kläger und dem genannten R. angeblich bestehende schwiegerschaftliche Verhältniß kommt bei der Beurtheilung der Sache, wie einer weitern Darlegung nicht bedarf, überhaupt etwas nicht an, und ebensowenig kann das übrige Anführen Klägers ein Klagrecht des letzteren ohne Weiteres fundiren. Denn hätte auch Kläger den erwähnten Auftrag an R. und S. wirklich ertheilt, so würde doch immer hierdurch allein das vertragsmäßig zwischen ihm und dem Beklagten festgestellte Verhältniß des letztern zu R. und S. an sich nicht berührt worden sein, da Kläger davon, daß Beklagter von ihm darüber unterrichtet worden sei, daß R. die Waare nur für ihn in Empfang nehmen und S. nur für ihn und seine Rechnung die Fracht und Spesen bezahlen werde, nichts erwähnt hat. Aber auch abgesehen hierron ist des Klägers gedachtes Anführen, namentlich auch die Behauptung, daß S. für seine, des Klägers Rechnung gezahlt habe, zu allgemein und unbestimmt, als daß der darüber gebrauchte Eidesantrag für statthaft erachtet werden könnte, indem eine nähere Angabe darüber, in welcher Weise und wann der Kläger jene Aufträge ertheilt habe, ebenso zu vermissen ist, als eine speciellere Darlegung der factischen Umstände, aus denen zu entnehmen sein würde, daß S. die fragliche Zahlung für den Kläger geleistet habe.

14.

Ansprüche auf Miethzins gegen Gastwirthe gehören weder nach der Leipziger HGO., noch nach dem HGB.'e zur Competenz der Handelsgerichte.

II. Sen.-Erk. v. 1. Mai 1863 no. 268/238.

Das OAG. hat den in der vorigen Instanz vollkommen sachgemäß aufgestellten Gründen, in welchen nachgewiesen wird, daß durch die Leipziger HGO. vom 21. Dec. 1682 die Zuständigkeit des Handelsgerichts in Bezug auf die wegen schuldiger Miethzinsen gegen Gastwirthe erhobenen Klagen nicht begründet sei, durchgängig beizutreten gehabt, und Klägerin ist nicht vermögend, durch die Bezugnahme auf einen im Jahre 1808 vorgekommenen, von Haensel, HGProzeß, S. 41 a. E., erwähnten einzelnen Fall, die Behauptung der Existenz eines im Sinne des gedachten Gesetzes offenbar nicht liegenden Gerichtsbrauchs zu rechtfertigen.

Was aber die Bestimmungen des HGB.'s anlangt, wenn Man deren Anwendbarkeit nicht als ausgeschlossen durch das Anhängigwerden des Prozesses vor dem Eintritt der gesetzlichen Gültigkeit desselben achten wollte, so würde allerdings der Zweifel aufgeworfen werden können, ob unter den im 275. Artikel aus der Kategorie der Handelsgeschäfte ausgeschiedenen und somit auch der Competenz der Handelsgerichte entnommenen Verträgen über unbewegliche Sachen Miethverträge über Räumlichkeiten gezählt werden könnten. Allein die Bestimmung am Schlusse des 8. §. der Ausführungsverordnung vom 30. Dec. 1861, welcher sich im Eingange als Erläuterung zu Art. 271 bis 276 des HGB.'s zu erkennen giebt, läßt deutlich erkennen, daß Miethverträge an sich als zur Competenz der Handelsgerichte nicht gehörend betrachtet worden sind, und daß eine Ausnahme eben nur in dem in der HGO. vorgesehenen Falle einzutreten habe, wo es sich um Ansprüche gegen Kaufleute aus Miethverträgen über Handelslocalitäten handelt und es würde durchaus unzulässig sein, diese Ausnahmebestimmung auf Fälle auszudehnen, welche sie nicht ausdrücklich benannt hat.

15.

Die Einrede, daß der später unter Cura gestellte Wechselschuldner bereits zu Zeit der betreffenden Wechselzeichnung dispositionsunfähig gewesen sei, kann im Wechselprozesse nicht durch nachträgliche gutachtliche Zeugnisse von Aerzten in Liquidität gestellt werden. — Zu Art. 1, 82 der ADWO.

II. Sen.-Erk. v. 7. Mai 1863 no. 279/246.

Beklagter hat excipirt, daß seine Curandin bereits bei Ausstellung der der Klage zu Grunde liegenden beiden Tratten, also im Monate September 1861 dispositionsunfähig gewesen sei. Wäre diese Behauptung freilich liquid, so würde, da Handlungen der Wahn- und Blödsinnigen, ungeachtet solche zu einer Zeit erfolgt, da ihnen ein Vormund noch nicht bestätigt worden, nach allgemeinen Rechtsgrundsätzen, wie nach ausdrücklicher Vorschrift der allgem. Vorm.-Ordnung Cap. XXIV, §. 4 zu Recht nicht bestehen, der regreßmäßige Anspruch Klägers der Begründung entbehren. Allein, wie bereits in beiden vorigen Instanzen zur Genüge nachgewiesen worden ist, liegt für die Behauptung des Beklagten zur Zeit kein genügender Beweis, am wenigsten ein solcher durch Urkunden vor, wie er nach der Natur der gegenwärtigen Prozeßart unter allen Umständen erfordert wird. Was von dem Beklagten zur Bescheinigung beigebracht worden ist, beschränkt sich vielmehr lediglich auf die Aussprüche ärztlicher Sachverständiger, welche aus Auslaß der Frage, ob die Curandin Beklagtens zu bevormunden sei, und lediglich zu diesem Zwecke, noch überdies lange nach der Zeit, zu welcher die fraglichen Wechsel ausgestellt worden sind, von der Vormundschaftsbehörde erfordert worden sind, welche Aussprüche und Gutachten, abgesehen von deren Relevanz für die hier in Rede stehende Zeitperiode, wie Beklagter sich selbst sagen muß, nicht die Natur eines Urkundenbeweises dadurch erlangt haben, daß sie schriftlich und beziehentlich in protokollarischer Form zu den Acten gelangt sind. Hierbei ist, soviel insonderheit das nachträgliche Gutachten des Gerichtsarztes betrifft, auf welches Beklagter besonderes Gewicht legt, noch überdies nicht einmal abzusehen, welchen Anlaß der genannte Gerichtsarzt, zumal nach bereits erfolgter Vormundschaftsbestellung, dazu gehabt hat, in der geschehenen Maße über die Zeit, von welcher an die psychische Störung der v. Z. begonnen habe, amtlich sich auszusprechen und schon dieserhalb stellt dessen Gutachten im vorliegenden Prozesse als unbeachtlich sich dar, ganz abgesehen davon, daß dasselbe nach des Sachverständigen eigener Angabe eben nur auf Wahrscheinlichkeitsgründen beruht. Unter diesen Umständen muß erwartet werden, ob Beklagter sein Vorbringen in der Widerklage oder sonst weiter auszuführen und erweislich zu machen im Stande sein wird, was ihm selbstverständlich unbenommen bleibt.

16.

Zur Lehre vom Domicilwechsel. — Kann ein mangelhaftes Domicil in Folge Einverständnisses der Parteien für ein wirkliches angesehen werden?

II. Sen.-Erk. v. 19. März 1863 no. 133/124.*)

Mit der Ansicht zweiter Instanz, daß der Bl. ersichtliche Wechsel, um als Domicilwechsel angesehen werden zu können, die Angabe

---

*) Acceptirte Tratte dd. Leipzig, d. 1. Aug. 1861 von Franz N., Ordre eigene, auf Louis J. in Z. (einem Orte bei Leipzig) zahlbar ult. Oct., groß 300 Thlr. Unter der Zahlungsadresse (Herrn Louis J. in Z.) die Worte: Domicil bei Herren Hammer Schmidt. In tergo Blancogiro des Trassanten. — Protest auf Requisition des Trassanten in Leipzig bei „den Domiciliaten Herren Hammer & Schmidt.“ Beklagtens Einwendungen gingen dahin, daß der Wechsel, obschon Leipzig als Domicil nicht ausdrücklich erwähnt war,

eines von dem Wohnorte des Bezogenen verschiedenen Zahlungsorts enthalten müsse, hat sich Beklagter ausdrücklich einverstanden erklärt, und seine Einwendungen gegen die Statthaftigkeit der erhobenen Klage sind daher jedenfalls unerheblich. Denn als Zahlungsort erscheint in dem gedachten Wechsel in Gemäßheit der Vorschrift der ADWO. §. 4 sub 8 in Ermangelung anderer Bestimmung der bei dem Namen des Beklagten als Bezogenen, bezeichnete, zugleich als dessen Wohnort zu betrachtende Ort Z., nicht der Ort der Ausstellung L. Zwar hat Kläger selbst den zuletzt gedachten Ort als Zahlungsort betrachtet. Allein, abgesehen von der Frage, ob durch einen außerhalb des Wechsels bestehenden Vertrag dem Erstern eine rechtliche Qualification verliehen werden könne, die in dem Papiere selbst nicht ausgedrückt ist und nach allgemeinen wechselrechtlichen Grundsätzen abzusprechen sein würde, wäre eine prozessualische Wirkung jener Herauslassung unter den Parteien jedenfalls nur aus dem Gesichtspunkte des Einverständnisses über diesen Punkt denkbar. Ein Einverständniß der Parteien ist jedoch, wie die vorige Instanz Bl. bereits gezeigt hat, nicht vorhanden. Die vom Kläger angenommene Domicilirung bei „Hammer & Schmidt“ in Leipzig stimmt mit der Angabe des Beklagten, welcher vielmehr allenthalben „Hammer Schmidt“ in Leipzig — eine von der vorgenannten Firma angeblich verschiedene Firma oder Person — als Domiciliaten betrachtet wissen will,

---

nicht bei Hammer Schmidt (einer nicht existirenden Firma), sondern bei Hammer & Schmidt (einem bekannten Bankierhause) in Leipzig präsentirt und protestirt sei. Obschon also beide Theile darüber einverstanden schienen, daß das Papier in Leipzig bei einem benannten Domiciliaten domicilirt gewesen, nur daß sie über dessen Person stritten, nahmen die Instanzen an, daß ein Wechsel mit benannten Domiciliaten im Sinne des Art. 43 nicht vorliege, weil, beim Mangel eines vom Zahlungsorte Z. verschiedenen Domicilorts auf dem Wechsel selbst, anzunehmen, daß Hammer Schmidt eine in Z wohnhafte Person, also nicht Domicil, sondern nur Zahlungsadresse sei, es somit zu Salvirung des Anspruchs gegen den Acceptanten der Protestation gar nicht bedurft habe, und folglich der Streit über die Person des Domiciliaten ein müßiger sei. Es wurde daher bei der Condemnatoria Imae belassen und von der IIda nur der Ansatz von Protestkosten aus dem Liquidum ausgeschieden. Hierüber hatte die IIIia auf Beklagtens Rechtsmittel sich auszusprechen keine Veranlassung.

nicht überein. Das Anführen des Klägers enthält mithin kein Zugeständniß der exceptivischen Behauptung des Beklagten, und muß deshalb als Ausfluß irriger Rechtsdeduction unbeachtet bleiben.

17.

„Mit beiderseitigem Einverständnisse" im Art. 91 der ADWO.

II. Sen.-Erk. v. 23. April 1863 no. 478/822 v. 1862.

Nach Vorschrift des Art. 91 der DAWO. müssen die Präsentation, die Protesterhebung, die Abforderung eines Wechsel-Duplicats, sowie alle sonstigen bei einer bestimmten Person vorzunehmenden Acte in deren Geschäftslocal und in Ermangelung eines solchen in deren Wohnung vorgenommen werden. An einem andern Orte soll dies nur mit beiderseitigem Einverständnisse geschehen. Im vorliegenden Falle ist Inhalts der Protesturkunden hinsichtlich der gedachten beiden Wechsel die Protestaufnahme von dem zu diesem Geschäfte requirirten Notare in dessen eigener Wohnung, nicht aber in dem Geschäftslocale oder in der Wohnung derer, bei denen die Zahlung zu suchen war, bewirkt worden und es ist in den Protesturkunden speciell bemerkt, daß dies mit ausdrücklicher Genehmigung dessen, dem die Wechsel vorgelegt worden, geschehen sei. Nun ist in der angeführten Stelle der Wechselordnung allerdings nicht mit ausdrücklichen Worten gesagt, welche Personen bei dem Ausdrucke: „mit beiderseitigem Einverständnisse" gemeint seien, allein soviel ist gewiß und liegt in der Natur der Sache, daß auf der einen Seite nur derjenige, gegen welchen protestirt werden soll, und auf der andern nur entweder der von dem Wechselinhaber zur Protestation requirirte Notar oder Gerichtsbeamte oder der requirirende Wechselinhaber selbst gemeint worden sein kann. Die Appellanten stellen selbst nicht in Zweifel, daß im concreten Falle die Protestation in Ordnung sein würde, wenn man anzunehmen hätte, daß die Wechselordnung ein Einverständniß des Protestaten und des requirirten Notars im Sinne gehabt habe; sie sind aber mit der ersten Instanz der Ansicht,

a) daß das Gesetz nur den Protestaten einer Seits und den Wechselinhaber, welcher zur Protestation requirirt habe, anderer Seits gemeint haben könne und

b) daß zur Gültigkeit der Protestation es des speciellen Nachweises des Einverständnisses des Requirenten bedurft habe. Allein wollte und müßte man ihnen auch in der Hinsicht unter a beipflichten, so könnte dies doch in keinem Falle hinsichtlich des Satzes unter b geschehen, denn wenn, wie sich gar nicht in Zweifel ziehen läßt, ein Notar oder Gerichtsbeamter, welcher vom Wechselinhaber mit Vornahme der Protestation beauftragt wird, die Obliegenheit hat, den Protestationsact im Interesse des Requirenten in denjenigen Formen auszuführen, welche für denselben vorgeschrieben und nothwendig zu beobachten sind, damit ihm Giltigkeit und rechtliche Wirkung gesichert werde, so folgt von selbst, daß man den Beauftragten zugleich für ermächtigt zu achten hat, da, wo das Gesetz selbst unter gewissen Voraussetzungen Ausnahmen von der als Regel vorgeschriebenen Form ohne Benachtheiligung der Wirkung der Handlung gestattet, nach seinem Ermessen bei dem Vorhandensein dieser Voraussetzungen in der von dem Gesetze nachgelassenen Weise von sothanen Formen abzugehen, dergestalt, daß es nicht erst eines besondern Nachweises bedarf, daß der Auftraggeber damit einverstanden gewesen sei, daß das Mandat gerade so ausgeführt werde, wie der ihm und nur ihm verantwortliche Beauftragte es gethan hat. In alle Wege sind also die fraglichen Protestationen nachgewiesener Maßen in gehöriger Ordnung erfolgt und es bedarf nicht einmal noch der besondern Hinweisung darauf, daß der Wechselinhaber, indem er jetzt zur Begründung seines Anspruchs die Protesturkunden mit für sich anzog, deutlich zu erkennen gab, daß er alles dasjenige genehmige, was der von ihm requirirte Notar mit den betreffenden Wechselverbundenen wegen des Orts der Protestaufnahme vereinbart hatte.

18.

Präsumtion für die Legalität der im Auslande erfolgten Protestaufnahmen. — Zu §. 86 der ADWO. — Rescr. v. 12. März 1812.

II. Sen.-Erk. v. 22. Mai 1863 no. 217/211.

Nach Art. 86 der ADWO. entscheidet über die Form der mit einem Wechsel an einem ausländischen Platze zur Ausübung oder

Erhaltung des Wechselrechts vorzunehmenden Handlungen das dort geltende Recht. Da im vorliegenden Falle der der erhobenen Wechselklage zu Grunde gelegte, von der A.-F.-Kohlenbergbaugesellschaft zu London acceptirte, von dem Aussteller und Remittenten F. G. zu A. an den Beklagten girirte Wechsel zur Verfallzeit — am 1. Mai 1862 — in London zahlbar war und Inhalts der von einem verpflichteten Dolmetscher übersetzten Protesturkunde von einem Londoner Notar in London wegen Mangels Zahlung protestirt worden ist, so ist zufolge der Rechtsregel: locus regit actum die Frage über die Nothwendigkeit, die Zeit und Art, sowie die äußere Form des Protestes nach englischem Rechte zu beurtheilen. In dem beigebrachten Proteste selbst hat sich der Aussteller desselben als gesetzmäßig immatriculirter und verpflichteter öffentlicher Notar bezeichnet. Nicht minder findet sich auf dem beigedruckten Notariatssiegel die Umschrift: William Duff, notary public. London. Eine gesetzliche Vorschrift aber, nach welcher die von ausländischen Notaren aufgenommenen Protesturkunden nur dann Beweiskraft haben, wenn sie mit einer diplomatischen Beglaubigung versehen sind, existirt in Sachsen nicht, vielmehr hängt die Entschließung, ob eine solche Beglaubigung zu Herstellung der richterlichen Ueberzeugung von der Aechtheit der ausländischen Urkunde erforderlich sei, vom richterlichen Ermessen ab und ist jedenfalls im vorliegenden Falle entbehrlich, da für die Aechtheit der Urkunde das aufgedrückte amtliche Siegel streitet. Ebenso unbegründet ist das Verlangen des Beklagten, daß vor Einleitung des Wechselverfahrens vom Kläger der Nachweis geführt werde, daß der beigebrachte Protest allenthalben den Vorschriften des englischen Rechts entspreche, da mit Rücksicht auf die Vermuthung der Legalität, welche für die von einem öffentlichen Beamten vorgenommenen Handlungen streitet, davon ausgegangen werden muß, daß der Aussteller der Protesturkunde die im englischen Rechte in Betreff der Abfassung derselben geltenden gesetzlichen Bestimmungen beobachtet habe. Dieser Grundsatz ist in Sachsen durch das Rescript vom 12. März 1812 (III. C. C. A. Tom. II, p. 612) anerkannt worden, indem dasselbe in §. 3 vorschreibt, daß, wenn ein im auswärtigen Orte aufgenommener Wechselprotest producirt werde, gleichwohl, wie es sich mit dem Gebrauche an dem Orte, wo derselbe aufgenommen worden, verhalte, nicht mit Gewißheit bekannt sei und deshalb sofortige Bescheinigung nicht beigebracht werden könne, ein solcher Protest mit Hinblick darauf, daß dem Kläger die Vermuthung, daß der Protest der Vorschrift oder dem Herkommen des Orts, wo derselbe aufgenommen worden, gemäß eingerichtet worden sei, zur Seite stehe, für giltig angesehen und daraus unter der Voraussetzung, daß die übrigen Umstände dazu geeignet seien, nach Wechselrecht verfahren werden solle. Wie bereits Bl. hervorgehoben worden ist, kann nun zwar das nurgedachte Rescript vom 12. März 1812 in Folge der durch das Einführungsgesetz zur ADWO. §. 10 und das Gesetz über den Wechselprozeß vom 7. Juni 1849 §. 53 ausgesprochenen allgemeinen Aufhebung aller bisherigen auf Wechselrecht und Wechselprozeß bezüglichen Vorschriften nicht als unmittelbare Rechtsquelle benutzt werden. Dessen ungeachtet beruht der darin ausgesprochene Rechtssatz der Präsumtion für die Legalität öffentlicher Acte auf allgemeinen Rechtsprincipien,

Biener, Opuscula, quaest. cap. 43. Vol. II., S. 188 fg.

welche jetzt noch Giltigkeit haben. Es kann daher dem Kläger, welcher sich auf einen von einem ausländischen Notar aufgenommenen Wechselprotest Behufs der Begründung seines Regreßanspruchs bezieht, der Nachweis, daß dieser Protest den am Orte der Aufnahme bestehenden gesetzlichen Vorschriften entspreche, nicht angesonnen werden, vielmehr liegt dem Beklagten die genaue Angabe derjenigen Mängel, an welchen der Protest mit Rücksicht auf die ausländische Gesetzgebung leidet und der Nachweis der einschlagenden Bestimmungen des ausländischen Gesetzes ob.

Archiv f. deutsches Wechselrecht, Bd. IV., S. 214 fg. Bd. V., S. 411 fg.

Ferner stimmt Man mit der vorigen Instanz überein, daß die vorliegende Protesturkunde ihrem Inhalte nach den Erfordernissen entspricht, welche in der deutschen Wechselordnung Art. 88 und Art. 91 für die Proteste und beziehentlich für die Präsentation von Wechseln zur Zahlung aufgestellt worden sind. Es bedarf keines nähern Eingehens auf diesen Theil der Rationen, weil die Vorschrift des Art. 86 der WO., daß im Betreff der im Auslande zur Ausübung oder Erhaltung des Wechselrechts vorgenommenen Handlungen das ausländische

Recht entscheide, so bestimmt ist, daß eine etwaige Verletzung des fremden Rechts bei Aufnahme des Protestes durch den zufälligen Umstand, daß der Protest den Anforderungen des inländischen Gesetzes entspricht, nicht sanirt werden kann, indem in dieser Beziehung die Vorschrift des Art. 86 von den Bestimmungen des Art. 84 und 85 der ADWO. sich wesentlich unterscheidet.

Archiv f. Wechselr. Bd. V., S. 414 fg.

Daß nun aber der Verfasser des Protestes bei Präsentation des Wechsels zur Zahlung oder bei Aufnahme des Protestes den Vorschriften des englischen Rechts entgegen gehandelt habe, ist vom Beklagten, wie ihm nach Vorstehendem oblag, weder mit Bestimmtheit behauptet, noch nachgewiesen worden.

19.

Daß der Protestnotar mit dem Domiciliaten verwandt ist, hat auf die Giltigkeit des Protestes keinen Einfluß.

II. Sen.-Erk. v. 28. Mai 1863 no. 353/282. *)

Es steht dem Kläger gegenüber rechtskräftig fest, daß der Umstand, es sei der Notar M. E., welcher den Protest aufgenommen, ein Bruder des in dem Wechsel benannten Domiciliaten, in Liquidität beruhe. Die vorige Instanz hat jedoch diesem zwischen dem betreffenden Notar und dem Domiciliaten bestehenden Verwandtschaftsverhältniß einen Einfluß auf die Giltigkeit des gedachten Protestes nicht zugestanden und Man hat ihr auch bei nochmaliger Erwägung der Sache beizupflichten gehabt.

Die Notariatsordnung vom 3. Juni 1859 §. 11 verbietet unter Anderm dem Notar die Vornahme einer Amtshandlung, wenn bei derselben

1. der Notar selbst, oder

2. eine mit ihm in gerader Linie oder bis mit dem 3. Grade in der Seitenlinie verwandte oder verschwägerte Person bei der Amtshandlung betheiligt ist.

---

*) Unter ziemlich gleichen Verhältnissen erkannte das OAG., conform mittelst II. Sen.-Erk. v. 9. Juni 1863 no. 372/322.

Hieran schließt das Gesetz unter 3 den weitern Fall an, wenn die Amtshandlung eine Verfügung zu des Notars eigenem Vortheil oder zu dem der vorgenannten mit ihm verwandten oder verschwägerten Personen betrifft.

Das Gesetz hat daher hier zwei, im Uebrigen gleich beurtheilte Gattungen von Fällen unterscheiden wollen und indem es die Amtshandlungen, welche eine Verfügung zu Gunsten des Notars oder der mit ihm in der angegebenen Weise verwandten oder verschwägerten Personen zum Gegenstand haben, von den Amtshandlungen, bei denen der Notar selbst oder die nurerwähnten Personen betheiligt sind, von einander trennt, läßt es deutlich erkennen, daß es unter der Betheiligung des Notars oder der mit ihm verwandten oder verschwägerten Personen nicht etwa bloß das Interesse, welches diese Personen beziehentlich der Notar selbst an der Vornahme der ihren Vortheil betreffenden Amtshandlung haben, hat verstehen wollen, sondern daß es jenen Ausdruck in einem andern Sinne gebraucht habe. Dieser Sinn aber läßt sich, wenn man eben berücksichtigt, daß es sich dabei um das unter 3 erwähnte mittelbare Interesse nicht handeln kann, nicht füglich anders auffassen, als dahin, daß mit dem gedachten Worte die unmittelbare Betheiligung, die eigene thätige Mitwirkung bei dem Geschäfte, rücksichtlich dessen die Amtshandlung vorgenommen werden soll, habe ausgedrückt werden sollen.

In diesem Sinne definirt auch zugleich, wie schon Bl. bemerkt worden, das Gesetz selbst in §. 14 den Begriff „der Betheiligten", wenn es dort letztere als diejenigen Personen bezeichnet, welche vor dem Notar ein Rechtsgeschäft aufnehmen wollen, und auch die bereits von der vorigen Instanz ausgehobenen sonstigen Stellen des Gesetzes, welche von den Betheiligten sprechen, bedienen sich dieses Ausdrucks in keiner andern Bedeutung, indem es unter denselben theils diejenigen Personen begreift, auf deren Verlangen der Notar eine Amtshandlung vorzunehmen hat,

vergl. §. 1 unter 1, 2, 3. §. 13. §. 17. §. 27 unter 6. §. 49. §. 50.

theils diejenigen, welche bei dieser Handlung selbst und der Vornahme des betreffenden Rechtsgeschäfts concurriren.

vergl. §. 15, 20, 22, 23, 24, 26 unter 3, 6, 7, 10. §. 28, 29, 32, 34, 35, 45, 49, 51, 58, 65, 75.

In dem gleichen Sinne wird auch jenes Wort in der Ausführungsverordnung vom 3. Juni 1859

vergl. §. 9 unter C 3. §. 12.

und ebenso in der Taxordnung für die Notare Cap. I., §. 5 unter 2. §. 8 gebraucht; und wollte man die erwähnte Betheiligung nicht dahin auffassen, daß unter ihr die unmittelbare Betheiligung an dem betreffenden Rechtsgeschäfte, auf welches die Amtshandlung sich bezieht, zu verstehen sei, so würde namentlich auch nicht zu erkennen sein, welche Fälle der Gesetzgeber bei dem Verbot einer Amtshandlung, bei welcher der Notar selbst betheiligt ist, habe treffen wollen. Geht man nun hiervon aus, so kann man zuvörderst dahin gestellt sein lassen, ob, wie die vorige Instanz angenommen zu haben scheint, die Bestimmung in §. 11 unter 2 auf Wechselproteste überhaupt keine Anwendung zu finden habe. Denn wollte man auch dem nicht beitreten, da nach dem nämlichen §. nur die dort unter no. 4, 5 und 6 aufgeführten Vorschriften als solche bezeichnet sind, welche hinsichtlich der Aufnahme von Wechselprotesten Anwendung nicht zu finden haben und §. 52 nur bestimmt, daß rücksichtlich der Erhebung und Ausfertigung von Notariatsprotesten und der über dieselben zu haltenden Register die ADWO. Art. 87 fg. maßgebend bleibe, so würde doch immer in dem Falle, wenn der Notar einen Wechsel bei dem darin benannten Domiciliaten zur Zahlung zu präsentiren hat, der letztere unter den Begriff der Betheiligten in dem oben erwähnten Sinne nicht zu subsumiren sein.

Denn, wie bereits in voriger Instanz erwähnt worden, steht der bloße Domiciliat an sich nicht mit im wechselrechtlichen Nexus, er ist auch in gedachter seiner Eigenschaft allein, nicht ohne Weiteres als Beauftragter des Ausstellers oder Acceptanten zu betrachten, so daß er von diesem Gesichtspunkte aus vermöge des Repräsentationsverhältnisses zu seinem Auftraggeber als mitbetheiligt angesehen werden müßte, sondern er erscheint zunächst nur als diejenige Person, an welche der Wechselinhaber zur Verfallzeit des Wechsels sich zu wenden hat, um bei ihr seine Befriedigung durch den Wechselschuldner zu erhalten, mithin nur als Zahlungsstelle. Aus seiner Weigerung, die

Zahlung zu leisten, erwachsen für ihn auf Grund seiner Domiciliateneigenschaft allein keine Nachtheile, er kann von dem Wechselgläubiger nicht in wechselmäßigen Anspruch genommen werden und wenn er auch nach Befinden dann, wenn er von dem Aussteller oder Acceptanten bereits vorher Deckung erhalten oder die Leistung der Zahlung auch ohne solche ausdrücklich versprochen gehabt hätte, einem Schädenanspruch des Ausstellers, beziehentlich des Acceptanten ausgesetzt sein kann, so sind doch das specielle, besonders zu bescheinigende und von der wechselrechtlichen Formalität der Protestaufnahme unabhängige Verhältnisse, die hier nicht weiter in Berücksichtigung zu ziehen sind. Der Notar, welcher Auftrag hat, den betreffenden Wechsel bei dem Domiciliaten zur Zahlung zu präsentiren, hat daher auch weiter nichts zu thun, als den Wechsel vorzulegen und, wenn die Zahlung verweigert wird, oder sonst nicht zu erlangen ist, solches durch die Protestaufnahme zu constatiren. Der Domiciliat aber ist, eben weil er ganz außerhalb des Wechselnexus steht, als ein bei dieser einseitigen Amtshandlung des Notars Betheiligter in dem oben angegebenen Sinne nicht zu betrachten; er wirkt bei dieser Handlung nicht mit und handelt nicht vor dem Notar, sondern er giebt nur, wenn er nicht zahlt, seine Erklärung ab, daß er die Zahlung zu leisten nicht gemeint sei und diese Erklärung lediglich hat der Notar in der Protesturkunde niederzulegen.

Ist nun aber hiernach der Domiciliat als ein Betheiligter im Sinne des §. 11 unter 2 nicht anzusehen, so war auch im vorliegenden Falle der Notar E. unbehindert, bei seinem Bruder, als derjenigen Person, bei welcher der oberwähnte Wechsel domicilirt war, Protest zu erheben. Es bedurfte demnach auch keines weitern Eingehens auf die Frage, ob das an der nur allegirten Gesetzesstelle ausgesprochene Verbot auch auf solche Fälle anzuwenden sei, wo eine de in §. 1 unter 3 und §. 50 gedachten Erklärungen von dem Notar einer der in §. 11 unter 2 erwähnten Personen zu eröffnen wäre, indem selbst dann, wenn man diese Frage bejahen wollte, doch immer ein Rückschluß auf die Ungiltigkeit des hier in Rede stehenden Protests um deswillen schon ausgeschlossen sein würde, weil §. 1 unter 3 und §. 50 nur von solchen Erklärungen handeln, die sich auf ein zwischen dem Auftraggeber des Notars und der betreffenden dritten Person bestehendes Rechtsverhältniß beziehen und geeignet sind, zwischen denselben rechtliche Wirkungen hervorzubringen, ein Rechtsverhältniß aber zwischen dem Wechselinhaber und dem Domiciliaten überhaupt nicht besteht.

20.

Zur Lehre von der Bereicherungsklage nach Art. 83 der ADWO.

II. Sen.-Erk. v. 2. Mai 1863 no. 23/247.

Die Verfasser des vorigen Erkenntnisses sind zunächst richtiger Weise davon ausgegangen, daß die angestellte Klage als eine nach Art. 83 der ADWO. zu beurtheilende Bereicherungsklage aufzufassen sei und sie haben angenommen, daß eine Bereicherung des Beklagten zum Nachtheil Klägers dann vorliegen würde, wenn

1. Beklagter das Bl. bezeichnete Braunkohlenwerk mit den daselbst genannten Genossen erkauft und vom Verkäufer übergeben erhalten,
2. den Kaufpreis, soweit derselbe von ihm mit Uebereinstimmung des Verkäufers dadurch zu gewähren gewesen, daß er die Bl. erwähnte Forderung des Klägers an diesen tilgen sollen, theils baar, theils durch Ausstellung und Uebergabe des Wechsels an den Kläger abgeführt,
3. diesen Wechsel aber nur zum Theil bezahlt habe, während der Wechsel inzwischen durch Verjährung erloschen sei, und
4. Kläger gegen Empfang des gedachten Wechsels die Bl. abschriftlich befindliche Quittung ausgestellt und dem Beklagten behändigt, dadurch aber auf seine ursprüngliche Forderung verzichtet habe.

Man hat nun diese Punkte unter 1 bis 3 theils als in der Klage enthalten, theils als von dem Beklagten zugestanden und dadurch als ergänzt betrachtet. Da jedoch aus der Darstellung in der Klage noch nicht folge, daß Kläger durch die Schuldübernahme Seiten des Beklagten zugleich seiner ursprünglichen Forderung gegen den ursprünglichen Schuldner verlustig gegangen sei, und nun die Behauptung des Beklagten selbst, daß Kläger gegen Ausstellung des erwähnten Wechsels die angezogene Quittung dem Beklagten eingehändigt habe, die Annahme zulasse, daß Kläger durch jene, das unumwundene Bekenntniß erhaltener Befriedigung aussprechende Quittung auch seinen ursprünglichen Schuldner von seiner Verbindlichkeit befreit habe, gleichwohl aber diese, als ein Geständniß aufzufassende Behauptung Beklagtens dadurch beschränkt erscheine, daß von letzterem gleichzeitig bemerkt worden sei, es habe Kläger die gedachte Quittung nur in Folge eines von ihm, dem Beklagten, verhangenen Irrthums auf 245 Thlr. ausgestellt, während sie nur auf 183 Thlr. 22 Ngr. 5 Pf. zu lauten gehabt hätte, hiernach aber der Quittung nur nach Höhe des letztern Betrags eine Wirkung zum Nachtheil des Beklagten beigelegt werden könne, ist man zu der Ansicht gelangt, daß nur in Betreff einer Summe von 83 Thlr. 22 Ngr. 5 Pf. als desjenigen Betrags, welcher verbleibe, wenn man von den 183 Thlr. 22 Ngr. 5 Pf. nach Klägers Geständniß die auf den Wechsel bereits gezahlten 100 Thlr. in Abrechnung bringe, eine Bereicherung des Beklagten zum Nachtheil Klägers vorliegen würde, daß dagegen die Klage wegen des Mehrgeforderten der schlüssigen Begründung entbehre. Demgemäß ist Klägers Suchen in Betreff des Mehrgeforderten in der angebrachten Maße abgewiesen worden.

Bei nochmaliger Erwägung der Sache hat Man sich nun aber dieser Meinung nicht anschließen können.

Wenn nämlich der Beklagte bei Gelegenheit der Erkaufung des in der Klage erwähnten Braunkohlenwerks mit seinen übrigen Mitkäufern die dem Kläger damals an den Verkäufer noch zustehende Forderung auf die von ihnen zu zahlende Kaufsumme zur Berichtigung an den Kläger übernahm und dem damals mitconcurrirenden Kläger gegenüber sich verpflichtete, den vierten Theil dieser Summe im Betrage von 446 Thlr. 7 Ngr. 6 Pf. an denselben zu bezahlen und wenn dann weiter Beklagter unter dem 5. Septbr. 1857 wegen des von ihm bis dahin nicht abgeführten Rests einen Wechsel über 245 Thlr. ausstellte, dieser Wechsel aber dann durch Verjährung erlosch, so erlangte Beklagter, da er solchenfalls seinen Antheil an dem Braunkohlenwerk erwarb, ohne zugleich nach Höhe der in dem Wechsel verschriebenen Summe ein Entgelt zu gewähren, nach diesem Betrage eine Vermehrung seines Vermögens, auf welche er einen rechtlich begründeten Anspruch nicht hatte, und zwar geschah solches zum Nachtheil des Klägers, der wegen seiner Befriedigung nach Höhe des von dem Beklagten übernommenen Antheils des dem Kläger gegen den Verkäufer zustehenden Anspruchs an den Beklagten ein Forderungsrecht erlangt hatte und der später, nachdem er sich zuvor von dem Beklagten wegen des von diesem noch nicht abgezahlten Theils der übernommenen Schuld, einen Wechsel hatte ausstellen lassen, durch den Eintritt der Wechselverjährung sich außer Stand gesetzt sah, seine Befriedigung auf Grund des Wechsels zu erreichen. Diese Bereicherung des Beklagten trat aber dem Kläger gegenüber mit dem Zeitpunkte selbst ein, zu welchem der erwähnte Wechsel durch Verjährung erlosch und sie bestand für ihn eben darin, daß der Kläger seines wechselmäßigen Anspruchs auf diese Weise verlustig ging und für Beklagten seine Verpflichtung zur Zahlung der Wechselsumme fortfiel. Hiernach kann nun darauf, ob dem Kläger etwa noch die Möglichkeit gegeben war, wegen desjenigen Theils der von seinem ursprünglichen Schuldner dem Beklagten zur Berichtigung an den Kläger überwiesenen Forderung, welche von dem Beklagten durch die von ihm bereits geleisteten Zahlungen nicht abgeführt worden war, auf Grund des ursprünglichen, zwischen ihm und dem ursprünglichen Schuldner constituirten Rechtsverhältnisses an den letztern sich halten und auf diesem Wege dem Schaden, den er durch die Verjährung des Wechsels dem Beklagten gegenüber erlitt, wieder beikommen zu können, ein weiteres Gewicht nicht gelegt werden. Denn wäre auch der ursprüngliche Schuldner Klägers diesem noch verhaftet geblieben, und hätte daher auch Kläger gegen denselben noch ein Klagrecht, so wird doch hierdurch, auch selbst angenommen, es könne auf eine Befriedigung Klägers bei den von dem Beklagten selbst als schlechte bezeichneten Vermögensverhältnissen seines ursprünglichen Schuldners gerechnet werden, in dem Rechtsverhältniß des Klägers zu dem Beklagten etwas Wesentliches nicht geändert, vielmehr erscheint Beklagter dem Kläger gegenüber immerhin nach Höhe der Wechselsumme bereichert und die Existenz eines anderweiten Klagerechts des Klägers gegen eine dritte Person hebt das Vorhandensein jener Bereicherung des Beklagten zum Nachtheil des Klägers nicht auf. Höchstens dann würde noch in Frage kommen können, ob eine Bereicherung des

Beklagten vorläge, wenn dieser noch verpflichtet wäre, seinem Verkäufer, dem ursprünglichen Schuldner Klägers, auf Grund des zwischen ihnen abgeschlossenen Kaufvertrags nach Höhe des Betrags der auf den zu zahlenden Kaufpreis überwiesenen Forderung, welchen er in der Folge durch Einlösung des Wechsels nicht gedeckt hat, nachträglich noch gerecht zu werden. Allein, daß dieses der Fall sei, läßt sich nach dem, was in Betreff der einschlagenden thatsächlichen Verhältnisse aus den Acten sich ergiebt, ohne Weiteres keineswegs annehmen, und es braucht daher auch auf jene Frage hier nicht weiter eingegangen zu werden.

Man hat deshalb in gegenwärtiger Instanz kein Bedenken getragen, die erhobene Klage in ihrem ganzen Umfange aufrecht zu erhalten. Zugleich hat Man aber auch das von dem Beklagten Vorgebrachte nicht für geeignet erachten können, um demselben dessen Ausführung in Beweis nachzulassen.

Beklagter hat sich dort in der Hauptsache darauf bezogen, daß er nebst seinen Mitkäufern das fragliche Braunkohlenwerk im Jahre 1858 an eine Actiengesellschaft verkauft habe, daß ihm der Kaufpreis in Actien gewährt worden sei, daß aber das Werk dergestalt verloren habe, daß er sichere Aussicht habe, auf seine Actien nicht das Geringste zu erlangen, indem der Betrieb des Werks eingestellt sei und das Vereinsvermögen wahrscheinlich nicht einmal ausreiche, um die Vereinsschulden zu decken.

Hierauf gestützt, glaubt Beklagter bestreiten zu können, daß eine Bereicherung für ihn überhaupt stattgefunden habe und die vorige Instanz hat vorgedachte seine Behauptungen insofern für beachtlich angesehen, als sie angenommen hat, daß, wenn Beklagter in der That nachweisen könnte, es habe die Ergiebigkeit des Werks aufgehört und es sei hierdurch, mithin durch einen reinen Zufall, der Verlust seines Actiencapitals herbeigeführt worden, derselbe durch diesen Nachweis von dem wider ihn erhobenen Anspruche sich befreien könne.

Will man nun aber auch, wie solches in voriger Instanz geschehen, die aus Art. 83 der ADWO. hergeleitete sogenannte Bereicherungsklage ihrer rechtlichen Natur nach für eine Condiction ansehen, welche sich darauf gründet, daß dem Beklagten ein unter einer bestimmten, später aber in Wegfall gekommenen Voraussetzung erlangter Vermögenserwerb nachgewiesen wird, so führt dieses doch noch nicht dahin, daß in dem, was Beklagter nach dem vorstehends Bemerkten angeführt hat, ein Befreiungsgrund für denselben zu erblicken sei.

Denn, wenn auch bei Beurtheilung der Frage, nach welchem Zeitpunkte auf Seiten des Beklagten die für diesen durch einen ihm unter einer später nicht eingetretenen Voraussetzung gewährten Vermögenserwerb zugeflossene Bereicherung zu beurtheilen sei, in der Regel der Zeitpunkt der wider ihn erhobenen Klage maßgebend ist,

l. 37 pr. D. de negot. gest. (3. 5.)

l. 34 pr. D. de minor. (4. 4.)

so findet das doch da nicht Anwendung, wo der Beklagte schon vorher die betreffende Sache, durch deren Ueberlassung ihm ein Vermögensvortheil zugeflossen war, in eine andere Species oder in Geld umgesetzt hatte. Denn in diesem Falle ist die Bereicherung durch die Umsetzung selbst als bewirkt zu betrachten und es haftet daher auch solchenfalls der Beklagte selbst dann, wenn die vorgenommene Veräußerung den dadurch bezweckten Vortheil nicht mit sich brachte, oder die eingetauschte Species, beziehentlich das durch die Umsetzung erlangte Geld nachher verloren ging.

l. 18 D. quod metus causa (4. 2.)

Erxleben, die condictiones sine causa 2. Abth. S. 493 fg.

Heimbach, in Weiske's Rechtslexikon S. V. „Bereicherung" Bd. I., S. 926.

Wendet man nun diesen Grundsatz auf den vorliegenden Fall an, so erscheint es für die Frage, ob der Beklagte bereichert worden sei, an sich ohne weitern Einfluß, ob diejenigen Actien, welche derselbe bei der Weiterveräußerung des mehrgedachten Braunkohlenwerks zur Deckung des vereinbarten Kaufpreises erhielt, späterhin ihren Werth verloren haben oder nicht, vielmehr ist er ohne Weiteres als durch den Weiterverkauf des Werks bereichert anzusehen und erlitt er später durch die Verschlechterung des letztern einen, selbst durch reine Zufälligkeiten herbeigeführten Verlust, so kann er doch hierauf dem Kläger gegenüber sich nicht weiter berufen. Es war ihm deshalb auch der Beweis obgedachter seiner Einrede nicht nachzulassen.

Was aber die Beurtheilung der Sache im Uebrigen anlangt, so ist Folgendes zu bemerken.

Kläger hat in seiner Klage unter Eidesantrag behauptet:

a) Es sei von dem Beklagten und dessen drei Mitkäufern bei Erkaufung des Braunkohlenwerks als Theil des Kaufpreises der in 1786 Thlr. bestehende Rest einer Forderung Klägers an den Verkäufer zur eigenen Berichtigung übernommen worden und es seien Beklagter und dessen Mitkäufer damit einverstanden gewesen, daß Klägers Forderung noch 1786 Thlr. betrage, auch hätten dieselben diese Forderung unter Klägers Acceptation ausdrücklich als richtig anerkannt.

b) Beklagter habe den vierten Theil jener Forderung, mithin die Summe von 446 Thlr. 7 Ngr. 6 Pf. übernommen und zwar mit dem ausdrücklichen vom Kläger acceptirten Versprechen, demselben diesen Betrag im Laufe des Monats April 1857 zu bezahlen.

c) Beklagter habe auf diese seine Schuld am 5. Septbr. 1857 200 Thlr. berichtigt, wegen dessen verbliebenen Rests aber den Bl. abschriftlich anzutreffenden Wechsel über 245 Thlr. dem Kläger ausgestellt und ausgehändigt und dabei ausdrücklich anerkannt, daß er aus dem angegebenen Grunde dem Kläger annoch 245 Thlr. schulde.

Beklagter hat nun zwar bei dem vierten Einl.-Punkte zugestanden, daß er nebst seinen Mitkäufern als Theil des von ihnen für das Braunkohlenwerk zu zahlenden Kaufpreises den Rest einer Forderung Klägers an den Verkäufer übernommen habe, und er hat ferner in der Anmerkung zu dem 35. Einl.-Punkte und bei dem 36. Einl.-Punkte eingeräumt, daß er den angezogenen Wechsel dem Kläger ausgestellt und ausgehändigt habe. Das übrige Anführen Klägers dagegen ist von ihm unter Rückgabe des angetragenen Eids in Abrede gestellt worden und hat er dabei erläuternd bemerkt, daß der von ihm und seinen Mitkäufern übernommene Rest der Forderung Klägers nur 1535 Thlr. betragen und er daher nicht mehr als 383 Thlr. 22 Ngr. 5 Pf. übernommen habe, sowie, daß der fragliche Wechsel von ihm irrthümlich auf 245 Thlr. gestellt worden sei, indem er bei Ausstellung desselben dem Kläger nur noch 183 Thlr. 22 Ngr 5 Pf. geschuldet habe.

Hätten nun Beklagter und seine Mitkäufer wirklich nicht eine Restforderung Klägers im Betrage von 1786 Thlr., sondern nur eine solche von 1535 Thlr. und Beklagter mithin für seinen Antheil nur 383 Thlr. 22 Ngr. 5 Pf. übernommen, so hätte auch Beklagter nur nach diesem seinem Antheile eine Deckung in dem Braunkohlenwerke erhalten und er würde mithin auch wegen derjenigen 61 Thlr. 7 Ngr. 5 Pf., welche er angeblich über den von ihm wirklich übernommenen Schuldbetrag hinaus in dem Wechsel verschrieben, eine Bereicherung nicht erlangt haben. Von diesem Gesichtspunkte aus kommt dann aber darauf, daß Beklagter den Wechsel geständlicher Maßen auf die Summe von 245 Thlr. gestellt hat, etwas nicht an, indem dieser Umstand hier, wo es sich nach dem Erlöschen der wechselmäßigen Verpflichtung des Beklagten nur noch darum handelt, inwieweit der letztere nunmehr als zum Nachtheile des Klägers bereichert zu betrachten sei, keineswegs maßgebend ist. Es mußte daher zunächst noch durch Leistung des dem Kläger referirten Eids constatirt werden, daß Beklagter in der That den vierten Theil einer auf 1786 Thlr. sich belaufenden Forderung Klägers zur Bezahlung an diesen als Theil des für das von ihm miterkaufte Kohlenwerk zu gewährenden Kaufpreises übernommen habe, und nur wenn Kläger diesen Eid leistet, wird Beklagter zu Bezahlung der ganzen, jetzt geklagten 145 Thlr. gehalten erscheinen, wogegen derselbe für den Fall, daß Kläger gedachten Eid nicht schwören sollte, nur zur Bezahlung des nach Abrechnung der von ihm nach Klägers eigener Angabe bereits abschläglich bezahlten 200 Thlr. und 100 Thlr. verbliebenen Rests des geständlich übernommenen vierten Theils von 1535 Thlr., mithin zur Bezahlung von 83 Thlr. 22 Ngr. 5 Pf. für verpflichtet zu achten sein würde.

21.

Hat der Mandatar, beziehentlich der negotiorum gestor, für die Versehen des an sich geeigneten Substituten aufzukommen? — Zu Erläuterung eines Schädenanspruchs aus einem Wechselverkehre.

II. Sen.-Erk. v. 27. März 1863 no. 165/149.*)

Wenn die zweite Instanz zu dem Ergebnisse gelangt ist, daß Kläger für die Nachtheile versäumter Protesterhebung, da diese nicht

*) Der Klage auf Zahlung einer Schuld, deren Entstehung Beklagter nicht bestreiten mochte, setzte Letzterer den Einwand entgegen, daß er dem Kläger zur Deckung ein in einer ausländischen Provinzialstadt fällig werdendes,

ihm, sondern, dem Inhalts des Briefs (Klagbeifuge D.) mit der Besorgung des Wechsels beauftragten Kasseler Handlungshause zur Last falle, unter den vorliegenden Umständen nicht hafte, so hat Man dieser Ansicht, sowie den dafür entwickelten Gründen in jetziger Instanz nur beipflichten können. Die Rechtsmeinung, daß der Mandatar für das Versehen seines Substituten, abgesehen von dem Falle, wenn ihm die Berechtigung zur Substitution ausdrücklich oder durch den Gegenstand und die Beschaffenheit des eine persönliche Besorgung bedingenden Auftrags stillschweigend entzogen ist, nicht schlechthin, sondern nur dann und insoweit haftet, als ihm eine Verschuldung in der Wahl des Substituten zur Last fällt, wird nicht nur von zahlreichen Autoritäten des gemeinen Rechts

Glück, Pand. Bd. XV., §. 954, S. 161, not. 53.

Wening-Ingenheim, Lehrb. d. Civilr. Bd. II., §. 303, S. 319 sub 5.

Schweppe, Röm. Privatr. Bd. III., §. 485 a. E. S. 272.

Puchta, Pand. §. 323 sub 3 S. 461.

Arndts, Pand. §. 292 sub 3 S. 475.

---

von ihm durch Giro erworbenes und auf den Kläger transferirtes Accept eingesendet und dieser dessen Einziehung durch ein Banquierhaus der betreffenden Landeshauptstadt versucht habe, somit nach den über Zahlung resp. Novation durch Wechselannahme geltenden Grundsätzen die Schuld getilgt sei. Zudem war aus den Acten liquid, daß das betr. Banquierhaus die Regreßrechte der Vormänner dadurch ausgeschlossen habe, daß es (wegen Insolvenz des Acceptanten) Protest Mangel Zahlung erheben zu lassen versäumt hatte. Inzwischen machte Kläger liquid, daß er, alsbald nach Empfang des Accepts, dem Beklagten gemeldet, wie er das Ansinnen der Annahme an Zahlungsstatt ablehne, jedoch um ihn vor bei alsbaldigem Verfall durch Remission des Papiers voraussichtlich entstehenden Schaden zu wahren, den Wechsel eben an das betr. Banquierhaus zur Einziehung eingesendet habe. Man nahm conform mit der IIda (AG. Zwickau) an, daß der Wechsel Klägern gegenüber nicht als Zahlung Beklagtens zu gelten habe, aber auch das eingetretene Präjudiz durch das Verfahren des Substituten, Klägern dem Beklagten gegenüber, wenigstens nach dem actenkundigen Sachverhalte, nicht schadenersatzpflichtig mache, vielmehr Beklagter etwaige Schädenansprüche gegen den Substituten auszuführen haben würde. Aus den Rationen der IIIia ist nur das auf die Substitutionsfrage bezügliche ausgehoben. — Mit den hierbei entwickelten Grundsätzen stimmen die Vorschriften des BGB.'s §. 1307, 1308 überein.

vertheidigt, sondern entspricht auch den für die Beurtheilung des Mandats im Römischen Rechte im Allgemeinen maßgebenden Grundsätzen der Billigkeit.

l. 23, 24, 25. l. 45, §. 4 D. mand. (17 [1].)

Dies ganz besonders unter Umständen der vorliegenden Art, welche, wie schon gezeigt worden ist, der Ortsentfernung halber eine persönliche Vorlegung des Wechsels in K. durch den in H. domicilirten Kläger, mindestens ohne unverhältnißmäßigen Aufwand an Zeit und Kosten, nicht thunlich machten. Daß Klägerm in der Wahl des zu der Einziehung des Wechsels beauftragten Kasseler Handlungshauses irgend eine Verschuldung zur Last falle, hat Beklagter nirgends behauptet, und insoweit daher Kläger bloß als Mandatar des Beklagten zu betrachten wäre, erscheint ein diesfallsiger Anspruch an ihn auf Grund des von jenem Handlungshause verhangenen Versäumnisses nach Lage der Sache unbegründet. Man kann aber auch weiter der zweiten Instanz unbedenklich darin beistimmen, daß, wenn selbst in Klagbeifuge B eine eventuelle Beauftragung Klägers mit Besorgung des zu Einziehung des Wechsels Nöthigen für Rechnung des Beklagten, für den Fall der Nichtannahme an Zahlungsstatt, nicht zu befinden wäre, seine diesfallsigen Maßnahmen mithin nur aus dem Gesichtspunkte der negotiorum gestio beurtheilt werden müßten, doch die Haftung Klägers im Wesentlichen nicht ungünstiger sich gestalten würde. In den Anforderungen an die zu leistende Diligenz stehen bekanntlich der Mandatar und der negotiorum gestor im Allgemeinen auf gleicher Stufe

l. 23 D. de reg. jur. (50 [17].)

Huschke, rhein. Museum Bd. VII., S. 74 fg.

und darauf allein, daß der Letztere, indem er ohne den Willen des Geschäftsherrn handelnd eintritt, möglicherweise diesem Willen zuwider handelt und die eigene Fürsorge des Geschäftsherrn verhindert, kann die Annahme seiner strengern Haftung für dritte Personen, deren Beihilfe er sich bedient hat, an sich nicht gegründet werden, da eine rein persönliche, die Mitwirkung dritter Personen ausschließende Besorgung fremder Geschäfte weder im Begriffe der negotiorum gestio liegt, noch mit dem Wesen und Zwecke derselben

l. 1 D. de neg. gest. (3 [5].)

zu vereinigen sein würde, mithin die Herbeiziehung Dritter die Haftung des negotiorum gestor um so weniger erschweren kann, als der Letztere, dafern er nur die erforderliche Sorgfalt auf Ausführung des übernommenen*) Geschäfts verwendet hat, für den glücklichen Erfolg nicht einzustehen hat.

l. 10 §. 1. l. 12 §. 2 D. de neg. gest.

l. 17 D. de in rem vers. (15 [3].)

In dem vorliegenden Falle kommt dazu, daß dem schon oben im Eingange berührten Sachverhältnisse zufolge nicht nur Beklagter voraussetzlich sich gar nicht in der Lage befand, durch eigene Maßnahmen das Versäumniß der Protestfrist mit besserm oder auch nur gleichem Erfolge wie der Kläger abwenden zu können, sondern daß auch Kläger, um die im Interesse des Beklagten erforderlichen Schritte zu thun, genöthigt war, sich der Vermittelung einer dritten Person zu bedienen. Klägers Einmischung in das Geschäft des Beklagten war also durch das Interesse des letztern so dringend geboten und zugleich durch die Beschaffenheit der Umstände auf die von ihm wirklich gethanen Schritte so unausweichlich hingewiesen, daß von einem se obtrudere negotiis alienis nicht die Rede sein kann, die Veranlassung dazu vielmehr so gestaltet erscheint, daß hierbei sogar eine mildere Beurtheilung der Haftpflicht des negotiorum gestor im Geiste der l. 3 §. 9 D. de neg. gest. gerechtfertigt sein würde.

Römisches und Sächsisches Civilrecht.

20.

Bei wahlweisen Obligationen gilt mit der Wahlerklärung des Wahlberechtigten die Wahl definitiv vollzogen.

II. Sen.-Erk. v. 19. März. 1863 no. 146/125.

Die Frage: ob nach Lage der Sache das geklagte Recht auf Arealabtretung der Gestalt gleichsam ein jus personalissimum gewesen,

*) Bei der Erbauseinandersetzung der R.'schen Erben war von denselben dem Beklagten, ihrem Bruder und Miterben, das väterliche Gut überlassen,

daß Beklagtens Verbindlichkeit bei bis zum Tode nicht erklärter Wahl des Berechtigten für erloschen geachtet werden müßte, ist eine müßige, da der Klägerin Erblasser, wie Beklagter einräumt, noch bei Lebzeiten sein Wahlrecht nach der von der Klägerin verfolgten Richtung hin geltend gemacht hat.

Denn wie im Zweifel schon nach Römischen Rechte die Erklärung der Wahl Seiten des Gläubigers hinreicht, um das Object seines Forderungsrechts zu bestimmen und nur zu seinem Gunsten unter Umständen eine Ausdehnung des Wahlrechts über die erste Wahlerklärung hinaus angenommen wurde,

Arndts Pandecten §. 203 not. g.

so befindet das OAG. es der heutigen Rechtsauffassung vollkommen entsprechend, wenn nach dem BGB. §. 699 die Wahl mit der Wahlerklärung als definitiv vollzogen zu gelten hat.

21.

Actio doli auf Schadenersatz im Falle der Dec. 42. v. 1661. *)

II. Sen.-Erk. v. 19. März. 1863 no. 89/117.

Hätte die Erblasserin des Beklagten den Kläger, wie dieser behauptet, um ihn zu Darleihung der dort gedachten 200 Thlr. an ihren Enkel, den Bäckermeister Sch. zu bestimmen, die Versicherung

---

und dabei für Gottlob R. (dem Erblasser der Klägerin) stipulirt worden, daß Beklagter seinem Bruder Gottlob, sobald es diesem beliebe, $2\frac{3}{4}$ Scheffel Areal zu einer Baustelle rc. abzutreten, dagegen wenn er sich nicht ansässig machen wolle, was Beklagtem anzuzeigen, 200 Thlr. zu zahlen, resp. eine Herberge rc. zu gewähren habe. 1861 verlangte nun Gottlob R. von Beklagtem die wahlweise stipulirte Landabtretung. Beklagter erhob Anstände, namentlich in Hinblick auf die nothwendige Dismembration, und ehe diese erfolgt, oder Gottlob R. gerichtliche Schritte gethan, verstarb letzterer mit Hinterlassung eines Testaments, worin Klägerin als Universalerbin eingesetzt war. Der Klage auf Ueberlassung des Areals suchte Beklagter mit dem Einwand zu begegnen, daß mit dem Tode das Wahlrecht, welches noch nicht zur Ausführung gelangt, erloschen sei. Die Instanzen erachteten conform diesen Einwand für unbeachtlich und condemnirten.

*) BGB. §. 1301. — Motive S. 819 zu §. 1330.

gegeben, wie sie von denjenigen 400 Thlr., welche sie bei der P. Schützengesellschaft zu fordern habe, genanntem ihrem Enkel in ihrem bereits errichteten Testamente 200 Thlr. vermacht habe, an welche Summe nach ihrem Tode Kläger, wenn er bis dahin nicht wegen des zu machenden Darlehns befriedigt sein sollte, sich werde halten können, und wäre diese Zusicherung noch überdies und zwar unter Concurrenz ernannten Sch.'s in der Bl. zu lesenden Weise sogar schriftlich noch von der Sch. wiederholt worden, so ließe sich vielleicht sogar fragen, ob nicht die Sch. dem Enkel gegenüber selbst inter vivos zu etwas vertragsmäßig sich verpflichtet habe, wozu sie eintretenden Falls in geeigneter Weise hätte angehalten werden können. Dies dahin gestellt, ist aber so viel wenigstens nicht zu bestreiten, daß Kläger, als Dritter, volle Veranlassung gehabt hat, ihrer Versicherung Glauben zu schenken, und je gewisser dieses der Fall, um so mehr muß bis zum Nachweise des Gegentheils davon ausgegangen werden, daß derselbe lediglich durch sie zu Darleihung der 200 Thlr. an den Bäckermeister Sch. sich hat bestimmen lassen.

Nun findet sich aber, wie von dem Beklagten zum 119. Einl.-Punkte eingeräumt wird, eine Disposition der in Rede stehenden Art zu Gunsten des Enkels in dem Testamente der Sch. nicht vor. Es würde daher wie hieraus sich ergiebt, die Sch., wenn das bezügliche Vorgeben wirklich von ihr gebraucht worden wäre, einer geflissentlichen Unwahrheit sich schuldig gemacht haben. Gleichwie nun aber derjenige, welcher durch ein derartiges Gebahren — magna et evidenti calliditate — Jemanden zum Abschlusse eines Darlehns mit einem Dritten verleitet, schon nach dem Zeugnisse der Quellen der actio doli unterliegen soll, im Gegensatze zu dem, welcher auf Befragen etwas weiter nicht als die Zahlungsfähigkeit des Darleihers im Allgemeinen

idoneum esse eum cui mutua pecunia debetur L. 7 §. 10 Dig. de dolo malo (4. 3.)

bestätigt hat, so bestimmt auch insonderheit, so viel Sachsen betrifft, die 42. Decision von 1661 ausdrücklich, daß wenn einer vorsätzlich und wissentlich eine solche Person, so keine Mittel zu zahlen hat, rühmet und andere Leute ihm, als einen guten Mann zu trauen 2c. beweget, eine solche Person um dieser Rede willen, wofern der Schuldner die Zahlung nicht leisten kann, für die erborgte Summe haften soll.

Da nun, die Wahrheit des Angeführten vorausgesetzt, diese Haftungsverbindlichkeit nach dem Tode der Sch. auf den Beklagten, als den Universalerben der letztern, übergegangen sein würde, indem das gegen diese Annahme angeregte Bedenken der ersten Instanz bereits in den Gründen der vorigen Entscheidung zur Genüge Widerlegung gefunden hat, so würde Man die vorige Sentenz zu bestätigen kein Bedenken gefunden haben, wenn sich nur aus dem Inhalte der Klage übersehen ließe, was der Grund ist, weshalb Kläger wegen seiner Darlehnsforderung von 200 Thlr. dermalen noch unbefriedigt ist. Um beurtheilen zu können, ob Kläger in der geschehenen Maße auf das id quod interest zu klagen befugt gewesen sei, war solches um so gewisser nöthig, als derjenige, welcher auf Entschädigung gegen einen Dritten klagt, nicht selbst an dem erlittenen Schaden Schuld tragen darf. Dieses aber würde, so viel den vorliegenden Fall anlangt, unbezweifelt dann und insoweit angenommen werden müssen, als Kläger die Gelegenheit von seinem eigentlichen Darlehnsschuldner Zahlung zu erlangen, verabsäumt haben sollte, indem, wie vom Beklagten mit Recht eingehalten worden ist, dieser der zunächst Verpflichtete war und noch ist und so lange und so weit von ihm Befriedigung zu erlangen ist, von einem Schaden auf Seiten Klägers offenbar nicht die Rede sein kann.

22.

Auf Rechnungslegung beruhende Forderungen können in der Regel nicht zur Compensation gegen liquide Forderungen benutzt werden. *)

II. Sen.-Erk. v. 31. März 1863 no. 194/160.

Die von Beklagtem eingewendete Berufung ist in der Hauptsache lediglich dagegen gerichtet, daß nicht die von ihm unter 3 vor-

*) Vergl. BGB. §. 991. — Diese Bestimmung steht der im Text mitgetheilten Entscheidung nicht entgegen, da die Worte: „wenn die sonstigen Voraussetzungen derselben vorhanden sind", ausschließen, daß der Beklagte Rechnungslegung in diesem Prozesse verlangen konnte.

geschützte Einrede der Compensation im gegenwärtigen Prozesse zum Beweis ausgesetzt, er vielmehr mit dem von ihm bei dieser Ausflucht erhobenen Anspruch zur separaten Ausführung verwiesen worden sei. Man hat jedoch in dieser Beziehung den vorigen Instanzen auch gegenwärtig beizutreten gehabt. Die von dem Beklagten an der angezogenen Stelle vorgebrachte Exception ging dahin, daß ihm, unter seiner Acceptation, von dem Kläger im Jahre 1854 versprochen worden sei, es wolle ihm dieser außer dem ihm jährlich zu gewährenden Salair, von dem, was er, Beklagter, jährlich über den Betrag von 12000 Thlr. verkaufe und was baar eingehe, 5 Proc. gewähren und daß Kläger in den Jahren 1854 bis 1858 jährlich weit mehr als für 12000 Thlr. verkauft, auch derselbe weit mehr als diese Summe aus den durch ihn, den Beklagten, abgeschlossenen Geschäften eingenommen, ihm aber davon die versprochenen Procente nicht gut geschrieben, ja nicht einmal Rechnung über seine diesfallsigen Einnahmen abgelegt habe. Es verlangt deshalb Beklagter zunächst Rechnungsablegung über die in den erwähnten Jahren stattgehabten Verkäufe und Einnahmen.

Nun können aber solche Forderungen, welche auf Rechnungsablegung beruhen, gegen liquide Forderungen des andern Theils in der Regel nicht compensirt werden. Denn bei derartigen Forderungen ist es so lange, als die Rechnungsablegung noch nicht erfolgt ist, noch nicht zu übersehen, ob sie überhaupt vorhanden sind, indem erst die Ablegung der Rechnung herausstellt, ob derjenige, dem die letztere gelegt wird, auf Grund derselben einen Anspruch zu formiren habe. Forderungen aber, die ihrer Existenz selbst nach noch ganz ungewiß sind, bei denen also nicht bloß ihre formelle Liquidität in Frage steht, erscheinen an sich nicht geeignet, um gegen an sich liquide Forderungen in Gegenrechnung gebracht zu werden und es kann dem Kläger nicht zugemuthet werden, daß er sich gefallen lasse, in den von ihm anhängig gemachten Rechtsstreit noch einen andern, nämlich einen Rechnungsprozeß, hereingezogen und die endliche Entscheidung des erstern bis zum Austrag des letztern beanstandet zu sehen.

Wie daher das OAG. bereits früher beim Rechtsprechen der Ansicht gefolgt ist, daß auf Rechnungsablegung beruhende Forderungen gegen liquide Forderungen zur Compensation nicht zuzulassen seien,

Zeitschr. f. Rechtspfl. u. Verw. N. F. Bd. XIII., S. 262.
so hat Man auch im vorliegenden Falle keine Veranlassung gefunden, von diesem Grundsatze abzugehen und es war daher das vorige Erkenntniß in der Hauptsache zu bestätigen.

23.

Der Satz, daß der Constatirung durch ein Monitenverfahren bedürfende Forderungen zur Compensation auf liquide Klagansprüche nicht benutzbar sind, schließt nicht aus, daß nach bereits gelegter Rechnung und gezogenen Moniten, deren Object Behufs Compensation im Ordinario zum Beweis ausgesetzt werde.*)

II. Sen.-Erk. v. 30. April 1863 no. 277/222.

Man hat der vorigen Instanz (AG. Dresden) darin beizutreten gehabt, daß es der Führung eines besondern Rechnungsprozesses dann nicht unbedingt bedarf, wenn der zur Rechnungsablegung verpflichtete Theil Rechnung bereits gelegt und der andere Theil, dem die Rechnung zu legen war, letztere schon seiner Prüfung unterworfen und seine Ausstellungen gegen dieselbe schon speciell vorgebracht hat. Denn ist die Sache bereits so weit gediehen und erscheinen demzufolge die Punkte der Rechnung, über welche eine Differenz zwischen den Interessenten noch obwaltet, schon hinreichend fixirt, so würde es offenbar zu unnöthigen Weiterungen und zu einer ungerechtfertigten Vervielfältigung der Prozesse führen, wenn man den schließlichen Austrag der noch obwaltenden Streitigkeit in einen besondern Rechnungsprozeß verweisen wollte. Am wenigsten würde aber eine solche Verweisung dann als sachgemäß sich darstellen, wenn die obwaltende Differenz nach den bei ihr concurrirenden factischen Verhältnissen als eine solche sich darstellt, daß vorauszusehen ist, es werde deren Abwickelung zu erheblicheren Weitläufigkeiten keine Veranlassung geben und es erscheint dann im Interesse der Parteien selbst geboten, von der Einleitung eines besondern Rechnungsprozesses abzusehen und die Erledigung der betreffenden Differenz in demjenigen Prozesse, in welchem der

*) Vergl. BGB. §. 991 und die vorige Nummer.

Anspruch, den der Gegner des Rechnungsführers auf Grund der von letzterem gelegten Rechnung und der von ersterem gegen diese Rechnung gezogener Erinnerungen sich zuschreibt, compensationsweise geltend macht, eintreten zu lassen. Denn kann auch der Rechnungsführer verlangen, daß die ihm von seinem Gegner bestrittenen Rechnungsposten einer gründlichen Erörterung unterworfen werden, so steht ihm doch nicht unbedingt das Befugniß zu, zu beanspruchen, daß diese Erörterung lediglich im Wege des Rechnungsprozesses erfolge, sondern er kann nur fordern, daß ihm hinreichende Gelegenheit gegeben werde, die von seinem Gegner aufgestellten Erinnerungen zu beantworten und beziehentlich zu widerlegen. Diese Gelegenheit wird ihm aber, wenn die einschlagenden factischen Verhältnisse von der oben erwähnten Art sind, zur Genüge gewährt, sobald ihm nachgelassen wird, die Beantwortung und Widerlegung der aufgestellten Moniten im Beweis und beziehentlich Gegenbeweis-Verfahren weiter auszuführen. Im vorliegenden Falle nun hat Kläger die von ihm über die Verwaltung der Oekonomie auf dem Gute Z. abzulegende Rechnung nach seinem eigenen Anführen dem Erblasser der Beklagten bereits abgelegt, die letztere hat ferner ihre Erinnerungen gegen die gedachte Rechnung bereits aufgestellt, es liegen mithin die zwischen den Parteien bezüglich dieser Rechnung noch streitig gebliebenen Punkte schon als hinreichend festgestellt vor und es bedarf sonach nur noch des beiderseitigen Gehörs über diese Punkte. Dieses wird aber den Parteien durch das Beweis- und Gegenbeweis-Verfahren gestattet und es läßt sich nach Lage der Sache voraussetzen, daß die Parteien im Beweis und beziehentlich Gegenbeweis vollständige Gelegenheit haben werden, das, was sie gegenseitig vorzubringen haben, in seinem vollen Umfange darzulegen und dadurch ihre Rechte vollständig zu wahren.

Läßt sich nun unter diesen Umständen auch ferner der Grundsatz, daß solche Forderungen, welche auf Rechnungsablegung beruhen, gegen liquide Forderungen des andern Theils in der Regel nicht compensirt werden können, nicht zur Anwendung bringen, da dieser Grundsatz nur da Platz ergreift, wo es sich erst durch die Rechnungsablegung herausstellt, ob die zu compensirende Gegenforderung überhaupt besteht, so war das vorige Urthel auf Klägers Berufung lediglich zu bestätigen.

24.

Inwiefern schließt malae fidei possessio Compensation aus? *)

II. Sen.-Erk. v. 5. Mai 1863 no. 163/133.

Der Ausspruch in

L. 14 §. 2 C. de comp. (4. 31.)

Possessionem autem alienam perperam occupantibus compensatio non datur.

entzieht keineswegs jedem, welcher in der Inhabung einer einem Dritten zugehörigen Sache sich befindet, welche ihm, an sich betrachtet, die Verpflichtung, solche herauszugeben, auferlegt, das Befugniß der Compensation mit einer ihm zuständigen, hierzu geeigneten Forderung. Dieselbe spricht vielmehr, wie schon die gebrauchten Worte: „perperam occupantibus" deutlich an die Hand geben, lediglich von dem Falle einer durch Gewalt oder sonst ihrer Form nach unerlaubten Besitzergreifung der fremden Sache auf Seiten dessen, welcher compensiren will. Wie nun aber solchenfalls das Verbot der Compensation augenscheinlich eine Ausnahme von der allgemeinen Regel bildet, daß zwei sich gegenüberstehende, an sich compensable Forderungen zur Compensation gebracht werden können, so erscheint eine ausdehnende Anwendung desselben auf andere, als die angedeuteten Verhältnisse im hohen Grade bedenklich, wie es denn nicht an Rechtslehrern fehlt, welche dasselbe nur auf den Fall eines wirklichen spolii beschränken,

Glück, Pandecten Bd. XV., §. 930, S. 77.

während darüber wenigstens, daß unter allen Umständen der Besitz der fremden Sache mindestens ein widerrechtlich erlangter, oder „unrechtlich occupirter" sein müsse, Einverständniß obwaltet,

vergl. unter anderen

Mühlenbruch, Lehrb. des Pandectenrechts Bd. II., §. 471.

Puchta, Pandecten §. 289.

---

*) Der Satz der L. 14, §. 2 C. cit. ist in §. 994 des BGB.'s anerkannt.

v. Wening-Ingenheim, Lehrb. des gemein. Civilr. Bd. II., Buch 3, Cap. 4, §. 112.

Thibaut, System des Pandectenr. §. 679.

Sintenis, das prakt. gem. Civilr. Bd. II., §. 104.

Arndts, Lehrb. der Pandecten §. 266.

in welcher Maße offenbar auch

Krug in der Lehre von der Compensation §. 76.

die Sache auffaßt, wenn er, daß der malae fidei possessor zur Strafe seiner mala fides auf Compensation sich nicht berufen könne, im Allgemeinen als Regel aufstellt.

Im vorliegenden Falle ist nun von dem Kläger etwas weiter nicht in der Klage angeführt worden, als daß Beklagter die dort angegebenen Summen von seinem, Klägers, Schuldnern „an- und eingenommen“ oder „erhoben“ habe zu einer Zeit, wo dessen Mandat zum Incasso von Geldern bereits erloschen gewesen sei. Daß diese Vereinnahmung durch Gewalt erlangt worden wäre, oder daß die betreffenden Schuldner unter wahrheitswidrigem Vorgeben oder überhaupt nur vom Kläger aufgefordert worden seien, ihm Zahlung zu leisten, hat Kläger selbst nicht einmal behauptet. Ist aber dieses nicht geschehen, hat Beklagter etwas weiter nicht gethan, als von den Schuldnern Klägers Zahlung anzunehmen, die jene sogar mit liberatorischer Wirkung für sich an ihn leisten konnten, so lange sie von dem Widerrufe des ihnen bekannten Mandats des Beklagten keine Kenntniß hatten, so läßt sich wenigstens nicht behaupten, daß Beklagter auf rechtswidrige Weise in den Besitz der für Klägern bestimmten Gelder gekommen sei, selbst dann nicht, wenn er auch vielleicht aus Gründen der Bl. angedeuteten Art schon bei deren Annahme die Absicht gehabt haben sollte, sich wegen seiner Gegenansprüche an den Kläger ein Object der Compensation zu sichern.

25.

Daß Forderungen der in §. 1 [1] des Gesetzes vom 23. Juli 1846 gedachten Art in Folge eines schriftlichen Lieferungs-, Verdingungs- 2c. Vertrags entstanden, schließt die Anwendung des Gesetzes auf solche nicht aus.*)

II. Sen.-Erk. v. 26. März 1863 no. 150/145.

Die vorigen Instanzen sowohl als die Parteien sind darüber einverstanden, daß die libellirte Forderung**) an sich zu den Inhalts des Gesetzes vom 23. Juli 1846, §. 1 sub 1 der kurzen Verjährung unterliegenden Forderungen gehören würde. Kläger und mit ihm die erste Instanz hat jedoch die Anwendung dieses Gesetzes durch die schriftliche Verpflichtung der Beklagten und Mitbeklagten in §. 7 der Klagbeifuge IV für ausgeschlossen erachtet, indem sie hierin die Ausstellung eines nach §. 5 sub f, verbunden mit §. 7 des Gesetzes nur der ordentlichen Verjährung unterliegenden Schuldbekenntnisses findet. Hiergegen hat sich aber die zweite Instanz aus den Bl. entwickelten, von dem Kläger vergeblich angefochtenen Gründen erklärt. Noch abgesehen von der Frage, ob die fragliche Niederschrift ein Schuldbekenntniß im gewöhnlichen Sinne, auch wenn man darunter die Anerkennung der Verbindlichkeit in Betreff einer erst künftigen Schuld mit verstehen wollte, und nicht vielmehr die Anerkennung eines zweiseitigen Vertragsverhältnisses, verbunden mit einer Intercession für die Erfüllung der Vertragsleistungen Seiten des einen Contrahenten enthalte, bezeichnet das Gesetz die Ausstellung eines schriftlichen Schuldbekenntnisses nur als einen Act, durch welchen die kurze Verjährung unterbrochen wird und daraus allein, daß nach §. 7 an die Stelle der solchergestalt unterbrochenen kurzen Verjährung nunmehr die ordentliche Verjährung treten soll, folgt nicht, daß die kurze Verjährung bei den ihr an sich unterliegenden Forderungen gänzlich ausgeschlossen sei, sofern über letztere gleich anfänglich eine das Schuld- oder

---

*) Die kategorische Fassung der §. 1017, 1018 des BGB.'s schneidet diesen Zweifel absichtlich — Motive S. 787 zu §. 1046 — ab.

**) Für ein von einem Maschinenfabrikanten einem Kohlenwerke geliefertes Bohrzeug.

Vertragsverhältniß feststellende Schrift aufgesetzt und vollzogen worden ist.

Man kann mit dem Kläger bezweifeln, ob unter den hier vorliegenden Umständen der Zweck des Gesetzes, Forderungen zu treffen, deren Bezahlung sogleich oder in kurzer Zeit verlangt und geleistet und wobei Quittung gar nicht oder in leicht verlierbarer Form gegeben zu werden pflegt, ohne Weiteres als zutreffend anzusehen sei; allein da das Gesetz bei der Bezeichnung der unter die kurze Verjährung fallenden Forderungen in §. 1 darauf, ob bei Entstehung derselben eine schriftliche Bekundung stattgefunden hat oder nicht, eine Unterscheidung keineswegs setzt, Kläger aber nicht zu bestreiten vermocht hat, daß seine jetzt geklagte Forderung von jener Bezeichnung getroffen werde, so stellt sich auch die Anwendung des oftgedachten Gesetzes auf den vorliegenden Fall als gerechtfertigt dar.

26.

Zur Lehre von der laesio enormis.*)

II. Sen.-Erk. v. 13. März 1863 no. 126/109.**)

Man würde es unter anderen Umständen nicht ausgeschlossen erachten, daß ein Klagvorbringen der Art, Kläger habe einen greifbaren Gegenstand, z. B. einen Ring, ein Pferd &c. von Beklagten um so und so viel Thaler erkauft, diesfalls aber eine laesio enormis erlitten, indem der betreffende Gegenstand weniger als die Hälfte des verwilligten Kaufpreises werth sei, nach der Ausdehnung, welche die Praxis in Betreff des s. g. remedium propter laesionem enormem eintreten läßt, ein für eine Beweisklage genügendes angesehen werde.

---

*) Die Lehre von der laesio enormis ist im BGB. §. 864 — vergl. Motiven S. 771 zu §. 889 — beseitigt.

**) Kläger hatte vom Beklagten eine Leihbibliothek erkauft und verlangte Rescission dieses Kaufs, weil er vom Beklagten über Umfang und dessen zeitherigen Geschäftsbetrieb getäuscht worden sei, sowie wegen laesio enormis. Der erste Klaggrund stand zum Theil auf Eid, der zweite auf Beweis. Die Ima wies in beiderlei Beziehung ab, in der ersten im Wesentlichen wegen Unschlüssigkeit in Bezug auf das gewählte Beweismittel des Eidesantrags, womit die IIda einverstanden war. In Betreff der laesio enormis dagegen erkannte diese auf Beweis. Allein das OAG. stellte die Ima wieder her.

Allein anders verhält es sich bei einem Kaufe der vorliegenden Art, wo offenbar nicht bloß eine greifbare Sache, beziehentlich ein Complex von dergleichen, sondern ein mehr oder weniger angebrachtes Geschäft, bei welchem jene nur das Inventar bilden — ein Complex greifbarer, zum Geschäftsbetrieb vorgerichteter Sachen und eine Kundschaft — Gegenstand des Kaufs gewesen, wie aus der Klage selbst mit Deutlichkeit hervorgeht.

In Fällen dieser Art erscheint die laesio enormis als solche in der Regel schon deshalb unbeachtlich, weil sich im Zweifel gar nicht übersehen läßt, inwieweit hierbei ein Hoffnungsgeschäft, nämlich die Erwartung des Käufers, als einer ein angebrachtes Geschäft suchenden Person, concurrirt, durch beziehentlich von ihm zu unternehmende Verbesserungen, aus seiner Bekanntschaft zu den alten hinzutretende Kunden, besondere Conjuncturen 2c. dem in der Hand des Verkäufers nach dessen Persönlichkeit oder sonst vielleicht minder rentabelen Geschäfte einen Aufschwung zu geben, durch welchen sich der angelegte Kaufpreis verwerthet. Kann man nun in erster Hinsicht, namentlich in Betreff des Begriffs Kundschaft und der Gesichtspunkte für Bemessung des Werths eines angebrachten Geschäfts auf die Bemerkungen verweisen, welche in den im Wochenbl. für merkw. Rechtsf. 1850 S. 217 mitgetheilten Rationen des vormaligen Spruchcollegii und des OAG.'s enthalten sind, so kann der Gesichtspunkt im Zweifel nur dadurch zu Gunsten des Käufers erledigt werden, daß er, wie er auch im concreten Falle versucht, auf nicht lediglich auf seiner Subjectivität beruhende, sondern vom Gegner verschuldete Täuschungen Bezug nimmt, und es wird daher eine solche Klage auf Rescission nicht sowohl auf das nackte Fundament des remedii ex l. 2 C. de resc. emt. vend., als auf den dolus des Verkäufers oder sonst basirt werden müssen, wobei jenes Fundament gewissermaßen nur als ein limitum des Klagrechts insofern erscheint, als der dolus eben nur dann wirksam für die beabsichtigte Rescission ist, wenn dessen Erfolg eine laesio enormis herbeigeführt hat. Bedarf also Kläger, um letzteren von Gewicht erscheinen zu lassen, factischer Unterlagen, welche außerhalb des eigentlichen Fundaments der laesio enormis — Verletzung über die Hälfte in Bezug auf eine einen gemeinen Werth habende Sache — liegen und beabsichtigt er sich hierunter des Eidesantrags als Beweismittel zu bedienen, so muß dies durch die Klage in geeigneter Weise angebahnt sein, was theils an sich, theils nach der Lage der Sache in Folge der Rechtskraft der Secunda gegen Klägern hier nicht der Fall ist.

In Fällen dieser Art aber kann Man eben in der nackten Bezugnahme auf laesio enormis ein geeignetes Substrat für eine Beweisvorschrift nicht erblicken und es hat daher angemessen erscheinen müssen, auf die Abweisung der Klage in der angebrachten Maße zu recurriren.

27.

Societas distractionis. — Die dem das Object der Distraction conferirenden Eigenthümer vorbehaltene freie Disposition über solches schließt nicht das Recht beliebigen Verkaufs für Rechnung der Gesellschaft in sich.*)

II. Sen.-Erk. v. 16. März 1863 no. 120/110.

Inhalts der Urkunde vom 10. Juni 1862 haben die Parteien einen Societätscontract zu dem Zwecke abgeschlossen, um das Erbgericht zu L., welches an demselben Tage die Klägerin Inhalts des Bl. enthaltenen Kaufs an Beklagten für 13000 Thlr. verkauft hatte, auf gemeinschaftliche Rechnung zu verkaufen oder zu vertauschen. Beklagter macht nun eine Gegenforderung von 3250 Thlr. gegen die Klägerin deshalb geltend, weil das gedachte Erbgericht laut der Urkunde C. von ihm für eine Kaufsumme von 6500 Thlr., mithin mit einem Verluste von 6500 Thlr., zu welchem die Klägerin die Hälfte beizutragen habe, am 14. Juli 1862 verkauft worden sei.

Wenn nun auch das Gut, in Bezug auf welches eine sogenannte Societas distractionis zwischen den Parteien eingegangen worden ist, im Eigenthume des Beklagten verblieben und Beklagter in der freien Verfügung über das letztere nur insoweit durch den Vertrag beschränkt worden ist, als er zur Erreichung des Gesellschaftszwecks die Veräußerung geschehen lassen muß, so liegt es doch in der Natur des Societätsverhältnisses, daß Beklagter der Klägerin gegenüber das Erbgericht nur in Folge eines gemeinsamen Beschlusses und mithin

*) Vergl. BGB. §. 1368, 1369 jcto §. 1346.

unter Genehmigung der Klägerin zu verkaufen berechtigt war, wie bereits Bl. nachgewiesen worden ist. Es gehörte daher zu Begründung der vorgeschützten Exception das Anführen und der Nachweis, daß die Klägerin zu dem von Beklagtem abgeschlossenen Kaufe des Erbgerichts für eine Kaufsumme von 6500 Thlr. ihre Zustimmung ertheilt habe. In dieser Beziehung hat sich Beklagter lediglich auf die Schlußbestimmung des Societätscontracts, nach welcher

Beklagtem ungeachtet des Gesellschaftsvertrags über das Erbgerichtsgut zu L. die freie Disposition bleibt,

bezogen, indem Beklagter aus dieser Bestimmung folgert, daß ihm von der Klägerin die Ermächtigung, das Gut allein und ohne ihre Concurrenz für gemeinschaftliche Rechnung zu veräußern, gegeben worden sei. Mit der vorigen Instanz stimmt man überein, daß eine solche Ermächtigung in der gedachten Vertragsbestimmung nicht enthalten ist. Denn durch die letztere ist lediglich der Rechtssatz anerkannt worden, daß derjenige Gesellschafter, welcher zu Erreichung des Gesellschaftszwecks ein Grundstück oder eine sonstige nicht fungible Sache in die societas conferirt, das Eigenthum nicht verliert und in der freien Disposition über dieselbe nur insoweit beschränkt wird, als es der Gesellschaftszweck erheischt.

Sintenis, Civilrecht Thl. II., p. 698, ed. 2.

Vangerow, Leitfaden Thl. III., §. 651, Anmerk. 2, p. 446 fg.

Der Auslegung, welche Beklagter der obigen Vertragsclausel giebt, stehen die Worte: „ungeachtet des Vertrags", welche klar erkennen lassen, daß der Gesellschaftsvertrag aufrecht erhalten werden, und mithin eine Veräußerung nur in Folge eines gemeinsamen Beschlusses geschehen solle, direct entgegen.

28.

Eines Gläubigers Mandatar, welchem an dessen Schuldner ebenfalls eine Forderung zusteht, kann nicht eine von letzterem an ihn für ersteren bewirkte Zahlung durch einseitige Erklärung als ihm geleistet annehmen.

II. Sen.-Erk. v. 1. Mai 1863 no. 240/234.

Ob Advocat J. (gegen Beklagtens Ehefrau, als diese eine Zahlung von 102 Thlr. 15 Ngr., angeblich mit der Erklärung, wie sie diese Zahlung auf den von ihrem Ehemanne an den Kläger zu entrichtenden Miethzins leiste, an ihn bewirkt) erklärt hat, einen Theil des Gezahlten nicht auf den dem Kläger zuständigen Miethzins, sondern auf einen ihm persönlich (gegen Beklagten) zustehenden Anspruch rechnen zu wollen, darauf kommt, ganz abgesehen von den Bestimmungen des Römischen Rechts

L. 1 D. de solut. (46 [3].)

L. 1 C. eod. (8 [43].)

deshalb nichts an, weil nicht in Frage stand, auf welche der Forderungen eines und desselben Gläubigers gezahlt werde, sondern vielmehr, welcher Gläubiger von mehreren befriedigt werden sollte, und der zum Empfang Beauftragte nicht berechtigt ist, die für seinen Auftraggeber eingezahlten Gelder unter eigenmächtiger Veränderung der causa possidendi auf seinen Anspruch für sich zu behalten.

29.

Zur Lehre von der Mora in Bezug auf die Haftpflicht des Staats für Gerichtsdeposita.*)

II. Sen.-Erk. v. 27. März 1863 no. 942/914.

Die Parteien sind einverstanden, daß die einzeln aufgeführten Geldbeträge im Gesammtbetrage von 439 Thlr. 23 Ngr. 3 Pf., welche für die beiden unmündigen Schwestern G. zum Gerichtsdepositum des vormaligen J.-Amtes St. eingezahlt und durch den bei der genannten Gerichtsbehörde angestellten frühern Actuar H. E. K. jedenfalls noch vor dem 15. Febr. 1854 unterschlagen worden sind, vom K. Staatsfiscus am 20. April 1859 den Klägern, welche sich bei der Auszahlung den Anspruch auf Gewährung landesüblicher Zinsen von den fraglichen Beträgen auf die Zeit bis zur erfolgten Wiedererstattung ausdrücklich vorbehalten haben, ersetzt worden sind. Wenn nun die Kläger mittelst der Klage 113 Thlr. 26 Ngr. fünfprocentige Zinsen von obigen 439 Thlr. 23 Ngr. 3 Pf. auf die Zeit vom 15. Febr. 1854 bis 20. April 1859 gefordert haben, so ist diese Klage in der ersten Instanz in der angebrachten Maße abgewiesen, von der zweiten

*) Vergl. BGB. §§. 733 fg., 739, 1263 fg., 1034 fg.

Instanz aber aufrecht erhalten und Beklagter dem Klaggesuche gemäß verurtheilt worden. Das OAG. ist der Entscheidung der ersten Instanz aus folgenden Gründen beigetreten.

Mit der bloßen Verzögerung der Erfüllung einer Obligation Seiten des Schuldners treten bekanntlich nicht ohne Weiteres die Folgen der mora im technischen Sinne ein, vielmehr ist in der Regel Mahnung (Interpellation) erforderlich, um den Schuldner in Verzug zu setzen, und die der mora eigenthümlichen Folgen herbeizuführen. In allen denjenigen Fällen nämlich, in welchen über eine bestimmte Erfüllungszeit eine ausdrückliche Vereinigung nicht getroffen worden ist oder nicht sonstige unter den Begriff der mora ex re fallende Ausnahmen eintreten, kann der bloße Aufschub der Erfüllung über die aus dem Inhalte der Obligation sich ergebende Leistungszeit hinaus nicht als eine zu Gewährung des Interesses verpflichtende Rechtsverletzung angesehen werden, indem der Gläubiger häufig Nachsicht übt, ohne daß für ihn Nachtheile eintreten. Es darf daher der Schuldner in der Regel von der Voraussetzung ausgehen, daß der Gläubiger selbst nicht auf die sofortige Erfüllung rechne. Ein anderes Verhältniß tritt ein, sobald der Gläubiger durch die Interpellation seine Willensmeinung, daß er die Leistung wirklich verlange, zu erkennen giebt, indem nunmehr die fernere Säumniß des Schuldners den Charakter einer Rechtsverletzung annimmt.

Mommsen, Lehre von der mora §. 3, S. 21 fg.
Sintenis, Civilrecht Thl. 2, §. 93, not. 3, S. 179, ed. 2.

Da nun die Kläger in der Klage auf irgend eine vor der Zeit, zu welcher ihnen die unterschlagenen Gelder aus fiscalischen Kassen ersetzt worden sind, vorgenommene Mahnung (mora ex persona) nicht Bezug genommen haben, so handelte es sich lediglich um die Frage, ob dem Beklagten eine mora ex re zur Last fällt. In dieser Beziehung ist die Natur des der gegenwärtigen Klage zu Grunde liegenden Rechtsgeschäfts entscheidend, da die Verpflichtung zu Leistung des Zeitinteresses, so weit sie überhaupt besteht, als ein Accessorium der Hauptobligation erscheint, mithin eine besondere Klage durch die mora nicht begründet wird, sondern der Anspruch auf das wegen der mora vom Schuldner zu leistende Interesse mittelst derjenigen Klage, welche aus der Hauptobligation entspringt, geltend zu machen ist.

c. 4 C. depositi 4. 34.

Mommsen a. a. O. §. 26, S. 253.

Sintenis a. a. O. §. 93, S. 194, ed. 2.

Soweit nun die Klage auf die Einzahlung der Gelder zum gerichtlichen Depositum gestützt worden ist, stellt sich dieselbe als actio depositi dar, da der Gerichtsherr verpflichtet ist, für die sichere Aufbewahrung der bei seinen Gerichten niedergelegten Deposita Sorge zu tragen, die von seinen Beamten bei der Aufbewahrung begangenen Nachlässigkeiten, Veruntrauungen und andere widerrechtliche Handlungen zu vertreten und die niedergelegten Sachen dem Deponenten oder demjenigen, welcher sich sonst zur Erhebung legitimirt, auszuantworten, indem diese Verpflichtung des Staatsfiscus in Betreff der bei königlichen Gerichten niedergelegten Sachen als eine civilrechtliche Verbindlichkeit anzusehen ist, auf welche die Grundsätze der actio depositi Anwendung leiden.

Wochenb. f. merkw. Rechtsf., Jahrg. 1849, S. 383.

Nun hat der Depositar Verzugszinsen von den ihm zur Aufbewahrung übergebenen Geldern erst von dem Zeitpunkte an zu gewähren, zu welchem er mit der Rückgabe derselben in Verzug gerathen ist.

l. 24 D. depositi (16. 3.)

Contra bonam fidem et depositi naturam est, usuras ab eo desiderare temporis ante moram, qui beneficium in suscipienda pecunia dedit.

l. 2 C. depositi (4. 34.)

Usurae in depositi actione ex mora venire solent.

l. 12 §. 3 D. depositi (16. 3.)

Diese Grundsätze treten selbst bei dem sogenannten depositum irregulare, wenn Gelder unversiegelt mit der Verpflichtung, die gleiche Summe zurückzugeben, deponirt worden sind und der Depositar die Gelder verwendet hat, ein,

l. 25 D. depositi (16. 3.)

Unterholzner, Schuldverhältnisse Bd. 2 §. 661 not. c S. 669.

Schmid, in dem Archiv für civil. Praxis Bd. 30 S. 77, besonders S. 88.

und erleiden nur dann eine Ausnahme, wenn der Depositar von den verwendeten Geldern Zinsen bezogen, oder die Gelder widerrechtlich durch Unterschlagung oder ein sonstiges Vergehen in seinen Nutzen verwendet hat,

l. 28 D. depositi (16. 3.)

l. 3. C. depositi (4. 34.)

indem im ersteren Falle der Depositar, welchem die Benutzung der deponirten Summe nicht gestattet worden, zu Herausgabe der erhobenen Zinsen verpflichtet ist, im letztern Falle aber angenommen wird, daß der Schuldner von dem Augenblicke an, wo er die deponirte Sache unterschlagen hat, in mora sich befinde, mithin ohne vorgängige Interpellation zur Restitution derselben verpflichtet sei.

l. 8 §. 1. l. 20 D. de condict. furt. 13 l.

Mommsen, die Lehre von der mora S. 76 fg.

Der mittelst der condictio furtiva zu verfolgende Anspruch auf das Zeitinteresse wegen eines Delicts kann jedoch nur gegen diejenigen, welche des Vergehens sich schuldig gemacht oder an demselben Theil genommen haben, nicht aber gegen Dritte, bei dem Delicte nicht betheiligte Personen geltend gemacht werden. Obwohl daher gegen den Actuar K., welcher die deponirten Gelder unterschlagen hat, sowohl die condictio furtiva als die actio depositi erhoben werden konnte,

l. 3 C. depositi (4. 34.)

so ist doch die erstere Klage gegen den jetzt verklagten Staatsfiscus, welcher an jenem Vergehen offenbar nicht betheiligt ist, ausgeschlossen. Unter diesen Umständen gehörte zu Begründung der erhobenen Klage das Anführen, daß eine auf Rückgabe des Depositi gerichtete Interpellation vor der Zeit, wo die niedergelegten Gelder zurückgewährt worden sind, stattgefunden habe, indem Man der Ansicht der vorigen Instanz, daß der Beklagte zu Gewährung eines den landüblichen Verzugszinsen gleichkommenden Schadens vom 11. Febr. 1854 an, dem Tage, an welchem der Actuar K. die Veruntrauung eingeräumt hat, verpflichtet sei, aus folgenden Gründen nicht beizutreten vermag.

1.

An und für sich mag die Wichtigkeit der Vorschrift §. 15 des Generale, die Einrichtung des Depositenwesens bei den Patrimonialgerichten betreffend:

> Das Gericht, welchem Deposita übergeben werden, und soviel die Patrimonialgerichte auf dem Lande betrifft, der jedesmalige Gerichtsherr, ist unbedingt verbunden, für die sichere Aufbewahrung derselbe zu haften. Daher muß jeder Schaden, welcher den zur Verwahrung niedergelegten Sachen durch Nachlässigkeit, Veruntrauung oder andere widerrechtliche Handlungen zugefügt wird, den Deponenten von dem Gerichtsherrn vergütet werden. Bloß denjenigen Schaden trägt der Eigenthümer, der sich durch ungefähren Zufall an dem Deposito ereignet.

um so weniger bezweifelt werden, als dieselbe zufolge allgemein befolgten Gerichtsbrauchs auf königliche Gerichtsbehörden, welche Deposita übernehmen, Anwendung leidet. Die Absicht des Gesetzgebers bei Erlassung obiger Bestimmung ist offenbar dahin gegangen, denjenigen Personen, welche in Folge gesetzlicher Vorschriften genöthigt sind, Sachen bei bestimmten Gerichtsbehörden zu deponiren, für die sichere Aufbewahrung und künftige Rückgabe derselben die größte Sicherheit zu gewähren. Um diesen Zweck zu erreichen, ist dem Gerichtsherrn eine unbedingte Haftung für die bei seinen Gerichten deponirten Gegenstände, soweit nicht dieselben durch einen Zufall untergegangen oder beschädigt worden sind, dergestalt auferlegt worden, daß die Controverse des gemeinen Rechts, ob der Gerichtsherr für die durch Unterschlagung oder Nachlässigkeiten Seiten der Gerichte an den ihnen übergebenen Depositis entstandenen Schäden hafte, und ob diese Haftung unbedingt oder erst nach vorgängiger Ausklagung der Gerichtspersonen, welche die Deposita übernommen haben, eintrete, zu Gunsten der Verletzten entschieden ist. Gleichwohl ist die Natur des Rechtsgeschäfts, welches durch die Deposition zu Stande kommt, und die hieraus abzuleitende Klage nicht abgeändert, sondern nur dahin modificirt worden, daß der Gerichtsherr, welcher durch seine Gerichte die Deposita übernimmt und aufbewahren läßt, als Contrahent, welcher den Niederlegungsvertrag mit dem Deponenten abschließt, angesehen wird und nicht bloß für dolus und culpa zu haften, sondern die volle custodia zu prästiren hat. Es findet daher wider den Gerichtsherrn die actio depositi auf Rückgabe der Depositen statt, ohne daß er mit anderen Einwendungen, als daß die deponirten Gegenstände durch einen Zufall untergegangen seien, gehört wird.

2.

Ferner hat die vorige Instanz ein großes Gewicht darauf gelegt, daß dem Staate beziehentlich den von ihm zu vertretenden Beamten die Verpflichtung obgelegen habe, von der Richtigkeit der Depositen fortwährend in Kenntniß sich zu erhalten, und sobald durch einen nicht durch bloßen ungefähren Zufall herbeigeführten Verlust der wirkliche Bestand eines Depositi gegen den Sollbestand vermindert worden sei, für die Ausgleichung der diesfallsigen Differenz Sorge zu tragen und den fehlenden Betrag alsbald zu ersetzen, vom verklagten Fiscus aber der gedachten Verpflichtung nicht genügt worden sei. Allein aus dieser Nichterfüllung folgt nicht ohne Weiteres, daß Beklagter den durch die Säumniß der Restitution der vom Actuar K. unterschlagenen Depositalgelder etwa für die Kläger entstandenen Schaden den letzteren ohne vorgängige Interpellation zu ersetzen hat.

Denn die Verpflichtung des Staats zu fortwährender Ueberwachung und Präsenthaltung der gerichtlichen Depositen beruht auf der ihm gesetzlich auferlegten custodia. Letztere konnte von dem Depositar schon vermöge des Römischen Rechts in Folge eines Nebenvertrags übernommen werden,

l. 1 §. 35 depositi (16. 3.)

indem dieser Nebenvertrag zwar gegen die sonstige Natur des Depositalvertrags die Vertretungspflicht des Depositars in Betreff der ihm übergebenen Gegenstände erweiterte, nicht aber die Verpflichtung desselben, dem Deponenten die deponirten Gelder zu restituiren, aufhob. Sollte daher selbst Beklagtem eine culpa zur Last fallen, als er die Controle über die Depositenverwaltung nicht vorschriftsmäßig ausgeübt, und die unterschlagenen Gelder nicht sofort in das gerichtliche Depositum zurückgewährt habe, so würde doch ein solches omissum, auf welches in der Klage nicht einmal Bezug genommen worden ist, zu Begründung eines Schadenanspruchs nicht ausreichen, da die Verpflichtung zur sorgfältigen Ueberwachung und Präsenthaltung der Depositen dem Gerichtsherrn nur zu dem Zwecke auferlegt worden ist, um die sofortige Restitution der Deposita zu ermöglichen, mithin die nurgedachte Verpflichtung und die etwaige Säumniß in Erfüllung derselben dann nicht weiter in Frage gelangt, wenn die deponirten Gelder rechtzeitig zurückgegeben worden sind. Bereits oben ist bemerkt worden, daß die Klage, soweit sie dem Beklagten einen Verzug in Betreff der Restitution der zum gerichtlichen Depositum eingezahlten Gelder an die Kläger beimißt, der schlüssigen Begründung entbehrt, da die Kläger auf eine Interpellation nicht Bezug genommen haben.

Ebensowenig kann das von der vorigen Instanz angenommene omissum des Beklagten als ein furtum oder ein sonstiges diesem Eigenthumsverbrechen gleichstehendes Vergehen, welches die Verpflichtung des Beklagten zur sofortigen Restitution des Depositi ohne vorgängige Interpellation herbeizuführen geeignet sei, angesehen werden, weil die diesfallsigen Ausnahmebestimmungen der l. 1 §. 8. l. 20 D. de condict. furt. 13, 1. über die Begründung der mora durch Delicte auf bloße culpose Vernachlässigungen nicht angewendet werden können. Auch bedarf es keines Eingehens auf die Bl. angeführten Fälle, in welchen ein Pachter die Erhaltung der zu dem erpachteten Gute gehörigen Gebäude in baulichem Stand, oder ein Bauunternehmer contractlich die Garantie für die von ihm erfolgte Ausführung einer Bedachung und deren fortwährende Instandhaltung auf eine gewisse Zeit übernommen hat, da in den angeführten Beispielen obligationes in faciendo, im vorliegenden Falle aber eine obligatio ad restituendum depositum, und zwar eine deponirte Baarschaft, in Frage kommen, beide Gattungen von Obligationen aber nicht allenthalben nach gleichen Grundsätzen in Betreff der mora beurtheilt werden können.

Mommsen, Lehre von der mora §. 4, S. 25 fg.

3.

Aus vorstehenden Gründen folgt, daß die etwaigen Vermögensverluste, welche die Kläger durch die behauptete verspätete Restitution der von ihnen zum gerichtlichen Depositum eingezahlten Gelder erlitten haben wollen, nicht durch die von voriger Instanz dem Beklagten beigemessenen omissa, sondern durch die unterlassene Interpellation des Vormunds der Deponenten herbeigeführt worden sind, wie bereits von der ersten Instanz Bl. nachgewiesen worden ist. Hierzu kommt aber, daß die Annahme der vorigen Instanz, daß, wenn der Depositalbestand in seiner Integrität vorhanden gewesen wäre, er durch Wiederausleihung oder sonst nutzbar angelegt worden sein würde, lediglich auf die Bl. angeführten Präsumtionen gestützt worden ist, welche zu

Begründung eines Schädenanspruchs um so weniger hinreichen, als die Verpflichtung der zinsbaren Anlegung der Mündelgelder dem Vormunde oblag, von den Klägern aber weder Thatsachen, durch welche der Vormund an der rechtzeitigen Rückforderung der deponirten Gelder und deren Wiederausleihung verhindert worden ist, angeführt worden sind, noch der zufällige Umstand, daß eine längere Zeit hindurch die deponirten Gelder im gerichtlichen Deposito gefehlt haben, den Klägern ein Recht gewähren kann, von dem Beklagten Entschädigung für einen angeblichen Vermögensverlust zu fordern, welcher dem Vormunde in Folge der unterlassenen Interpellation zur Last fallen würde.

4.

Endlich stimmen beide vorige Instanzen darin überein, daß das Suchen der Kläger, soweit es auf eine Vernachlässigung derjenigen Amtspflichten, welche dem vormaligen J.-Amte St. in seiner Eigenschaft als Vormundschaftsbehörde obgelegen habe, gestützt worden ist, mit Hinblick auf die subsidiäre Natur der gegen die obervormundschaftliche Behörde anzustellenden Klage der schlüssigen Begründung entbehrt. Dieser Theil der vorigen Entscheidung, gegen welchen die Kläger nicht remedirt haben, ist in Rechtskraft übergegangen.

30.

Beweist der mit der actio pigneratitia Belangte, daß er das Pfand rite distrahirt habe, so kann er in diesem Prozesse nicht in Herauszahlung einer auf Rechnungslegung beruhenden hyperocha verurtheilt werden.*)

II. Sen.-Erk. v. 5. März 1863 no. 58/21.

Mittelst der vorliegenden Klage bezweckte und beantragte Kläger eine Verurtheilung des Beklagten in Herausgabe der demselben übergebenen Pfandstücke. Gegen diesen Anspruch suchte Beklagter sich mit der Einrede zu schützen, daß er nach vorgängiger, jedoch fruchtloser Ankündigung, wie er im Falle der Nichteinlösung nunmehr das

*) Vergl. BGB. §. 381, verb. mit §. 1393.

Pfand veräußern werde, wirklich zur Veräußerung desselben verschritten sei und bei dieser Veräußerung 400 Thlr. dafür gelöst habe. Diese Einrede war es, deren Bescheinigung Beklagtem nachgelassen wurde. Auf der Hand liegt es, daß für den gegenwärtigen Rechtsstreit die Höhe des Kaufpreises, welchen Beklagter bei der Veräußerung erzielt hat, irrelevant ist, und daß, falls Beklagter mehr als 400 Thlr. dafür erlangt haben sollte, von einer Verurtheilung desselben in Herauszahlung dieses Mehreren der hyperocha, ein ganz anderer als derjenige sein würde, welcher hier klagbar gemacht und wegen dessen dem Beklagten hier das rechtliche Gehör vergönnt worden war.

31.

Ob fidejussio oder constitutum debiti alieni vorliege, ist nach dem Zweck der Intercession zu beurtheilen.*) — Zugleich zu §. 9 des Gesetzes vom 23. Juli 1846.

II. Sen.-Erk. v. 26. März 1863 no. 150/145.

Gegen die Ansicht zweiter Instanz, daß die von Beklagtem übernommene Haftung als eine bürgschaftliche Verpflichtung anzusehen und rücksichtlich der Unterbrechung der Verjährung gegenüber dem Bürgen nach den Vorschriften in §. 9 des Gesetzes vom 23. Juli 1846 zu beurtheilen sei, hat nun zwar Kläger Bl. auszuführen gesucht, daß nicht sowohl eine Bürgschaft, als vielmehr ein nach anderen Grundsätzen zu beurtheilendes constitutum debiti alieni vorliege. Allein, dahingestellt, ob, die Richtigkeit dieser Ausführung angenommen, die verschiedenartige Beurtheilung der Verbindlichkeiten des constituens und des Principalschuldners rücksichtlich der Verjährung

l. 18 §. 1 D. de pecun. const. (13 5.)

dem Geiste des Gesetzes entsprechen würde, hat Man der Ansicht zweiter Instanz beizutreten gehabt.

Nach dem Wegfall der Stipulationsform des Römischen Rechts ist ein Unterschied zwischen der fidejussio und dem constitutum debiti alieni,

*) Das BGB. konnte zwar einen formellen Unterschied zwischen Bürgschaft und constitutum debiti alieni nicht aufstellen, behandelt vielmehr das hierher gehörige §. 1449 fg. unter der Rubrik Bürgschaft. Die Eigenthümlichkeiten des Constituts treten aber in §. 1455, 1459, 1462 und 1465 zu Tage.

wenn überhaupt noch praktisch wichtig, jedenfalls nur in der Verschiedenheit des Zwecks beider Arten der Intercession zu suchen, mithin ein constitutum nur da anzunehmen, wo nicht lediglich, wie bei der Bürgschaft, die Sicherstellung des Gläubigers, sondern zugleich ein in irgend einer wesentlichen Beziehung, Zeit oder Ort der Zahlung, Erleichterung des Klagrechts u. s. w. dem Gläubiger günstigeres Rechtsverhältniß, als das dem Principalschuldner gegenüber bestehende, beabsichtigt ist.

Girtanner, die Bürgschaft nach gem. Civilrecht §. 13, S. 191 fg.
v. Vangerow, Lehrb. der Pand. Bd. II., §. 579, S. 161 fg.
Wochenbl. f. merkw. Rechtsf., Jahrg. 1850, no. 30, S. 147.

Von einer solchen Absicht ist jedoch in der Disposition §. 7 des Vertrags keine Spur zu finden. Die Directorial- und Ausschußmitglieder haben darin lediglich die solidarische Haftung für die pünktliche Erfüllung des Vertrags, insoweit dieselbe dem Vereine anheimfällt, übernommen, mithin sich bloß zur Sicherheit Klägers für den Hauptschuldner und in gleichem Umfange wie dieser verbindlich gemacht. Denn daß die Solidarität der Haftung, als Mittel größerer Sicherung des Gläubigers, mit dem Wesen der Bürgschaft vollkommen übereinstimmt, bedarf keiner besondern Darlegung. Man braucht sonach behufs richtiger Auffassung des Wortlauts und Sinnes der Dispositionen in keiner Weise über den Begriff einer Bürgschaftsobligation hinauszugehen und damit fällt die Annahme eines constitutum debiti alieni von selbst zusammen.

32.

Ueber das beneficium divisionis der als correi etc. solidarisch verhafteten Bürgen. *)

II. Sen.-Erk. v. 26. März 1863 no. 150/145.

In der bekannten gemeinrechtlichen Streitfrage über die Auslegung der Novelle 99, sowie über die Fälle wechselseitiger Inter-

*) Vergl. BGB. §. 1458 jcto §. 1019 fg. Der hieraus folgende Wegfall des beneficii divisionis hat in der Absicht des Gesetzgebers gelegen, wie in den Motiven S. 836 zu §. 1490 des Entwurfs bemerkt ist.

cession, in welchen in Gemäßheit derselben das beneficium divisionis zuzulassen sei,

v. Vangerow, Lehrb. der Pand., Bd. III., §. 573, Anm. 4, S. 86 fg.

hat sich, wie die zweite Instanz ausgeführt hat, eine constante Sächs. Praxis an die Vorschrift der const. 18, p. II., sowie des Anhangs der Erl. Pr.-Ordn. §. 13 anlehnend, für die Meinung entschieden, daß den als correi oder durch ausdrückliche gegenseitige Verpflichtung solidarisch verhafteten mehreren Schuldnern das beneficium divisionis zusteht, und daß daher der Gläubiger den Einzelnen nur pro rata in Anspruch zu nehmen berechtigt ist, dafern und soweit nicht wegen Unvermögens oder Abwesenheit von den anderen Mitschuldnern Befriedigung nicht zu erlangen ist. Das OAG. hat diese schon in früheren Fällen befolgte Meinung

Wochenbl. f. merkw. Rechtsf., Jahrg. 1855, S. 69.

unter dem 7. November 1854 als Rechtssatz angenommen und es liegt gegenwärtig kein Grund vor, dieselbe zu verlassen. Es konnte daher gegenwärtig, wo nicht einmal angeführt ist, daß und inwieweit Kläger von dem einen oder andern Schuldner Befriedigung zu erlangen nicht vermöge, nur eine antheilige Verurtheilung der einzelnen Mitschuldner, wie von den vorigen Instanzen geschehen, ausgesprochen werden. Eine ausdrückliche, beziehentlich eventuelle Anerkennung der Solidarität im Urthel, welche Kläger Bl. anscheinend verlangt, ist nach jetziger Lage der Sache und in Betracht, daß die Eventualitäten, in welchen die solidarische Verbindlichkeit wirksam werden kann, im Voraus nicht zu übersehen sind, unthunlich, es bedarf aber auch dessen in Klägers Interesse nicht, da die Form des Erkenntnisses zur Genüge ausdrückt, daß die erhobene Klage, soweit der Anspruch über die antheilige Zahlungsverbindlichkeit hinausgeht, nur zur Zeit in der angebrachten Maße abgewiesen, mithin dem Kläger für den Fall nicht präjudicirt ist, wenn er seiner Zeit den Eintritt der Voraussetzungen, an welche die Wirksamkeit der solidarischen Haftung geknüpft ist, darzuthun vermag.

33.

Actio negatoria gegen den, welcher einen Hypothekenschuldner an der Benutzung einer vom Hypothekengläubiger ausgestellten Cassationserklärung Behufs Löschung der Hypothek durch an geeigneter Stelle eingelegten Widerspruch behindert.

II. Sen.-Erk. v. 26. März 1863 no. 134/120. *)

Das OAG. befindet in der Deduction Bl. — flg. Etwas, was ein Bedenken gegen die Entscheidung voriger Instanz und insbesondere gegen die Gründe Bl. — flg. rechtfertigen könnte, um so weniger, als Man zu dem durch jene Entscheidung klar gelegten Resultate auch auf folgendem Wege gelangt sein würde:

Die Cautionshypothek, deren Löschung Kläger verlangt, ist nach Bl. — „dem Königlich Sächsischen Kriegsministerium zu Dresden" — wegen Gewährung einer jährlichen Rente von 600 Thalern an Beklagten und Klägers Tochter zu Aufrechterhaltung einer standesmäßigen Ehe auf so lange, als die betreffenden gesetzlichen und dienstlichen Bestimmungen eine solche (Sicherheit) vorschreiben — bestellt.

---

*) Bei dem aus dem Eingange der im Text mitgetheilten Rationen für den vorliegenden Zweck zur Genüge ersichtlichen Sachstande bestritt Beklagter die Schlüssigkeit der Klage unter dem Gesichtspunkte, daß solche eine condictio sine causa sein solle, nun aber der Nachweis, daß die causa sich erledigt habe, fehle. Die Ima erachtete diesen Einwand für unerheblich, weil die Hypothek, wenn auch mit im Interesse des Beklagten, doch dem Kriegsministerium bestellt sei, und dieses Cassationserklärung ausgestellt habe; und nun es nicht Sache des Beklagten sein könne, Gesichtspunkte geltend zu machen, welche möglicherweise im dienstlichen Interesse eine andere Resolution des Ministerii hätten befürworten können. Sie verurtheilte Beklagten gegen Empfangnahme des vom Kläger offerirten Rentenrestes Ausantwortung der betr. Urkunden Seiten des Prozeßgerichts an den Kläger geschehen zu lassen. Die IIda (AG. Dresden, befand den Klaggrund in einem Mandatsverhältnisse zwischen Beklagtem als Mandanten und Klägern als Mandatar, dahin gehend, daß letzterer die für seine Zwecke erforderliche Sicherheit bestelle und erachtete in Hinblick auf die Bestimmungen der L. 6 §. 2 D. mandati (17 [1]) und der L. 60 D. de R. J. (50 [17]) die actio mandati contraria begründet, und confirmirte ebenso wie das OAG., welches den aus dem Texte ersichtlichen Gesichtspunkt ausführte.

Das Ministerium verlangte diese Bestellung in Gemäßheit des Gesetzes vom 4. Juli 1855, die Sicherstellung des bei Verehelichung von Officieren der K. Sächsischen Armee erforderlichen Vermögens betreffend, pr. §. 3 und 4 und erklärte solche nach rechtskräftiger Trennung der Ehe nicht allein für erledigt, sondern stellte auch Löschungserklärung Bl. — unter Rückstellung des Hypothekeninstruments in einer Weise aus, wonach der Verzicht auf diese Cautionshypothek Seiten des gedachten Ministerii ein absoluter und definitiver ist.

Behindert ist Kläger daran, daß er durch diesen Act seines Hypothekengläubigers den gewünschten Erfolg, nämlich Liberirung seines Grundstücks von der Cautionshypothek, erziele, lediglich dadurch, daß das Ministerium in Folge Einwands des Beklagten jene Urkunden nicht dem Kläger ausgeantwortet, sondern nach Bl. — als streitige Gegenstände an das Prozeßgericht zur Verwahrung und zu dem Zwecke abgegeben hat, daß dem Kläger anheim gestellt sei, nach Befinden auf dem Rechtswege vom Beklagten die Genehmigung in Ausantwortung der fraglichen Urkunden zu verlangen.

Der Einwand des Beklagten beruht aber darauf, daß er ungeachtet der Scheidung Fortgewährung der Rente, beziehentlich eines Theils derselben, mit Rücksicht darauf fordert, daß aus der Ehe ein Kind entsprossen, dessen Erziehung ihm als Vater obliege.

Prüft man dieses Sachverhältniß, bei welchem die Frage: ob das Kriegsministerium sich seiner Verpflichtung, die Löschung einer ihm für den Staat auf Erfordern bestellten Cautionshypothek zu bewirken, nachdem es als im angezogenen Gesetze §. 4 diesfalls autorisirtes Staatsorgan den Grund der Bestellung für erledigt anerkannt hat, auf dem von ihm gewählten Wege entbrechen konnte? um deswillen dahin gestellt bleiben kann, weil Kläger sein Einverständniß mit der gewählten Modalität durch die Klaganstellung zu erkennen gegeben hat, nach der Richtung der Frage: welche Art Rechtsmittel vorliege? so fällt es — wie gedacht, ohne die Thunlichkeit der Auffassung voriger Instanz Bl. —, daß mit Rücksicht auf ein besonderes Rechtsverhältniß zwischen den Parteien actio mandati contraria vorliege, zu bezweifeln — unbedenklich, die Klage auch als negatoria actio zu charakterisiren, analog den Fällen, wo der eingetragene Besitzer die Cautionshypothek seiner Ehefrau anficht, um diese zum Beweise des auf ihren Antrag eingetragenen Einbringens zu nöthigen, oder den Dritten, welcher ihn durch erlangten Eintrag einer Protestation an der Disposition über das Grundstück behindert, ihn somit in seinem Eigenthume stört, zu Aufgabe jener nöthigt.

Im Wesentlichen zu demselben Resultate gelangt man übrigens, wenn man die Richtung der Klage auf Geschehenlassen der an sich für Klägern beim Prozeßgericht deponirten Urkunden, als beweglicher Sachen, ins Auge faßt, indem sich auch insoweit Beklagtens Widerspruch als eine Eigenthumsstörung charakterisirt.

Mag man nun unter diesem Gesichtspunkte, wonach die negatoria gewissermaßen als provocatio ex lege diffamari fungirt, weil die Hypothek nur dem Kriegsministerium bestellt war, den Beklagten als Dritten ohne Weiteres als Störer betrachten, oder den Nachweis des Grundes, warum Kläger dem Ministerium gegenüber Löschung zu fordern berechtigt, verlangen, und solchenfalls diesen — gelieferten — Nachweis der Erledigung des Grundes der Bestellung durch Erklärung des Gläubigers als eine der Klage zu inseriren gewesene Replik ansehen, so würde es immer Sache des Beklagten sein, der an sich schlüssigen Klage gegenüber, seine Berechtigung zum Widerspruche — welcher mehr oder weniger die Natur einer Verkümmerung, Protestation oder einer Inhibition hat — nachzuweisen, und es kommt daher alles darauf an, ob ein solcher Nachweis vorliegt.

Was nun Beklagter zu Rechtfertigung seines Widerspruchs vorgebracht hat, kann verschiedenen rechtlichen Gesichtspunkten unterstellbar erscheinen.

1.

Zunächst will es den Anschein gewinnen, als ob Beklagter zu der Annahme hinneige, als sei vom Kriegsministerium mit Unrecht die Cautionsbestellung als erledigt erklärt worden, weil man seinen vermeintlichen Rechten auf Fortgewährung der Rente, oder eines Theils derselben, ungeachtet der Ehetrennung mit Rücksicht auf die ihn treffende Alimentations- und Erziehungspflicht in Betreff des der Ehe entsprossenen Kindes hätte prospiciren sollen.

Abgesehen nun von der materiellen Seite dieser Argumentation, welche sofort des Weiteren beleuchtet werden soll, so würde eine solche

Auffassung sich schon formell als exceptio de jure tertii und deshalb als unbeachtlich darstellen, weil eine Cognition des Civilrichters über das Ermessen des Kriegsministerii, welches dasselbe innerhalb seiner Competenz §. 4 cit. des Gesetzes walten lassen, unthunlich ist.

2.

Anlangend ferner die materielle Seite dieses Einwands, so ist nicht abzusehen, wie Beklagter für sich ein Recht auf Fortdauer der Hypothek verlangen könne. Sie ist nicht ihm, sondern einem Dritten — wenn auch gewissermaßen für ihn, d. h. in seinem Interesse zu Erreichung eines nunmehr erledigten Zwecks, nämlich der Erlangung der Genehmigung der Behörde zu seiner Verehelichung — bestellt.

Dahingestellt die Frage: ob Beklagter aus dem Versprechen vom 22. November 1859 Bl. annoch ein Anrecht auf Fortgewährung von Rente habe, waltet in Betreff dieser Hypothekenbestellung, wodurch an sich, und abgesehen von dem Bl. berührten persönlichen Rechtsverhältnisse des negotium alienum, zwar zwischen Klägerm und dem Kriegsministerium, nicht aber zwischen den Parteien Rechte begründet sind, ein ähnliches Verhältniß, wie zwischen dem gewöhnlichen Bürgen und dem Gläubiger ob, den der Schuldner nicht an dem Verzichte auf die Bürgschaft verhindern kann.

Hat nun aber der Beklagte kein directes Recht aus jener Hypothekenbestellung, so könnte

3.

sein Widerspruch gegen die Löschung und sein Antrag auf Rückhaltung der betreffenden Urkunden unter dem Gesichtspunkte eines Retentionsrechts aufrecht erhalten werden wollen.

Allein ein Fall, wo solches die Gesetze statuiren,

Arndts, Pandecten, §. 102 in fine, §. 285. §. 328 ad not. m. §. 377.

liegt offenbar nicht vor, da die etwaigen Ansprüche des Beklagten an Klägern nicht connexe Gegenansprüche im rechtlichen Sinne sind. Wollte man aber

4.

den Gesichtspunkt des Arrests wegen einer im eigentlichen Sinne nicht connexen Forderung in's Auge fassen, so würde es an einem Anhalten dafür, abgesehen von der materiellen Begründung einer solchen, schon deshalb fehlen, weil der erforderliche Nachweis der Gefahr des Verlusts ermangelt.

Daß endlich

5.

von einer Compensation nicht die Rede sein könne, bedarf bei der verschiedenen Natur der betreffenden Rechte, resp. Sachen keiner besondern Ausführung.

Wendet man sich nunmehr, nachdem theils die Schlüssigkeit der Klage theils die Unerheblichkeit des vom Beklagten derselben entgegengesetzten Widerspruchs im Zusammenhange dargethan ist, noch zu der Deduction Bl., so genügen folgende Bemerkungen:

a.

Der Umstand, daß in Betreff der Frage: ob die Bestellung der Cautionshypothek erledigt sei? der Ausspruch der Verwaltungsbehörde als maßgebend angesehen werden muß, kann dem Beklagten für diesen Prozeß keinen Nutzen verschaffen, weil Beklagter zu Begründung der Verneinung einer Einrede bedürfen würde, nnd es nun offenbar nicht Sache des Klägers, sondern des Beklagten ist, das desfalls erforderliche Material beizubringen. Es kann daher von einer die an sich civilrechtlich schlüssige Klage beeinträchtigenden Incompetenzerklärung des Civilrichters nicht die Rede sein.

b.

Es involvirt eine nicht gerechtfertigte petitio principii, wenn Beklagter Bl. — annimmt, es liege in der Deposition der betreffenden Urkunden bei dem Prozeßgericht eine Incompetenzerklärung Seiten des Kriegsministerii. Wie bereits oben nachgewiesen wurde, ist die Cassationserklärung des letztern eine rückhaltlose und in keiner Weise indicirt, daß dasselbe dem Civilrichter eine Cognition darüber zuweisen wollte, ob seine unbedingte Cassationserklärung eine gerechtfertigte sei. Nicht über die Angemessenheit des Inhalts der betreffenden Urkunden, sondern nur über den Besitz wollte jenes civilrichterliche Cognition offen halten.

c.

Ferner verkennt Beklagter Bl. den Grundsatz, daß es eines Eingehens auf tiefer liegende Fragen nicht bedarf, wenn der Prozeß nach näher liegenden, sei es auch nur formellen, Grundsätzen entschieden werden kann und das OAG. muß um so mehr Bedenken tragen, die vom Beklagten gewünschte nähere Beleuchtung der Bl. ausgehobenen Frage eintreten zu lassen, als es dadurch nach Befinden in die Lage kommen könnte, in durius zu erkennen.

d.

Bei der Deduction Bl. flg. übersieht Beklagter, daß ein vorgängiges ausdrückliches Versprechen des Schuldners („promittit" in der angezogenen Institutionenstelle pr. J. de fidej. III. 20.) nicht erforderlich ist, um den Begriff einer fidejussio zu ermöglichen, wenn die Verbindlichkeit des Schuldners auf einem andern Rechtsgrunde, als dem eines Versprechens, z. B. im vorliegenden Falle auf dem Gesetze, beruht.

e.

Die Formel der Verurtheilung Bl. in Ersatz erweislicher Schäden läßt die Frage unentschieden: von welchem Zeitpunkte an eine schadenbringende Thätigkeit Beklagtens anzunehmen sein würde. Es kann daher nicht im Interesse Beklagtens liegen, zu Bl. hierunter eine nähere Erörterung eintreten zu lassen.

Inwiefern die Maßnahme des Kriegsministerii dem Kläger gegenüber gerechtfertigt war, konnte, wie bereits oben bemerkt, dahin gestellt bleiben, weil Kläger sich damit einverstanden bezeigt hat, daß er Beklagtens Widerspruch gegen Löschung der Cautionshypothek im Rechtswege zu beseitigen habe. Wollte aber Beklagter dem Vorwurfe entgehen — nach der oben entwickelten Auffassung der Klage —, als Störer von Klägers Eigenthum zu erscheinen, so durfte er nicht die Deposition wörtlich und thatsächlich ratihabiren, sondern er hatte, zumal nachdem Kläger den Rechtsweg betreten, das Fundament der Klage durch Zustimmung zur Ausantwortung der betreffenden Urkunden an Klägern zu beseitigen. Die Lage der Sache läßt Beklagtens wörtlichen Widerspruch gegen die Ausantwortung der betreffenden Urkunden als eine thatsächliche Störung von Klägers Eigenthum ganz in der Maße erscheinen, wie wenn er, nachdem das Kriegsministerium etwa nicht zur Deposition geschritten, sondern jene dem Kläger ausgehändigt gehabt, die Löschung auf Grund derselben durch eine Protestation bei dem Hypothekenrichter, welche dieser beachtlich erklärt, zu verhindern unternommen hätte. Auch hier gestattet man die negatoria im ordentlichen Rechtswege, ohne daß der Eigenthümer vorher versucht hat, die Resolution des Hypothekenrichters in dem für das Verfahren offenen Instanzenzuge zu erledigen, und der Antragsteller kann sich nicht damit schützen, daß seine Protestation erst durch die Resolution den Charakter einer thatsächlichen Störung angenommen habe.

34.

Donatio mortis causa oder inter vivos? Ob remuneratoria giebt nach der einen oder andern Richtung hin keinen Ausschlag.*)

II. Sen.-Erk. v. 27. März 1863 no. 132/111.

Der Ansicht der vorigen Instanz, daß die Disposition, welche der Erblasser der Beklagten P. zufolge der Bl. befindlichen Urkunde kurz vor seinem Ableben in Betreff einer Summe von 400 Thlr. zu Gunsten der Klägerin getroffen hat, als eine formlose und als solche ungiltige donatio mortis causa sich darstelle, und daß an dieser Auffassung auch durch die Verhandlungen nichts geändert werde, welche bei und nach Aushändigung jener Urkunde an die Klägerin zwischen dieser und P.'n stattgefunden haben sollen, hat man nur beipflichten können. Die im Eingange jener Urkunde zu lesenden Worte:

„dafern ich mit Tode abgehen sollte",

bilden einen Conditionalsatz, stellen den Eintritt des Todes des Schenkgebers nicht, wie die Klägerin gleichwohl behauptet, als eine Bestimmung über den Zeitpunkt der Fälligkeit der Schenkung dar,

---

*) Vergl. BGB. §. 1049 fg. jcto 2500 fg. — Vergl. noch die Darstellung der Gründe, nach denen in concreten Füllen donatio mortis causa oder inter vivos anzunehmen, in den im Wochenbl. f. merkw. Rechtsf. 1848, S. 492, sowohl in den in diesen Annalen, Bd. IV., S. 281 mitgetheilten Präjudicaten.

sondern lassen die letztere als eine bedingte erscheinen. Zudem spricht sich die Absicht des Schenkgebers, den rechtlichen Bestand der Schenkung davon abhängig zu machen, daß er die Schenknehmerin nicht überlebe, noch bestimmter dadurch aus, daß in jener Urkunde den Worten:

„dafern ich"

die Partikel:

„ja"

beigefügt ist. Denn durch diese Partikel wird die in der Conjunction: „dafern" liegende Restriction noch mehr hervorgehoben und es können daher die Worte:

„dafern ich ja mit Tode abgehen sollte",

nur so verstanden werden, als habe damit gesagt werden sollen, wie der Schenkgeber, wenn anders seine Vermuthung, vor der Klägerin mit Tode abzugehen, sich bestätigen sollte, der letzteren die Summe von 400 Thlr. aus seinem Vermögen zugedacht haben wolle. Man ersieht daraus, daß der Schenkgeber einer Seits durch den Gedanken an ein ihm nahe bevorstehendes Lebensende zu der zu Gunsten der Klägerin getroffenen Disposition bestimmt worden ist, anderer Seits, daß derselbe gleichwohl die Hoffnung, jener Gefahr zu entgehen, noch nicht aufgegeben gehabt und daher, den nachmals eingetretenen Fall, daß er vor dem Widerrufe der Schenkung und vor dem Tode der Klägerin versterben sollte, ausgenommen, die freie Disposition über die Schenkung sich hat vorbehalten, mit anderen Worten, die geschenkte Sache lieber sich hat erhalten, als sie der Schenknehmerin zuwenden wollen.

l. 1 Dig. de mort. causa donat. (39. 6.)

Das Gegentheil zu statuiren und anzunehmen, als habe der Klägerin sofort ein unwiderrufliches Recht auf die ihr in der Urkunde Bl. verheißenen 400 Thlr. eingeräumt werden sollen, ist man übrigens auch schon darum behindert, weil der Schenkgeber in letzterer die Schenkung selbst nur als eine letztwillige und somit widerrufliche Verfügung bezeichnet hat. An diesem Gesichtspunkte wird aber auch dadurch nichts geändert, daß nach der Klage B. bei Ausantwortung der Schenkungsurkunde an die Klägerin gegen diese die Aeußerung, sie solle sich dieses Papier aufheben und behalten, sie habe doch dann etwas für ihre Mühe und Sorge, wenn etwas mit ihm passiren sollte, gethan, die Klägerin diese Urkunde angenommen und P. die spätere Aufforderung der erstern, die Schenkung gerichtlich zu machen, mit den Worten abgelehnt hat, dies sei gar nicht nöthig, falls er sterben sollte, möge sie, die Klägerin, den Zettel nur seinem Bruder geben, dieser werde ihr dann das Geld auszahlen.

Eine Schenkung, welche in Berücksichtigung von Wohlthaten oder sonstiger von dem Schenknehmer dem Schenkgeber geleisteten Diensten geschieht, kann sowohl bedingt als unbedingt erfolgen. Es ist daher nicht abzusehen, wie der remuneratorische Charakter einer Schenkung, wenn diese nur auf den Todesfall, also unter der Bedingung, daß der Schenkgeber ohne zuvor die Schenkung widerrufen zu haben, vor dem Schenknehmer sterben sollte, ausgesprochen worden ist, dem letztern ein festes Recht auf die geschenkte Sache zu verleihen, im Stande sein soll. Und wenn ferner P. der Klägerin anstatt gegen sie seine Absicht, sie auf den Todesfall mit einer Summe von 400 Thlr. zu bedenken, expressis verbis zu erkennen zu geben, die über die Schenkung ausgestellte Urkunde einhändigte, so liegt eben nur ein Act vor, welcher die Stelle einer mündlichen und wörtlichen Mittheilung des Inhalts jener Urkunde vertrat, und daher auf die Entscheidung der vorliegenden Sache ebensowenig von Einfluß sein kann, als dies der Fall sein würde, wenn P. der Klägerin seinen Entschluß, sie auf den Todesfall mit einer Summe von 400 Thlr. zu bedenken, mit ausdrücklichen Worten eröffnet hätte. Da weiter derjenige, welcher eine zu seinem Gunsten von einem Andern abgegebene Erklärung acceptirt, dadurch nur seine Uebereinstimmung mit der Willensmeinung des Erklärenden kundgiebt, sich der letztern, in allen ihren Beziehungen und mit allen ihren Consequenzen unterwirft, so leuchtet auch ein, wie die in Frage befangene Schenkung, welche sich, wie gezeigt worden ist, nur als eine donatio mortis causa darstellt, durch die Seiten der Klägerin erfolgte Acceptation zu einem unwiderruflichen Vertrage, zu einem Vertrage, durch welchen sich P. des Geschenkten definitiv entäußert habe, nicht habe erhoben werden können. Endlich läßt sich aber auch daraus, daß P., wie in der Klage behauptet wird, die Aufforderung der Klägerin, den Schenkungsact vor Gericht zu wiederholen, mit den Worten, das sei gar nicht nöthig, abgelehnt hat, ein irgendwie bestimmtes Anhalten für die Annahme, daß P. durch die Schenkung die Eingehung eines negotium inter vivos bezweckt habe, nicht entnehmen, vielmehr spricht der Umstand, daß P. nach dem fernern Inhalte der Klage jene Aeußerung mit dem Zusatze begleitet hat:

> falls er sterben sollte, möge sie, die Klägerin, den Zettel — die Urkunde Bl. — nur seinem Bruder geben, dieser werde ihr dann das Geld auszahlen,

mehr dafür, daß P. lediglich in dem Vertrauen, sein Bruder werde, obschon die Schenkung nicht unter Beobachtung der zu ihrer Giltigkeit erforderlichen Form errichtet worden sei, dennoch nicht Anstand nehmen, an die Klägerin die ihr zugedachte Summe auszuzahlen, sich gegen die Nothwendigkeit einer Wiederholung des Schenkungsacts vor Gericht ausgesprochen habe.

Zu dem Strafgesetzbuche.

26.

Was ist unter der Hinderung der Ausführung eines Verbrechens durch **äußere Umstände** (Art. 44 StGB.) zu verstehen?

Erkenntn. v. 9. Septbr. 1863 no. 895/880.

Es hat der nach Inhalt der Acten mit der Epilepsie behaftete Angeschuldigte selbst angeführt, daß er von der N. in dem Vorgefühle eines Ausbruchs seiner Krankheit abgelassen und sich nach Hause begeben habe, und das Bezirksgericht hat lediglich in Hinsicht auf dieses Anführen angenommen, daß F. durch äußere Umstände an der weitern Ausführung des von ihm beschlossenen und begonnenen Verbrechens gehindert worden sei, und daß mithin hier kein nach Art. 44 des StGB.'s strafloser Versuch vorliege. Dieser Ansicht hat jedoch, ganz abgesehen davon, daß das gedachte Anführen des Inculpaten nicht einmal für recht glaubhaft und daher offenbar auch nicht für vollständig constatirt erachtet worden ist, und daß es schon deshalb bedenklich erscheinen muß, dasselbe zum Nachtheile des Angeschuldigten bei der Entscheidung zu berücksichtigen und darauf allein die Verurtheilung desselben wegen eines, außerdem dem Obigen nach offenbar straflos zu lassenden Versuchs zu stützen, nicht beigetreten werden können. Denn würde auch ein wirklich erfolgter Ausbruch jener Krankheit die Straflosigkeit der bis dahin vorgenommenen Versuchshandlungen nicht herbeigeführt haben, da Inculpat solchenfalls unzweifelhaft nur durch ein ganz außerhalb seiner Willenssphäre liegendes Ereigniß von der Vornahme weiterer Versuchshandlungen abgehalten worden sein würde und von dem Aufgeben eines Entschlusses überhaupt gar nicht die Rede sein könnte, so läßt sich doch nicht behaupten, daß auch schon durch die bloße Befürchtung eines Krankheitsausbruchs, durch dessen etwaiges Vorgefühl nach der Ansicht des Gerichtsarztes der Geschlechtstrieb nicht niedergedrückt wird, die Möglichkeit einer fernern verbrecherischen Thätigkeit ausgeschlossen oder die Willensfreiheit des Angeschuldigten aufgehoben worden, und wenn derselbe nun in Folge dieser Befürchtung die Frage, ob es gerathen sei, von seinem Beginnen abzustehen, in Erwägung gezogen und sodann zu dem Entschlusse gelangt ist, dasselbe gänzlich aufzugeben, so kann dieser rein innerliche Vorgang weder an sich als ein äußerer Umstand, noch insbesondere als ein solcher angesehen werden, durch welchen Inculpat an der Ausführung seines verbrecherischen Vorhabens gehindert worden ist. Nur unter dieser letztern Voraussetzung soll aber die im Art. 44 des StGB.'s für den Fall des Rücktritts von dem noch nicht beendigten Versuche eines Verbrechens zugesicherte Straflosigkeit nicht eintreten, und es kann in Ermangelung dieser Voraussetzung

Krug, Commentar zu dem StGB., 2. Ausg., 1. Abth., S. 77, no. 6.

nichts darauf ankommen, welche Beweggründe und welche Erwägungen den Rücktritt veranlaßt und die Willensrichtung des Rücktretenden bestimmt haben.

27.

In der Vereinigung Mehrerer zur Verübung eines Diebstahls mit Waffen (Art. 280) liegt nicht ohne Weiteres die Billigung jedes durch die geführten Waffen verübten Verbrechens. — Zu Art. 52 StGB.

Erkenntn. v. 21. Octbr. 1863 no. 968/1011.

Abgesehen davon, ob N. M., selbst wenn er die Flinte zuvor beim Bruder überhaupt sah, auch deren geladenen Zustand gekannt, oder ob ihm etwa der Bruder solchen, auf Befragen, verheimlicht habe, würde hier immer die Vorschrift des Art. 52 des StGB.'s zu des Angeklagten Gunsten anzuziehen und davon auszugehen sein, daß die ganz allgemeine Vereinbarung zu Verübung eines bewaffneten Diebstahls, noch keineswegs schlechthin die Einwilligung zu Tödtung eines die Diebe anhaltenden oder verfolgenden Menschen enthalte. Die vorigen Urthelsverfasser sagen Bl. selbst, und zwar ganz mit Recht, daß Diebe mit einer zu Beibringung tödtlicher Verletzungen geeigneten Waffe auch ohne die Absicht, von derselben im Betretungsfalle ernstlichen Gebrauch zu machen, und nur in der Erwartung, durch den bloßen Besitz der Waffe ihren Verfolgern zu imponiren und solche von sich abzuhalten, zum Stehlen ausgingen. Mit dieser Annahme kann Man nun aber auch, ohne speciellere, diesen Schluß rechtfertigende, hier nicht zu erweisende, Verabredungen nicht dazu gelangen, selbst die Tödtung eines Menschen als in der bloßen allgemeinen Vereinigung zum bewaffneten Diebstahle innebegriffen anzusehen.

28.

Bedenken, welche dem Civilrichter nicht für ausreichend erschienen sind, um die Zuerkennung eines Eides zu unterlassen oder die Zulassung zur Leistung eines erkannten Eides zu versagen, sind nichtsdestoweniger in Verbindung mit anderen Anzeichen für den Beweis des Meineids zu benutzen. — Zu Art. 222 StGB. und 386 sub 2 StPO.

Erkenntn. v. 28. Septbr. 1863 no. 793/932.

Das OAG. hat es unbedenklich gefunden, die Entscheidung der vorigen Instanz zu bestätigen, durch welche der Angeklagte W. des

Verbrechens des Meineids für schuldig erachtet und zu zweijähriger Zuchthausstrafe verurtheilt worden ist. Der Vertheidiger scheint sich für seine entgegengesetzte Ansicht einen Erfolg von dem in der Allg. Ger.-Ztg. Bd. II, S. 96 abgedruckten Präjudize des OAG.'s zu versprechen, allein ganz ohne Grund. Offenbar mißversteht derselbe dieses Präjudiz, wenn er auf dessen Grund annimmt, es könne bei Meineidsuntersuchungen auf solche Indicien, welche bereits dem den fraglichen Eid zuerkennenden Richter vorlagen, niemals zurückgegangen werden. Die Worte des Präjudizes: „so müssen, außer den bereits „vor der Eidesleistung constatirten Thatsachen annoch neue hinzutreten, „aus denen, in Verbindung mit dem früher vorhandenen Materiale, „die Anschuldigung des Meineids genugsame Unterstützung findet", widerlegen seine Auffassung desselben bündigst. Von dem bloß formellen Standpunkte aus würde also selbst ein an sich geringfügiges Novum bereits genügen, um dem schon vor der Eidesleistung ermittelten Materiale für den Indicienbeweis in der Untersuchungssache wegen Meineids im Allgemeinen Berücksichtigung zu verschaffen.

29. 30.

Die strafaufhebende Wirkung der Retorsion von Injurien tritt, sobald nur die Gegenbeleidigung bestimmt gerügt worden, auch ohne besondere Bezugnahme auf das aus dieser erwachsende Recht auf Straflosigkeit ein. — Zu Art. 243 StGB. *)

A.

Erkenntn. v. 12. Octbr. 1863 no. 989/975.

Wenn der Bevollmächtigte der verehel. H. und zwar unter Bezugnahme auf ein in der Allg. Ger.-Ztg. Bd. VI., S. 329 abgedrucktes Präjudiz des OAG.'s die Ansicht aufgestellt, daß die Anwendung der Vorschrift im Art. 243 des StGB.'s auf die gegenseitigen Beleidigungen der H. und G. um deswillen ausgeschlossen sei, weil die G. nicht ausdrücklich auf Compensation der Beleidigungen, sondern auf Bestrafung ihrer Gegnerin angetragen habe, so ist dieser

*) Vergl. Annalen Bd. II., S. 74, 75. V., S. 128. VI., S. 85.

Ansicht nicht beizutreten gewesen und jenes Präjudiz von dem H.'schen Sachwalter mißverstanden worden. Das OAG. hat sich in solchem nur dahin ausgesprochen, daß auch die Erwiderung einer Beleidigung, wie eine jede andere Ehrenkränkung, von dem durch dieselbe betroffenen, gleichviel, ob es sich dabei um Bestrafung derselben oder um Befreiung von Strafe, wegen der vorausgegangenen Beleidigungen handle, gerügt und damit das im Art. 243 gedachte Retorsionsrecht geltend gemacht worden sein müsse, von welchem außerdem, daß auf dasselbe verzichtet worden, anzunehmen sei; keineswegs aber ist von dem OAG. behauptet worden, daß, wenn die betreffende Beleidigung überhaupt einmal gerügt ist, die Anwendung des Art. 243 noch von einem speciellen Antrage auf Compensation abhängig sei. Gerügt sind nun aber die von der G. behaupteten Beleidigungen, deren die H. gegen sie sich schuldig gemacht haben soll, vermöge des Strafantrags Bl. und nachdem dies geschehen, hängt es nicht von der Form, in welcher jenes Rügen erfolgte, und ob im Allgemeinen Strafantrag gestellt oder speciell Compensation geltend gemacht worden, ab, ob Art. 243 des StGB.'s zur Anwendung kommen dürfe oder nicht; derselbe muß, wenn die Verhältnisse sonst dazu geeignet sind, angewendet werden, vergl. auch

Allg. Ger.-Ztg. Bd. VII., S. 265.

und ein Verzicht hierauf kommt nur vor, wenn derjenige, welcher Compensation an sich geltend machen könnte, die ihm widerfahrene Beleidigung ausdrücklich verzeiht oder innerhalb der Verjährungsfrist zu rügen unterläßt.

B.

Erkenntn. v. 2. Novbr. 1863 no. 1043/1036.

Das OAG. hat bereits wiederholt, z. B. in der Allg. Ger.-Ztg. Bd. VI., S. 329, in den Annalen Bd. V., S. 128, Bd. VI., S. 86, und in einer im October d. J. an das GA. zu B. in Privatanklagesachen der verehel. H. gegen die verehel. H. *) ergangenen Entscheidung, die Ansicht ausgesprochen, daß die Anwendung der Vorschrift im Art. 243 des StGB.'s immerhin zugleich durch die

*) Vergl. das vorhergehende Präjudiz.

allgemeine Bestimmung im Art. 246, Abs. 1 des StGB.'s bedingt werde, und daher derjenige, welcher die Compensation gegenseitig erfolgter Beleidigungen in Anspruch zu nehmen gedenkt, wegen der ihm selbst widerfahrenen Ehrverletzung entweder in der Allgemeinheit einen Strafantrag erheben, oder doch, bei deren Erwähnung, eine solche Ausdrucksweise wählen müsse, welche über seine Absicht, mit der erlittenen, von ihm als solche empfundenen, Beleidigung die dem Gegner von ihm zugefügte zu compensiren, dieselbe daher, ob auch nur zu dem Zwecke der eigenen Straflosigkeit, zu rügen, keinen begründeten Zweifel zuläßt. Man mag, bei der Beurtheilung der gedachten Ausdrucksweise und bei deren Auffassung als Rüge der Beleidigung, mit aller Milde zu Werke gehen, allein die bloße gelegentliche Erwähnung von Ausdrücken des Gegners, welche mit mehr oder weniger Grunde als Ehrverletzungen des Privatangeklagten betrachtet werden können, genügt hierzu nicht. Man würde mit der entgegengesetzten Ansicht, welcher sich der Verfasser der in der Allg. Ger.-Ztg. Bd. VII., S. 265 enthaltenen Abhandlung zuzuwenden scheint, am Ende dahin gelangen, den Art. 243 des StGB.'s sogar dann in Betracht ziehen zu müssen, wenn der Privatangeklagte selbst eines für ihn verletzenden Ausdrucks seines Gegners nirgends gedacht, einen solchen aber ein, für ganz andere Zwecke abgehörter, Zeuge beiläufig erwähnt und damit zur Kenntniß des Richters gebracht hätte. Es ist nun aber schon überhaupt gewiß nicht zu viel verlangt, daß derjenige, welcher die Ausdrucksweise seines Gegners als Beleidigung ressentiren und aus solcher ein Recht für sich ableiten will, dieses eben auch deutlich erkläre, und nicht die Auffindung einer ihm möglicher Weise zur Seite tretenden Exception dem Richter überlasse, welcher dabei noch der Verlegenheit ausgesetzt ist, ohne ein Anhalten in des anscheinend Beleidigten eigener Erklärung zu besitzen, aussprechen zu sollen, ob letzterer in der Ausdrucksweise seines Gegners eine Beleidigung finden könne, was oft von besonderen Verhältnissen abhängig ist. Entscheidend ist aber jedenfalls der Umstand, daß eine von dem Beleidigten nicht gerügte Beleidigung auch keine amtliche Thätigkeit des Richters zur Folge haben kann. Art. 246, Abs. 1 des StGB.'s gilt nicht bloß von Einleitung eines Strafverfahrens, sondern folgerichtig zugleich von der Anwendung des Art. 243 des

StGB's, die letztere Vorschrift setzt also gegenseitige Beleidigungen von der Beschaffenheit voraus, daß wegen jeder derselben nach Art. 226, Abs. 1 auch ein Strafverfahren eingeleitet werden könnte.

Im vorliegenden Falle leugnen die Privatangeklagten gänzlich, die ihnen von der verw. Z. beigemessenen Schimpfreden ausgestoßen zu haben; indem sie aber den eigentlichen Hergang der Sache schildern wollen, gedenken sie auch einer von der Z. gegen sie angeblich ausgestoßenen Schimpfrede mit. Sie haben deshalb weder einen Strafantrag gestellt, noch angedeutet, daß sie, wenn es etwa der Z. gelänge, die ihnen beigemessenen Schimpfreden darzuthun, auf das Schimpfwort, welches die Z. gegen sie ausgestoßen haben soll, zu ihrem Schutze Beziehung nehmen wollten. Zunächst schloß schon ihr Leugnen die Absicht einer Compensation aus, und als sie, auf den Grund von Zeugenaussagen, durch den erstinstanzlichen Bescheid wegen der gegen die verw. Z. sich erlaubten Schimpfreden mit Strafen belegt wurden, haben sie weder bei Einwendung des Einspruchs, noch bei der Verhandlung über denselben des angeblichen Schimpfworts der Z. auch nur mit einer Andeutung gedacht. Es ist daher, was der Sachwalter der Privatangeklagten jetzt tadeln will, ganz zu billigen, daß die erste und zweite Instanz die beiläufige Erwähnung eines angeblich von der Z. ausgestoßenen Schimpfworts nicht zum Gegenstande einer Beweiserhebung gemacht, überhaupt auf solches keine weitere Rücksicht genommen hat, und es war daher die diesfalls von dem gedachten Sachwalter für seine Auftraggeber eingewendete Nichtigkeitsbeschwerde als unbegründet zurückzuweisen.

31.

Die Wegnahme einer beweglichen Sache aus fremder Innehabung, die bei dem Verbrechen des Diebstahls erfordert wird, wird nicht durch das einstweilige Verbergen der weggenommenen Sache innerhalb des Bereichs der nehmlichen Innehabung aufgehoben. — Art. 272, 273 StGB.

Erkenntn. v. 30. Septbr. 1863 no. 956/943.

Die in dem Erkenntnisse voriger Instanz angenommene, von K.'s Vertheidiger bestrittene Vollendung des hier in Frage stehenden

Diebstahls, hinsichtlich dessen thatsächlich festgestellt worden ist, daß der Angeschuldigte eine fremde Zinkrolle, welche in dem zum Bahnhofe zu L. gehörigen Güterboden gelegen, heimlich und in der Absicht, selbige sich anzueignen, an sich genommen und dieselbe unter dem Perron versteckt habe, unterliegt keinem begründeten Zweifel. Die vom Vertheidiger für seine Ansicht angezogenen Worte des Art. 272 des StGB.'s „aus fremder Inhabung an sich nimmt" besagen nur, daß sich die entwendete Sache zur Zeit der Ansichnahme durch den Dieb in fremder Inhabung befunden haben müsse, sie sollen aber nicht, wie der Vertheidiger K.'s behauptet, ausdrücken, daß, so lange der Dieb die an sich genommene Sache noch nicht aus den Räumen des Bestohlenen gänzlich entfernt habe, der Diebstahl bloß als ein versuchter anzusehen sei. Der Vertheidiger ignorirt bei seiner Deduction völlig die Specialbestimmung im Art. 273 des StGB.'s über Vollendung des Diebstahls. War hiernach der von K.'n begangene Diebstahl bereits für vollendet anzusehen, als K. die Zinkrolle in diebischer Absicht an sich genommen hatte, und als er sich mit solcher vom Güterboden, nach dem Perron zu, entfernte, so kann natürlich das vollendete Verbrechen durch die einstweilige Verbergung des gestohlenen Guts unter dem Perron seine Natur nicht wieder ändern. K. war zu einem solchen Verfahren genöthigt, weil er sich, als Aufläder, nicht willkürlich, am wenigsten aber mit dem gestohlenen Gute, bei Tageshelle vom Bahnhofe entfernen konnte; der für die Vollendungsfrage entscheidende Act der Besitzergreifung war aber Seiten K.'s damals längst erfolgt. Der Vertheidiger mag zu Berichtigung seiner hierunter aufgestellten Ansicht noch auf

Weiß, das CGB. S. 591 fg., Ausg. 2.

Held und Siebdrat, das CGB. S. 307.

Siebdrat, das StGB. S. 221.

Krug, Commentar &c., Abth. II., S. 169, Ausg. 2.

verwiesen werden.

32.

Ein durch Aufschneiden von Waarenballen ausgeführter Diebstahl ist als Diebstahl mittels Erbrechung zu betrachten. — Art. 278, 1b. StGB.

Erkenntn. v. 11. Novbr. 1863 no. 1076/1070.

Was die Qualification des in Rede stehenden Diebstahls anlangt, so steht nach den eidlichen Angaben H. R. M.'s, des Empfängers der Waare, und F. E. P.'s, des Fuhrmanns, der sie überbracht hat, Folgendes fest:

Der fragliche Ballen hat 50 Gebund Garn enthalten, welche zusammengeschnürt gewesen sind. Das Ganze ist sodann mit einer Leinwand umwickelt, zusammengenäht und endlich mit Stricken zusammengebunden gewesen. Aus diesem Ballen sind vier Gebund dergestalt herausgenommen worden, daß der Dieb die den Ballen umgebende Leinwand über's Kreuz aufgeschnitten und den um den Ballen geschlungenen Strick zerschnitten hat.

Nach der Ansicht des Vertheidigers soll nun diese Art der Ausführung des Diebstahls deshalb nicht eine qualificirte im Sinne des Art. 278 des StGB.'s sein, weil eine derartige Umhüllung nicht als ein verschlossenes, zum Schutze gegen fremde Eingriffe bestimmtes Behältniß betrachtet werden könne.

Es mag nicht bestritten werden, daß die sorgfältige Verpackung eines Waarenballens hauptsächlich bezweckt, das Herausfallen bezüglich die Verunreinigung der in dem Ballen befindlichen Waare zu verhindern; allein dies schließt durchaus nicht die Nebenabsicht aus, durch diese Verpackung zugleich die Waare gegen Entwendung sicher zu stellen. Darauf, ob der Absender eines solchen Waarenballens dieser Absicht bei der Verpackung bewußt gewesen ist, bestimmt und ausdrücklich daran gedacht hat, kommt etwas nicht an, da es in der Natur der Sache liegt, daß der Verpacker in der Art der Verpackung, wie solche oben beschrieben worden ist, ohne Weiteres ein Sicherheitsmittel gegen fremde Eingriffe voraussetzt. Es genügt, daß im Allgemeinen dieser Zweck der Aufbewahrung der Gebunde bei deren Einlegen in die zum Behältniß geformte Leinwand vorhanden war. Insonderheit würde auch ein Fuhrmann, welchem die Waare zum Transporte übergeben worden, eine größere Sicherstellung der Waare gegen Entwendung vornehmen, wenn er diese nicht ausreichend in der beschriebenen Verpackungsart fände.

Weil jedoch in dem angeführten Artikel unter 1 b der Ausdruck „verschlossene Behältnisse" gebraucht worden ist, so könnte allerdings die Frage entstehen, ob eine derartige Umhüllung der Waare als ein verschlossenes, und insbesondere als ein Behältniß überhaupt gelte. Hierauf ist zu entgegnen, daß die Bedeutung jener Worte eine sehr umfassende ist und daß der Gesetzgeber über die besondere Beschaffenheit sowohl des Verschlusses als des Behältnisses sich nicht ausgesprochen hat, daher auch in der Spruchpraxis in dieser Beziehung nur darauf gesehen wird, daß der Verschluß und das Behältniß, die Umhüllung, geeignet ist, den Zweck zu erfüllen, d. i. die Entwendung des Inhalts zu erschweren. Das obgedachte Verschlußmittel war nun allerdings dazu geeignet, denn es konnte ohne Gewaltanwendung, ohne Zerstörung des Verschlußmittels oder der Substanz der Umhüllung der Diebstahl nicht ausgeführt werden. Entweder mußte der Dieb den zugenähten Ballen auftrennen oder die Leinwand, die ihn umgab, zerreißen oder aufschneiden. Er hat letzteres gethan und zugleich auch die Stricke zerschnitten. Die geringe Stärke der Widerstands, welchen der Verschluß und das Behältniß selbst darbot, ändert in der rechtlichen Beurtheilung etwas nicht, es genügt, daß der Widerstand durch Gewalt beseitigt werden mußte und beseitigt worden ist.

Ebensowenig macht in rechtlicher Beziehung der Stoff des Behältnisses einen Unterschied, sowie der Umstand, daß das Behältniß nicht dauernd, sondern nur vorübergehend zur Aufbewahrung der Waare gedient, und daß, wie solches eben bei der Emballage eines Waarenballens in der Regel der Fall ist, die Umhüllung, d. i. das stellvertretende Behältniß, nach der Entnahme des Inhalts zu anderen Zwecken verwendet wird. Es kommt nur darauf an, daß die Emballage zur Zeit des Diebstahls das geeignete verschlossene Behältniß gebildet hat. Was später daraus wird, ist völlig gleichgiltig.

Die Ueberwindung des Hindernisses durch eine derartige gewaltsame Oeffnung des Behältnisses setzt eine größere Böswilligkeit des Thäters und eine für das Gemeinwohl gefährlichere Durchbrechung des gegen Entwendung angewendeten Schutzmittels voraus, und ist eben der Grund, welcher den Gesetzgeber bestimmt hat, die That härter zu ahnden.

Das OAG. hat die hier ausgesprochene Ansicht in Fällen der gedachten Art in neuerer Zeit

Annalen des OAG. Bd. IV., S. 424 fg.

seinen Entscheidungen constant untergelegt. Dieser Annahme steht nicht entgegen, daß das gewaltsame Oeffnen einer Flasche Wein, eines mit Federn gefüllten Inletts u. dergl. nicht als Qualificationsmoment betrachtet worden ist, denn in dergleichen Fällen bildet das Behältniß nur das Mittel, um die an sich nicht oder nur wenig zusammenhängenden Theile des Inhalts zu einem Ganzen vereinigt zu erhalten, es ist aber nicht dazu bestimmt, Schutz gegen äußere Einwirkungen, namentlich gegen Entwendungen zu gewähren.

33.

Ob die Unterschlagung einer Quantität oder Summe als ein einzelnes Verbrechen oder als eine — nach Befinden im Fortsetzungsnexus stehende — Mehrheit von Verbrechen zu betrachten sei, bestimmt sich nach der Gleichzeitigkeit oder Nichtgleichzeitigkeit der Aneignung. — Zu Art. 287 StGB.*)

Erkenntn. v. 4. Novbr. 1863 no. 1035/1049.

Was die 125 Thlr anlangt, so bedarf es nur einer Verweisung auf die Zugeständnisse des Angeklagten Bl., nach welchen der Angeklagte bereits bei Contrahirung der Wechselschuld die Absicht gehabt, für den Fall, daß er inzwischen die Mittel zur Deckung dieser Schuld nicht erlange, letztere mit eingenommenen Zubußgeldern zu bezahlen, welcher Fall denn auch eingetreten ist. Es bedarf aber auch nicht einmal der Bezugnahme auf diesen schon vorausgefaßten Entschluß, da es genügt, daß der Angeklagte erst nach seiner Verpflichtung eingenommene Zubußgelder verwendet hat. Es ist daher mit vollem Grunde das zu Bezahlung dieses Wechsels auf Einmal verwendete Zubußgeld als ein Ganzes und dessen Unterschlagung als eine ausgezeichnete im Sinne von Art. 289, 1 des StGB.'s betrachtet worden.

---

*) Vergl. Annalen Bd. I., S. 419.

34.

Straflose Fundunterschlagung. — Art. 291 StGB.

Erkenntn. v. 16. Novbr. 1863 no. 1080/1081.

Nach der thatsächlichen Feststellung hat die Sch. die Bl. unter 1 erwähnten auf 6 Ngr. gewürderten, vierzehn Stück Runkelrüben auf der Straße gefunden und sich zugeeignet, obschon sie gewußt, daß der Wagen, von welchem dieselben heruntergefallen sind, dem Ortsrichter B. gehört hat und in dessen Gehöfte eingefahren ist. Diese Handlung der Sch. hat die vorige Instanz ohne Weiteres als eine strafbare Fundunterschlagung betrachtet und mit eintägiger Gefängnißstrafe geahndet.

Hiermit stehen jedoch die Bestimmungen in Art. 291 des StGB.'s nicht im Einklange. Daß die Sch. die verlorene Sache in der Absicht der Aneignung an sich genommen und den Verlierer gekannt hat, genügt allein nicht, ihre Handlung als eine strafbare Fundunterschlagung erscheinen zu lassen, weil jene Rüben den Werth von einem Thaler nicht übersteigen, solche ihr sofort, und mithin noch innerhalb der im Art. 291, Abs. 2 nachgelassenen vierzehntägigen Frist, wieder abgenommen worden sind und sie deren Besitz nicht verleugnet hat. Bei einer derartigen Sachlage kann nach den im zweiten und vierten Absatze von Art. 291 des StGB.'s enthaltenen Bestimmungen von einer strafbaren Fundunterschlagung nicht die Rede sein.

35.

Die in den Oesterreichischen Staaten bestehende Strafe des „schweren Kerkers" ist zum Mindesten der Arbeitshausstrafe gleich zu achten, daher ein Diebstahl im zweiten Rückfalle, wenn wegen eines der früheren Diebstähle oder Betrugsfälle ꝛc. in Oesterreich die Strafe des schweren Kerkers zur Vollstreckung gekommen, nach Abs. 1 im Art. 300 StGB. zu beurtheilen.

Erkenntn. v. 5. Octbr. 1863 no. 950/953.

(Der Satz, von dem OAG. schon wiederholt angewendet, ward neuerlich in dem vorbezeichneten Erkenntnisse ausgesprochen.)

36.

Zur Anwendung von Art. 308 StGB.'s wird nicht das Vorhandensein aller bei Art. 307 vorausgesetzten Umstände erfordert. — Art. 308 bezieht sich nicht allein auf Kaufleute im engsten Sinne des Worts. — Beim Zusammentreffen der beiden im Art. 308 ausgehobenen Fälle ist keine materielle Concurrenz im Sinne Art. 78, 1 vorhanden.

Erkenntn. v. 30. Septbr. 1863 no. 846/946.

Die vom Vertheidiger aufgestellte Behauptung, daß der Art. 308 nicht ein besonderes selbstständiges Verbrechen aufstelle, vielmehr nur von Erschwerungsgründen des im Art. 307 bezeichneten Verbrechens handle, mithin aber Art. 308 nicht angewendet werden dürfe, wenn nicht außer den Voraussetzungen desselben auch diejenigen des Art. 307 gegeben seien, beruht auf einer falschen Rechtsansicht. Die Fassung der Art. 307 und 308 des StGB.'s giebt nämlich deutlich zu erkennen, daß der Gesetzgeber durch den ersteren Artikel den Thatbestand der leichtesten Form des leichtsinnigen Bankrotts fixiren, in dem letzteren Artikel aber eine selbstständige und in sich abgeschlossene Bestimmung über die factischen Voraussetzungen der schwereren Formen des leichtsinnigen Bankrotts geben wollte.

Allg. Ger.-Ztg. Jahrg. II., S. 216, no. 26.

Krug, Commentar zu dem StGB., 2. Ausg., Abth. II., S. 246, no. 5 am Schlusse.

Meint der Vertheidiger hiernächst Bl., daß die auf die Buchführung bezügliche Bestimmung des Art. 308 deshalb nicht anwendbar erscheine, weil der Angeschuldigte nicht als Kaufmann angesehen werden könne, so ist auch dieser Einwand unhaltbar. Jene Bestimmung setzt nur voraus, daß der betreffende Schuldner Handelsgeschäfte betrieben habe, nicht aber, daß er ein Kaufmann im engern Sinne dieses Worts gewesen sei.

Wenn nun aber dem Bisherigen zufolge der ersten Instanz in der Ansicht, daß die beiden schwereren Fälle des leichtsinnigen Bankrotts, deren Art. 308 des StGB.'s gedenkt, gegen den Angeklagten vorliegen, beizutreten ist, so hat Man doch die fernere Ansicht der vorigen Instanz, daß in den vorliegenden zwei Formen des leichtsinnigen Bankrotts zwei selbstständig neben einander bestehende, also materiell concurrirende Verbrechen zu befinden seien, nicht für richtig anzuerkennen vermocht. Treffen die verschiedenen Fälle des Art. 308 zusammen, so ist dieses Zusammentreffen nicht als eine materielle Concurrenz von Verbrechen im Sinne von Art. 78, Abs. 1 des StGB.'s aufzufassen, sondern es ist darin nur ein Moment zu erkennen, welches bei Abmessung der auf Grund der schwersten von den einschlagenden Strafbestimmungen auszuwerfenden Strafe zu berücksichtigen ist.

Zu der Strafprozeßordnung.

12.

Der ernannte Vertheidiger eines Angeklagten ist nicht befugt, gegen dessen erklärten Willen Rechtsmittel einzuwenden. Ebensowenig hat der Vater eines Angeklagten das Recht, der Submissionserklärung seines unmündigen Sohnes zu widersprechen. — Zu Art. 39 StPO.

Verordnung v. 21. Octbr. 1862 no. 1032/1014.

Es ist in Art. 39, Abs. 3 der StPO. nur ausgesprochen, daß der bestellte Vertheidiger zu Einwendung von Rechtsmitteln keines besondern Auftrags bedarf, dies aber setzt voraus, daß der Angeklagte mindestens stillschweigend mit der Einwendung eines solchen einverstanden ist. Der Angeklagte hat aber ausdrücklich erklärt, daß er dem Erkenntnisse sich unterwerfe. Des Vertheidigers eingewendete Rechtsmittel erscheinen demnach als gegen den Willen des Angeklagten erhobene, zu welcher Handlung der Vertheidiger in keiner Weise berechtigt ist. Sie würden nur dann Beachtung finden können, wenn der Vertheidiger auf einen spätern in Folge der Sinnesänderung des Angeklagten von diesem ertheilten desfallsigen Auftrag sich beziehen könnte und, wie allerdings geschehen, die Rechtsmittel rechtzeitig einwendete.

Der Vertheidiger hat jedoch hierauf bei der ihm vom Gericht mitgetheilten Unterwerfung des Angeklagten sich zu beziehen nicht vermocht, vielmehr nur einen Auftrag Seiten des Vaters des Verurtheilten hervorgehoben, und auch nur in dieser Beziehung eine Vollmacht beigebracht.

Dem Vater eines Minderjährigen steht nun zwar nach Anleitung der Vorschrift in Art. 101 der StPO. das Recht zu, statt des Minderjährigen die demselben zuständigen Rechtsmittel einzuwenden, allein eine gesetzliche Bestimmung, daß in einer Untersuchungssache gegen einen Minderjährigen dieser ohne Zustimmung seines Vaters dem Erkenntnisse sich nicht unterwerfen, der Vater der stattgefundenen Unterwerfung widersprechen könne, existirt nicht, da nicht angenommen werden kann, daß dem Vater in dieser Beziehung ein eigenes selbstständiges Recht zustehe.

13.

Beschränkung der Verwendbarkeit von Accessisten bei Untersuchungsführungen. — Zu Art. 131, Abs. 5 StPO.

Erkenntn. v. 12. Octbr. 1863 no. 995,973.

In denjenigen Untersuchungen, welche das GA. des BG.'s L. nach Inhalt der gegenwärtigen Acten im Jahre 1861 wider A. H. A. G. K. geführt und abgeurtheilt hat, sind die Protokolle über die untersuchungsrichterlichen Verhandlungen insgesammt von einem verpflichteten Accessisten aufgenommen worden. Im Eingange eines jeden dieser Protokolle ist zwar bemerkt, daß der mit richterlicher Qualification versehene Actuar Sch. die betreffende Verhandlung geleitet habe, jedoch hat Letzterer keines der gedachten Protokolle mit unterzeichnet. Nun ist aber durch das Gesetz, einige Bestimmungen wegen des Registrirens 2c. betreff., vom 3. Juli 1840 (Gesetz- und Verordn.-Bl. v. J. 1840, S. 128), §. 2 ausdrücklich bestimmt, daß, wenn in Justiz- und Verwaltungssachen Accessisten zum Registriren gebraucht werden, zur Giltigkeit solcher Registraturen gehöre, daß dieselben von demjenigen, welcher die Verhandlung leite, mit unterzeichnet werden. Daß diese gesetzliche Bestimmung auch für den Strafprozeß Geltung habe, ist nach Art. 131, Abs. 5 der StPO.

zweifellos. Aus dem Bisherigen, in Verbindung mit Art. 349 I [1] und 377 Abs. 2 der StPO. erhellt, daß allerdings in der durch die erhobene Nichtigkeitsbeschwerde geltend gemachten Hinsicht das gesammte Verfahren in der gegen die K. geführten Untersuchung gesprochene Erkenntniß als nichtig sich darstellt.

Hiernächst mußte die nach dem Obigen vorliegende Nichtigkeit zur Cassation des Bescheids der ersten Instanz und des vorausgegangenen Untersuchungsverfahrens führen. Zwar würde diese Cassation zu umgehen gewesen sein, hätte man voraussetzen können, daß die in gegenwärtiger Sache vorgenommenen Untersuchungshandlungen wirklich von dem betreffenden richterlichen Beamten geleitet worden seien. Denn dann hätte es nach Art. 244, verb. mit Art. 377, Abs. 2 der StPO. lediglich der Anordnung bedurft, daß zu den über die einzelnen Untersuchungsacte aufgenommenen Protokollen annoch die Unterschrift des darin benannten richterlichen Beamten nachgebracht werde. Allein jene Voraussetzung erscheint durch die Constatirung des Gegentheils ausgeschlossen. Es geht nämlich aus den eigenen Angaben desjenigen richterlichen Beamten, welcher in den fraglichen Protokollen als Leiter der sämmtlichen in der vorliegenden Untersuchung stattgehabten Verhandlungen aufgeführt ist, hervor, daß derselbe bei letzteren keineswegs eine solche Thätigkeit geäußert hat, welche als ein Leiter dieser Verhandlungen im Sinne von §. 3 des vorangezogenen Gesetzes vom 3. Juli 1840 (vergl. auch Bekanntmachung des Justizministeriums vom 7. Jan. 1845. — Ges.- und Verordn.-Bl. vom Jahre 1845, Seite 23) angesehen werden könnte. Bemerkt mag übrigens hierbei noch werden, wie im Strafprozesse nach Art. 120 und 121, verb. mit Art. 361 der StPO. die eigentlichen Untersuchungshandlungen ohne Ausnahme nur von dem Untersuchungsrichter oder einer andern zum Richteramte befähigten Person rechtsgiltig vorgenommen werden dürfen, und es hiernach um so selbstverständlicher ist, daß in Strafsachen ein Accessist lediglich als Protokollführer des Inquirenten verwendet werden, niemals aber selbst als Inquirent fungiren darf.

14.

Ueber die Nothwendigkeit der Zuziehung eines Dollmetschers zu einer Befragung hat das untersuchende Gericht auf Grund seiner Wahrnehmungen zu entscheiden. — Zu Art. 164 StPO.

Erkenntn. v. 4. Novbr. 1863 no. 975/1043.

Wenn der Vertheidiger die Beweiskraft der Geständnisse der Angeklagten und namentlich jenes den Zeitpunkt der Fassung des Tödtungsentschlusses betreffenden Bekenntnisses durch die Behauptung anzufechten sucht, daß die dem wendischen Volksstamme angehörige Z., wenn auch der deutschen Sprache nicht ganz fremd, derselben doch nicht so mächtig sei, daß sie sich vollkommen deutlich und bestimmt darin auszudrücken vermöge, so kann hierauf irgend ein Gewicht nicht gelegt werden. Darüber, ob ein Angeschuldigter oder ein Zeuge der deutschen Sprache genügend mächtig sei und sonach die Zuziehung eines Dollmetschers zu der betreffenden Vernehmung oder Abhörung unterbleiben könne, hat lediglich das Gericht nach seinen hierunter gemachten Wahrnehmungen zu urtheilen, und es muß daher in einem Falle der vorliegenden Art, wo zu einer bei einer Hauptverhandlung vorgenommenen Vernehmung von dem Gerichte ohne Widerspruch Seiten des Staatsanwalts oder des Vertheidigers ein Dollmetscher nicht zugezogen worden ist, von dem OAG. angenommen werden, es sei die Beiziehung eines solchen unnöthig gewesen. Hiervon würde nur dann eine Ausnahme zu machen sein, wenn — wie in concreto keineswegs der Fall ist — die Art und Weise, wie die betreffende Person nach dem aufgenommenen Protokolle ausgesagt, zu einem erheblichen Zweifel gegen die Entbehrlichkeit eines Dollmetschers Anlaß böte.

15.

Die Aussagen solcher Personen, denen nach Art. 212, 213 der StPO. das Befugniß zusteht, ihr Zeugniß abzulehnen, dürfen, auch wenn sie in der Hauptverhandlung zur Vorlesung gebracht worden sind, bei Abfassung des Erkenntnisses nicht berücksichtigt werden, wenn der Aussage die Art. 213, Abs. 4 vorgeschriebene Eröffnung nicht voraus-

gegangen ist, und die gedachten Personen, zur Hauptverhandlung vorgeladen, von ihrem Rechte, das Zeugniß abzulehnen, Gebrauch zu machen erklären. — Zu Art. 282 Abs. 4, 289 StPO.

Erkenntn. v. 11. Novbr. 1863 no. 1049/1076.

Nach Art. 289 der StPO. dürfen zwar die in der Voruntersuchung erstatteten Aussagen der in den Art. 212 und 213 genannten Personen unter gewissen Bedingungen in der Hauptverhandlung vorgelesen werden, es wird dabei aber, wiefern hierbei die Aussagen der Art. 213 erwähnten Personen in Frage kommen, vorausgesetzt, daß bei deren Befragung in der Voruntersuchung dem im Art. 213, Abs. 4 der StPO. enthaltenen Anbefohlnisse genügt worden sei.

Wenn also, wie im vorliegenden Falle, dies nicht geschehen ist, die betreffenden Personen in der Hauptverhandlung zum ersten Male die im Art. 213, Abs. 4 und Art. 282, Abs. 4 gedachte Eröffnung erhalten und nun erklären, von dem Rechte, ihr Zeugniß zu verweigern, Gebrauch machen zu wollen, so ist dieser Erklärung eine Ausdehnung zu geben, welche es als nicht statthaft erscheinen läßt, die in der Voruntersuchung, wenn auch nur in Folge einer Vernachlässigung erlangten Depositionen in der Hauptverhandlung noch zur Vorlesung zu bringen; der Fall ist vielmehr so aufzufassen, als ob die betreffenden Zeugen die in der Hauptverhandlung abgegebene Erklärung bereits vor ihrer Abhörung in der Voruntersuchung abgegeben hätten, es daher zu ihrer Abhörung auch in der Voruntersuchung gar nicht gekommen wäre. Hiernach erscheint nun zwar die von K.'s Vertheidiger eingewendete Nichtigkeitsbeschwerde an und für sich vollkommen begründet, dieselbe wird aber dadurch zur unbegründeten, daß der Bl. erfolgten Vorlesung der fraglichen Zeugenaussagen ungeachtet, das Erkenntniß auf solche bei der Entscheidung der Sache nicht die mindeste Rücksicht genommen hat. K. ist daher durch das, an sich als nichtig aufzufassende, Verfahren in der That nicht verletzt worden und seine Nichtigkeitsbeschwerde ist um deswillen eine unbegründete.

Präjudizien.

Civilprozeß und Concurs.

22.

Ueber Abweisung einer Klage „schlechterdings."

A.

Plenar-Erkenntn. v. 21. März 1863.

Das angefochtene Erkenntniß soll nichtig sein, weil dadurch die in den beiden vorigen Instanzen erkannte Abweisung der damaligen Klage in der angebrachten Maße bestätigt und diese Klage nicht, dem Anverlangen der Nullitätskläger (damals Beklagter) entsprechend, schlechterdings abgewiesen worden ist. Aus welchem Grunde die Nullitätskläger hierin eine Nichtigkeit erblicken wollen, ist von ihnen selbst nicht angeführt worden. Der Gesichtspunkt eines Verstoßes gegen eine frühere rechtskräftige Entscheidung ist ausgeschlossen, weil sich in den beiliegenden Acten nirgends eine Entscheidung findet, mit welcher die erwähnte Confirmatoria in Widerspruch stehen könnte. Uebrigens ist es eine bekannte Sache, daß für den Ordinarprozeß keine directe gesetzliche Bestimmung darüber besteht, in welchen Fällen der Richter eine Klage angebrachter Maßen oder schlechterdings abzuweisen habe. In der Sächsischen Praxis wird constant der Grundsatz befolgt, daß in Rechtsstreitigkeiten, welche nicht ganz geringe, nach dem Gesetze vom 16. Mai 1839 in Verbindung mit dem Gesetze vom 30. December 1861, §. 1 zu behandelnde Civilansprüche betreffen, eine Klage nicht schlechterdings abgewiesen wird, so lange sich noch die Möglichkeit, den klagbar gemachten Anspruch factisch und rechtlich besser zu begründen, denken läßt.

B.

Plenar=Leuterungs=Erk. v. 7. Novbr. 1863.

Nach einer constanten und durch die Natur der Sache gerechtfertigten Praxis ist im Ordinarprozesse an sich eine Abweisung der Klage „schlechterdings", was die Natur des Anspruchs anlangt, nur da etwa denkbar, wo eine obligatio lege reprobata, z. B. eine Spielschuld, eingeklagt, oder ein sonst ganz unzweifelhaft unzulässiges Recht, z. B. daß Beklagter Sclave des Klägers sei oder dergleichen verfolgt wird. Exceptionen führen in der Regel nur zu einer Entbindung von der Klage und nur als litis ingressum impedientes formell zu einer Abweisung in der angebrachten Maße.

Angenommen aber, es sei denkbar, daß im Ordinarprozesse eine Klage wegen der Einrede der Verjährung „schlechterdings" zurückzuweisen sei, so liegt es doch auf der Hand, daß diese Möglichkeit, abgesehen von einer etwaigen res judicata in dieser Beziehung, welche offenbar nicht vorhanden, den Beweis der Negative voraussetzt, daß Interruptionsmomente vom Augenblicke der actio nata bis zum Ablauf der Verjährung überhaupt nicht vorhanden sind.

Diese Negative aber könnte, insofern nicht etwa in Folge Provocation — wo jedoch eine andere Spruchformel anzuwenden — oder eines Compromisses — wo jedoch immer wieder eine Replik, daß die Parteien später davon zurückgegangen, in Frage kommen könnte — oder sonst gewiß ist, daß eine in concreto zu prüfende Klage die letzte in dieser Angelegenheit sein müßte, im Zweifel nicht anders, als durch directe Geständnisse des Klägers erbracht werden. Solche Geständnisse der Nullitätsbeklagten liegen aber nicht vor, und es ist daher nicht erfindlich, wie in dem angefochtenen Erkenntnisse dritter Instanz eine Abweisung „schlechterdings" auszusprechen und zu rechtfertigen möglich gewesen sein sollte.

23.

Erforderniß des Anführens der Erwerbsart bei der Realklage in Anwendung auf die Vindication eines Mühlgrabens nach älterem und neuerem Rechte.

II. Sen.-Erk. v. 14. April 1863 no. 180/178.

Nach der von dem OAG. auch gegenwärtig noch befolgten Rechtsansicht

Annalen Bd. IV., S. 459.

genügt die bloße Behauptung des Eigenthums- oder eines andern dinglichen Rechts nicht zur schlüssigen Begründung einer Realklage, sondern es wird dazu auch die Angabe des factischen Erwerbs erfordert. Diese Regel gilt namentlich für solche Fälle, wo die Klage auf förmlichen Beweis steht, denn bei einer Gewissensklage würde eine allgemeine Behauptung der ebengedachten Art schon nach den über den Gebrauch des Eidesantrags bestehenden Grundsätzen unstatthaft sein. Gegenstand des vorliegenden Rechtsstreits ist das Eigenthum, welches der Kläger an dem in der Klage erwähnten, jedoch seiner Lage und seinem Laufe nach nicht genau und deutlich beschriebenen Mühlgrabens in dessen ganzem Umfange beansprucht hat. Insoweit nach der übereinstimmenden Angabe beider Theile p. l. c. 33 dieser Mühlgraben aus den Flurparzellen 843 und 844 besteht und zur Zeit auf keinem Grundbuchsfolium eingetragen worden ist, stellt sich die Klage als eine Realklage dar, weil hinsichtlich der noch nicht in die Grund- und Hypothekenbücher eingetragenen Grundstücke die Vorschriften des Gesetzes vom 6. November 1843 über den Erwerb des Eigenthums an Grundstücken nicht Platz ergreifen können. Dagegen ist (vergl. p. l. c. 34) der in die Parzelle 1274 vermessene Tract dieses Mühlgrabens auf dem Folium der dem Beklagten zugehörigen Mühle als eine Zubehörung der letztern eingetragen, so daß nach den Vorschriften des angezogenen Gesetzes §§. 2, 4, 5 der Beklagte als der gegenwärtige Eigenthümer der Parzelle 1274 zu betrachten und dem Kläger, wenn er diese Parzelle bei Anlegung des Grund- und Hypothekenbuchs eigenthümlich besessen hätte, nur noch ein Rechtstitel auf Abtretung derselben zuzugestehen sein würde. Indeß kann diese lediglich auf den besonderen Principien des neuern

16*

Hypothekenrechte beruhende Erwägung die Anwendung der vorstehend erwähnten, die Schlüssigkeit des Klagvorbringens betreffende Regel auf den gegenwärtigen Fall auch rücksichtlich der Parzelle 1274 nicht ausschließen, weil der Rechtstitel, welchen der Kläger geltend zu machen hätte, auf dem Eigenthume beruht, welches ihm bei Anlegung der Grund- und Hypothekenbücher an diesem Flurstück behaupteter-maßen zugestanden hat, somit aber die in der Abhandlung von

Kori, Erörterungen praktischer Rechtsfragen, Thl. 1, no. XII., S. 100 fg.

entwickelten Gründe, weshalb zur Schlüssigkeit einer Realklage die Angabe des factischen Erwerbs gehört, auch hier vollkommen zutreffend sind.

Der Kläger hat nun zwar in seiner Klage angeführt, auf welche Weise (durch Kauf) er die Receßherrschaft H. von seinem Vater und unmittelbaren Vorbesitzer erworben habe. Allein aus dem Erwerbe dieser Herrschaft folgt noch keineswegs, daß auch die jetzt im Civilbesitze des Beklagten befindliche Mühle, insbesondere aber der Mühlgraben, aus welchem die Mühle das zu ihrem Betriebe erforderliche Wasser aus der Zwickauer Mulde bezieht, von Klägers Vorbesitzern eigenthümlich erworben worden sei. Wie die vorigen Instanzen richtig bemerkt haben, ist der Mühlgraben als ein Privatgewässer zu betrachten, an welchen die Besitzer der adjacirenden Grundstücke ein antheiliges Eigenthums- und Benutzungsrecht haben. Der Besitzer der Mühle als solcher kann also das Eigenthum des Mühlgrabens nur insoweit, als derselbe sich auf seinem Grund und Boden befindet, in Anspruch nehmen, während ihm da, wo der Mühlgraben durch die Grundstücke anderer Personen geht, im Zweifel nur ein Wasserleitungsrecht auf fremdem Grund und Boden zusteht.

Zeitschr. f. Rechtspfl. u Verw., N. F., Bd. XV., S. 443.

Auf einen besondern Rechtstitel, vermöge dessen das Eigenthum des Mühlgrabens von ihm oder seinen Vorbesitzern erworben worden sei, hat sich der Kläger nicht berufen; er beschränkt sich vielmehr auf die Behauptung, daß die Mühle sammt Mühlgraben seit rechtsverwährter und undenklicher Zeit Zubehörungen der gedachten Receßherrschaft gewesen und bei der im Jahre 1802 (erbpachtsweise) erfolgten Veräußerung der Mühle an M. G., sowie bei dem spätern

Verkaufe derselben an den Beklagten, der Mühlgraben nicht mit veräußert worden sei. Wollte man nun auch das Anführen, daß die Mühle eine Pertinenz der Receßherrschaft H. gewesen und erst im Jahre 1802 von dem damaligen Besitzer dieser Herrschaft an M. G. in Erbpacht ausgethan worden sei, für eine Beweisklage gelten lassen, so kann doch ein Gleiches rücksichtlich der angeblichen Pertinenzeigenschaft des Mühlgrabens nicht geschehen. Denn ohne eine genaue Angabe der örtlichen Verhältnisse und der Grundstücke, welche zur Zeit der ebenerwähnten Veräußerung zu der Receßherrschaft H. pertinentiell gehört haben und von dem Vorbesitzer des Klägers zugleich mit dieser Herrschaft erworben worden sein sollen, läßt sich gar nicht beurtheilen, ob und inwieweit damals nach den für das Eigenthum und der Benutzung von Privatgewässern maßgebenden Rechtsgrundsätzen der Besitzer der Receßherrschaft das Eigenthums- oder nur ein Wasserableitungsrecht gehabt habe. Eine Berechtigung der zuletzt gedachten Art konnte auch als Pertinenz der Receßherrschaft aufgefaßt werden, würde aber mit der Veräußerung der Mühle, für deren Zwecke sie bestand, präsumtiv auf den Erwerber der letztern übergegangen sein und der Kläger hat auch dem Beklagten das Recht, das zum Betriebe seiner Mühle erforderliche Wasser durch diesen Mühlgraben zu beziehen, nicht bestritten.

Die nurgedachten specielleren Umstände sind nun in der vorliegenden Klage gänzlich zu vermissen; der Kläger hat nicht einmal die allgemeinere Behauptung aufgestellt, daß die an dem Mühlgraben anliegenden Grundstücke insgesammt sein Eigenthum, oder an welchen einzelnen Stellen des Mühlgrabens dies der Fall sei, noch weniger wie er selbst oder seine Vorbesitzer diese Grundstücke erworben hätten.

Es würde somit nach der Meinung des OAG.'s um so bedenklicher gewesen sein, auf Beweis des Klaggrundes zu interloquiren und dem Kläger die nachträgliche Anführung der in der Klage nicht oder nicht mit der erforderlichen Genauigkeit angezeigten Thatsachen nachzulassen, als die Bl. erwähnte Urkunde vom Jahre 1802 allerdings ein gewisses Anhalten dafür gewährt, daß der streitige Mühlgraben sich wenigstens theilweise auf den zur Mühle gehörigen Grundstücken befinde. Es kann also gar nicht bemessen werden, ob der Kläger im Beweise diejenigen thatsächlichen Umstände anzuführen gemeint und im Stande gewesen sein würde, welche zur Begründung seiner Eigenthumsansprüche an dem ganzen Mühlgraben erforderlich sind. Aber auch in Bezug auf einzelne Theile oder Strecken dieses Mühlgrabens und mit einer dem entsprechenden Beschränkung der Klagbitte konnte das Suchen Klägers nicht aufrecht erhalten werden, weil sich bei dem Mangel einer genauern Bezeichnung dieser Stellen und der Gründe, weshalb sie als Zubehörungen der Receßherrschaft H. anzusehen seien, weder der eigentlichen Streitpunkt fixiren, noch das Beweisthema gehörig normiren läßt.

24.

Zur Lehre von der exceptio fori incompetentis. — Merkmale der Aufgabe des Domicils. Bescheinigung der gegen die Exceptionsbescheinigung zuständigen Repliken in appellatorio.

II. Sen.-Erk. v. 23. April 1863 no. 242/207.*)

Wenn schon zu Begründung eines Domicils neben der Absicht, an einem bestimmten Orte einen festen Wohnsitz haben zu wollen, die Thatsache des Aufenthalts an diesem Orte gehört, so ist doch, sobald einmal ein Wohnbesitz begründet ist, zu dessen Fortdauer ein ununterbrochener Aufenthalt an dem gewählten Orte keineswegs erforderlich, vielmehr wird das Domicil durch den bloßen animus revertendi beibehalten. Der animus revertendi aber ist nichts anderes, als eine Aeußerung des fortdauernden Willens an dem bisherigen Orte zu bleiben. Es bedarf daher auch zur Fortdauer des Wohnorts keiner neuen Willensbestimmung und eben daher braucht auch nicht erwiesen zu werden, daß derjenige, welcher sich von seinem Wohnorte entfernte, dabei die Absicht gehabt habe, dorthin zurückzukehren, vielmehr ist dies bis zum Beweis des Gegentheils zu präsumiren.

Gesterding, Ausbeute von Nachforschungen, Thl. III., S. 42 fg. und die das. bezogenen Schriftsteller.

---

*) Ima und IIda hatten die Klage wegen der vom Beklagten vorgeschützten exc. fori abgewiesen. Die IIIia (Rationen im Text) reformirte auf das relatum über den Grund der Klage und die IVta (III. Sen.-Erk. v. 26. Sept. 1863 no. 37/45) confirmirte.

Es folgt hieraus zugleich und es findet dies namentlich in der den Begriff des Domicils feststellenden lex 7 Cod. de incolis, (10. 39.):

> unde, cum profectus est, peregrinari videtur, quo si rediit, peregrinari jam destitit

Bestätigung, daß die bloße Abwesenheit vom Wohnorte den Begriff des Wohnorts nicht aufhebt, wenn dieselbe nicht mit Merkmalen verbunden ist, aus welchen sich entnehmen läßt, daß damit zugleich das Verhältniß habe aufgelöst werden sollen, auf welchem das Wohnen am Orte beruhte.

Soviel nun den vorliegenden Fall betrifft, so steht nach den dieser Rechtssache beigelegten, vor dem Stadtrathe zu D. ergangenen Acten fest, daß Beklagter auf Grund ausdrücklicher Erklärung seit dem Jahre 1853 seinen Wohnsitz in D. genommen hat, und wenn auch Beklagter angeführt hat, daß er bereits vor dem 28. Februar 1862, als der Zeit, zu welcher ihm auf Requisition des Prozeßgerichts durch das Stadtgericht zu B. die Klage behändigt worden, sich von D. weg- und nach B. gewendet habe, so hat er doch darauf, daß sein Weggang von D. von einer ausdrücklich erklärten Aufgabe des daselbst gegründeten Wohnsitzes und einer Anmeldung bei der betreffenden Polizeibehörde verbunden gewesen sei, sich nirgends zu beziehen vermocht. Es konnte sich daher und da, wie oben gezeigt worden ist, der Aufenthalt des Beklagten im Auslande allein die Annahme eines vorgekommenen Domicilwechsels zu rechtfertigen nicht im Stande ist, nur noch darum fragen, ob nicht wenigstens die Abwesenheit des Beklagten von D. in Verbindung mit denjenigen Thatsachen, welche von Beklagtem zu Unterstützung der von ihm vorgeschützten exceptio fori incompetentis vorgeführt, durch die Bl. vorgenommenen Erhebungen constatirt worden sind und darin bestehen,

> daß Beklagter am und beziehentlich noch vor dem 13. Februar 1862 das ihm gehörig gewesene, zu D. auf der K.'er Straße unter Nr. 7 gelegene Hausgrundstück verkauft, an den Käufer übergeben und nur zur Aufbewahrung von Möbeln auf kurze Zeit eine Stube von der in jenem Hause innegehabten Wohnung sich vorbehalten hat,

zu dem Schlusse einer factisch erfolgten Aufgabe des Domicils berechtige. Allein diese Frage mußte nach der Ansicht der gegenwärtigen Instanz verneint werden.

Nach Bl. der oben angezogenen Beilagsacten hat Beklagter, aus G. gebürtig, unter Verzicht auf seine Staatsangehörigkeit in P. durch seine Niederlassung in D. die Erwerbung des Unterthanenrechts im Königreiche S. bezweckt und erreicht. Die an einem bestimmten Orte des hiesigen Landes unter Zustimmung der Gemeinde des erstern und der Gemeindeobrigkeit erfolgte Niederlassung war nach §. 7 des Gesetzes vom 2. Juli 1852 sogar die Vorbedingung, unter welcher allein Beklagter das Unterthanenrecht in S. durch Aufnahme erwerben konnte und erworben hat. Die von dem Beklagten erlangte Aufnahme in den Gemeinde- und Unterthanenverband bildet sonach das Verhältniß, worauf die Wohnsitznahme des Beklagten in D. beruht, mitfolglich würden aber auch nur solche Momente, welche mit Sicherheit darauf schließen ließen, daß Beklagter durch seinen Weggang von D. eine Auflösung dieses Verhältnisses bezweckt habe, als Merkmale einer auf Aufgabe des Wohnorts gerichtet gewesenen Willensmeinung angesehen werden können.

Als Umstände von so concludenter Art lassen sich nun aber offenbar diejenigen, auf welche Beklagter zur Darlegung des von ihm behaupteten Domicilwechsels Bezug genommen hat, schon an sich nicht, weniger der Bl. constatirten Thatsache gegenüber, daß Beklagter bei seiner Entfernung von D. sich nicht sämmtlicher ihm gehörigen, daselbst gelegenen Grundstücke entäußert, sondern zwei davon beibehalten hat, betrachten. Denn letztere Thatsache spricht dafür, daß Beklagter, seiner Entfernung von dem von ihm gewählten Wohnorte ungeachtet, seine Beziehungen zu letzterm fortdauern zu lassen, gemeint gewesen sei.

Bedürfte es aber auch zu Begründung dieser Ansicht noch eines weitern Belegs, so würde solcher durch den Inhalt des von der Klägerin beigebrachten Schreibens des Polizei-Präsidiums zu B. gegeben sein. Denn in diesem Schreiben, welches ein von einer öffentlichen Behörde innerhalb des Kreises ihres Amtsbefugnisses ausgestelltes, und daher vollkommen glaubwürdiges Zeugniß enthält, und obschon von der Klägerin erst in gegenwärtiger Instanz zu den Acten überreicht, dennoch insofern auch jetzt noch nicht unbeachtet gelassen werden kann, als dasjenige, was in dem Schlußsatze des §. 1 zu tit. XI.

der Erl. Proz.-Ordn. in Ansehung der Bescheinigung der s. g. exceptiones fori declinatoriae vorgeschrieben sich befindet, folgerecht noch vielmehr von der Erweislichmachung eines gegen eine derartige Ausflucht gerichteten replicatorischen Vorbringens gelten muß, wird ausdrücklich attestirt, daß Beklagter zu D. ortsangehörig, nur vorübergehend Behufs einer Augencur in B. sich aufhalte.

25.

Eidesantrag über den Grund der Klage, „insoweit dieser statthaft" unzulässig. — Unterschied der Clauseln „soweit nöthig", „soweit ihm der Beweis obliegen möge."

II. Sen.-Erk. v. 21. April 1863 no. 102/202.

Kläger haben dem Beklagten ganz im Allgemeinen, wie es am Schlusse der Klage wörtlich heißt, über den factischen Inhalt der Klage, „insoweit dieses statthaft", den Eid angetragen, zugleich aber in Ansehung derjenigen Punkte und Klagabschnitte, rücksichtlich deren der Eidesantrag nicht statthaft, den Beweis, insbesondere durch Sachverständige sich vorbehalten. Fragt es sich, von dem Inhalte der Klage selbst noch ganz abgesehen, zunächst, ob eine derartige Eidesdelation prozessualisch zulässig sei oder nicht, so hat das OAG. diese Frage, im Anschlusse an die vorige Instanz, unbedingt zu verneinen. Was Seiten der Kläger für ihre gegentheilige Meinung vorgebracht worden ist, erscheint unerheblich und in mehr als einer Beziehung unvereinbar mit den in Sachsen giltigen Prozeßgrundsätzen. Denn liegt der Vorschrift in §. 1 ad tit. XVIII der Erl. Proz.-Ordn., daß Kläger, dafern er dem Beklagten den Eid zu deferiren gemeint, solches sofort in der Klage thun, hernach aber anderergestalt nicht, als wenn er Beklagten anderweit dazu citiren läßt und die verursachten Unkosten erstattet, damit weiter gehört werden soll, augenscheinlich keine andere, als die an der angezogenen Gesetzstelle selbst angegebene Rücksicht zu Grunde, daß Beklagter hierunter in Zeiten sich fassen, und ob er den ihm deferirten Eid nach Befinden entweder acceptire oder referire, oder auch zur Gewissensvertretung sich erbiete, erklären könne, was sofort bei der Litiscontestation, oder wenigstens im letzten Satze zu geschehen hat, so ergiebt sich hieraus allenthalben von selbst, daß Kläger in dem sehr häufig vorkommenden Falle, wenn er nicht über den ganzen factischen Inhalt der Klage, sondern nur theilweise der Eidesdelation sich bedienen will, schon im Klaglibell genau angeben muß, über welche Punkte er den Eid antragen und welche er auf Beweis stellen will, nicht aber den Beklagten hierüber in Ungewißheit lassen darf, weil dieser solchenfalls in nicht minderem Grade wie da, wo eine Eidesdelation über den ganzen Klaginhalt in Frage steht, wegen seiner Rechtsvertheidigung, namentlich auch mit Rücksicht auf die nur unter Umständen mögliche Geltendmachung peremtorischer Ausflüchte, ein wohlbegründetes rechtliches Interesse daran hat, hierüber von vornherein klar zu werden. Es ist dieses, wie gedacht, eine unabweisliche Consequenz der vorangezogenen Bestimmung der Erl. Proz.-Ordn. und zugleich ein so bekannter Grundsatz des Sächsischen Prozeßrechts,

Biener, syst. proc. §. 102.

daß es auffallen muß, wie der Sachwalter der Kläger ihn bestreiten oder doch wenigstens die ihm zu Grunde liegende Auslegung der Erl. Proz.-Ordn. für eine so zweifelhafte erklären kann, daß es hierunter, wie er meint, erst noch einer authentischen Interpretation Seiten der Gesetzgebung bedürfe. Am wenigsten vermag man abzusehen, wie derselbe einen Stützpunkt seines Zweifels in der Verordnung, die Erkenntnisse in Civilsachen bei theilweise gebrauchtem Eidesantrage betreffend vom 14. November 1839 (Ges.- und Verordn.-Bl. S. 319) hat finden mögen, da doch gerade diese letztere allein schon ihn eines andern hätte belehren sollen, weil die dort dem Richter für seine Entscheidung gegebenen Vorschriften gar nicht ausführbar sein würden, wenn nicht, wie daselbst ausdrücklich vorausgesetzt wird, bei nur theilweise gewählter Eidesdelation Kläger die Thatsachen, über welche von ihm der Eid deferirt werden sollen, genau bezeichnen müßte. Zwar glauben Kläger dieser ihrer Verpflichtung, wie es den Anschein hat, damit schon genügt zu haben, daß von ihnen, weil der Eid nur insoweit, als er statthaft von ihnen angetragen worden, auf eine wenigstens für den Richter erkennbare Weise diejenigen Punkte festgestellt worden seien, rücksichtlich deren sie sich dem Beweise unterziehen wollen. Allein diese Vorstellung ist eine irrige schon darum, weil, wie gedacht, nach der im Eingange angezogenen Bestimmung der Erl.

Proz.-Ordn. es zunächst darauf ankommt, daß auch der Beklagte den Umfang des Eidesantrags aus der Klage selbst deutlich erkenne. Indessen auch selbst abgesehen von dem dadurch verletzten Interesse des Prozeßgegners erscheint, bei der Unzulässigkeit der Cumulation des Eides mit anderen Beweismitteln, eine eventuelle Eidesdelation, wie solche darin liegt, daß Kläger den Eid, insoweit er statthaft, angetragen haben und somit, insoweit dies nach dem Ausspruche des Richters nicht der Fall sein sollte, zum Beweise gelassen werden wollen, schon an sich nicht zulässig. Vielmehr mußten Kläger schon bei Anstellung der Klage sich selbst darüber klar sein, ob und über welche Thatsachen sie, als geeignet für den Eidesantrag, diese Art der Beweisführung wählen und welche sie auf andere Weise, insonderheit durch Sachverständige, beweisen wollten,

Zeitschr. f. Rechtspfl. u. Verw., N. F., Bd. XIX., S. 410.

nicht aber durften sie solches der Erwägung des Richters bei der künftigen Entscheidung überlassen, wie denn auch — nur beiläufig bemerkt — bei Annahme des Gegentheils der Fall sehr wohl vorkommen könnte, daß der Richter, gerade der Intention eines Klägers zuwider auf einen Eid über einen Thatumstand erkenne, welchen Kläger auf andere Weise zu beweisen Willens war und so umgekehrt. Allerdings unterscheidet sich, wie man den Klägern zugeben kann, die Art der Eidesdelation, welche sie gewählt haben, sehr wesentlich von dem Falle, wo Kläger, „daß er über den Grund der Klage, soweit nöthig, den Eid antrage,"

Zeitschr. f. Rechtspfl. u. Verw., N. F., Bd. XV., S. 423.

oder daß er den Eid antrage, „soweit ihm der Beweis obliegen möge,"

Annalen rc., Bd. II., S. 358 (auch a. Zeitschr., Bd. XX., S. 174.)

in der Klage erklärt, nur freilich in der Weise, daß letzterenfalls der Eidesantrag als zulässig betrachtet werden muß aus dem Grunde, weil unter Umständen der angegebenen Art angenommen werden muß, daß die Absicht Klägers dahin gehe, den Eid über den ganzen Inhalt der Klage anzutragen und dem beigefügten Zusatze „soweit nöthig" rc. nur der Sinn unterliege, daß Kläger den Beweis durch Eidesantrag führen wolle, insoweit ihn die Beweislast treffe. Die Art, wie im vorliegenden Falle Kläger über den Eidesantrag sich erklärt haben, läuft aber gerade auf das Gegentheil hinaus. Es ergiebt sich aus ihr nur so viel mit Bestimmtheit, daß Kläger nicht über den ganzen Klaginhalt, sondern nur über einen Theil desselben, insoweit nämlich nur, als es statthaft, den Eid haben antragen wollen, nicht aber ist, welche Punkte sie hierbei im Sinne gehabt haben, für den Gegner, wie für den Richter erkennbar; eine Unsicherheit, welche nach der auch vom OAG. constant befolgten Rechtsansicht

die Entscheidungen an den schon angezogenen Stellen der Zeitschr. Bd. XV., S. 423 und Bd. XIX., S. 410.

die Abweisung der Klage um so gewisser zur Folge haben muß, als es sich hierunter um eine Verletzung bestimmter Vorschriften des Sächsischen Prozesses und um Gefährdung wesentlicher Parteirechte des Gegners handelt, nicht aber, wie Kläger glauben, um bloße subtilitates juris und um einen Fall der Art, von welcher in der Erl. Proz.-Ordn. ad tit. V., §. 1 die Rede ist.

26.

„Daß eine Ehefrau ihrem Ehemanne" so und so viel „Geld ein- und zugebracht habe", eignet sich für den Eidesantrag.

II. Sen.-Erk. v. 16. April 1863 no. 191/188.

Der Ausdruck „ein- und zubringen" ist gleich anderen technisch-juridischen Ausdrücken, wie z. B. kaufen, miethen, darleihen, aus der Sprache der Rechtswissenschaft dergestalt in der Sprache des gewöhnlichen Lebens übergegangen, daß derselbe wenigstens in solchen Fällen als gemeinselbstverständlich betrachtet werden kann, wo es sich nur um Constatirung der Thatsache handelt, daß die Ehefrau gewisse Gegenstände durch wirkliche Uebergabe oder Behändigung, oder durch Einbringung derselben in die gemeinsame Wohnung dem Ehemanne dergestalt überlassen hat, daß der letztere die ehemännlichen Nutznießungs- und Verwaltungsrechte daran hauptsächlich ausüben könnte.

Zeitschr. f. Rechtspfl. u. Verw., N. F., Bd. XIX., S. 226.

Im vorliegenden Interventionsstreite hat die Intervenientin die bestimmte Behauptung aufgestellt, daß sie bei Eingehung der Ehe mit dem Beklagten noch einen von ihrem väterlichen Erbtheile herrührenden Baarbestand ihrem Ehemanne ein- und zugebracht habe. Bei einem so einfach gestalteten Sachverhältnisse bedurfte es zur Illation nur einer thatsächlichen, mit Zustimmung der Intervenientin erfolgten Besitzergreifung und die in die Eidesnotul aufgenommenen Worte „ein- und zubringen" können dabei keinen andern Sinn haben, als den, daß der Ehemann der Intervenientin den in ihren Händen befindlichen baaren Cassenbestand von 1466 Thlr. bei oder nach Eingehung der Ehe von ihr ausgehändigt erhalten oder sonst mit ihrer Zustimmung in Besitz genommen habe. Das OAG. hat daher auch seinerseits kein Bedenken getragen, den Eidesantrag über die obige Behauptung der Klägerin zuzulassen.

27.

Abänderung rechtskräftig erkannter Eide ist insofern zulässig, als jene in der Hinwegnahme für die materielle Entscheidung irrelevanter Theile besteht.*)

II. Sen.-Erk. v. 17. April 1863 no. 204/196.

Das OAG. hat um so weniger Bedenken getragen, der Entscheidung voriger Instanz (AG. Zwickau) beizutreten, als es sich bei der Umänderung des erkannten Eides in den Bl. geförmelten, lediglich um die Weglassung solcher Punkte handelt, deren Einflußlosigkeit auf die Hauptentscheidung offen zu Tage liegt. Allerdings hatte das in Rechtskraft übergegangene Beweisinterlocut neben dem wirklich relevanten Satze, daß Beklagter bei der Bl. erwähnten Gelegenheit nicht drei Fahrpostbeutel, sondern deren nur zwei erhalten, noch weiter als Beweisthema bezeichnet, daß er dagegen aber nicht bloß drei, sondern vier Stück Passagiergut erhalten und diese vier Stück

*) Vergl. Annalen, Bd. II., S. 60, Bd. IV., S. 357. In einer andern Rechtssache II. Sen.-Erk. v. 23. April 1863 no. 212/208 konnte nach Lage der Sache die Frage ins Problem gestellt bleiben, obwohl man durch den gegensätzlichen Hinweis auf das Annalen Bd. V., S. 510 mitgetheilte Präjudiz das Einverständniß mit obiger Auffassung zu erkennen gab. Es kam dabei auch die interessante, jedoch ebenmäßig nicht ausdrücklich beantwortete Frage zur Sprache, inwiefern Meineid oder Falscheid in Bezug auf einen solchen irrelevanten Punkt, die bei Schädigung des Prozeßgegners durch Meineid in relevanten Punkten, zweifellos zuständige Schädenklage begründe?

Passagiergut richtig abgeliefert habe. Indessen war dadurch selbstverständlich dem Enderkenntnisse in Beurtheilung der Frage nicht vorgegriffen, welche Wirkung einer nur theilweisen Erbringung des Beweisthemas zuzuschreiben sein werde. Nun sind zwar in dem Enderkenntnisse, nachdem der Beklagte die in das vorgeschriebene Beweisthema aufgenommenen Thatsachen in seinem Beweise nebst noch mehreren nur dem historischen Zusammenhange dienenden auf den Eid gestellt hatte, diese sämmtlichen Thatsachen zur Eidesleistung ausgesetzt worden, ohne daß dagegen von den Parteien und namentlich dem Beklagten, dem die Leistung des Eides nach erfolgter Relation aufzuerlegen gewesen, ein Rechtsmittel eingewendet worden wäre; allein man würde die Wirkungen der Rechtskraft zu weit ausdehnen, wenn man durch sie das Befugniß des Richters, die Leistung unnöthiger Eide zu verhindern, für so gänzlich ausgeschlossen achten wollte, daß es dem Richter nicht nachgelassen bleiben sollte, diejenigen Theile des Eides, die ohne alles Gewicht für das materielle Recht der Parteien sind, von den wirklich erheblichen Theilen abzusondern.

Es kann aber im vorliegenden Falle ein Zweifel darüber nicht obwalten, daß die einzig relevante der auf den Eid gestellten Thatsachen die ist, daß der Beklagte nicht drei, sondern nur zwei Fahrpostbeutel bei der Bl. angegebenen Gelegenheit zur Beförderung übergeben erhalten hat, weil ihm das Abhandenkommen eines Fahrpostbeutels nur dann zur Last gelegt werden kann, wenn ihm mehr als die zwei Stück, die er richtig abgeliefert, übergeben gewesen sind. Wie viel er außerdem an Postgütern oder Passagiergepäck zur Beförderung erhalten, ist auf jene Frage ganz einflußlos, da der Ersatz eines dieser Stücke nicht, namentlich nicht in gegenwärtigem Prozesse beansprucht wird. Es würde daher ganz unbedenklich erschienen sein, von richterlichen Amtswegen die Eidesleistung auf jene eine Thatsache zu beschränken, ohne alle Rücksicht darauf, ob die übrigen irrelevanten Thatsachen wahr seien oder nicht; und der Umstand, daß diese übrigen sämmtlich oder theilweise nicht in Wahrheit beruhen, der Eid darüber mithin nicht geleistet werden könnte, ändert hieran nichts, weil die Frage, ob es des Eides bedürfe, die zuerst zu beantwortende ist und bei ihrer verneinenden Beantwortung die andere unentschieden gelassen werden kann.

28.

Ueber dieselbe Frage. (Zulässigkeit der Abänderung eines rechtskräftig erkannten Eides?)

II. Sen.-Erk. v. 19. Mai 1863 no. 297/271.*)

Die Einwendungen, welche der Kläger im Allgemeinen gegen die Zulässigkeit einer Abänderung der in dem rechtskräftigen Erkenntnisse vorgezeichneten Eidesnotul erhoben hat, sind nicht begründet. Der Zweck einer Eidesleistung im Civilprozesse besteht, wenn dieselbe den Streitgegenstand selbst betrifft, darin, die Existenz oder Nichtexistenz von Thatsachen in formell rechtliche Gewißheit zu setzen, deren Beweis nach der Auffassung des erkennenden Richters von wesentlichem Einfluß auf die Entscheidung des streitigen Rechtsverhältnisses ist, die

*) Kläger erhob gegen Beklagten condictionem indebiti. weil er demselben auf schuldiges Kaufgeld im Betrage von 3000 Thlr. (die mehr vereinbart gewesenen 50 Thlr. waren einverständlich durch Compensation getilgt) aus Irrthum 100 Thlr. zu viel, nämlich 1816 Thlr. in Papier- und 1284 Thlr. in Silbergeld gezahlt habe. Während nun nach Beklagtens Auslassungen bei der Litiscontestation, wo die Mehrzahlung bestritten wurde, das Unwahre der Klagbehauptung die Höhe der in Papiergeld bezahlten Summe betraf und die Ima das über das Streitverhältniß entscheidende Delatum außer auf die Hauptdifferenz: ob 3100 Thlr. oder 3000 Thlr.? auf die Specialdifferenz, ob 1816 Thlr. oder nur 1716 Thlr. Papiergeld gezahlt werden, rechtskräftig gerichtet hatte, conformirte sich Beklagter, als es zur Eidesleistung kommen sollte, mit der Angabe des Klägers in Betreff des Betrags des gezahlten Papiergeldes, hielt dagegen seine Verneinung des Klaggrundes in Bezug auf die Höhe des empfangenen Silbergeldes aufrecht; behufige Abänderung der Eidesnotul beantragende. Die Ima lehnte solches ab, allein die IIda deferirte, den Eid (mit einer gewissen hier nicht in Frage kommenden Abweichung) dahin förmelnd: daß er von dem Kläger am 1. Juli 1861 in dem GA. R. an Silbergeld nicht 1284 Thlr., sondern nur 1184 Thlr., im Ganzen aber mit Einrechnung des bezahlten Papiergeldes nicht 3100 Thlr., sondern nur 3000 Thlr. baar ausgezahlt erhalten habe. Hiergegen appellirte nun Kläger. Das Prozeßgericht erachtete die Bestimmung der Civilprozeßnovelle vom 30. Dec. 1861 §. 3 einschlagend, da die Differenz über die Eidesabänderung erst nach dem 1. März 1862 entstanden sei. Allein das OAG. verordnete die vom Gericht beanstandete Einberichtung der Appellation, da nicht die Zeit des Beginns des Incidentstreits, sondern die der Insinuation der ersten Ladung maßgebend sei, sprach jedoch sodann in der Hauptsache confirmatorisch.

Eidesleistung erscheint dabei als eine Bedingung des richterlichen Ausspruchs, insofern die Verurtheilung oder Freisprechung des Beklagten von dem Dasein der eidlich abzulehnenden oder zu bestätigenden Thatsachen, welche deshalb, weil der erkennende Richter denselben einen wesentlichen Einfluß auf die Entscheidung der Sache beigelegt hat, in die Eidesnotul mit aufgenommen worden sind, nicht auf einseitigen Antrag der eidespflichtigen Partei aus der Eidesnotul entfernt oder mit anderen, erst später vorgebrachten, Thatsachen vertauscht werden dürfen, daß aber auch andererseits nicht jede Abänderung der in einem rechtskräftigen Erkenntnisse vorgeschriebenen Eidesnotul unstatthaft und durch die Rechtskraft der Entscheidung ausgeschlossen ist. Solche Abänderungen einer Eidesnotul, die sich nur auf Umstände beziehen, welche an sich oder nach der erkennbaren Ansicht des Richters, welcher die Eidesnotul abgefaßt hat, keine besondere Bedeutung für die Entscheidung des Streitfalles haben, können auch auf einseitigen Antrag des juraturus vor der Ableistung des Eides angeordnet werden und die eidespflichtige Partei verliert ihr prozessualisches Recht auf die Eidesleistung deshalb noch nicht, weil sie in Bezug auf außerwesentliche Thatsachen ihre Erklärung späterhin modificirt oder berichtigt hat.

Annalen des OAG.'s Bd. IV., S. 358.

Der Anspruch des Klägers auf die beim ersten Klagepunkte geforderten 100 Thaler gründete sich auf die thatsächliche Behauptung, daß er dem Beklagten — aus Irrthum — bei der Bl. gedachten Gelegenheit anstatt der demselben schuldigen und damals zahlbaren 3050 Thlr. Kaufgelder, den Betrag von 50 Thlr. durch Compensation gewährt und außerdem noch die Summe von 3100 Thlr., mithin jene 100 Thlr. zu viel gezahlt habe. Hat der Kläger zugleich angeführt, in welchen Geldsorten er diese Zahlung geleistet habe, so war diese specielle Darstellung mit Rücksicht zumal auf den gebrauchten Eidesantrag ganz zweckmäßig, aber in der Sache selbst war es gleichgültig, wie viel von jeder Geldsorte gezahlt wurde, wenn nur der Gesammtbetrag der Sortenzahlungen nicht bloß 3000 Thlr., sondern 3100 Thlr. betrug. Denn die Parteien sind von Anfang an darüber thatsächlich einverstanden gewesen, daß auch das Papiergeld nicht nach einem Cours-, sondern nach seinem Nennwerthe zu berechnen sei. Dies hat auch der Beklagte in seiner gegenwärtigen Deduction noch ausdrücklich erklärt und es erledigt sich dadurch das Bedenken des Klägers, daß der Gesammtbetrag des Gezahlten sich nur dann mit Sicherheit behaupten und eidlich bestätigen lasse, wenn zugleich angeführt werde, wie viel von jeder einzelnen Sorte gegeben worden sei. Dieses Bedenken ist aber auch schon deshalb ganz ungegründet, weil der Beklagte nunmehr die Angabe des Klägers, daß ihm die Summe von 1816 Thlr. in Papiergeld ausgezahlt worden sei, eingeräumt hat, so daß nur noch der Betrag des Silbergeldes — ob 1184 oder 1284 Thlr. — streitig ist. Es läßt sich aber auch nicht annehmen, daß das Erkenntniß auf die Frage, in welchen Geldsorten, wie viel in Papier- und wie viel in Silbergelde gezahlt worden, irgend ein wesentliches Gewicht gelegt habe. Dazu geben weder die inserirten Rationen, noch die Förmelung des Eides Veranlassung, welche nur deshalb auf die dort erwähnten Specialbeträge lautet, weil diese den damaligen Behauptungen der Parteien entsprechen.

29.

Eine mit Bleistift unterzeichnete Urkunde eignet sich für den Executivprozeß.

II. Sen.-Erk. v. 27. März 1863 no. 166/150.

In Betreff der zwischen den Parteien vornehmlich streitigen Frage: ob die bemerkte Schuldverschreibung als Unterlage für den Executivprozeß benutzbar sei, obschon die Namensverzeichnung Beklagtens nur mit Bleistift geschrieben? trägt das OAG. kein Bedenken der bejahenden Meinung der vorigen Instanzen beizupflichten.

Bedenklich könnte es nämlich in manchen Fällen sein, wenn der Context der Urkunde mit Bleistift und zwar, wie die vorliegende Dintenschrift, von anderer Hand als der des Ausstellers geschrieben wäre, weil im Executivprozesse eine diffessio quoad contenta unzulässig ist und Bleistiftschrift keine genügende Garantie für die Integrität der Schrift bietet.

Allein dieses Bedenken, welches gegen die hier, beziehentlich in einem frühern, allerdings dem Ordinarprozesse angehörigen Falle,

Zeitschr. f. Rechtspfl. u. Verw., N. F., Bd. XIII., S. 65.

ausgesprochene Meinung des OAG.'s geltend gemacht wird,

Osterloh, summar. Prozeß §. 21, not. 23, 3. Ausg., S. 65. erledigt sich in einem Falle der vorliegenden Art, wo es sich lediglich um die Namensverzeichnung des Ausstellers handelt, indem dieser wissen kann und wissen muß, ob solche von seiner Hand herrührt oder nicht.

30 — 33.

Ueber Ermittelung der Entschädigungsansprüche wegen Grundstücksexpropriationen durch Sachverständige.

II. Sen.-Erk. v. 7. Mai 1863 no. 881/937 v. 1862.*)

1. Qualification als städtische Baustellen und Modalität der Werthsermittelung im Allgemeinen.

Kläger hat sowohl in der Klage als im Beweise zunächst die Gewährung des Werthes gefordert, welchen (ohne Rücksicht auf die Störung seines Geschäftsbetriebs) das ihm enteignete, auf dem Detailplane Bl. der Expropriationsacten unter Nr. 24 eingezeichnete Grundstück in seiner Eigenschaft als städtischer Bauplatz zur Zeit der Zwangsenteignung gehabt habe und er selbst hat angenommen, daß sich dieser Werth nach den Preisen bestimme, welche damals für dergleichen Baustellen in dieser Gegend zu erlangen gewesen wären. Im

*) Wegen Erweiterung eines Bahnhofs war Land expropriirt worden, welches in einem von den competenten Verwaltungsbehörden approbirten Bauplane als städtische Baustellen zu Anlegung eines neuen Stadttheils bereits tracirt, jedoch noch nicht verwerthet war. Die Eigenthümer erachteten ihre Gerechtsame in Betreff der Höhe der Entschädigungsbeträge durch die commissarischen Taxen nicht für gewahrt, und stellten deshalb gegen die betr. Eisenbahngesellschaft Civilklagen auf Erhöhung der Entschädigungsbeträge an. Nach den im Wesentlichen conformen Beweisinterlocuten aller drei Instanzen stand bereits fest, daß die Kläger nach §. 7a des Competenzgesetzes vom 28. Jan. 1835 A vollständige Entschädigung zu fordern, mithin nicht bloß den allgemeinen Verkehrswerth, sondern auch den höhern Werth, welchen die expropriirten Grundstücke aus besonderen, in ihren persönlichen, namentlich in ihren Gewerbeverhältnissen beruhenden Gründen für sie gehabt haben, in Anschlag zu bringen befugt, sowie daß für die Entscheidung über diese Forderungen im Rechtswege die für die Taxatoren der Verwaltungsbehörde bestehenden Vorschriften nicht maßgebend seien. Aus den Rationen der Definitiv-Erkenntnisse dritter Instanz heben wir das Obige heraus.

Wesentlichen von derselben Vorstellung sind auch im Expropriationsverfahren die Taxatoren der Straßenbaucommission und diese Behörde selbst, mit Billigung der K. Kreisdirection, ausgegangen.

Die Prämisse, daß die von der fraglichen Zwangsenteignung betroffenen Grundstücke die Eigenschaft städtischer Baustellen gehabt, ist aber auch nach der Ansicht des OAG.'s vollkommen gerechtfertigt. Denn aus den Acten ergiebt sich, daß schon geraume Zeit vor der gedachten Erweiterung des Bahnhofs der Plan, durch eine geregelte Bebauung des hinter demselben nach der Stadt N. zu und zwischen ...... gelegenen Terrains eine neue Stadtanlage herzustellen, gefaßt, von den competenten Verwaltungsbehörden genehmigt und dieserhalb unterm 7. März 1842 ein Bebauungsregulativ nebst einem approbirten Bauplane veröffentlicht worden ist. Auf diesem Bauplane sind sowohl die einzelnen Bauplätze, als die zur Anlage eines ganzen Stadttheils erforderlichen Straßenzüge genau angegeben. Es kann nicht zweifelhaft erscheinen, daß auf diese Weise die ebenerwähnten, zu Baustellen bestimmten Plätze thatsächlich und rechtlich die Eigenschaft städtischer Bauplätze erlangt haben; denn wäre nicht der bereits zur Reife gediehene und genehmigte Plan durch den Dazwischentritt der Bahnhofserweiterung alterirt worden, so hätte einer den Bestimmungen jenes Regulativs entsprechenden Bebauung der gedachten Plätze kein baupolizeiliches Bedenken entgegengestanden. In Betreff des Werthes dieser Baustellen könnte man zwar die Frage stellen, ob sich auch wirklich eine zur endlichen Ausführung des ganzen Projects genügende Anzahl kauf- und baulustiger Personen gefunden haben würde? Allein obschon sich gar nicht verkennen läßt, daß bei diesem Plane auf Seiten der betheiligten Grundstücksbesitzer eine, die höchstmögliche Verwerthung ihrer Grundstücke bezweckende Speculation vorhanden gewesen ist, so war diese Speculation doch nach den notorischen Ort- und Zeitverhältnissen als eine wohlbegründete anzuerkennen und man würde den Klägern etwas der Natur der Sache nach fast Unmögliches ansinnen, wollte man ihnen den speciellen und directen Nachweis dafür abfordern, daß die projectirten Bauplätze insgesammt als solche würden veräußert und beziehentlich verwendet worden sein. Nun ergiebt sich zwar ferner aus den zuletzt erwähnten Acten, daß zur Bildung regelmäßiger Baustellen und Straßen, wie sie der Bauplan vorgezeichnet hat, hier und da eine Abtretung von Grund und Boden zwischen den Besitzern einzelner Grundstücke, aus denen das für die neue Anlage bestimmte Gesammtareal bestand, erforderlich war; allein in dieser Beziehung sind auch schon vor der zur Vorbereitung und Ausarbeitung dieses Plans bestellten Commission Vereinbarungen zwischen den Betheiligten vermittelt worden, ohne welche die Approbation und die Ausführung des Regulativs und des Bauplans gar nicht hätten vor sich gehen dürfen. Es läßt sich daher nach der Meinung des OAG.'s nicht behaupten, daß wegen der Nothwendigkeit dieser Landabtretungen der ganze Bauplan in seiner Ausführung etwas rein Facultatives und von der Willkühr der Betheiligten Abhängendes geblieben sei. Aber selbst wenn man annehmen wollte, daß es an einem rechtlichen Zwangsmittel gegen den einzelnen Grundstücksbesitzer in dieser Beziehung gefehlt habe, würde man doch unbedenklich voraussetzen dürfen, daß keiner von den Betheiligten die Realisirung eines im Interesse aller liegenden und von allen gebilligten Unternehmens verhindert haben würde. Eben deshalb ist, wenn man bei der Entschädigung der Expropriaten den mehrgedachten Bauplan zu Grunde legt, auch der Grund und Boden, welcher zu einer andern Baustelle hinzugeschlagen werden sollte, als Bestandtheil der letzteren und Object der Entschädigung für die Besitzer der also formirten Baustellen aufzufassen, nur müssen sich die betreffenden Besitzer alsdann und wenn sie den Werth einer solchen Baustelle ersetzt verlangen wollen, den Betrag dessen abrechnen lassen, was sie für das abzutretende Land ihrem Grenznachbar zur Entschädigung zu gewähren hatten. Unrichtig würde es aber sein, wenn man sie für das durch Abtretung ihrer Grenznachbarn zu erwerbende Land nur mit dem entschädigen wollte, was sie dafür zu geben hatten; denn nicht darauf kommt es an, sondern auf den Werth, welchen die planmäßig gebildete Baustelle als solche hatte.

Andererseits ist aber auch zu erwägen gewesen, daß ein zur Bebauung an und für sich geeignetes Grundstück deshalb allein noch nicht die Qualität einer Baustelle im rechtlichen Sinne hat. Vielmehr bedarf es dazu der obrigkeitlichen Genehmigung zur Errichtung von Gebäuden irgend welcher Gattung auf dem seiner natürlichen Beschaffenheit nach hierzu tauglichen Grundstücke; und wenn diese

Genehmigung nur unter gewissen Beschränkungen und unter Auferlegung gewisser mehr oder minder lästiger Verpflichtungen ertheilt worden ist, so müssen diese Beschränkungen und Verpflichtungen auf die Qualität und den Werth der Baustelle ihren Einfluß eben so gewiß äußern, als dies nach der entgegengesetzten Richtung hin bei den Vorzügen der Fall ist, welche die örtliche Lage der Baustelle für den geschäftlichen oder sonstigen Verkehr mit sich bringt. Die Kläger haben ihren Beweis insgesammt auf die Existenz und die Genehmigung des schon öfter erwähnten Bauplans gegründet; sie haben den Werth geltend gemacht, welchen die nach diesem Plane aus ihren Grundstücken formirten Baustellen vermöge ihrer günstigen Lage erlangt hätten, sie müssen also auch die specielleren Bestimmungen anerkennen, welche nach diesem Plane und dem Regulative vom 7. März 1842 in Bezug auf die Anlage jenes neuen Stadttheils getroffen worden sind. Nach §. 14 des Regulativs sollte das zur Anlegung der projectirten Straßen erforderliche Areal von den Eigenthümern der zu Baustellen bestimmten Grundstücke unentgeldlich abgetreten werden. Diese Verbindlichkeit bestreiten sie auch nicht, allein es hat sich daran die noch dermalen offene Streitfrage geknüpft, ob die Expropriaten den nach der Quadratelle bestimmten Werth ihres Grund und Bodens bloß für die eigentliche Baustelle, oder auch für die zur Straße abzutretenden Flächenräume zu beanspruchen haben? Offenbar gehaltlos ist der Einwand der Beklagten, daß diese Straßen thatsächlich nicht hergestellt worden seien. Denn eben durch die Expropriation und die Erweiterung des Bahnhofs ist der frühere Bauplan alterirt und das für die projectirten Straßenzüge bestimmte Areal wenigstens theilweise zum Bahnhofe gezogen worden. Auch kommt hier nichts darauf an, ob die Beklagte angehalten worden ist, einen Theil des expropriirten Bodens als Weg oder Straße liegen zu lassen, vielmehr ist lediglich das Regulativ und der approbirte Bauplan zum Ausgangspunkte zu nehmen und zu ermessen, wie sich nach diesem die Verhältnisse gestaltet hatten und für die Zukunft gestalten mußten. Von diesem Standpunkte aus betrachtet, können als Baustellen nur diejenigen auf dem Plane fest bezeichneten Flächen bezeichnet werden, welche für die neu zu errichtenden Gebäude und deren Umgebungen bestimmt waren, welche also die einzelnen, dem

Privatverkehre anheimfallenden Grundstücke gebildet haben würden. Die Straßen waren für den öffentlichen Verkehr bestimmt und sind keine Baustellen, weil sie eben nicht bebaut werden durften, das zur Anlegung derselben erforderliche Areal hörte überhaupt auf, ein für sich bestehendes Vermögensobject für die Grundstücksbesitzer zu bilden, weil es unentgeltlich hergegeben werden mußte. Wollte man demnach die Verpflichtung zur unentgeltlichen Abtretung des Straßenareals als eine besondere Belastung der Grundstücksbesitzer ansehen, so ist es wenigstens eine solche, die sie anzuerkennen und deren Berücksichtigung bei der Abschätzung ihrer Grundstücke als Baustellen nach dem genehmigten Bauplane sich gefallen zu lassen haben. Es kann aber auch diese Verpflichtung nicht einmal als eine erhebliche Last angesehen werden, weil die Anlegung förmlicher Straßen, wie sich auch ohne besondere Fachkenntniß aus den vorliegenden Plänen erkennen läßt, für die Ausführung des ganzen Projects, namentlich also für die Formirung einer größern Anzahl einzelner Baustellen, wo nicht unbedingt nothwendig, so doch gewiß zweckmäßig und für die betheiligten Grundstücksbesitzer selbst aus dem Grunde vortheilhaft war, weil sich durch Anlegung regelmäßiger Straßenzüge nicht nur die Zahl der zu gewinnenden Baustellen vermehren, sondern auch deren Annehmlichkeit, und somit zugleich der Werth derselben erhöhen mußte.

Von diesen Ansichten sind auch die beiden vorigen Instanzen ausgegangen. Wenn dieselben demohngeachtet in Bezug auf das Gesammtentschädigungsquantum zu verschiedenen Resultaten gelangt sind, so liegt dies lediglich darin, daß die erste Instanz augenscheinlich der Meinung gewesen ist, daß die Sachverständigen bei der Schätzung der Bauplätze nach der Quadratelle ihre Taxen auf das gesammte Areal mit Einschluß der zur Straße abzutretenden Flächen, aber auch mit Berücksichtigung dieser Oblast abgegeben hätten, während die zweite Instanz diese Taxen nur auf den eigentlichen Bauplatz, ohne alle Berücksichtigung des Straßenareals bezieht.

Der ersten Instanz ist nun in diesem Punkte darin beizutreten, daß man auch bei Festhaltung des obigen Grundsatzes auf zwiefache Weise bei Abschätzung des expropriirten Grund und Bodens selbst zu Werke gehen und voraussetzlich zu demselben Endergebniß gelangen kann; entweder nämlich so, daß der gesammte Flächenraum mit Ein=

schluß des zur Straße abzutretenden Areals als Object der Schätzung angenommen und nach einem und demselben Maßstabe, jedoch unter Berücksichtigung der Verbindlichkeit, das Straßenareal, sowie etwaige Grabenböschungen unentgeltlich abzutreten, oder so, daß die eigentliche Baustelle, ausschließlich und unberücksichtigt des nach dem Bauplane zur Straße bestimmten Areals abgeschätzt wird. In beiden Fällen mußte zwar einerseits berücksichtigt werden, daß das Straßenareal unentgeltlich abgetreten werden sollte, andererseits aber auch, daß sich der Werth der Baustelle dadurch erhöht, daß an derselben eine regelmäßige Straße vorüberführt. Welche von diesen beiden Methoden der Abschätzung die Sachverständigen befolgt haben, wird an einer spätern Stelle dieser Entscheidungsgründe zu erörtern sein.*)

2. Ermittelung des Werths zu einem der Vergangenheit angehörigen Zeitpunkte.

Der Kläger hat zwar in seinem Beweise, Art. . . ., eine Mehrzahl einzelner Fälle angeführt, wo für Grundstücke in demselben Stadttheile und in der Nähe des Seinigen, die zu Baustellen bestimmt oder geeignet gewesen, ein Kaufpreis von beziehentlich 15 Ngr. 3 Pf. bis zu 2 Thlr. 3 Ngr. 8 Pf. für die Quadratelle Landes gewährt worden ist; er hat ferner ausgeführt, daß bei der Acquisition der im 69. Bew.-Art. gedachten Grundstücke für die . . . . . (eine andere) Eisenbahn die Kaufpreise der im 47. — 67. Bew.-Art. gedachten Grundstücke als Baustellen von den Taxatoren berücksichtigt und theils im Wege der Zwangsenteignung, theils im Wege der freien Vereinigung ähnliche Kaufpreise vom Staatsfiscus verwilligt worden sind. Allein die hiermit zusammenhängende Behauptung, daß das jetzt in Frage stehende Grundstück des Klägers dieselben Vortheile der Lage darbiete, wie die in Art. 47—67 ꝛc. besprochenen, ist von den Sachverständigen nicht bestätigt, insbesondere von denselben bestritten worden, daß Klägers Grundstück eben so viel Werth, als die Art. 47—67 gedachten an der B.-Gasse, die Art. 69 bezeichneten hinter der L.-Straße

*) Das OAG. hatte zu Erledigung des Zweifels Befragung der Sachverständigen angeordnet und es ergab sich aus deren Auslassungen, daß sie diejenige Methode zu Grunde gelegt hatten, welche der Auffassung der Ima entspricht.

und die im Art. 115 erwähnten in der A. „Th." und innern L.-Straße gelegenen Grundstücke besessen habe. Aber auch abgesehen hiervon und von der Frage, ob die Berechnungsmethode, welche der Kläger zur Ausmittelung der von ihm angezogenen, nach der Quadratelle angegebenen Kaufpreise eingeschlagen hat, allenthalben sicher und richtig sei, können die Preise, welche für andere Grundstücke und großentheils zu anderen Zeiten gewährt worden sind, wie schon in erster Instanz richtig bemerkt wird, keinen Beweis für den Werth liefern, welchen das Grundstück Klägers zur Zeit der Expropriation wirklich gehabt hat. Es genügt, hierbei darauf hinzuweisen, daß die Kaufscontrahenten durch Rücksichten der mannigfachsten Art, welche entweder in ihren persönlichen oder auch in den augenblicklichen Zeitverhältnissen beruhen, sich zur Festsetzung eines höhern oder geringern Kaufpreises bewogen finden können. Das Nämliche gilt natürlich auch von den Kaufpreisen, welche der Staatsfiscus bei der Erwerbung der T. und P.'schen Grundstücke für die Zwecke der Eisenbahn im Wege freier Vereinigung gewährt hat, sowie denn auch schließlich die Grundsätze, welche die Taxatoren in anderen Fällen der Expropriation angewendet haben, für den im Rechtswege zu führenden Nachweis des Klägers in Bezug auf den wahren Werth des ihm zwangsweise enteigneten Grundstücks nicht maßgebend werden können. Uebrigens darf hierbei auch nicht unberücksichtigt bleiben, daß die Beklagte ihrerseits im Gegenbeweise eine große Anzahl einzelner Veräußerungen nachgewiesen hat, welche sich auf Grundstücke beziehen, die in der unmittelbaren Nähe des klägerischen liegen und zu dem für die Anlage des neuen Stadttheils bestimmten Arealcomplexe gehören, und wobei, selbst noch in der neuern Zeit, in den Jahren 1852, 1853 und 1854 weit geringere Kaufpreise, z. B. 1 Ngr. 1 Pf., 2 Ngr. 6 Pf., 3 Ngr. 6 Pf., 4 Ngr. 8 Pf., 5 Ngr. 7 Pf. für die Quadratelle Landes gegeben worden sind. Derjenige Theil des Beweises endlich, welcher darzulegen bezweckt, daß die Taxatoren der Straßenbau-Commission bei der Abschätzung der jetzt in Frage befindlichen Grundstücke ungenügende und selbst unrichtige Unterlagen benutzt hätten, ist deshalb ohne alle Bedeutung, weil mit der Richtigkeit dieser Behauptung zwar die Mangelhaftigkeit jener Taxe, aber noch keineswegs der vom Kläger behauptete, oder irgend ein anderer

Mehrwerth seines Grundstücks bewiesen werden kann, andererseits aber auch der Anspruch des Expropriaten auf nachträgliche Gewährung des vollen Werths nicht etwa von dem Nachweis abhängt, daß die Verfasser des angefochtenen Gutachtens bei dessen Abgabe von falschen oder irrthümlichen Prämissen ausgegangen seien.

Der Schwerpunkt der ganzen Beweisführung, insoweit dieselbe den Werth der expropriirten Grundstücke als Baustellen nach Maßgabe des öfter gedachten Bauplans zum Gegenstande hat, beruht also auf dem Ausspruche der Sachverständigen, welche den damaligen Werth dieser Bauplätze abgeschätzt haben. Was die Parteien sonst noch in dieser Beziehung durch Beispiele anderer freiwilliger und zwangsweiser Veräußerungen beigebracht haben, kann, wie ebenfalls schon in erster Instanz geltend gemacht worden ist, nur insofern in Betracht kommen, als es von den Sachverständigen zur Unterlage ihres Gutachtens benutzt und von dem Richter berücksichtigt werden konnte, um die Richtigkeit dieser Gutachten, insoweit dies ohne besondere Sachkenntniß geschehen kann, zu prüfen.

Die Beklagte hat, obschon sie sich selbst auf das Gutachten der Sachverständigen bezüglich des Werths der expropriirten Grundstücke in ihrem Gegenbeweise bezogen, dennoch die formelle Statthaftigkeit der Beweisführung des Klägers durch Sachverständige bezweifelt, weil nach ihrer Meinung der von den Sachverständigen geforderte Ausspruch sich nicht auf den gegenwärtigen, sondern auf den Werth beziehe, welchen die betreffenden Grundstücke zu einer frühern, nämlich der Zeit der Expropriation gehabt hätten. In dieser Erwägung sollen ihre Ansprüche nicht in das Gebiet der Sachverständigen, sondern in den Bereich einer Beweisführung durch sachverständige Zeugen gehören. Dieser Auffassung hat man aber auch in gegenwärtiger Instanz nicht beizupflichten vermocht. Allerdings wird, namentlich in der neuern Theorie und Praxis ein Unterschied zwischen Sachverständigen und sachverständigen Zeugen gemacht, welcher sowohl in Bezug auf die Form, als der Beurtheilung des Beweises von wesentlichen Folgen ist. Nach dieser an sich ganz richtigen Eintheilung ist es die Aufgabe der Sachverständigen (im engern Sinne) sich über Gegenstände, die noch vorhanden sind oder auch über unbestrittene, beziehentlich durch andere Beweismittel zu constatirende Thatsachen gutachtlich auszusprechen und dieselben nach den Regeln und Erfahrungen einer Wissenschaft, Kunst oder eines Gewerbes zu beurtheilen, während der Beweis durch sachverständige Zeugen ein wirklicher Zeugenbeweis ist, bei welchem nur der sachverständige Zeuge über solche vergangene Thatsachen Auskunft ertheilen soll, welche nicht ohne besondere Sachkenntniß wahrgenommen werden können.

Wetzell, System des ordentl. Civilproz. §. 44, S. 378.

Im vorliegenden Falle sollte nicht etwa das thatsächliche Bestehen eines allgemein üblichen (Markt-) Preises zur Zeit der Zwangsenteignung, sondern der Werth gewisser Grundstücke in ihrer Eigenschaft als städtische Bauplätze erörtert werden, wobei die Sachverständigen theils die ihnen von den Parteien gebotenen und vom Gericht mitgetheilten Unterlagen zu berücksichtigen, theils und vornehmlich aber ihre eigenen Fachkenntnisse und Erfahrungen zu Hülfe zu nehmen hatten. Alle diese von den Sachverständigen zu beurtheilenden Grundstücke sind noch vorhanden und von denselben wiederholt besichtigt worden, und wenn auch diese Grundstücke durch ihre Vereinigung mit dem Bahnhofe in Bezug auf die Grenzlinien und die äußere Gestaltung ihrer Oberfläche eine Veränderung erlitten haben mögen, so konnte es doch den Sachverständigen nicht schwer fallen, sich auf Grund der ihnen vorgelegten Pläne den frühern Zustand derselben, als städtischer Bauplätze nach dem genehmigten Bauplane vollständig zu vergegenwärtigen. Daß sich die Sachverständigen bei ihrer Werthschätzung auf den Standpunkt der Vergangenheit zu versetzen und nicht die zur Zeit ihrer Begutachtung, sondern die in einer frühern Zeitperiode stattgefundenen Verhältnisse zum Maßstabe zu nehmen hatten, kann weder die Zulässigkeit dieser Beweisführung im Allgemeinen ausschließen, noch die Glaubwürdigkeit des Gutachtens selbst vermindern, wenn man, wie dies bei der Persönlichkeit der gewählten Experten der Fall ist, voraussetzen kann, daß ihnen nicht bloß die dermaligen, sondern auch die früheren Zeit- und Ortsverhältnisse hinreichend bekannt seien. Besitzt ein Sachverständiger einmal die erforderlichen Kenntnisse und Erfahrungen und sind ihm soweit nöthig die Unterlagen gewährt worden, deren er bedurfte, um den gangbaren Werth einer noch jetzt vorhandenen Sache zu beurtheilen, so ist nicht abzusehen, weshalb sein Ausspruch hierüber prozessualisch einen wesentlich andern Charakter annehmen oder minder zuverlässiger sein sollte, wenn sein Gutachten erst einige Zeit später verlangt und abgegeben worden ist. Immer bleibt es ein auf Fachkenntniß und Erfahrung zu stützendes Urtheil über die Sache und deren auf den Preis einwirkende Eigenschaften und dieses Urtheil wird sogar, in Fällen der vorliegenden Art, wo der Werth der zu begutachtenden Sache von dem Erfolg speculativer Unternehmungen abhängt, mit noch mehr Sicherheit nach Ablauf eines gewissen Zeitraums gefällt werden können, weil sich immittelst manches bestätigt haben kann, was sich früher nur als eine, wenn auch schon nach damaligen Erfahrungen nicht unbegründete Vermuthung hätte berücksichtigen lassen.

3. Beurtheilung differirender Werthsangaben Sachverständiger.*)

Bei der Aufnahme des Beweises durch Sachverständige ist das in der Erl. Proz.-Ordn. ad tit. XXVIII., §. 2, 3 angedeutete, in der sächsischen Praxis allgemein übliche Verfahren eingeschlagen, nämlich von jeder Partei ein und von dem Richter ebenfalls ein Sachverständiger gewählt worden ꝛc.

Die drei Sachverständigen haben ihr Gutachten auf Grund einer gemeinschaftlichen Berathung abgegeben. Gegen dieses hier ganz ordnungs- und zweckmäßige Verfahren läßt sich kein Einwand erheben. Uebereinstimmend sind ihre Angaben darin, daß die von der fraglichen Zwangsenteignung betroffenen Baustellen nach der Verschiedenheit ihres Werths in sechs Classen (I. II. II^{b}. III. IV. V.) einzutheilen seien und es ist zu diesem Behufe eine Zeichnung von ihnen eingereicht worden, auf welcher die betreffenden Baustellen, sowie solche nach dem obrigkeitlich genehmigten Bauplane projectirt und daselbst bezeichnet worden, nach den Classennummern eingetragen sich befinden. Nur über den Werth, der einer jeden von diesen sechs Classen beizulegen, weichen die Angaben der Sachverständigen dergestalt von einander ab, daß der Sachverständige des Klägers die höchsten, der Sachverständige des Gerichts die geringsten Sätze festgehalten hat.

---

*) Vergl. Annalen Bd. I., S. 175.

Bekanntlich ist die Frage, wie sich der Richter bei einem Beweise durch Sachverständige zu verhalten habe, wenn die Aussprüche der letzteren von einander abweichen, in der Theorie bestritten und durch die sächsischen Gesetze, welche überhaupt in Bezug auf den Beweis durch Sachverständige im Ordinarprozesse nur sehr spärliche Andeutungen enthalten, nicht entschieden. Im Allgemeinen liegt der Beweisführung durch Sachverständige der Gedanke zum Grunde, daß der Richter die besondere Sachkenntniß und Erfahrung nicht besitzt, welche zur richtigen Beurtheilung der auf den Ausspruch Sachverständiger gegründeten Behauptungen erforderlich ist, daß er daher dieses Ausspruchs zur Vervollständigung seines Urtheils und zur Begründung seiner Entscheidung bedarf. Hieraus folgt, daß der Richter weder verpflichtet noch berechtigt ist, die innere Glaubwürdigkeit der von einander abweichenden Gutachten nach den Regeln der Kunst oder Wissenschaft oder des Gewerbes, auf denen sie beruhen oder beruhen sollen, zu prüfen und sich darüber auszusprechen, welches von diesen Gutachten wegen seiner bessern Begründung vor den übrigen den Vorzug verdiene. Denn wollte man den erkennenden Richter die Berechtigung, über die Meinungsverschiedenheit der Experten selbst zu cognosciren und zu entscheiden, beilegen, so müßte man demselben die besondere Sachkenntniß, welche ihm die Gesetze absprechen, gerade in einem höhern Grade zuschreiben. Die richterliche Prüfung kann sich consequenter Weise nur auf die persönliche Glaubwürdigkeit der Sachverständigen und auf die Fragen erstrecken, ob sie ihrer bürgerlichen Stellung nach als solche anzunehmen sind, ob sie bei ihren Gutachten die richtigen factischen Unterlagen gewählt haben und ob diese Gutachten den allgemeinen Regeln der Logik entsprechen. Bei wirklichen Gutachten — qualitativen Bestimmungen — stehen sich juristisch immer entschiedene Alternativen entgegen. Der erkennende Richter wird also bei eintretender Meinungsverschiedenheit der Sachverständigen in der Regel den übereinstimmenden Ausspruch der Majorität zu befolgen haben, während bei Stimmengleichheit die Frage entsteht, ob der Beweis verfehlt oder ein superarbitrium einzuholen sei. Minder zweifelhaft erscheint indeß eine Verschiedenheit der Ansichten bei nur quantitativen Bestimmungen, also bei Schätzungen nach Gelde. Die Schätzung beruht auf dem Werthe der Sache im geschäftlichen Verkehr, im Handel und Wandel. Bei dem Mangel absolut bestimmter Preise liegt es in der Natur der Sache, daß sich in diesem Falle vorzugsweise eine Verschiedenheit der Ansichten bei den Sachverständigen kund geben kann, ebenso wie die Preise, welche das geschäftstreibende Publikum gewährt, durch ein minimum begrenzt werden. Hier bietet sich ein zweckmäßiges Auskunftsmittel für die Vereinigung der verschiedenen Angaben in der arithmetischen Berechnung des Durchschnittbetrags dar, welche bereits von den römischen Juristen in einem nicht unähnlichen Falle als solches und der auf diese Weise ermittelte Preis als ein pretium viri boni arbitrio aestimatum bezeichnet wird;

l. 35 i. f. und l. 36 pr. D. mand. (17. 1.)

„ita ut omnes summas, majores et minores coacervet et ita portionem ei qui mandatum suscepit, praestet; quod et plerique probant."

Dieses Verfahren ist als eine bei Schätzungen zu beobachtende Regel von den meisten Schriftstellern älterer und neuerer Zeit vertheidigt und auch in der sächsischen Praxis angewendet worden.

Glück, Commentar, Bd. XVII., S. 62.

Gönner, Handbuch des gem. deutsch. Prozesses, Bd. II., no. 35, §. 30.

Martin, Lehrbuch des Proz., §. 221, ed. nov.

Bayer, Vorträge, S. 481.

Linde, Lehrbuch, §. 299.

Schneider, vom Beweise, §. 189.

Seeger, Verfahren mit Sachverständigen, §. 74, S. 100.

Wetzell, Prozeß, S. 384.

Pfotenhauer, doct. proc., §. 459.

Osterloh, ordentlicher Prozeß, §. 279.

Zeitschr. f. Rechtspfl. u. Verw., Bd. XIX., S. 48.

Von diesem Auskunftsmittel war im vorliegenden Falle kein Anlaß vorhanden, abzugehen. Ob man ausnahmsweise die Ansicht der Majorität auch bei Schätzungen befolgen könne, wenn sich die Mehrzahl für eine und dieselbe Summe ausgesprochen hat, kann hier dahingestellt bleiben, weil eine solche Majorität nicht vorliegt. Unrichtig ist es aber, wenn die Beklagte meint, daß dem Ausspruche ihres Sachverständigen der Vorzug zu geben sei, weil derselbe zwischen den Aussprüchen der beiden anderen mitten inne liege und seine Schätzung durch die höhere Schätzung des klägerischen Experten mit bestätigt werde. Daß hier von einer Stimmengleichheit dieser beiden Experten nicht mehr die Rede sein kann, ist einleuchtend, wenn man nur erwägen will, daß jeder Sachverständige eine positive Werthsangabe erstattet und keiner von ihnen mit dem andern übereinstimmt. Nur darin stimmen diese und beziehungsweise alle überein, daß der Werth der fraglichen Baustellen nicht hinter den geringern und beziehentlich geringsten Ansatz zurückbleibt. Damit ist aber die Beweisaufgabe nicht erschöpft, es soll nicht der geringste, sondern der wahre Werth dargethan werden und dabei kann das streitige Mehr nicht dadurch beseitigt werden, daß man auf die geringere oder geringste Summe zurückgeht, weil alsdann über das von den anderen Sachverständigen behauptete Mehr gar nicht entschieden, mit anderen Worten, dem Ausspruche eines Sachverständigen das entscheidende Gewicht beigelegt werden würde. Die arithmetische Durchschnittsberechnung ist es hier, durch welche jedem Sachverständigen rücksichtlich der von ihm aufgestellten Werthsbehauptung die gebührende Rechnung getragen wird.

Man hat allerdings die Meinung aufgestellt,

Martin, a. a. O. §. 221, no. 2.
Seeger, a. a. O. §. 74.

daß eine auffallend starke Abweichung der einen Angabe von den übrigen Zweifel gegen die Glaubwürdigkeit der ersteren erregen könne. Allein eine solche Abweichung zwischen der Schätzung des vom Kläger benannten, von der Schätzung der beiden übrigen Sachverständigen ist nicht vorhanden und der von der Beklagten gegen dieses Gutachten wiederholt vorgebrachte Einwand ist schon von den vorigen Instanzen sattsam widerlegt worden. Umgekehrt aber liegen auch keine actenkundigen Momente vor, welche den erkennenden Richter zu der Annahme bewegen könnten, daß diesem Sachverständigen eine überwiegende Sachkenntniß und Erfahrung beiwohne, oder daß dessen Gutachten in seiner innern Begründung den Vorzug verdiene. Die Befähigung der Sachverständigen ist für den erkennenden Richter präsumtiv eine gleiche; eine Prüfung der innern Glaubwürdigkeit ihrer Aussprüche aber steht nach den oben entwickelten Grundsätzen dem erkennenden Richter überhaupt nicht zu. Daß die Sachverständigen bei der Abgabe und Ausarbeitung ihres Gutachtens auch die ihnen von den Parteien gebotenen Unterlagen, namentlich also die von beiden Seiten her in Bezug auf die für andere Grundstücke in der Umgegend gewährten Kaufpreise mit in Erwägung gezogen haben, muß, wenn man nicht ohne Grund die pflichtmäßige Haltung derselben bezweifeln will, allerdings vorausgesetzt werden. Inwiefern aber diese Kaufpreise auf die von den Sachverständigen verlangte Abschätzung der jetzt in Rede stehenden Grundstücke von Einfluß werden könne, mußte ihrer eigenen pflichtmäßigen Erwägung überlassen bleiben. Eine Abweichung ihrer Taxe von diesen Kaufpreisen kann indeß weder nach der einen, noch nach der andern Richtung hin befremden, wenn man erwägt, daß, wie schon oben erwähnt worden ist, die Feststellung des Kaufpreises bei freiwilligen Veräußerungen auf so verschiedenen Gründen und Rücksichten beruhen kann, daß selbst bei an sich gleicher Qualität der Grundstücke der für das eine bewilligte Kaufpreis noch keineswegs als der Repräsentant des wahren Zeitwerths gelten mag.

Nach alledem hat man sich auch in der gegenwärtigen Instanz für die in den beiden vorigen Enscheidungen angewendete Durchschnittsberechnung zu bestimmen gehabt. Hiernach fällt auf das Grundstück des Klägers, welches in die 1. Classe versetzt worden ist, ein Preis von 14 Ngr. für die Quadratelle aus (nämlich 20 Ngr. + 12 Ngr. + 10 Ngr. : 3.).

4. Ermittelung des Schadens durch Störung im Geschäftsbetrieb.

Die von dem Kläger außer dem Werthe seines Grundstücks als Baustelle nachgeforderte Entschädigung für die Störung in seinem Geschäftsbetriebe hat man, bei nochmaliger Prüfung der Sache, wenigstens bis zu dem von der ersten Instanz angenommenen Betrage von 1000 Thlr. für bewiesen erachten können. Im Allgemeinen ist vorauszuschicken, daß der Kläger formell nicht verhindert war, auch den besondern Werth, welchen das enteignete Grundstück wegen seines Gewerbes für ihn besaß, mit in Ansatz zu bringen. Natürlich ist es, daß derselbe nicht dabei eine doppelte Entschädigung für ein

Grundstück, einmal als Bauplatz und dann als Niederlagsplatz und insbesondere als Niederlagsplatz für sein Geschäft fordern konnte; wohl aber war er berechtigt, außer den gemeinen Werth dieses Grundstücks als städtischer Bauplatz, noch den Mehrwerth desselben für seine Person und den schwunghaften Betrieb seines Verkaufsgeschäfts geltend zu machen, und diesen Weg hat der Kläger auch eingeschlagen.

Die Zeugen 1—6, gegen deren persönliche Glaubwürdigkeit und Kenntniß der einschlagenden thatsächlichen Verhältnisse kein Zweifel entsteht, haben die Behauptung des Klägers

a) daß derselbe eine Ziegel- und Kalkbrennerei in Mitten und auf dem expropriirten Grundstücke eine Niederlage von Ziegeln verschiedener Art und Kalk zum Verkaufe in kleineren Quantitäten gehalten,

b) ingleichen daß die Lage dieses Grundstücks zu diesem Zwecke eine günstige gewesen und der Verkauf auch schwunghaft betrieben worden sei,

wie bereits Bl. gezeigt worden ist, zur Genüge bestätigt,

vergl. Depps. Testt.

Die Zeugen haben zwar nicht anzugeben vermocht, auf wie hoch sich der jährliche Reinertrag des Verkaufs aus dieser Niederlage belaufen; dessen bedurfte es aber auch nach der Meinung des OAG.'s nicht, um den Sachverständigen eine der Billigkeit angemessene Abschätzung des dem Kläger durch die Expropriation seines Grundstücks und den damit verbundenen Wegfall des Niederlagraums verursachten Nachtheils möglich zu machen. Denn es handelt sich im gegenwärtigen Falle nicht etwa um den Reinertrag eines kaufmännischen Geschäfts, über dessen Umfang und Rentabilität sich der Sachverständige nur bei einer genauen Kenntniß seiner Organisation und seines bisherigen Betriebs aussprechen könnte, sondern um den Gewinn, welcher durch den vermehrten Absatz der in der Ziegel- und Kalkbrennerei des Klägers gefertigten, wie die Erfahrung lehrt, für den gewöhnlichen Bedarf bestimmter Baumaterialien, bei welchem die Kenntniß von der Lage und Größe des Niederlagsplatzes, von der Gattung der verkauften Materialien und dem örtlichen Bedarf, des baulustigen Publikums im Allgemeinen genügen kann, um ein richtiges Urtheil abzugeben. Daß die hier functionirenden Sachverständigen von diesen Verhältnissen und von dem Geschäftsbetriebe des Klägers die nöthige Kenntniß besessen haben, läßt sich nach ihrer bürgerlichen Stellung voraussetzen. Hat nun der Kläger den Betrag der ihm zukommenden Entschädigung im Beweisartikel 155, wie sich aus einer Vergleichung des letztern mit der Berechnung in Art. 136 ergiebt, auf 1834 Thlr. 11 Ngr. veranschlagt, so soll diese Summe augenscheinlich nicht den Capitalbetrag des jährlich auf mehrere hundert Thaler von ihm angegebenen Reinertrags seines Verkaufsgeschäfts in der fraglichen Niederlage, sondern nur den vermeintlich geringsten, zu Bildung einer abgerundeten Totalsumme gewählten, Satz repräsentiren. Die Sachverständigen haben denselben auf 1000 Thlr. abgemindert; mehr konnte dem Kläger, selbst wenn die Sachverständigen dabei von einer ihm nachtheiligen, aber unbegründeten Prämisse ausgegangen wären, nicht zugebilligt werden; hinsichtlich dieser 1000 Thlr. aber hat man den Beweis für gelungen erachtet. Der Einwand, daß der Kläger die Concession zu diesem Verkaufsgeschäfte nicht nachgewiesen habe, ist unerheblich. Denn daß es zur Begründung eines Entschädigungsanspruchs wegen Störung im Gewerbsbetriebe nicht erforderlich sei, daß die Concession eine Realconcession des expropriirten Grundstücks gewesen, ist bereits in den Interlocuten bemerklich gemacht worden. Daß aber dem Kläger die persönliche Concession ertheilt worden, läßt sich schon daraus, daß das Geschäft Jahre lang öffentlich betrieben worden ist, abnehmen, auch bei der Beschaffenheit der verkauften Waare und des erfahrungsmäßig vorhandenen Bedarfs an Baumaterialien voraussetzen, daß diese Concession auch den Erben des Besitzers und dem dritten Erwerber des fraglichen Grundstücks nicht würde versagt worden sein. Die Behauptung dagegen, daß der Erblasser der Kläger ein anderes, für seinen Geschäftsbetrieb gleich vortheilhaftes Local hätte ankaufen können, wäre von der Beklagten anzuführen und nachzuweisen gewesen, weil eine solche Behauptung durch Thatsachen begründet werden muß, welche nicht ohne Weiteres präsumirt werden können. Es ist dabei nur darauf noch hinzuweisen, daß, um diesen Einwand gegen den Entschädigungsanspruch zu begründen, nicht bloß der Beweis der Existenz eines geeigneten Grundstücks, sondern auch die Willfährigkeit des Besitzers, dasselbe für einen angemessenen Preis zu verkaufen, darzuthun gewesen wäre.

34.

Formelle Zulässigkeit der Nullitätsklage.

Plenar-Erkenntn. v. 30. Septbr. 1863 no. 956/943.

Die vorliegende Nullitätsklage ist theils gegen den Inhalt des angefochtenen Erkenntnisses selbst, theils gegen verschiedene in den Rationen desselben enthaltene Aussprüche gerichtet. Insofern nach der von dem OAG. festgehaltenen Ansicht, auch solche in den Entscheidungsgründen enthaltene decisive Sätze, welche die nothwendige Unterlage für die Entscheidung bilden oder zu deren Erläuterung bestimmt sind, in Rechtskraft übergehen können, hat man, ohne damit den richterlichen Entscheidungen in dem wegen derselben Forderungen anderweit angestellten Prozesse in diesem Punkte vorgreifen zu wollen, die vorliegende Nullitätsklage, auch in der letztern Beziehung nicht ohne Weiteres für unstatthaft zu erachten gehabt, während die formelle Zulässigkeit einer lediglich gegen die Entscheidungsgründe eines confirmatorischen Erkenntnisses dritter Instanz ergriffenen Berufung mit Rücksicht auf den kategorischen Inhalt des Gesetzes vom 28. Jan. 1835 sub B. §. 12 nicht anerkannt werden konnte.

35.

Bedeutung der Geständnisse eines spätern Cridars.*)

II. Sen.-Erk. v. 27. März 1863 no. 942/914.

Soviel diejenige Forderung von 1050 Thlr. anlangt, welche Beklagte als angeblich baar gezahlte Kaufgelder zurückerstattet verlangt, so ist den vorigen Instanzen allenthalben beizupflichten gewesen. Wenn in den Gründen des Erkenntnisses dritter Instanz ein Zweifel gegen die Richtigkeit des Satzes, daß die 30tägige Verjährung der exceptio non numerata pecuniae contra apocham nur gegen den Aussteller der Quittung ihre Wirkung äußere, angedeutet worden ist, so hat dadurch nur die Anwendung des Satzes in Bezug auf Rechtsnachfolger des Quittirenden ohne Unterschied verneint werden sollen, in solchen Fällen aber, in denen der Rechtsnachfolger überhaupt

*) Vergl. Annalen, Bd. VI., S. 236.

Zugeständnisse oder andere Erklärungen dessen, in dessen Rechte er eintritt, nicht, oder nur unter gewissen Voraussetzungen gegen sich gelten zu lassen hat, kann ihm auch die Ausstellung der Quittung und der unterlassene rechtzeitige Widerruf derselben nicht zum Präjudiz gereichen, denn der unterlassene Widerruf, der nur eine Vermuthung für die Richtigkeit der Quittung begründet, kann in keinem Falle mehr beweisen, als die Quittung selbst. Es fragt sich also nur, was in dem gegenwärtigen Falle die Quittung des Gemeinschuldners gegen seine Gläubigerschaft und den dieselbe vertretenden Gütervertreter beweise.

Schon im Allgemeinen haben Geständnisse des Gemeinschuldners nur eine sehr eingeschränkte Beweiskraft,

Kori, Concursprozeß, §. 106.

Günther, in Weiske's Rechtslexikon, s. v. Concurs, Thl. II., S. 855, sowohl in der Separatausgabe, L. 1852, S. 91.

namentlich verringert ihre Glaubwürdigkeit sich in dem Grade, in welchem die Ablegung des Geständnisses dem Ausbruche des Concurses sich nähert und das Interesse des nachherigen Gemeinschuldners mit dem Interesse dessen zusammentrifft, zu dessen Gunsten das Geständniß erfolgt. Ueberdem dürfen auch solche Umstände nicht außer Betracht bleiben, welche für oder wider die Wahrscheinlichkeit der Richtigkeit des Geständnisses sprechen.

Abgesehen also von der im Erkenntnisse erster Instanz motivirten Verneinung der Frage, ob die Urkunde eines Dritten mehr beweise, als die in ihrer Ausstellung liegende Disposition, ob also aus einer Quittung mehr gefolgert werden könne, als die Liberation, namentlich die Thatsache, welche als Grund der Liberation angenommen wird, so kommt hier in Betracht, daß die Quittirung nur vier Monate vor Ausbruch des Concurses, voraussetzlich also zu einer Zeit, zu welcher der nachherige Gemeinschuldner über seinen Nahrungsabfall nicht im Zweifel war, und daß sie zu Gunsten der Ehefrau erfolgt, deren Vermögensbesitz dem Gemeinschuldner zum Vortheil gereichte, endlich aber, daß die erfolgte Zahlung im höchsten Grade unwahrscheinlich ist, wenn man erwägt, daß am nämlichen Tage, an welchem die Verkäuferin die Verzinsung der Kaufgelder von einem noch gar nicht eingetretenen Termine, nämlich der zu einem vom

Verkäufer zu bestimmenden Zeitpunkte vorzunehmenden Gutsübergabe an verspricht, der Verkäufer sich auch die Hypothek wegen der Kaufgelderforderung und die Bewirthschaftung des Guts bis zur Uebergabe desselben vorbehält, die erst nach Kündigung zahlbaren Kaufgelder vollständig berichtigt worden sein sollen. Es konnte daher nicht anders, als in den vorigen Instanzen geschehen, unter Nichtbeachtung der Quittung des Gemeinschuldners auf den über die wirklich erfolgte Zahlung dem Kläger beim 65. Beweisartikel angetragenen, von ihm angenommenen Eid erkannt werden.

36.

Der Streit über die Rechtsbeständigkeit einer vom Cridar bewirkten Cession von Außenständen eignet sich nicht zur Entscheidung in der Locatoria.

II. Sen.-Erk. v. 23. April 1863 no. 478/822 v. 1862.

Anlangend die Frage über die Rechtsbeständigkeit der von R.'n auf Grund der Bl. in beglaubter Abschrift anzutreffenden Cessionsurkunde geltend gemachten Abtretung der in dem dieser Urkunde beigefügten Verzeichnisse aufgeführten F.'schen Außenstände, so hatte die erste Instanz dem Curator litis den Beweis der von diesem excipirten Ungiltigkeit sothanen Rechtsgeschäfts auferlegt, die zweite Instanz hat aber auf die Berufung R.'s diese Beweisauflage in Wegfall gestellt, und zwar schon aus dem Grunde, weil es sich dabei um eine Differenz handle, welche gar nicht geeignet sei, den Gegenstand eines Streits zwischen dem Cessionar R. und dem Curator litis im Liquidationsverfahren zu bilden und im Locationsurthel zum rechtlichen Austrag gebracht zu werden, vielmehr es lediglich dem Gütervertreter überlassen sei, R.'n gegenüber die Giltigkeit der Cession mittelst besonderer Klage oder in sonstiger Weise anzufechten. Hiergegen liegen nun jetzt Appellationen

a) R.'s,

b) der Bl. unterzeichneten Gläubiger,

c) des Curatoris litis

und

d) des Curatoris bonorum

vor.

Nun ist es aber zunächst nicht abzusehen, wie der erwähnte Ausspruch dem Cessionar R. zur Beschwerde gereichen möge, denn durch denselben ist noch in keiner Weise darüber, ob die Cession giltig sei oder nicht, etwas entschieden, sondern es ist damit nur gesagt, daß, wenn sie überhaupt von Jemandem solle angefochten werden können, dies nicht von Seiten des Curatoris litis, sondern lediglich durch den Gütervertreter geschehen könne. Und dies ist ganz richtig, da die Sorge für Constituirung, Erhaltung und Vermehrung der Masse im Interesse der Gesammtheit der Gläubigerschaft ausschließlich dem Curator bonorum in Gemeinschaft mit der Concursbehörde obliegt,

Kori, System des Concursprozesses, Bd. I., Thl. I., §. 83.
Günther, Concurs der Gläubiger, S. 26 der 2. Aufl.

die Frage aber, ob das bezüglich der cedirten Außenstände ursprünglich in der Person des Gemeinschuldners begründete Klagerecht, jener Cession ungeachtet, noch als Bestandtheil des zur Concursmasse des Cridars zu ziehenden Vermögens zu betrachten sei oder nicht, mit der Constituirung der Masse ganz wesentlich zusammenhängt. Daher würde, auch wenn bis jetzt gar keine specielle Veranlassung vorgelegen hätte, die Frage, wer in der in Rede stehenden Beziehung nach Befinden die Rechte der Gesammtgläubigerschaft gegen den Cessionar wahrzunehmen habe, näher zu berühren, aus einem etwaigen gänzlichen Stillschweigen über dieselbe nicht gefolgert werden dürfen, daß der Curator bonorum nun die Giltigkeit der Cession nicht mehr anfechten könne; wenn aber ausgesprochen ist, daß er es könne, so ist damit eben nur der Function des Gütervertreters Rechnung getragen, noch keineswegs aber gesagt, daß die etwaigen bezüglichen Schritte desselben Erfolg haben werden und müssen.

Wenn aber ein Eingehen auf die gedachte Frage dem Curator litis gar nicht zusteht und zur Zeit nur dieser hierunter unbefugter Weise im Liquidationsverfahren dem Cessionar entgegengetreten ist, so liegt auf der Hand, daß auch die oben unter b, c und d erwähnten Berufungen in der fraglichen Beziehung zu einer Reformatoria nicht führen können.

37.

Der prioritätischen Location aus einem zur Masse abgelieferten Pfande können weder der Streit- noch der Gütervertreter widersprechen.

II. Sen.-Erk. v. 5. Febr. 1863 no. 752/758 v. 1862.

W. behauptete, an dem Weinlager seines Schuldners F. ein Pfandrecht erlangt zu haben und beantragte prioritätische Location aus dem Erlöse dieses Weinlagers. Wie schon oben bemerkt, hat die erste Instanz ihm die Priorität abgesprochen, die zweite dagegen ihn als Pfandgläubiger locirt und hiergegen haben nicht nur die R. und die Bl. unterzeichneten Creditoren, sondern auch der in diesem Creditwesen bestellte Contradictor, ingleichen der verordnete Curator bonorum Berufung eingewendet.

Hinsichtlich der Appellation des Contradictors genügt die Bemerkung, daß dieselbe in dieser Beziehung einen Gegenstand betrifft, in welchen, in Sachsen wenigstens, nach ausdrücklicher Vorschrift der Erl. Proz.-Ordn. ad tit. XLII., §. 1 der Curator litis sich in keine Weise einzumischen hat zc.

Auch der Gütervertreter kann nicht berufen sein, die Existenz und Giltigkeit der von einzelnen Gläubigern beanspruchten Pfandrechte zu bestreiten und deshalb mit diesen Creditoren zu disceptiren, wenn, wie im vorliegenden Falle nach der eigenen Erklärung des Curator bonorum geschehen ist, das in Frage befangene Faustpfand von dem Faustpfandgläubiger zur Concursmasse abgeliefert und vom Concursgerichte veräußert worden ist. Vielmehr ist es in einem solchen Falle nur noch Sache der dabei interessirten Gläubiger, das Pfandrecht zu bestreiten. Wäre daher auch zur Zeit des Liquidationsverfahrens der Gütervertreter noch in der Lage gewesen, den Ansprüchen des Liquidanten auf prioritätische Befriedigung mit Erfolg entgegen zu treten, so würde doch dies wenigstens jetzt nach erfolgter Ablieferung des Pfandes zur Masse und nach geschehener Veräußerung desselben nicht mehr der Fall sein.

Zu dem Strafgesetzbuche.

37.

Ueber die Erfordernisse der rechtswidrigen Bedrohung bei der Nöthigung. (Art. 201 StGB.)

Verordnung v. 14. Decbr. 1863 no. 1199.1169.*)

Bei der auf ein gütliches Abkommen abzielenden Verhandlung einander gegenüberstehender Parteien ist darin, daß der eine Theil dem andern Theile ein Anerbieten macht mit dem Ansinnen, dagegen seiner Seits einem Anspruche oder einem bereits geltend gemachten Rechte zu entsagen, weder sub- noch objectiv eine rechtswidrige Bedrohung, wie Art. 201 des StGB.'s voraussetzt, zu befinden. Denn eine solche Proposition, gleichviel, ob sie provocirt worden ist oder nicht, durch welche der Proponirende lediglich seine bedingte Geneigtheit zum Nachgeben manifestirt, in der Voraussetzung, daß der Angegangene das ihm für seine Nachgiebigkeit Angebotene ebenfalls annehmbar finden werde — das beiderseitige Interesse also gewahrt erscheint — läuft auf einen Vergleichsvorschlag hinaus, dem gegenüber weder der Absicht, noch der Wirkung nach von einem dem andern angethanen moralischen Zwange die Rede sein kann. Mit dergleichen, Offerte und Gegenofferte als einander bedingend in sich schließenden Vorschlägen treten bei dem Versuche, streitende Parteien in Güte zu vereinigen, selbst die Gerichte unbedenklich hervor.

Nun ist aber die von dem Dr. Sch. im Interesse seines Vollmachtgebers an den von dem letztern verklagten D. gerichtete incriminirte Zuschrift unverkennbar von dieser Beschaffenheit. Der Umstand, daß ernannter D. nicht wegen der jetzt rechtshängigen, sondern wegen einer bereits ausgeklagten Ratenzahlung die Gestundung nachgesucht hat, daß er mit diesem Gesuche den Dr. Sch. anging, das Rechts-

---

*) Ein Sachwalter, der von einem durch seinen Vollmachtgeber Verklagten wegen bereits gefälliger Ratenzahlungen um Gestundung angegangen war und darauf diese Gestundung zu bewilligen sich bereits erklärt hatte, wenn der Beklagte dem in der wegen der letzten Ratenzahlung rechtshängigen Sache gegen das ihn verurtheilende Erkenntniß eingewendeten Rechtsmittel entsagen wolle, sollte wegen Nöthigung zur Untersuchung gezogen werden.

mittel, dessen Zurücknahme der letztere für die Bewilligung der Gestundung verlangt, noch gar nicht eingewendet war, und endlich, daß D. von diesem Rechtsmittel den gewünschten Erfolg sich versprechen konnte, alle diese auf die Handlung des Beschuldigten kein anderes Licht werfenden Nebenumstände sind für die rechtliche Begründung einflußlos. Es genügt, daß Dr. Sch. für die Bewilligung der nachgesuchten Gestundung eine verhältnißmäßige Gegenleistung fordern konnte, und daß durch die von ihm desfalls gestellte Bedingung der Beklagte in seiner freien Entschließung, ob ihm die Erlangung der Gestundung mehr als die Fortstellung des Rechtsmittels convenire, in keiner Weise behindert worden ist.

38.

Zur Auslegung der Worte „in einer nicht ihn selbst betreffenden Angelegenheit" im ersten Abs., Art. 229 des StGB.'s.*)

Erkenntn. v. 4. Decbr. 1863 no. 1103/1140.

Der Vertheidiger L.'s hat Straffreisprechung seines Defendenden beantragt, weil nach den Eingangsworten des Art. 229 des StGB.'s derselbe einer vor dem Gesetze strafbaren, wahrheitswidrigen Aussage, da er in einer ihn selbst betreffenden Angelegenheit deponirt, sich gar nicht schuldig machen können. Geht nun der Vertheidiger hierbei von der Ansicht aus, daß diesfalls schon der Hinweis auf L.'s Verhältniß als Brandbeschädigter, als Verletzter bei dem möglicher Weise vorliegenden Verbrechen der Brandstiftung, genüge, so ist ihm hierin keineswegs beizupflichten,

Krug, Commentar zu Art. 229 sub 3, S. 123 der Abth. II, Ausg. 2.

Siebdrat, das StGB. S. 188.

wohl aber gelangt in dieser Beziehung in Betracht, daß, wie weiterhin angedeutet wird, und nach dem Inhalte der thatsächlichen Feststellung als begründet sich annehmen läßt, auch von L.'n selbst ausgesprochen worden ist, der Angeschuldigte von der Befürchtung aus-

*) Annalen, Bd. IV., S. 62, 64.

ging, es möchte, wenn er die Wahrheit sage, also bekenne, daß er die Anzündung des Ziegeltrocken-Schuppens der fehlerhaften Anlegung des Meilers zuschreibe, und, nach den ihm am Morgen nach dem Brande Seiten der Arbeiter geschehenen Eröffnungen, zuzuschreiben allen Grund habe, wie er denn bereits früher einen solchen Ausgang vermuthet und seinen Ziegeleipachter K. in dieser Hinsicht „es sei wohl gar auf einen neuen Schuppen abgesehen" vorgehalten habe, das gerichtliche Einschreiten auch gegen ihn selbst, wegen bewiesener Fahrlässigkeit, sich richten. Das Vorwalten dieser nahe liegenden Befürchtung macht allerdings die Angelegenheit, in welcher L. vor einer öffentlichen Behörde gegen seine Ueberzeugung aussagte „über die Entstehung des Feuers könne er keine Auskunft geben" zu einer ihn selbst betreffenden und läßt nach Art. 229 des StGB.'s seine Straffreisprechung insoweit geboten erscheinen.

39.

Der Beleidigte, welcher eine Beleidigung erwidert, geht dadurch nicht des Rechts verlustig, wegen einer nach der Gegenbeleidigung ihm angethanen anderweiten Ehrverletzung Strafantrag zu stellen. — Zu Art. 243 StGB.

Verordnung v. 16. Novbr. 1863 no. 1091/1078.

Allerdings geht aus der Bestimmung im zweiten Absatze des Art. 243 des StGB.'s hervor, daß derjenige, welcher bei ihm widerfahrener Beleidigung sofort wieder beleidigt, sich hierdurch der Berechtigung, wegen der ihm zugefügten Beleidigung Strafantrag zu stellen, verlustig macht. Allein dieser Verlust des Denunciationsrechts tritt nur hinsichtlich derjenigen Beleidigung, auf welche die Erwiderung erfolgte, ein. Wenn daher der erste Beleidiger, nachdem die erste Beleidigung von dem Beleidigten erwidert worden war, letzterm eine anderweite Beleidigung zufügt, so steht in Ansehung dieser Beleidigung dem Verletzten das Recht, auf Bestrafung anzutragen, allerdings zu.

40.

Zur Erläuterung der Worte „ohne die bedungene Gegenleistung“ im Art. 286 des StGB.'s unter 1.

Erkenntn. v. 18. Novbr. 1863 no. 1044/1042.

Zwar sind die Vertheidiger der Meinung, daß, weil doch von den Angeschuldigten in jedem einzelnen Falle Abschlagszahlungen auf die versprochenen Kaufpreise geleistet worden, der Art. 286 unter 1 mit Rücksicht auf die Worte „ohne die bedungene Gegenleistung“ hier überhaupt nicht angewendet werden könne, allein ohne hinreichenden Grund. Abgesehen davon, daß man eine bloße Abschlagszahlung füglich noch nicht mit dem Ausdrucke der „bedungenen Gegenleistung“ bezeichnen kann, mindestens nicht dergestalt, daß sie gleichsam die unterbliebene weitere Zahlung des Kaufpreises in criminalrechtlicher Beziehung decke, kommt auch bei Anwendung des Art. 286 unter 1 des StGB.'s Alles auf die Absicht an, in welcher der Vertrag von Seiten des Angeschuldigten eingegangen worden und ob es ihm dabei um ein reelles Geschäft oder nur um ein auf seine rechtswidrige Bereicherung berechnetes Scheingeschäft zu thun gewesen ist. Ob geleistete Abschlagszahlungen zum Beweise der erstern Absicht benutzt werden können, fällt der thatsächlichen Beurtheilung im einzelnen Falle anheim; allein sicherlich ist nicht von jeder An- oder Abschlagszahlung auf die Absicht, ein reelles Geschäft einzugehen, zu schließen. Ohne eine Abzahlung kann der Betrüger oft gar nicht in den ihm für seine Zwecke durchaus nöthigen Besitz der fremden, anscheinend von ihm erkauften, Sache gelangen; er muß sich also bescheiden, dem erwarteten betrügerischen Gewinne durch eine solche vom Verkäufer begehrte oder auch wohl demselben zu Erweckung des Vertrauens freiwillig offerirte Anzahlung ein Opfer zu bringen; die Absicht, ein reelles Geschäft einzugehen, hat er aber deshalb noch keineswegs. Aehnlich verhält es sich mit nachmaligen Abschlagszahlungen; zu diesen versteht sich oft auch der Betrüger, weil er für weitere Betrügereien gegen denselben Betrogenen dessen Zutrauen gewinnen, oder, weil er verhindern will, daß der Betrogene schon jetzt den ihm widerfahrenen Betrug wahrnehme und anzeige und ihn damit in anderen dergleichen Unternehmungen durch Veranlassung gerichtlichen Einschreitens störe; dergleichen

Abschlagszahlungen sind aber keineswegs ein Beweis für die Reellität des Geschäfts selbst. Bei W.'n haben offenbar beide Gründe die Leistung von Abschlagszahlungen hervorgerufen; er hat sich, wie dies bei H.'n mit Erfolg geschehen, auch bei Ra. und Re. Credit für fernere betrügerische Geschäfte sichern, daneben aber zugleich verhindern wollen, daß einer der Betrogenen zu zeitig Anzeige mache, was, gegen seine Erwartung, von Re. dennoch geschehen ist. Dergleichen Abschlagszahlungen haben nur den Werth einer theilweisen außergerichtlichen Ersatzleistung nach Art. 296 des StGB.'s, sie sind aber keineswegs ein unbedingtes Anzeichen für die Reellität des Geschäfts und können daher auch die Anwendung von Art. 286 unter 1 des StGB.'s nicht schlechthin, wie die Vertheidiger meinen, ausschließen. Der erkennende Richter hat vielmehr im einzelnen Falle, nach der Lage der Sache, zu erwägen, ob die thatsächliche Feststellung zu Anwendung der letztgedachten Strafvorschrift sich eigne, und ob der Abschlagszahlung die Bedeutung einer Zahlung in der redlichen Absicht der Vertragserfüllung, oder bloß die der Vorbereitung neuer verbrecherischer Handlungen unterzulegen sei. Diese Erwägung hat, dem Obigen zufolge, im gegenwärtigen Falle nicht zu Gunsten W.'s und H.'s ausfallen können.

41.

Die Art. 308 des StGB.'s ausgehobenen schweren Fälle leichtsinnigen Bankerotts können nach Beschaffenheit des Falles auch **neben** dem böslichen Bankerott zur Strafe gezogen werden.

Erkenntn. v. 4. Decbr. 1863 no. 1100/1145.

Daß wegen des schwereren Falles des leichtsinnigen Bankerotts der wegen des böslichen Bankerotts ausgesprochenen 3jährigen Zuchthausstrafe ein Concurrenzzusatz von einem Monate hinzugefügt worden, beruht auf der auch vom OAG. in den

Annalen, Bd. I., S. 322 fg.

angenommenen Auslegung von Art. 308 des StGB.'s. Zwar sind dagegen Zweifel erhoben worden,

Siebdrat, StGB., S. 265.

indessen wird sich nicht in Abrede stellen lassen, daß einzelne der im

Art. 308 aufgeführten Handlungen nicht bloß aus Leichtsinn und aus grober Nachlässigkeit, sondern auch in böser, auf Förderung der im Art. 304 vorausgesetzten Willensrichtung gerichteter Absicht begangen werden können. Ist letzteres anzunehmen, so tritt ein Fall materieller Concurrenz zwischen böslichem und leichtsinnigem Bankerott allerdings nicht ein, vielmehr zählte die fragliche Handlungsweise, nach den Eingangsworten des Art. 308, mit zu dem Falle des böslichen Bankerotts; ist dagegen ersteres zu statuiren, so tritt von dem Allen das Gegentheil ein, ohne daß die Eingangsworte des Art. 308 diesfalls weiter in Betracht kämen. Es ist nicht einzusehen, weshalb, wenn ein Schuldner, gegen den die Gant eröffnet worden ist, eine nach Art. 304 strafbare Handlung, zugleich aber, aus bloßer Nachlässigkeit, Unordnung in der Buchführung nach Art. 308 sich zu Schulden gebracht hat, die Vorschrift des Art. 78 des StGB.'s nicht zur Anwendung kommen sollte; es darf aber auch nicht auffällig erscheinen, daß bei dieser Ansicht eine minder ahndungswerthe Handlung zu einem Concurrenzzusatze führt, die strafwürdigere dagegen nicht, denn es ist damit nicht gesagt, daß unter solchen Umständen letztere bei der Bestrafung ganz außer Betracht bleiben solle, vielmehr wird innerhalb des Strafmaßes wesentliche Rücksicht hierauf zu nehmen sein; nur der Fall materieller Concurrenz ist diesfalls eben nicht vorhanden.

42.

Zu Art. 340 und 341 des StGB.'s

Erkenntn. v. 7. Dec. 1863 no. 1109/1150.

Ein eigene Capitalien ausleihender Sachwalter darf für seine dabei gehabten Bemühungen nur dann die Extrajudicialien fordern, wenn er wirklich besondere, mit dem Darlehnsgeschäft in einem unmittelbaren Zusammenhange stehende, Rechtskenntnisse voraussetzende Bemühungen gehabt hat oder von dem Erborger selbst — statt eines andern Sachwalters — zur Uebernahme von dergleichen, der advocatorischen Praxis anheimfallenden Arbeiten veranlaßt worden ist. Ist weder das Eine noch das Andere der Fall, sondern charakterisirt sich das diesfalls von ihm Liquidirte lediglich als eine Provision für die Bewilligung des Darlehns oder gar als eine bloße Beschönigung des widerrechtlich Zuvielgeforderten oder Zuvielverlangten, so liegt hierin allerdings eine Ueberschreitung im Sinne Artikel 340 des StGB.'s. —

Zu der Strafprozeßordnung.

16.

Das Hinderniß, welches der Vereinigung mehrerer Untersuchungen zu einer einzigen dadurch entgegentritt, daß in einer der Untersuchungen bereits ein Erkenntniß gefällt worden ist, findet durch Cassation dieses Erkenntnisses seine Erledigung, wenn bereits vor der Zeit der Urtelsfällung die Vereinigung der mehreren Untersuchungen Statt zu finden gehabt hätte. — Zu Art. 57, 58, 59 StPO.

Erkenntn. v. 18. Novbr. 1863 no. 1066/1094.

Es hätte das GA. B. die bei ihm wegen Widersetzlichkeit eingegangene Anzeige jedenfalls zunächst dem Staatsanwalte mittheilen und eventuell dem BG. zugleich die Beschlußfassung wegen Erstreckung der Untersuchung auf das concurrirende Einzelvergehen, den Felddiebstahl, überlassen sollen, und dasselbe hat dadurch, daß es dies nicht gethan, sondern ohne Weiteres über das zuletzt gedachte Vergehen allein erkannt hat, unstreitig die Vorschriften des Art. 58, Abs. 1 und 2 der StPO. verletzt.

Nun würde zwar die von dem Staatsanwalte hierauf sub 2 gestützte Beschwerde für sich allein

Ger.-Ztg. Bd. VII., S. 284 sub 100 und
Annalen Bd. VI., S. 42.

um deswillen noch nicht nothwendig zu einer Cassation der gerichtsamtlichen Entscheidung geführt haben, weil auf einen Fall dieser Art die Bestimmungen des Art. 421 der StPO. in gleicher Weise, wie unter den im Art. 58, Abs. 3 und 4 der StPO. erwähnten Verhältnissen, angewendet werden müssen, und mithin, da nöthig, durch die Ertheilung eines Nachtragserkenntnisses eine jede etwaige Benachtheiligung des Angeschuldigten wieder beseitigt werden kann; da jedoch in dem angefochtenen Erkenntnisse außerdem noch wegen des Felddiebstahls auf eine unzulässige Strafart erkannt worden ist, und dasselbe aus diesem Grunde auf die erste Beschwerde des Staatsanwalts cassirt werden mußte, so konnte in Folge dessen nunmehr das GA. auch noch nachträglich angewiesen werden, den Vorschriften des Art. 58 der StPO. zuvörderst nachzugeben.

Die Bestimmung in Art. 59 der StPO., nach welcher das BG. seine Zuständigkeit auf ein an sich nach Art. 44 vor den Einzelrichter gehöriges Verbrechen dann nicht mehr erstrecken kann, wenn der letztere rücksichtlich dieses Verbrechens bereits ein Erkenntniß abgefaßt hat, steht dem keineswegs entgegen. Denn der in Dr. Schwarze's StPO. (3. Aufl.) S. 60 zu Art. 57 erwähnte Grundsatz, daß durch die spätere Cassation eines Erkenntnisses das in ihm gelegene Hinderniß einer Vereinigung der Untersuchung mehrerer Verbrechen nicht beseitigt werde, bezieht sich nur auf Verbrechen, die entweder zur Zeit der Abfassung der später cassirten Entscheidung noch gar nicht zur Kenntniß des Gerichts gelangt waren, oder deren Vereinigung mit den besonders abgeurtheilten Vergehungen zu einer Untersuchung zu dieser Zeit aus dem einem oder dem andern der im Art. 57, Abs. 3 und Art. 59 angegebenen Gründe unzulässig gewesen sein würde. Rücksichtlich solcher Verbrechen ist die Thatsache der Abfassung eines Erkenntnisses in Bezug auf die mit deren Eintritte abgeschlossene Zuständigkeit eines Gerichts zur Erstreckung einer Untersuchung auf mehrere zusammentreffende Verbrechen (Art. 57 und 58 der StPO.) allerdings dergestalt definitiv entscheidend, daß hieran auch durch eine spätere Cassation des Erkenntnisses etwas nicht geändert werden kann, es sind dieselben vielmehr unter allen Umständen besonders zu untersuchen und die Vorschriften des Art. 421 der StPO. können auf sie niemals in Anwendung gebracht werden. Ganz anders verhält sich die Sache aber dann, wenn die Vereinigung mehrerer Untersuchungen gar nicht durch die in der einen derselben etwa bereits erfolgte Abfassung eines Erkenntnisses verhindert worden ist — unter welcher Voraussetzung allein der obgedachte Grundsatz Geltung hat —, sondern ein Gericht unter Nichtbeachtung der diesfallsigen Vorschriften der StPO. ein Vergehen oder mehrere Vergehen, welche mit anderen gleichzeitig angezeigten Verbrechen hätten vereinigt werden können, gesondert zur Untersuchung und Bestrafung zieht. Hier kann nach Wiederaufhebung des betreffenden, ungehöriger Weise abgefaßten Erkenntnisses die Vereinigung der zusammentreffenden, schon vor dessen Abfassung vorgelegenen Verbrechen, dafern nicht inzwischen sonstige wesentliche Veränderungen in dem frühern Sachstande eingetreten sind, unbedenklich auch noch nachträglich bewirkt werden, wie dies auch schon daraus folgt, daß außerdem dem Obigen nach die in den im Art. 57, Abs. 3 und Art. 59 der StPO. bemerkten Fällen gänzlich ausgeschlossene Ertheilung eines Nachtragserkenntnisses angeordnet werden müßte.

17.

Die Bestimmung Art. 139 der StPO. ist auf Ausländer nicht anwendbar, weil ein außerhalb Landes verweilender Nicht-Staatsangehöriger wegen eines im Inlande verübten Verbrechens hierorts nur zur Verantwortung gezogen werden kann, wenn er in hiesigen Landen betroffen und dem zuständigen Gerichte in Person sistirt worden ist.

In dieser Maaße entschied das OAG. in Sachen v. G. gegen v. U. durch Verordnung vom 18. Decbr. 1863 no. 1208/1187.

18.

In Folge der Bestimmung §. 1 der am 21. Decbr. 1839 publicirten Uebereinkunft mit der Königl. Preußischen Regierung über Leistung gegenseitiger Rechtshilfe leidet das Art. 218 StPO. vorgeschriebene Zwangsverfahren gegen solche Personen Anwendung, welche das im Wege der Requisition von einer Preußischen Behörde zulässigerweise erfordete Zeugniß verweigern.

Verordnung vom 21. Octbr. 1861 no. 1016/1008.

Nach Inhalt und Unterzeichnung der Bl. ersichtlichen Requisitionen kann als gewiß angenommen werden, daß dieselben von derjenigen K. Preuß. Gerichtsbehörde, bei welcher die bekanntlich im Königreiche Preußen gegen eine Mehrzahl dortiger Unterthanen wegen Betheiligung an dem polnischen Aufstande anhängige Untersuchung geführt wird, ausgegangen und von einem in dieser Untersuchung bestellten Untersuchungsrichter erlassen worden sind. Bei der Frage, ob diesen Requisitionen, durch welche eidliche Abhörung eines sächsischen Unterthanen über gewisse Thatumstände und insoweit die Ablegung dieses eidlichen Zeugnisses von der betreffenden Person bereits verweigert worden ist, Anwendung der zulässigen Zwangsmittel gegen letztere beantragt wird, zu entsprechen sei, kann es sich daher nur darum handeln, ob nach den Bestimmungen der durch Verordnung vom 21. Decbr. 1839 (Ges.- und Verordn.-Bl. vom J. 1839, S. 321) zur öffentlichen Kenntniß gebrachten, zwischen der Königl. Sächsischen und der Königl. Preuß. Regierung über die Leistung gegenseitiger Rechtshilfe getroffenen Uebereinkunft eine Verpflichtung der requirirten hierländischen Gerichtsbehörde, dem Verlangen der requirirenden preußischen Gerichtsbehörde zu genügen, anzunehmen sei. Dies ist aber allerdings der Fall. Aus den allgemeinen Bestimmungen im Art. 1 der gedachten Uebereinkunft, zusammengehalten damit, daß die nachfolgenden besonderen Bestimmungen eine Einschränkung des in jenem Artikel ausgesprochenen allgemeinen Satzes in Bezug auf das Zwangsverfahren bei unbegründeter Verweigerung der Zeugnißablegung nicht enthalten, und daß demnächst das sächsische Strafprozeßrecht (Art. 218 der StPO.) ein solches Zwangsverfahren gestattet, ergiebt sich die Verbindlichkeit der sächs. Gerichte, in preußische Untersuchungssachen auf Requisition des betreffenden preuß. Gerichts gegen sächs. Unterthanen im Falle unbegründeter Zeugnißverweigerung zwangsweise zu verfahren. Ob aber in dergleichen Fällen nach dem Stande der Untersuchung hinreichender Grund, die betreffende Person zu Ablegung des Zeugnisses und zu eidlicher Bestärkung desselben zu nöthigen, vorhanden und eine solche Nöthigung prozessualisch zulässig sei, hierüber hat lediglich die requirirende preuß. Gerichtsbehörde nach preuß. Gesetzen und nach preuß. Gerichtsverfassung zu urtheilen und es steht daher in dieser Hinsicht der requirirten hierländischen Behörde irgend eine Cognition nicht zu. Dagegen versteht es sich nach der Schlußbestimmung in Art. 1 der angezogenen Convention von selbst, daß das requirirte sächs. Gericht hinsichtlich der anzuwendenden Zwangsmittel und der dem Zwange zu gebenden Ausdehnung die sächs. Gesetzgebung zu beachten und, sobald in dieser Beziehung ein mit den sächs. Gesetzen unvereinbarer Antrag gestellt worden ist, solchen abzulehnen hat.

Präjudizien.

Civilprozeß und Concurs.

38.

Die Folgen frivoler Behinderung an der Eidesleistung können nicht dadurch ausgeschlossen werden, daß der Appellant später Momente geltend macht, welche auf eine an sich nicht ganz sachentsprechende Förmelung des betreffenden Eides hinweisen.

II. Sen.-Erk. v. 5. Juni 1863 no. 322/316.

Kläger haben in dem anberaumten Schwörungstermine gegen Abnahme des dem Beklagten zuerkannten Eides, zu welchem dieser sich erboten unter dem Anführen, daß sie gegen Beklagten Versuchs eines Falscheides halber denunciren wollten, protestirt und gegen Nichtbeachtung dieser Protestation appellirt, ohne ihren von dem Prozeßgerichte sofort für unerheblich erklärten Widerspruch irgendwie zu begründen. Daß dieser Widerspruch als völlig unbegründet und unerheblich sich darstellt, bedarf keiner ausführlichen Darlegung und es wird hieran auch dadurch nichts geändert, daß Kläger noch vor Ablauf des Berichtsabgangtermins mehrere Beweisgründe, durch welche sie die Wahrheit der von dem Beklagten eidlich abzulehnenden Thatsachen darthun zu können glauben, speciell, jedoch ohne alle Bescheinigung, angegeben, sowie auf den Widerspruch der Herauslassungen des Beklagten in den gegenwärtigen und in dem nach Ausweis der Beilageacten zwischen ihm und F. M. R. verhandelten Prozesse hingewiesen haben. Als Zugeständnisse, welche der jetzt in Rede stehenden Eidesleistung entgegentreten, können die Aeußerungen des Beklagten in dem nurgedachten Vorprozesse, da sie bereits bei Abfassung derjenigen Entscheidungen, in welchen auf den jetzt in Frage befangenen Eid erkannt worden ist, liquid vorgelegen haben, selbstverständlich nicht betrachtet werden, wenn sie auch zu einem dem juraturus im Schwörungstermine zu machenden Vorhalte, nach Befinden, nicht ungeeignet gewesen sein sollten. So wenig Kläger bei Beachtung der rechtskräftigen Lage der Sache hierüber in Zweifel sein mochten, ebenso wenig konnten sie sich bei unbefangener Erwägung der einschlagenden Verhältnisse verhehlen, daß, da, wie in der Registratur über den Schwörungstermin ausdrücklich bezeugt wird, Beklagter im Laufe der längeren Terminsverhandlungen verfängliche, dem Inhalte der abzuleistenden Eide entgegenstehende Aeußerungen nicht abgegeben hatte, lediglich und ausschließlich auf ihr gänzlich unbescheinigtes Anführen eines von dem Beklagten zu besorgenden Falscheides hin der Richter eine Beanstandung des Schwuracts gar nicht verfügen durfte, ohne durch Ueberschreitung seiner amtlichen Befugnisse in die Parteirechte des Beklagten unzulässiger Weise einzugreifen.

Wie demnach der von den Klägern ausgegangene Widerspruch gegen die Eidesabnahme, sowie er der richterlichen Beurtheilung im Schwörungstermine vorgelegen hat, selbst wenn er nicht bloß die nachträgliche Beseitigung des gebrauchten Beweismittels bezweckt haben sollte, jedenfalls als ein auf eine geringe Verschuldung nicht zurückzuführender, mithin frivoler sich darstellt, so hat Man auch in Uebereinstimmung mit der zweiten Instanz den Begriff der frivolen Eidesverhinderung nicht dadurch für ausgeschlossen erachten können, daß Kläger erst nach dem Schwörungstermine, wie sie zugeben, einen Widerspruch der rechtskräftigen Eidesformel mit dem Wortlaute des Klaganführens, worauf dieselbe basirt, wahrgenommen haben. Geht man einmal von der in der Praxis befolgten Ansicht aus, daß die Fiction der Erfüllung einer Bedingung, deren wirkliche Erfüllung der bei deren Vereitelung interessirte Contrahent verhindert hat, auch auf den Fall einer frivolen Verhinderung der Eidesleistung durch den Gegner des juraturus anzuwenden ist, so kann die Frage, ob eine solche Verhinderung vorliege, nur nach demjenigen Zeitpunkte beurtheilt werden, zu welchem die thatsächlichen Voraussetzungen der Frage, die Verbindlichkeit sowohl als die Bereitwilligkeit zu der Eidesleistung auf der einen Seite, und die die Leistung selbst verhindernden Acte von der andern Seite, d. h. im Schwörungstermine zusammengetroffen sind. Die (fingirte) Erfüllung kann nicht gleichzeitig als objectiv existent und nicht existent gedacht werden, obschon im Falle einer darüber entstandenen prozessualischen Differenz bis zum definitiven Austrage derselben eine subjective Ungewißheit darüber bestehen kann. Hat einmal die eidespflichtige Partei durch frivole Behinderung Seiten des Gegners den rechtlichen Anspruch darauf erworben, daß der nicht geleistete Eid als wirklich geleistet gelte, so kann ihr dieser Anspruch nicht dadurch entzogen werden, daß nachmals Umstände sich ereignen oder zur Kenntniß des Gegners gelangen, welche, wenn sie schon bei der Eideshinderung vorgelegen hätten, den Charakter der Frivolität ausgeschlossen haben würden. Es bedarf gegenwärtig keiner ausführlichen Erörterung, ob, wenn gleichwohl in einem solchen Falle im Instanzenzuge die erst nachträglich vorgebrachten Momente für ausreichend zu Nichtgestattung der Eidesleistung erachtet werden sollten, dadurch zwar der ursprüngliche Charakter der Behinderung nicht geändert, wohl aber die rechtliche Wirkung desselben erledigt werde, ob eine Eidesleistung, welche richterlichen Amtes wegen auch bei vollkommenem Einverständnisse der Parteien nicht zu gestatten gewesen sein würde, für geschehen erachtet werden dürfe zu Gunsten desjenigen, welcher durch die wirkliche Vornahme des Schwuracts ein Verbrechen begangen haben würde und ob nicht vielmehr dann der Gesichtspunkt des öffentlichen Rechts die privatrechtliche Seite der Frage, auf welcher die Fiction der Erfüllung beruht, dergestalt überwiegen müsse, daß es völlig gleichgiltig bleibt, ob die Prozeßpartei oder sonst Jemand Anlaß zu Verhütung jenes Verbrechens gegeben hat. Man kann von allen diesen Fragen jetzt absehen, weil ein solcher Fall, wo nach den oben angezogenen Grundsätzen der Beklagte richterlichen Amtes wegen zu der Eidesleistung nicht zuzulassen gewesen wäre, hier nicht vorliegt.

Die Abweichung der Eidesformel von dem bezüglichen Anführen im Klagabschnitt 10 betrifft einen bloßen Nebenpunkt der eidlichen Versicherung, die Nebenumstände der Zusammenkunft, bei welcher R.

von dem ihm Seiten der Kläger ertheilten Auftrage den Beklagten in Kenntniß gesetzt haben soll. Während nach der Klage N. die bezügliche Eröffnung dem Beklagten angeblich gemacht hat, „als derselbe zu ihm (N.'n) nach P. gekommen“, wird in der Eidesnotul N. als derjenige bezeichnet, welcher zu dem Beklagten nach P. gekommen ist. Daß am 28. Septbr. 1854 eine Verhandlung über das im Streite befangene Kaufgeschäft zwischen N.'n und ihm, und zwar in P., stattgefunden, hat Beklagter gar nicht bestritten, indem er nur bemerkt, daß er N.'n keineswegs aufgesucht habe, sondern mit ihm in P. in der dortigen Wirthschaft zusammengetroffen sei, sowie unter specieller Darlegung der örtlichen Umstände, unter welchen die Verhandlung eingeleitet worden sein soll, nachzuweisen sucht, daß in der That bei dem Zusammentreffen in P. N. zu ihm, nicht er zu N.'n gekommen sei. Mag nun auch den Klägern, wie schon geschehen, zugegeben werden, daß die gewählte Eidesfassung dem allerdings mehrdeutigen Klaganführen nicht genau entspricht, so liegt doch in den Acten keinerlei Grund zu der Vermuthung vor, daß Beklagter den Eid in der erkannten Maaße seinen vorbemerkten Herauslassungen gegenüber, welche den Erkenntnissen schon vorgelegen haben, mit unverletztem Gewissen und ohne Mentalreservation zu schwören nicht vermöge und aus diesem Grunde selbst Amtswegen daran zu verhindern gewesen wäre. Aus dem alleinigen Grunde aber, weil dem Inhalte der Klage gemäß dem Eide eine andere Fassung hätte gegeben werden mögen, ist bei der sonstigen Unbedenklichkeit desselben ein amtliches Einschreiten des Richters gegen die Eidesleistung nicht gerechtfertigt, da hierbei nicht das öffentliche Interesse an der Heiligkeit des Eides, sondern nur das Parteiinteresse der Kläger in Betracht kommt und der Richter durch Verwerfung einer Einlassung, welche nach Lage der Sache denkbarer Weise füglich auf einem stillschweigenden Einverständnisse der Parteien über die Auffassung des mehrdeutigen Klagvorbringens beruht haben kann, offenbar in die durch Rechtskraft festgestellten Rechte beider Parteien eingreifen würde. Ueberdies würde, wie die vorige Instanz angedeutet hat, die fragliche Differenz nicht einmal unbedingt eine Abänderung der Eidesnotul nöthig gemacht haben, vielmehr, wenn Kläger dieselbe rechtzeitig geltend gemacht hätten, jedem Zweifel durch geeigneten Vorhalt im Schwörungstermine zu begegnen gewesen sein.

39.

Inwiefern sind die Concursgläubiger berechtigt zu verlangen, daß die Nutzungen des Vermögens der Ehefrau des Cridars zur Concursmasse gezogen werden.

II. Sen.-Erk. v. 4. Juni 1863 no. 236/308. *)

A.

Gegen die Richtigkeit der schon in dem Erkenntnisse der ersten Instanz entwickelten Ansicht, daß der in einem Concurse aufgetretenen Gläubigerschaft das Recht zustehe, zu verlangen, daß die dem Gemeinschuldner zukommenden Nutzungen des eheweiblichen Vermögens, soweit dieselben nicht zur Alimentation der Ehefrau und Kinder des Cridars in Anspruch zu nehmen seien, zur Concursmasse gezogen würden, hat die Appellantin ihre dermalige Deduction nicht speciell gerichtet. Es kann daher, um unnöthige Wiederholungen zu vermeiden, in diesem Punkte auf die Rationen der beiden Instanzen mit diesem Bemerken verwiesen werden, daß diese schon seit langer Zeit in der sächsischen Praxis recipirte, durch die analogen Vorschriften der Erl. Proz.-Ordn. ad tit. XXXIX., §. 21 und des Executionsgesetzes vom 28. Febr. 1838, §. 52 begründete Ansicht zeither auch von dem OAG. befolgt worden ist und das Letztere noch in der neuesten Zeit

Annalen, Bd. IV., S. 534 und

Zeitschr. f. Rechtspfl. u. Verw., Bd. XXI., S. 460.

das Princip anerkannt hat, daß durch die Insolvenz des Ehemannes

*) In B.'s Creditwesen hatte dessen Ehefrau ihre Illaten mit laufenden Zinsen liquidirt und locirt erhalten. Nun kam der Cur. bon. und bat sich diese Zinsen, soweit solche nicht für die Ehefrau und deren Kinder erforderlich, zur Masse aus. Darüber entstand Differenz und die Ima wies des Curators Suchen zurück; die IIda dagegen condemnirte: daß Beklagte, daß die Nutzungen des von ihr bei dem Creditwesen ihres Ehemannes angemeldeten und bei selbigem locirten eheweiblichen Einbringens, soweit sie derselben nicht zu ihrem Unterhalte bedürfe, auf die Dauer des gedachten Creditwesens zu der Concursmasse gezogen werden, geschehen zu lassen verbunden. Hiergegen appellirten wieder beide Theile, allein das OAG. confirmirte. — Ueber den durch die ausgehobenen Worte angezeigten Zeitraum, binnen welches die Zinsen der Gläubigerschaft zu Gute zu gehen haben, sprechen sich die Rationen unter B aus.

das Nutzungsrecht desselben am eheweiblichen Vermögen nicht aufgehoben, sondern nur insoweit beschränkt wird, als dies zur Sicherstellung der Ehefrau theils in Bezug auf die Erhaltung der Substanz ihres Vermögens, theils in Ansehung der ihr und den Kindern zukommenden Alimente erforderlich ist.

Aber auch in Ansehung der zweiten Frage: „ob im vorliegenden Falle die Gläubigerschaft das ihr an sich zustehende Recht, die Nutzungen des eheweiblichen Vermögens, insoweit dieselben zur Alimentation der Frau und der Kinder nicht erforderlich sind, zur Concursmasse zu ziehen, aus dem formellen Grunde auszuüben behindert sei, weil die Beklagte Zinsen ihres Einbringens vom Tage der Liquidation an gefordert habe und mit diesen Zinsen ohne Widerspruch rechtskräftig locirt worden sei“, hat sich das OAG. der verneinenden Ansicht der vorigen Instanz anzuschließen und deren ausführlichen Gründen im Wesentlichen beizupflichten gehabt. Zur Widerlegung dessen, was dagegen in der Deduction der Beklagten vorgebracht worden ist, soll Folgendes dienen.

Offenbar reducirt sich die streitige Frage auf den Einfluß, welcher der Rechtskraft der Locatoria im B.'schen Concurse auf den Anspruch der Gläubigerschaft rücksichtlich der Nutzungen des eheweiblichen Vermögens nach der Meinung der Appellantin beizulegen ist. Sie muß daher nach den allgemeinen, über die Rechtskraft richterlicher Entscheidungen im Civilprozesse geltenden Grundsätzen beantwortet werden. Der Zweck des Civilprozesses besteht in der Regel darin, ein streitiges Rechtsverhältniß nach vorschriftsmäßigem Gehör der Parteien definitiv zu regeln und das bestrittene Recht, wenn es vorhanden und erwiesen ist, zur formalen Anerkennung und Geltung zu bringen. Daraus ergiebt sich von selbst der unbestrittene Satz, daß das formelle Recht, welches durch die richterliche Entscheidung begründet wird, sich nur auf das zur Entscheidung gediehene Rechtsverhältniß und nur auf die Personen erstrecken kann, welche den Rechtsstreit als Parteien mit einander geführt haben.

Der Zweck unseres heutigen Concursprozesses besteht in der Hauptsache darin, daß die Gläubiger, deren Forderungen gehörig angemeldet und nachgewiesen worden sind, ihre Befriedigung in der gesetzlichen Ordnung und Reihenfolge aus dem vorhandenen auf die

Gläubigerschaft übertragbaren Vermögen des Gemeinschuldners, insoweit es dazu ausreicht, erlangen sollen. Das Locationserkenntniß soll die Grundlage gewähren, auf welche die Vertheilung der aus diesem Vermögen bestehenden, beziehentlich zu gewinnenden Masse sich zu stützen hat, der Gegenstand und Zweck desselben ist also, die Forderungen der Gläubiger, welche ihre Befriedigung aus der Concursmasse verlangen, zu prüfen und festzustellen, und die Rangordnung der Befriedigung vorzuzeichnen. In ersterer Beziehung, wobei es darauf ankommt, das Forderungsrecht des Gläubigers und seinen Anspruch auf Perception im Verhältniß zu den Concursgläubigern im Allgemeinen festzustellen, stehen sich, wie bekannt, die einzelnen Gläubiger einer- und der Streitervertreter andererseits als die Hauptparteien einander entgegen, wenn auch einzelnen Gläubigern das Recht, sich dem Streitvertreter anzuschließen, oder selbstständig gegen die Existenz oder die Richtigkeit angemeldeter Forderungen aufzutreten, nicht schlechthin abgesprochen werden mag; die Frage der Priorität ist eine solche, welche nur die darum streitenden Personen betrifft und nur zwischen diesen entschieden wird.

Bemerkt die Beklagte hiergegen, daß in der Locatoria nicht selten über Fragen entschieden werde, welche, wie z. B. Vindicationsansprüche nicht in den Bereich des Liquidationsverfahrens und des hierüber zu fällenden Urthels gehören; so ist dies an sich nicht unwahr, beweist aber nichts gegen die Richtigkeit der angegriffenen Entscheidungsgründe. Denn es ist leicht zu erkennen, daß, wo in der Praxis dieses Verfahren beobachtet worden ist, in sachlicher Hinsicht eine Concurrenz zweier, ihrem Gegenstande, ihrem Zwecke und ihren Parteien nach von einander verschiedener Richtersprüche stattgefunden hat, und nur in Bezug auf die äußere Form des Erkenntnisses eine Verbindung beider eingetreten ist. Eben deshalb müssen aber auch, bei der Frage nach der Rechtskraft, in Fällen dieser Art die an sich verschiedenen Rechtssprüche von einander getrennt in's Auge gefaßt werden und es kann nicht und allein schon deshalb, weil die Erkenntnisse sich in ihrer äußern Form als ein Ganzes darstellen, und in dieser Maaße auch solchen Personen, welche zwar ein rechtliches Interesse an der gleichzeitig entschiedenen Differenz haben, dabei jedoch als Parteien nicht aufgetreten sind, publicirt worden sind, angenommen werden, daß auch rücksichtlich der letzteren eine res judicata begründet worden sei.

Vor Allem kommt es aber, wie überall, so auch im gegenwärtigen Creditwesen noch darauf an, ob denn wirklich im Locationserkenntnisse über einen Rechtsstreit entschieden worden sei, welcher nicht in das Bereich desselben gehört hätte, gleichwohl aber bei dessen Abfassung absichtlich in den Kreis der richterlichen Erwägung und Entscheidung den betreffenden Parteien gegenüber gezogen worden sei; — eine Frage, welche hier nicht damit verwechselt werden darf, ob sich die Gläubigerschaft an der Ausführung ihrer Ansprüche auf die Nutzungen des eheweiblichen Vermögens versäumt oder thatsächlich darauf verzichtet habe?

Mit Rücksicht auf die erwähnten, auch im Concurse analog anzuwendenden Gesetze steht, wie bereits in den Rationen der vorigen Instanz bemerklich gemacht worden ist, der Gesammtgläubigerschaft nur das Recht zu, den nach Abzug eines entsprechenden Alimentenquantums verbleibenden Ueberschuß der gedachten Nutzungen als einen Bestandtheil der gemeinschaftlichen Concursmasse zu fordern. Dieser Ueberschuß ist also der Gegenstand einer Masseforderung, welche nach bekannten concursrechtlichen Bestimmungen der Gütervertreter im Namen der Gesammtgläubigerschaft gegen den Schuldner geltend zu machen hat. Die Ausführung dieser Ansprüche eignet sich ebensowenig für das Liquidationsverfahren als für die Entscheidung im Locationsurthel, und wird auch in der Praxis nicht auf diesem, sondern nur auf dem Wege der Klaganstellung bewirkt. Im vorliegenden Falle, wo es sich nicht um die Nutzungen eines getrennt von dem Vermögen des Ehemannes bestehenden Capitalvermögens der Ehefrau, wie z. B. um die Nutzungen eines ihr eigenthümlichen Grundstücks oder die Zinsen von auf ihrem Namen ausstehenden Capitalien, sondern um die Nutzungen eines mit dem Vermögen des Ehemannes confundirten, beim Concurse liquidirten Substantialvermögens der Ehefrau handelt, können allerdings die Parteirollen dergestalt mit einander vertauscht werden, daß man die Ehefrau rücksichtlich des Anspruchs auf Gewährung der ihr zunächst von den Nutzungen ihres Vermögens gebührenden Alimente als die Klägerin betrachtet. Das ändert aber für die gegenwärtige Streitfrage nichts Wesentliches am Stande der Sache. Denn auch bei dieser Gestaltung des Parteiverhältnisses ist über Ansprüche zu entscheiden, welche die Concursmasse betreffen, und wobei der Güterververtreter die Gesammtgläubigerschaft gegen den Massegläubiger zu vertreten hat, gleichviel, ob der letztere völlig außerhalb des Concurses steht oder gleichzeitig als Concursgläubiger und Liquidant aufgetreten ist. In Fällen dieser Art kommt es vor, daß der Liquidant seine Ansprüche gegen die Masse im Liquidationstermine anmeldet und im Liquidationsverfahren auszuführen sucht, und daß, wenn die zu einer definitiven oder interlocutorischen Entscheidung erforderlichen formellen und materiellen Unterlagen vorhanden sind, über dergleichen Ansprüche bei der Location der Gläubiger mit entschieden wird; dies darf aber, wie bereits auseinander gesetzt worden ist, nie dazu führen, daß die wesentlich verschiedene Stellung eines Liquidanten mit der eines Massegläubigers identificirt und ein die Masseschuld betreffender Ausspruch ohne Weiteres als ein Bestandtheil des eigentlichen Locationserkenntnisses behandelt wird.

Daß im B.'schen Gantwesen die Beklagte neben dem Liquidate ihre locationspflichtige Illatenforderung selbst, einen Anspruch auf Alimentengewährung aus der Concursmasse erhoben, daß sie insbesondere die gleichzeitig mit ihrer Capitalforderung angemeldeten Zinsen ihrem vollen Betrage nach als das ihr zu belassende Alimentenquantum bezeichnet habe, daß ferner dieser Anspruch dem Güterverterter — dessen Function im vorliegenden Schuldenwesen dem bestellten Stellvertreter nicht mit übertragen gewesen zu sein scheint — gegenüber im Liquidationsverfahren ausgeführt und darüber in der Locatoria ausdrücklich mit entschieden worden sei, ist von der Beklagten nicht nachgewiesen worden. Man hat also davon auszugehen gehabt, daß die Beklagte, wie sich dies auch aus der Bl. wörtlich von ihr mitgetheilten Stelle des gedachten Erkenntnisses ersehen läßt, gleich anderen, insbesondere prioritätischen Gläubigern ihr Capitalvermögen sammt Zinsen davon Behufs der Befriedigung in gesetzlicher Reihenfolge als Liquidantin angemeldet und das Locationserkenntniß sich innerhalb der ihm gezogenen Grenzen darauf beschränkt habe, die Existenz und die Illatenqualität der angemeldeten Capitalforderung und den Anspruch auf Gewährung von Zinsen anzuerkennen und der Liquidantin die Stelle anzuweisen, in welcher sie bei der Massevertheilung den übrigen Liquidanten gegenüber zur Perception kommen solle. Davon geht auch die Beklagte in ihrer Deduction selbst aus. Wenn aber dieselbe hierbei behaupten will, daß die Argumentation der vorigen Instanz deshalb von einer unrichtigen Prämisse ausgehe, ob Alimentenansprüche im Liquidationsverfahren an- und auszuführen gewesen seien, sondern um gewöhnliche Zinsen als Annexum der angemeldeten Capitalforderung, welche gleich dieser Gegenstand der Liquidation und der Entscheidung im Locationserkenntnisse werden müssen, so hat sie dabei zweierlei übersehen, einmal, daß sich allerdings die Ansicht aufstellen läßt, daß die Zinsforderung der Ehefrau im Concurse des Ehemannes aus dem Gesichtspunkte eines — nach dieser Höhe quantificirten — Alimentenanspruchs zu betrachten sei,

Günther, Programma, num uxor usuras sortis illatae in concursu mariti recte petat? Lips. 1834, §. V.

und daß eben deshalb die Frage, ob die Rechtskraft der Locatoria dem Anspruche der Gläubigerschaft auf den Ueberschuß der Nutzungen des eheweiblichen Vermögens entgegen stehe, sowohl aus diesem, als aus dem von der Beklagten angedeuteten Gesichtspunkte einer bloßen Zinsforderung geprüft worden ist; dann aber, daß man gerade in Folge der erstern Auffassung noch eher, als bei der letztern, zu einer der Beklagten beifälligen Ansicht gelangen könnte.

Indessen sind auch hier die Gründe der vorigen Instanz überwiegend. Wollte man nämlich davon ausgehen, daß das Recht der Ehefrau, die Zinsen ihres dem Ehemanne inferirten und mit dem des letztern confundirten Vermögens zu fordern, auf der Verbindlichkeit des Concurses, ihr die nöthigen und standesmäßigen Alimente aus den Nutzungen ihres Vermögens zu gewähren, beruhe, so würde man doch, nach dem bereits oben entwickelten Zwecke des Locationserkenntnisses selbst, in der formellen Location der Zinsen als Nebenforderung immer nur den richterlichen Ausspruch finden können, daß die Klägerin bei der zukünftigen Vertheilung der Masse unter die Concursgläubiger und diesen — beziehentlich dem Gemeinschuldner — gegenüber einen auf Grund der in der Locatoria festgestellten Factoren zu berechnenden Gesammtbetrag an der ihr angewiesenen Rangstelle zu empfangen habe. Mehr braucht für die Zwecke dieses Erkenntnisses nicht bestimmt zu werden. Die Frage also, ob dritte Personen, und als solche ist auch die Gesammtgläubigerschaft hinsichtlich ihrer Ansprüche an einzelne Liquidanten zu betrachten, das Recht haben, einen Theil der Perceptionssumme für sich in Anspruch zu nehmen, ist nicht Gegenstand der Entscheidung im Locationsurthel und man könnte nur in dem Falle, wenn diese Frage in jenem Erkenntnisse in der That erörtert und ausdrücklich entschieden worden wäre, eine diesfällige Rechtskraft des erstern behaupten. Hierbei ist aber auch zu erwägen, daß durch die Location und die Bezahlung der Zinsen aus den vorhandenen Mitteln allererst das Object geschaffen wird, rücksichtlich dessen die Gläubigerschaft ihr Recht auf die Nutzungsüberschüsse des eheweiblichen Vermögens mit Erfolg geltend machen kann, daß also auch in diesem Betracht weder für die Gläubiger, noch für den erkennenden Richter eine besondere Veranlassung dazu vorliegt, die nurgedachte Frage im Voraus zur Entscheidung zu bringen. Aus der Eigenschaft des Concurses als eines judicium universale läßt sich aber in keiner Weise die Folgerung ableiten, daß die Ansprüche der Liquidanten und die Ansprüche der Gesammtgläubigerschaft an einzelne Gläubiger gleichzeitig bei demselben Gerichte geltend gemacht und in demselben Erkenntnisse entschieden werden müßten oder daß Ansprüche der letztern Art im Locationsurthel präsumtiv mit entschieden worden seien.

Es ist aber nicht nothwendig, die Berechtigung der Ehefrau, Zinsen von ihren mit dem Vermögen des Gemeinschuldners confundirten Illaten zu fordern, mit ihrem Anspruche auf standesmäßige Alimente aus den Nutzungen ihres Vermögens in diesen unmittelbaren Zusammenhang zu bringen, da der sächsische Gerichtsbrauch allen Concursgläubigern das Recht zugesteht, Zinsen und namentlich auch Verzugszinsen fälliger Capitalforderungen auch nach Ausbruch des formellen Concurses zu fordern, in Ansehung der beim Concurse zu liquidirenden Illaten aber durch die Insolvenz des Ehemannes, das Recht der Ehefrau auf Herausgabe der letztern zur Reife der Ausübung gedeiht. Dafür, daß die der Ehefrau zukommenden Zinsen, ebenso wie die Zinsen anderer Gläubiger, mithin auf Grund eines die Masse treffenden Vorzugs gefordert werden können, findet sich auch ein gesetzliches Anhalten in §. 18 des Mandats vom 4. Juni 1829, die Aufhebung der stillschweigenden Hypotheken betreffend, vor,

Inhalts dessen den in §. 14 sub no. 1, 2, 3, 4 gedachten Gläubigern, zu denen auch die Ehefrau wegen ihres Dotal- und Paraphernalvermögens gehört, ein persönliches Vorzugsrecht vor den chirographarischen Gläubigern im Concurs wegen der Zinsen, ebenso wie wegen der Capitalforderung zugetheilt worden ist, woraus hervorgeht, daß man diese Zinsen auch bei den Illaten der Ehefrau nicht als eine Masseforderung, sondern als Gegenstand eines liquidationsfähigen Anspruchs angesehen hat. Dies ändert zwar nichts an der Berechtigung der Gläubigerschaft, den zum standesmäßigen Unterhalte der Ehefrau und Kinder nicht erforderlichen Theil dieser Zinsen für die Masse in Anspruch zu nehmen, weil die Zinsen des eheweiblichen Vermögens Gegenstand des ehemännlichen, durch die Concurseröffnung nicht aufgehobenen Nießbrauchs sind; wohl aber kann, wenn man die Zinsenforderung der Ehefrau nur als Object der Liquidation betrachtet, noch weniger behauptet werden, daß durch die Location der letztern zugleich die Frage entschieden worden sei, ob und wie viel von den locirten und in Folge der Location perceptionsfähigen Zinsen die Gesammtgläubigerschaft zu beanspruchen befugt sei.

In diesem Sinne hat sich auch das OAG. in der

Zeitschr. f. Rechtspfl. u. Verw., Bd. XI., S. 283.

abgedruckten Entscheidung ausgesprochen. Denn hätte man dort die Ansicht gehabt, daß die ungekürzte Location der geforderten Zinsen zugleich eine Entscheidung darüber gebe, daß die Ehefrau den hiernach bei der Distributoria ausfallenden Betrag ungekürzt und ohne Rücksicht darauf, ob sie dessen zu ihrem Unterhalte bedürfe, zu empfangen habe, so hätte man die ohne eine solche Beschränkung erfolgte Zinsenlocation nicht bestätigen und den Widerspruch des Appellanten nicht mit der Bemerkung zurückweisen können, daß die obgedachte Frage nicht bei der Locatoria zu entscheiden gewesen sei, daß es aber dem Gütervertreter überlassen bleibe, wegen der Ansprüche der Gläubigerschaft auf den Ueberschuß der locirten Zinsen als Nutzungen des eheweiblichen Vermögens seine besonderen Anträge zu stellen.

Die von der Beklagten vorzugsweise behandelte Frage, ob sich der Gütervertreter an der Geltendmachung dieser Ansprüche versäumt habe, ist zu verneinen. Der Gütervertreter mag sich allerdings in der Lage befunden haben, von dem Stande des Liquidationsverfahrens und den angemeldeten Forderungen Kenntniß zu nehmen und er hätte sich veranlaßt finden können, die jetzige Streitfrage schon früher zur Erörterung und Entscheidung zu bringen. Wie aber das Liquidationsverfahren überhaupt zur Erörterung derartiger Differenzpunkte gar nicht bestimmt ist, so hat auch der Gütervertreter sich seinerseits in dasselbe nicht einzumischen. Für die vom Liquidationsverfahren gesonderte Ausführung des Anspruchs auf das der Liquidantin künftig der Zinsen halber zuzutheilende Perceptionsquantum ist eine peremtorische Frist nicht gestellt und nur in dem Falle, wenn die Gesammtgläubigerschaft die ungekürzte Auszahlung der Zinsen ohne Widerspruch hätte geschehen lassen, würde sich

Kind, quaest. for. tom. IV, cap. XXX, pag. 193. (ed. II.)
Günther, progr. I. §. V.

die Ansicht geltend machen lassen, daß sie auf diesen Anspruch thatsächlich Verzicht geleistet habe 2c. 2c.

B.

Weiter ist man durch das Rechtsmittel der Beklagten, welches formell eine beschränktere Verurtheilung, als das minus, zugelassen haben würde, genöthigt worden, auf die Bl. berührte Frage einzugehen, auf welchen Zeitraum der Masse jene Nutzungen zu Gute zu gehen haben. Sowohl der Appellant als namentlich und noch bestimmter der Gütervertreter haben sich dahin ausgesprochen, daß mit den Worten „auf die Dauer des gedachten Creditwesens" das Ende dieses Creditwesens auf den Zeitpunkt versetzt worden sei, wo mit Beihilfe der Nutzungen des eheweiblichen Vermögens die angemeldeten Forderungen getilgt seien, so daß die Gläubigerschaft diese Nutzungen, insofern nicht inzwischen das Recht des ehemännlichen Nießbrauchs aufhören sollte, bis zu ihrer vollen Befriedigung zu beanspruchen habe.

Das OAG. kann diese Auslegung nicht für begründet erachten und findet seinerseits auch in der Wortfassung des vorigen Erkenntnisses keinen Anlaß zu einem erheblichen Zweifel über das richtige Verständniß der ausgesprochenen Verurtheilung. Die Dauer eines Creditwesens, oder mit anderen Worten, eines Concursprozesses ist etwas ganz Verschiedenes von der Dauer des dem Cridar zustehenden ehemännlichen Nutznießungsrechts. Die letztere hängt von dem Fortbestand der Ehe, die erstere von der Vollendung der prozessualischen Handlungen ab, welche nöthig und gesetzlich vorgeschrieben sind, um den Zweck des Concurses, die ordnungsmäßige Vertheilung der vorhandenen Vermögensmasse zu bewirken. Die Dauer des Concurses erledigt sich demzufolge mit dem Hauptdistributionsabschiede. Wenn also die vorige Instanz ausgesprochen hat, daß die Beklagte geschehen zu lassen verbunden sei, daß die Nutzungen ihres angemeldeten und locirten Einbringens, soweit sie derselben nicht zu ihrem Unterhalte bedürfe, auf die Dauer des (ehemännlichen) Creditwesens zu der Concursmasse gezogen würden, so kann diese Verurtheilung nur auf die Nutzungen bezogen werden, welche bis zu dem regelmäßigen Endpunkte dieses Concursprozesses erwachsen sind und in den mitlocirten und zur Perception gelangenden Zinsen bestehen. Diese Modalität der Verurtheilung entspricht dem sächsischen Gerichtsbrauche

Kind, l. c. S. 192.

Günther, Concurs der Gläubiger, S. 119.

und muß auch an sich gebilligt werden. Zwar bemerkt der zuletzt angezogene Schriftsteller, es sei nicht ganz consequent, daß die Gläubigerschaft den Nießbrauch vom Vermögen der Ehefrau des Cridars nur bis zum Hauptdistributionsabschiede beziehe. Allein, abgesehen davon, daß diese Bemerkung vornehmlich auf das nicht inferirte, d. h. das mit dem des Ehemannes noch nicht confundirte Vermögen der Ehefrau abzielt, steht ihr auch die Erwägung entgegen, daß zur Concursmasse in der Regel nur dasjenige Vermögen des Cridars zu rechnen ist, welches bei der Eröffnung des Concurses erworben wird und durch den Gebrauch der dem Schuldner zustehenden Rechte während des Concurses erworben werden kann,

Dabelow, Lehre vom Concurse der Gläubiger, S. 538 u. 713.

Forderungen, welche der Cridar beim Ausbruche des Concurses besaß, die aber noch nicht fällig oder die bedingt waren, gehören in diesem Sinne zur Concursmasse, weil das, wenn auch künftige oder eventuelle Forderungsrecht doch schon damals als ein Bestandtheil seines auf die Gläubigerschaft zur eigenen Ausübung übertragbaren und durch die Concurseröffnung auf dieselbe übergegangenen Vermögens betrachtet werden muß. Bei dem persönlichen Nießbrauchsrechte des Ehemannes geht aber nach den Grundsätzen vom usufructus überhaupt nicht das Recht selbst, sondern nur die Ausübung, das exercitium ususfructus — in der obenerwähnten Beschränkung — auf die Gläubigerschaft über.

Dabelow, a. a. O. S. 713.

Günther, progr. I. §. II.

Nutzungen eines eheweiblichen Vermögens sind nicht, wie Forderungen der obgedachten Art, etwas objectiv in seiner bestimmten Abgrenzung Vorhandenes, sondern sie bestehen in dem, was durch die Ausübung eines Rechts beim Hinzutritt eigener Thätigkeit und unter dem Einflusse von Zeit und Ortsverhältnissen erworben werden kann und immer von Neuem erworben wird. Geht das Recht selbst als Quelle dieses Erwerbs nicht auf die Gläubigerschaft über, so kann derselben auch die Ausübung dieses Rechts nur so lange zugestanden werden, als das Verhältniß der Gesammtgläubigerschaft und ihre Vertretung durch den Gütervertreter gesetzlich besteht und beides fällt mit dem prozeßrechtlichen Endpunkte des Concursprozesses hinweg. Das Ende eines Concursprozesses kann aber begreiflicher Weise, wenn man denselben nicht von vornherein gegen seine gesetzliche Bestimmung zu einem perpetuirlichen Zustande machen will, nicht davon abhängig gemacht werden, ob der Gemeinschuldner zufolge persönlicher, nicht übertragbarer Rechtsverhältnisse noch Aussicht auf Erwerb hat, sondern nur von Beendigung des gesetzlich vorgeschriebenen Verfahrens. Dadurch erklärt sich, daß außerhalb des Concurses der Gläubiger des Ehemannes die Nutzungsüberschüsse des eheweiblichen Vermögens bis zu seiner vollständigen Befriedigung beanspruchen kann; das Subject der Rechtsausübung bleibt hier unverändert fortbestehen, während es im Concurse mit der Beendigung des Concurses seine Qualität als solches verliert.

Hierzu kommt nun im vorliegenden Falle auch noch die besondere Erwägung, daß es sich um die Nutzungen eines dem Ehemanne wirklich inferirten, mit dessen Vermögen confundirten Illatenvermögens handelt. Der Ehefrau steht in Folge der Concurseröffnung das Recht zu, ihre baaren Illaten zurückzufordern und die Verwaltung der letztern dem Ehemanne zu entziehen. Durch die Zutheilung der Perceptionsrate, welche auf die von der Beklagten liquidirte Forderung ausfällt, wird, wie schon an einer andern Stelle dieser und der vorigen Entscheidungsgründe bemerklich gemacht wurde, erst das Object geschaffen, von welchem künftig nach Beendigung des Concurses Nutzungen gewonnen werden können. Es könnten daher die nach der Auszahlung des auf der Stammforderung ausfallenden Betrags zu erzielenden Nutzungen lediglich als ein Vermögen, welches der vormalige Gemeinschuldner nach dem Concurse erwirbt, betrachtet werden, rücksichtlich dessen die Gläubiger dieses Creditwesens als solche keinen Anspruch zu erheben hätten.

Da, wie gedacht, das Erkenntniß in seinem dispositiven Theile zu keinem Mißverständnisse Anlaß geben konnte, so hat man es, wie andernfalls auf das Rechtsmittel der Beklagten zu geschehen gehabt hätte, nicht für nöthig erachtet, im Urthel eine declaratoria zu ertheilen, sondern für genügend befunden, sich über das richtige Verständniß desselben in den gegenwärtigen Rationen geschehenermaaßen auszusprechen.

40.

Ueber actio nata, insbesondere in Bezug auf das Nachforderungsrecht gegen einen frühren Gemeinschuldner.

A.

Plenar-Erkenntn. v. 21. März 1863.

Einen Verstoß gegen klare Gesetzesaussprüche finden Kläger in dem Ausspruche der Rationen Bl. — daß für die Kläger oder beziehentlich deren Rechtsvorgänger erst von dem Zeitpunkte der eingetretenen Verbesserung in den Vermögensumständen ihres Erblassers actio nata vorhanden gewesen sei.

Die Kläger haben sich hier, um ihre Ansicht zu rechtfertigen, auf keine particulargesetzliche Vorschrift, sondern lediglich auf einige Stellen des römischen Rechts berufen. Inwieweit überhaupt die römischen Rechtsbücher Aussprüche enthalten, welche als klare gesetzliche Bestimmungen im Sinne der citirten Bekanntmachung *) betrachtet werden können, mag hier auf sich beruhen. Denn so viel ist gewiß, daß die von den Klägern Bl. allegirten Stellen nichts enthalten, womit der angefochtene Satz nicht im Einklange stände. Diese Stellen bestätigen vielmehr lediglich den Grundsatz, daß die Klagverjährung

*) Vom 4. März 1848, einige Rechtssätze rc. betr., G.- u. V.-Bl. S. 31.

von dem Zeitpunkte an, läuft, wo die Klaganstellung rechtlich möglich ist, beziehungsweise, daß der Lauf dieser Verjährung nur durch rechtliche, nicht durch factische Hindernisse unterbrochen wird, ohne dabei den Begriff der rechtlichen Möglichkeit der Klaganstellung und actio nata festzustellen. Alle Schriftsteller sind darüber einverstanden, daß zum Eintritt der Klagverjährung die actio nata wesentlich nothwendig sei — „actioni nondum natae non praescribitur" — allein über die Frage, wenn dieser Zeitpunkt, die s. g. Nativität der Klage, welcher in den Quellen mit den Ausdrücken ex quo actio competit et semel nata est; ex quo actiones competere jure coeperunt; ex quo possunt moveri actiones bezeichnet wird, eintritt, herrschen unter den älteren und den neueren Juristen in mehrfacher Beziehung Meinungsverschiedenheiten. Es betreffen dieselben namentlich die dem gegenwärtigen Falle am nächsten liegende Streitfrage, ob zur Nativität der persönlichen Klage neben dem reifen und fertigen Klagrechte auch noch eine Rechtsstörung — eine objective Rechtsverletzung als nächste Veranlassung zur Klaganstellung — nöthig und worin, je nach der Verschiedenheit der einzelnen Rechtsverhältnisse, diese Rechtsstörung zu finden sei; vergl. hierüber

v. Savigny, System, §. 239, Bd. V., S. 280 fg.
Sintenis, Civilrecht, §. 31, Bd. I., S. 281 unter no. 14.
v. Keller, Pandecten, §. 85, S. 171.
Arndts, Pandecten, §. 107, no. 2, S. 151.
Puchta, Pandecten, §. 90, S. 134.
v. Vangerow, Pandecten, §. 147, Anm. I., Bd. I., S. 248 fg.
Brinz, Pandecten I., §. 48.

Selbst wenn die Ansicht derjenigen Schriftsteller, welche zur actio nata die Rechtsverletzung (in dem v. Savigny a. a. O. S. 283 fg. entwickelten Sinne) erfordern, zu mißbilligen wäre, würde nicht zu behaupten sein, daß die Entscheidungsgründe des angefochtenen Erkenntnisses gegen das jus in thesi verstießen, wenn dieselben in Consequenz dieser von den meisten neueren Schriftstellern vertheidigten Meinung ausgesprochen hätten, daß im vorliegenden Falle eine Rechtsverletzung und Veranlassung zur Klaganstellung wegen des beim Concurse leer ausgegangenen Forderungsbetrags erst mit dem Zeitpunkte eingetreten sei, wo der Schuldner nach beendigtem Concurse in eine bessere Vermögenslage gekommen. Es ist aber auch noch ein anderes Moment hierbei hervorzuheben. Unbestritten ist nämlich, daß die actio nata ein wirkliches, bestehendes und verfolgbares Recht voraussetzt; die actio nata ist erst in dem Augenblicke vorhanden, wo das Recht als ein durchzuführendes, also auch mittelst der Staatshilfe zu realisirendes fertig, reif ist,

Böcking, Institutionen, §. 131 not. 2.

es müssen daher alle Thatsachen eingetreten sein, welche zur rechtlichen Begründung der Klage erforderlich sind. Eben deshalb kann bei einer bedingten oder auf Zeit gesetzten Obligation die Verjährung erst beginnen, sobald die Bedingung erfüllt oder der Zeitpunkt gekommen ist.

L. 7, §. 4 C. de praescript. XXX. vel XL. a. 7, 39.

Die von den Klägern selbst berufene

L. 9, §. 3 D. de pign. act. 13, 7.

omnis pecunia exsoluta esse debet — ut nascatur pignoratitia actio,

liefert eine directe Unterstützung für die Richtigkeit der obigen Prämisse, insofern die Befriedigung des Pfandgläubigers die thatsächliche Voraussetzung für die rechtliche Möglichkeit, die Klage auf Zurückgabe des Pfandes anzustellen, bildet.

Die Kläger bewegen sich bei ihrer ganzen Deduction in einem augenscheinlichen Mißverständnisse bei der Anwendung des in den Rationen des angefochtenen Erkenntnisses gar nicht bestrittenen Satzes, daß der Lauf einer begonnenen Verjährung nur durch rechtliche, aber nicht durch factische Hindernisse der Klaganstellung unterbrochen werde; sie vermischen dabei die thatsächlichen Umstände, welche den Gläubiger abgehalten haben, eine actio nata anzustellen, mit den thatsächlichen Voraussetzungen, von deren Eintritt die Nativität der Klage abhängt und durch deren Nichteintritt der Zeitpunkt der Nativität aufgeschoben worden ist.

Die Rationen des angefochtenen Erkenntnisses gründen ihren Ausspruch auf die Vorstellung, „daß ein Gläubiger, der sich im Concurse seines Schuldners gemeldet, aber bei der Massevertheilung seine Befriedigung nur theilweise erlangt hat, den Rest seiner Forderung erst dann vom Gemeinschuldner einklagen könne, wenn derselbe nach

Beendigung des Concurses zu besserm Vermögen gelangt sei"; sie erachten diese letztere Thatsache für eine solche, deren Eintritt zur Begründung des Nachforderungsrechts und der zu dessen Ausführung dienenden Klage erforderlich ist, und eben deshalb auch in der letztern angeführt und da nöthig dargethan werden müsse. Ist diese Ansicht richtig, so rechtfertigt sich auch der Schluß, daß die actio nata erst mit dem Eintritte der besseren Vermögensumstände vorhanden gewesen. Das Rechtsgeschäft, aus welchem die Forderung originirt und insoweit auch die Klage bleiben auch nach dieser Rechtsansicht dieselben, allein der Concurs und die Anmeldung des Gläubigers im Concurse äußern auf die letztere den Einfluß, daß zu ihrer Begründung der Eintritt einer außerdem nicht erforderlichen Thatsache nöthig wird. Daß diese Ansicht über die Ausübung des Nachforderungsrechts und die zu diesem Behufe anzustellende Klage contra jus in thesi sei, haben die Kläger nicht nachzuweisen vermocht; es genügt also zu bemerken, daß zwar über diese Frage in der sächsischen Praxis Meinungsverschiedenheit besteht, daß das OAG. aber in Uebereinstimmung mit dem vormaligen Landesappellationsgerichte

Gottschalk, disp. for. Tom. III, cap. XVII, p. 221.
Annalen, Bd. III., S. 276.

an dem Satze festgehalten hat, welcher sich auch in den angefochtenen Entscheidungsgründen ausgesprochen findet.

B.

Plenar-Leuterungs-Erk. v. 7. Novbr. 1863.

Der Ausführung Bl., daß, weil ein Gläubiger, welcher sich im Concurs gemeldet, das Nachforderungsrecht nur dann mit Erfolg geltend machen könne, wenn er beizubringen vermöge, daß der frühere Gemeinschuldner zu besseren Vermögensverhältnissen gelangt sei, actio nata erst mit deren Eintritt angenommen werden könne, glauben Kläger durch die Annahme begegnen zu können, daß der Gläubiger in solchem Falle eine, wenn auch zu Erlangung einer Condemnatoria vorzeitige, beziehentlich unschlüssige, doch aber zur Interruption nothwendige Klage anstellen müsse. Einen Beleg für diese neue Ansicht sind nun Kläger allerdings schuldig geblieben und dem Argumente, daß andern Falles der Gläubiger in diesem Falle die Klaganstellung beliebig protrahiren könnte, steht entgegen, daß dem Schuldner der Nachweis unverwehrt sein wird, daß von der Zeit an, wo er zu besserm Vermögen gelangt, die desidia des Gläubigers die Verjährungszeit ungenutzt verstreichen lassen.

Zur Begegnung des Bl. berührten Nachtheils würde dem Erblasser der Mündel der Kläger eine provocatio ex lege diffamari eventuell ex lege si contendat zu Gebote gestanden haben.

Handels- und Wechselrecht.

22.

Eine Genossenschaft zum Einkauf von Waare für eigenen Bedarf kann nicht als Gesellschaft zum Handelsbetriebe im Sinne Art. 271[1] des HGB.'s gelten. — §. 8 [3c] der AB.

II. Sen.-Erk. v. 16. Juni 1863 no. 314/343.

Der Zweck des erwähnten Vereins besteht, wie Beklagter selbst beim 2ten Einl.-Prozeß zugestanden hat und auch in §. 1 des von dem Beklagten eingeräumten Statuts ausdrücklich bemerkt worden ist, in der Beschaffung der zum Betrieb der Profession der Mitglieder erforderlichen Gegenstände und Materialien für gemeinschaftliche Rechnung, um dadurch den Mitgliedern so viel als möglich die Vortheile des Einkaufs in großen Posten zu gewähren und ihnen die Concurrenz zu erleichtern. Dabei ist es aber den Mitgliedern nach §. 5 ausdrücklich untersagt, aus dem Vereinsmagazine entnommene Materialien an dritte dem Vereine nicht angehörende Meister abzulassen, und in §. 22 ist in Ansehung der vom Verein angekauften Gegenstände und Materialien als Regel aufgestellt, daß nur den Mitgliedern der eigene und nöthige Bedarf gewährt werde. Von dem Verkauf derartiger Gegenstände und Materialien an Nichtmitglieder Seiten des Vereins selbst ist dagegen in den Statuten nirgends die Rede, und da ein solcher Verkauf dem ganzen obangegebenen Zweck des Vereins offenbar widersprechen würde, so läßt sich auch daraus, daß nach den

Statuten in der Regel nur den Vereinsmitgliedern der eigene Bedarf aus den Vereinsvorräthen gewährt werden soll, noch keineswegs, wie Beklagter vermeint, den Schluß ziehen, daß der Verkauf an Nichtmitglieder nicht ausgeschlossen sei. Unter diesen Umständen kann aber auch der Verein, wie in in voriger Instanz schon richtig gezeigt worden, als eine zur Betreibung von Handelsgeschäften im Sinne des Art. 271 unter 1 des HGB.'s zusammengetretene Gesellschaft nicht betrachtet werden, sondern er erscheint nur als eine Association einer Anzahl Genossen der nämlichen Profession, welche zu ihrem eigenen Gebrauche Waaren einer bestimmten Gattung einkaufen, um sich durch diesen gemeinschaftlichen Einkauf die Vortheile des en gros Kaufs unter einander zu gewähren. Von diesem Gesichtspunkte aus gehört aber die vorliegende Streitigkeit nicht vor das Handelsgericht und ebensowenig läßt sich für die Ansicht des Beklagten die Bestimmung in §. 8 unter 3 c. der Ausführungsverordnung zum HGB. geltend machen, da die dort gegebene Bestimmung die Eingehung einer stillen Gesellschaft oder einer Vereinigung zu einzelnen Handelsgeschäften für gemeinschaftliche Rechnung voraussetzt und diese Voraussetzung hier eben nicht vorhanden ist.

Grund- und Hypothekenrecht.

1.

Ueber die Natur einer von der Ehefrau auf Grund §. 38 [1] des Hypothekengesetzes vom 6. Novbr. 1843 veranlaßten Hypothekeneintrags. — Rechtsmittel des Ehemanns gegen einen solchen.

II. Sen.-Erk. v. 28. Mai 1863 no. 354/287.

Es beruht auf einem augenscheinlichen Mißverständnisse der einschlagenden gesetzlichen Bestimmungen, wenn Beklagte meint, daß die Hypothek, zu deren Erwerbung sie nach §. 38 des Gesetzes die Grund- und Hypothekenbücher betr. vom 6. Nov. 1843 kraft des Gesetzes selbst, und ohne daß es dazu einer Willenserklärung des Klägers erst bedurfte, befugt war, auf die Dauer der zwischen ihr und dem Kläger bestehenden Ehe unbedingt zu Recht bestehe und der diesfallsige Eintrag als solcher schon für die wirkliche Illation ein Beweismoment abgebe, welches Kläger, wenigstens so lange, als die Ehe daure, anerkennen müsse. Im Gegentheil soll, wie am Schlusse des angezogenen §. ausdrücklich gesagt ist, lediglich nach den Umständen, unter denen der Eintrag geschehen ist, beurtheilt werden, welchen Einfluß die Eintragung des Vermögens der Ehefrau in das Grund- und Hypothekenbuch auf den Beweis des Einbringens habe; was um so mehr in der Natur der Sache liegt, als der Ehemann außer Stande ist, einen derartigen Eintrag, wenn die Ehefrau ihn verlangt, zu hindern, da nach §. 42 ein Widerspruch desselben dagegen nicht zu beachten ist, ja selbst eine dagegen eingewendete Appellation keine Suspensivkraft haben soll. Steht andererseits aber, wie es dort weiter heißt, dem Widersprechenden frei, seine Einwendungen rechtlich auszuführen, um sodann die Löschung suchen zu können, so liegt es in der Natur der Sache, daß dem Ehemanne diese rechtliche Ausführung auch schon während der Ehe erlaubt sein muß. Ja es wird dieses sogar in der Regel geschehen, weil mit der Auflösung der Ehe auch der Zeitpunkt der Restitution des Einbringens eintritt. Da hiernächst ein Eintrag der bezeichneten Art, wenn er nur auf Grund des gesetzlich der Ehefrau zuständigen Rechtstitels und lediglich auf den einseitigen Antrag der letztern geschehen ist, nach allgemeinen Rechtsgrundsätzen als solcher nichts für die Ehefrau beweist, so liegt es auf der Hand, daß der Ehemann bei rechtlicher Ausführung seines Widerspruchs in der Regel einfach die Existenz der dos zu negiren braucht, um, sei es, wie im vorliegenden Falle, mittelst einer Negatorienklage oder im Wege der provocatio ex lege diffamari die Ehefrau zur Beweisführung zu nöthigen, und bei Unterbleibung oder bei dem Mißlingen solcher auch schon während der Ehe eine definitive Löschung des Eintrags bei dem Hypothekenrichter beantragen zu können.

2.

Inwiefern bindet die Cession eines mit einem Grundstück pertinentialiter verbundenen nutzbaren Realrechts den Nachbesitzer? — Pactum reale? Pactum intuitu fundi initum? — §. 64 des Hypothekengesetzes v. 6. Nov. 1843.

II. Sen.-Erk. v. 1. Mai 1863 no. 237/232.*)

Die vorige Instanz hat die erhobene Klage in der angebrachten Maaße abgewiesen, weil sie das Inhalts der Klage zwischen den Parteien getroffene Abkommen als ein sogenanntes pactum reale oder intuitu fundi initum, welches selbst dann, wenn es im Grund- und Hypothekenbuche nicht verlautbart worden sei, den Nachbesitzer verpflichtete, angesehen und aus diesem Grunde angenommen hat, daß die Klage nicht gegen den Beklagten, welcher das Gut no. 10 zu D. im Jahre 1860 an P. W. F. verkauft hat, sondern gegen dessen nurgenannten Nachbesitzer zu richten gewesen sei.

Das OAG. trägt Bedenken, der nurgedachten Ansicht der zweiten Instanz beizutreten, da die Acten ausreichende factische Unterlagen für die Ansicht, daß in der Klage erwähnte Vertrag den Nachbesitzer des Beklagten binde, nicht darbieten. Denn zunächst ist aus den Vorträgen der Parteien nicht zu ersehen, ob das Bl. erwähnte Gemeindeholz ein Folium im Grund- und Hypothekenbuche erhalten

*) Beklagter, welcher als Besitzer des Gutes no. 10 zu D. aus der Gemeindewaldung nächst den anderen Gutsbesitzern gewisse Holzbezüge zu fordern berechtigt war, hatte 1/4 seines Anrechts an den Kläger als Besitzer der Parcelle no. 363 in derselben Flur veräußert und sodann im Jahre 1860 sein Gut, ohne daß wegen jenes Vertrags im Grundbuche irgend welche Verlautbarung stattgefunden, an einen Dritten veräußert. Kläger verlangte nun von Beklagtem alternativ, daß derselbe ihm ein Anerkenntniß seines Rechts Seiten des Dritten verschaffe oder den ihm durch die Vereitelung des Rechts zugezogenen — wie anzunehmen eventuell zu 80 Thlr. richtig berechneten — Schaden ersetze. Die Ima hielt die Klage nach dieser Richtung hin aufrecht; wogegen die IIda solche i. d. a. M. abwies, da sie annahm, jener Vertrag binde als pactum reale den Nachbesitzer ohne Weiteres. Das OAG. stellte die Ima mit der Modification der Condemnation wieder her, daß dem Beklagten zu Abwendung der Zahlungspflicht in Betreff des Schuldenquanti eine gerichtliche Agnitionserklärung seines Besitznachfolgers beizubringen, eventuell nachgelassen wurde.

hat, und ob als Eigenthümerin dessen die politische Gemeinde O. oder die aus 22 angesessenen Einwohnern daselbst bestehende s. g. Altgemeinde zu betrachten ist. Für das Eigenthum der Altgemeinde scheint nämlich zu sprechen, daß die Benutzung des Gemeindeholzes nach dem Klaganführen nicht der politischen Gemeinde, sondern ausschließlich der Altgemeinde zusteht, sowie daß Beklagter als Besitzer der Gartennahrung Fol. 26 beziehentlich des Gutes no. 10 des Grund- und Hypothekenbuchs dem Kläger, als Besitzer der Parzelle no. 363 des Flurbuchs, ein Viertheil desjenigen Antheils abgetreten hat, welchen die Stammnahrung nicht nur bei Vertheilung der Hölzer und anderen Nutzungen in O.'er Communwaldung, sondern auch bei der etwa künftig stattfindenden Vertheilung der Communländereien zu beanspruchen und zu percipiren hat. Wenn nun Grundstücke, obwohl sie Gemeindegrundstücke heißen, nicht der ganzen Gemeinde als politischer Corporation, sondern bloß einer bestimmten Zahl oder einer ganzen Gattung von Angesessenen zugehören, so sind auf dem für das Gemeindegrundstück im Grund- und Hypothekenbuche anzulegenden Folium die betreffenden Grundstücksbesitzer, welche die s. g. Altgemeinde bilden, als Eigenthümer dergestalt einzutragen, daß sie nicht nach ihren Namen, sondern nur nach den Grundbuchsnummern ihrer Hauptbesitzungen aufgeführt werden, damit auf diese Weise sofort ersehen werden kann, daß die Antheile am Gemeindeland Zubehörungen der Gemeindebesitzungen sind.

Heyne, Commentar, Thl. II., S. 113.

Hieraus folgt aber, daß der Erwerber des Hauptgutes als eine Pertinenz desselben ohne Weiteres den Antheil an den Gemeindeländereien erlangt und gegen die Ansprüche dritter Personen, welche die Nutzungen der Gemeindegrundstücke, soweit sie zum Hauptgute gehören, auf Grund eines mit dem Vorbesitzer abgeschlossenen, im Grund- und Hypothekenbuche nicht eingetragenen Vertrags in Anspruch nehmen, zufolge der Vorschriften §. 22 und 23 des Hypothekengesetzes vom 6. November 1843 gesichert ist.

Zu demselben Resultate gelangt Man, wenn Man mit der vorigen Instanz von der Ansicht ausgeht, daß die politische Gemeinde Eigenthümerin des Gemeindeholzes sei, und das unter den Parteien getroffene Uebereinkommen sich als die theilweise Cession einer mit

dem Besitze des altberechtigten Grundstücks no. 10 verbundenen nutzbaren Realgerechtigkeit darstelle, indem auch in diesem Falle die Veräußerung einer mit dem Stammgute pertinentialiter verbundenen Realgerechtsame zu einem Viertheile vorliegen würde. Denn obwohl nutzbare Realgerechtigkeiten der hier in Frage stehenden Art nach Maßgabe des §. 15 unter 3 des angezogenen Hypothekengesetzes nicht in das Grund- und Hypothekenbuch eingetragen zu werden brauchen, so ist doch die aus dieser Vorschrift abgeleitete Folgerung, daß Veränderungen und Cessionen, welche mit derartigen Nutzungen vorgenommen werden, ohne Verlautbarung im Grund- und Hypothekenbuche den Nachbesitzer der Stammnahrung binden, mit der ausdrücklichen Bestimmung des §. 64 des Hypothekengesetzes vom 6. Nov. 1843, nach welcher das gesetzliche Dismembrationsverfahren nicht nur bei Abtrennung unbeweglicher Zubehörungen, sondern auch bei Veräußerung der mit einem Grundstücke verbundenen nutzbaren Realgerechtigkeiten anzuwenden ist, nicht zu vereinigen, indem die gedachten Realgerechtsamen ohne Unterschied, ob sie im Grund- und Hypothekenbuche eingetragen sind oder nicht, als Grundstückspertinenzen anzusehen sind, welche nicht willkührlich von der Stammnahrung abgetrennt werden können.
Heyne, Commentar, Thl. I., S. 268 fg.

Nun hat der Beklagte darauf, daß eine legale Dismembration erfolgt sei, oder daß er den Käufer des Hauptgutes no. 19 von der früher an den Kläger bewirkten Abtretung des vierten Theils der Gemeindeholznutzungen in Kenntniß gesetzt und zu Anerkennung der Cession verpflichtet habe, sich nicht bezogen.

Wollte Man endlich ein Gewicht darauf legen, daß zufolge des zwischen den Parteien getroffenen Abkommens der Kläger sich nicht unmittelbar an die abgetretene Schuldnerin, die Gemeinde O., sondern an seinen Cedenten und dessen Besitznachfolger zu halten habe, welche die abgetretene Quote auch fernerhin mit den drei übrigen Viertheilen der auf das Gut no. 10 ausfallenden Gemeindeholznutzungen zu vereinnahmen, hierauf aber an den jedesmaligen Besitzer der Parzelle no. 363 auszuantworten haben, so würde die Frage entstehen, ob von den Parteien nicht die Constituirung einer jährlichen dinglichen Leistung, welche dem jedesmaligen Viertheile der Nutzungen aus dem Gemeindeholze gleichkomme, beabsichtigt worden sei. Allein auch in diesem Falle, in welchem es sich um Constituirung einer Reallast handeln würde, könnte dem abgeschlossenen Vertrage zufolge der Bestimmungen des §. 15 unter 5 des Hypothekengesetzes in Verbindung mit §. 23 des Gesetzes vom 15. Mai 1851 dem Nachbesitzer des Beklagten gegenüber eine rechtliche Wirkung nicht beigelegt werden. Uebrigens theilt man die Ansicht der früheren Instanzen, daß die Absicht der Parteien nicht auf die Constituirung einer Reallast, sondern auf eine theilweise Veräußerung oder Cession einer mit dem Hauptgute verbundenen Realgerechtigkeit gerichtet gewesen sei.

Aus diesen Gründen ist man der Ansicht der ersten Instanz, daß Beklagter sich in die Lage, dem Kläger sein Versprechen, ihm den vierten Theil der auf das Gut no. 10 ausfallenden Gemeindenutzungen zu gewähren, nicht mehr erfüllen zu können, versetzt und deshalb den Kläger zu entschädigen habe, beigetreten. Nicht minder stellt sich der vom Kläger erhobene Anspruch aus den Bl. angeführten Gründen nach Höhe von 80 Thlr. als schlüssig dar. Da jedoch Kläger selbst nur ein alternatives Klaggesuch gestellt, und zwar eine Geldentschädigung nur für den Fall gefordert hat, daß Beklagter außer Stande sein sollte, die Uebernahme der fraglichen Verpflichtung bei seinem Nachfolger im Besitze des Gutes no. 10 zu erwirken, so ist bei Abfassung des jetzigen Erkenntnisses auf das nurgedachte alternative Klagpetitum Rücksicht genommen worden.

3.

Zur Erläuterung §. 107 des Hypothekengesetzes vom 6. Novbr. 1843. — Das darin dem ältern Hypothekarier gegebene Recht, doppeltes Ausgebot zu verlangen, wird nur durch tempestiven Antrag gewahrt.

II. Sen.-Erk. v. 10. Septbr. 1863 no. 529,509.

Das OAG. stimmt mit den vorigen Instanzen (GA. Eibenstock und AG. Zwickau) darin überein, daß in Fällen, wo nach hypothekarischer Belastung eines Grundstücks, ein eisernes Capital, eine Leibrente oder ein Auszug im Sinne §. 41 des Hypothekengesetzes vom 6. Novbr. 1843 zum Eintrage gelangt ist und die älteren Gläubiger nach §. 107 dieses Gesetzes doppelte Ausgebote zu verlangen berechtigt sind, das Recht, diesfallsige Anträge zu stellen, tempestiv auszuüben ist, und insbesondere nach einem giltigen Zuschlage nicht weiter geltend gemacht werden kann; sowohl daß aus jener Gesetzesbestimmung — abgesehen von der Frage, ob der Richter in solchen Fällen unaufgefordert zur Versteigerung mit doppelten Licitis verschreiten dürfe — jedenfalls nicht eine Pflicht desselben, unaufgefordert solches zu thun und folglich auch nicht im Unterlassungsfalle ein Grund der Nichtigkeit des Verfahrens gefolgert werden kann.

Was Kläger neuerdings zu Unterstützung seines Antrags auf Wiederholung der Subhastation vorgebracht hat, kann an dieser durch den Wortlaut des Gesetzes gebotenen Auffassung etwas nicht ändern.

Das Princip, daß ältere Hypothekarier durch spätere Beschwerung des Grundstücks mit Real- und dem ähnlich zu behandelnden Lasten keine Einbuße erleiden sollen, ist eben in §. 107 dadurch gewahrt, daß man ihnen in solchen Fällen das Recht, Ausgebot mit doppelten Licitis zu beantragen, ertheilt hat. Den Unterschied, welchen Kläger beziehentlich des Grundsatzes des §. 22 des Gesetzes, daß Niemand Unwissenheit dessen, was im Grund- und Hypothekenbuche eingetragen sei, für sich anführen könne, insofern zu machen versucht, als er diesen auf vor dem Eintrage des betreffenden Hypothekariers, nicht aber auf nach solchem liegende Einträge bezogen wissen will, ist in dem Gesetze in keiner Weise begründet.

Das Bedenken Bl., daß andern Falles die Lage der Hypothekarier unter allen Umständen eine bedenkliche, den Realcredit gefährdende sei, kommt den klaren Gesetzesworten gegenüber an sich nicht in Betracht, und kann wenigstens im concreten Falle nicht aufgestellt werden, wo das Gericht nach Bl. und zwar sofort im Eingange der ohngefähren Beschreibung auf den betreffenden Auszug ausdrücklich aufmerksam gemacht hat. Hat sich Kläger hierum, sowie überhaupt um die Subhastation bis zum Zuschlage nicht bekümmert und ist das Resultat der Versteigerung, wofür übrigens die Taxe allein gar kein Anhalten bietet, ein unverhältnißmäßig niedriges gewesen, und er in Folge dessen in Gefahr mit seiner Hypothek leer auszugehen, so ist er in der gleichen Lage, wie in der nicht selten wahrgenommenen, daß ein vorgehender Hypothekarier bei Nichtvertretung des spätern bei der Subhastation, als Licitant den Zuschlag um einen Preis erlangt, welcher scheinbar beide unbefriedigt läßt, in dem Werthe des Grundstücks aber dem Ersteher nicht nur den Betrag seiner Hypothek, sondern auch einen erheblichen Gewinn gewährt.

Ebenso ist für die Annahme Bl., daß der Zuschlag ohne den Auszug nur ein bedingter sei, weder aus dem Gesetze, noch aus den Subhastationsbedingungen im concreten Falle etwas zu entnehmen, was die Regel, daß, auch abgesehen von dem Zuschlage, bei bedingungslosem Ausgebote der Kauf mit Constatirung des Höchstgebots im Termine für definitiv abgeschlossen zu gelten habe,

Zeitschr. f. Rechtspfl. u. Verw., Bd. I., S. 510.

für Fälle vorliegender Art unanwendbar mache.

Im Uebrigen mag nur beiläufig bemerkt werden, daß gegen das Ausgebot mit doppelten Licitis, welches der Richter unaufgefordert vornehmen wollte, der Umstand Bedenken erregen kann, daß durch diese Modalität nicht allein die Kosten vermehrt, sondern nach Befinden in Folge dessen auch Bietungslustige abgeschreckt werden.

4.

Verzichtet ein Hypothekarier auf sein Pfandrecht, so kann der nach §. 124 des Hypothekengesetzes vom 6. Nov. 1843 hierauf beruhende Rechtstitel auf wirkliche Löschung auch von den nachfolgenden Pfandgläubigern selbstständig geltend gemacht werden.

II. Sen.-Erk. v. 5. Mai 1863 no. 266/245.

Schon nach gemeinem Rechte besteht nicht bloß zwischen dem Pfandgläubiger auf der einen und dem Pfandschuldner oder dem dritten Besitzer des Pfandes auf der andern Seite, sondern auch zwischen den Pfandgläubigern, denen insgesammt eine und dieselbe Sache wegen ihrer Forderungen verpfändet worden ist, ein rechtliches Verhältniß. Dem neuern sächs. Hypothekenrechte, nach dem Gesetze vom 6. Nov. 1843, liegt der Gedanke zu Grunde, daß bei hypothekarischen Forderungen für den Gläubiger weniger die Person des Schuldners und die Garantie, welche diese etwa zu bieten vermag, als das Grundstück und die in dem Werthe des Grundstücks liegende Sicherheit in Betracht komme, daß man sich also das Grundstück als den hauptsächlichsten Schuldner der Forderung zu denken habe. Nach dieser Vorstellung, welche zwar nicht zu einer förmlichen Personificirung des Grundstücks führen soll, wohl aber dazu dient, die von der bisherigen Rechtstheorie abweichenden, die accessorische Eigenschaft des Pfandrechts modificirende Bestimmungen des Gesetzes zur klaren Anschauung zu bringen, rechtfertigt sich auch die Annahme, daß unter den mehreren auf dem Folium desselben Grundstücks eingetragenen Gläubigern, eben so wie zwischen den Gläubigern des Gemeinschuldners im Concurse ein genossenschaftliches Verhältniß bestehe, welches seinen Einfluß hauptsächlich in dem allerseitigen rechtlichen Interesse an dem Hypothekenzustande des Grundstücks, sowie darin äußert, daß bei der Veräußerung des Pfandes im Wege der nothwendigen Versteigerung jedem Gläubiger eine seinem Rechte und jenem Hypothekenstande entsprechende Befriedigung zu Theil werden muß.

Siegmann, Grund- und Hypothekenrecht, S. 210, 217.

Bei einer Hypothekengesetzgebung, welche das Princip der Priorität anerkennt, ist das rechtliche Interesse, welches der nachfolgende Gläubiger an dem Wegfalle der vorangehenden Hypotheken hat, in die Augen fallend, und wenn auch begreiflicher Weise der Pfandgläubiger durch die Bestellung der Hypothek an und für sich allein weder gegen den Pfandschuldner und den dritten Besitzer des verpfändeten Grundstücks, noch gegen die älteren Hypothekengläubiger ein Recht auf Beseitigung oder Aufgabe der ihm vorangehenden Hypotheken erwirbt, so kann doch andererseits der Eintritt eines der Ereignisse, welche nach §. 100 fg. des angezogenen Gesetzes das Erlöschen einer Hypothek zur unmittelbaren oder mittelbaren Folge haben, nicht als etwas für ihn Fremdes und außer seiner Rechtssphäre Liegendes betrachtet werden. Ueberhaupt sind die Rechtshandlungen, wodurch eine Hypothek zur Löschung gelangt, vermöge ihres Einflusses auf das Verhältniß der Hypothekengläubiger des betreffenden Grundstücks, insbesondere aber der nachstehenden Hypothekengläubiger, so aufzufassen, daß sie auch die bei diesen Rechtshandlungen nicht persönlich concurrirenden Gläubiger unmittelbar betreffen und ihre Wirksamkeit auch im rechtlichen Interesse dieser Gläubiger äußern. Der von der vorigen Instanz angezogene §. 126 bestimmt zwar nicht mit ausdrücklichen Worten, daß die in der Hypothek nachstehenden

Gläubiger befugt sein sollen, einen von dem Besitzer des Pfandgrundstücks erworbenen Rechtstitel auf Löschung gegen den besser gestellten Hypothekengläubiger geltend zu machen, beruht aber immerhin auf dem Grundsatze, daß das Erlöschen einer frühern Hypothek in der Regel nicht dem Schuldner oder dem Besitzer des Pfandgrundstücks, sondern zunächst und unmittelbar den nachfolgenden Hypothekengläubigern zu Statten kommen soll und erkennt damit unzweideutig ein Recht derselben auf Adscension in der Reihenfolge der Pfandrechte an, welches ihnen nicht durch rein willkührliche Handlungen des Schuldners oder anderer Gläubiger entzogen werden soll. Die Vorschriften des Gesetzes in §. 97, 98 über das jus offerendi beruhen ebenfalls auf dem rechtlichen Verhältnisse der Pfandgläubiger unter sich, sind aber auch im Gesetz nicht als die einzige Berechtigung der letzteren und namentlich der nachstehenden Pfandgläubiger aufgestellt worden.

Ebensowenig steht der Ansicht, daß die Impetranten die in der Urkunde Bl. enthaltene Verzichtserklärung M.'s für sich anziehen können, der Inhalt des §. 124 des Hypothekengesetzes entgegen. Allerdings gehört nach diesem §. die Entsagung des Gläubigers nicht zu denjenigen Ereignissen, welche schon durch ihre thatsächliche Existenz und ohne daß es dabei noch des Löschungsacts bedarf, den Wegfall der Hypothek zur Folge haben. Allein, daß in diesem und den übrigen in §. 100 sub no. 4, 5, 6, 7 angegebenen Fällen noch die Verlautbarung im Grund- und Hypothekenbuche hinzutreten muß, damit das Pfandrecht vollständig, also auch nach außen hin erlösche, ist, worauf der §. 124 ausdrücklich hinweist, nur eine Folge des Princips der Oeffentlichkeit im Grund- und Hypothekenwesen, welches erheischt, daß das Erlöschen einer eingetragenen Hypothek aus dem Grund- und Hypothekenbuche selbst, beziehentlich der allgemein bekannten gesetzlichen Vorschriften, zu ersehen ist. Das Princip der Oeffentlichkeit äußert sich aber nicht unter den Handelnden, sondern nur in Bezug auf Dritte, welche in gutem Glauben Rechte durch Eintragungen in das Grund- und Hypothekenbuch erworben haben, und der §. 124 hebt ausdrücklich hervor, daß in den hier fraglichen Fällen die Ursache des Erlöschens „vermöge der Oeffentlichkeit des Grund- und Hypothekenbuchs in Bezug auf Dritte erst mit der wirklichen Löschung im Grund- und Hypothekenbuche wirksam werden soll.“

Aus diesem Grunde sollen zwar die §. 109 sub 4—7 erwähnten Ursachen des Erlöschens nur einen Rechtstitel auf Löschung begründen, es muß aber auch nach dem Schlußsatze des §. 124 auf deren Grund die Löschung auf Antrag eines Betheiligten erfolgen und es liegt hierbei um so weniger Veranlassung vor, den ganz allgemeinen Ausdruck „eines Betheiligten", welcher nach der Vorschrift in §. 126 sehr wohl auf den nachstehenden Hypothekengläubiger paßt, auf die Person des Pfandschuldners oder des dritten Besitzers oder dessen, gegen welchen die Entsagung ausgesprochen worden ist, zu beschränken, wenn man erwägt, daß das Gesetz in anderen Fällen — vergl. §. 146 unter 1, 2 — schon das eigene Interesse eines Dritten als einen Grund dafür gelten läßt, daß dieser Dritte einen Rechtstitel auf Eintragung in das Grund- und Hypothekenbuch anstatt des unmittelbar Berechtigten stellen darf. Wollte man aber auch annehmen, daß die Grund- und Hypothekenbehörde die Löschung der M.'schen Hilfsrechte nicht ohne Zustimmung des Besitzers habe vornehmen können, so ist doch zu bedenken, daß der Vertrag, bei welchem der gedachte Gläubiger auf die für ihn eingetragenen Hilfsrechte verzichtet hat, bis zum Beweise eines Andern als rechtsgiltig und fortbestehend betrachtet werden muß, daß der Pfandschuldner selbst, wie sich gar nicht bestreiten läßt, die Löschung der bezüglichen Pfandrechte bei der Grund- und Hypothekenbehörde in Gemäßheit dieses Vertrags beantragt hat und daß nach inmittelst erfolgter nothwendiger Versteigerung des verpfändeten Grundstücks die sämmtlichen Hypothekenschulden gelöscht worden sind, so daß nunmehr die Gründe, weshalb die Entsagung des Gläubigers auf die Hypothek dritten Personen gegenüber nur als Rechtstitel zur Löschung dienen soll, gänzlich weggefallen sind und diese Entsagung die ihr an sich gebührende Rechtswirkung unter allen Betheiligten, die sich, wie die Impetratin hierbei nicht auf das Princip der Oeffentlichkeit berufen konnten, volle Wirksamkeit äußern mußte.

Wenn endlich, ohnerachtet der Bestimmung in §. 126, dem Besitzer des verpfändeten Grundstücks, welcher einen Hypothekengläubiger des letzteren durch Zahlung oder auf andere Weise befriedigt hat, durch §. 119 das Recht eingeräumt worden ist, anstatt den Verzicht auf die Hypothek, die Abtretung dieser Forderung vom Gläubiger zu verlangen und sich sodann als Inhaber derselben in das Grund- und

Hypothekenbuch eintragen zu lassen, so ist dies nur eine exceptionelle, von der Rechtstheorie abweichende und lediglich aus praktischen Rücksichten in das Gesetz aufgenommene Vergünstigung für den Besitzer, welche hinwiederum auf der Vorstellung beruht, daß das Grundstück der hauptsächliche Schuldner und eine Trennung der Person des Besitzers von dem Grundstücke in der Maaße denkbar sei, daß die Forderung gegen das Grundstück auch nach Wegfall der persönlichen Verpflichtung des jeweiligen oder frühern Besitzers fortbestehen könne.

Siegmann, a. a. O. S. 19 fg., 256 fg.

Daraus folgt, daß man sich vorliegenden Falles auf diese Bestimmung nicht beziehen kann, um der Verzichtserklärung des Erblassers der Impetratin ihre Wirksamkeit im Interesse der übrigen, insbesondere der nachstehenden Hypothekengläubiger zu entziehen. Denn der Besitzer des verpfändeten Grundstücks hat besage der Urkunde den darin genannten Gläubiger nicht durch Zahlung oder auf andere Weise befriedigt, sondern die Forderungen sollten und zwar in der Person des bisherigen Gläubigers fortbestehen und in terminlichen Raten abgetragen werden. Die Abtretung der wegen dieser Forderungen bestehenden Pfandrechte aber, ohne gleichzeitige Abtretung der Forderungen, wegen deren sie bestellt worden waren, würde nach §. 82 des Hypothekengesetzes unter allen Umständen unzulässig gewesen sein, indem auch die in §. 119 nachgelassene Cession einer noch ungelöschten Forderung an den Besitzer auf der schon erwähnten Prämisse beruht, daß das Grundstück als der hauptsächliche Schuldner zu betrachten und eine Trennung des letzteren von der Person des Besitzers dergestalt denkbar ist, daß derselbe eine auf das letztere eingetragene Forderung selbst erwerben kann. Könnte man aber selbst annehmen, daß der Vertrag nicht bloß ein Constitut der eigenen Schuld, sondern eine Novation enthalte, vermöge deren durch die Zusage terminlicher Abzahlung an die Stelle der frühern eine neue Verpflichtung getreten sei; könnte man selbst eine solche Aufhebung der früheren Schuldverbindlichkeit als eine Befriedigung des Hypothekengläubigers im Sinne des §. 119 gelten lassen, so ist doch so viel gewiß, daß die Betheiligten selbst auf diesen Gesichtspunkt nicht gekommen sind und daß der Erblasser der Impetratin auf die ihm zustehende Hypothek einfach verzichtet hat.

Endlich ist auch noch zu bemerken, daß die Cession auf den Besitzer nach §. 119 und §. 120 fg., Abs. 1 und 2 nur den Erfolg hat, daß derselbe die an ihn cedirte Forderung in ihrer bisherigen Rangstellung an dritte Personen abtreten kann, daß aber, wenn dies bis zur Eröffnung des formellen Concurses oder bis zur nothwendigen Versteigerung des Grundstücks außerhalb des Concurses nicht geschehen ist, weder der Besitzer selbst noch bezüglich dessen gemeine Gläubiger ein Recht haben, zu verlangen, daß der Betrag der auf ihn selbst gekommenen Forderung von dem Erlöse des zwangsweise versteigerten Grundstücks abgesondert und ihnen überlassen werde, so lange andere auf das Grundstück eingetragene Gläubiger noch nicht vollständig befriedigt worden sind. Hieraus folgt, daß die Berechtigung, welche dem Besitzer des Grundstücks in §. 119 fg. ertheilt worden ist, dem Anspruche der nachstehenden Gläubiger auf Adscension in der Reihenfolge der Hypotheken dann nicht im Wege steht, wenn der Besitzer von diesem Rechte, falls es ihm wirklich zugestanden, bis zur nothwendigen Versteigerung oder formellen Concurseröffnung keinen Gebrauch gemacht und entweder die Cession gar nicht verlangt oder die ihm abgetretene Forderung nicht weiter cedirt hat.

Römisches und Sächsisches Civilrecht.

35.

Giebt es dermalen noch Gerichtsgemeinden?

II. Sen.-Erk. v. 29. Mai 1863 no. 308/296.*)

Gerichtsgemeinden in dem entwickelten Sinne als zu subdiarer Uebertragung von Untersuchungskosten pflichtige juristische Personen,

*) Vor der Aufhebung der Patrimonialgerichtsbarkeit durch das Gesetz vom 11. Aug. 1855 und die Verordnung v. 3. resp. 13. Sept. 1856 bildeten theils die Gesammtheit der Gerichtsbefohlenen, theils Classen derselben in Bezug auf das Recht des Patrimonialgerichtsherren, Uebertragung der vor seinen Gerichten erwachsenen Untersuchungskosten subsidiar zu verlangen, s. g. Gerichtsgemeinden, von welchen diese der Gestalt aufgebracht wurden, daß

resp. Corporationen existiren gegenwärtig — abgesehen etwa von Gemeinden in den Schönburg'schen Receßherrschaften — nicht mehr und die Möglichkeit den früher existirenden durch den Ortsrichter eine im Allgemeinen gegen die Gerichtsgemeinden gerichtete Klage mit dem Erfolge insinuiren zu lassen, daß diesen obliege, für prozessualische Vertretung der Mitglieder durch Syndicatserrichtung zu sorgen, ist mit der Existenz jener juristischen Personen erloschen.

Nun soll dem Kläger nicht bestritten werden, daß, wenn die zur Zeit, wo die betreffenden Untersuchungskosten eventuell restituabel waren, vorhandenen Gerichtsgemeinden aus irgend welchem Rechtsgrunde restitutionspflichtig gewesen sind, dieses Forderungsrecht im Zweifel auch jetzt noch besteht. Es kann aber nicht gegen eine jetzt existirende Person namentlich nicht, wie in den Vorprozessen gezeigt ist, gegen die jetzigen politischen Gemeinden, sondern eben nur gegen die physischen Personen und deren Rechtsnachfolger, beziehentlich Erben geltend gemacht werden, welche die damals pflichtige moralische Person bildeten. Wer diese seien, herauszusuchen, liegt offenbar nicht den Ortsrichtern oder anderen Personen, oder dem Gericht, sondern lediglich dem Kläger ob, und die gegenwärtige Fassung der Klage ist gewissermaßen ebenso fehlerhaft, als wenn Jemand als Beklagte „die Rechtsnachfolger des N. N." bezeichnen und nun dem Richter zumuthen wollte, den oder die Rechtsnachfolger herauszusuchen und als formell faßbare Beklagte zu präsentiren.

Will daher Kläger eine schlüssige Klage formiren, so hat er sich vor Allem zu vergewissern, wer seine ursprünglichen Schuldner waren und diese oder nach Befinden deren jetzt existirende Rechtsnachfolger als „Beklagte" speciell zu benennen.

Hierbei will Man den Kläger, beziehentlich wiederholt, noch auf Folgendes aufmerksam machen.

---

das Gericht denselben modo insinuationis an die Ortsrichter, die Aufbringung des jeweiligen Betrags aufgab und solche durch Umlagen erfolgte. In einem Falle nun, wo es sich um einen solchen aus der Zeit vor dem 1. Oct. 1856 originirenden Untersuchungskostenrest handelte, hatte der frühere Gerichtsherr zuerst die jetzigen politischen Gemeinden modo ins. an die Gemeindevorstände, nach Abweisung dieser Klage aber „die Gerichtsgemeinden" modo ins. an die Ortsrichter verklagt. Auch hier erfolgte Abweisung der Klage.

Vor Allem wird sich derselbe darüber Gewißheit zu verschaffen haben, in welcher Art und von welchen Personen die Untersuchungskosten subsidiar aufgebracht worden sind.

Es ist denkbar, daß diejenigen Mitglieder der betreffenden Gemeinden, welche jetzt noch die Altgemeinden bilden, die zahlungspflichtigen und zur Zahlung in früheren Fällen herbeigezogen waren. Inwiefern in dem Falle, wenn sich nach den Verhältnissen annehmen läßt, daß diese Last die Natur einer Reallast gehabt habe, die damals so zu sagen pflichtigen Objecte und demzufolge auch die jetzt noch zahlungspflichtigen Personen mit minderer Schwierigkeit zu ermitteln seien, hängt davon ab, was den Rechten nach über die Erfordernisse des Eintrags von Reallasten und von der Haftung der Singularsuccessoren für Rückstände als geltend anzunehmen ist.

Es ist aber auch denkbar, daß, wie Kläger sogar anzudeuten scheint, außer den Angesessenen auch Unangesessene contribuabel waren. Solchen Falles liegt auf der Hand, daß von Singularsuccessoren nicht, sondern eben nur von jenen physischen Personen und deren Erben ꝛc. die Rede sein kann.

Wie nun dafür, daß eine solidarische Haftung der Verpflichteten vorgelegen, wenigstens bis jetzt ein Anhalten nicht geboten ist, so folgt, daß im Zweifel in dem einen, wie in dem andern Falle in der Klage nicht allein der Name jedes Beklagten, sondern auch die Quote seiner Beitragspflicht genau nachgewiesen sein muß.

Erhellt nach diesen Bemerkungen, welche, zumal es bei der Vielfältigkeit der vorhandenen Möglichkeiten unthunlich ist, erschöpfende Normen für den Bau einer neuen Klage aufzustellen, um nicht etwa in durius gegen Klägern zu sprechen, eben nur als Fingerzeige über die Modalität der neuen Klage nach dem durch die jetzige gebotenen Anschein, prädicirt werden mögen, daß das OAG. jedenfalls das aus der dem ausdrücklichen Antrage des Klägers entsprechend bewirkten Insinuation der Klage an die Ortsrichter, Bl. in fine in den Vordergrund gestellte Bedenken theilen muß, so ist zu der Deduction Bl. nur noch Folgendes zu bemerken.

Kläger nimmt Bl. an, daß die vorige Instanz auch für jetzt die Existenz von Gerichtsgemeinden in dem von ihm gewünschten Sinne anerkenne. Man findet dies in den Bemerkungen Bl. nicht, vielmehr nur so viel, daß man diesen Ausdruck als eine für die Vergangenheit zulässige Bezeichnung eines Complexes von dem Kläger angeblich verpflichteten Personen angesehen habe.

Einflußlos ist es, ob die weitere Insinuation Bl. in fine Betreffs des Ausdrucks „Gesammtheit" zutreffend ist, da Man auch in dem vom Kläger Bl. hervorgehobenen Sinne die Bezeichnung der Beklagten als „Gerichtsgemeinden" nicht für ausreichend erachtet.

Die Ausdrucksweise der Verordnung Bl. ist irrelevant, weil zur Zeit ihres Erlasses juristische Personen oder Corporationen, welche mit dem Ausdrucke „Gerichtsgemeinden" bezeichnet werden mochten, noch bestanden.

Die Function der Ortsrichter zu Annahme von Ladungen rc. für die sogenannte Gerichtsgemeinde, wenn sie bestanden, würde mit deren Aufhören als Corporation erledigt sein, und ob eine Vertretung der vom Kläger in Anspruch zu nehmenden Beklagten durch Syndici einzutreten habe, wird eben davon abhängen, ob sich der diesfallsige Complex von Personen als mit der in der Bekanntmachung vom 23. Februar 1850 bezeichneten Genossenschaft identisch herausstellt.

36.

Beurtheilung einer auf verschiedene Punkte gerichteten Vertragsverhandlung und der darüber erstatteten Zeugenaussagen.

II. Sen.-Erk. v. 21. Mai 1863 no. 295/279.*)

In dem Beweise Bl. hat Klägerin allerdings so articulirt, daß, wären ihr die Aussagen der Zeugen allenthalben beifällig, anzu-

*) Das Factische des Falles, wie es bis zum Beweisinterlocute vorgelegen, ergiebt sich aus den in diesen Annalen Bd. IV., S. 165 mitgetheilten Rationen zu jenem Interlocute. Nach geführtem Beweise und Gegenbeweise nahmen Ima und IIda an, daß der Klägerin der Beweis des von ihr behaupteten puren Mithilfeversprechens gelungen sei und condemnirten. Die IIIia reformirte auf Absolutoria, indem sie den Beweis als mißlungen erachtete (Rationen, welche im Eingange eine Recapitulation des Streitverhältnisses bis mit der Interlocutoria enthielten, mit Weglassung des diesfalls Gesagten im Texte) und die IVta (III. Sen.-Erk. v. 24. Oct. 1863 no. 48/51)

nehmen wäre, es habe ein lediglich auf den eingetretenen Fall der Verheirathung von Beklagtens Sohn mit der Klägerin gegebenes Versprechen einer Mithilfe von 2000 Thlr. vorgelegen, und es seien die nunmehr im Beweise von Klägerin selbst berührten, bei der Verlobung gepflogenen, Verhandlungen, wegen käuflicher Ueberlassung ihres Guts an Beklagtens Sohn, nur nachfolgende oder wenigstens ohne Zusammenhang mit dem Mithilfeversprechen, nebenherlaufende, jedenfalls aber davon unabhängige gewesen.

Allein nach den Aussagen der gegen Klägerin jedenfalls classischen Zeugen stellt sich dies nach der Auffassung gegenwärtiger Instanz anders heraus.

Von diesen Zeugenaussagen sind es hauptsächlich folgende, welche den Zusammenhang der Stipulation wegen käuflicher Annahme des Gutes und des Mithilfeversprechens deutlich darlegen.

Zunächst deponirt Testis I., welcher schon zu Art. 16 in zusammenhängender Form den Verlauf der Verlobungsverhandlungen so geschildert hatte, daß die eigentliche Verlobung nach der Zusage der 2000 Thlr. Mithilfe und nach der Beredung wegen der Gutsannahme liegt, zu Art. 30.

(Art.) Vielmehr wurde bei der Verlobung über das Gut der Klägerin erst dann gesprochen, nachdem jenes Versprechen des Beklagten (die 2000 Thlr. Mithilfe Beklagtens) wiederholt ertheilt und der Handschlag mit der Klägerin und dem Sohne des Beklagten gegeben worden war?

Folgendes:

Ueber das Gut wurde erst nach Abgabe des Versprechens der 2000 Thlr. gesprochen, aber noch vor der Verlobung und noch vor Abgabe des Handschlags über letztere.

und zu Art. prob. 31.

(Art.) Nachdem der Handschlag vorüber war, wurde allerdings darüber gesprochen, daß der Sohn des Beklagten das Gut der

---

confirmirte im Wesentlichen aus vorigen Gründen. Der Fall veranlaßt in einer an sich dem Factum angehörigen Beweispartie zu resp. psychologischen Reflexionen über die Auffassung der Zeugen und über die Art, wie solche dieser Ausdruck zu geben pflegen.

Klägerin kaufen und annehmen solle, und wurde hierbei Verschiedenes von beiden Seiten hin und her gesprochen?

Folgendes:

Nein über die Gutsannahme Seiten des Sohnes wurde schon vor der Verlobung und dem Handschlage gesprochen. Sonst würde jawohl die Verlobung gar nicht erfolgt sein, wenn der alte T. nicht gewußt hätte, daß und wie der Sohn das Gut erhalten sollte;

ingleichen zu Art. prob. 33.

Diese Vereinigung zwischen der Klägerin und dem jungen T. fand statt, wiewohl ich nicht genau weiß, ob über 10,500 Thlr. oder nur 10,400 Thlr., aber verlobt waren jene Beiden damals noch nicht. Die Verlobung erfolgte erst nach der Vereinigung.

Sodann aber deponirt testis III. zu dem vorbemerkten Art. 31.

Ja, nur muß ich hier noch, meine frühere Aussage berichtigend, bemerken, daß zwar die Verlobung und das Versprechen Beklagtens wegen der 2000 Thlr. vor der Verhandlung und dem Abschlusse über den Gutskauf vorherging, daß aber der Handschlag über Alles, über Verlobung, Versprechen Beklagtens wegen der 2000 Thlr. und über den Kauf des Gutes zusammen erfolgte,

wobei noch zu bemerken, daß die im ersten Theile der Antwort erfolgte Vordatirung der Verlobung vor dem Gutshandel — eben so wie die Seiten des testis II. ad art. prob. 25 — insofern eine offenbar irrige ist, als er selbst zu int. spec. 1 ad art. 25, bei welchem übrigens Beklagter selbst den Ausdruck „Verlobung“ in einem dem Sachstande nicht entsprechenden Sinne gebraucht, deponirt:

die hier erwähnte Annahme des Guts wurde schon während der Verlobung verhandelt, es ging beides neben einander, denn die Sache verhielt sich so; die Klägerin mußte, wenn sie wieder heirathete, ihren Kindern erster Ehe 1800 Thlr. mehr, als wenn sie unverheirathet blieb, als väterliches Erbtheil zahlen, sie mußte also darauf sehen, daß ihr zweiter Ehemann Geld hatte, damit sie die Kinder erster Ehe befriedigen konnte;

als er ferner den Abschluß der Beredungen über den Gutshandel zwischen Klägerin und Beklagtens Sohn zu Art. 33 in die Küche verlegt, und nach den oben ausgehobenen Aussagen des testis I.

das diesfallsige Zwiegespräch in der Küche vor die Verlobung fällt. Faßt man nun diese Aussagen zusammen, so ergiebt sich, daß die Erkundigung danach, was der Beklagte seinem Sohne als Mithilfe gäbe und die Auslassung Beklagtens über seine diesfallsige Ansicht, allerdings die präliminare Partei der Beredung bildete, daß hierauf die Geneigtheit der Klägerin zur Verlobung zu erkennen gegeben wurde, daß sodann die Gutsannahmefrage ventilirt und qualitativ und quantitativ zum vorläufigen Abschluß gedieh, und daß sodann über diesen Complex von Beredungen die definitive Einigung durch den allseitigen Handschlag zu erkennen gegeben wurde.

Aus einem solchen Complex nun — welcher z. B. auch dem einer Kaufsverhandlung ähnlich ist, wo, wie die Erfahrung lehrt, in vielen Fällen erst über die Höhe der Kaufsumme im Allgemeinen, sodann über das Inventar, sodann über den etwaigen Auszug, endlich über die Modalität der Kaufgelderzahlung und die Uebergabe verhandelt wird, und jede dieser Unterhandlungen einen präliminaren Abschluß findet, ohne daß der Kauf in seiner Totalität eher als bis zu einer diesfallsigen ausdrücklichen Erklärungen, gewöhnlich verbunden mit Handschlag und Draufgeld oder Kaufgeldanzahlung, als im rechtlichen Sinne geschlossen gelten könne, lassen sich nun einzelne Theile nicht herausreißen, vielmehr muß im Zweifel angenommen werden, daß, wenn nach solchen vielgestaltigen Verhandlungen ein Handschlag erfolgt, alles bis dahin Verhandelte als essentieller Theil des Vertrags zu gelten habe. Insbesondere erscheinen die Erklärungen Beklagtens wegen Gewährung einer Mithilfe von 2000 Thlr., welche vor dem Verlobungstage liegen, eben so wie die, welche am Eingange der Verhandlung an letzterem selbst erfolgten, nicht als definitiv bindende oder einer einseitigen Acceptation überhaupt fähige Versprechen, sondern eben nur als Positionen der Tractaten, welche erst mit dem definitiven Abschlusse Theile des Vertrags werden. Daß insbesondere bei jeder spätern Position nicht die früher vorläufig geordneten Punkte ausdrücklich wiederholt werden, kann nicht auffallen, wenn man eben erfahrungsmäßig festhält, daß nach der Ansicht der Leute alles vorläufig Abgeschlossene bei dem definitiven Abschlusse als Theil des Vertrags gilt, sobald nicht dabei ein Theil des früher Verhandelten ausdrücklich ausgeschlossen wird. Man kennt in Deutschland nicht die vorsichtigere Form der Stipulation — eine Recapitulation aller Verabredungen in einer in Frage und Antwort gekleideten Vertragsformel — sondern man verhandelt, ordnet die einzelnen Fragen und erklärt dann den Consens mit den Worten: nun sind wir einig, nun gilt der Handel u. dergl. oder mit einem stillschweigenden Handschlage.

In diesem Sinne ergiebt sich also aus dem Beweise, daß Beklagter nicht pure 2000 Thlr. Mithilfe nur für den Fall des Zustandekommens der Heirath versprochen habe, sondern daß die Gutsannahme Bedingung und Voraussetzung der Klagbarkeit des Mithilfeversprechens war.

Darüber nun, wie es kommt, daß die Zeugen anscheinend der Ansicht sind, daß Klägerin in diesem Prozesse recht, Beklagter aber unrecht habe, ist noch Folgendes zu bemerken.

Es ist mehrfach in den Zeugenaussagen davon die Rede, daß Beklagter bei der Verhandlung über die Gutsannahme, um seinen Propositionen wegen einer niedrigern Ueberlassungssumme Eingang zu verschaffen, den Vorschlag gemacht, daß der Klägerin für gewisse Eventualitäten — Scheidung, Tod des Freiers — der Rückfall des Grundstücks um die Annahmesumme zugesichert werde. Ob diese Offerte Theil des Vertragsschlusses geworden, erhellt nicht, da nach der bestimmtesten jener Aussagen, der des testis I. zu Art. 16, das Angebot des Beklagten auch mit dieser Offerte nicht Annahme gefunden hatte, vielmehr die Einigung über den Annahmepreis zwischen Klägerin und Beklagtens Sohn allein (in der Küche), von welcher die Zeugen etwas nicht wissen, Platz ergriff, und nun im Zweifel in der Vereinbarung auf einen höhern Preis, als den, welchen Beklagter zuletzt, vor diesem Vorschlage, zu verwilligen bereit gewesen, nicht dessen Geltung auch bei dem höhern Preise folgen würde, wenn er nicht dabei festgehalten worden.

Allein die Zeugen scheinen die Geltung dieser Offerte für den Vertragsabschluß anzunehmen und es bemerkt insbesondere testis I. in Verfolg der oben gegebenen Auslassung zu Art. 31 ausdrücklich:

> daß der Sohn nachher die Zuschreibung des Guts an ihn nicht betrieben und nicht zum Vollzug gebracht hat, bevor er sich erhing, dafür kann die Wittwe nichts. Es stand ihm alle Tage zu Gebote.

Als er aber todt war, dann trat freilich die Bedingung der Ueberlassung des Guts an ihn ein, welche auf den eigenen Vorschlag des alten T. dabei gemacht war, daß nämlich die Klägerin das Gut um den Preis, für welchen sie es T. jun. überlassen hatte, zurückerhalten müßte.

wodurch er genügend zu erkennen giebt, daß er in allen den Fällen, wo er von einem puren Versprechen redet, ein seiner Ansicht nach pur gewordenes meint, also nicht als Zeuge, sondern als Richter sich gerirt.

Allein, wie dieser Auffassung schon in materieller Hinsicht nach dem oben Bemerkten wesentliche Bedenken entgegenstehen würden, so kommt auch formell in Betracht, daß dies auf eine ganz andere Begründung der Klage als die Bl. ersichtliche hinauskommt.

Klägerin hätte nicht aus einem puren Mithilfeversprechen klagen, sondern den Sachverhalt getreulich angeben und anzeigen müssen, warum sich die Bedingung der Gutsannahme factisch erledigt habe. Dies ist aber nicht geschehen, ja nicht einmal auf den Einhalt des Beklagten in dieser Maaße replicirt worden.

Ob Klägerin auf diesem Wege nach Befinden eine neue Klage construiren könne, ist jetzt nicht zu untersuchen — bedenklich ist jedenfalls das oben ausgehobene Moment, daß der betreffende Vorschlag Beklagtens nach den zeitherigen Zeugenaussagen nicht wohl als acceptirt gelten kann — für diesen Prozeß ist der Beweis nicht gelungen und daher hinfällig, somit aber eine Absolutoria des Beklagten geboten.

37.

Ueber den Unterschied der Ausdrücke: „geneigt sein" und „wollen".

II. Sen.-Erk. v. 1. Mai 1863 no. 252/236.*)

Der ganz unbezweifelte Sprachgebrauch unterscheidet zwischen dem Geneigtsein etwas zu thun und dem bestimmten Wollen und

*) Beklagte, von der Klägerin auf Gewährung eines von dieser durch R. und die W. erbetenen und durch diese ihr angeblich zugesagten Geschenks verklagt, hatte insbesondere negirt, daß sie gegen solche erklärt, sie wolle

versteht unter dem erstern nur das Anerkenntniß des Vorhandenseins von Bestimmungsgründen, unter dem letztern den vollen Eintritt der Wirkung derselben. Wenn daher auch in der Auslassung der Beklagten, daß sie geneigt gewesen sei, der Klägerin das jetzt klagbar gemachte Geschenk zufließen zu lassen und daß sie diese Geneigtheit gegen R. und die W. ausgesprochen habe, einiger Grund liegen mag, der Beklagten vor Leistung des von ihr angenommenen Eides über den Klaggrund ernstlichen Vorhalt zu thun, so fand man doch an sich die Leistung des erkannten Eides mit den bis jetzt vorliegenden Zugeständnissen nicht unverträglich.

38.

Anwendung des Gesetzes vom 23. Juli 1846; §. 1 sub q bei Auszugsrückständen.*)

II. Sen.-Erk. v. 28. Mai 1863 no. 262/249.

Der Zweifel, ob die Bestimmungen des Gesetzes vom 23. Juli 1846, §. 1 sub q auf vertragsmäßige festgestellte, im Grund- und Hypothekenbuche eingetragene Auszugsgebührnisse und namentlich auf solche, welche bereits vor dem Erscheinen dieses Gesetzes begründet worden, anzuwenden seien, ist ganz unerheblich.

In §. 1 sub q werden unter den Ansprüchen, welche der durch dieses Gesetz eingeführten kurzen Verjährung unterliegen sollen, Alimente und Auszugsrückstände genannt, ohne daß in Bezug auf die letzteren ein Unterschied in Bezug auf den Entstehungsgrund des Auszugsrechts gemacht würde. Der Auszug im eigentlichen Sinne und als Reallast des damit behafteten Grundstücks entsteht aber — vergl. die Bekanntmachung des OAG.'s vom 2. Oct. 1839, §. 1 und 41 des Hypothekengesetzes vom 6. Nov. 1843 — entweder aus einem

der Klägerin das Erbetene gewähren, jedoch zugegeben, daß sie gegen deren vorbezeichnete Beauftragte von ihrer Geneigtheit auf das Gesuch einzugehen gesprochen. In Ima war auf das Delatum erkannt, daß sie sich nicht, wie von Klägerin behauptet, gegen R. und die W. erklärt habe. Die IIda hatte angenommen, daß das Delatum mit der Beklagten Zugeständniß in Widerspruch stehe. Allein das OAG. stellte die Ima wieder her.

*) Conform BGB. §. 1017 sub 9.

vertragsmäßigen Vorbehalte des Eigenthümers bei der Veräußerung des mit dem Auszuge zu belastenden Grundstücks oder aus einer letztwilligen Verfügung des Eigenthümers. Es kann hier auf sich beruhen, ob die Vorschrift in §. 1 sub q des zuerst erwähnten Gesetzes auch auf andere, als die auf diese Art entstandenen, von den Betheiligten aber als Auszug bezeichneten Leistungen zu beziehen sei, denn daß sie jedenfalls auf den hier vorliegenden Fall des (wirklichen) Auszugs Anwendung erleiden müssen, ist bei dem bestimmten technisch juristischen Begriff des Worts „Auszug" nicht zu bezweifeln. Der an die Stelle der richterlichen Bestätigung des betreffenden Contracts oder der letztwilligen Verfügung nach dem Grund- und Hypothekengesetze getretene Eintrag in das Grund- und Hypothekenbuch ist erforderlich, um die dingliche Eigenschaft des Auszugs als Reallast des auszugspflichtigen Grundstücks zu begründen, schließt aber die Anwendbarkeit des §. 1 sub q des Gesetzes vom 23. Juli 1846 auf Rückstände eines eingetragenen Auszugs nicht aus, und es steht auch diese Disposition deshalb nicht im Widerspruche mit den Vorschriften des Hypothekengesetzes über die Unverjährbarkeit eingetragener Rechte, weil man dabei nothwendiger Weise zwischen dem Rechte des Auszugs und den Ansprüchen des Auszüglers auf die einzelnen Abentrichtungen, welche vermöge dieses Rechts von Zeit zu Zeit gefordert werden können, zu unterscheiden hat. Das Recht selbst ist, wenn es im Grund- und Hypothekenbuche eingetragen und so lange es daselbst nicht wiederum gelöscht worden ist, nach §. 28 des Hypothekengesetzes Absatz 1 von der Verjährung ausgeschlossen, diese Unverjährbarkeit erstreckt sich aber nach Abschn. 2 desselben §. nicht auf verfallene Zinsen und andere Abentrichtungen, hinsichtlich deren vielmehr die allgemeinen gesetzlichen Bestimmungen über die Verjährung zur Anwendung kommen sollen. Zu diesen „fälligen Abentrichtungen" gehören offenbar auch die Auszugsrückstände, deren § 1 sub q des Gesetzes vom 23. Juli 1846 gedenkt und es lag somit und in Berücksichtigung der oben erwähnten Disposition des Hypothekengesetzes bei dem Erlasse des Gesetzes vom 23. Juli 1843 für den Gesetzgeber gar kein Bedenken vor, die über die Verjährung im Allgemeinen geltenden Bestimmungen unter andern auch bezüglich der Auszugsreste abzuändern und eine kürzere Frist für die Verjährung derselben anzuordnen. Wenn aber die Klägerinnen bezweifeln wollen, ob das Gesetz vom 23. Juli 1846 auch auf einen damals schon bestandenen Auszug angewendet werden könne, so übersehen sie dabei, daß es sich hier nicht um die Verjährung eines ganzen Rechts, sondern um die Verjährung einzelner erst nach dem Erscheinen dieses Gesetzes fällig gewordener Abentrichtungen handelt, und daß in §. 2 des letzteren festgesetzt worden ist, daß und unter welchen Modificationen dasselbe auch auf Forderungen der §. 1 sub 1—13 gedachten Gattungen, welche bei der Publication des Gesetzes bereits fällig gewesen sind, angewendet werden soll.

Ebenso wenig steht den Klägerinnen die Bestimmung in §. 6 des angezogenen Gesetzes zur Seite, daß, wenn wegen eines derartigen Anspruchs eine rechtskräftige Verurtheilung eingetreten sei, derselbe fortan nur der ordentlichen Verjährung unterliege. Denn in dem besage der Beilageacten zwischen der Erblasserin der Klägerinnen und dem Beklagten geführten Prozesse ist eine Verurtheilung des damaligen Beklagten zur Abentrichtung der jetzt streitigen, auf die Zeit vom 1. Jan. 1855 bis 4. März 1859 geforderten Auszugsrückstände nicht erfolgt; vielmehr betraf der damals von dem Besitzer des auszugspflichtigen Grundstücks als Kläger gegen die Auszüglerin als Beklagte geführte Prozeß theils die bis mit dem Jahre 1854 fällig gewordenen Auszugsgebührnisse, theils aber den Umfang des Auszugsrechts selbst. In der erstern Beziehung hatte die Klage die Eigenschaft einer Reconvention, in der letztern dagegen war es eine negatorische Klage. Durch die hierauf erfolgten rechtskräftigen Entscheidungen ist zwar der streitige Umfang des Auszugsrechts bezüglich der Quantität der unter dieses Recht fallenden Abentrichtungen nach Maßgabe der hierüber in den betreffenden Urkunden enthaltenen Angaben festgestellt worden, das Wesen des Rechts selbst als Auszug und die Qualität der forthin fällig gewordenen Einzelabentrichtungen als Auszugsgebührnisse sind aber unverändert geblieben.

Höchstens könnte es sich fragen, ob nicht, weil eben der Umfang des Auszugsrechts selbst noch streitig und ein Prozeß darüber anhängig war, die Erblasserin der Klägerinnen bis zur definitiven Entscheidung dieses Prozesses an der Einklagung der fällig gewordenen Auszugsrückstände gehindert worden sei. Dies konnte vor allen rücksichtlich der unbestritten gebliebenen Leistungen auf keinen Fall zugegeben werden.

In Betreff der bestrittenen aber ist zu erwägen, daß dabei nur von einem Nutzen der Verjährung die Rede sein könnte, und daß seit der rechtskräftigen Entscheidung des gedachten Prozesses bis zur Behändigung der vorliegenden Klage ein anderweiter Zeitraum von länger als drei Jahren abgelaufen ist.

Auf eine den Vorschriften des Gesetzes vom 23. Juli 1846, §. 5 entsprechende Unterbrechung der dem Anspruche der Klägerinnen auf die in der Zeit vom 1. Januar 1855 bis Ende December 1858 fällig gewordenen Abentrichtungen somit allerdings entgegenstehende Verjährung haben sich dieselben in schlüssiger Weise ebenfalls nicht bezogen. Die mündlichen Verhandlungen, welche nach Bl. der Klage am 16. März und 6. Juni 1860 stattgefunden haben sollen, würden nach §. 5 sub d des gedachten Gesetzes selbst dann nicht geeignet gewesen sein, den Lauf der Verjährung zu unterbrechen, wenn dabei der Beklagte ein ausdrückliches Anerkenntniß oder ein ausdrückliches Zahlungsversprechen abgegeben hätte. Nur in Ansehung der beim Ablauf des Jahrs 1858 bereits verjährten (mithin der auf die Jahre 1855 und 1856 kommenden) Leistungen hätte nach §. 11 des angezogenen Gesetzes ein mündliches Zahlungsversprechen von rechtlicher Wirksamkeit werden können. Ein Zahlungsversprechen des Beklagten ist aber nicht behauptet, sondern nur angeführt worden, daß der Beklagte bei der Verhandlung vom 16. März 1860 die Leistungen, mit welchen er im Rückstande geblieben, bezeichnet und die ihm dabei vorgehaltenen Marktpreise eingeräumt, hierauf am 6. Juni 1860 die Richtigkeit einer nach diesen Angaben angefertigten Berechnung anerkannt, aber die Bezahlung der darnach ausfallenden 166 Thlr. 14 Ngr. 5 Pf. verweigert habe. Sowie nun ein Zahlungsversprechen nicht erfolgt und sogar, gleichviel aus welchen Gründen, ausdrücklich abgelehnt worden ist, also kann auch den in der Klage angeführten Erklärungen des Beklagten, welche sich nur auf thatsächliche Zugeständnisse und das Anerkenntniß einer Berechnung beziehen, nicht die rechtliche Eigenschaft eines selbstständig verpflichtenden Anerkennungsvertrags beigelegt werden.

Auf eine Unterbrechung in Gemäßheit der Bestimmung in §. 5 sub 6 des mehrgedachten Gesetzes durch richterliche Verfügung ist in der auf den Eid gestellten Klage nicht Bezug genommen worden. Die oberflächliche Bemerkung der Klägerinnen, sie hätten zu ihrer größern Sicherheit die Verjährung der Forderung vor Ende des Jahrs 1860 unterbrochen, enthält nur ein Urtheil ohne alle factische Unterlagen, wobei man nicht ersehen kann, auf welche Weise diese Unterbrechung bewirkt worden sein soll. Das neuerliche Anführen, daß die verw. F. schon im Jahre 1857 wegen der auf die Jahre 1855 und 1856 zu entrichten gewesenen Auszugsleistungen Executionsklage erhoben, ist schon aus dem formellen Grunde unbeachtlich, weil dieses Anführen in die Klage gehört hätte. Dazu kommt, daß nach §. 5 a die kurze Verjährung erst durch die „Insinuation" der Klage unterbrochen werden soll, daß aber nach der Klägerinnen eigenem Anführen diese Klage in zwei Instanzen zurückgewiesen und darauf gar nicht ausgefertigt worden ist. Ob der Benachrichtigung des Beklagten von der gegen die abfällige Resolution des Prozeßgerichts und der Publication der hierauf eingegangenen confirmatorischen Entscheidung, den Bestimmungen des Gesetzes vom 23. Juli 1846, §. 5 gegenüber, der Effect der Interruption beizulegen sei, ist mindestens sehr zweifelhaft; jedenfalls aber würde durch die Anstellung dieser a limine abgewiesenen Klage nach §. 6 desselben Gesetzes nur das Fortbestehen der Forderung auf eine anderweite, von der prozessualischen Handlung, also von der Publication der Entscheidung zweiter Instanz an zu berechnende Frist von drei Jahren bewirkt worden sein und diese Frist wäre nach den Angaben Bl. bei der Behändigung der vorliegenden Klage abermals abgelaufen gewesen.

39.

Actio venditi, in Bezug auf unbezahlte, verzinsliche Kaufgelder.*) Die Erwähnung eines Dritten, an den die Zinszahlung nach dem Tode des Verkäufers zu erfolgen habe, enthält keinen vom Käufer geltend zu machenden Verzicht des Verkäufers auf Einhebung während seines Lebens.

II. Sen.=Erk. v. 5. März 1863 no. 97/89.

Inhalts der der Executionsklage zu Grunde gelegten gerichtlichen Kaufsurkunde d. d. 14. Nov./22. Decbr. 1860 ist in Betreff der jetzt

*) Vergl. BGB. §. 711.

geforderten 1500 Thlr. unbezahlter Kaufgelder folgende Bestimmung getroffen worden:

1500 Thlr. bleiben gegen vorbehaltene und vom Käufer zugestandene Hypothek als ein jährlich mit 4 Proc. zu verzinsendes unbezahltes Kaufgeld auf dem verkauften Grundstücke stehen, Käufer hat die davon fällig werdenden Zinsen mit 30 Thlr. zu Walpurgis und mit 30 Thlr. zu Michaelis jeden Jahres an Verkäufern, nach dessen Tode aber an seine Ehefrau abzuführen und im Jahre 1861 damit den Anfang zu machen.

Beklagter legt die gedachte Disposition dahin aus, daß die fraglichen 1500 Thlr. erst nach dem Ableben des Verkäufers, des Klägers, zurückgefordert werden könnten. Dieser Interpretation steht jedoch der Umstand entgegen, daß in dem Kaufe eine Zeit, zu welcher die 1500 Thlr. Kaufgelder zu zahlen sind, nicht ausgemacht worden ist, mithin nunmehr und nachdem der Kaufcontract Seiten des Klägers vollständig erfüllt worden ist, der gesetzliche Grundsatz eintritt: quod sine die debetur statim debetur. Auch kann im vorliegenden Falle von der Frage, ob Kläger sofort nach Ablauf des ersten halbjährigen Zinstermins oder, wie von der vorigen Instanz angenommen worden ist, nach Verlauf eines Jahres vom Tage der Ausstellung des Kaufs an von seinem Forderungsrechte habe Gebrauch machen dürfen, ganz abgesehen werden, da Kläger nicht früher, als am 26. August 1862, mithin längst nach Ablauf eines Jahres von der Zeit an, wo der Kauf abgeschlossen und eine Verzinsung der Kaufgelder bedungen worden ist, die Executionsklage angestellt hat und aus der producirten Urkunde in keiner Weise hervorgeht, daß der in dem Befugnisse, beliebig die libellirten Kaufgelder nach Verfluß eines Jahrs einzufordern und einzuklagen, beschränkt sei. Namentlich erhellt eine solche Beschränkung weder aus der bedungenen alljährlichen Verzinsung, noch aus der Festsetzung gewisser Zinszahlungstermine und der Verabredung, daß die Zinsen nach dem Tode des Klägers an dessen Ehefrau abzuführen seien, da diese Stipulationen nur dann und so lange in Frage kommen können, als Kläger von seinem beliebigen Kündigungsrechte nicht Gebrauch gemacht hat und die Kaufgelder nicht zurückgezahlt sind. Wäre die Absicht des Beklagten dahin gegangen, das Kaufgeld erst nach Ablauf einer bestimmten Zeit zurückzuzahlen, so hätte ihm obgelegen, sich gegen die Anwendung des Grundsatzes: quod sine die debetur statim debetur, durch das Bedingen der unkündbaren Ueberlassung der Kaufgelder auf eine bestimmte Zeit oder bis zum Ablauf einer gewissen Kündigungsfrist sicher zu stellen.

Miscelle.

Savigny-Stiftung.

Die Savigny-Stiftung zu Berlin, für deren Förderung sich auch Sachsen (vergl. diese Annalen Bd. V., S. 189) lebhaft interessirt hat, fand nach einem dem Präsidium des Oberappellationsgerichts zugegangenen Protokollabdrucke d. d. Berlin den 29. December 1863 an diesem Tage in einer unter dem Vorsitze des Staatsministers v. Bernuth berufenen Sitzung des engern Ausschusses des Gründungscomités, beziehentlich der designirten Curatoren der Stiftung, ihre definitive Ordnung.

Als Curatoren waren nämlich designirt von Seiten der K. P. Akademie der Wissenschaften: der Geh. Justizrath, Prof. Dr. Rudorff und der Prof. Dr. Mommsen; von Seiten der juristischen Facultät zu Berlin die Proff. Dr. Bruns und Dr. Gneist, von Seiten der dasigen jurist. Gesellschaft der Stadtgerichtsrath Graf v. Wartensleben und der Justizrath Meyen. Dieselben wurden nun auch vom Vorsitzenden des engern Ausschusses des Gründungscomités, als dessen Mitglieder die vorgenannten sieben Herren anwesend waren, als Curatoren proclamirt.

Das Curatorium constituirte sich hiernächst und wählte sodann zum Vorsitzenden den Grafen v. Wartensleben, sowohl zum Syndicus den Justizrath Meyen. Das Stiftungsvermögen im Betrage von über 23,800 Thlr. findet nebst Documenten &c. in dem Depositorium des Magistrats zu Berlin Aufbewahrung.

Dr. P.

Ueber die Stellung der Mäkler bei Vermittelung fremder Rechtsgeschäfte.

Von Herrn Oberappellationsrath Dr. Römisch.

I. Gemeines Recht.

Das OAG. zu Dresden hat in einer vor dem Handelsgericht im Bezirksgericht Chemnitz anhängigen Rechtssache mittelst Erkenntnisses vom 17. Decbr. 1863, welches unten unter den Präjudizien zum Handelsrechte no. 23 mitgetheilt ist, auf Grund der daselbst angezogenen Bestimmungen des allgem. deutschen HGB.'s und der im K. Sachsen bestätigten Mäklerordnungen ausgesprochen, daß Handelsmäkler nicht als Bevollmächtigte derjenigen Parteien, welche sich ihrer Beihilfe bei Eingehung von Verträgen bedienen, sondern als bloße Vermittler anzusehen sind, deren Dienstleistungen für die Beurtheilung des von ihnen vermittelten Rechtsgeschäfts keine juristische Bedeutung haben, indem der Abschluß des Vertrags, seine Rechtsbeständigkeit und seine Wirkungen sich lediglich nach den Personen der Parteien richten, ohne alle Rücksicht darauf, daß der Consens derselben durch die Thätigkeit des Mäklers erzielt worden ist. [1])

1) v. Hahn, Commentar des allgem. deutschen HGB.'s Bd. I., S. 166: „Der Handelsmäkler als solcher nimmt keine juristischen Handlungen vor; er schließt weder im eigenen Namen, noch für Rechnung eines Andern, noch Namens eines Andern ab.“

Dieser Grundsatz leidet jedoch nicht bloß auf Handelsmäkler, sondern auch auf die verschiedenen Gattungen von Mäklern [2]), welche in gewöhnlichem Verkehre Rechtsgeschäfte vermitteln, Anwendung. Gleichwohl wird der von den angesehensten Rechtslehrern [3]) hervorgehobene Unterschied, welcher zwischen Mäklern und den Stellvertretern, welche im Namen auf Auftrag dritter Personen selbstständig Verträge abschließen, stattfindet, in der Praxis so oft verkannt und namentlich aus der Auffassung der Mäkler als Mandatare der einen oder andern, oder beider Parteien so unrichtige Folgerungen abgeleitet, daß der Versuch, die Stellung, welche die Mäkler bei der Vermittelung fremder Rechtsgeschäfte nach gemeinem Rechte einnehmen, näher zu beleuchten, gerechtfertigt sein dürfte.

§. 1.

Die Bezeichnung der Mäkler im römischen Rechte als proxenetae weist zufolge der Ableitung dieses Worts aus dem griechischen προξενητής darauf hin, daß unter Proxenet ein Mann zu verstehen ist, welcher die Meinungen zweier oder mehrerer Personen vereinigt und auf diese Weise Einverständniß zwischen ihnen herbeiführt. [4]) Namentlich wird der gedachte Ausdruck von Mäklern gebraucht, welche fremde Rechtsgeschäfte gegen Lohn vermitteln, sei es nun, daß sie den letztern ausdrücklich bedungen haben oder mit Rücksicht darauf, daß sie die Function eines

---

2) Die neueste und zugleich erschöpfendste Schrift über die Mäkler ist die Abhandlung von Laband: die Lehre von den Mäklern mit besonderer Berücksichtigung des Entwurfs zu einem deutschen HGB., in der Zeitschrift für deutsches Recht 1860, Bd. XX., S. 1—65. In deren Eingange ist die ältere Literatur aufgeführt.

3) Mühlenbruch, Cession §. 11, S. 108 fg., ed. 3.
Sintenis, prakt. Civilrecht §. 17, Thl. I., S. 47, ed. 2.
Arndts, Lehrbuch der Pandecten §. 245.
Puchta, Vorlesung §. 273.

4) Cujacius, observ. et emend. lib. XI. obs. 18: Graece proxenetae dicuntur, quorum beneficio et interventione inter duos negotia contrahuntur vel nomina vel nuptiae vel amicitiae vel judici consiliarius adjungitur.

Gl. Vet. = conciliator.

Mäklers gewerbmäßig betreiben, eine Entschädigung ohne vorgängiges Versprechen forden dürfen [5]). In der Regel gehen dem Abschlusse eines Vertrags Einleitungen und Verhandlungen über dessen Zustandekommen und Inhalt voraus, welche in unverbindlichem Gedankenaustausch und Besprechungen (den s. g. Tractaten) bestehen und je nach der Wichtigkeit des beabsichtigten Vertrags längere oder kürzere Zeit in Anspruch nehmen. Der Geschäftskreis der Mäkler besteht nun darin, den nurerwähnten Vorbereitungen und Unterhandlungen sich zu unterziehen, deshalb die Personen, von welchen sie glauben, daß sie zu Eingehung gewisser Verträge oder sonstiger Vereinigungen geneigt sind, aufzusuchen, ihre Willensmeinungen zu erforschen [6]), die Vorschläge der einen Partei der andern mitzutheilen, die Schwierigkeiten, welche sich einer definitiven Vereinigung entgegenstellen, durch geeignete Vorstellungen zu beseitigen und die Parteien zu einer völligen Uebereinstimmung zu bewegen. Der nurgedachten Thätigkeit entspricht das deutsche Wort: „vermitteln", da dasselbe keineswegs ausschließlich von der richterlichen Function, Rechtsstreitigkeiten in Güte beizulegen [7]), sondern

5) Pufendorf, obs. jur. univ. Tom. III. obs. 152.

6) In der Glosse zu dem Pandectentitel de proxeneticis ist die Definition des Accursius aufgenommen worden: Proxeneta est, qui inquirit voluntates aliquorum vel ad munera vel ad contractus vel ad amicitias faciendas vel similia. Diese Definition ist zu eng, weil sie sich lediglich auf die Dienstleistungen eines Mäklers, welche auf die Erforschung (inquisitio) und nicht auf die Vereinigung (conciliatio) der Willensmeinungen der Parteien gerichtet ist, bezieht. Es verdienen daher die Definitionen anderer Rechtslehrer, welche auf die letztere Gattung von Dienstleistungen das Hauptgewicht legen, den Vorzug, z. B. Lauterbach, Colleg. lib. L. tit. XIV. §. 4. Berger, Oec. juris lib. III. tit. V. th. 34. not. 2: Proxeneta ad negotia inter plures conciliandа ministerium suum adhibet.

Exs (Schorch) diss. de proxen. Erf. 1766 pr. 3: Proxeneta appellatur is, qui in causis actibus et negotiis, licitis ac honestis ad conciliandum vel componendum inter se paciscentes ac contrahentes, sive praeposito praemio, sive gratis, voluntatem partium aliaque explorando et difficultates removendo, ministerio operaque sua adjuvat.

7) §. 1 des inzwischen aufgehobenen Gesetzes vom 22. Juni 1846, die Bestellung von Friedensrichtern betr.: Das Amt eines Friedensrichters besteht darin, daß er durch seine Vermittelung Rechtsstreitigkeiten in Güte beizulegen suche.

auch von den Bemühungen anderer Personen, widerstreitende Meinungen zu vereinigen und die zu diesem Zweck erforderlichen Erörterungen und Verhandlungen zwischen den Parteien einzuleiten und vorzunehmen, gebraucht wird. Die Dienste, welche Mäkler bei der Vorbereitung und Abschließung fremder Rechtsgeschäfte leisten, sind für den gewöhnlichen und für den Handelsverkehr unentbehrlich. Mit Recht macht daher Büsch [8]) darauf aufmerksam, daß, während viele Kunstwörter im Handel von der Zeit an, wo eine kaufmännische Einrichtung von einer Nation auf eine andere übergegangen ist, sich von Sprache zu Sprache fortgepflanzt haben, jedes handeltreibende Volk von Anfang an das Bedürfniß von Mäklern erkannt und für deren Geschäftsbetrieb selbstständige Bezeichnungen erfunden und angenommen hat, z. B. im Deutschen: Mäkler oder Unterhändler, im Italienischen: sensale [9]), im Französischen: courtier [9a]), im Englischen: broker [9b]). Nicht minder sind von den ältesten Zeiten an Mäklergeschäfte gegen Entgeld und gewerbmäßig betrieben worden. Es kann daher nicht auffallen, wenn den Rechtsverhältnissen der Mäkler in den Rechtsbüchern Justinians zwei besondere Abschnitte und zwar die Pandectentitel de proxeneticis (L. 14) und im Codex

---

Das Gesetz vom 30. December 1861: die gütliche und kostenfreie Vermittelung streitiger, noch nicht gerichtlich anhängiger Civilansprüche betreffend, §§. 1, 3, 11, 17. (Ges.- u. Verord.-Bl. S. 606.)

8) Darstellung der Handlung, edit. 3. Hamburg 1824. Theil 1, S. 393.

9) Im Handelsgesetzbuche, Buch 1, Titel 7 ist in der Ueberschrift und im Art. 66 ist der Ausdruck: „Sensal" als gleichbedeutend mit Handelsmäkler aufgenommen worden, weil derselbe in mehreren Theilen Deutschlands und namentlich in Oesterreich statt „Handelsmäkler" gebraucht wird (Nürnberger Conf. Prot. Bd. I., S. 113). Da das Wort Sensal von censuales, Personen zu Abfassung und Aufbewahrung von Urkunden, abzuleiten ist (Laband a. a. O. S. 18), so bezeichnet dasselbe vorzugsweise die Handelsmäkler in ihrer Stellung als Urkundspersonen für Handelsgeschäfte.

9a) Auf die Eigenschaft als Vermittler deutet die Definition bei Boiste, Dictionnaire universel: par l'entremise duquel se font les ventes.

9b) Ueber die sehr zweifelhafte Ableitung des Worts vergl. Johnson, Dictionary, voc. to broke.

tit. de sponsalibus et arrhis sponsalitiis et proxeneticis (V. 1)[10]) gewidmet worden sind. Auch das sächsische Recht hat nicht nur in Bezug auf Handelsmäkler die in dem Urthel A erwähnten Vorschriften ertheilt, sondern auch den Geschäftsbetrieb anderer Mäkler, welche Geschäfte des gewöhnlichen Verkehrs gewerbmäßig vermitteln und mit dem Namen: „Agenten" bezeichnet zu werden pflegen, von einer polizeilichen Concession abhängig gemacht und deren Gewerbebetrieb einer obrigkeitlichen Aufsichtsführung unterworfen. Hierher gehören, von älteren für antiquirt zu erachtenden Gesetzen abgesehen, in Betreff der Gesindemäkler die Bestimmungen in §. 23 fg. der Verordnung vom 10. Januar 1835; die nach Vorschrift der Gesindeordnung über die Dienstleute zu führende Aufsicht betr. (Ges.= u. V.=Bl. S. 41 fg. [10a]), sowie rücksichtlich derjenigen Mäkler, welche die Vermittelung von Kauf=, Tausch= und Miethverträgen über Grundstücke und die auf denselben haftenden Gerechtigkeiten, ferner von Dienst= und Arbeitsverrichtungen, welche nicht unter die Gesindeordnung fallen, ingleichen von Darlehns=, Cessions=, Verbürgungs= und überhaupt Geldgeschäften jeder Art besorgen, die Verordnung vom 5. Novbr. 1859, die gewerbmäßige Betreibung der Agenturgeschäfte betr. (Ges.= u. V.=Bl. S. 376 fg.), an deren Stelle nunmehr die Vorschriften in §. 8 des Gewerbegesetzes vom 15. Oct. 1861 und §. 13 der Ausführungsverordnung hierzu (Ges.= u. V.=Bl. S. 188 fg. und 231) getreten sind, wobei zu bemerken ist, daß die gedachten Bestimmungen sich auf kaufmännische Geschäfte aller Art, sowie auf Agenten bei Versicherungs= und Transportgeschäften nicht beziehen.

§. 2.

Obwohl der Geschäftskreis der Mäkler einer festen objecti=

10) Die const. 6, C. V. 1, welche sich auf die Vermittelung von Heirathen bezieht, ist von Cujacius aus den Basiliken wiederhergestellt und hat, da sie nicht glossirt ist, in foro keine Giltigkeit. Glück, Thl. 22, S. 445, Anmerk. 92. — Annalen, Bd. II., S. 540.

10a) In §. 23 der Verordnung vom 10. Januar 1735 wird Gesindemäkelei als „das Geschäft, das Unterkommen des Gesindes in Dienste und die Auffindung dienstsuchender Personen zu vermitteln" bezeichnet.

ven Begrenzung entbehrt [11]), so werden doch in l. 3 D. de proxen. (50. 14.) [12]) zwei Hauptkategorien von Geschäften, welche von Mäklern betrieben werden, erwähnt und zwar einmal die Vermittelung bei Eingehung von Ehen, Abschließung von Freundschaften und Bewerbung um Assessorstellen und dergleichen und dann die Vermittelung bei Kauf- und Verkaufverträgen, Handelsgeschäften und anderen erlaubten Contracten. Was die erstere Gattung von Mäklergeschäften anlangt, so widerstreitet die Zuziehung von Mäklern bei Bewerbungen um öffentliche Aemter den heutigen Sitten und Einrichtungen so sehr, daß die Frage, ob ein Mäkler wegen geleisteter Beihilfe bei Erlangung eines solchen Amtes ein Proxeneticum fordern darf, selten entstehen wird [13]). Dagegen ist die Zuziehung der Mäkler Behufs Abschließung von Ehen sehr häufig und gestattet [14]). Ebenso ist es recht wohl denkbar, daß jetzt noch die Beihilfe der Mäkler zu dem Zwecke erbeten wird, eine Versöhnung zwischen nahen Verwandten, von deren Erfolg häufig Vermögensrechte abhängen, z. B. wenn einem Sohne eine Verschuldung, welche den Vater

---

11) Keller, Pandecten, §. 345, S. 652.

12) Facilius quod Graeci ἑρμηνευτικὸν i. e. interpretativum seu interpretis honorarium appellant, peti apud eos poterit, si quis forte conditionis, vel amicitiae vel assessurae vel cujus alterius hujusmodi proxeneta fuit. Est proxenetarum modus, qui emptionibus, venditionibus, commerciis, contractibus licitis utiles non adeo improbabili more se exhibent. Unter conditio ist conditio nuptiarum sive sponsalia, Anwerbung, zu verstehen. Glück, Thl. 22, S. 445.

13) Von der Concurrenz eines Mäklers bei Bewerbung um ein öffentliches Amt ist der s. g. contractus suffragii oder das Versprechen, bei dem Fürsten oder den Behörden die Erfüllung eines bestimmten Wunsches gegen eine vorher bedungene Belohnung zu erwirken, zu unterscheiden (tit. C. de suffragio IV, 3). Ueber die Frage, ob der letztere Vortrag jetzt noch ein Klagrecht gewährt. Vergl. Weber, von der natürlichen Verbindlichkeit §. 67, nota 6, ed. 5, S. 214 fg. Sintenis, Civilrecht §. 119, not. 5, Thl. 2, S. 68, ed. 2.

14) Nach §. 1259 des noch nicht in Kraft getretenen bürgerlichen Gesetzbuchs für das K. S. ist das Versprechen einer Mäklergebühr für die Nachweisung einer heirathsfähigen Person oder die Vermittelung einer Ehe nichtig. Ueber das zeitherige Recht: Annalen des OAG.'s I., S. 40. II., S. 540.

zur Enterbung berechtigt, zur Last fällt, oder andere gütliche Auseinandersetzungen, welche nicht als Verträ e anzusehen sind, zu vermitteln und zu Stande zu bringen. Alle diese Fälle sind jedoch jetzt zu übergehen, da die vorliegende Abhandlung den Zweck hat, die Thätigkeit der Mäkler bei Vermittelung von Contracten zu schildern.

In letzterer Beziehung bedient man sich der Beihilfe der Mäkler theils bei den Vorbereitungen, welche Behufs der Eingehung von Rechtsgeschäften erforderlich sind, theils bei den Verhandlungen selbst, welche den Vertragsabschluß herbeiführen. Es wird daher die Mitwirkung der Unterhändler nach verschiedenen Richtungen hin in Anspruch genommen und zwar entweder damit der Mäkler

a) eine zu Eingehung eines bestimmten Vertrags geneigte Person nachweise, oder

b) den Vertragsabschluß selbst vermittele, oder

c) sowohl die Vorbereitungen zu Eingehung des Vertrags vornehme, als auch den weiteren Verhandlungen Behufs des Vertragsabschlusses sich unterziehe.

Während die zuletztgedachte Modalität bei der Zuziehung von Mäklern Behufs der Vermittelung von Handelsgeschäften die Regel bildet, kommt die zuersterwähnte Modalität häufig im gewöhnlichen Verkehre vor. Wenn z. B. ein Grundeigenthümer sein Grundstück zu verkaufen beabsichtigt, Kauflustige aber nicht kennt, so ist er durch eine Verkaufsannonce in den Zeitungen der Mühe nicht überhoben, den verschiedenen Personen, welche sich in Folge dieser Anzeige bei ihm melden, das Kaufsobject zu zeigen, die Kaufbedingungen vorzulegen und mit ihnen vorläufige Verhandlungen zu pflegen, um vor allen Dingen zu erkennen, ob sie wirklich die Absicht haben und im Stande sind, das Grundstück zu erkaufen. Will er diese zeitraubenden Mühwaltungen vermeiden, so wendet er sich an einen Mäkler mit der Aufforderung, ihm eine zum Erkaufe des fraglichen Grundstücks geneigte Person nachzuweisen, indem er ihm für den Fall, daß mit dem nachgewiesenen Kauflustigen ein Kaufvertrag zu Stande kommt, eine bestimmte Mäklergebühr verspricht. Er wird dem Mäkler eine

Beschreibung des Grundstücks übergeben, die darauf haftenden Lasten anzeigen und die Bedingungen, unter denen er das Grundstück zu verkaufen beabsichtigt, mittheilen, damit der Mäkler in den Stand gesetzt ist, Personen zu ermitteln, welche ein Grundstück von der angegebenen Beschaffenheit und unter den angezeigten Bedingungen käuflich zu erwerben Willens sind. Glaubt nun der Mäkler eine solche Person gefunden zu haben, so setzt er den Verkäufer hiervon in Kenntniß, indem er demselben die weiteren Verhandlungen mit den Nachgewiesenen überläßt. Ganz ähnliche Verhältnisse finden statt, wenn die Mitwirkung eines Mäklers Behufs des Nachweises von Grundstücken oder anderen Sachen, welche man zu kaufen, zu pachten, zu ermiethen tauschweise u. s. w. zu erlangen wünscht oder Behufs des Nachweises von Personen, mit welchen ein Darlehns-, Mieth- oder Dienstvertrag u. s. w. in einer vom Antragsteller vorgezeichneten Weise abgeschlossen werden kann, in Anspruch genommen wird. Zahlreiche Mäkler gewinnen ihren Lebensunterhalt dadurch, daß sie verkäufliche Grundstücke, Miethlocale oder Personen, welche einen Gesindedienst oder ein Unterkommen als Commis, Schauspieler, Hauslehrer, Erzieherinnen, Ammen u. s. w. nachsuchen, gegen ein vorher bedungenes Mäklerlohn nachweisen oder auf andere Weise Mäklergeschäfte betreiben und zu diesem Behufe besondere Geschäftslocale unter dem Namen: Geschäftscomtoirs, Nachweisungs-, Versorgungsbüreaus u. s. w. [15]) halten.

Häufig wird aber auch die Mitwirkung eines Mäklers Seiten einer Partei in der Absicht erbeten, um einen Vertrag mit einer ihr bereits bekannten oder von dem Mäkler nachgewiesenen Person zum Abschluß zu bringen, weil der Auftraggeber entweder hofft, daß es dem Mäkler bei seiner Gewandtheit in Vermittelung

---

15) Wenn die Inhaber von dergleichen Nachweisungsbüreaus für die Nachweisung selbst und ohne alle Rücksicht darauf, ob mit der nachgewiesenen Person ein Vertrag zu Stande kommt oder nicht, einen Lohn unter der Bezeichnung: Einschreibe- oder Nachweisungsgebühr u. s. w. fordern und gewährt erhalten, so fällt die Geschäftsthätigkeit derselben nicht unter den Begriff des Mäklers, sondern unter den des gewöhnlichen Dienstvertrags (locatio conductio operarum).

von Rechtsgeschäften seiner langjährigen Erfahrung und Geschäftskenntniß, welche ihn befähigen, die geeigneten Vorhalte zu machen und die etwaigen Bedenken des Mitcontrahenten zu beseitigen, weit eher als den Auftraggeber selbst gelingen werde, den Contractsabschluß zu erzielen, oder weil die Partei der Mühe überhoben sein will, Verhandlungen ohne fremde Beihilfe zu pflegen, welche vielleicht erst nach längerer Zeit und nach vielfachen Vorschlägen und Gegenvorschlägen zu einem Resultate führen. Zuweilen erfolgt die Aufforderung zur Mitwirkung des Mäklers in so allgemeinen Ausdrücken, daß Zweifel entstehen, ob die Willensmeinung des Auftraggebers auf bloße Nachweisung einer zu Eingehung des Vertrags geneigten Person oder auf Vermittelung des Mäklers bei dem Vertragsabschlusse selbst gerichtet ist [16]). Nicht minder häufig geben zu Rechtsstreitigkeiten die Fragen Veranlassung, ob zwischen der Thätigkeit des Mäklers und dem Vertragsabschlusse ein solcher Causalnexus stattfinde, daß das Mäklerlohn als verdient anzusehen sei [17]), ingleichen ob ein Mäkler für die Zuweisung eines zahlungsunfähigen Käufers ein Proxeneticum beanspruchen [18]) oder außer dem Mäklerlohn die Erstattung der aufgewendeten baaren Verläge fordern [19]) oder ob und nach welchem Betrag gewerbmäßige Mäkler eine Mäklergebühr auch dann verlangen dürfen, wenn ihnen ein solches nicht versprochen

---

16) Zeitschr. f. Rechtspfl. u. Verw. für das K. Sachsen, N. F., Bd. V., S. 370 in einem Falle, wo das Proxeneticum versprochen worden war, wenn durch den Unterhändler das Gut verkauft werde. — Daselbst Bd. XVII., S. 501: Proxeneticum für „Anschaffung oder Verschaffung eines Darlehns.“

Annalen des OAG.'s zu Dresden, Bd. VI., S. 44: Versprechen eines Mäklerlohns auf alle Fälle, selbst wenn der Verkauf nicht durch die Vermittelung des Mäklers abgeschlossen sein sollte.

17) Zeitschr. f. Rechtspfl. u. Verw., N. F., Bd. XI., S. 368 fg., XII., S. 275 fg., XIII., S. 49 fg. und 255 fg., XIV., S. 90 fg., XVII., S. 499 fg., XVIII., S. 87 fg.

Annalen des OAG.'s Bd. I., S. 346. Bd. III., S. 512.

18) Zeitschr. f. Rechtspfl. u. Verw., N. F., Bd. XI., S. 368.

19) Zachariae, liber quaest., quaest. 27, p. 160.

Photenhauer, diss. de proxenetis. Vit. 1805. p. 25.

In §. 1258 des sächs. BGB.'s ist diese Frage verneint worden.

worden ist[20]). Diese und ähnliche Fragen, welche sich auf das Recht des Mäklers, von seinem Auftraggeber ein Proxeneticum zu fordern, beziehen, liegen dem Zweck dieser Abhandlung fern, weshalb es genügt, auf die in den Noten 16—18 und 20 angezogenen Entscheidungen des OAG.'s zu Dresden zu verweisen.

§. 3.

Was das Rechtsverhältniß zwischen dem Mäkler und denjenigen Personen, welche seine Mitwirkung bei Eingehung von Verträgen in Anspruch nehmen, anlangt, so ist dasselbe weder als Mandat, noch als Dienstmiethe anzusehen, vielmehr nach eigenen in der rechtlichen Natur des Mäklergeschäfts begründeten Rechtssätzen zu beurtheilen[21]), wie vom OAG. beim Rechtsprechen angenommen worden ist[22]). Um die selbstständige Natur des Mäklervertrags zu erklären, ist der Grundsatz an die Spitze zu stellen, daß der Mäkler eine Mäklergebühr nur dann beanspruchen darf, wenn in Folge seiner Thätigkeit das beabsichtigte Geschäft zu Stande gekommen ist. Der gedachte Grundsatz, welcher die juristische Natur des Mäklervertrags bestimmt, ist im römischen Rechte zunächst nur in Bezug auf den contractus suffragii[23]) ausgesprochen, findet jedoch zufolge eines allgemein anerkannten, unbestrittenen Gerichtsbrauchs auf Mäkler Anwendung[24]).

Dem Versprechen eines Proxenetici liegt eine doppelte Bedingung zu Grunde:

a) daß der Mäkler Behufs des Abschlusses eines Rechtsgeschäfts in einer ihm näher vorgezeichneten Maße thätig werde,
b) daß das beabsichtigte Geschäft wirklich zu Stande kommt.

---

20) Annalen des OAG.'s Bd. I., S. 346.

21) Laband, a. a. O. S. 3 fg.

22) Annalen des OAG.'s Bd. I., S. 346.

23) L. unic. C. de suffragio IV, 3 verb.: cum ea, quae optaverint, consequantur.

24) Voet, comment. ad Pand. lib. L. tit. XIV, §. 1; Unterholzner, Schuldverhältnisse Bd. 2, S. 374; Sintenis, Civilrecht §. 119, not. 5, Thl. 2, S. 681, ed. 2; Pöhls, Handelsrecht §. 52, S. 116 fg.; Brinkmann, Handelsrecht §. 121, S. 477.

Die erstere Bedingung beruht auf der Vereinbarung über die Art und Weise, wie der Mäkler Behufs der Realisirung des Geschäfts seine Mitwirkung zusagt, und ist mithin im Mäklervertrage mit ausdrücklichen Worten ausgedrückt. Die letztere Bedingung aber ist selbst dann, wenn sie im Mäklervertrage nicht speciell erwähnt worden ist, als conditio tacita anzusehen, von deren Eintritt der Anspruch des Mäklers auf Gewährung des Proxenetici abhängt. In dieser Beziehung unterscheidet sich der Mäklervertrag wesentlich vom Dienstcontract, da nach dem letztern der Dienstleistende schon dann den ihm versprochenen Lohn fordern darf, wenn er die ihm aufgetragenen Dienste geleistet oder wenigstens nicht versäumt hat, den Vertrag zu erfüllen, seine Leistung jedoch aus ihm nicht beizumessenden Ursachen, z. B. wegen Weigerung seines Mitcontrahenten, die Dienste anzunehmen, unterblieben ist. Während daher bei anderen Diensten, die unter den Begriff der operae liberales fallen und gegen Vergeltung geleistet werden, genügt, daß der Dienstpflichtige sachgemäß thätig werde und zu Geltendmachung der Ansprüche auf das Lohn keineswegs erfordert wird, daß die geleisteten Dienste zu dem Zwecke, zu welchem sie in Anspruch genommen worden, geführt haben, z. B. daß in Folge der Dienstleistungen der zugezogenen Aerzte, Sachwalter und Lehrer die Krankheit geheilt, der Prozeß gewonnen worden sei, oder der Schüler etwas gelernt habe [25]), ja selbst Verträge, in welchen sich ein Arzt von einem Kranken während der Krankheit für den Fall der Genesung [26]) oder ein Advocat für den Fall des Obsiegens im Prozesse eine bestimmte, das gesetzliche Honorar übersteigende Belohnung, beziehentlich eine Quote des Prozeßobjects [27]) versprechen läßt, ungiltig sind, erhält der Mäkler eine Belohnung lediglich für die unter seiner Mitwirkung abgeschlossenen Geschäfte und verliert seine Ansprüche auf Vergeltung der geleisteten Dienste, wenn der von

---

25) Sintenis, Civilrecht §. 119, not. 2, Thl. II, S. 679 fg., ed. 2.

26) Glück, Commentar Thl. XVI, §. 989, S. 151 fg.

27) Jordan, von dem Siegeslohne der Advocaten und dem pactum de quota litis im Archiv. für civil. Praxis Bd. XII., S. 191 fg.

seinem Auftraggeber beabsichtigte Vertrag nicht zu Stande kommt, ohne Rücksicht darauf, ob der Erfolg mit oder ohne seine Schuld vereitelt worden ist. Nicht minder unterscheidet sich der Mäklervertrag vom Mandate. Denn wenn auch der letztere Vertrag nicht schlechterdings Unentgeltlichkeit voraussetzt, vielmehr die Zubilligung eines Honorars gestattet und der Beauftragte eben so wenig als der Mäkler einen Anspruch darauf hat, daß ihm die vollständige Ausführung des übernommenen Auftrags durch den Auftraggeber gestattet werde, so findet doch der Unterschied statt, daß, im Falle der Mandant seinen Sinn ändert, das früher beabsichtigte Geschäft aufgiebt, und deshalb den Auftrag zurücknimmt, der Beauftragte, welchem ein Honorar zugesichert worden ist, Vergütung für die in Folge des Mandats geleisteten Dienste und selbst in dem Falle, daß er die ihm aufgetragene Geschäftsführung unentgeltlich übernommen hat, Ersatz der bestrittenen Verläge, der Mäkler aber gar keine Entschädigung fordern darf.

An und für sich kann auffallen, daß für die Wirksamkeit der Zusicherung eines Proxenetici in ähnlicher Weise wie bei der promissio dotis und anderen Versprechungen, welche in Beziehung auf eine künftig einzugehende Ehe gemacht werden [28]), der Zweck (causa), welchen der Auftraggeber bei Abschließung des Mäklervertrags vor Augen gehabt, entscheidet. Diese eigenthümliche Erscheinung findet jedoch darin ihre Erklärung, daß ein Proxeneticum mit Beziehung auf einen von den Dienstleistungen des Mäklers verschiedenen Erfolg (den künftigen Vertragsabschluß) geleistet wird, dieser Erfolg aber nicht von dem Willen des Mäklers, sondern von den übereinstimmenden Willenserklärungen derjenigen Personen, welche den Vertrag schließen, abhängt. Diese Contrahenten sind von den Parteien, welche den Mäklervertrag eingehen, verschieden, wenn der Auftraggeber ein Proxeneticum für den Fall verspricht, daß zwischen einer von ihm benannten Person, z. B. zwischen seiner Ehefrau, seinem Sohne

---

28) Erxleben, die Rückforderung erfolgloser Leistungen, Göttingen 1853, §. 6, S. 90 fg.

Windscheid, die Lehre von der Voraussetzung, S. 27 fg.

u. s. w. und einem Dritten ein Vertrag durch die Mitwirkung des Mäklers zu Stande kommt. In der Regel bedient man sich jedoch der Beihilfe der Mäkler in der Absicht, um in eigenem Interesse einen Vertrag zu Stande zu bringen. Allein in diesem Falle benutzt der Auftraggeber die Dienstleistungen des Mäklers lediglich als Mittel, um den von ihm beabsichtigten Zweck zu erreichen. Indem nun der Promittent bei der Zusicherung des Proxenetici die künftige Eingehung eines Vertrags als den Zweck [29]) bezeichnet, weshalb er die Dienste des Mäklers in Anspruch nimmt, giebt er seine Willensmeinung zur Genüge zu erkennen, daß er die Dienste nicht um ihrer selbst willen, sondern wegen des Erfolgs, welcher durch sie vermittelt werden soll, wünsche. Der Erfolg, zu dessen Erreichung die Leistungen des Mäklers dienen sollen, steht zu diesen Leistungen dergestalt in einem bedingenden Verhältnisse, daß die letzteren nur unter der Voraussetzung beansprucht und vorgenommen werden, daß der durch sie bezweckte Erfolg wirklich eintrete [30]). Hieraus folgt, daß der Auftraggeber in Folge des mit einem Mäkler eingegangenen Mäklervertrags in der freien Entschließung, ob und unter welchen Bedingungen er das beabsichtigte Rechtsgeschäft abschließen will, nicht beschränkt wird. Es steht daher in seiner Willkühr, das Rechtsgeschäft, für welches er die Mitwirkung des Mäklers angenommen, ganz aufzugeben [31]) oder sich gleichzeitig der Beihilfe anderer Mäkler zu bedienen, oder zu Realisirung des Geschäfts selbst die nöthigen Schritte zu thun und den Vertrag mit einer von ihm selbst aufgefundenen Person abzuschließen. Das nurgedachte Befugniß des Promittenten den Eintritt der Voraus-

29) Verträge über Nachweisung von Sachen oder Personen zu anderen Zwecken als Behufs des Eingehens eines Vertrags über jene Sachen oder mit jenen Personen fallen nicht unter den Mäklervertrag. Hierher gehört der in l. 15 D. de praesc. verb. (19. 5.) erwähnte Fall, wo Jemandem dafür, daß er einen flüchtigen Sclaven einfängt oder die Fälle, wo für Nachweisung eines seltenen Buchs oder Kunstwerks ohne alle Rücksicht darauf, ob es verkäuflich sei oder nicht, oder gestohlene oder verlorene Sachen u. s. w. eine Belohnung versprochen wird.

30) Erxleben a. a. O. S. 84 fg.

31) Annalen des OAG.'s Bd. II., S. 24.

setzung, auf welchen sein Versprechen der Gewährung des Proxenetici beruht, durch willkührliche Sinnesänderung (ob poenitentiam) zu verhindern, erscheint so wichtig, daß das Mäklerinstitut die Eigenschaft als wesentlichen Beförderungsmittels des gewöhnlichen Verkehrs und des Handelsbetriebs [32]), durch welches die Personen, welche sich desselben bedienen, in der freien Willensbestimmung in Betreff des abzuschließenden Vertrags in keiner Weise beengt werden, verlieren würde. Die Nachtheile, welche der Mäkler dadurch erleidet, daß in Folge der Weigerung seines Auftraggebers oder dessen Mitcontrahenten der beabsichtigte Vertrag nicht zu Stande kommt und mithin seine Bemühungen erfolglos sind, wird dadurch ausgeglichen, daß das Mäklerlohn in der Regel in einer solchen Höhe stipulirt wird, daß dasselbe als ein lediglich vom Erfolge abhängiges Siegeslohn erscheint, welches oft mit geringer Mühe gewonnen wird und für andere vergeblich aufgewendete Mühwaltungen entschädigt [33]). Will sich jedoch der Mäkler gegen Handlungen seines Auftragsgebers, durch welche ihm die Hoffnung auf Erlangung des Proxenetici entzogen wird, sicher stellen, so hat er bei Eingehung des Mäklervertrags sich auszubedingen, daß der Auftraggeber bis zu einer festgestellten Zeit an seine Offerte gebunden sei, und mit keiner andern als der von ihm nachgewiesenen Person abschließe. Sollte sich ein Committent dieser Bedingung unterwerfen, gleichwohl aber derselben entgegenhandeln, so kann der Mäkler zwar den Abschluß des Vertrags mit einer andern als der von ihm vorgeschlagenen Person nicht verhindern, wohl aber die ihm zugesicherte Mäklergebühr fordern.

§. 4.

Die Dienstleistungen der Mäkler lassen keine Merkmale er-

---

32) Roscher, Grundriß zu Vorlesungen über Staatswirthschaft §. 40, S. 90, rechnet die Mäkler zu den Communicationsanstalten des Handels; Pardessus (Schiebe), Lehrb. des Handelsrechts no. 112, S. 86, zu den Institutionen, welche zu Erleichterung des Handelsverkehrs unter Privaten eingeführt worden sind.

33) Voet, comm. ad Pand. Lib. L, tit. XIV, §. 1.

kennen, aus welchen ein juristisches Stellvertretungsverhältniß [34]) gefolgert werden könnte. Denn die Mäkler sind in ihrem eigenen Interesse, und um ihren Lebensunterhalt zu verdienen, eifrig bemüht, Personen, von welchen sie glauben, daß sie zu Eingehung gewisser Verträge geneigt sind, aufzusuchen, ihnen ihre Vermittelung anzubieten, und falls solche angenommen wird, die Willensmeinung der Parteien zu erforschen und den Abschluß eines Vertrags zwischen denselben herbeizuführen. Bei diesen Bemühungen haben sie ihren Vortheil im Auge, so daß sie als Geschäftsführer der einen oder andern Partei nicht angesehen werden können. Von der Willkühr der Parteien hängt es ab, ob sie sich der Beihilfe der Mäkler bedienen wollen. Nehmen sie die Dienste derselben an oder erbitten sie sich solche ausdrücklich, so geschieht es in der Absicht, um Behufs des Abschlusses eines von ihnen beabsichtigten Vertrags von der Geschicklichkeit und Erfahrung des Mäklers bei Vermittelung fremder Rechtsgeschäfte Nutzen zu ziehen. Dagegen sind die Parteien weit entfernt, dem zugezogenen Mäkler die Ermächtigung einzuräumen, in ihrem Namen Verträge abzuschließen oder rechtsverbindliche Erklärung abzugeben. Wenn auch die von einer Partei an den Mäkler gerichtete Aufforderung, in ihrem Interesse thätig zu werden, mit dem Namen: „Auftrag" bezeichnet zu werden pflegt, so ist doch dieser Auftrag nicht auf Abschluß eines Contracts, sondern lediglich auf Vermittelung gerichtet. Es ist daher nicht üblich, daß Mäklern schriftliche Vollmachten ertheilt werden, da der Geschäftskreis und die Pflichten derselben schon an und für sich bekannt sind. Nun ist zwar nicht ausgeschlossen, daß ein Mäkler beauftragt werden kann, für den Fall, daß er Jemanden findet, welcher auf die vom Mandanten gestellten Bedingungen eingehen will, mit diesem im Namen des Auftraggebers definitiv den Vertrag abzuschließen [35]), solchenfalls ist jedoch der Mäkler lediglich als Bevoll-

34) Savigny, Oblig. Recht Bd. II., §. 53 fg.; Dernburg in der Heidelberger Zeitschr. für die ges. Rechtsw. 1853, Bd. I., S. 1 fg.; Scheuerl in der Münchener krit. Ueberschau Bd. I., S. 316 fg. und in Ihering's Jahrbüchern Bd. II., S. 1 fg.

35) Diese Fälle werden hauptsächlich von älteren Rechtslehrern behandelt,

mächtigter und Stellvertreter seines Mandanten anzusehen, weshalb seine Rechte und Verpflichtungen nicht nach den Grundsätzen des Mäkler-, sondern des Mandats-, beziehentlich Dienstcontracts zu beurtheilen sind. Dafern jedoch solche der Natur des Mäklervertrags widerstreitende Bestimmungen nicht getroffen worden sind, ist das Abkommen mit einem Mäkler als eine für sich bestehende, selbstständige Vertragsform aufzufassen.

Ferner sind die Dienstleistungen der Mäkler rein factischer Natur, welche jedes juristischen Elements entbehren [36]). Soweit ihm nämlich von einer Partei die Bedingungen, unter welchen sie einen Vertrag abzuschließen beabsichtigt, mitgetheilt und der Auftrag gegeben wird, eine zu Eingehung dieses Vertrags geneigte Person aufzusuchen und nachzuweisen, enthält die Aufforderung Seiten der Partei eine bloße unverbindliche Offerte, welche von dem Mäkler anderen Personen bekannt zu machen ist. Findet der Mäkler Jemanden, welcher auf die gestellten Bedingungen einzugehen nicht abgeneigt ist, so hängt es von des letztern Willkühr ab, ob er sich mit dem von dem Mäkler bezeichneten Auftraggeber in unmittelbare Verbindung setzen oder den Mäkler beauftragen will, seine Offerten dem ersten Auftraggeber des Mäklers zu überbringen. Soweit nun der Mäkler den Parteien die gemachten Vorschläge und Gegenvorschläge überbringt, ist er als ein bloßer Zwischenträger (nuntius) anzusehen, durch welchen zwischen den abwesenden Parteien ein directer Vertrag zum Abschluß gebracht wird [37]). Wenn dagegen die Parteien persönlich

---

z. B. Carpzov, dec. Sax. P. II, dec. 130; Stryck, usus mod. lib. 50, tit. 14, §. 2; Hommel, Rhaps. obs. 113.

36) Ihering unterscheidet in der verdienstvollen Abhandlung: über die Mitwirkung für fremde Rechtsgeschäfte in seinen Jahrbüchern für die Dogmatik des heutigen römischen und deutschen Privatrechts Bd. I., S. 271 fg. und Bd. II., S. 67 fg. zwischen den juristischen und factischen Elementen eines Vertrags, und hat insbesondere die Stellung der von ihm als Gehilfen bezeichneten Personen, deren Theilnahme an fremden Rechtsgeschäften in Dienstleistungen factischer Art besteht, durch viele Beispiele zur Klarheit gebracht. Die Mäkler sind in der gedachten Abhandlung nicht berührt worden.

37) Thöl, ausgew. Entscheidungen des OAG.'s der freien Städte 1857, S. 6; Hahn, Commentar S. 166 fg. unter III.

verhandeln und der Mäkler, sei es nun auf Ansuchen eines oder beider Theile, den gedachten Verhandlungen beiwohnt, so ist seine Concurrenz für die Beurtheilung des von den Parteien in seiner Gegenwart abgeschlossenen Vertrags ohne alle juristische Bedeutung. Er steht in dieser Beziehung den von den Contrahenten bei dem Vertragsabschlusse zugezogenen Sachverständigen, welche die Parteien mit ihren wissenschaftlichen oder technischen Kenntnissen unterstützen, dem Dollmetscher, welcher die beiderseitigen Erklärungen vermittelt, dem Schreiber, welcher den Contract zu Papier bringt u. s. w. gleich, indem die Dienstleistungen der nurgedachten Personen factischer Natur sind, die Parteien selbst aber den Vertrag abschließen [38]. Wenn endlich der Mäkler einseitig mit einer Partei zu dem Zwecke verhandelt, um sie zu Annahme einer bestimmten Offerte zu bewegen, so ist er nicht zum Vertragsabschlusse berechtigt [39], sondern verpflichtet, seinen Auftraggeber von der Geneigtheit des Mitcontrahenten, auf die gestellten Bedingungen einzugehen, in Kenntniß zu setzen, damit derselbe den Vertrag zum Abschluß bringen kann. Diese dem Vertrage vorausgehenden unverbindlichen Verhandlungen nimmt der Mäkler in seiner Eigenschaft als Mäkler vor und er unterscheidet sich insofern von dem Boten, als er nicht bloß wie dieser die Willenserklärungen der Parteien übermittelt, sondern auch in seinem Interesse bemüht ist, durch Besprechungen und Verhandlungen mit den Parteien den Eintritt der Bedingung, unter welchen er das Proxeneticum fordern kann, herbeizuführen.

§. 5.

Auch das römische Recht hat die Rechte und Pflichten der Mäkler gesondert von anderen Vertragsformen behandelt und in l. 2 D. de proxen. (50. 14.) insbesondene disponirt:

38) Ihering a. a. O. Bd. I., S. 278.

39) Lauterbach, Colleg. lib. 50, tit 14, p. 1095 sq. Proxenetae non ipsi contrahunt. Proxeneta differt a mandatario; hujus enim officium est administrare, ille vero tanquam causa instrumentalis conciliat et tractat; differt a nudo nuntio, qui tantum illud, quod sibi mandatum est, denuntiat, hic vero etiam contrahendi occasiones quaerit.

Si proxeneta intervenerit faciendi nominis, ut multi solent: videamus, an possit quasi mandator teneri. Et non puto teneri, quia hic monstrat magis nomen, quam mandat, tametsi laudet nomen. Idem dico, et si aliquid philantropii nomine accepit, nec ex locato et conducto erit actio, plane si dolo et calliditate creditorem circumvenerit, de dolo actione tenebitur.

In der gedachten Gesetzesstelle wird der Fall vorausgesetzt, daß ein Mäkler die Abschließung eines Darlehns vermittelt und der Darleiher das dargeliehene Capital wegen Insolvenz des Schuldners verloren hat. Es werden hierbei zwei Fragen aufgeworfen, und zwar ob der Darleiher den Mäkler als Auftraggeber in rechtlichen Anspruch nehmen dürfe, weil letzterer den Schuldner, welcher das Darlehn in Folge seiner Vermittelung erhalten, gelobt habe, oder ob der Gläubiger gegen den Mäkler deshalb, weil er demselben für die Vermittelung eine Belohnung gewährt habe, die Miethsklage anstellen könne? Beide Fragen werden verneint, indem zu Motivirung angeführt wird, daß der Mäkler, indem er ein Darlehn vermittele, nicht Auftrag zur Darleihung gebe, sondern den Erborger nachweise, und falls er hierbei den Gläubiger mit Arglist und Ränken hintergehe, mit der Gefährdeklage (actio doli) belangt werden könne. Hierbei ist zu bemerken:

a) Aus den Worten im Eingange: „ut multi solent“, sowie aus den Schlußworten der l. 3 D. de proxen. [40]) ergiebt sich, daß das Mäklergeschäft gewerbmäßig betrieben wurde, und in Rom eine bestimmte Anzahl von Mäklern bestand, welche Büreaus oder Schreibstuben (officinae) hielten und nach einer nicht zu mißbilligenden Sitte bei Käufen, Verkäufen, Handelsgeschäften und überhaupt erlaubten Verträgen nützliche Dienste leisteten.

b) Die Vermittelung selbst wird als ein Dazwischentreten zwi-

40) Sunt enim hujusmodi hominum, ut tam in magna civitate, officinae. Est enim proxenetarum modus, qui emptionibus, venditionibus, commerciis, contractibus licitis utiles non adeo improbabili more se exhibent.

schen die Parteien (intervenire) und die hierbei entwickelte Thätigkeit als ein Nachweisen des Mitcontrahenten, mit welchem der Vertrag abgeschlossen wird (monstrare nomen)[41]), mithin als eine bloße factische Dienstleistung bezeichnet, durch welche der Mäkler denjenigen, welcher seine Hilfe in Anspruch nimmt, auf eine bestimmte Person aufmerksam macht und seinem Ermessen überläßt, ob er mit derselben contrahiren will oder nicht. In einem ähnlichen Sinne wird in l. 34 pr. D. de ritu nupt. 23. 2.[42]) der Ausdruck: „demonstrare personam" von einer Tochter gebraucht, welche ihrem Vater den Mann, den sie zu heirathen wünscht, zu dem Zwecke vorstellt, daß der Vater seine Erklärung abgebe, ob er in die Verehelichung willige.

c) Ferner wird in l. 3 D. de prox.[43]) die Bemühung, deren sich der Mäkler Behufs der Vermittelung fremder Rechtsgeschäfte unterzieht, als operula, ministerium bezeichnet, mithin auf die Ausdrücke angewendet, welche, wenn auch nicht ausschließlich[44]), doch sehr häufig[45]) von Dienstleistungen rein factischer Art gebraucht werden. Auch wird in den Schlußworten der zuletzt erwähnten Stelle in Betreff der Theilnahme der Mäkler an den Rechtsgeschäften lediglich

---

41) Vergl. auch Glossa: Si proxeneta ad h. l.

42) Generali mandato quaerendi mariti filiae familias, non fieri nuptias, rationis est. Itaque personam ejus patri demonstrari, qui matrimonio consenserit, ut nuptiae contrahantur, necesse est.

43) De proxenetico — solent praesides cognoscere, sic tamen, ut in his modus esse debeat, et quantitatis, et negotii et in quo operula ista defuncti sunt, et ministerium quale quale accommodaverunt.

44) Ihering, a. a. O. Bd. II., S. 71.

45) Z. B. in Betreff des Boten l. 15 D. de const. pec.: ministerium tantummodo praestare videtur. Außerdem wird das Wort: „minister" zuweilen vom Beförderer und Vermittler unerlaubter Handlungen, z. B. l. 15, §. 2 D. ad municipalem (50. 1.) minister interdictae rei von einem Vermittler eine gesetzwidrige Grundstücksabtretung, Nov. 134, c. 10 medii ministri in Bezug auf Beförderung des Ehebruchs; l. 17 §. 3 D. de quaest. (48. 18.) minister facinoris gebraucht.

gesagt, daß sie sich hierbei nützlich erweisen (qui contractibus licitis utiles se exhibent).

d) Endlich wird in l. 1 D. de prox. ausgesprochen, daß der Mäkler selbst in dem Falle, daß er gegen die Partei, welche sich seiner Hilfe bedient, eine zu Eingehung des Contracts nicht völlig geeignete Person empfohlen und gerühmt habe, weder zufolge der nurgedachten Empfehlung als Auftraggeber (mandator), noch mit der actio locati conducti belangt werden könne, sondern nur wegen dolus hafte, wenn er durch Arglist und Ränke Schaden zugefügt habe. Eine ganz ähnliche Bestimmung enthält in Betreff der Feldmesser l. 1 §. 1 D. si mensor falsum modum dixerit (11. 6.)[46]), indem daselbst disponirt wird, daß der Feldmesser ohne Rücksicht, ob er Lohn bekomme oder nicht, zu der Partei, welche sich seiner Beihilfe bediene, in keinem Verhältnisse, welches eine obligatio civilis mit sich führe, stehe; wenn sich daher der Feldmesser ungeschickt oder nachlässig benehme, so habe sich die Partei, welche ihn gewählt habe, den hierdurch entstehenden Schaden selbst zuzuschreiben, weshalb es genüge, wenn gegen ein arglistisches Verhalten des Feldmessers, welchem ein grobes Versehen (culpa lata) gleich stehe, die actio doli gegeben werde. Diese Vorschrift beruht darauf, daß die Leistungen eines Feldmessers nicht als contractmäßige Prästationen, sondern als eine Gefälligkeit (beneficium) angesehen wurde, selbst wenn dafür eine Vergütung (Honorar) bedungen worden war[47]). Auch die Vermittelungsgeschäfte der Mäkler gehörigen zu denjenigen Verrichtungen höherer Art, welche, obwohl sie im Leben als regel-

46) haec actio dolum malum duntaxat exigit, visum enim satis abundeque coerceri mensorem, si dolus malus conveniatur ejus hominis, qui civiliter obligatus non est. Proinde si imperite versatus est, sibi imputare debet, qui eum adhibuit, sed et si negligenter, aeque mensor securus erit. Lata culpa plane dolo comparabitur. Sed et si mercedem accepit, non omnem culpam eum praestare.

47) Hasse, die Culpa des röm. Rechts §. 68, S. 237 fg., ed. 2.; Arndts, Pandecten §. 338.

mäßiger Erwerbszweig erscheinen, zu den gewöhnlichen Diensten (operae illiberales), welche nach römischer Anschauung allein den Gegenstand der Dienstmiethe bilden, nicht gezählt werden [48]).

(Fortsetzung folgt.)

---

48) Viele Rechtslehrer behaupten, daß die Gründe des röm. Rechts, aus welchen die Klagen gegen Feldmesser und Mäkler auf die actio doli beschränkt worden, im neueren Rechte weggefallen seien.

Sintenis, prakt. gem. Civilrecht §. 119, nota 2 und 13, Bd. II., S. 680 fg. und S. 685, ed. 2.

Präjudizien.

Handelsrecht.

23.

Ueber Handelsmäkler und Schlußzettel.

II. Sen.-Erk. v. 17. Decbr. 1863 no. 502/379.

Das OAG. hat den Rationen, aus welchen in zweiter Instanz die Klage für schlüssig angesehen worden ist, nicht beizutreten vermocht, vielmehr die Entscheidung erster Instanz, daß das Suchen Klägers unter Verurtheilung desselben in Erstattung der Prozeßkosten in der angebrachten Maaße abzuweisen sei, aus folgenden Gründen wiederhergestellt:

1.

Die auf Erfüllung eines Kaufs über 18 Original-Pack ostindischer Baumwolle gerichtete Klage ist lediglich auf das Anführen gestützt worden, daß Kläger am 12. März 1862 von dem verpflichteten Mäkler E. Sch. zu Ch., welcher von den Beklagten Auftrag, für sie Verkäufe über Baumwolle abzuschließen, erhalten und ihn, den Kläger, von diesem Auftrage in Kenntniß gesetzt und mit ihm als Bevollmächtigter der Beklagten contrahirt habe, die nurgenannte Quantität Baumwolle für den in der Klage angegebenen Preis und unter daselbst näher bemerkten Bedingungen erkauft habe. Der Ansicht der zweiten Instanz, daß zufolge des vorstehenden Klaganführens die vom Kläger gedachte Mittelsperson, mit welcher ersterer den angeblichen

Kaufvertrag verabredet hat, nicht in ihrer dienstlichen Eigenschaft als verpflichteter Mäkler, sondern als ein zum Abschließen von Verkäufen über Baumwolle speciell beauftragter Handelsbevollmächtigter der Beklagten aufgetreten sei, steht das Klaganführen entgegen, daß Sch. über das in der Klage erwähnte Geschäft den vom Kläger im Originale zu den Acten übergebenen Schlußzettel ausgestellt und dem Kläger eingehändigt hat. Denn aus dem dem gedachten Schlußzettel aufgedrückten amtlichen Stempel Sch.'s erhellt unzweifelhaft, daß Sch. den Schlußzettel nicht als Bevollmächtigter der Beklagten, sondern, wie die Worte des aufgedrückten Stempels besagen, als „vereideter Mäkler zu Ch." ausgestellt habe. Da Kläger seinem Geständnisse zufolge den nurgedachten am 12. März 1862, dem Tage des angeblichen Kaufabschlusses, ausgefertigten Schlußzettel angenommen hat, so hat demselben nicht entgehen können, daß Sch. ihm lediglich als Mäkler und nicht als Bevollmächtigter der Beklagten bei den Kaufverhandlungen gegenüber gestanden hat. Sollte daher selbst Kläger bei diesen Verhandlungen den Mäkler Sch. als Bevollmächtigten der Beklagten angesehen haben, so würde der hierbei verhangene Irrthum durch den angenommenen Schlußzettel gehoben worden sein, zumal Kläger in der Klage darauf, daß er Sch.'n aufmerksam gemacht habe, daß letzterer den Schlußzettel nicht als Mäkler, sondern nach Maßgabe der Vorschrift des Art. 48 des allgem. deutschen HGB.'s mit einem das Vollmachtsverhältniß ausdrückenden Zusatze zeichnen solle, oder auf sonstige Thatsachen, aus denen erhellt, daß von Sch.'n der Schlußzettel irrthümlich als Mäkler und nicht als Bevollmächtigter der Beklagten unterschrieben worden sei, nicht Bezug genommen hat.

2.

Nach zeitherigem sächsischen Rechte bedurfte es keiner Unterschrift der Interessenten zur Giltigkeit der von einem Mäkler über die von ihm vermittelten Geschäfte ausgefertigten Schlußzettel, indem ohne Unterschied, ob die Geschäfte, auf welche sich der Schlußzettel bezog, sofort oder erst nach einer bestimmten, vom Handelsabschlusse an zu berechnenden Zeit zu erfüllen waren, die eigenhändige Unterschrift des Mäklers unter Beidrückung seines amtlichen Stempels genügte,

Leipziger Mäklerordnung vom 7. März 1818, §. 32. (Ges.-S. v. J. 1833, S. 100.)

Dresdener Mäklerordnung vom 14. April 1834, §. 28. (Sammlung der Ges. u. V. v. J. 1834, S. 118.)

Chemnitzer Mäklerordnung vom 21. Januar 1858, §. 24. (Ges.- u. V.-Bl. S. 131.)

Dagegen hat nach dem allgem. deutschen HGB. Art. 73, Abs. 2 der Mäkler bei denjenigen Geschäften, welche nicht sofort erfüllt werden sollen, die Schlußnote den Parteien zu ihrer Unterschrift zuzustellen, und jeder Partei das von der andern unterschriebene Exemplar zu übersenden. Da durch die nurgedachte Vorschrift nach Maßgabe §. 7 des sächs. Einführungsgesetzes vom 30. October 1861 die oberwähnte Bestimmung der in Sachsen bestätigten Mäkler- und Börsenordnungen für aufgehoben zu achten ist, so entbehrt der der Klage beigelegte, wenige Tage nach dem 1. März 1862, zu welchem das HGB. in Sachsen in Kraft getreten ist, ausgefertigte und anscheinend aus Unkenntniß der entgegenstehenden Vorschrift des Art. 73 des HGB.'s lediglich vom Mäkler unterzeichnete Schlußzettel derjenigen Beweiskraft, welche nach Art. 77 des HGB.'s einer vorschriftmäßig ausgestellten und vollzogenen Schlußnote beizumessen ist. Auch hat Kläger selbst seinen Anspruch nicht auf den der Klage beigelegten Schlußzettel, sondern auf das eingangsgedachte Klaganführen, daß Sch. von den Beklagten zum Verkaufe beauftragt worden sei, gestützt, indem er von der Ansicht ausgeht, daß ein Mäkler nothwendiger Weise stets Handlungsbevollmächtigter sei. Diese Ansicht ist jedoch nach Ansicht des OAG.'s nicht richtig.

3.

Schon nach gemeinem Rechte werden von den Stellvertretern, welche Verträge im Namen dritter Personen selbstständig abschließen, die bloßen Vermittler, Unterhändler und Mäkler (proxenetae), deren Thätigkeit darin besteht, zu vermitteln, d. h. zwischen Zweien, welche ein Geschäft machen wollen, zu dem Zwecke zu verhandeln, um den Abschluß des Rechtsgeschäfts zwischen den Parteien herbeizuführen, sowie die Boten, welche durch Ueberbringung der Willensmeinungen nur als Werkzeuge der Contrahenten dienen, genau unterschieden.

Mühlenbruch, Cession §. 11, S. 108 fg., ed. 3.
Sintenis, Civilr. §. 17, Thl. 1, S. 47, ed. 2.

Während der Stellvertreter selbst nach neuerm Rechte in gewissen hier nicht weiter zu erörternden Beziehungen als Contrahent erscheint, ist der Unterhändler für die Beurtheilung und den Charakter des von ihm vermittelten Rechtsgeschäfts juristisch ohne Bedeutung, indem der Abschluß des Vertrags, seine Rechtsbeständigkeit und seine Wirkungen sich lediglich nach den Personen der Contrahenten richten ohne alle Rücksicht darauf, daß durch die Thätigkeit des Mäklers der Consens der Parteien erzielt worden ist. Der Abschluß des Vertrags Seiten der Contrahenten gewährt dem Mäkler nur insofern einen Vortheil, als derselbe nunmehr ein Recht auf Zahlung des bedungenen oder üblichen Mäklerlohns erlangt hat.

Laband, die Lehre von den Mäklern in der Zeitschr. f. deutsches Recht, Bd. XX., S. 2.

Keineswegs aber ist der Mäkler als solcher ermächtigt, den Vertrag im Namen seines Auftraggebers und ohne dessen Concurrenz mit einem Dritten abzuschließen. Dieser Grundsatz wird nicht nur von älteren sächs. Rechtslehrern,

Goden, Consilia Vitemb. 1609, pag. 538: Officium proxenetae vel mediatoris non est concludere, sed duntaxat tractare inter partes. Proxeneta non gerit officium partium, sed mediante proxeneta partes ipsae in praesentia concludunt contractum.

sondern auch in Betreff der Handelsmäkler in den nachstehenden sächs. Gesetzen anerkannt, wobei hervorzuheben ist, daß diese Gesetze insofern von Wichtigkeit sind, als sie ein klares Bild von der Art und Weise geben, wie Handelsmäkler ihre Thätigkeit zu entwickeln pflegen, der Natur der Sache aber die rechtliche Stellung, welche die Mäkler denjenigen Personen gegenüber, für welche sie den Abschluß eines Rechtsgeschäfts vermitteln, einnehmen, nur dann beurtheilt werden kann, wenn man die Geschäftsthätigkeit der Mäkler, wie sie sich im Handelsverkehr unter Billigung des Gesetzgebers gestaltet hat, sorgfältig in's Auge faßt.

Zuvörderst schreibt nämlich die Leipziger Wechselordn. vom 2. Oct. 1682, (C. A. II. pag. 2023.) §. 15 wörtlich vor:

„Wie denn zur Nachricht derjenige Mäkler, durch welchen der Wechsel geschlossen worden, wenn beide Contrahenten in allen Conditionen einig, solche in einer Notiz schriftlich von sich geben solle. Wenn nun solche Notiz genommen und behalten wird, so bleibt es richtig geschlossen, der Mäkler aber ist dieselbe bei Vermeidung ernster Strafe, von Stunde an schriftlich auszustellen und beiderseits Contrahenten einzuhändigen schuldig."

Nicht minder disponirt §. 32 der Leipz. Mäklerordnung v. J. 1818. (Ges.-Samml. v. J. 1833. S. 100.)

„Da die vom Verkäufer dem Mäkler aufgegebenen Kaufsbedingungen jenen nicht binden, so lange nicht hierauf ein wirklicher Abschluß über eine aufgegebene Post zu Stande gekommen ist (wie dies hierdurch zu Beseitigung allen diesfallsigen Zweifels ausdrücklich anerkannt wird) ꝛc."

Dieselbe Bestimmung findet sich, wiewohl mit den später zu erwähnenden Modificationen, in der Dresdener und Chemnitzer Mäklerordnung, indem erstere in §. 28 (Ges.-Samml. v. J. 1834, S. 118) wörtlich vorschreibt:

„Da die vom Verkäufer dem Mäkler aufgegebenen Kaufbedingungen, wenn ersterer nicht ausdrücklich die Waaren dem Mäkler zu einem gewissen Preise bis zu einer festgesetzten Zeit angestellt hat, den Verkäufer nicht binden, so lange nicht ein wirklicher Abschluß über eine aufgegebene Post zu Stande gekommen ist (wie dies hierdurch zu Beseitigung allen diesfallsigen Zweifels anerkannt wird) ꝛc."

In §. 24 der Chemnitzer Mäklerordnung (G.- u. V.-Bl. S. 131) fehlt der zuletzt erwähnte Nachsatz, dagegen ist der Rechtssatz selbst in gleicher Weise und zwar mit den Worten ausgesprochen:

„Da übrigens die vom Verkäufer dem Mäkler aufgegebenen Kaufbedingungen den ersteren, wenn er dem Mäkler die Waaren nicht ausdrücklich zu einem gewissen Preis bis zu einer festgestellten Zeit angestellt hat, nicht eher binden, als bis hierauf ein wirklicher Abschluß über eine aufgegebene Post zu Stande gekommen ist ꝛc."

Aus diesem Rechtssatze leiten alle drei Mäklerordnungen die Verpflichtungen des Mäklers ab, sobald er einen Käufer gefunden, sich zunächst dieses letztern mündlich zu versichern, sodann den Verkäufer ungesäumt zu benachrichtigen, und ihn, wenn dessen Genehmigung erfolgt, das eine Exemplar des Schlußzettels sogleich zurückzulassen, das andere aber dem Käufer ohne Verzug und ohne inzwischen weitere Geschäfte anzuknüpfen oder zu betreiben, einzuhändigen,

wobei die Leipziger und Dresdener Mäklerordnung ausdrücklich erklären, daß durch die Genehmigung des Verkäufers in Folge der Anzeige des Mäklers, daß er einen Käufer unter den aufgegebenen Bedingungen gefunden habe, der Abschluß des Kaufs wirklich zu Stande gekommen sei, wogegen die Chemnitzer Mäklerordnung eine Bestimmung über den Zeitpunkt der Perfection des Kaufs nicht enthält. Endlich heben alle drei Mäklerordnungen hervor, daß der Mäkler stets im Auge zu behalten habe, daß er nicht Beauftragter des einen Theils, sondern Vermittler zwischen beiden Theilen ist, und daß er daher für das Beste beider Theile in gleicher Maaße zu sorgen verbunden ist.

Leipziger Mäklerordnung §. 29.
Dresdener Mäklerordnung §. 25.
Chemnitzer Mäklerordnung §. 21.

Auch das allgem. deutsche HGB. faßt die Handelsmäkler nicht aus dem Gesichtspunkte von Bevollmächtigten derjenigen Partei, welche ihre Thätigkeit als Unterhändler in Anspruch genommen hat — des sogenannten Auftraggebers — sondern lediglich als Vermittler für Handelsgeschäfte auf.

Dies folgt nach der Ansicht des OAG.'s unzweifelhaft aus der im ersten Absatze des Art. 66 gegebenen Legaldefinition: „Die Handelsmäkler (Sensale) sind amtlich bestellte Vermittler für Handelsgeschäfte," nicht minder aus der durchgängigen Bezeichnung ihrer Thätigkeit als „der ihnen übertragenen Geschäftsvermittelung" (Art. 67, Abs. 2) oder „Vermittelung" (Art. 69 unter 3 und 6, Art. 80) oder als „vermitteln" (Art. 67, Abs. 1, Art. 69 unter 1, 2, Art. 76, Abs. 1). Man kann daher der entgegengesetzten von

Dietzel im Archive für deutsches Wechselrecht von Siebenhaar, Thl. 7, S. 294 fg.

vertheidigten Ansicht, daß ein Handelsmäkler nach den Bestimmungen des allg. deutschen HGB.'s in ähnlicher Weise, wie der in Art. 298 für einzelne Handelsgeschäfte bestellte Bevollmächtigte zum Abschlusse von Geschäften im Namen seines Auftraggebers berechtigt, und daher als derjenige, welcher den Vertrag für seinen Mandanten eingehe, anzusehen sei, nicht beipflichten. Dieser Meinung steht die Vorschrift des Art. 69 unter 6, nach welcher der Mäkler zu keinem Geschäft die Einwilligung der Parteien oder deren Bevollmächtigten anders, als durch ausdrückliche und persönliche Erklärung annehmen darf, entgegen, da unter dem hier erwähnten Geschäft nicht der dem Mäkler ertheilte Auftrag, sondern das von dem letztern zu vermittelnde Handelsgeschäft zu verstehen ist. Auch läßt sich aus der vom Kläger angezogenen Disposition des Art. 67, Abs. 2, daß durch die übertragene Geschäftsvermittelung ein Handelsmäkler noch nicht als bevollmächtigt anzusehen sei, eine Zahlung oder eine andere im Vertrage bedungene Leistung in Empfang zu nehmen, nicht e contrario ein Argument entnehmen, daß der Mäkler im Namen seines Auftraggebers den Vertrag abschließen dürfe, weil die nurgedachte dem §. 209 des österreich. lithogr. Entwurfs entlehnte Bestimmung lediglich zu dem Zwecke in das Gesetz aufgenommen worden ist, um hiermit eine Belehrung des Publikums über die Rechte und Pflichten der Mäkler zu bieten. Da jedoch gleichzeitig bei der Aufnahme in den Conferenzberathungen anerkannt worden, daß die Verhältnisse der Mäkler ganz andere seien, als die der Handlungsbevollmächtigten,

Lutz, Protokolle der Conferenzen rc., Thl. 1, S. 151.

namentlich ein Mäkler keineswegs als Handlungsbevollmächtigter der einen oder andern Partei oder gar beider Parteien angesehen werden kann,

Koch, allgem. deutsches HGB. S. 110, not. 9.

so hätte es an sich der Aufnahme obiger Bestimmung nicht bedurft.

4.

Die amtlich bestellten Handelsmäkler oder Sensale sind dazu bestimmt, dem mannigfachen und vielseitigen Verkehre eines großen Handelsplatzes Erleichterung und Vermittelung zu gewähren. Die Handelsmäkler begnügen sich daher nicht mit einem einzelnen Auftrag zum Aufsuchen oder Ausbieten einer Waare, vielmehr sind sie eifrig bemüht, sowohl auf der Börse, als auch in den Handelslocalen Erkundigung einzuziehen, welche Kaufleute des Platzes Waaren, und unter welchen Bedingungen sie dieselben zu verkaufen haben oder zu kaufen wünschen, um Aufträge zu Vermittelung zu erhalten. Empfangen sie Aufträge, so notiren sie dieselben in ihre Schreibtafeln und richten ihre Thätigkeit darauf, einen Kaufs-, beziehentlich Verkaufslustigen zu ermitteln und zwischen diesem und ihrem Auftraggeber einen Vertragsabschluß herbeizuführen.

Treitschke, Kaufcontract §. 38, S. 61 fg.

Bei dieser Geschäftsvermittelung treten hauptsächlich folgende Momente hervor:

a.

Die Thätigkeit des Handelsmäklers wird hervorgerufen durch die an ihn gerichtete Aufforderung eines Kaufmannes, unter gewissen, ihm mitgetheilten (aufgegebenen) Bedingungen eine Waare zum Verkaufe auszubieten oder Behufs des Ankaufs aufzusuchen oder den Abschluß eines sonstigen in Art. 67, Abs. 1 erwähnten Handelsgeschäfts zu vermitteln. Wenn nun, wie im vorliegenden Falle, Waarenkäufe in Frage stehen, so ist die gedachte Aufforderung unter die in Art. 337 des HGB.'s erwähnten Offerten zu rechnen, welche einen verbindlichen Antrag zu Eingehung eines Kaufs nicht enthalten. In gleicher Weise, wie Handelsleute gleichzeitig an ihre Kunden oder Handelsfreunde Preislisten, Lagerverzeichnisse, Proben oder Muster einsenden, oder Kaufs- oder Verkaufsofferten in öffentlichen Blättern bekannt machen, bedienen sie sich der Mäkler, um unter den den letzteren mitgetheilten Bedingungen Kaufs-, resp. Verkaufslustige zu ermitteln. Indem daher ein Kaufmann einem einzelnen Mäkler Auftrag ertheilt, verzichtet derselbe nicht auf das Recht, gleichzeitig anderen Mäklern denselben Auftrag zu geben, oder die Waare selbst ohne Vorwissen und Concurrenz des von ihm beauftragten Mäklers zu veräußern oder einzukaufen. Da auf diese Weise die Mühwaltungen des Mäklers leicht vergeblich aufgewendet werden und die Frage entstehen kann, ob der Mäkler zufolge der Vorschrift des Art. 82 des allgem. deutschen HGB.'s einen Anspruch auf die Mäklergebühr (Sensarie) habe, so pflegen die Mäkler bei Uebernahme des Auftrags zuweilen die Bedingung zu stellen, daß der Auftraggeber die aufgegebene

Waarenpost zu einem gewissen Preise bis zu einer festgesetzten Zeit anstelle, d. h. sich verbindlich mache, bis zu einem bestimmten Zeitpunkte die Waare weder selbst noch durch einen Dritten zu verkaufen. Wenn der Auftraggeber auf die gedachte Bedingung eingeht, so geschieht es zunächst im Interesse des Sensals und um dessen Ansprüche auf Courtage möglichst zu sichern. Eines Eingehens auf die von der vorigen Instanz bejahte Frage, ob im nurgedachten Falle der Auftraggeber durch den vom Mäkler unternommenen Geschäftsabschluß auch ohne seine vorher eingeholte definitive Zustimmung dem Dritten, mit welchem der Mäkler contrahirt habe, gegenüber gebunden sei, und ob mithin in der Erklärung des Auftraggebers gegen den Mäkler, daß er die Waare bis zu einer bestimmten Zeit anstelle, die Ertheilung eines Auftrags, daß der Mäkler den Handel ohne weitere Concurrenz des Auftraggebers mit einem beliebigen Dritten abschließen dürfe, zu erblicken sei, bedarf es nicht, da die Voraussetzungen des letztern Falls, wie die zweite Instanz selbst anführt, gegenwärtig nicht vorhanden sind.

b.

Wenn der Mäkler einen Dritten gefunden hat, welcher auf die ihm von seinem Auftraggeber aufgegebenen Bedingungen einzugehen gesonnen ist, so erscheint die diesfalls abgegebene Erklärung des Dritten als ein Antrag, an welchen derselbe unter den im Art. 319 fg. des HGB.'s näher bemerkten Modificationen gebunden ist. Der Sensal ist hierauf verpflichtet, diesen Antrag ungesäumt seinem Auftraggeber mitzutheilen. Sobald letzterer die Annahme des Antrags erklärt, ist der Vertrag nach Art. 321 verb. mit Art. 76 des HGB.'s für abgeschlossen zu erachten und der Mäkler nach Art. 73 verpflichtet, ohne Verzug eine von ihm unterzeichnete Schlußnote jeder Partei zuzustellen, beziehentlich in dem im zweiten Absatze des §. 73 gedachten Falle die Schlußnote den Parteien zur Unterschrift vorzulegen und jeder Partei das von der andern unterschriebene Exemplar zu übersenden. Da häufig ein directer Vertrag zwischen den Contrahenten erst nach längeren Bemühungen und Verhandlungen, wobei der Mäkler den Parteien die von ihnen abgegebenen Erklärungen mittheilt, zu Stande kommt, so ist die Stellung des Mäklers, soweit er als Ueberbringer der Willenserklärungen der Parteien handelnd auftritt, der eines bloßen Zwischenträgers (nuntius) gleichzustellen.

Thöl, ausgewählte Entscheidungsgründe des OAG.'s der vier freien Städte S. 6.

In vorliegender Klage ist nun darauf, daß die Beklagten zu dem in der Klage gedachten, angeblich von dem verpflichteten Mäkler Sch. abgeschlossenen Kaufe ihre Zustimmung gegeben haben, nicht Bezug genommen worden.

5.

Die vorige Instanz hat zwar bemerkt, daß der Beruf eines Handelsmäklers darin bestehe, die Handelsgeschäfte eines Platzes zu vermitteln, mithin zu deren Abschluß lediglich als Zwischenträger oder Mittelsperson mitzuwirken; dieselbe ist jedoch zu der Ansicht, daß im vorliegenden Falle zwischen den Beklagten und dem verpflichteten Mäkler Sch. nicht ein Mäklervertrag, sondern ein Mandatscontract, vermöge dessen letzterer von den Beklagten mit dem Verkaufe ihrer Baumwolle beauftragt worden, abgeschlossen worden sei, deshalb gelangt, weil Beklagte in der Anmerkung zum ersten Einlassungspunkte eingeräumt haben, daß von ihnen der Mäkler E. Sch. beauftragt gewesen sei, unter gewissen Bedingungen eine Partie ostindische Baumwolle um den Preis von 24 Thlrn. pr. Ctr. zu verkaufen. Der Ausdruck „beauftragen" wird häufig unter Verhältnissen gebraucht, wo ein Mandatsvertrag ausgeschlossen ist, indem man z. B. einen Dienstmann beauftragt, einen Brief abzugeben, oder einen Schneider, Schuhmacher, Künstler u. s. w. beauftragt, gegen einen bedungenen Preis ein Kleidungsstück, Schuhe, Gemälde u. s. w. zu fertigen. Damit nun nicht die Grenzen zwischen mandatum, locatio conductio, emtio venditio und den Innominatcontracten verwischt werden, ist in jedem einzelnen Falle die Natur des abgeschlossenen Rechtsgeschäfts unter Berücksichtigung der einschlagenden factischen Verhältnisse festzustellen.

Laband, a. a. O. S. 9.

Selbstverständlich kann ein amtlich bestellter Handelsmäkler erst dann innerhalb des ihm in den Gesetzen angewiesenen Geschäftsbetriebs thätig werden, wenn er von einer Partei hierzu aufgefordert wird. Diese Aufforderung erfolgt in der Regel in der Form eines Auftrags, welcher zwar zunächst nur auf Vermittelung zu richten ist, häufig aber auch in Ausdrücken erfolgt, welche Zweifel zulassen, ob vom Auftraggeber der Mäkler lediglich in dieser Eigenschaft als Vermittler aufgefordert oder beauftragt worden ist, als sein Stellvertreter und in seinem Namen das Geschäft unter den aufgegebenen Kaufbedingungen mit einem Dritten abzuschließen. Da nun einem amtlichen Mäkler nach Art. 69 unter 2 des HGB.'s verboten ist, die Functionen eines Handlungsbevollmächtigten zu übernehmen, so ist bei etwaigem Zweifel, ob ein Mäkler in dieser Eigenschaft oder als Bevollmächtigter bestellt worden, und ob er in ersterer oder letzterer Eigenschaft handelnd aufgetreten sei, der Mäkler nicht als Stellvertreter und Contrahent, sondern nur als Mäkler anzusehen, weil eben der ihm ertheilte Auftrag und sein Wille, selbst als Contrahent zu handeln, zweifelhaft ist. Eines weitern Eingehens auf die Frage, ob der obenerwähnte an einen Mäkler gerichtete allgemeine Auftrag als ein die Beklagten verpflichtendes s. g. mandatum incertum anzusehen sei, bedarf es aus dem oben unter 1 gedachten Grunde nicht. Hierdurch erledigt sich zugleich die dritte eventuelle Beschwerde der Beklagten, daß nicht auf einen Eid über pct. lit. cont. 3 erkannt worden sei.

Römisches und Sächsisches Civilrecht.

40.

Giltigkeit einer Vertragsberedung gegen den Inhalt der darüber aufgenommenen Urkunde?

II. Sen.=Erk. v. 7. Mai 1863 no. 263/248.

Kläger bestreitet an sich nicht, daß nach Inhalt des fraglichen (über die von ihm an Beklagten bewirkte Darleihung eines Capitals von 800 Thlr. gerichtlich aufgenommenen) Protokolls die halbjährige Kündigung des betreffenden Capitals beiden Theilen also auch dem Beklagten, freigestellt worden, er behauptet aber, daß er nach erfolgtem Verlesen des Protokolls sofort darauf aufmerksam gemacht habe, daß die darin niedergeschriebene Bestimmung über die Kündigung dem mit dem Beklagten dieserhalb bei der Darleihung der 800 Thaler getroffenen Uebereinkommen, wonach nur ihm, als dem Darlehnsgeber, das Recht halbjähriger Kündigung, dem Beklagten aber das gleiche Recht nur in dem Falle, daß derselbe das unterpfändlich eingesetzte Gut verkaufen würde, habe zustehen sollen, nicht entspreche, und daß von ihm eine desfallsige Abänderung des Protokolls verlangt worden, dazu aber es um deswillen nicht gekommen sei, weil das Gericht oder der betreffende Gerichtsbeamte solche mit dem Bemerken, daß die mit Beklagtem über die Kündigung getroffene abweichende Verabredung auch ohnedem gelte, als unnöthig abgelehnt, übrigens aber bei dieser Gelegenheit der Beklagte wiederholt zugestanden und anerkannt habe, daß Kläger sich wegen der Kündigung mit ihm in der angeführten Maaße vereinbart habe, und daß er, Beklagter, ungeachtet des Inhalts der Urkunde oder des Protokolls von dem Rechte der halbjährigen Kündigung keinen Gebrauch machen werde.

Daß nun aber dieses Vorbringen sich als schlüssig darstellt und daher dem Kläger die Zulassung zum Beweise deshalb unter allen Umständen nicht abgeschnitten werden konnte, unterliegt keinem irgend erheblichen Zweifel. Denn der Inhalt des Protokolls kann, wenn sich die Sache angeführtermaaßen verhält, dem Kläger durchaus nicht weiter entgegenstehen und würde schon sein Widerspruch gegen dasselbe bezüglich der einschlagenden Bestimmung über das Kündigungsrecht ihn gegen Beklagtens Berufung darauf schützen.

41.

Auslegung des Versprechens, „ratenweise in 3 Monaten zu bezahlen".

II. Sen.-Erk. v. 8. Mai 1863 no. 298/288.

Man hat der vorigen Instanz (AG. Dresden) darin beizupflichten, daß, wenn es in der Bl. abschriftlich ersichtlichen Schuldverschreibung heißt, „und verspreche den Betrag ratenweise in 3 Monaten zu bezahlen", diese Worte nicht füglich anders verstanden werden können, als dahin, daß die Zahlung zwar ratenweise, jedoch so zu erfolgen hatte, daß binnen 3 Monaten, von Ausstellung der Urkunde an gerechnet, die ganze verschriebene Summe zu tilgen war. Diese Interpretation entspricht dem Wortlaut, der, wenn er einen genügenden Sinn gewährt, wenigstens so lange, als nicht dargethan wird, daß mit den gebrauchten Worten etwas Anderes habe ausgedrückt werden sollen, als maßgebend zu betrachten ist, während die Auslegung, welche Beklagter jener Stelle der Urkunde gegeben wissen will, mit dem Sprachgebrauch in offenbarem Widerspruche steht. Denn daß dort habe bestimmt werden sollen, die Zahlung habe nach Ablauf von 3 Monaten, vom Tage der Ausstellung des Documents an gerechnet, zu beginnen und sei in einzelnen der Höhe und der Zeit nach ganz ungewissen Raten fortzusetzen, läßt sich aus den allegirten Worten, wenn man ihnen nicht den größten Zwang anthun will, in keiner Weise entnehmen, und da die Interpretation nicht einmal als zweifelhaft zu betrachten ist, so kann auch von Anwendung des Grundsatzes, daß im Zweifel die Auslegung zu Gunsten des Verpflichteten zu machen sei, hier überhaupt nicht die Rede sein.

42.

Der Empfänger unbestellt, mit Factura, zugesendeter Waare, ist, wenn er nicht Kaufmann ist, nicht zur Dispositionsstellung Behufs Ablehnung der Offerte verbunden.

II. Sen.-Erk. v. 10. März 1863 no. 117/100.

(Der Satz wurde unter Bezug auf das Präjudiz Bd. I., S. 551 dieser Annalen in einem Falle ausgesprochen, wo unter den angegebenen Verhältnissen ein Kaufmann einem Schneider Stoffe zugesendet, in der Klage jedoch nicht darauf Bezug genommen war, daß letzterer gewerbmäßig mit fertigen Kleidungsstücken Handel betreibe.)

43.

In dem Lobe einer gelieferten Maschine gegen einen Dritten liegt ebenso wenig ein vom Lieferanten gegen den Besteller zu benutzendes Zugeständniß, der contractmäßigen Lieferung, als in dem einem Dritten ertheilten

Auftrage, dem Lieferanten eine Abschlagszahlung zu leisten.

II. Sen.=Erk. v. 16. April 1863 no. 152/126.

Kläger hat zur nähern Begründung des Anführens, daß diejenige Spitze, welche er dem Beklagten zufolge des mit demselben schriftlich abgeschlossenen der Klage Bl. in Abschrift beigelegten Vertrags d. d. 12. September 1858 für einen Kaufpreis von 350 Thalern geliefert hat, gut und contractgemäß hergestellt worden sei, unter Anderen unter Eidesantrag bei pct. l. c. 8, 9 auf folgenden Vorgang Bezug genommen:

> Beklagter habe in einem am 13. Juni 1859 datirten, an die Brandversicherungscommission zu Dresden gerichteten Schreiben um Gewährung einer Beihilfe zu den Anschaffungskosten der fraglichen Spritze nachgesucht, und habe hierbei unter Anderm ausdrücklich Folgendes gesagt: „Die Heinersgrüner Spritze übertrifft die für Wiedersberg angeschaffte Spritze. Die Heinersgrüner Spritze befindet sich bereits hier und wurde von dem so erfahrenen, kenntnißreichen, auch gleich erprobt streng rechtlichen Herrn Brandversicherungsinspector R. für gut befunden und übernommen". Daran habe Beklagter den ausdrücklichen Antrag geknüpft, daß die erbetene Beihilfe unmittelbar an Klägern ausgezahlt werde.

Die erste Instanz hat das gedachte Klaganführen für unbeachtlich angesehen, weil der behauptete Vorgang als res inter alios acta zu beurtheilen sei. Dagegen hat die vorige Instanz das obige Klaganführen für schlüssig erachtet und deshalb auf das Delatum erkannt. Das OAG. vermag der zuletzt erwähnten Ansicht und den deshalb aufgestellten Gründen nicht beizutreten.

Die angebliche Eingabe des Beklagten an die Brandversicherungscommission kann im günstigsten Falle lediglich aus dem Gesichtspunkte eines außergerichtlichen, gegen eine dritte Person abgelegten Geständnisses aufgefaßt werden. Dieselbe ist jedoch für die vorliegende Entscheidung schon deshalb irrelevant, weil in der Eingabe die Thatsache, zu deren Nachweise Kläger auf das angebliche Zugeständniß des Beklagten Bezug nimmt, nämlich die contractgemäße, d. i. den im Accordvertrage enthaltenen speciellen Bestimmungen entsprechende

Herstellung der Spritze gar nicht bestätigt worden ist. Wollte man nun annehmen, daß die in der Eingabe erwähnte Spritze die vom Kläger gefertigte sei, so kann doch aus der bloßen Bemerkung, daß diese Spritze die Wiedersberger Spritze übertreffe, und daß sie von dem Brandversicherungsinspector R. für gut befunden und übernommen worden sei, etwas Weiteres nicht gefolgert werden, als daß Beklagter die Spritze im Allgemeinen für tüchtig gehalten und deshalb kein Bedenken getragen habe, die Brandversicherungscommission um einen Beitrag zu den Anschaffungskosten zu bitten. Allein das Zugeständniß der Tüchtigkeit der Spritze involvirt noch keineswegs, wie Bl. angenommen worden ist, die Ueberzeugung und das Anerkenntniß des Beklagten, daß die Spritze vom Kläger contractgemäß gefertigt worden sei, da eine Spritze an und für sich recht wohl für tüchtig erklärt werden kann, ohne daß sie in der Bl. bedungenen und vom Kläger zu erweisenden Maaße construirt worden ist, mithin weder Beklagter deshalb, weil er die Spritze gegen Dritte gelobt hat, der aus dem Vertrage erlangten Rechte auf eine nach den neuesten patentirten Verbesserungen construirte Zubringerspritze verlustig werden kann, noch der Kläger des Nachweises der contractgemäßen Herstellung überhoben ist.

Nicht minder unerheblich erscheint das in der Eingabe an die Brandversicherungscommission enthaltene Gesuch, daß die erbetene Beihilfe unmittelbar an Klägern ausgezahlt werde. Denn das gedachte Gesuch enthält ein bloßes Mandat, welches vom Beklagten jederzeit widerrufen werden konnte. Auch hat sich Kläger darauf, daß die Brandversicherungscommission dem gedachten Auftrage nachgekommen sei, nicht bezogen, vielmehr angeführt, daß Beklagter in Gemeinschaft mit der Gemeinde H. die von der Brandversicherungscommission gewährte Beihülfe von 100 Thlrn. in Empfang genommen habe. Die vorige Instanz hat in dem angeblichen Antrage des Beklagten um Auszahlung der Beihilfe an den Kläger ein indirectes Anerkenntniß des Beklagten gefunden, daß die Spritze den an sie zu machenden Anforderungen allenthalben entspreche und Kläger seinerseits den Vertrag in einer Weise erfüllt habe, daß ihm nunmehr die Bezahlung der stipulirten Kaufsumme nicht weiter würde verweigert werden können. Dieser Ansicht steht jedoch entgegen, daß Beklagter selbst nur um eine Beihilfe zu den Anschaffungskosten gebeten, mithin durch das Gesuch um Auszahlung dieser Beihilfe an den Kläger nur seine Zustimmung zu Gewährung einer der Beihilfe gleichkommenden Abschlagszahlung an den Kläger zu erkennen gegeben, nicht aber das Anerkenntniß, daß er die volle stipulirte Kaufsumme dem Kläger schulde, abgelegt hat. Auch ist die gedachte Abschlagszahlung an den Kläger nicht geleistet worden.

44.

Zur Lehre von der solidarischen Haft der Erwerbsgesellschaften. *)

II. Sen.-Erk. v. 30. April 1863 no. 218/229.

Der in den Gründen der vorigen Entscheidung unter Bezugnahme auf die in der Zeitschr. f. Rechtspfl. u. Verw., N. F., Bd. XIV., S. 385 befindliche ausführliche Abhandlung erwähnte sächsische, auch vom OAG. anerkannte Gerichtsbrauch, nach welchem durch die von dem Genossen einer firmirenden Handelsgesellschaft für diese abgeschlossenen Rechtsgeschäfte die solidarische Verbindlichkeit der sämmtlichen Geschäftsgenossen herbeigeführt wird, gründet sich, wie die gedachte Abhandlung zeigt, vornehmlich auf die römisch rechtliche Auffassung von dem gegenseitigen institorischen Verhältnisse der Handelsgenossen zu einander. Der mit einem solchen einzelnen Handelsgenossen Verhandelnde weiß, daß er mit dem Stellvertreter einer Gesellschaft, für diese, also daß er mit der Gesellschaft als einem Individuum abschließt, und weil es eben nur auf dieses Wissen ankommt, so beschränkt der Gerichtsbrauch die solidarische Verpflichtung der gesammten Handelsgenossen durch eines ihrer Mitglieder nicht auf den Fall der öffentlichen Bekanntmachung einer Geschäftsfirma, sondern erachtet es für genügend, wenn nur dem andern Contrahenten das Bestehen der Gesellschaft bekannt gemacht worden ist.

Zeitschr. a. a. O. S. 399.

Wenn aber, wie im vorliegenden Falle, nachdem vom Beklagten sowohl, als dem Mitbeklagten eingeräumten Theile der Klage ein

*) Vergl. BGB. §. 1020 fg. jcto. 1350.

Vertragsabschluß von den gesammten Gliedern der Erwerbsgesellschaft mit dem andern Theile in einer Weise erfolgt, daß der Vertragsabschluß sich als ein für das gemeinsame Geschäft erfolgender deutlich zu erkennen giebt, da bedarf es nicht der Zuhilfenahme des institorischen Verhältnisses, um bei dem mit den Genossen Contrahirenden den Willen und die Ueberzeugung zu begründen, daß er nicht gegen die Einzelnen, sondern gegen die gesammte Genossenschaft Rechte erwerbe.

Es kommt daher im vorliegenden Falle darauf an, ob zwischen dem Beklagten und dem Mitbeklagten eine derartige Geschäftsverbindung stattgefunden habe, welche die Anwendung der für Handelsgesellschaften in Bezug auf solidarische Haftung geltenden Grundsätze gestattet.

Eine Handelsgesellschaft im eigentlichen und engern Sinne steht hier nicht in Frage, es handelt sich vielmehr darum, ob die Verbindung des Beklagten und Mitbeklagten eine derartige gewesen, welche als kaufmännisches Fabrikgeschäft — wie solchem §. 1 der allgem. Firmen- und Procura-Ordnung vom 28. Juli 1846 die Verpflichtung zur Anzeige einer Firma aufgiebt — betrachtet werden könne.

In dem von beiden Beklagten zugestandenen gemeinschaftlichen Besitze eines Grundstücks liegt nun ebenso wenig als in der Einrichtung desselben zu einer Fabrik ausreichender Grund zu einer solchen Bezeichnung, wohl aber erscheint diese dann gerechtfertigt, wenn die gemeinsame Thätigkeit bis zum wirklichen Betriebe des Fabrikationsgeschäfts vorgeschritten gewesen ist.

Ein solcher gemeinschaftlicher Betrieb ist in der Klage behauptet, vom Beklagten J. im Allgemeinen ad pct. I. c. 1 und bezüglich gewisser besonderen Arbeiten in der Anmerkung zum 143. Einlassungsabschnitte zugestanden und rücksichtlich seiner sind also die thatsächlichen Unterlagen vorhanden, welche ihn als Mitglied einer zu gegenseitiger solidarischen Vertretung verpflichteten Erwerbsgesellschaft betrachten lassen.

45.

Interpretation eines Societätsvertrags in Bezug auf die Frage: inwiefern ein Socius dem andern Rechnung zu legen pflichtig.*)

II. Sen.-Erk. v. 23. April 1863 no. 200/201.

In §. 6 des zwischen den Parteien errichteten schriftlichen Vertrags ist ausdrücklich festgesetzt worden, daß die Verwaltung der Kasse, namentlich die Vereinnahmung sämmtlicher Stunden- und Stipendiengelder, sowie die Auszahlung aller das Institut betreffenden Ausgaben dem Beklagten allein zustehen solle. Es tritt also hier einer von den Fällen ein, wo nach den Entscheidungen des OAG.'s ein Gesellschafter verbunden ist, seinen Geschäftsgenossen Rechnung abzulegen, weil er gewisse Geschäfte oder Geschäftszweige der Gesellschaft allein zu dirigiren und zu besorgen hatte. Was in den folgenden Absätzen desselben §. über die Anstellung eines Geschäftskassirers gesagt worden ist, steht dieser Auffassung durchaus nicht entgegen. Denn erstlich ist dabei die Anstellung eines solchen von dem Ermessen des Beklagten abhängig gemacht und dem Kläger nur in Bezug auf die Auswahl einer geeigneten Persönlichkeit eine Concurrenz gestattet worden; dann aber sollte auch nach den specielleren Bestimmungen im zweiten, dritten und achten Absatze des §. 6 der Geschäftskreis des Kassirers ein so beschränkter und der letztere selbst bei seiner Geschäftsführung der Aufsicht und Botmäßigkeit des Beklagten dergestalt untergeordnet sein, daß er sich eintretenden Falles nicht als ein gemeinschaftlich Bediensteter beider Genossen, sondern nur als ein Gehilfe des mit der Kassenverwaltung allein betrauten Beklagten betrachten ließ. Wenn also auch der Beklagte von dem ihm §. 6 eingeräumten Befugnisse, einen Kassirer anzustellen, innerhalb der in diesem §. festgesetzten Grenzen Gebrauch gemacht hat, so ist dies immer noch kein genügender Grund für ihn, seine Verbindlichkeit zur Rechnungslegung über die im Eingange des §. ihm ausdrücklich übertragene Kassenverwaltung abzulehnen. Wollte man aber

*) Vergl. diese Annalen, Bd. I., S. 342. — Die Societät betraf die Errichtung und den Betrieb eines Lehrinstituts.

auch der Anstellung eines solchen Kassirers einen Einfluß auf diese Verpflichtung zugestehen, so ergiebt sich doch aus dem nächstfolgenden §. 7, daß die Contrahenten selbst anderer Meinung gewesen sind. Denn in diesem §. ist ausdrücklich und ohne diesfällige Beschränkung festgesetzt worden, daß der Beklagte aller halben Jahre über die Verwaltung der Kasse Rechnung ablegen und die Bilance ziehen solle. Daß durch diese Bestimmung, welche, wie auch die vorige Instanz andeutet, mindestens in vollkommenem Einklange mit dem steht, was über den Wirkungskreis des in §. 6 erwähnten Kassirers so eben erwähnt worden ist, eine Verpflichtung des Beklagten gegen den Kläger begründet worden sei, scheint der Beklagte selbst nicht zu bezweifeln, und es mag dabei nur noch bemerklich gemacht werden, daß das Ziehen der Bilance in diesem Zusammenhange nicht als ein besonderes, für sich bestehendes Geschäft, sondern lediglich als ein integrirender Bestandtheil der Rechnungsablegung auftritt.

Nun bezieht sich zwar der §. 7 zunächst auf die während der Dauer der Societät vorzunehmenden Rechnungs- und Kassenabschlüsse. Allein schon in §. 14 ist gesagt, daß in allen Fällen, wo der Vertrag auf Grund einer der Bestimmungen desselben aufgelöst werden würde, mit Schluß des laufenden Halbjahrs eine Inventur über das Superinventar abzuhalten und ein Kassenschluß zu machen sei, und für den besondern gegenwärtig eingetretenen Fall dieser Auflösung ist in §. 17 am Ende vereinbart worden, daß nach Schluß des laufenden Halbjahrs der gewöhnliche Kassenschluß vorzunehmen und Klägerm die Hälfte des Werths des Superinventars und der ihm zukommende Antheil am Werthe des Instituts herauszuzahlen sei. Daß an dieser letztern Stelle unter dem „gewöhnlichen" Kassenschlusse kein anderer als ein solcher verstanden werden könne, wie er nach §. 6 aller halben Jahre zu erfolgen hatte, ist auch nach der Meinung des OAG.'s nicht zu bezweifeln. Der „gewöhnliche Kassenabschluß" sollte aber nach §. 6 halbjährlich bewirkt und dabei von dem Beklagten über die Verwaltung der Gesellschaftskasse Rechnung abgelegt werden. Auf das ihm schon nach den Bestimmungen des §. 6, mindestens aber nach der Bestimmung des §. 7 zustehende Befugniß, diese Rechnungsablegung und die Herauszahlung des ihm von dem etwa vorhandenen Kassenbestande gebührenden Antheils zu verlangen, hat der Kläger weder in §. 14, noch in §. 17 verzichtet und der Ansicht des Beklagten, daß der in §. 17 erwähnte Kassenabschluß nur eine einseitige Handlung sei, welche jeder Socius für sich und in seinem Interesse vorzunehmen gehabt hätte, steht die Erwägung entgegen, daß es zu diesem Behufe einer besondern Verabredung gar nicht erst bedurft hätte, namentlich aber auch der augenscheinliche Zweck jener Bestimmungen, die vollständige Auseinandersetzung zwischen den bisherigen Gesellschaftern herbeizuführen, durch eine solche einseitige Berechnung nicht zu erreichen gewesen wäre.

46.

Ist der Verzicht auf das Kündigungsrecht Seiten des Darlehnsschuldners ein giltiger?*)

II. Sen.-Erk. v. 7. Mai 1863 no. 263/248.

Ohne Bedeutung ist der Einwand, daß eine Beschränkung des Kündigungsrechts auf Seiten des Schuldners, wie Kläger solches gegenwärtig behauptet, an sich für rechtlich wirksam nicht erachtet werden könne. Weder aus der Natur der Sache, noch aus gesetzlichen Bestimmungen läßt sich ein Grund ableiten, weshalb der Schuldner nicht an seine Zusage gebunden sein sollte, wenn er dem Gläubiger auf dessen Verlangen erklärt, seinerseits entweder gar nicht oder wenigstens nicht vor dem Eintritte eines gewissen Ereignisses — zumal wenn letzteres, wie hier, von seiner eigenen Willkühr abhängt — das erborgte Capital kündigen zu wollen. Die Bezugnahme der ersten Instanz auf die Bemerkung bei Glück (Pandectencommentar Bd. XII., S. 95) beruht auf einem Mißverständnisse. Denn der dort vorausgesetzte Fall, in welchem auch dem Schuldner ein Kündigungsrecht gestattet und die desfallsige Frist dem billigen richterlichen Ermessen anheimgegeben sein soll, ist ein anderer, nämlich der, daß der Gläubiger allein sich eine bestimmte Kündigungsfrist vorbehalten, über das dem Schuldner zuständige Kündigungsrecht aber Stillschweigen beobachtet, also vertragsmäßig etwas gar nicht festgestellt worden. Daß

*) Das BGB. enthält keine dieser Ausführung entgegenstehenden Bestimmungen.

in einem solchen Falle aus dem bloßen Stillschweigen nicht eine gänzliche Verzichtleistung auf das Recht zu kündigen gefolgert werde, läßt sich wohl rechtfertigen, aber es folgt daraus mit Nichten, daß der Schuldner auch nicht an eine ausdrückliche Vereinbarung, die ihm für seine Person — im Zweifel also auf die Zeit seines Lebens — das Kündigungsrecht entzieht oder in der Ausübung desselben beschränkt, gebunden sei.

47.

Zur Lehre von der Widerruflichkeit eines von mehreren Communionsinteressenten ertheilten Mandats zu Verwaltung der gemeinschaftlichen Sache. *)

II. Sen.-Erk. v. 28. Mai 1863 no. 931/944 v. 1862.

Sofern Kläger ihrem Klaggesuche zufolge verlangen, daß

a) die im Rubro genannten Beklagten, welche insgesammt, wie sie, Kläger selbst, Mitbesitzer des Mannlehnguts G. sind, gedachtes Rittergut sammt den in der Klage erwähnten, zeither mit diesem gemeinschaftlich bewirthschafteten Allodien mit allen nutzbaren und zu einer Verpachtung geeigneten Zubehörungen — unter alleinigem Ausschlusse der zum Rittergute gehörigen Holzungen — auch sammt Inventar, im Wege gerichtlicher Licitation mit ihnen zugleich zu verpachten und den hierdurch zu erlangenden jährlichen Pachtzins deductis deducendis zur gemeinschaftlichen Theilung zu bringen schuldig seien, insonderheit aber auch

b) Beklagter am andern Theile verbunden sei, der bisher geführten Administration über die bezeichneten Immobilien sammt Zubehörungen sich zu enthalten,

konnte es zuvörderst scheinen, als ob Kläger nach Maßgabe dieses Petiti, auch materiell betrachtet, einen doppelten Zweck verfolgen. Allein, wie aus deren Auslassungen im Verfahren unzweifelhaft hervorgeht, ist der Sache nach die Tendenz der Kläger lediglich auf Herbeiführung einer, von der zeitherigen verschiedenen Modalität der

*) Vergl. BGB. §. 331, 1321, 1367 fg., 1392.

Nutzbarmachung des gemeinschaftlichen Lehns und der mit diesem theils consolidirten, theils wenigstens wirthschaftlich verbundenen Allodialgrundstücke im Wege der Verpachtung gerichtet und nur insofern als zu einer solchen anderergestalt nicht als bei gleichzeitiger Aufhebung der zeither von dem Beklagten am andern Theile geführten Administration, zu gelangen sein würde, bezweckt die Klage zugleich mit die Aufhebung der letzteren. Es ist daher zwar, wie bereits in erster Instanz sehr richtig hervorgehoben worden ist, nicht vorauszusetzen, daß Kläger ein Interesse daran haben, die Administration Seiten des Beklagten am andern Theile auch dann, wenn es nicht zu einer Verpachtung kommen sollte, beendigt zu sehen, nach Befinden selbst einer solchen sich mit zu unterziehen. Andererseits aber liegt es auch umgekehrt in der Natur des Verhältnisses, daß dem klägerischen Verlangen einer Verpachtung — auch ganz abgesehen von etwaigen einem solchen schon an sich entgegenstehenden Bedenken — dann und insoweit nicht zu deferiren sein würde, als Beklagter am andern Theile vom privatrechtlichen Standpunkte aus die Fortdauer seiner Administration zu verlangen befugt wäre. Dieses ist der Grund, weshalb diese letztere Frage nicht allein mit der erstern im engsten Zusammenhange steht, sondern im Verhältnisse zu jener in gewisser Maaße sogar als präjudiciell sich darstellt.

Ist dieses, wie nicht zu bestreiten sein wird, der Fall, so konnte die vorliegende Klage der Abweisung schon darum nicht entgehen, weil aus derselben die Art des rechtlichen Verhältnisses, in welcher Beklagter am andern Theile in seiner Eigenschaft als Administrator zu den übrigen Mitbesitzern von G. steht, keineswegs insoweit übersehen werden kann, als zu Beurtheilung der Statthaftigkeit dieses Theils der Klagbitte nöthig ist. Denn nach dem eigenen Anführen der Kläger handelt es sich in Ansehung der zeither von dem Beklagten geführten Gutsadministration, welche Kläger beendigt sehen wollen, keineswegs um ein gewöhnliches Mandat, welches in der Regel zu jeder Zeit von Seiten des Mandanten widerrufen werden kann; Kläger führen vielmehr selbst an, seit dem Jahre 1840 werde das Rittergut nebst Zubehörungen Kraft eines zwischen dem Beklagten einerseits und den übrigen Bl. genannten damaligen Besitzern — welche ihr Vater und die Väter der Beklagten am dritten und vierten Theile waren — unter dem 23. März 1841 über die Benutzung des Ritterguts G. und die Tilgung damals vorhanden gewesener Lehns- und anderer Schulden abgeschlossenen Vertrags von dem Beklagten administrirt, und zwar gegen Gewährung gewisser, dem letztern dagegen stipulirter sehr erheblicher Emolumente, wie solche Bl. näher angegeben sich finden. Zwar bestreiten Kläger zugleich die bindende Kraft jenes Vertrags für sie als Nachbesitzer und behaupten, die Vollmacht, Kraft deren Beklagter im Namen ihres, der Kläger, Vorbesitzers die Bewirthschaftung des intellectuellen Miteigenthumstheils des letztern ausgeübt habe, sei erloschen. Allein um die Richtigkeit jener Negation und dieser Behauptung beurtheilen zu können, müßte man nicht allein die specielleren Vereinbarungen des angezogenen Vertrags und die Umstände, unter denen derselbe zu Stande gekommen ist, kennen, sondern auch wissen, wie und auf welche Weise Kläger in den Besitz ihres Lehnsantheils gekommen sind. Wie es also Sache der Kläger war, den Inhalt jenes Vertrags näher anzugeben und dafern derselbe, wie es nach Bl. den Anschein gewinnt, ein schriftlicher war, eine Abschrift desselben, wenigstens soweit zur Beurtheilung des in Rede stehenden Punktes erforderlich, der Klage beizufügen, was nicht geschehen ist, so giebt in letzterer Beziehung die Klage nur so viel an die Hand, daß Kläger nicht im gewöhnlichen Wege der Lehnssuccession Besitzer des vierten Theils von G. nebst Zubehörungen geworden sind, sondern daß sie gedachte Immobilien käuflich von dem frühern Vasallen erworben haben, ohne daß jedoch das Sachverhältniß auch in dieser Beziehung irgendwie näher bezeichnet worden wäre.

Hiernach allenthalben ermangelt die Klage nach der Ansicht jetziger Instanz schon an sich betrachtet, der nöthigen Schlüssigkeit.

Wie nun, dieses vorausgesetzt, für sämmtliche Beklagte eine rechtliche Nothwendigkeit, auf selbige sich einzulassen, überhaupt nicht bestanden hat, so erscheint, so viel zunächst die Mitbeklagten am vierten Theile betrifft, deren Außenbleiben im Rechtstermine und die gänzliche Unterlassung einer Litiscontestation denselben als unnachtheilig. Von einer Verurtheilung in contumaciam wenigstens dieser, wie solche von den Klägern schon angeregt und neuerlich wiederholt gefordert worden ist, konnte daher schon dieserhalb nicht die Rede sein, also auch dann nicht, wenn nicht denselben, auch abgesehen davon, die von deren Streitgenossen am andern und dritten Theile geführte Rechtsvertheidigung noch überdies zu Statten käme, wie dieses, da der Gegenstand des Rechtstreits ein untheilbarer ist, in der That auch der Fall ist.

Denn anlangend die Beklagten am andern und dritten Theile, so haben diese dadurch, daß von ihnen zwar nicht der in der Klage angezogene Vertrag vom 23. März 1841, wohl aber der sub B ersichtliche spätere Vertrag vom 7. Juni 1843 selbst zu den Acten gebracht worden ist, das nach der Klage unklar gelassene Vertragsverhältniß in einer Weise erläutert, welche weit entfernt den Anspruch der Kläger zu stützen, die mangelhafte Begründung desselben nur noch augenfälliger macht. Diese Urkunde nämlich — und sie giebt zunächst die Unterlage für die Beurtheilung an die Hand, da Kläger nicht allein in der Replikschrift dieselben anerkannt, sondern auch in der Triplik zugegeben haben, daß der von ihnen angezogene Vertrag vom 23. März 1841 nur im Entwurfe existirt habe und, wie sie sich ausdrücken, „nicht zum Abschlusse gekommen sei“ — kündigt als Ergebniß allseitiger Verabredung und Beschlußfassung in §. 1 an, Beklagter am andern Theile sei entschlossen, unter nachstehenden speciellen und generellen Bedingungen die innere Administration des Ritterguts G. zu führen und werde, so lange seine Kräfte und sonstigen Umstände es gestatten, die Feld- und Forstwirthschaft in zeitheriger Weise fortführen. Sollten, heißt es dann in §. 2 weiter, bei Lebzeiten des genannten Administrators Verhältnisse eintreten, welche den drei älteren Brüdern und Mitpaciscenten desselben oder deren Erben eine Aenderung mit der innern Administration wünschenswerth machen würden, so werde sich ersterer nicht weigern, die Administration aufzugeben, jedoch nur nach einjähriger Aufkündigung und nebenbei unter der Bedingung, daß die Beschlüsse hierüber nur nach Stimmenmehrheit und zwar nach Stämmen, so daß jeder Stamm nur eine Stimme habe, zur Giltigkeit gelangen können. Wie dagegen, abgesehen von dem Falle einer, auf Majoritätsbeschlusse beruhenden Kündigung, nach §. 7 die Administration erst mit dem Todestage des Administrators ihre Endschaft erreichen soll, so sind dem letztern in §. 5 und 6 für die äußere und innere Administration die dort speciell angegebenen sehr erheblichen Emolumente zugewiesen worden.

Was freilich die Contrahenten unter der innern Administration verstanden haben, darüber enthält zwar der Vertrag keine nähere Erklärung. Wohl aber finden sich in §. 8 ausreichende Andeutungen dafür, daß man mit der äußern Verwaltung nur die prozessualische und sonstige geschäftliche Vertretung nach außen hin gemeint habe, woraus dann umgekehrt von selbst folgt, daß mit der innern Verwaltung nichts anderes, als das, was schon der Sprachgebrauch an die Hand giebt, nämlich die eigentliche Gutsbewirthschaftung, oder, wie es in §. 1 heißt, die Führung der Feld- und Forstwirthschaft hat gemeint sein sollen.

Wenn Kläger die Richtigkeit dieser Interpretation, für welche auch die vorige Instanz sich entschieden hat, bestreiten und, indem sie unter gänzlicher Beiseitesetzung der aus §. 8 sich ergebenden Interpretationsmomente unter innerer Administration nur die Rechnungsführung, unter äußerer dagegen die Feld- und Forstwirthschaft verstanden wissen wollen, weil in §. 2 des Vertrags nur von der innern Administration die Rede ist, die Meinung aufstellen, daß der von ihnen gewünschten Verpachtung der Rittergutsökonomie ein Vertragsrecht auf Seiten des Beklagten am andern Theile überhaupt gar nicht entgegenstehe, so hat man auch in jetziger Instanz, dem beizutreten, erhebliches Bedenken getragen. Man hat vielmehr den Anführungen, welche von den Klägern in keiner Weise widerlegt worden sind, beizutreten und demnach mit der vorigen Instanz anzunehmen, daß nach dem oftgedachten Vertrage die ganze innere Verwaltung, einschließlich namentlich der Führung der Feld- und Forstwirthschaft dem Beklagten am andern Theile dergestalt übertragen worden ist, daß ihm solche und der dafür ihm zugesicherte Dienstgenuß von seinen Mitcontrahenten nur nach gehörigem Majoritätsbeschlusse und gegen einjährige Kündigung entzogen werden könne, unbeschadet natürlich des Rechts, nach Befinden seine Entfernung aus allgemeinen Rechtsgründen zu verlangen für den Fall nicht oder nicht gehöriger seinerseits erfolgender Pflichterfüllung. Hieraus und aus dem gleichzeitigen vermögensrechtlichen Interesse, welches derselbe an der Fortdauer der zeitherigen Administration hat, ergiebt sich aber auch zugleich, wie sehr Kläger irren, wenn sie, indem sie die allgemeinen Regeln des Mandatsvertrags auf den vorliegenden Fall angewendet wissen wollen, den Verzicht auf Widerruf des Mandats, welchen, in gewissem Umfange wenigstens, der mehrangezogene Vertrag zu Gunsten des Mandatars enthält, überhaupt nicht gelten lassen wollen.

Wochenbl. f. merkw. Rechtsf., Jahrg. 1855, S. 85 fg.

Anlangend endlich die immer noch danebenliegende Frage, ob und inwieweit der oftgedachte Vertrag, da derselbe, wie gedacht, nicht von den Klägern selbst, sondern von deren Vater und Vorbesitzer abgeschlossen worden ist, die Kläger als Nachbesitzer überhaupt vinculiren könne, so liegt es zuvörderst wohl kaum einem erheblichen Zweifel, daß Kläger als Erben ihres Vorbesitzers, wie auch in §. 2 u. 3 vorausgesetzt worden ist, daran gebunden sein würden. Eher vielleicht ließe sich fragen, ob Kläger auch in ihrer Eigenschaft als Singularsuccessoren — wenn nur auf Grund eines gewöhnlichen Kaufvertrags und nur eines solchen das Eigenthum auf sie übergegangen wäre — in die von ihrem Vorbesitzer übernommene Verpflichtung eingetreten sein würden, zumal es sich jetzt, wenigstens dem Vertrage gegenüber, nicht, wie die vorige Instanz anzunehmen scheint, um den Fortbestand oder die Aufhebung eines Societätsverhältnisses und um ein letzterer entgegenstehendes pactum ne dividatur intra certum tempus, sondern, streng genommen, lediglich um die Frage handelt, ob es bei einem zwischen mehreren Sociis über die Modalität der Benutzung der gemeinschaftlichen Sache getroffenen Abkommen, an dessen Bestehen übrigens einer der Socii noch überdies ein rechtliches Interesse hat, auch ferner sein Verbleiben behalten solle oder nicht, und daher allerdings in Frage kommen konnte, ob die Bl. angezogene Erwägung, insonderheit

l. 16, §. 1 Dig. pro socio. (17. 2.)

l. 14, §. 1 Dig. comm. div. (10. 3.)

den Klägern, als gewöhnlichen Käufern, ohne Weiteres entgegenstehen würde, wenn sie die Giltigkeit des Vertrags für sich, so wie geschieht, bestreiten. Allein, wie aus der von den Klägern selbst, wenn auch erst im Laufe des Verfahrens, zu den Acten gebrachten Urkunde erhellt, ist das zwischen ihnen und ihrem Vater und Vorbesitzer inter vivos abgeschlossene Rechtsgeschäft, vermöge dessen sie in den Besitz ihres Antheils am Lehne und dessen Zubehörungen gelangt sind, ein Kauf- und Cessionsvertrag gewesen. Je weniger aber es einem Zweifel unterliegt, daß ein Cessionar vor der Zeit der Cession entstandene Einreden, welche dem Cedenten hätten entgegengesetzt werden können, gegen sich gelten lassen muß, um so gewisser sind auch sie an die betreffenden Vertragsstipulationen dem Beklagten am andern Theile gegenüber gebunden; zumal dann, wenn man noch überdies, wie sie selbst es thun, ihre Erwerbung aus dem Gesichtspunkte einer anticipirten Lehnsfolge auffaßt.

48.

Actio negotiorum gestorum contraria ist nach Befinden auch dann statthaft, wenn das Geschäft gegen das Verbot des Geschäftsherrn geführt ist.

II. Sen.-Erk. v. 10. April 1863 no. 188/177. *)

Zu der Bezugnahme voriger Instanz auf den im allgemeinen richtigen Satz, daß dem, welcher fremde Geschäfte gegen das Verbot des Geschäftsherrn besorgt, die actio negotiorum gestorum contraria zu Erlangung des Ersatzes seiner Auslagen versagt sei, ist zu bemerken, daß diese Regel nicht ausnahmslos ist.

Vergl. Gloss. margin. † Expensas faciens etc.; ferner Gloss. Item an de aequitate etc. und Gloss. margin. Negotiorum gestorum actio etc. ad leg. 24 C. de neg. gestis (II, 19.)
l. 14, §. 11 D. de religiosis (XI, 7.) und glossa: ex causa competere ad h. l.

*) Bekanntlich befolgt das OAG. die Ansicht, daß s. g. Alimentenansprüche der außerehelichen Mutter, als actione neg. gest. contraria verfolgbar, nicht der kurzen Verjährung unterliegen. — Vergl. Annalen, Bd. I., S. 140 no. 12 und die in der Zeitschr. f. Rechtspfl. u. Verw. N. F. Bd. XIII., S. 438. Bd. XV., S. 463. Bd. XVI., S. 144, 147. Bd. XVIII., S. 503 fg. Bd. XIX., S. 53 mitgetheilten älteren Präjudizien. — Inzwischen wird diese Auffassung von mehreren AG.'en nicht getheilt, und ein solches hatte in Anlaß eines speciellen Falls, wo der verklagte Schwängerer vordem der Annahme widersprochen, daß die Mutter das Kind in seinem Interesse ernähre, darauf zu Rechtfertigung seiner entgegenstehenden Ansicht Bezug genommen, daß unter diesen Umständen von einer negotiorum gestio der Geschwächten für ihn nicht die Rede sein könne. Gegen dieses neue Argument der IIda ist obige Ausführung gerichtet. Ueber die mit der Auffassung des OAG.'s conformen Bestimmungen des BGB.'s vergleiche den Text am Ende.

vielmehr der Satz der Gloss. cit. gerechtfertigt erscheint:

Protestatio iniqua et injusta nihil juvat protestantem: neque eo minus tenetur, si quid a quoquam adversus hujus modi protestationem factum esse dicetur.

welcher jedenfalls dann Anwendung finden muß, wenn es sich um Zahlungen handelt, die zu Bestreitung eines Aufwands nöthig sind, welcher nicht von dem Ermessen des Geschäftsherrn abhängt, sondern z. B. Ausfluß einer gesetzlichen Verbindlichkeit ist.

Mit Recht ist übrigens darauf hingewiesen worden, daß die Auffassung des OAG.'s im Resultate in dem BGB. §. 1017.

Specielle Motiven zu §. 1047 des Entwurfs S. 788 sub d.

Billigung gefunden hat, indem bei Controversen, auch für das ältere Recht, der Ansicht des Gesetzgebers mindestens das Gewicht einer wissenschaftlichen Auctorität beigelegt werden muß.

49.

Zur Lehre vom Nutznießungsrechte des Ehemanns.

II. Sen.-Erk. v. 22. Mai 1863 no. 319/280.

Durch die Verehelichung erlangt der Ehemann zwar ohne Weiteres das Befugniß zur Verwaltung und Nutznießung des eheweiblichen Vermögens, insofern dieses nicht durch einen vor Eingehung der Ehe gemachten Vorbehalt oder durch eine spätere ausdrücklich oder stillschweigend getroffene Uebereinkunft die Eigenschaft von Receptitiengut erhält. Allein wie derjenige, welcher von dem, dem ehemännlichen Nießbrauchsrechte unterworfenen eheweiblichen Vermögen Capitalien gegen Verzinsung erborgt oder ein zu letzterem gehöriges Grundstück zur Bewirthschaftung oder in Pacht übernommen hat, die während der Ehe entstandenen Zinsen und Nutzungen mit der Wirkung der Liberation nur an den Ehemann abentrichten kann, so steht auch dem Ehemanne an sich wegen dieser Ansprüche nur ein Klagrecht gegen jenen, nicht aber gegen die Ehefrau selbst zu und nur dann ist ihm dieserhalb gegen letztere vorzuschreiten unbenommen, wenn und soweit sie, in seine ehemännlichen Befugnisse eingreifend, die ihm gebührenden Nutzungen und Zinsen eigenmächtig erhoben und an sich genommen hat.

Von diesem rechtlichen Gesichtspunkte aus betrachtet, erscheint nun die vorliegende Klage mangelhaft. Dieselbe verfolgt Ansprüche theils auf Zinsen von außenstehenden Capitalien der Beklagten, theils auf Nutzungen von einem der letztern antheilig zugehörigen Grundstücke, welches, wie von der Beklagten ohne Widerspruch des Klägers behauptet worden und schon nach der von diesem selbst gelieferten Darstellung anzunehmen ist, nicht von der Beklagten, sondern von einem Dritten bewirthschaftet wird. Es handelt sich sonach um Ansprüche, welche nur unter der vorerwähnten Voraussetzung von dem Kläger gegen die Beklagte geltend gemacht werden könnten. Gleichwohl hat sich Kläger, diese Ansprüche formulirend, unter Eidesantrag nur darauf bezogen, daß die Beklagte ihm, während des Bestehens der mit ihm am 24. März 1856 eingegangenen und am 7. April 1862 durch Rechtsspruch aufgelösten Ehe,

a) die Zinsen von 600 Thlr. gegen vierprocentige Jahreszinsen ausgeliehenen Capitalien,

b) die vierprocentigen Zinsen von einem mit 508 Thlr. 15 Ngr. ihrem verstorbenen ersten Ehemanne C. T. G. W. eingebrachten und auf dem von diesem hinterlassenen Bauergute haftenden Capitale und

c) die Nutzungen von dem nurgedachten, ihr nach dem Tode ihres ersten Ehemannes zum zweiten Theile angefallenen Gute

nicht zukommen lassen und für sich zurückbehalten habe. Abgesehen davon, daß, soviel den Klagepunkt unter b betrifft, der Kläger ganz unaufgeklärt gelassen hat, worauf die Behauptung beruhe, daß das dort erwähnte Capital ein zu 4 % zu verzinsendes sei, stellt sich sowohl rücksichtlich dieses Klagepunkts als auch in Ansehung der Klagepunkte a und c das Anführen, „es habe die Beklagte dem Kläger Zinsen und Nutzungen nicht zukommen lassen und für sich zurückbehalten“, namentlich für den gebrauchten Eidesantrag als viel zu allgemein und unbestimmt dar. Denn daraus, daß die Beklagte, wie Kläger angiebt, letzterm zeither jene Zinsen und Nutzungen nicht hat zukommen lassen, folgt noch nicht mit Nothwendigkeit, daß die Beklagte solche selbst erhoben habe. Jene Worte können eben so füglich auf einen bloßen Widerspruch bezogen werden, welchen die Beklagte dem Vorhaben des Klägers, gedachte Zinsen und Nutzungen von dem zu deren Abentrichtung verbundenen Schuldner einzufordern, entgegengesetzt hat, einen Widerspruch, welcher, wenn er wirklich stattgefunden haben sollte, den Kläger nicht ohne Weiteres dazu ermächtigen würde, seiner Befriedigung halber anstatt an den eigentlichen Zahlungspflichtigen an die Beklagte sich zu halten. Was aber die fernere Behauptung des Klägers betrifft, daß die Beklagte die fraglichen Zinsen und Nutzungen für sich zurückbehalten habe, so giebt auch diese über den Sinn, welchen Kläger damit hat verbinden wollen, keinen bestimmten Aufschluß, sie ersetzt nicht, sondern umgeht nur die Bezugnahme auf eine von Seiten der Beklagten wirklich vorgenommene Einziehung der fraglichen Emolumente. Man würde daher, wollte Man gedachte Klaganführungen durch den darüber angetragenen Eid in Gewißheit setzen lassen, in völlig unzulässiger Weise die Entscheidung nicht von dem Urtheile des Richters, sondern von der völlig unaufgeklärten Vorstellung abhängig machen, welche dem Kläger bei jenen Ausdrücken vorgeschwebt hat.

50.

Ueber das Klagrecht des Ehemannes in Betreff der der Ehefrau zuständigen Forderungen.

II. Sen.-Erk. v. 21. Mai 1863 no. 311/273. *)

Man kann im vorliegenden Falle dahin gestellt lassen, ob Kläger befugt war, die in der Klage erwähnten Forderungen seiner Ehefrau im eigenen Namen einzuklagen. Denn da dem Kläger in den vorigen Instanzen ein solches selbstständiges Klagrecht zugestanden worden und gegenwärtig nur über die von dem Kläger eingewendete Berufung zu erkennen ist, so braucht auf die erwähnte Frage und namentlich auch darauf, ob, wie bemerkt worden, die Praxis in der That sich dahin festgestellt habe, daß dem Ehemanne das Recht zustehe, außenstehende Forderungen seiner Ehefrau ohne deren Beitritt einzuklagen, hier nicht weiter eingegangen zu werden und zwar um so weniger, als im Uebrigen der Ansicht der vorigen Instanz, daß der Beklagte die in der Klage erwähnten Posten an zusammen 18 Thlr. 14 Ngr.

*) Vergl. Annalen VI., S. 413. — Das BGB. §. 1677 entscheidet die im Text angedeutete Controverse dahin, daß der Ehemann zu Erhebung und Einklagung inferirter Forderungen, der Einwilligung der Ehefrau bedürfe.

6 Pf. dem Kläger nur gegen die von diesem vorerst beizubringende Einwilligung seiner Ehefrau zu der von ihm zu bewirkenden Erhebung jener Geldposten zu bezahlen verbunden sei, beizutreten war.

Denn wenn es auch im Allgemeinen keineswegs unbestritten ist, ob die Verordnung der Landesregierung vom 7. Juni 1821 auch auf solche Fälle auszudehnen sei, in denen Urkunden, welche die Ehefrau oder die Person, deren Rechte auf sie übergegangen sind, als Gläubigerin oder als die zum Empfang berechtigte Person benennen, nicht vorhanden sind,

vergl. z. B. die im Wochenbl. f. merkw. Rechtsf., Jahrg. 1847, S. 123 fg., abgedruckten Erkenntnisse,

so ist doch wenigstens so viel gewiß, daß die angezogene Verordnung, welche an sich nur darüber Bestimmung trifft, unter welchen Voraussetzungen der Schuldner einer verheiratheten Weibsperson durch die von ihm an den Ehemann bewirkte Gewährung seiner Schuld auch der Ehefrau selbst gegenüber liberirt werde, dem Ehemanne nicht das Befugniß gewährt, dann, wenn zwischen ihm und seiner Ehefrau Streitigkeiten darüber ausbrechen, ob der Ehemann eine außenstehende Forderung seiner Ehefrau einheben solle oder nicht, diese Streitigkeiten dadurch abzuschneiden, daß er ohne Weiteres gegen den Schuldner seiner Ehefrau klagend auftritt und von demselben die Bezahlung der Schuld an ihn allein fordert. Solche Differenzen sind vielmehr zunächst zwischen den Eheleuten selbst auszumachen und das Gesetz verwehrt der Ehefrau nicht, dann, wenn ihr Ehemann eine ihr zustehende Forderung einheben will, diesem Beginnen einen Widerspruch entgegenzusetzen. Liegt aber in den Acten, wie solches hier der Fall, ein Widerspruch der Ehefrau gegen die Einhebung einer ihr zugehörigen außenstehenden Forderung liquid vor, so ist dem Schuldner nicht zuzumuthen, die Zahlung demungeachtet an den Ehemann allein zu leisten, er kann vielmehr dann verlangen, daß der Ehemann ihm die Beseitigung des Widerspruchs seiner Ehefrau und deren Einwilligung in die durch ihn zu bewirkende Einhebung der betreffenden Forderung darlege. Schon von diesem Gesichtspunkte aus erscheint es daher gerechtfertigt, wenn die vorige Instanz die Verurtheilung des Beklagten in Bezug auf die obgedachten Geldposten nur mit der erwähnten Beschränkung ausgesprochen hat.

51.

Zur Lehre von der Tradition beim Eigenthumserwerbe.

II. Sen.-Erk. v. 30. April 1863 no. 227/225.*)

Anlangend die vom Beklagten hauptsächlich bestrittene Frage, ob der Kläger durch die Aufstellung des Schrankes in den Fabriklocalen zu K. in den Besitz des letztern gelangt sei, ist zunächst zu bemerken, daß nichts Wesentliches darauf ankommen kann, ob die Tradition einer beweglichen Sache in der eigenen Behausung des Empfangsberechtigten oder anderwärts erfolgt ist. Es kann aber die Uebergabe einer beweglichen Sache auch dadurch erfolgen, daß sie einer dritten, von dem Empfangsberechtigten hierzu bestimmten Person ausgeantwortet oder an einer von dem Empfangsberechtigten hierzu bezeichneten Stelle untergebracht wird, wo demselben die Möglichkeit der factischen Besitzergreifung geboten ist;

l. 1, §. 21 D. de acquir. vel amitt. poss. (41. 2.)

Der Beweis, daß im vorliegenden Falle die Inhaber des Locals, ohne deren Zustimmung die Aufstellung des Schranks nicht erfolgen konnte, ihrerseits die Absicht gehabt hätten, den Besitz für den Kläger zu ergreifen, war entbehrlich, weil bei der Tradition der Wille des Tradenten entscheidend ist und der Erwerb des Besitzes und beziehentlich des Eigenthums nach diesem Willen vor sich geht, selbst wenn der Repräsentant für sich oder einen Andern erwerben will.

l. 13 D. de donationibus (39. 5.)

Savigny, das Recht des Besitzes, §. 26, S. 265.

Vangerow, Pandecten, §. 205, Bd. I., S. 428.

Hierzu kommt aber auch noch, daß sich nach der Aussage des Zeugen 1 der Kläger infolge einer besondern Verabredung mit diesem

---

*) In K. & Z.'s Creditwesen vindicirte Kläger einen Geldschrank, welcher sich in dem Fabriklocale der fallirten Firma aufgestellt befunden. Er bezog sich darauf, daß er den Schrank beim Fabrikanten bestellt und dieser ihn — beziehentlich in seiner Gegenwart — in jenem Locale seiner Anweisung gemäß aufgestellt, auch von ihm Zahlung empfangen habe. Diese Umstände waren auch in einem compromissarischen Verfahren bis zum Bestärkungseid bescheinigt worden. Der Curator bestritt aber den Nachweis der Tradition, aus Gründen, welche sich aus dem Texte ergeben. — Vergl. BGB. §. 199.

Zeugen in das Fabriklocal zu K. begeben hat, daß hierauf die Aufstellung des schon vorher eingetroffenen Schranks von dem Zeugen vollendet und dem letztern bei dieser Gelegenheit noch eine weitere Abschlagszahlung auf den bedungenen Kaufpreis vom Kläger geleistet worden ist. Der Zweck dieser gemeinschaftlichen Reise des Zeugen und des Klägers in die Papierfabrik zu K. bestand nach dem, was der erstere im Uebrigen über die Bestellung des Schranks ausgesagt hat, voraussetzlich darin, daß sich der Kläger von der vollständigen Ausführung seiner Bestellung und der richtigen Ablieferung des Schranks an der von ihm bezeichneten Stelle selbst überzeugen wollte, und es ist unter solchen Umständen die bei dieser Gelegenheit erfolgte Aufstellung, wenn auch die hierzu nöthige Arbeit des Zeugen 1 nicht unter den Augen und im steten Beisein des Klägers erfolgte, der an einem Dritten Orte erfolgten Uebergabe an den Kläger selbst factisch und rechtlich gleichzuachten.

52.

Ueber Eigenthumserwerb durch Specification. — Fall der Intervention nach §. 55 des spec. Ges. v. 28. Febr. 1838.

II. Sen.-Erk. v. 1. Mai 1863 no. 248/335.*)

Nach Maßgabe der rechtskräftig gewordenen Entscheidung war den Invententen die Aufgabe gestellt, ihr behauptetes Eigenthum an den in der Wohnung des ursprünglichen Beklagten C. Sch. und der Intervenientin M. A. Sch. Gerichtswegen als Executionsobject für die Interventionsbeklagten in Beschlag genommenen 72 Stück Cassinet darzuthun.

Es kann nun ein Zweifel darüber nicht wohl erhoben werden

*) In dem Executionsverfahren eines von O. & Sohn gegen einen gewissen S. geführten Prozesses waren in der Wohnung des Beklagten 72 Stück Cassinet in Beschlag genommen worden, welche des S. Ehefrau und E., die zusammen unter der Firma Sch. & Co. ein Fabrikgeschäft betrieben, als ihr Eigenthum reclamirten. Es war auf Beweis der Intervention erkannt, welchen das OAG. conform mit der IIda (AG. Zwickau), die Leistung gewisser Relata vorausgesetzt, für gelungen erachtete. — Conform BGB. §. 246.

und ist selbst von Seiten der Interventionsbeklagten, wie bereits in voriger Instanz bemerkt worden, zu erheben nicht einmal versucht werden, daß der geforderte Eigenthumsbeweis vollständig hergestellt ist, sobald durch Leistung der über eine Mehrzahl Beweisartikel angetragenen und von Interventionsbeklagten zurückgegebenen Eide festgestellt sein wird, daß das Material, aus welchem die gedachten Stoffe hergestellt worden, für die Firma Sch. & Co., deren legitimirte Inhaber Intervenienten sind, käuflich angeschafft, daß das Material den benannten Webern mit dem Auftrage übergeben worden, daraus Cassinet für die genannte Firma zu fertigen, und daß die so gefertigten Stoffe von den Webern an die Firma: Sch. & Co. eingeliefert worden und mit den in Beschlag genommenen 72 Stück identisch sind. Ob die Inhaber der Firma Sch. & Co. die erkauften Rohstoffe und die Arbeitslöhne bereits bezahlt, und ob sie, wenn es geschehen, die Mittel dazu bereits eigenthümlich besessen oder ob sie dieselben vom Beklagten C. Sch. vorgestreckt oder in einer sonstigen Weise erhalten haben, ist für die Frage, wem das Eigenthum an den gedachten Waaren zustehe, ganz indifferent. Als Eigenthum konnte C. Sch. und mithin auch die Interventionsbeklagten das Hilfsobject nur dann beanspruchen, wenn Sch. Theilhaber der Handlung Sch. & Co. gewesen oder das Eigenthumsrecht an den Waaren vermöge eines besondern Rechtstitels erlangt hätte. Letzteres haben Intervenienten gar nicht behauptet, und aus demjenigen, was sie über angebliche Verwendung von Mitteln Sch.'s zu Gunsten der Firma Sch. & Co. und die geringe Betheiligung des Mitintervenienten E. am Capital und der Führung des Geschäfts im Gegenbeweise vorgebracht haben, geht, wie schon in voriger Instanz dargethan worden ist, irgend etwas nicht hervor, was für die hier allein streitige Frage nach dem Eigenthum an den mit Beschlag belegten Waaren von nur einiger Bedeutung wäre.

53.

Hat bei dem Wasserleitungsbefugnisse der Besitzer des herrschenden Grundstücks den des dienenden von der vorseienden Reparatur der Röhrfahrt in Kenntniß zu setzen?

II. Sen.-Erk. v. 28. Mai 1863 no. 54/47.*)

Nach der Ansicht des OAG.'s läßt sich die Frage, binnen welcher Frist in jedem einzelnen Falle Beklagter den Kläger von der Absicht, Nachgrabungen nach der Röhrfahrt vorzunehmen, zu benachrichtigen habe, im Voraus nicht feststellen. Denn wie vom OAG. hervorgehoben worden, ist der Beklagte berechtigt, die Röhrfahrt, sobald solche defect wird, mit der größten Beschleunigung ohne Rücksicht auf die Jahreszeit, zu welcher die Nothwendigkeit einer Ausbesserung eintritt, wieder herzustellen, weil außerdem durch Auslaufen des Wassers auf dem verpflichteten Grundstück leicht ein weit größerer Schaden entstehen dürfte, als in Folge der Reparatur an und für sich durch die Verletzung der Oberfläche längs des aufzugrabenden Röhrlagers verursacht wird. Da nun das Interesse, welches der Eigenthümer des dienenden Grundstücks an der Erhaltung der darauf stehenden Feldfrüchte hat, hinter dem Interesse zurücktreten muß, welches der Berechtigte an dem ungestörten Zuflusse des Wassers aus der Röhrleitung hat, so erscheint es nicht angemessen, irgend eine Frist für die obige vor Beginn der Reparatur zu bewirkende Anzeige vorzu-

*) In dem Negatorienprozesse, aus welchem die Rationen des Beweisinterlocutes dritter Instanz, unter Angabe eines status causae in diesen Annalen Bd. III., S. 231 fg. mitgetheilt sind, hatte Beklagter den Beweis seines Befugnisses erbracht. Derselbe war daher zu absolviren, jedoch in Betreff der Ausübung des Reparaturrechts Vorkehrung zu treffen. Das OAG. bewirkte solches in der Fassung: es ist jedoch Beklagter, das mit dem Befugnisse der Wasserleitung verbundene Recht zu Ausbesserung und Instandhaltung der Röhrfahrt anlangend, bevor er zur Ausführung der diesfalls nöthig werdenden Nachgrabungen auf Klägers Grundstück verschreitet, Letzterm von seiner Absicht, diese Reparaturen vorzunehmen, bei 5 Thlr. Strafe für jeden einzelnen Fall des Zuwiderhandelns, in Kenntniß zu setzen, ingleichen dem Kläger die durch die Unterlassung dieser Anzeige und die Vornahme der Reparaturen selbst erwachsenen, erweislichen Schäden zu ersetzen verbunden.

schreiben, indem einer Seits die Bestimmung einer solchen Frist den Beklagten in Fällen dringender Reparatur an der sofortigen Vornahme derselben verhindern würde, anderer Seits es im Interesse des Beklagten selbst liegt, in allen Fällen, wo die Instandsetzung und Wiederherstellung der Röhrfahrt einen Aufschub gestattet, den Kläger von derselben rechtzeitig in der Maße in Kenntniß zu setzen, daß letzterer die wegen Sicherung und beziehentlich Einerntung der etwa anstehenden Feldfrüchte nöthigen Vorkehrungen treffen kann, indem Beklagter durch diese rechtzeitige Notification in der Regel die durch die Nachgrabungen entstehenden und von ihm zu ersetzenden Schäden vermindern wird. Es erscheint daher die Verurtheilung Beklagtens dahin, daß er den Kläger von der Absicht, die an der Röhrfahrt Behufs deren Instandsetzung und Wiederherstellung nöthigen Nachgrabungen vorzunehmen, vor Ausführung derselben benachrichtige, ausreichend, um theils dem Rechte des Klägers, von den durch den Servitutberechtigten auf dem dienenden Grundstücke vorzunehmenden Arbeiten, ehe solche in Angriff genommen werden, Kenntniß zu erhalten, Geltung zu verschaffen, theils das Befugniß des Beklagten, in dringenden Fällen die Reparatur sofort auszuführen, nicht zu beeinträchtigen.

54.

Zur Lehre vom Ueberfallsrechte. — Actio negatoria.*)

II. Sen.-Erk. v. 28. Mai 1863 no. 256/291.

Nach Ausweis der erhobenen Klage, deren Beklagte wegen unterlassener Einlassung und Antwort für geständig und überführt zu achten ist, beruht Folgendes in rechtlicher Gewißheit. Es stehen auf dem Felde der Beklagten unter no. 388^{b} des Flurbuchs sieben Stück Obstbäume, deren Aeste auf das Feld no. 392 dergestalt überhangen,

*) Das BGB. §. 363 unterscheidet zwischen überhangenden und überfallenden Früchten. Erstere gehören dem Eigenthümer des Stammes, der jedoch zum Behufe ihrer Abbringung des Nachbars Grundstück wider dessen Willen nicht betreten darf. Uebergefallene Früchte dagegen sind Eigenthum des Letztern. — In Betreff der Negatorienklage giebt §. 321 des BGB. die im Text vorgetragene Ansicht wieder.

daß das auf diesen überhängenden Aesten befindliche Obst auf das gedachte Feld des Klägers abfällt. Hier ist dasselbe von den Kindern der Beklagten aufgelesen und dabei das mit Gerste bestandene Grundstück des Klägers zertreten und beschädigt worden. Als nun Kläger, nachdem die deshalb dagegen gemachten mündlichen Vorstellungen erfolglos geblieben sind, am 28. Juli 1862 auf seinem Felde no. 392 an der an Beklagtens Parzelle no. 388^b stoßenden Seite und mindestens sechs Zoll von der Grenze einwärts Vermachstangen eingeschlagen hat, sind diese Vermachstangen am folgenden Tage von der Beklagten, nachdem sich letztere auf des Klägers Feld no. 392 verfügt gehabt, niedergerissen worden.

Bekanntlich findet in Betreff des sogenannten Ueberfallsrechts oder des Befugnisses, die Früchte, welche auf von einem fremden Grundstücke herüberhängenden Baumästen wachsen, sich anzueignen, ein wesentlicher Unterschied zwischen dem römischen und sächsischen Rechte statt. Denn nach römischem Rechte muß der Nachbar dulden, daß der Inhaber des Hauptstamms auf sein Grundstück komme, um die von den überhängenden Aesten abgefallenen Früchte einzusammeln, und steht dem Eigenthümer des Hauptstamms zur Ausübung dieses Rechts ein eigenes Interdict (interdictum de glande legenda) zu. Dagegen gehören nach den Bestimmungen des Sachsenspiegels (Sächs. Landr. II, 52, Sächs. Weichbild Art. 126) Früchte, welche über des Nachbars Grund und Boden hängen oder auf denselben fallen, dem letztern dergestalt eigenthümlich, daß er nicht nur jedem Dritten, sondern insbesondere auch dem Eigenthümer des Hauptstamms das Betreten seines Grundstücks Behufs des Sammelns der abgefallenen Früchte, sowie die Aneignung der Früchte selbst verwehren und sich gegen etwaige Beeinträchtigung seines Eigenthumsrechts an den überhängenden Früchten mittelst der actio negatoria schützen darf.

Hillebrand in der Zeitschr. f. deutsch. Recht, Bd. IX., S. 349 fg.
Schmid, Handb. des gem. deutsch. bürg. Rechts, Bd. I., S. 22 fg.

Im vorliegenden Falle hat Beklagte das Recht des Klägers an den überhangenden Früchten nicht nur nicht bestritten, sondern selbst zugestanden, daß ihr ein Befugniß über Klägers Grundstück zu gehen, und die daselbst angebrachten Stangen niederzureißen, weder zugestanden habe, noch von ihr in Anspruch genommen werde, vielmehr hat

Beklagte die Statthaftigkeit der angestellten Negatorienklage lediglich deshalb bestritten, weil die gedachte Klage einen solchen Eingriff in das Eigenthum des Klägers voraussetze, welcher in der Meinung, ein Recht auszuüben, geschehen sei. Dieser Einwand ist offenbar unerheblich.

Denn die actio negatoria ist ebenso, wie die rei vindicatio eine Eigenthumsklage, d. h. auf das Eigenthum des Klägers sich stützend und auf Schutz seines Eigenthums gerichtet. Der Eigenthümer einer Sache kann nämlich auf verschiedene Weise in seinem Rechte verletzt werden. Es kann ihm das Eigenthum selbst bestritten und ihm der Besitz der Sache vorenthalten werden. In diesem Falle steht ihm die rei vindicatio zur Seite. Die Verletzung des Eigenthumsrechts kann aber auch eine partielle sein, indem sein Eigenthum von einem Dritten nicht entzogen, sondern der Eigenthümer lediglich in dem freien und unbeschränkten Gebrauche der ihm zugehörigen Sache gestört wird. Gegen derartige Eingriffe Dritter in die freie Benutzung des Eigenthums dient die actio negatoria als Schutzmittel. Sie ist daher keineswegs auf die Beseitigung widerrechtlich in Anspruch genommener Servituten, d. h. solcher rechtswidrigen Störungen des Eigenthums, zu deren Vornahme der Störende unter der Voraussetzung eines ihm zustehenden Servitutenrechts befugt sein würde, beschränkt, da in den Gesetzen ein derartiges Erforderniß der actio negatoria nicht aufgestellt, vielmehr die gedachte Klage selbst in solchen Fällen zugelassen wird, in welchen der Beklagte weder ein Servitutenrecht behauptet hat, noch eine Störung des Eigenthums vorliegt, welche als Ausfluß des Servitutenrechts erscheinen könnte.

l. 13, l. 14, §. 1 D. si serv. vind. (8. 5.)

l. 2 D. de arbor caed. (43. 27.)

l. 6, §. 2 D. arbor. furtim caes. (47. 7.)

Auch würde es auffallend sein, wenn nicht die Eigenthumsverletzung als solche, sondern der zufällige Umstand, ob sich dieselbe zum factischen Inhalte eines Servitutenrechts eigne, und ob der Beklagte ein solches Recht wirklich in Anspruch nehme, die Anwendbarkeit der negatorischen Klage bestimmen sollte.

Schmid a. a. O. §. 17, Bd. I., S. 368 fg.

Francke im Archive für civ. Praxis, Bd. XXI., S. 32.

Witte i. d. Ztsch. f. Civilr. u. Proz. N. F. Bd. XIII., S. 384 u. 409 fg.

Unter diesen Umständen kommt im vorliegenden Falle es lediglich darauf an, ob die in der Klage angeführten Turbativhandlungen als wirkliche Eingriffe in das Eigenthumsrecht Klägers anzusehen sind. Diese Frage ist zu bejahen, da die Beklagte nicht nur die vom Kläger auf seinem Grundstücke angebrachten Vermachstangen niedergerissen hat, sondern auch über das gedachte Grundstück ungeachtet des an sie vorher erlassenen Verbots gegangen ist. Daß die gedachten Handlungen von der in den

Annalen des OAG.'s Bd. II., S. 541.

gedachten culposen Beschädigung einer fremden Sache völlig verschieden sind, bedarf keines besondern Nachweises.

55.

Dem Civileigenthümer eines zu Zeit des Besitzes seines Vorgängers in solchem, abgebrannten Grundstücks, kann die Landesimmobiliarbrandentschädigung nicht mit Rücksicht darauf vorenthalten werden, daß der Besitzvorgänger doloser Urheber des Brandes war.

II. Sen.-Erk. v. 8. Mai 1863 no. 251/253.*)

Gegen die Gründe voriger Instanz und beziehentlich Beklagtens Refutation ist Folgendes zu bemerken:

---

*) Am 16. Sept. 1859 kaufte S. von J. ein Gut. Ehe er es in Civilbesitz erhielt, trat S. sein Kaufrecht unter dem 16. April 1860 an seine Ehefrau ab, welche Eintrag erlangte, ohne daß ein Zwischeneintrag ihres Ehemannes erfolgte. Am 1. Febr. 1861 verkaufte die verehel. S. an B., den jetzigen Kläger, welcher als Civilbesitzer eingetragen wurde. Inzwischen war am 1. Decbr. 1859 das Gutsgebäude abgebrannt und ein auf 540 Thlr. ermittelter Brandschaden entstanden, hinsichtlich dessen die Brandversicherungscertificate an das GA. W. gelangt waren. Dieses Feuer hatte, wie sich später ergab, S. dolos verursacht, und die Brandversicherungscommission verweigerte nunmehr die Auszahlung der Entschädigung an den Kläger, unter Bezugnahme auf §. 85 des Ges. v. 14. Nov. 1853. — In dem nunmehr vom Kläger gegen die Brandversicherungscommission erhobenen Civilprozesse handelte es um die Frage: ob deren Weigerung auf Grund jener Bestimmung, dem Civileigenthümer gegenüber, welcher inmittelst aufgebaut hatte, auf Grund der einschlagenden Bestimmungen jenes Gesetzes eine begründete sei? Die Ima condemnirte. Die IIda wies die Klage i. d. a. M. ab. Das OAG. stellte die Ima her. — Vergl. nunmehr Ges. v. 23. Aug. 1862. §. 121 fg.

Eines Eingehens auf die Natur des deutschrechtlichen Versicherungsvertrags bedarf es nicht, da, wie auch Kläger nicht ohne Grund einhält, die Immobiliarbrandversicherung im Königreiche Sachsen eine auf besonderen das öffentliche Interesse berührenden Motiven beruhende, durch specielles Gesetz geregelte Staatseinrichtung ist, welche sich insbesondere darin von gewöhnlichen Versicherungsverträgen unterscheidet, daß während bei letzteren der Vertrag ein reines Obligationsverhältniß zunächst nur zwischen dem Versichernden und dem Versicherer erzeugt, bei ersterer das Vertragsverhältniß gewissermaßen dinglicher Qualität ist, indem die Brandvergütungsgelder als eine Pertinenz der area des Grundstücks Behufs dessen Wiederaufbaus charakterisirt sind.

§. 81, 83, 84 des Ges. vom 14. Novbr. 1835.

Wie daher allerdings gemeinrechtlich der Eintritt eines casuellen Schadens die Voraussetzung des Anspruchs des Versicherten gegen den Versicherer bildet; so ist particularrechtlich die Vergütung des Schadens — „gleichviel auf welche Weise das Feuer entstanden" —

§. 5 des angezogenen Gesetzes

die Regel, welche nur in dem §. 85 bezeichneten Falle, doloser Brandstiftung Seiten des Eigenthümers eine dahin limitirte Ausnahme erleidet, daß letzterer und dessen Erben die Brandvergütungsgelder nicht beanspruchen können und beziehentlich zu restituiren haben.

Unter diesem Gesichtspunkte vermag Man sowohl in Betreff der Frage, wegen des Einflusses des Umstandes, daß der Brandstifter Civileigenthümer zu keiner Zeit war und das Civileigenthum direct auf eine dritte Person übergegangen ist; als hinsichtlich der Bl. gegebenen Auslegung des Gesetzesausspruchs wegen der Pertinenzqualität der Ansicht voriger Instanz in wesentlichen Punkten nicht beizupflichten.

Dispositionen des Naturalbesitzers über das Grundstück und dessen Pertinenzen gelangen an sich nur zu einer dinglichen Geltung, wenn jener das Civileigenthum erwirbt. Es würde daher nicht anzunehmen sein, daß die Brandversicherungsanstalt sich durch Zahlung an den Naturalbesitzer von der Verbindlichkeit gegen den Civileigenthümer befreien könne, da dieser der gesetzliche Repräsentant der aus dem Civileigenthume des Grundstücks fließenden Befugnisse ist, und diese Qualität, wenn der Naturalbesitzer nicht Civileigenthümer wird, nicht auf diesen, sondern im Falle eines Besitzwechsels direct auf den neuen Civileigenthümer übergeht. Sollte dieser Uebergang auch mittelbare Folge eines von Letzterem mit dem Naturalbesitzer geschlossenen Vertrags sein, so würde Jener dessen Handlungen doch nur eben insoweit anzuerkennen haben, als ihm dieses Anerkenntniß durch den Vertrag ausdrücklich auferlegt ist. Nehme man den Fall, daß ein Naturalbesitzer eine Pertinenz an einem Dritten verkauft oder das Grundstück verpfändet, und daß derselbe nunmehr das ganze Grundstück weiter veräußert, ohne dem Erwerber die Anerkennung des Parzellenkaufs oder der Verpfändung vertragsmäßig zu injungiren, und erlangt dieser Erwerber ohne Zwischeneintrag des Naturalbesitzers, ohne Abschreibung der Parzelle und Eintrag der Hypothek das Civileigenthum, so können die Parzellenkäufer oder der eventuelle Hypothekarier ihre Rechte nicht gegen den neuen Civileigenthümer geltend machen, weil er weder mit jenen direct contrahirt, noch mit dem Naturalbesitzer einen Vertrag zu Gunsten derselben abgeschlossen hat. Ihr Kaufs- oder Pfandrecht kann nicht zu dinglicher Gestaltung gelangen, sondern nur einen persönlichen resp. Schädenanspruch gegen ihren Mitcontrahenten erzeugen.

Im concreten Falle erwarb des Brandstifters Ehefrau nach dem Bl. ausgesprochenen Satze: daß vermöge der Pertinenzqualität der Anspruch auf die Brandvergütungsgelder im Zweifel stillschweigend auf den neuen Erwerber übergeht, mit dem Civileigenthume aus der Hand des frühern Civileigenthümers das Recht, die Pertinenzqualität der Brandvergütungsgelder durch Wiederaufbau auszunutzen, und sie übertrug es, wenn selbst in dem Kaufe dies nicht ausdrücklich ausgesprochen wäre, in dieser Maße an den Kläger.

Des Beweises der im p. l. c. 10—16 mit Nichtwissen beantworteten Thatsachen bedarf es nicht, da eben eines Theils die Legitimation des Klägers in dem Civileigenthume fußt, und andern Theils die Bl. gewählte Form der Verurtheilung Beklagtem das Recht verschafft, vor der Zahlung den — nach Befinden in der Executionsinstanz durch Besichtigung — zu erbringenden Nachweis zu erfordern, daß und wie der Wiederaufbau erfolgt sei.

Wenn die vorige Instanz bemerkt, daß die in §. 81, sowie in

dem letzten Abschnitte des §. 85 getroffene Bestimmung nur als eine im Interesse des Realcredits und zu Gunsten der hypothekarischen Gläubiger gegebene lex specialis aufgefaßt werden könne, so kann zugegeben werden, daß das Gesetz den vorliegenden Fall, nicht gleich den vorgedachten durch specielle Bestimmungen vorgesehen hat. Allein dies schließt nicht aus, daß noch andere Fälle existiren, wo den Principien des Gesetzes entsprechend, ungeachtet doloser Brandstiftung Seiten des Eigenthümers des betreffenden Grundstücks, die Bestimmungen in den ersten Abschnitten des §. 85 die Zahlungspflicht des Brandversicherungsinstituts nicht zu Erledigung bringen. Man will hier nur andeutungsweise auf Fälle hinweisen, wo nach §. 74 Cession der Brandvergütungsgelder an Lieferanten von Baumaterial erfolgt ist.

Hiernach bedarf es eines nähern Eingehens auf die Bl. beleuchtete Frage nicht, ob unter dem „Eigenthümer" in §. 85 nur der Civileigenthümer oder nach Befinden auch der Naturalbesitzer zu verstehen sei, und nur die Bemerkung mag noch angeschlossen werden, daß es eintretenden Falls Sache des Brandversicherungsinstituts sein wird, in Fällen, wo nicht §. 81 und 85 letztes alinea einschlagen, sich die Exception oder ein erfolgreiches Klagrecht aus dessen ersten Abschnitten dadurch zu sichern, daß der Naturalbesitz in Civileigenthum verwandelt, beziehentlich der dolose Brandstifter an der jene Rechtsmittel elidirenden Disposition über das Grundstück rechtzeitig behindert wird.

Angehend die Refutation, so mißversteht Beklagter die Tragweite der in dem Bl. bezogenen Präjudize

Annalen des OAG.'s Bd. III., S. 407 fg.

gegebenen Ausführung. Letztere enthält im Wesentlichen die oben vorgetragenen Grundsätze. Das Argument Bl., daß die ratio legis Vermeidung von Caducitäten und Hebung des Realcredits cessire, weil (nach Klägers Behauptung) die abgebrannten Gebäude bereits wieder aufgebaut seien, ist offenbar unpassend, weil es jeder Forderung von Brandvergütung nach aus Privatmitteln des Calamitosen oder sonst bewirkten Wiederaufbaue entgegenstehen würde.

56.

Die hypothekarische Klage verjährt gegen den dritten Besitzer unbedingt in 30 Jahren.*)

II. Sen.-Erk. v. 31. März 1863 no. 164/162.

Die vorige Instanz hat die Ansicht festgehalten, daß sich der dritte Besitzer dann nur mit der vierzigjährigen Verjährung gegen die hypothekarische Klage schützen könne, wenn er sich zur Erfüllung des erforderlichen Zeitraums die Besitzzeit des Schuldners oder der Erben desselben mit anrechnen müsse. Das OAG. befolgt, wie auch bereits vom Kläger für sich angezogen worden ist, die entgegengesetzte Ansicht, daß die hypothekarische Klage gegen den dritten Besitzer der verpfändeten Sache ohne Unterschied nach römischem Rechte in 30 Jahren, nach sächsischem Rechte in 31 Jahren, 6 Wochen und 3 Tagen verjährt. Zu Rechtfertigung dieser Ansicht bezieht man sich auf die im

Wochenbl. f. merkw. Rechtsf. v. J. 1852 S. 221 fg., v. J. 1854 S. 215, v. J. 1856 S. 36 fg.

sowie in der

Zeitschr. f. Rechtspfl. u. Verw., Bd. XIII., S. 376. Bd. XV., S. 127.

ausführlicher entwickelten Gründe, aus denen man nur folgende Sätze kürzlich wiederholen will. Die hypothekarische Klage gegen den dritten Besitzer ist durch die l. 3 und l. 7 pr. §. 1 C. de praescr. XXX vel XL ann. 7, 39, ebenso wie jede andere Klage, welche nach älterm Rechte eine actio perpetua war, der dreißigjährigen Verjährung unterworfen worden, und es unterscheidet sich diese Verjährung von der Verjährung der nämlichen Klage gegen den Schuldner und dessen Erben nur durch die verschiedene Dauer der Verjährungsfrist.

l. 3 cit.: „eodem etiam jure in persona ejus valente, qui pignus vel hypothecam non a suo debitore, sed ab alio per longum tempus possidente nititur vindicare."

l. 7, §. 1: „ut diversitas utriusque persecutionis in solo sit annorum numero, verum in aliis omnibus ambae sint similes" etc.

---

*) Die Frage ist nach dem Recht des BGB.'s erledigt, da dasselbe eine längere, als die 30jährige Verjährung nicht kennt.

Es gelten also bei der Verjährung der hypothekarischen Klage gegen den dritten Besitzer im Allgemeinen, sowohl als bezüglich des Befugnisses, die Besitzzeit der Vorgänger einzurechnen, dieselben Grundsätze, wie bei jeder andern Klagverjährung. Denn die in der l. 7, §. 2, 3 C. de praescript. etc. 7, 39 enthaltenen Vorschriften, welche man anscheinend für die Meinung der vorigen Instanz geltend machen könnte, beziehen sich nur auf Rechtsverhältnisse zwischen dem ältern und dem neuern Pfandgläubiger und dürfen bei ihrer ohnedies exceptionellen Natur und dem auf der besondern Beschaffenheit des Falls beruhenden Motive, nicht auf das Verhältniß des Pfandgläubigers zum dritten Besitzer ausgedehnt werden. Daß gegen den letztern die hypothekarische Klage mit Ablauf der gewöhnlichen Frist der Klagverjährung erlöschen soll, findet seinen völlig berechtigten Grund darin, daß der dritte Besitzer bei Zahlung der Schuld verlangen kann, daß ihm der Gläubiger die Forderungsklage gegen den Schuldner oder dessen Erben abtritt, diese Abtretung aber bei einer vierzigjährigen Verjährung der hypothekarischen Klage gegen den extraneus possessor nach Befinden unmöglich sein würde, weil die Forderungsklage und das Forderungsrecht schon durch Ablauf der ordentlichen Verjährung von 30 Jahren untergehen.

Weber, über die natürlichen Verbindlichkeiten §. 107, S. 466.

Wenn gleichwohl diese Klage gegen den Schuldner und dessen Erben nach der l. 3 cit. eine actio perpetua bleiben, nach der l. 7 pr. und §. 1 aber erst in vierzig Jahren verjähren sollte, obwohl die Forderungsklage und das Forderungsrecht selbst schon mit Ablauf der dreißig Jahre verjähren, so ist dies als eine Ausnahme zu betrachten, die, möge man sie auf diese oder jene Weise erklären, immer ihren Grund in dem besondern Verhältnisse des Schuldners und seiner Erben zum Gläubiger hat, vermöge dessen, wenn auch keine civilrechtliche, doch wenigstens eine natürliche Verpflichtung fortbestehen konnte. Der Gläubiger kann diese besondere Berechtigung geltend machen, wenn die in den Gesetzen selbst ausgedrückte nothwendige Voraussetzung dafür — der Fortbesitz der verpfändeten Sache auf Seiten des Schuldners und seiner Erben — noch vorhanden ist; er hat aber keinen Anspruch darauf, daß die Voraussetzung eintrete und es kann ihm selbst der Vorwurf der desidia nicht erspart werden, falls er in der Erwartung, daß der Schuldner und dessen Erben die Sache nicht veräußern würden, die Ausübung seines Pfandrechts innerhalb der Verjährungsfrist unterlassen hat.

57.

Wird das Auszugsbehältniß durch Brand zerstört, so ist dem Grundstückbesitzer zu Wiederherstellung eine angemessene Zeit zu gestatten.*)

II. Sen.-Erk. v. 28. Mai 1863 no. 262/249.

Allerdings gehört das ohne Verschulden der Betheiligten erfolgte Abbrennen eines Gebäudes unter die casuellen Ereignisse, welche nicht bloß den Eigenthümer, sondern auch andere Personen trifft, welche ein Recht auf die Benutzung oder Mitbenutzung desselben haben. Daß gleichwohl der Auszugsträger (vergl. §. 17 der Bekanntmachung vom 2. Novbr. 1839) verbunden ist, das Gebäude zur Auszugswohnung wieder herzustellen, sowie denn auch der Vermiether oder Verpachter als solcher unter gewissen Voraussetzungen verpflichtet sein kann, zufällige Schäden an dem vermietheten oder verpachteten Grundstücke wiederherzustellen, folgt lediglich aus seiner vertragsmäßigen oder durch letztwillige Disposition bestimmten Verpflichtung zur Gewährung des Wohnungsauszugs. Diese Verpflichtung wird durch den zufällig entstandenen Brand für die Zukunft nicht aufgehoben; daß aber der Auszügler auf die Zeit, welche zur Wiederherstellung des abgebrannten Gebäudes erforderlich ist, sein Wohnungsrecht in Mangel des hierzu nöthigen Objects nicht ausüben kann, ist der zufällige Verlust, den er selbst übertragen muß.

58.

Auslegung einer Testamentsbestimmung.

II. Sen.-Erk. v. 21. Mai 1863 no. 221/212.

Der gemeinschaftliche Erblasser der Parteien hat in §. 25 seines Testaments zu Gunsten seiner Kinder erster Ehe, nicht nur über seinen, sondern auch über den künftigen Nachlaß seiner Ehefrau A. A. B.

*) Conform BGB. §. 1172.

Verfügung getroffen, die Wirksamkeit der letztern jedoch davon abhängig gemacht, daß seine genannte Ehefrau entweder mit ihm zugleich oder kurz nach ihm verstürbe. Der erstere dieser Fälle ist liquidermaßen nicht eingetreten und ebenso wenig kann der zweite derselben als eingetreten angesehen werden. Denn wenn auch der Ausdruck: „kurz nach ihm" nur einen relativen Begriff enthält, so schließt er doch die Annahme eines längern Zeitraums, wie derjenige ist, welcher zwischen dem am 22. Aug. 1859 erfolgten Tode B.'s und dem am 21. Octbr. 1861 stattgefundenen Ableben der verw. B. inneliegt, aus. Wollte man aber auch annehmen — und dafür sprechen allerdings die in den §. 6, 18—20 und 23 enthaltenen Dispositionen des Testaments — daß B. durch jene Bestimmung überhaupt nur den Fall habe vorsehen wollen, daß der Tod seiner Ehefrau zu einer Zeit eintreten sollte, zu welcher die Regulirung seines Nachlasses noch nicht Platz ergriffen habe, so würde doch auch nach dieser Auffassung des Sachverhältnisses für die Kläger nichts gewonnnen werden, da besage der Beilageacten beim Ableben der verw. B. zwischen dieser und deren Miterben in Betreff des ehemännlichen und beziehentlich väterlichen Nachlasses bereits eine völlige Außeinandersetzung stattgefunden hatte. Ueberdies würde man die verw. B. an die im §. 25 enthaltene Bestimmung, insoweit sie eine von B. über das Vermögen der erstern zu Gunsten seiner Kinder getroffene Disposition befaßt, nur dann als gebunden haben erachten können, wenn man in dieser Verfügung einen zwischen ihr (der B.) und deren Ehemanne abgeschlossene Erbvertrag zu erblicken hätte. Allein daraus, daß die B. das Testament ihres Ehemannes mit unterzeichnet hat, kann auf eine von dieser im Interesse ihrer Miterben übernommene vertragsmäßige Verpflichtung um so gewisser nicht so ohne Weiteres geschlossen werden, als der Inhalt der Bestimmung im §. 24 des Testaments dafür spricht, daß die gedachte Mitunterzeichnung des letztern von B. zu einem ganz andern Zwecke, nämlich nur dazu verlangt und erlangt worden ist, sich für den Fall, daß seine Ehefrau vor ihm versterben sollte, gegen Ansprüche, welche etwa die Erben seiner Ehefrau aus den von ihm über deren Vermögen und zu Gunsten derselben in dem Testamente abgegebenen Erklärungen ableiten könnten, zu verwahren.

59.

Ueber das nach §. 129 des Erbfolgemandats vom 31. Jan. 1829*) von den darin gewissen Versorgungs- und Heilanstalten gewahrte Erbrecht und die Voraussetzung seiner Giltigkeit.

II. Sen.-Erk. v. 8. Mai 1863 no. 245/252.**)

Die zweite Instanz ist nicht nur von dem richtigen Grundsatze ausgegangen, daß die Beziehung auf gehörige Beobachtung der in §. 129 des Erbfolgemandats vom 31. Januar 1829 vorgeschriebenen Form in Fällen der vorliegenden Art zu Begründung der Klage gehöre, sondern hat auch den Einwand des Beklagten, daß aus dem als Klagbeilage B in Abschrift beigebrachten Protokolle sich nicht mit Bestimmtheit ergebe, daß die Mutter des Beklagten vor ihrer Aufnahme in das St. Johannishospital zu F. von der im Art. 23 der Hospitalordnung enthaltenen Dispositionsbeschränkung der Verpflegten in Kenntniß gesetzt worden sei, nicht schlechthin für unbegründet befunden. In beiden Beziehungen ist derselben vollkommen beizupflichten.

Das Anführen zu Klagabschnitt 62—75, es sei die Mutter des Beklagten vor ihrer Aufnahme in das Hospital vom Stadtrathe zu F. mittelst ihr behändigten Schreibens vom 23. August 1854 unter Verweisung auf die bestehende Hospitalordnung von der dem St. Johannishospitale zu F. an dem Vermögen der in letzterm aufgenommenen Personen (zustehenden Erbberechtigung) in Kenntniß gesetzt worden, drückt offenbar nicht mit der erforderlichen Bestimmtheit aus, daß die Genannte von der Erbberechtigung, welche das gedachte Hospital auf Grund der Hospitalordnung in Anspruch nimmt, in dem vollen Umfange, in welchem die Bestimmung in Art. 23 solche anerkennt, mithin dergestalt in Kenntniß gesetzt

*) Wörtlich aufgenommen in §. 2059 des BGB.'s.

**) Die Mutter des Beklagten, Hospitalitin, hatte jenem noch bei Lebzeiten Staatspapiere übergeben, beziehentlich übereignet, welche das Hospital als Theil des ihm angefallenen Nachlasses einforderte. Ima und IIda hatten die Klage aufrecht erhalten, die IIIia aber (siehe oben) solche i. d. a. M. abgewiesen, was in IVta bestätigt wurde.

worden sei, daß sie die Tragweite ihres diesfallsigen Zugeständnisses vollständig zu übersehen vermocht und darnach mit sich habe zu Rathe gehen können, ob sie ihre Aufnahme in das Hospital außer mit der zu leistenden baaren Einzahlung von 200 Thlr. noch durch Aufopferung jeglicher Dispositionsberechtigung über ihr Vermögen erkaufen wolle. Die schon oben angezogene Vorschrift des Allodial-Erbfolge-Mandats §. 129 ist nicht dahin zu verstehen, daß eine dem Aufzunehmenden ertheilte oberflächliche und allgemeine Benachrichtigung von einem Seiten der Anstalt prätendirten Erbrechte den gesetzlichen Anforderungen genüge, sondern setzt eine specielle und genaue Inkenntnißsetzung von dem Gegenstande und Umfange dieses Erbrechts voraus, welche in der bloßen Verweisung auf die bestehende Hospitalordnung unstreitig nicht liegt. Schon die Bestimmung, daß darüber ein gerichtliches Protokoll aufgenommen werden solle, weist auf die Absicht des Gesetzgebers hin, Täuschungen, Uebereilungen oder Irrthümern der in eine erbberechtigte Anstalt aufzunehmenden Personen durch Anordnung einer Form vorzubeugen, welche die den Umständen nach mögliche sicherste Garantie einer freien und bewußten Willenserklärung darbietet. Es folgt dies aber auch aus dem Geiste und der Tendenz des Gesetzes, mag man darin die Sanctionirung einer gewissermaßen vertragsmäßigen oder einer gesetzlichen Erbfolge erblicken. Im erstern Falle ist eine genaue Begrenzung des Erbrechts deshalb erforderlich, weil dasselbe gegenwärtig auf Grund der Hospitalordnung in einer Ausdehnung beansprucht wird, die nach der allgemeinen in Dec. 13 vom Jahre 1746 enthaltenen Vorschrift über die Geltung von Erbverträgen nicht gerechtfertigt sein würde. Im andern Falle dagegen hat die geordnete Form die Publication des in Rede stehenden Specialgesetzes zu ersetzen und es liegt am Tage, daß hierzu eine specielle und genaue Bekanntmachung der von dem allgemeinen gesetzlichen Erbrechte abweichenden Bestimmungen um so gewisser gehört, als der Modus der Publication allgemeiner Landesgesetze und die darauf gegründete Präsumtion der Bekanntschaft mit solchen auf Fälle dieser Art zweifellos ganz unanwendbar ist und das Allodialerbfolgemandat gerade die Einführung allgemeiner Rechtsnormen über das Intestaterbrecht unter Aufhebung der bis dahin bestandenen particularen und statutarischen Grundsätze bezweckt. Was Kläger im Widerspruche hiermit aus den Vorschriften der Armenordnung vom 22. October 1840, §. 68 fg. ableitet, wird sofort durch eine unbefangene Betrachtung derselben widerlegt. In §. 68 sind die Bestimmungen des Mandats vom 31. Jan. 1829 auf die Ortsarmen-, Kranken- und Waisenhäuser in Ansehung derjenigen Individuen, welche darin unentgeltlich aufgenommen werden müssen, übertragen, und wenn sodann weiter gesagt ist, daß es noch ferner bei demjenigen, was etwa sonst in Ortsstatuten über die Ansprüche der Armenkassen an den Nachlaß der von ihnen versorgten oder unterstützten Armen festgesetzt sein sollte, bewende, so wird darin offenbar nur eine Erweiterung und Bestätigung, keineswegs aber eine Abänderung oder Aufhebung der früheren gesetzlichen Bestimmungen und insbesondere der Formvorschriften in §. 129 ausgesprochen,

Groff in der Zeitschr. f. Rechtspfl. u. Verw., N. F., Bd. XI., S. 305.

Die hiernächst in §. 69 enthaltene Nichtigerklärung aller den vorstehenden Bestimmungen zuwiderlaufenden Verfügungen eines Armen trifft der Natur der Sache nach auch nur solche Dispositionen, welche ein in Gemäßheit der vorausgegangenen Bestimmungen bestehendes, beziehentlich den Vorschriften des Allodialerbfolgemandats zufolge als giltig und wirksam zu betrachtendes Erbrecht verletzen. Endlich umfaßt das Bl. erwähnte Recht der Hospitäler, Ortsarmen- und Waisenhäuser auf die Sachen der in ihnen verstorbenen Personen, von welchem in §. 130 des Allodialerbfolgemandats verbunden mit §. 68 der Armenordnung gehandelt wird, überhaupt nur die actu inferirten res mobiles an Anzugsstücken, Wäsche, Betten, Mobilien und sonstigen derartigen Effecten, nicht baares Geld, Staatspapiere und andere Documente

Groff a. a. O S. 314 sub 1.

Curtius, Handb. des Civilr., Bd. II., Abth. 2, §. 853[b], not. k.

kann aber überdies, noch abgesehen hiervon, in dem vorliegenden Falle schon deshalb nicht in Betracht kommen, weil in der Klage nicht mit Bestimmtheit angeführt ist, daß die Mutter des Beklagten die den Gegenstand des Anspruchs bildenden Staatspapiere in das Hospital eingebracht und in demselben beziehentlich bei ihrem Ableben detinirt habe.

Dem im Vorstehenden dargelegten Mangel des Klaganführens wird nun aber — und darin hat man sich von der Ansicht zweiter Instanz zu trennen gehabt — weder durch den Inhalt der Klagbeifuge B, noch durch das Vorbringen in der Replik genügend abgeholfen. Denn soviel das Letztere betrifft, behauptet Kläger ein Mehreres nicht, als daß die vor der Aufnahme erfolgte Inkenntnißsetzung von der Erbberechtigung des St. Johannishospitals schon in der Klage mit hinlänglicher Bestimmtheit angeführt sei, was nach dem oben Bemerkten keineswegs der Fall ist und sucht dann weiter darzuthun, daß es eines bezüglichen Anführens in der Klage nicht bedurft habe, weil die Klagbeifuge B schon für sich das hierunter Nöthige nachweise. Allein dagegen ist zu erinnern, daß das in dieser Klagbeifuge B enthaltene Protokoll vom 4. Novbr. 1854, genau genommen, nur ergiebt, es habe die Comparentin ein ihr die Aufnahme in das Pfründnerhaus des St. Johannishospitals zusicherndes Schreiben des Stadtraths zu F. vom 23. Aug. 1854 producirt, ohne über den Inhalt dieses Schreibens irgend etwas zu bekunden, und daß daher die „Behufs der zugesicherten Aufnahme" abgegebene Erklärung

> wie sie das St. Johannishospital als ihren alleinigen Erben anerkenne, auch alle von ihren Erben nach ihrem Ableben etwa zu erwartenden Benefize aus Grabekassen an das gedachte Hospital andurch abtreten und sich zu dessen Gunsten jeder weitern Verfügung über ihr Vermögen begeben wolle,

lediglich nach ihrem eigenen Wortlaute ausgelegt werden muß, in dieser Beziehung aber eine Beschränkung der Dispositionsfreiheit nach Art. 23 der Hospitalordnung, vermöge deren Comparentin „ihre gesammte Verlassenschaft einzig und allein auf das Hospital zu vererben gehalten und selbige weder durch Testament, letzten Willen, Vermächtniß, Uebergabe auf den Todesfall, Schenkung unter dem Lebendigen noch sonsten in einigerlei Wege etwas davon zu entziehen befugt sein soll," um deswillen nicht ergiebt, weil die Begebung jeder weitern Verfügung, zumal nach der vorausgegangenen Hinweisung auf den Todesfall und die in Folge desselben zu gewartenden Erwerbungen nicht nothwendig die Verzichtleistung auf Dispositionen inter vivos in sich begreift, im Zweifelsfalle aber allgemeine Interpretationsregeln und die mindestens analog anzuwendenden Bestimmungen der dec. 13 vom Jahre 1746 gegen diese erweiternde Auslegung sprechen.

60.

Uebergang der Verpflichtung zu Herausgabe eines Nachlaßverzeichnisses auf die Erben.

II. Sen.-Erk. v. 1. Mai 1863 no. 273/233.

Der Erbe succedirt in alle Rechte und Verbindlichkeiten seines Erblassers, insoweit diese nicht als ganz persönliche mit seinem Tode erlöschen *). Als eine solche ganz persönliche Verbindlichkeit kann die Obliegenheit zur Herausgabe eines Nachlaßverzeichnisses nicht angesehen werden, vielmehr steht dieselbe rücksichtlich ihres Uebergangs auf die Erben der Verbindlichkeit zur Rechnungsablegung ganz gleich. Wie von den Erben eines Erblassers, welcher als Theilnehmer einer Societät oder als Verwalter fremden Vermögens Rechnung abzulegen hatte, die, insoweit sie bei seinem Ableben noch nicht erfolgt war, noch verlangt werden kann **), so vermögen sich auch Erben, deren Erblasser eines ihm gar nicht oder nur als Miterben angefallenen Nachlasses sich angemaßt hat, der Erfüllung der von ersterm unerledigt gelassenen Verpflichtung zur Edition eines Verzeichnisses über den letztern nicht zu entbrechen. Einer Bezugnahme darauf, daß Beklagter durch den Antritt der Verlassenschaft seines Erblassers auch in den Besitz von zum Nachlasse der Ehefrau desselben gehörig gewesenen Gegenständen gelangt sei, bedurfte es daher zur Substantiirung der Klage nicht.

Was die Versicherung des Beklagten betrifft, daß ihm die Herausgabe einer Specification über den Nachlaß der Ehefrau seines Erblassers unmöglich sei, so kann diese schon darum, weil sie auf einer einseitigen, unerwiesenen Behauptung beruht, dermalen nicht in Betracht kommen. Hat Beklagter wirklich keine eigene Kenntniß davon und vermag er auch nicht durch Nachforschungen darüber sich Wissenschaft zu verschaffen, worin der Nachlaß der verehel. B. bestanden habe, so würde er in der von ihm herauszugebenden Specification

*) Conform die Bestimmungen des BGB.'s §. 2281—2284.

**) Vergl. Annalen, Bd. I., S. 138, auch Bd. III., S. 394.

im Betreff der Rubriken, in welche ein solches Verzeichniß nach Anleitung des der Vormundschaftsordnung unter ⊙ beigefügten Schema's zu zerfallen hat, allerdings nur auf Vacat-Bemerkungen sich beschränken müssen. Allein wie Beklagter selbst in diesem Falle auf Erfordern der Kläger genöthigt sein würde, die Richtigkeit seiner Angaben, wenn schon nach Lage der Sache nur de credulitate eidlich zu erhärten und solchergestalt den Specificationseid zu leisten, so kann auch die Behauptung des Beklagten, daß er über die zu dem Nachlasse der verehel. B. gehörig gewesenen, in den Besitz des Wittwers der letztern gelangten Gegenstände Auskunft zu geben nicht vermöge, eben nur unter Beobachtung der für Edition eines Nachlaßverzeichnisses vorgeschriebenen Formen zur Berücksichtigung gelangen und ebenso darf den Klägern nicht die Gelegenheit entzogen werden, im Wege des Moniturverfahrens durch Aufstellung von ihnen etwa zur Seite stehenden Erinnerungen gegen die Richtigkeit der Angaben des Beklagten auf Ermittelung des Nachlaßbestands hinzuwirken und beziehentlich sich die Zulassung zu einer probatio majoris substantiae zu verschaffen.

61.

Ausschluß der Nullitätsklage des im Testament übergangenen Notherben durch die Codicillarclausel.*)

II. Sen.-Erk. v. 28. Mai 1863 no. 261/292.

Wie die Parteien einverstanden sind, hat der am 11. Aug. 1861 ohne Descendenten verstorbene Gutsbesitzer C. B., in dem mit seiner Ehefrau, der Beklagten am 10. März 1851 wechselseitig errichteten und am 18. März 1851 gerichtlich niedergelegten mit der Codicillarclausel versehenen Testamente die Beklagte als seine alleinige Universalerbin eingesetzt, seine Mutter aber, die Klägerin, übergangen. Die Klägerin hat nach Bl. darauf angetragen, daß das nurgedachte Testament ihres Sohnes für ungiltig erklärt, der Nachlaß desselben nach den Grundsätzen der Intestaterbfolge zwischen ihr und der Beklagten vertheilt und Beklagte zu Herausgabe des Nachlasses, dessen sie sich angemaßt, nach vorgängiger Inventur oder Specification nebst den

*) Vergl. diese Annalen Bd. VII., S. 95.

davon gezogenen Nutzungen verurtheilt werde. In beiden vorigen Instanzen ist die Condemnatoria der Beklagten auf Gewährung eines Dritttheils der Erbschaft beschränkt, im Uebrigen aber das Suchen der Klägerin in der angebrachten Maße abgewiesen worden. Das OAG. tritt der gedachten Entscheidung und den zu Rechtfertigung derselben angeführten Gründen allenthalben bei und bemerkt zu Widerlegung des dagegen von der Klägerin Vorgebrachten Folgendes:

1.

Die der Entscheidung zu Grunde liegende Ansicht, daß ein Notherbe, welcher in einem mit der Codicillarclausel versehenen Testamente übergangen worden ist, das letztere als nichtig nicht mit dem Erfolge anfechten könne, daß ihm mit Ausschluß der Testamentserben, soweit denseben nicht ein gesetzliches Intestaterbrecht zusteht, der ganze Nachlaß zuzusprechen sei, daß vielmehr das Testament vermöge der beigefügten Codicillarclausel dergestalt aufrecht erhalten wird, daß dasselbe als ein an die Intestaterben gerichtetes Codicill anzusehen ist, in dessen Folge die Intestaterben verpflichtet werden, gleich instituirten Fiduciarerben den Nachlaß unter Abzug der ihnen gebührenden Pflichttheile, und unter gewissen hier nicht vorliegenden Voraussetzungen unter Kürzung der Trebellianischen Quart, an die im Testamente eingesetzten Erben herauszugeben, ist nicht nur von den meisten Rechtslehrern des gemeinen Rechts

Francke, Recht der Notherben §. 33.

v. Vangerow, Leitfaden Bd. II., §. 527, Anmerk. 2.

Sintenis, prakt. Civilr. Thl. III., §. 208, not. 10, S. 679 fg., ed. 2.

Degener in der Zeitschr. für Civilr. und Prozeß Bd. XVIII., S. 403 fg.

sondern auch des Sächs. Rechts

Kind, quaest. for. Tom. I., c. 50, p. 364 fg., ed. 2.

Curtius, Handbuch §. 819.

angenommen und insbesondere vom OAG. beim Rechtsprechen aus den im

Wochenbl. f. merkw. Rechtsf. Jahrg. 1850, S. 309 fg. u. 425 fg., Jahrg. 1855, S. 93 fg., Jahrg. 1858, S. 212 fg.

Zeitschr. f. Rechtspfl. u. Verw., N. F., Bd. XVIII., S. 125 fg.

erwähnten Gründen, auf welche Man der Kürze halber verweiset, befolgt worden. Dieser Ansicht stehen die Nov. 115 und die const. 9, P. III v. J. 1572 nicht entgegen, da die Gesetze weder auf die Codicillarclausel sich beziehen, noch der letzteren im Fall der Uebergehung von Notherben dem an und für sich ungiltigen Testamente die Wirkung, daß das Testament als ein die Intestaterben bindendes Codicill anzusehen ist, absprechen.

2.

Eine Ausnahme von obigen Grundsätzen tritt nur dann ein, wenn ein Notherbe im Testamente zufolge eines factischen Irrthums des Testators deshalb übergangen worden ist, weil der Erblasser den Notherben für todt gehalten oder das Testament durch einen posthumus rumpirt wird, an dessen Geburt der Erblasser nicht gedacht hat. Denn in diesen Fällen kann die Codicillarclausel wegen des innern Mangels des Willens des Testators (propter defectum voluntatis) nicht wirksam werden, da der Erblasser bei der Errichtung des letzten Willens von der Voraussetzung ausgegangen ist, daß ein Notherbe nicht existire, beziehentlich nicht geboren werde und nicht ohne Weiteres angenommen werden kann, daß der Erblasser seinen Notherben, falls derselbe nicht, wie er irriger Weise geglaubt, verstorben ist oder, wie er nicht vermuthet, noch zur Welt kommt, durch Beifügung der Codicillarclausel zu Herausgabe des vollen Intestaterbtheils, soweit es den Pflichttheil übersteigt, an die Testamentserben habe verpflichten wollen.

Francke a. a. O. S. 418 fg.
v. Vangerow a. a. O. S. 459.
Sintenis a. a. O. S. 650, not. 10.
Wochenbl. f. merkw. Rechtsf. Jahrg. 1861, S. 212 fg.
Annalen des OAG. Bd. III., S. 493.

Die nurgedachte Unwirksamkeit der Codicillarclausel tritt jedoch im vorliegenden Falle nicht ein, indem die Klägerin sich nicht auf einen factischen Irrthum des Testators über ihre Existenz, sondern auf einen Rechtsirrthum, zufolge deren ihm die Bestimmungen über ihre Existenz, sondern auf einen Rechtsirrthum, zufolge deren ihm die Bestimmungen über das gesetzliche Erbrecht der Eltern unbekannt gewesen seien, gestützt hat. Denn sollte selbst der Erblasser durch den Rechtsirrthum, daß seiner Mutter, der Klägerin, ein Anspruch auf den Pflichttheil nicht zustehe, bewogen worden sein, seine Ehefrau als Universalerbin einzusetzen, so hat er doch durch das Testament und die demselben einverleibte Codicillarclausel seine Willensmeinung zu erkennen gegeben, seinen gesammten Nachlaß seiner Ehefrau zuzuwenden und seine Mutter davon auszuschließen, für den Fall jedoch, daß dieser letzte Wille den Gesetzen nicht entsprechen sollte, ein Codicill dergestalt zu errichten, daß die Intestaterben die Erbschaft unter Abzug desjenigen, was ihnen den Rechten nach gebührt, als ein Fideicommiß an die im Testamente genannte Erbin ausantworten sollen. Es ist die getroffene Verfügung so anzusehen, als ob der Erblasser nicht ein Testament, sondern lediglich ein Codicill errichtet und in dem letztern seinen Intestaterben, der Klägerin und der Beklagten, die Verbindlichkeit auferlegt hätte, den Nachlaß unter Abzug der ihnen gesetzlich zustehenden Pflichttheile, der Beklagten zu überlassen. Zu der Annahme, daß der Testator seiner Mutter, wenn er gewußt hätte, daß dieselbe pflichttheilberechtigt sei, ein Mehreres als den Pflichttheil ausgesetzt haben würde, fehlt es an jedem Anhalten, indem dem Testator offenbar bekannt war, daß seine Mutter lebe, mithin derselbe durch die Uebergehung seiner Mutter, und die Ernennung seiner Ehefrau als seiner Universalerbin seine Absicht, daß letztere bevorzugt werden solle, und erstere daher jedenfalls ein Mehreres, als ihr nach den Gesetzen unbedingt gebühre, nicht erhalten solle, genügend zu erkennen gegeben hat.

3.

Nicht minder unerheblich ist der Einwand der Klägerin, daß der Testator weder das Wort „Codicillarclausel" noch den Sinn und die Bedeutung derselben gekannt habe. Denn ganz abgesehen davon, daß die Klägerin das gedachte Vorbringen factisch in keiner Weise substantiirt hat, steht dem Einwande nicht nur die Wortfassung der Clausel selbst, nach welcher

der letzte Wille, wenn er nicht als feierliches Testament gelten könne, doch als ein minder feierlicher letzter Wille, als Codicill,

Fideicommiß, Schenkung auf den Todesfall, oder sonst wie aufrecht und bei Kräften erhalten werden sollte,

sondern auch die am Schlusse des Testaments enthaltene Bemerkung des Erblassers, daß er seinen letzten Willen durch eine vertraute Hand habe zu Papier bringen lassen, und denselben auf genaues Durchlesen genehmigt und eigenhändig unterzeichnet habe, sowie die Unterschrift entgegen. Denn aus der Zuziehung eines der Formen Kundigen bei der Niederschrift des Testaments folgt von selbst, daß der Erblasser alle diejenigen Bestimmungen gewollt habe, welche der Verfasser des letzten Willens Behufs der Aufrichtung desselben für nöthig und zweckmäßig befunden und deshalb dem Testamente selbst einverleibt hat.

Jeder Zweifel wird aber durch die Unterschrift des Erblassers beseitigt, indem hierdurch der Testator sein volles Einverständniß mit der Art und Weise, wie der letzte Wille zu Papier gebracht worden ist, erklärt hat. Es kann daher die Frage, ob der Wille des Testators auf die Einverleibung der cassatorischen Clausel wirklich gerichtet gewesen sei, unter den hier vorliegenden Verhältnissen gar nicht entstehen.

Sintenis, prakt. Civilr. Bd. III., §. 208, not. 9, S. 78 fg., ed. 2.

4.

Ferner hat die Klägerin den Antrag gestellt, daß die Beklagte zu Herausgabe der ganzen Erbschaft an sie verurtheilt werde, indem selbst für den Fall, daß das Testament durch die beigefügte Codicillarclausel für salvirt erachtet werden sollte, sie, die Klägerin, als Fiduciarerbin erscheinen, als solche zu Besitznahme des ganzen Nachlasses berechtigt und nur für verpflichtet sein würde, künftig die Erbschaft unter Abzug des ihr gebührenden Pflichttheils an die Beklagte auszuantworten. Diesem Antrage ist jedoch nicht stattzugeben, weil die Beklagte, als die Ehefrau des Verstorbenen, selbst erbfolgeberechtigte Intestaterbin ist, und daher vermöge der dem Testamente beigefügten Codicillarclausel nur in Betreff desjenigen Theils des Nachlasses, welcher nach Abzug der der Klägerin und der Beklagten gesetzlich zukommenden Pflichttheile verbleibt, als Fideicommissarerbin erscheint.

Degener a. a. O. S. 404.

Nun würde es aber lediglich zu einer zeitraubenden und kostspieligen Neuerung führen, wenn man die Beklagte, welche sich dermalen im Besitze der ganzen Erbschaft befindet, in Ausantwortung des gedachten Theils derselben an die Klägerin, und hierauf letztere zu Restitution desselben Theils als eines Fideicommisses an die Beklagte verurtheilen wollte. Man hat daher nur billigen können, wenn in dem Erkenntnisse Bl. der Beklagten brevi manu die Innebehaltung dessen, was ihr vom Nachlasse gebührt, gestattet und dieselbe bloß zu Herausgabe des der Klägerin nach §. 50 des Erbfolgemandats vom 31. Januar 1829 zukommenden Pflichttheils mit einem Dritttheile der Erbschaft verurtheilt worden ist.

Kind, quaest. for. Tom. I., c. 50, p. 371, ed. 2.

Auch ist in dem gedachten Erkenntnisse lediglich die Quote, welche die Klägerin vom Nachlasse zu erhalten hat, festgestellt worden, wogegen auf die Frage, worin der gedachte Nachlaß und die seit dem Tode des Erblassers hiervon gezogenen Nutzungen bestehen, das zwischen den Parteien eingeleitete Defecturverfahren über die von der Beklagten eingereichte Nachlaßspecification und Verwaltungsrechnung sich bezieht. Es lag daher zur Zeit keine Veranlassung vor, das Erkenntniß auf die Nutzungen zu richten und insbesondere darüber, nach welchem Betrage und zu welcher Zeit an die Klägerin Nutzungen oder Zinsen von ihrem Erbtheile zu beanspruchen habe, sich schon jetzt auszusprechen, vielmehr ist diese Frage künftiger Entscheidung, wenn die Höhe des Erbtheils festgestellt sein wird, vorzubehalten.

62.

Zur Lehre vom Beweise der mens testatoris.*)

II. Sen.-Erk. v. 11. Juni 1863 no. 340/337.

Man ist mit der zweiten Instanz (AG. Leipzig) darin einverstanden, daß die Worte der Bestimmung des der Klage in Abschrift beigefügten Testaments sub 4, wonach die Beklagte den bereits verheiratheten Kindern des Erblassers „ein jährliches Pachtgeld von Vierzehn Thalern für ihre (Grundstücks-) Antheile zu geben hat,

*) Conform mit den im BGB. §. 2155, insbesondere in §. 2158 gegebenen Regeln über die Auslegung letztwilliger Verfügungen.

zumal nach der Auffassung eines rechtsunkundigen, mit den Regeln juristischer Interpretation nicht vertrauten Testirers nicht schlechterdings in dem von der ersten Instanz angenommenen Sinne, mithin so, daß die vorbezeichneten Kinder zusammen vierzehn Thaler jährlich Pachtgeld erhalten sollen, sondern füglich auch dahin verstanden und gemeint gewesen sein können, daß jedes der Kinder diesen Pachtgeldbetrag zu erhalten haben soll. Eine ganz unzweideutige, die zuletztgedachte Auffassung völlig ausschließende Willensäußerung des Testirers, deren Verständniß durch andere, außerhalb des Testaments beruhende Momente nicht erläutert oder beeinflußt werden könnte, liegt also nicht vor und die Intention der Klägerinnen, durch Darlegung und Nachweisung derartiger Momente die ihnen günstigere Absicht des Testirers zur Geltung zu bringen, mag daher nicht ohne Weiteres als unzulässig bezeichnet werden. Das von der Beklagten wiederholt angezogene Präjudiz in den Annalen Bd. IV., S. 415 steht dem nicht entgegen, indem es sich in dem dort streitigen Falle zunächst nur darum handelte, ob ein durch den Wortlaut des Testaments nicht gegebener Anspruch lediglich aus dem Inhalte des Testaments selbst und der danach gedenkbar möglichen Absicht des Errichters zu begründen sei, die Frage aber, ob und mit welchem Erfolge andere, den Willen des letztern bekundende Umstände, welche aus dem Testamente nicht zu ersehen, zu diesem Behufe herbeizuziehen seien, damals zur Entscheidung nicht vorlag. Es bedarf deshalb auch gegenwärtig keines nähern Eingehens auf die Frage, ob der an sich unbestrittene Grundsatz, daß bei Auslegung letztwilliger Verordnungen der wirklich vorhandene Wille des Testators entscheide, die Verstattung des Beweises der mens testatoris stets rechtfertige, und nur an die Beschaffenheit dieses Beweises, je nach der Unzweideutigkeit oder Mehrdeutigkeit des Wortlauts des Disposition, mehr oder minder strenge Anforderungen zu stellen seien, wie die zweite Instanz Bl. annimmt. Abgesehen von den in prozessualer Beziehung gebotenen Erfordernissen schlüssiger Begründung des zum Beweise auszusetzenden Klag- oder exceptivischen Vorbringens, ist so viel außer Zweifel, daß bei Beachtung des Willens doch die Bekundung desselben in gesetzlicher Form nicht schlechthin unberücksichtigt bleiben kann

l. 9 pr. §. 1 D. de hered. inst. (28. 5.)

und anderer Seits die vorgedachte Unterscheidung als Princip für die praktische Ausführung schon deshalb keine durchgreifende Bedeutung zu äußern vermag, weil es in der Natur der Sache liegt, daß die richterliche Ueberzeugung von dem Vorhandensein des behaupteten Willens zugleich mit Rücksicht auf dessen formellen Ausdruck immer nur nach den jedesmaligen Umständen des concreten Falles zu bestimmen sein wird.

In dem gegenwärtigen Rechtsstreite gestaltet sich die Sachlage so, daß, wenn der Erblasser der Parteien erweislich die Absicht gehabt haben sollte, die Beklagte mit Bezahlung eines jährlichen Pachtgeldes von 14 Thlrn. an jede der Klägerinnen zu beschweren, diese Absicht in dem Wortlaute der fraglichen Bestimmung immerhin keinen so unangemessenen oder nicht entsprechenden Ausdruck gefunden haben würde, daß Sinn und Wortlaut als widersprechend oder unvereinbar bezeichnet werden könnten. Daß demnach Klägerinnen hier mit dem verlangten Beweise der alia mens testatoris zu hören seien, darin stimmt Man der zweiten Instanz ebensowohl bei, als daß die bezüglichen Anführungen der Klage genügende factische Unterlagen zu Verstattung dieses Beweises darbieten.

Was hierüber Bl. ausgeführt zu befinden, ist um so unbedenklicher zu billigen gewesen, als Beklagte in jetziger Instanz zu dessen Widerlegung etwas Erhebliches nicht vorgebracht hat, vielmehr außer dem schon in Vorstehendem widerlegten Einwande gegen die Statthaftigkeit jeder derartigen Beweisführung bloß darzuthun gesucht hat, daß die Absicht des Erblassers bei der in Rede stehenden Verfügung nicht die von den Klägerinnen behauptete gewesen sei: denselben Zweck verfolgen die schon im ersten Verfahren aufgestellten Behauptungen. Da jedoch der Beklagten die Ausführung dessen, was sie von ihrem Standpunkte aus zu Ermittelung der mens testatoris beibringen zu können glaubt, in dem ihr nachgelassenen Gegenbeweise unbenommen ist, so kann von Prüfung der Relevanz dieses Vorbringens in dem jetzigen Erkenntnisse nicht die Rede sein, vielmehr ist solche lediglich der Definitiventscheidung zu überlassen.

63.

Grundlage der querela inofficiosae donationis.*)

II. Sen.-Erk. v. 29. Juni 1863 no. 301/266.

Die den beiden vorigen Erkenntnissen (des BG.'s Annaberg und des AG.'s Zwickau) zu Grunde liegende Ansicht, daß die Beantwortung der Frage, ob ein Notherbe durch von seinem Erblasser unter den Lebenden vorgenommene Schenkungen eine Pflichttheilsverletzung erlitten habe, auf den Vermögensbestand des Erblassers nicht nur zur Zeit des Ablebens des letztern, sondern auch zur Zeit der Schenkungen Rücksicht zu nehmen sei, beruht auf einem Satze, welcher von dem OAG. selbst zeither constant befolgt worden ist,

Wochenbl. f. merkw. Rechtsf. Jahrg. 1854, S. 47. Jahrg. 1857, S. 319. Jahrg. 1858, S. 288.

und dessen Richtigkeit sich auch nach den Bestimmungen der 92. Novelle Cap. I und der Auth. Cod. Unde et si parens. de inoffic. testam. (3. 28.) nicht füglich bestreiten läßt. Hiernach kann es aber auch, daß die vorliegende Klage der erforderlichen Begründung entbehre, nicht zweifelhaft sein. Auf den Vermögensbestand des gemeinschaftlichen Erblassers der Parteien, Gb. G. Sch., wie sich solcher zu der Zeit herausgestellt hat, welche den angeblich von Sch. zu Gunsten der Beklagten successiv getroffenen Verfügungen unmittelbar vorausgegangen, ist in der Klage nirgends Bezug genommen. Aus derselben ist nur soviel, daß Sch. früher zwei Grundstücke besessen, von welchen er das eine im Jahre 1840 an den Ehemann der Beklagten, das andere sammt Inventar, Vorräthen und Haus- und Feldgeräthschaften im Jahre 1851 an die Beklagte selbst veräußert habe, nicht aber, daß diese Grundstücke und Mobiliargegenstände zu der in Frage befangenen Zeit das gesammte Vermögen Sch.'s gebildet haben, zu entlehnen. Ueberdies unterliegt aber auch die Richtigkeit der von den Klägerinnen in Ansehung der letzteren dieser Grundstücke angegebenen Werthberechnung nicht unerheblichen Zweifeln. Denn da die für ein Grundstück ausgeworfenen Steuereinheiten nach §. 2 des Gesetzes vom 9. Sept. 1843 zugleich auf alle zu diesem Grundstücke

*) Conform BGB. §. 2603 fg.

gehörigen ertragsfähigen Oberflächen sich erstrecken, so ist nicht abzusehen, wie Klägerinnen dazu kommen, anzunehmen, daß bei Ermittelung des Werths jenes Grundstücks nach den auf letzteres gelegten Steuereinheiten, diese nicht allein maßgebend, sondern hierbei die zu gedachtem Grundstücke gehörigen Gebäude und Waldungen noch besonders zu Gelde zu veranschlagen seien. Es läßt sich daher nicht einmal beurtheilen, ob überhaupt, geschweige denn mit welcher der in Rede stehenden Schenkungen und nach welchem Betrage eine Pflichttheilsverletzung der Klägerinnen eingetreten sei.

Civilprozeß.

41.

Ueber Zulässigkeit der mutatio libelli in Bezug auf in der zurückgezogenen Klage enthaltene Zugeständnisse des Klägers.*)

A.

II. Sen.-Erk. v. 17. Septbr. 1863 no. 572/530.

Daß der Mangel der Uebereinstimmung der gegenwärtigen Klage mit der früher von Klägerin gegen Beklagten erhobenen, doch vor erfolgter förmlicher Einlassung, insbesondere auch vor erklärter Acceptation der in der Klagbeifuge zu Beklagtens Gunsten enthaltene Zugeständnisse wiederum zurückgenommenen Klage die Abweisung der gegenwärtigen nicht herbeiführen könne, ist schon von der ersten Instanz, sowie von der Klägerin richtig bemerkt worden. Ein prozeß-

---

*) Nicht selten finden sich, angeblich in Folge irrthümlicher Notizen 2c., in den Klagen Zugeständnisse von Gegenrechnungsposten und Zahlungen, welche Kläger, sei es im Allgemeinen, sei es in Bezug auf die Zeit, unter Substituirung einer verbesserten Klage, zurückziehen. Die Statthaftigkeit dieser Rücknahme ist ausgesprochen in dem Falle sub A, wo Beklagter sich noch nicht eingelassen und die Zugeständnisse noch nicht acceptirt hatte; ebenso in dem Falle sub B, wo die Rücknahme nach der Einlassung erfolgte.

formales Recht aus diesen Zugeständnissen hat Beklagter nicht zu beanspruchen, aus Gründen, deren weitere Ausführung in der

Zeitschr. f. Rechtspfl. u. Verw. N. F. Bd. VIII., S. 320. Bd. IV., S. 189.

zu finden ist. Ob er bei dem ihm nachgelassenen Beweise der Ausflucht der Zahlung mit Erfolg auf jene theilweisen Zugeständnisse Bezug nehmen zu können meint, bleibt ihm anheimgestellt.

B.

II. Sen.-Erk. v. 19. Febr. 1864 no. 4254.

Man stimmt mit der vorigen Instanz darin überein, daß durch die Klagänderung die dabei zurückgezogenen Zugeständnisse in der Klagbeifuge C dem Kläger nicht mit dem Erfolge, daß dadurch die neue Klage ohne eine besondere Begründung der Ursache seines Irrthums unschlüssig erscheine, entgegengesetzt werden können.

Die für eine entgegengesetzte Ansicht angerufenen Präjudizien können für eine dem Beklagten günstigere Auffassung nicht maßgebend sein.

Während nämlich das erstere (Zeitschr. f. Rechtspfl. und Verw. Bd XI., S. 260 fg.) den Rationen des Urtheils einer andern Spruchbehörde entlehnt, zwar im Eingange beider Fälle, zurückgezogener und (rechtskräftig) in der angebrachten Maße abgewiesener Klage, gedenkt, ist doch an der Bl. angezogenen Stelle (S. 262) nur von dem letztern Falle die Rede. Ebenso handelt das zweite Präjudiz (a. Zeitschr. Bd. XVIII., S. 438) von einem Falle, wo rechtskräftige Entscheidung über die frühere Klage vorliegt.

Ist aber, wie im vorliegenden Falle, die Rückziehung der frühern Klage vor einer rechtskräftigen Entscheidung über solche erfolgt, so kann auch darin enthaltenen, in der zweiten widerrufenen Geständnissen des Klägers nach Maßgabe der Bestimmungen der Erl. Proz.-Ordn. ad tit. V, §. 9 nicht die Wirkung beigelegt werden, daß jene vom Beklagten der neuen Klage gegenüber zu Begründung einer exceptio litis ingressum impediens benutzt werden dürften.

42.

Ueber Collision der Eidesannahme mit entgegenstehenden Urkunden.

II. Sen.-Erk. v. 22. Septbr. 1863 no. 530/541.

Zwar liegt Seiten des Beklagten in Ansehung des Grundes der Klage, soweit derselbe auf dem angetragenen Eide beruht, insofern ein directes Zugeständniß nicht vor, als derselbe in den Einlassungspunkten 1—9 geleugnet hat, einen Getreidehandel der angegebenen Art mit dem Kläger abgeschlossen zu haben, indem derselbe vielmehr in der Anmerkung zu dem 11. Einlassungspunkte behauptet, das zwischen ihm und dem Kläger stattgehabte Vertragsverhältniß sei ein ganz anderes gewesen. Nicht verkauft nämlich will er an den Kläger die in Rede stehenden 100 Wispel Roggen haben, sondern nach seiner Behauptung habe es lediglich um eine Einkaufscommission, die er für den Kläger ausführen sollen und wirklich auch ausgeführt habe, sich gehandelt und habe er nur zu seiner Sicherheit wegen der hieraus für ihn möglicher Weise entstehenden Verbindlichkeiten den in der Klage erwähnten Wechselaccept in Belaufe von 600 Thlrn. von dem Kläger ausgestellt erhalten. Mit dieser Darstellung steht indessen der Inhalt des von ihm selbst seiner Einlassungsschrift beigefügten Schlußzettels insofern, als derselbe auf ein zwischen ihm und dem Kläger abgeschlossenes Kaufgeschäft lautet und darin die Wechselzahlung der 600 Thlr. als Anzahlung auf das Kaufgeld bezeichnet wird, in directem Widerspruche und wenn Beklagter, wie dieses in der Natur der Sache liegt, den Inhalt dieses Schriftstücks und seine in der Eigenschaft „als Verkäufer" darunter gebrachte Namensunterschrift gegen sich gelten lassen muß so kann nur die Frage entstehen, welche Wirksamkeit dem hierin liegenden materiellen Geständnisse, prozessualisch betrachtet, dem formellen Leugnen in der Einlassung gegenüber beizulegen sei. Daß nun der in der Rechtsvertheidigung des Beklagten liegende Widerspruch ein in sich unvereinbarer sei, darin war der vorigen Instanz unbedenklich beizutreten und nur insofern ist Man mit der letztern nicht ganz einverstanden, als sie das Vorbringen des Beklagten als Ausflucht auffaßt, wenn auch als eine solche, mit welcher Beklagter aus den Bl. entwickelten Gründen nicht zu hören sei. Nach den Grundsätzen, welche das OAG. in Fällen der hier vorliegenden Art befolgt,

vergl. das in den Annalen des OAG.'s Bd. I. S. 472 fg. abgedruckte Präjudiz.

würde dem Inhalte der gedachten Urkunde gegenüber allerdings dann, aber auch nur dann, eine Ausflucht vorliegen, wenn Beklagter unter Bezugnahme auf geeignete Thatsachen darauf sich berufen hätte, entweder daß es in der erklärten Absicht der Contrahenten gelegen, anstatt der schriftlichen Stipulation, wie solche in dem Schlußzettel verlautbart ist, ausnahmsweise eine davon abweichende mündliche Verabredung als maßgebend unter sich gelten zu lassen, oder daß der Inhalt jener Vertragsurkunde durch spätere Vereinbarungen im Einverständnisse der Contrahenten abgeändert worden sei. Allein auf ein Verhältniß weder der einen noch der andern Art hat Beklagter sich bezogen; vielmehr hat derselbe, wie gedacht, einfach auf die Behauptung sich beschränkt, die Sache sei anders, als Kläger in der Klage angegeben und als der von ihm selbst producirte Schlußzettel besagt, mündlich verabredet worden. Wie nun aber mit einem solchen Vorbringen derjenige, welchem der Inhalt einer von ihm selbst verfaßten Schrift entgegensteht, in der Regel überhaupt gar nicht zu hören ist, so trägt auch die damit zusammenhängende negative Einlassung nicht sowohl das Wesen einer Ausflucht an sich, als es vielmehr, zumal wenn man die Einlassung, wie zu geschehen hat, als Ganzes auffaßt, lediglich ein motivirtes Leugnen des Klaggrundes enthält. Beklagter selbst will dasselbe ebenfalls so angesehen wissen, nur daß ihm freilich darin nicht beigetreten werden kann, wenn er deshalb erwartet, zu dem von ihm angenommenen Eide gelassen zu werden.

43.

Ueber die Förmelung des auf Versicherung einer Negative zu richtenden Credulitätseides.

II. Sen.-Erk. v. 11. Juni 1863 no. 367/332.

Was die Förmelung anlangt, die dem Eingange des Eides im Urthel erster Instanz gegeben worden ist, so erschien dieselbe keine angemessene. Es soll durch den Eid die möglichste Gewißheit über ein thatsächliches Verhältniß hergestellt werden. Kann dies nicht durch den Eid de veritate objectiv geschehen, so soll es durch den Eid de credulitate wenigstens subjectiv bewirkt werden. Dazu reicht es aber nicht hin, wenn der Schwörende „nicht glaubt", daß etwas geschehen sei, was einem sogenannten Ignoranzeide ziemlich gleich kommen würde, sondern darauf, daß er glaubt, daß etwas nicht geschehen sei, was dem Veritätseide näher steht, und insbesondere den Juraturus nöthigt, sich der Gründe seiner Ueberzeugung klarer bewußt zu werden, während das Nichtglauben gerade nur auf den Mangel an Gründen beruhen kann, und daher für seine Uebereinstimmung mit dem Objectiven gar kein Gewähr bietet.

44.

Ueber Beweisdilationen. — Verhältniß des §. 15 der Proz.-Novelle v. 30. Decbr. 1861 zum ältern Rechte.

II. Sen.-Erk. v. 27. Aug. 1863 no. 415/459.

Der Kläger, der sich in Gemäßheit der Ausführungsverordnung zur Civilprozeßnovelle vom 30. Decbr. 1861, §. 1 a die Beweisfrist nach der Bestimmung in §. 9 des ebenerwähnten Gesetzes berechnet, hatte noch vor Ablauf dieser Frist um die erste Dilation unter dem Anführen gebeten, daß er durch die Vernehmung mit seinem Clienten und andere Fristarbeiten behindert sei, den Beweis innerhalb der ersten Frist zu fertigen und einzureichen. Darauf ist ihm die erbetene Dilation ohne besondere Bescheinigung der angeführten Behinderungsgründe ertheilt und der Beweis vor Ablauf der Nachfrist überreicht worden.

Der Meinung des Beklagten nun, daß diese Dilationsertheilung für nichtig und der Beweis demzufolge für versäumt zu erachten sei, weil das Prozeßgericht die erbetene Nachfrist ohne Bescheinigung verwilligt habe, hat man auch in der gegenwärtigen Instanz nicht beistimmen können.

Die Civilprozeßnovelle, deren Vorschriften über die Ertheilung von Nachfristen bei den Untergerichten nach der Bestimmung in §. 1 d der Ausführungsverordnung auf den vorliegenden Rechtsstreit angewendet worden sind, hat in §. 15 hinsichtlich der Bedingungen, unter welchen die Nachfristen zur Einreichung eines Beweises oder Gegenbeweises ertheilt werden können, nur die Abänderung getroffen, daß bei Ertheilung der zweiten, und bei denjenigen Personen, welchen die Wiedereinsetzung in den vorigen Stand zusteht, der dritten Nachfrist die Ableistung des bisher vorgeschriebenen Solennitätseides wegfallen und statt dessen nach Ermessen der Umstände, der Partei oder ihrem Sachwalter oder auch beiden eine eidliche Bestärkung des behaupteten Hindernisses vom Richter nachgelassen oder auferlegt werden soll. Die weiteren, hierher gehörigen Vorschriften der Erl. Proz.-Ordn. Tit. XX, §. 3 sind aufrecht erhalten und nur die genaue Beobachtung derselben den Gerichten eingeschärft worden; es müssen daher diese und die mit denselben im Zusammenhange stehenden Vorschriften einiger älterer Gesetze zu Rathe gezogen werden.

In der Proz.-Ordn. vom Jahre 1622, Tit. XX, §. 5 war bestimmt, wenn der Producent um Erstreckung der Beweisfrist ansuchen und dessen erhebliche, rechtmäßige Ursache vorwenden würde, möge der Richter nach Befindung ihm solche ein, und aus erheblichen Ursachen zum andern Male, weiter aber nicht, als cum causae cognitione et solennitate legali prorogiren. Nach dieser letztern Anordnung könnte es vielleicht zweifelhaft erscheinen, ob bei der Ertheilung der ersten Dilation auf die Gründe des Fristgesuchs einzugeben gewesen, da an dieser Stelle des Gesetzes nur bei der zweiten Dilation erhebliche Ursachen verlangt, und der Existenz dieser „erheblichen Ursachen" immer noch die causae cognitio, die richterliche Prüfung und Erörterung der angeführten Umstände und die Leistung des Solennitätseides als des Mehreren entgegengestellt werden. Indessen wird die Vorschrift der alten Proz.-Ordn. in dem Befehle vom 23. Octbr. 1690 nicht in dieser Weise aufgefaßt, wenn es daselbst heißt, daß die Parteien, welche Dilation suchen, noch vor Ablauf der ersten in den Rechten verstatteten Frist einkommen und bei Ansuchung der andern und dritten Frist (der ersten und zweiten Dilation) in Gemäßheit der Erledigung der Landesgebrechen und der Proz.-Ordn. ein zu rechtbeständiges impedimentum anführen und in continenti bescheinigen sollen, und ebenso bestimmen sowohl die Erledigung der Landesgebrechen vom Jahre 1661, §. 21 als das Dippoldiswaldaer Mandat vom 18. Febr. 1691, daß den beweispflichtigen Parteien über die im Urthel nachgelassenen und zu Recht verstattete (sächsische) Frist, die andere oder dritte nicht anders zu ertheilen sei, als wenn sie ein zu Recht beständiges — erhebliches — impedimentum anführen und in continenti bescheinigen könnten. Welche Bewandniß es nach diesen älteren Gesetzen mit der in continenti zu führenden Bescheinigung gehabt habe, bleibt beim Mangel einer nähern Angabe über die Form und die Erfordernisse derselben unbestimmt; daß man aber bei der Abfassung der Erl. Proz.-Ordn. darunter keine förmliche, insbesondere urkundliche Bescheinigung verstanden, ergiebt sich aus der Vorschrift in §. 3 zu Tit. XX der letztern, daß hinfüro die Dilationes nicht leichtiglich, und die erste nicht eher, als wenn das angegebene Impedimentum nach Inhalt der neuen Erledigung §. 21 und des Dippoldiswaldischen Mandats d. a. 1691, §. 5 in continenti und wenigstens einigermaßen beigebracht, die anderen aber andergestalt nicht, als praestito juramento etc. verstattet werden solle. Die Erl. Proz.-Ordn. erfordert also nicht eine förmliche Bescheinigung, sondern nur, daß die Behinderungsgründe angeführt und bei der ersten Dilation in continenti, d. h. bei dem Gesuche um Dilationsertheilung „einigermaßen beigebracht" werden, wenn sich die Partei nicht etwa in der Lage befindet, specielle, nach Befinden actenkundige Thatsachen dergestalt nachzuweisen, daß das angeführte impedimentum als liquid betrachtet werden kann.

Ueber die Mittel, welche erstern Falls die Partei zu benutzen hat, um ihre Behinderungsgründe beizubringen, und die Form der Benutzung enthält auch die Erl. Proz.-Ordn. keine speciellen Vorschriften, weil dieselbe, ebenso wie die Proz.-Ordn. ad Tit. XX, §. 5 die Bewilligung der gesetzlich anerkannten Nachfristen nicht als Gegenstand eines Parteistreits und eines Verfahrens, sowie einer Entscheidung zwischen den streitenden Parteien, sondern als den Gegenstand der richterlichen Entschließung auf das an den Richter zu stellende und von diesem, wie in §. 5 der Erl.-Proz.-Ordn. gesagt wird, „nach Beschaffenheit der Umstände" zu bewilligende oder abzuschlagende Gesuch betrachtet. Dies erkennt auch die Novelle §. 15, obwohl sie die Beobachtung der Vorschriften ad Tit. XX, §. 3 der Erl. Proz.-Ordn., welche bekanntlich in Ansehung der ersten Dilation von der Praxis allmälig ganz außer Acht gelassen zu werden pflegten, mit Recht eingeschärft hat, indem sie es namentlich bei der zweiten Dilation von dem Ermessen des Richters abhängen läßt, ob derselbe die eidliche Bestärkung der Behinderungsgründe erfordern will oder nicht. Wenn auch selbstverständlich der Prozeßrichter bei der Beschlußfassung über Dilationsgesuche die ihm durch das Gesetz gezogenen Grenzen nicht überschreiten darf, so ist ihm doch innerhalb derselben, also namentlich in Bezug auf die Frage, ob bei der ersten Dilation das impedimentum einigermaßen beigebracht worden, insofern ein freier Spielraum gelassen worden, als es zunächst von seiner pflichtmäßigen Erwägung abhängt, ob dasjenige, was der Antragsteller zur Begründung seines Gesuchs beigebracht hat, ausreichend und an sich oder mit Rücksicht auf acten- und gerichtskundige Umstände als so glaubhaft zu betrachten sei, daß von einer weitern Bescheinigung desselben abgesehen werden dürfe,

Marschner, Bemerkungen zu dem Gesetze vom 30. Decbr. 1861 in der Zeitschr. f. Rechtspfl. u. Verw. Bd. XXII., S. 38.

wobei man übrigens in Bezug auf das Maß der Bescheinigung nicht unberücksichtigt lassen kann, daß die Erl. Proz.-Ordn. ad Tit. XX, §. 3 bei der zweiten Dilation nur die Leistung des Solennitätseides forderte, der lediglich in seinem ersten Theile als eigentlicher Gefährdeeid auftritt, in seinem zweiten Theile aber verb.: „und mit der vorgeschützten Verhinderung es sich in der That also verhalte", der Sache nach eine, in genereller Form vorgezeichnete eidliche Bestärkung der als impedimentum geltend gemachten Thatsachen enthält, der durch §. 15 der Novelle anstatt der solennitas legalis eingeführte Bestärkungseid aber nicht unbedingt, sondern nur, wenn es der Richter nach pflichtmäßigem Ermessen für nöthig erachtet, verlangt werden soll.

Sollte nun aber auch der Prozeßrichter die gesetzlichen Vorschriften gänzlich außer Acht gelassen, und die erste Dilation ohne alle selbstständige Prüfung und nach Befinden Erörterung der angeführten Umstände ertheilt haben, so würde zwar die Willkührlichkeit seines Verfahrens Anlaß zur Beschwerde, möglicherweise auch zu Regreßansprüchen geben, aber nicht die Folge haben können, daß die Dilation für nicht ertheilt und der innerhalb der einmal verwilligten Nachfrist überreichte Beweis als versäumt zu betrachten wäre. Die entgegengesetzte Ansicht des Appellanten würde sich bei einer Bewilligung, welche von dem Ermessen des Richters abhängt, nur in dem Falle rechtfertigen lassen, wenn das Gesetz einer Ueberschreitung dieses richterlichen Ermessens die Folge der Nullität des betreffenden Beschlusses ausdrücklich beigelegt hätte. Wie aber ein solcher Rechtsnachtheil bei Anträgen, mit welchen die Parteien an das pflichtmäßige Ermessen des Richters verwiesen sind und mit dem Wesen eines hiervon abhängenden Beschlusses nicht zu vereinbaren sein würde, so hat auch die Erl. Proz.-Ordn. ad Tit. XX, §. 3 die Nichtigkeit der zweiten bez. dritten Dilation nur für den Fall ausgesprochen, daß der Richter die in dieser Hinsicht ertheilten, jedes richterliche Ermessen ausschließenden speciellen Gesetzesvorschriften unbeachtet gelassen hätte.

45.

Zur Lehre von der Wiedereinsetzung in den vorigen Stand gegen Beweisversäumnisse Seiten einer für ihre Person restitutionsberechtigten Partei.

II. Sen.-Erk. v. 20. Aug. 1863 no. 404/438.

1.

Lauf des Quadriennii und Voraussetzung des Verlustes.

Die für ihre Person restitutionsberechtigte Partei kann, wie die Kläger selbst nicht verkennen, von dieser Rechtswohlthat im Prozesse binnen einer Frist von vier Jahren, welche nach der Bekanntmachung des OAG.'s vom 6. August 1836 sub IV in der Regel von der Verletzung an zu laufen beginnt, Gebrauch machen. Dieser Grundsatz ist als Regel auch auf die Restitution gegen das Versäumniß an den Beweisfristen anzuwenden, dergestalt, daß der vierjährige Zeitraum, innerhalb dessen die Restitution gegen ein solches Versäumniß gesucht werden darf, von dem Ablauf der Frist an zu berechnen ist, welche der beweispflichtigen Partei zur Einbringung ihres Beweises nach den Prozeßgesetzen zustand, beziehentlich dilationsweise ertheilt wurde. Die Bemerkung der Kläger, daß zwar an sich die Restitutionsfrist vier Jahre umfasse, daß aber dieselbe bei der Beweisführung insoweit beschränkt sei, daß sie nicht über drei Dilationen hinaus sich erstrecken solle, ist daher in dieser Allgemeinheit nicht richtig. Im

Gegentheil entscheidet das Rescript vom 18. März 1732 die Frage: ob Diejenigen, denen das beneficium restitutionis in integrum zusteht, wenn sie die dritte Frist unter der behörigen Verwarnung nicht ausgebracht haben, desselben verlustig werden sollen, — ausdrücklich so, „daß diejenigen, welche dieses beneficii theilhaftig, jedoch die dritte Frist unter vorerwähnter Verwarnung nicht ausgebracht haben, dessen aus der Uebergabe einiger Additionalartikel bei solcher Bewandniß keineswegs für verlustig zu achten sein sollen." Um so gewisser ist die Vorschrift der Erl. Proz.-Ordn. ad Tit. XX, §. 4 über den Verlust der Wiedereinsetzung in den vorigen Stand bei Ertheilung der dritten Dilation als eine Ausnahme von der Regel zu betrachten, welche nur in dem Falle eintreten kann, wenn die im Gesetze angeführten Erfordernisse vorhanden sind. Nun bestimmt aber die Erl. Proz.-Ordn. ad Tit, XX, §. 4 und diese Bestimmung ist auch an der oben angeführten Stelle des Rescripts vom 18. März 1732 noch besonders hervorgehoben worden, daß die dritte Dilation, wenn dieselbe von Unmündigen oder Anderen, denen das beneficium restitutionis zusteht, gesucht worden ist, unter der Verwarnung „bei Verlust des beneficii restitutionis" ertheilt werden soll. Der Verlust der Wiedereinsetzung in den vorigen Stand ist also der Rechtsnachtheil, dessen Eintritt das Gesetz für den Fall angeordnet hat, daß die restitutionsberechtigte Partei mit ihrem Beweise auch binnen der auf ihr Ansuchen bewilligten dritten Nachfrist nicht einkommen würde und es verhält sich mit der gedachten Verwarnung eben so, wie mit anderen in Betreff der fristmäßigen Vollziehung gewisser Prozeßhandlungen vorgezeichneten Präjudizien, daß sie nämlich nur in dem Falle ihre Wirksamkeit äußern, wenn sie der betreffenden Partei ausdrücklich und in der geeigneten Form vom Prozeßrichter angedroht, und dem richterlichen Gebote demungeachtet keine Folge geleistet worden ist. Es könnte den Klägern zugegeben werden, daß es nicht einmal nothwendig gewesen wäre, dies in Bezug auf die Verwarnung, unter welcher die dritte Dilation vorkommenden Falls ertheilt werden soll, ausdrücklich auszusprechen. Jeder Zweifel aber, welcher in dieser Beziehung noch entstehen könnte, wird dadurch beseitigt, daß in der angezogenen Stelle der Proz.-Ordn. der Ausspruch enthalten ist, daß der Verlust des Beneficium erst dann eintreten soll, wenn die Verwarnung thatsächlich erfolgt und die dritte Nachfrist verabsäumt worden ist. Denn die Worte der Erl. Proz.-Ordn. ad Tit. XX, §. 4: „es soll aber solches (die Ertheilung der dritten Dilation) unter der Verwarnung: bei Verlust ꝛc. geschehen, und fället hingegen sodann, und wenn sie auch binnen dieser Zeit mit dem Beweise nicht einkommen, angeregtes Beneficium diesfalls weg" — lassen sich dem Zusammenhange nach nicht anders als so verstehen, daß nach der Intention des Gesetzgebers zwei Umstände zusammentreffen müssen, wenn die Rechtswohlthat der Wiedereinsetzung in den vorigen Stand, in Folge deren eine dritte Dilation nachgesucht und ertheilt werden kann, ihre Wirksamkeit verlieren soll; erstlich daß diese Nachfrist unter der vorgeschriebenen Verwarnung ertheilt und zweitens, daß der Beweis innerhalb dieser Nachfrist nicht eingegangen ist.

Aus welchem Grunde die Worte: „wenn sie auch binnen dieser Zeit mit dem Beweise nicht einkommen," bei dieser Auslegung überflüssig wären, ist nicht wohl abzusehen. Der Gesetzgeber würde seine Gedanken unklar und unvollständig ausgedrückt haben, wenn er den Verlust des Beneficiums bloß auf den Erlaß einer präjudiciellen Verfügung gesetzt und nicht auch der Eventualität Erwähnung gethan hätte, daß der Beweis innerhalb der bewilligten Frist nicht eingereicht werde.

2.

In Fällen derartiger Restitution leiden die Vorschriften der Alten und Erl. Proz.-Ordn. Tit. XXVIII, §. 1 und ad Tit. eund. §. 3 nicht Anwendung.

Die Auffassung voriger Instanz, welche in diesem Falle der Restitution die Beweisfrist der restitutionsberechtigten Partei als einen bis zum Ablauf dieses quadriennium fortdauernden Zeitraum betrachtet, ist nicht unrichtig. Denn wenn auch diese Fristverlängerung ihren Grund in der Rechtswohlthat der Wiedereinsetzung in den vorigen Stand hat, so kann die letztere doch bis zum Ablauf der Restitutionsfrist jederzeit nachgesucht und der für die Person restitutionsberechtigten Partei nicht versagt, nach Befinden selbst amtshalber ertheilt werden. Hieraus folgt aber auch, daß die Kläger, die bei ihren Additionalartikeln inducirten Urkunden als Beweismittel benutzen konnten, ohne sich dabei auf die Vorschriften der Proz.-Ordn. Tit. XXIV, §. 1 und der Erl. Proz.-Ordn. ad Tit. XXIV, §. 3 berufen zu müssen, indem es ihnen vielmehr nach dem, von der vorigen Instanz angenommenen und daher auch von dem OAG. gebilligten Gesichtspunkte freistand, ihre noch vor Ablauf des quadriennium eingereichten Additionalartikel auf jedes, an sich zulässige Beweismittel, also auch auf Urkunden zu gründen, die bereits früher vorhanden und ihnen zugänglich waren.

3.

Kostenpunkt.

Der Anspruch der Gegenpartei auf Erstattung der durch das Gesuch um Restitution entstandenen Kosten ist an sich begründet und wird in der

Erl. Proz.-Ordn. ad Tit. IX, §. 4

auch in dem Falle, wenn die Restitution auf Grund eines persönlichen Privilegiums ertheilt wird, ohne Unterschied anerkannt, ob das Versäumniß von dem Restituenden verschuldet ist oder nicht. Auch ein zufälliges Versäumniß bleibt immer ein Ereigniß, welches in der Person und den Verhältnissen des letztern entsteht und dessen Einfluß auf die Kosten der Prozeßführung derselbe zu vertreten hat. Zu den als unmittelbare Folge des Restitutionsgesuchs zu betrachtenden Mehraufwand gehören auch die Kosten eines Widerspruchs, der, wie im gegenwärtigen Prozesse, die Grenzen der erlaubten Rechtsvertheidigung nicht überschreitet.

46.

Eine Intervention nach §. 55 des Executionsgesetzes vom 28. Febr. 1838 hat als fristmäßig angebracht zu gelten, wenn sie bei dem Acte der Auspfändung gegen den diese expedirenden Gerichtssubalternen erklärt und von ihm in nur sonst an sich genügender Vollständigkeit bei seiner Erfolgsanzeige rechtzeitig zur Kenntniß des Gerichts gebracht ist.

II. Sen.-Erk. v. 25. Septbr. 1863 no. 376/380.

Für die gegenwärtige Entscheidung stellt sich die Frage des Versäumnisses der Intervention als präjudiziell dar.

Die erste Instanz hat diese Frage bejaht, weil, abgesehen von der allerdings verspäteten Eingabe Bl., Klägerin schon bei dem am 21. Juni 1862 stattgehabten Acte der Auspfändung ihren Anspruch auf die in Streite befangenen Effecten zur Genüge geltend gemacht habe, wogegen die zweite Instanz zu deren verneinender Begntwortung durch die Ansicht bestimmt worden ist, daß der Natur der Sache nach eine dem auspfändenden Personale gegenüber ausgesprochene Behauptung die Stelle des schlüssigen Anbringens bei der richterlichen Behörde zu vertreten nicht geeignet sei. Der nurgedachten Ansicht beizutreten, hat Man jedoch in jetziger Instanz Bedenken getragen.

Der in der Instruction nahmhaft gemachte Gerichtsbeamte, welcher am 21. Juni 1862 die Hilfsvollstreckung in das Mobiliarvermögen des ausgeklagten Schuldners vollzogen hat, ist hierbei in Gemäßheit besagter Instruction als Organ des Prozeßgerichts thätig und insbesondere zu Erstattung sofortiger Anzeige über den Erfolg dieser Auspfändung angewiesen gewesen. Dieser Anweisung ist er allenthalben und zwar auch insoweit nachgekommen, als er die von der Ehefrau des Schuldners bei der Auspfändung erhobene Reclamation zugleich mit dem sonstigen Resultate des Executionsactes in der Anzeige an das Prozeßgericht ausführlich niedergeschrieben und zur Kenntniß des letztern gebracht hat. Daß er durch diese Niederschrift sowohl als durch deren Mittheilung an das Prozeßgericht nur der eignen, unzweideutigen Intention der Klägerin entsprochen habe, läßt sich in Betracht des Umstandes, daß dieselbe das N.'sche Wohnhaus sammt Waarenvorräthen als ihr allein gehörig in Anspruch genommen und jede Zahlung für den Schuldner abgelehnt, mithin deutlich genug auch der Verwendung der in Beschlag genommenen Gegenstände für diesen Zweck widersprochen hat, nicht füglich bezweifeln. Ganz dahin gestellt, obschon die Geltendmachung von Interventionsansprüchen bei dem die Execution vollziehenden Gerichtsbeamten, sofern diesem richterliche Qualität abgeht, für sich allein das in §. 55 des Executionsgesetzes vom 28. Februar 1838 erforderte Vorbringen zu ersetzen geeignet sei, und ob, wenn der Gerichtsbeamte den bei ihm wirklich angemeldeten Anspruch ganz unbeachtet gelassen, beziehentlich actenkundig zu machen verabsäumt haben sollte, dies der Geltung des Anspruchs präjudicire — ist in dem gegenwärtigen Falle der erhobene Interventionsanspruch, und zwar, wie man annehmen muß, rechtzeitig von dem mit der Hilfsvollstreckung betrauten Subalternbeamten zu den Acten bemerkt und mit denselben zur Cognition des Prozeßgerichts gebracht worden. Der Mangel richterlicher Qualification schließt jedenfalls nicht aus, daß der gedachte Beamte, auch abgesehen von jeder amtlichen Verpflichtung dazu, solches gleichsam als negotiorum gestor, thun durfte, anstatt, wie außerdem zu geschehen gehabt hätte, die Klägerin mit ihrem Anbringen ausdrücklich an das Prozeßgericht zu verweisen. Die gehörige Begründung der angemeldeten Intervention vorausgesetzt, hat sich daher hierdurch die Sache so gestaltet, daß vor Ablauf der gesetzlichen Frist ein schlüssiges Vorbringen im Sinne der angezogenen gesetzlichen Bestimmung dem Prozeßgericht wirklich vorlag, so daß dieses, zumal mit Rücksicht auf die summarische Natur des in Frage befangenen Verfahrens auch ohne Hinzunahme der spätern schriftlichen Eingabe in der Lage war, darauf das dem Executionsgesetze zufolge Erforderliche zu verfügen. Hätte aber selbst dem Prozeßgerichte dem Inhalte der ofterwähnten Niederschriften seines Beauftragten gegenüber noch ein Zweifel darüber beigehen können, ob die Ehefrau des Schuldners den bei der Execution geltend gemachten Anspruch auf die in Beschlag genommenen Gegenstände auch wirklich im Wege des Interventionsstreites zu verfolgen gemeint sei, so würde die Befragung der verehel. N. hierüber nach der Ansicht des OAG.'s keineswegs die durch die Verhandlungsmaxime gezogenen Schranken des richterlichen Befugnisses überschritten haben. Es hat jedoch dessen nicht einmal bedurft, da die Eingabe hierüber klare Maße giebt und zugleich, sofern solches nach Lage der Sache überhaupt noch erfordert werden könnte, eine Genehmigung der in der Anzeige bereits bewirkten Anmeldung enthält.

Aus diesen Gründen ist ein Versäumniß der verehel. N. an dem in Gemäßheit des Executionsgesetzes erforderlichen Interventionsvorbringen nach der Ansicht jetziger Instanz nicht anzunehmen, dafern das bezügliche Anführen für sich betrachtet eine schlüssige Begründung des Anspruchs enthält. Dies hat Man aber in Uebereinstimmung mit dem Instanzbescheide anzunehmen gehabt.

47.

Interpretation einer im Context auf die Existenz nur einer schuldenden Person hinweisenden, von einer Frau und einem Manne, gleichen Familiennamens mit dem Zusatze „dessen Ehemann" unterzeichneten Schuldurkunde.

II. Sen.-Erk. v. 24. Septbr. 1863 no. 444/546.

Die zweite Instanz (AG. Dresden) hat bereits erschöpfend nachgewiesen, daß bei unbefangener Betrachtung der dem erhobenen Anspruche zu Grunde gelegten Urkunde ein Zweifel über die Bedeutung der unter der letztern zu lesenden Unterschriften nicht entstehen kann, vielmehr sofort sich ergiebt, daß die an erster Stelle befindliche Namenszeichnung der Beklagten die Bezeichnung des in der Urkunde als redend eingeführten einzigen Schuldners und die nachfolgende Unterschrift des Ehemanns derselben die Erklärung des zu dieser Schuldverpflichtung erforderlichen ehemännlichen Consenses enthalten soll, diese Absicht auch in der Wortfügung einen unzweideutigen Ausdruck gefunden hat, und insbesondere die Worte: „dessen Ehemann", wie dies Beklagte selbst in ihrer Argumentation Bl. mittelbar zugiebt, als eine, wenn auch sprachlich unrichtige, doch in Wahrheit nicht mißzuverstehende Hinweisung des ehemännlichen Verhältnisses E. W.'s zu der Beklagten aufzufassen sind.

Präjudizien.

Zu der Strafprozeßordnung.

19.

In den Erkenntnissen über auf Antrag strafbare Verbrechen gehört die Erwähnung des vorhandenen Antrags im Context oder den Entscheidungsgründen zu der thatsächlichen Feststellung. — Zu Art. 12 StPO.

Erkenntn. v. 21. Decbr. 1863 no. 1223/1197.

Eine andere Frage würde die sein, ob nicht in dem Bescheide die Thatsache der durch den Verletzten erfolgten Antragsstellung mit festgestellt werden müssen, eine Frage, die an und für sich, da die Feststellung auf alle zur Verurtheilung wegen des fraglichen Verbrechens erforderlichen Thatsachen sich erstrecken muß, allerdings eben so zu bejahen wäre, als in dem Bescheide die fragliche Feststellung zu vermissen ist. Hätte Man nun ein hierauf gerichtetes Gravamen in dem Bl. unter I aufgestellten für innebegriffen zu achten und von der im Art. 246, Abs. 1 und Art. 351, Abs. 2 der StPO. enthaltenen Vorschrift, da nicht eine reine Formverletzung in Frage steht, abzusehen, so würde auch aus diesem Grunde eine Nichtigkeit des Bescheids ausgesprochen werden können. Jedenfalls wird das GA. zu L. bei der anderweiten Entscheidung diesem Bedenken abzuhelfen haben.

20.

Die präsumtive Ermächtigung des Vertheidigers erstreckt sich nicht auf die Zurücknahme der vom Angeschuldigten selbst eingewendeten Rechtsmittel. — Zu Art. 39 StPO.

Erkenntn. v. 11. Jan. 1864 no. 7/6.

Nach Art. 39, Abs. 3 der StPO. ist zwar ein Vertheidiger ohne speciellen Auftrag zu Stellung von Anträgen, insbesondere zu Einwendung von Rechtsmitteln im Interesse des von ihm vertretenen Angeklagten berechtigt, keineswegs aber kann darin das Befugniß gefunden werden, ein von dem Angeklagten selbst eingewendetes Rechtsmittel ohne dessen ausdrückliche Zustimmung wieder fallen zu lassen, und das um so weniger, wenn der Sachwalter, wie in dem vorliegenden Falle geschehen, ausdrücklich zu etwas Weiterem nicht, als zu „Anfertigung einer Vorstellung", worunter hier nur die Ausführung der vom Angeklagten selbst eingewendeten Rechtsmittel verstanden werden konnte, mit Auftrag versehen worden ist.

Da nun unter diesen Umständen der vom Adv. G. Namens des Angeklagten erklärte Verzicht auf die von S. persönlich eingewendete Nichtigkeitsbeschwerde für wirksam nicht angesehen werden konnte, zumal auch der genannte Sachwalter bei seiner neuerlich diesfalls erfolgten Befragung nicht einmal auf einen mündlichen Auftrag oder auf eine Genehmigung S.'s sich zu beziehen vermocht hat, so hat das OAG. die vorgedachte Nichtigkeitsbeschwerde als noch in Kraft stehend ansehen müssen.

21.

Das den Artikeln 297 und 298 der StPO. zu Grunde liegende Princip leidet ebenfalls auf die an Einzelrichter verwiesenen Sachen Anwendung, insoweit die Abs. 1, Art. 47 gezogene Grenze solches gestattet, und die Ermächtigung des Einzelrichters erstreckt sich dabei nicht bloß auf Geld- oder Gefängnißstrafen, sondern derselbe ist auch zu Verhängung cumulativer Geld- und Gefängnißstrafen ermächtigt.

Erkenntn. v. 7. Dec. 1863 no. 1109/1150.

Die StPO. schreibt kein strenges Festhalten an der gestellten Anklage vor, sondern gestattet — nach Befinden unter gewissen

Modalitäten des Verfahrens — (Art. 297 und 298), daß ein schwererer strafrechtlicher Gesichtspunkt als in der Anklageschrift aufgestellt ist, bei der Beurtheilung geltend gemacht und daß, wenn in der Strafverhandlung früher unbeachtet gebliebene Umstände sich ergeben haben, welche die schwerere Anklage rechtfertigen, über das Verbrechen in dieser Beschaffenheit abgeurtheilt werde. Diese Ermächtigung erleidet in den von einem Bezirksgerichte an einen Einzelrichter zur weiteren Untersuchung und Aburtheilung verwiesenen Sachen — (Art. 47) nur insoweit eine Beschränkung, als in Folge der neu hervorgetretenen Umstände auf eine höhere Strafe, als in Abs. 1, Art. 47 für die Zuständigkeit des Einzelrichters vorausgesetzt wird, zu erkennen sein würde. Findet der Einzelrichter sich veranlaßt, Geld- und Gefängnißstrafe cumulativ zu verhängen, so liegt darin an sich keine Ueberschreitung der ihm eingeräumten Strafgewalt. Zwar wird im Art. 47 der StPO. von Geld- oder Gefängnißstrafe gesprochen, und nur bei der letztern, nicht bei der erstern Strafart soll die Höhe der zuerkennenden Strafe den Maßstab für die Competenz abgeben. Da aber diese Vorschrift auch auf die Fälle paßt, wo das Gesetz neben der Geldstrafe eine Gefängnißstrafe zuläßt, so bedurfte es diesfalls keiner besondern Vorschrift, und kann also daraus, daß das Gesetz bloß der Geld- oder Gefängnißstrafen gedenkt, keineswegs gefolgert werden, daß die Verhängung cumulativer Geld- und Gefängnißstrafen dem Einzelrichter entzogen worden sei.

22.

Zu Art. 349 II, 1 der StPO.

Erkenntn. v. 4. Jan. 1864 no. 1256/1219 v. 1863.

Ein wegen Ehrenkränkung gestellter Strafantrag war auf Grund der Bestimmung unter 2, Art. 240 des StGB.'s für rechtlich unzulässig erklärt werden. Der Privatankläger focht den auf Straffreisprechung gerichteten Gerichtsbescheid als nichtig an.

Das OAG. erkannte, daß, obschon hier der Fall vorliege, den der Gesetzgeber bei der Bestimmung unter 1, Art. 240 des StGB.'s vor Augen gehabt habe, doch darin, daß man in erster Instanz die Straffreisprechung des Privatangeklagten nicht auf diesen, sondern den 2. Abschnitt des gedachten Art. gestützt habe, keine unrichtige Gesetzanwendung im Sinne der Bestimmung unter II[1], Art. 349 der StPO. liege, weil das richtige, die straflose Vorhaltung betreffende Gesetz angewendet worden und man hierbei in erster Instanz nur von einer im vorliegenden Falle nicht maßgebenden Voraussetzung ausgegangen sei.

23.

Die Bestimmung Art. 350, Abs. 4 der StPO. leidet auf Erkenntnisse der Einzelrichter keine Anwendung ungeachtet der Vorschrift Art. 377, Abs. 2.

Erkenntn. v. 29. Jan. 1864 no. 100/62.

Weil insofern, als gegen den Privatangeklagten, ohne daß man zuvor auf die erhobene Klage eine Entschließung gefaßt und solche ihm bei seiner ersten Vernehmung bekannt gemacht hat, ohne Weiteres eingeschritten worden ist, allerdings ein Verstoß gegen die ausdrücklichen Vorschriften Abs. 3, Art. 109, Abs. 3, Art. 115, Abs. 3, Art. 358, Abs. 1, Art. 361 und Abs. 1, Art. 370 der StPO. vorliegt, die Verletzung dieser für wesentlich zu achtenden Vorschriften auch nicht dadurch, daß man die Anklage dem Privatangeklagten vorgehalten und derselbe diesen Formfehler bei Bekanntmachung des Actenschlusses zu rügen unterlassen hat, sanirt worden ist, wie im Art. 244 der StPO. vorausgesetzt wird, die nur auf Formverletzungen der Voruntersuchung und des Anklageverfahrens zu beziehende Beschränkung Abs. 4, Art. 350 der StPO. aber hier nicht Platz ergreift, so wird sowohl das auf Grund der Bestimmung unter I[1], Art. 349 und 2, Art. 377 der StPO. angefochtene Verfahren, als die darauf gestützte Entscheidung andurch als nichtig aufgehoben und die Sache in Gemäßheit der Bestimmung Abs. 1, Art. 352 der StPO. zur nochmaligen Verhandlung und Entscheidung an das GA. zu B. zurückgewiesen.

24.

Ueber die Wiederaufnahme der Untersuchung bei den sog. Collectivverbrechen. — Zu Art. 386 der StPO.

Erkenntn. v. 15. Jan. 1864 no. 1255/1250 v. 1863.

Die Medikasterei (Art. 164 StGB.) ist ein sogenanntes Collectivverbrechen; es kann dabei nicht jeder einzelne Fall des unbefugten Curirens als ein gesondertes Verbrechen angesehen, und es kann auf eine vorhandene Mehrzahl solcher Fälle nicht der erste, sondern nur der zweite Satz des Art. 78 des StGB.'s angewendet werden; das Vergehen besteht lediglich in der Anmaßung der Functionen eines Arztes ꝛc.

Annalen des OAG.'s Bd. II., S. 175 fg.

Krug, Commentar ꝛc. Abth. II., S. 56, Ausg. 2.

Ohne Zweifel ist von Einfluß auf die Strafzumessung, ob der Angeschuldigte einer solchen Anmaßung nur in einem Falle, oder ob er derselben in einer Mehrzahl von Fällen sich schuldig gemacht habe. Die Anwendung dieses Satzes hat natürlich dann gar keine Schwierigkeit, wenn die mehreren einzelnen Fälle gleichzeitig zur Bestrafung vorliegen. Allein auch wenn die Sache sich so gestaltet, wie hier, daß nämlich der Angeschuldigte wegen eines am 28. October 1862 vorgekommenen Falles des unbefugten Curirens zur Untersuchung gezogen und bestraft worden ist, erst später aber ein Paar im Mai und August 1862 vorgekommene noch unbestrafte Fälle gleicher Art wider ihn zur Anzeige gelangen, würde es, aus jenem Grunde, nach allgemeinen Rechtssätzen vollkommen zulässig erscheinen, die Untersuchung wieder aufzunehmen und den Angeschuldigten schließlich noch den Theil der Strafe verbüßen zu lassen, um welchen, wegen der nunmehr vorliegenden Mehrheit der Fälle, die wegen des einzelnen Falls früher ausgesprochene und verbüßte Strafe zu erhöhen, für angemessen zu erachten wäre. Ein solches Verfahren hindert nur die specielle Vorschrift der sächsischen StPO. Art. 386 unter 4: „es soll jedoch die Wiederaufnahme nicht stattfinden, wenn es sich nur um die Wahl einer höhern Strafe innerhalb des gesetzlichen Strafmaßes handelt" — eine Vorschrift, deren genügende Rechtfertigung aus criminalpolitischen Gründen hiermit durchaus nicht in Zweifel gezogen werden soll. Die unabweisbare Folge dieser Vorschrift ist nun aber auch, daß, sobald einmal ein späterer Fall der Medikasterei zur Bestrafung gelangt ist, wegen früherer noch unbestrafter gleicher Contraventionen gegen das Strafgesetz die Untersuchung wider denselben Angeschuldigten nicht wieder aufgenommen werden kann,

Annalen des OAG.'s Bd. II., S. 84.

während einer Einleitung der Untersuchung wegen der früheren Fälle, ohne jede Berücksichtigung des inzwischen bestraften spätern Falls, bei der Natur des hier vorliegenden Verbrechens, das ne bis in idem entgegenstehen würde.

Zu dem Strafgesetzbuche.

43.

Beendigter Versuch ist beim Verbrechen des Hausfriedenbruchs ausgeschlossen. — Zu Art. 40 StGB.

Erkenntn. v. 21. Decbr. 1863 no. 1223/1197.

Soweit der Vertheidiger die vom Verfasser des Bescheids ausgesprochene Annahme eines beendigten Versuchs des Hausfriedenbruchs bestreitet, ist ihm beizupflichten gewesen. Denn bei diesem Verbrechen ist, wie bei allen denjenigen Verbrechen, die bis zum Augenblicke der Vollendung eine fortgesetzte Thätigkeit des Verbrechens erheischen, ein beendigter Versuch nach Art. 40 des StGB.'s ihrem Wesen nach gar nicht möglich. Die von K. beabsichtigte Rechtsverletzung war das Verbrechen des Hausfriedenbruchs. Dazu bedurfte es nach Art. 151 des StGB.'s und bei der Gestaltung der thatsächlichen Verhältnisse im gegenwärtigen Falle des widerrechtlichen Eindringens in die E.'sche Wohnung. So lange also K. seine Angriffe nur gegen die Thür gerichtet hatte und noch nicht eingedrungen war, hatte er offenbar noch nicht Alles gethan, was er für nöthig halten mußte, um die von ihm beabsichtigte Rechtsverletzung herbeizuführen. Gesetzt selbst, die E.'sche Thür wäre durch K.'s Angriffe zerstört worden, so fehlte immer noch das widerrechtliche Eindringen

K.'s in E.'s Wohnung. War dieses aber einmal erfolgt, so war auch das Verbrechen des Hausfriedenbruchs sogleich vollendet. Es giebt also hier einen Mittelzustand zwischen nicht beendigtem Versuche und dem vollendeten Verbrechen nicht. Der Begriff des beendigten Versuchs (abgesehen natürlich von den Specialvorschriften in den am Schlusse des Art. 40 des StGB.'s angeführten Artikeln) paßt nur auf solche Verbrechen, bei denen ein von den Umständen abhängiger, daher sich von der Handlung des Verbrechens ablösender und dadurch zu einer besondern Existenz gelangender Erfolg denkbar ist.

Krug, Commentar rc. Abth. I., S. 71 fg., Ausg. 2.
Allgem. Ger.-Ztg. Bd. III., S. 158 fg.

44.

Die Art. 72, Abs. 1 des StGB.'s ausgesprochene Straflosigkeit der Begünstigung eines von Blutsverwandten, verschwägerten rc. Personen begangenen Verbrechens wird dadurch nicht ausgeschlossen, daß die Begünstigung zugleich einer dem Begünstiger durch Verwandtschaft rc. nicht verbundenen Person zum Vortheil gereicht.

Erkenntn. v. 16. Decbr. 1863 no. 1182/1181.

A. B. hat, wie im Hinblick auf seine Versicherung Bl. und die vorliegenden Umstände nicht bezweifelt werden mag, aus Rücksicht auf seinen Bruder G. B. sich bestimmen lassen, das von diesem in Verbindung mit A. gestohlene Garn in seine Wohnung aufzunehmen und daselbst aufzubewahren. Daß er dabei zugleich einen eignen Vortheil angestrebt, oder ein eigenes Interesse an dem verübten Diebstahle verfolgt habe, ist in keiner Weise nachgewiesen, vielmehr stehen ihm hierunter die Angaben seines Bruders C. G. zur Seite. Von der Voraussetzung, daß das Garn lediglich von seinem Bruder gestohlen worden sei, ging A. B. bei gedachten Begünstigungshandlungen allerdings nicht aus, sondern er nahm, wie aus seinen Angaben zur Genüge hervorgeht, eine von seinem Bruder in Gemeinschaft mit A. verübte Entwendung des Garns an. Dies schließt jedoch die Anwendbarkeit der Disposition in Art. 72, Abs. 1 des StGB.'s nicht aus. Nach derselben soll die nicht zum Voraus versprochene Begünstigung eines Verbrechens straflos gelassen werden, wenn sie aus Rücksicht auf verwandtschaftliche, schwägerschaftliche oder nahe häusliche Verhältnisse, und weder um eigenen Vortheils willen, noch aus eigenem Interesse an der That stattgefunden hat. Es wird also hier nicht verlangt, daß die Begünstigung lediglich aus Rücksicht auf verwandtschaftliche, schwägerschaftliche oder nahe häusliche Verhältnisse, sondern nur überhaupt, daß sie aus Rücksicht auf dergleichen Verhältnisse stattgefunden habe. Im Entwurfe lautete der erste Absatz des Art. 72 insoweit anders, als vor den Worten „aus Rücksicht" noch das Wort „lediglich" eingeschaltet war. Dieses Wort ist jedoch in Folge der ständischen Verhandlungen gestrichen worden, und zwar deshalb, weil man die Anforderung, daß die Rücksicht auf verwandtschaftliche, schwägerschaftliche oder nahe häusliche Verhältnisse schlechterdings das einzige Motiv der Begünstigung gewesen sein müsse, für zu streng hielt.

Krug, Commentar zu dem StGB. Ausg. 2, Abth. I., S. 135, Anm. 1.

Es ist hiernach anzunehmen, daß, wenn einer Begünstigung die Rücksicht auf Verhältnisse der ebengedachten Art als Hauptmotiv zu Grunde liegt, sodann der Umstand, daß noch eine oder mehrere Nebenrücksichten mitgewirkt haben, der Anwendbarkeit der Ausnahmebestimmung im Art. 72, Abs. 1 des StGB.'s nicht entgegensteht. Im gegenwärtigen Falle mußte nun A. B., als er durch die Rücksicht auf seinen Bruder zu Aufnahme und Bergung des gestohlenen Garns in seiner Wohnung sich bestimmen ließ, zugleich sich bewußt sein, daß er hierdurch nicht bloß seinem Bruder, sondern auch A. gegenüber das gemeinschaftliche Verbrechen derselben begünstige. Indessen war es für ihn, da das entwendete Garn noch in gemeinsamem Besitze beider Diebe sich befand, unthunlich, die von seinem Bruder verlangte Hehlerei auf dessen Antheil an der Ausbeute des Diebstahls zu beschränken. Hält man hiermit das Obige zusammen, so läßt sich daraus, daß A. B., als er aus Rücksicht auf seinen Bruder den fraglichen Diebstahl begünstigte, zugleich wissen, also nebenbei auch beabsichtigen mußte, daß seine Begünstigungshandlung dem Diebsgenossen seines Bruders mit zu Gute gehe, ein Grund gegen die Ausnahmebestimmung nicht entnehmen. Dies ist um so gewisser, da die nurgedachte Willensrichtung A. B.'s nicht einmal als ein eigentliches Motiv seiner Handlung sich auffassen läßt. Denn streng genommen war der alleinige Bestimmungsgrund für ihn die Rücksicht auf seinen Bruder, und seine Absicht, auch A. gegenüber das Verbrechen zu begünstigen, war nur ein Ausfluß der gewonnenen Ueberzeugung, daß eine Beschränkung der Hehlerei auf seinen Bruder nicht ausführbar sei. Nach allem diesen liegen in Ansehung der von A. B. sich gestatteten Diebstahlsbegünstigung diejenigen Voraussetzungen vollständig vor, unter denen die Begünstigung eines Verbrechens nach Art. 72, Abs. 1 des StGB.'s straflos gelassen werden soll, und es war daher auf Straffreisprechung zu reformiren.

45.

Ueber die Bedeutung des Worts „zusammenrotten" im dritten Absatze von Art. 153 StGB. — Die Strafbestimmung Art. 153, Abs. 3 ist eine selbstständige, enthält nicht bloß einen Straferhöhungsgrund.

Erkenntn. v. 27. Jan. 1864 no. 1186/1246 v. 1863.

Nach den Geständnissen der Angeklagten B.'s, P.'s und C.'s, sowie nach den eidlichen Versicherungen des Beifrohns Br., des Wachtmeisters O. und der Dienstmädchen desselben, der C. und der K., sowie Kl.'s ergiebt sich, daß sämmtliche drei Angeklagte, welche sich seit dem 26. August 1863 in einer Zelle, Nr. 17 der Frohnveste zu M. als Gefangene befanden, auf Anstiften B.'s den Entschluß aus dem Gefängnisse und der Frohnveste zu entweichen, gefaßt, daß sie, als am Mittage des 7. Septbr. der Beifrohn Br. ihnen wegen zu lauten Sprechens die Versetzung in andere Zellen in Aussicht gestellt hatte, sofort sich dahin verabredet, jenen Entschluß am Abende desselben Tages auszuführen, Br.'n, sobald er der Revision halber die Thür der Zelle geöffnet haben werde, zu fassen, in die Zelle zu ziehen, niederzuwerfen, zu binden, ihm, wenn er schrie, den Mund zuzustopfen, sich der Schlüssel zu bemächtigen und mit Hilfe derselben das Hofthor aufzuschließen, und daß dieser Beschluß auch an jenem Abende insoweit ausgeführt worden ist, daß alle drei Angeklagte an der Thür der Zelle, Br.'s Eintreten erwartend, sich aufgestellt haben, Br. sofort nach dem Oeffnen der Thür hereingezogen, zu Boden geworfen, geschlagen und in die Zelle eingeschlossen worden ist, B. der Schlüssel sich bemächtigt, daß ihm in Gemeinschaft mit P.'n und E.'n, des von dem Wachtmeister O., dessen Dienstleuten und Kl.'n geleisteten Widerstands ungeachtet, selbst die Oeffnung des Hofthors gelungen ist, und daß sie nur durch das Hinzukommen noch anderer Personen an der Flucht verhindert worden sind.

Es liegt sonach wider alle drei Angeklagte der beendigte Versuch gewaltsamer Selbstbefreiung im Sinne der Vorschrift im ersten Absatze des Art. 153 des StGB.'s vor. Es tritt auch das OAG. der im vorigen Erkenntnisse ausgesprochenen Ansicht, daß neben jener Vorschrift auch die im dritten Absatze jenes Artikels enthaltene:

> haben sich Gefangene Behufs ihrer Befreiung zu einer Gewalthandlung gegen das aufsehende oder bewachende Personal zusammengerottet, so tritt gegen jeden derselben Arbeitshaus- oder Zuchthausstrafe bis zu sechs Jahren ein —

auf die Angeklagten Anwendung erleide, des von den Vertheidigern dagegen erhobenen Widerspruchs ungeachtet, allenthalben bei.

Der Umstand, daß die Angeklagten, als sie jenen Beschluß der Selbstbefreiung faßten und zur Ausführung desselben verschritten, sich in einer und derselben Gefängnißlocalität befanden, ist nicht geeignet, die Annahme einer Zusammenrottung im Sinne der obgedachten Vorschriften auszuschließen, denn diese Vorschrift setzt nicht ein öffentliches Zusammenrotten im Gegensatze von geschlossenen Räumen voraus, und konnte dies auch nicht, da sie überhaupt nur auf Gefangene, der Oeffentlichkeit entzogene Personen sich bezieht. Eine solche Zusammenrottung, wie jene Vorschrift sie voraussetzt, ist aber im vorliegenden Falle darin zu finden, daß die Angeklagten, nachdem sie am 7. September nach Mittag, den Beschluß, sich mit Gewalt gegen den Beifrohn zu befreien, gefaßt und über die Art, wie jeder von ihnen bei der Ausführung mitzuwirken habe, sich verabredet, denselben dergestalt ausgeführt, daß sie, dazu vereint, sich insgesammt an der Thür der Zelle, die Oeffnung derselben durch Br.'n erwartend aufgestellt und sofort, nachdem Br. die Thür geöffnet die Gewalthandlungen gegen denselben begonnen haben. Es ist hierin keineswegs, wie der Vertheidiger E.'s auszuführen gesucht, eine bloße Verbindung, ein von Mehreren gefaßter Beschluß zu einem Verbrechen, wovon Art. 58 des StGB.'s handelt, zu erkennen. Diese Verbindung lag schon in der gegenseitigen Verabredung der Angeklagten zur That und in der Vertheilung der dabei Jedem zugewiesenen Rolle. Die Zusammenrottung trat aber erst in Folge dieser Verbindung ein und ist daher als die Ausführung derselben anzusehen.

Ebenso wenig hat das OAG. Bedenken getragen, der im vorigen Erkenntnisse aufgestellten Ansicht beizutreten, daß die Vorschrift im 3. Absatze des Art. 153 des StGB.'s nicht, wie von dem Vertheidiger angenommen worden, einen bloßen Erhöhungsgrund für die im 1. Absatze bestimmte Strafe der gewaltsamen Selbstbefreiung enthalte, sondern vielmehr ein selbstständiges Verbrechen bezeichne, dessen Vollendung schon in der Zusammenrottung liegt. Für diese Ansicht spricht die Fassung dieses 3. Absatzes nicht nur insofern, als der Gesetzgeber dabei statt der Worte „bei der Selbstbefreiung" der „behufs ihrer Befreiung" sich bedient, sondern auch insofern, als in gedachter Vorschrift die erfolgte Zusammenrottung behufs gewaltsamer Selbstbefreiung mit Arbeitshaus- oder Zuchthausstrafe bis zu sechs Jahren bedroht, nicht aber ausgesprochen worden ist, daß in solchen Fällen die im 1. Absatze bei der gewaltsamen Selbstbefreiung bis zur Dauer von vier Jahren angedrohte Gefängniß- oder Arbeitshausstrafe bis auf sechsjährige Arbeits- oder Zuchthausstrafe zu erstrecken sei.

46.

Um die gegen Privatpersonen zum Zwecke der Befreiung eines Gefangenen angewendete Gewalt nach Art. 154 des StGB.'s beurtheilen zu können, wird erfordert, daß die Gefangennahme wegen eines Verbrechens — nicht bloß wegen eines Polizeivergehens — erfolgt gewesen.

Erkenntn. v. 4. Decbr. 1863 no. 1170/1142.

Das OAG. geht zwar ebenfalls davon aus, daß jeder auf der That oder auf der Flucht betroffene oder festgenommene Verbrecher auch dann, wenn seine Festnahme durch eine Privatperson erfolgt ist, als Gefangener im Sinne der Artikel 152 bis 154 des StGB.'s anzusehen sei, weil ausdrücklich im Art. 80 der StPO. jede Privatperson dazu ermächtigt wird.

Allgem. Ger.-Ztg. Bd. IV., S. 109.

Annalen des OAG.'s Bd. I., S. 517 fg.

Allein es erscheint dem OAG. ungerechtfertigt, diese Bestimmung auch auf solche Personen auszudehnen, welche nicht wegen eines Verbrechens, sondern wegen eines polizeilichen Ungebührnisses von einer Privatperson festgehalten werden. Schon der Ort, an welchem jene Ermächtigung ertheilt worden ist, die StPO., ein nur mit Vorschriften über Untersuchung von Criminalvergehen sich beschäftigendes Gesetz, weist deutlich darauf hin, daß diese Vorschrift sich nur auf Verhaftung von Criminalverbrechern bezieht, bei deren Festnahme Privatpersonen sich betheiligen sollen, alsdann aber auch desselben gesetzlichen Schutzes zu erfreuen haben müssen, den die mit Ausführung des gleichen Actes beauftragten Beamten genießen.

Das OAG. bezweifelt nun zwar nicht, daß unter Umständen auch eine Privatperson für berechtigt angesehen werden könne, den Uebertreter einer Polizeivorschrift in ihrem speciellen oder im öffentlichen Interesse anzuhalten und zur Bestrafung bei der Behörde zu sistiren; allein daraus folgt noch nicht, daß damit zugleich auch die angehaltene Person als ein Gefangener im criminalrechtlichen Sinne angesehen werden und der anhaltende Privatmann an die Stelle des zur Verhaftung berechtigten Organs der Behörde treten müsse. Der Privatmann übt vielmehr in solchem Falle eine erlaubte Selbsthilfe aus und wird gegen denjenigen, der sich ihm darin widersetzt, durch Art. 143 des StGB.'s geschützt.

Eine extensive Interpretation der Vorschrift des Art. 80 der StPO. nach dieser Richtung hin würde nur zu einer Verschärfung der Strafen führen, und ist schon deshalb unzulässig, zumal sie nach dem Wortlaute und dem Sinne der einschlagenden Artikel des StGB.'s selbst nicht geboten ist, und nach dem Zusammenhang, in welchem diese Bestimmung von dem Gesetzgeber getroffen worden ist, als geflissentlich beschränkt sich darstellt.

47.

Bedrohung mit Veröffentlichung behaupteter Ansprüche behufs der Erlangung der Befriedigung ist widerrechtlich, so lange dem Gläubiger der Weg der gerichtlichen Verfolgung seiner Ansprüche offen steht. — Art. 201 StGB.

(Erkenntn. v. 9. Decbr. 1863 no. 1154/1158.*)

Dem Begriffe der Röthigung entspricht die Handlungsweise der Angeschuldigten schon insofern, als Letztere genannten v. L., um denselben zu Gewährung eines ihm gegenüber behaupteten Schädenanspruchs zu bestimmen, mit Veröffentlichung dieses Anspruchs bedrohte, eine Bedrohung, die um deswillen als rechtswidrig bezeichnet werden muß, weil jeder Gläubiger, welchem die Gelegenheit geboten ist, seinen Schuldner wegen der ihm gegen denselben zustehenden Forderung gerichtlich zu belangen, widerrechtlich handelt, sobald er behufs der Erlangung seiner Befriedigung dem Schuldner die Veröffentlichung des Schuldverhältnisses androht. Es kommt aber noch hinzu, daß die Angeklagte den v. L. außer mit der Veröffentlichung des vorbemerkten Anspruchs auch noch mit öffentlicher Bekanntmachung gewisser anderer Privatverhältnisse des von L., welche mit jenem Anspruche in keinem Zusammenhange standen, bedrohte, und es kann daher die Rechtswidrigkeit der von der Angeschuldigten, um den von L. zu Gewährung des gedachten Anspruchs zu vermögen, angewendeten Drohung um so weniger einem Zweifel unterliegen.

48.

Unterschied zwischen eventueller Bedrohung und Röthigung. — Zu Art. 201, 206 StGB.

Erkenntn. v. 14. Decbr. 1863 no. 1139/1176.

Daß die Bl. erwähnten, vollständig erwiesenen Aeußerungen des Angeschuldigten schwere Bedrohungen des Maurermeisters Th., und namentlich Bedrohungen mit Mord enthalten, unterliegt nicht dem mindesten Zweifel, und es ist auch insoweit der Ansicht der vorigen

*) Vergl. Annalen, Bd. VI., S. 103 fg.

Instanz beizutreten, als dieselbe angenommen, daß in dem gegenwärtigen Falle darauf, daß Inculpat die Bedrohungen nicht in Gegenwart des Bedrohten, sondern in dessen Abwesenheit gegen dritte Personen ausgesprochen, etwas nicht ankommen kann, da sich Inculpat unter den vorliegenden Umständen sagen mußte, daß dieselben zur Kenntniß des Bedrohten gelangen würden. Dagegen hat das OAG. das H.'n weiter beigemessene schwerere Verbrechen der Nöthigung durch Bedrohungen mit Mord in den obgedachten Aeußerungen nicht zu erblicken vermocht, denn wie überhaupt nicht jede eventuelle Bedrohung ohne Unterschied als Nöthigung angesehen werden kann, so reicht es auch für die thatsächliche Feststellung dieses letztern Verbrechens noch keineswegs aus, daß sich der Bedrohte durch die ihm widerfahrenen Bedrohungen möglicherweise veranlaßt finden kann, etwas zu thun, um die Beweggründe zu denselben zu beseitigen. Es ist vielmehr ein wesentliches Erforderniß des Verbrechens der Nöthigung, daß die verbrecherische Absicht bestimmt und speciell darauf gerichtet ist, Jemanden zu einer Handlung, Duldung oder Unterlassung zu bestimmen, und daß der Thäter lediglich zur Erreichung dieses Zwecks Drohungen oder Gewalt anwendet. An dieser Voraussetzung gebricht es hier offenbar.

Daß H. den Maurermeister Th. selbst und unmittelbar durch Drohungen zu bestimmen gesucht habe, ihm bei dem erwähnten Baue Arbeit zu geben, ist demselben gar nicht beigemessen worden, und es liegt auch durchaus kein genügender Grund zu der Annahme vor, daß er Th.'n durch diejenigen Personen, gegen welche er die ihm zur Last gelegten Aeußerungen gethan, dazu habe nöthigen wollen, und daß er die Bedrohungen bloß als Mittel zu Ausführung des Verbrechens der Nöthigung angewendet habe. Es stellen sich die letzteren vielmehr — und dies tritt namentlich in dem Bl. bemerkten Falle ganz deutlich hervor — eben nur als Bedrohungen im Sinne des Art. 206 des StGB.'s dar, die H. im Unwillen darüber, daß ihn Th. nicht in Arbeit genommen und aus Bosheit ausgestoßen, zu deren Bestrafung es jedoch nach Art. 207, Abs. 2 des StGB.'s eines besondern Antrags nicht bedurfte.

49.

Ueber den Begriff: „gottesdienstliche Versammlungen“ im Art. 233 StGB.

Erkenntn. v. 13. Jan. 1864 no. 1270/1248 v. 1863.

Die Worte: „gottesdienstliche Versammlungen“ im Art. 233 des StGB.'s sind, wie schon aus der Wahl derselben anstatt des einfachen Worts „Gottesdienst“ selbst sich ergiebt, von umfassenderer und weiterer Bedeutung, als letztgedachter Ausdruck. Es hat dadurch eben angedeutet werden sollen, daß man unter gottesdienstlichen Versammlungen auch andere Versammlungen der kirchlichen Gemeinde zu religiösen Zwecken, als zu dem eigentlichen, an Sonn- und Feiertagen in den Kirchen abzuhaltenden Gottesdienste zu verstehen habe. Wieweit sich nun der Ausdruck „gottesdienstliche Versammlung“ ausdehnen lasse, muß nach den Verhältnissen des concreten Falls beurtheilt werden. Das hier fragliche Fastenexamen, oder, wie es der Angeschuldigte bezeichnet haben soll, Fastenbeten, wird nach der Ansicht des OAG.'s, darin mit inbegriffen. Es ist dies die, nach alten gesetzlichen Vorschriften bestehende Einrichtung, wonach der Geistliche, soviel insonderheit die ländlichen Parochieen betrifft, sämmtliche, auch die verehelichten und älteren Gemeindeglieder während der Fastenzeit um sich zu versammeln, und ihnen zu besserer Einprägung und Festhaltung der evangelischen Glaubenssätze, einen Religionsvortrag in der Form der Katechisation zu halten hat. In der Regel wird dies in den Kirchen selbst zu geschehen haben. Es ist jedoch

Weber's Kirchenrecht Thl. II., Abth. I., S. 104.

keineswegs ausgeschlossen, daß solches bei eingepfarrten entfernteren Ortschaften auch an Ort und Stelle in einem geeigneten Locale vorgenommen werde. Und so geschah es denn am 24. Februar 1863 Seiten des Pfarrers A. zu P. in der großen Schänkstube zu R., aus welcher natürlich für diese Zeit die Ausübung des Schanks in ein anderes Local verlegt worden war. Der Vertheidiger hebt wiederholt die Unangemessenheit der Wahl des Orts der Versammlung hervor. Indessen könnte hierdurch, abgesehen noch von der Erheblichkeit dieser Ausstellung, über den Charakter der Versammlung als einer gottesdienstlichen nicht entschieden werden. Auch will der Vertheidiger die Versammlung der Parochianen um ihren Pfarrer zu dem bemerkten Zwecke als eine gottesdienstliche selbst dann nicht anerkannt wissen, wenn solche in der Kirche abgehalten worden wäre. Nach Ansicht des OAG.'s ist allerdings der Ort der Abhaltung einer Versammlung nicht, sondern nur deren Zweck entscheidend, dieser aber spricht bei der in Frage stehenden Fastenprüfung für Subsumtion derselben unter die gottesdienstlichen Versammlungen im Sinne des Art. 233 des StGB.'s, wie denn auch die als Zeugen abgehörten R.'r Gemeindeglieder den von dem Pfarrer vorgenommenen Act als „Gottesdienst" oder als „Bettag" bezeichnen und hieraus sich entnehmen läßt, daß auch nach der Auffassung im gemeinen Leben die Fastenprüfungen den gottesdienstlichen Versammlungen beizählen.

50.

Zu Art. 278, 1. 2. Zur Beleuchtung der in den Annalen Bd. VII., S. 97 aufgestellten Bedenken.

Erkenntn. v. 4. Jan. 1864 no. 1279/1230 v. 1863.

Der Angeklagte hat, wie durch sein mit den Angaben der Verletzten übereinstimmendes Geständniß erwiesen ist, am 24. Nov. 1863 gesehen, daß an der in der K.'schen Wohnstube stehenden Commode, in der, wie er wußte, die K.'schen Eheleute ihr Geld aufbewahrten, der Schlüssel im Schlosse steckte, hat erfahren, daß die allein anwesende verehelichte K. eines Geschäftsgangs halber ihre Wohnung bald verlassen werde, und sofort den Entschluß gefaßt, sich des vorhandenen Geldes während der Abwesenheit der K. zu bemächtigen.

Er hat sodann wahrgenommen, daß die verehel. K. die Thür ihrer Wohnstube verschlossen, den dabei gebrauchten Schlüssel in ihre gleich der Wohnstube vom Vorsaale aus zugängliche Küche gelegt, darauf auch die Küche verschlossen und den dazu erforderlichen Schlüssel mitgenommen hat.

Alsbald nach Entfernung der verehel. K. hat nun Sch. den beschlossenen Diebstahl in der Art ausgeführt, daß er zunächst das Schloß der Küchenthür mittelst eines Diebsinstruments, eines aus einem großen Nagel zu diesem Zwecke von ihm sofort angefertigten Sperrhakens, öffnete, aus der Küche den dort verwahrten Stubenschlüssel entnahm, mit diesem die Stubenthür öffnete und aus der in der Stube stehenden, mittelst des im Schlosse steckenden Schlüssels von ihm geöffneten Commode das darin vorhandene Geld im Betrage von Sechs Thaler 22 Ngr. 5 Pf. an sich nahm.

Der Angeklagte hat sodann die Wohnstube wieder verschlossen, den Schlüssel in die Küche zurückgebracht, auch das Schloß der Küchenthür mittelst seines Sperrhakens wieder in den vorigen Stand gesetzt.

Dieser in ununterbrochener Aufeinanderfolge aller zu Vollendung des beabsichtigten Verbrechens erforderlichen Handlungen ausgeführte Diebstahl ist von der vorigen Instanz als ein ausgezeichneter, im Sinne des Artikels 278 unter 2 des StGB.'s angesehen worden und das OAG. hat dem beizutreten nicht Anstand nehmen können. Die Auffassung des Bezirksgerichts entspricht durchaus den vom OAG. bisher constant befolgten Grundsätzen, welche durch die schon von der vorigen Instanz angezogenen in den

Annalen des OAG.'s Bd. VII., S. 97 flg.

neuerlich dagegen aufgestellten Bedenken nicht alterirt werden können.

Mögen sich auch Fälle denken lassen, in denen es gerechtfertigt erscheint, die Entwendung eines Schlüssels als ein für sich abgeschlossen bestehendes Verbrechen auch dann anzusehen, wenn sie in der Absicht geschehen ist, mit Hilfe des entwendeten Schlüssels einen weitern Diebstahl zu begehen, so daß sich die Entwendung des Schlüssels mit Beziehung auf den spätern Diebstahl als eine Vorbereitungshandlung darstellen würde, so wird dies doch sicherlich nur dann geschehen können, wenn die Entwendung des Schlüssels der Zeit nach von dem spätern Diebstahle getrennt ist, und mindestens ein specieller Entschluß zu Verübung des spätern Verbrechens noch nicht vorlag. In alle Wege aber wird man zu einer derartigen Auffassung in dem gegenwärtig vorliegenden, wie in allen auf ähnliche Weise ausgeführten Fällen nicht gelangen können, da eines Theils der Angeklagte beim Ergreifen des Schlüssels nicht entfernt die Absicht hatte, sich denselben anzueignen, er vielmehr den Schlüssel nur zu Vollendung desjenigen Diebstahls benutzen wollte, in dessen Ausführung er eben begriffen war, andern Theils aber die Eröffnung der Küche mittelst Sperrhakens, eben so wie die Wegnahme und Benutzung des in der Küche liegenden Stubenschlüssels offenbar nur einzelne Acte des von

Sch. verübten Diebstahls bildeten und mit ihm ein Ganzes ausmachten.

Der Angeklagte hat zum Zweck der Ausführung des von ihm beschlossenen Diebstahls ein verschlossenes Behältniß mittelst eines Werkzeugs eröffnet, welches zur ordnungsmäßigen Oeffnung des Verschlusses nicht bestimmt war, und hat in dessen Folge den Diebstahl verübt.

Mehr verlangt Art. 278 unter 2 des StGB.'s nicht, um diesen Diebstahl als einen ausgezeichneten zu charakterisiren.

Wenn in dem oben allegirten Aufsatze zu Widerlegung dieser vom OAG. bisher festgehaltenen Ansicht behauptet wird, daß die Wortfassung, welche im Art. 230 des CrGB.'s und im Art. 278 des StGB.'s gebraucht worden ist, nämlich

Entwendung durch Eröffnung verschlossener Gebäude mit Diebsinstrumenten, durch gewaltsames Erbrechen 2c., ingleichen

Diebstahl mittels Erbrechung 2c.

auf einen mehr unmittelbaren Causalzusammenhang des Qualificationsmoments mit dem Diebstahle hinweise, als derjenige sei, welcher zwischen einer bloß vorbereitenden Thätigkeit, dem Entwenden des Schlüssels, und dem Verbrechen, dem Acte des zweiten Diebstahls, selbst bestehe, so ist dem entgegen zu setzen

a) daß es nach Lage der Sache gänzlich unthunlich ist, auf die mittelst Diebsinstruments erfolgte Eröffnung der K.'schen Küche und die daran sich schließende Ansichnahme des Stubenschlüssels den Begriff einer Vorbereitungshandlung anzuwenden. Als Sch. in der Absicht, das in der K.'schen Wohnung vorhandene Geld zu stehlen, sich den Sperrhaken zu Eröffnung der gedachten Küche fertigte und die letztere eröffnete, befand sich derselbe, wie auch aus der Bestimmung in Art. 279 des StGB.'s sich ergiebt, bereits in der Ausführung des Gelddiebstahls und es konnte daher der zu Vollendung desselben erforderliche weitere Act des Ansichnehmens des in der Küche liegenden Stubenschlüssels, nicht den Charakter einer das Verbrechen nur vorbereitenden Handlung annehmen. Sodann ist aber auch noch einzuhalten,

b) daß die hervorgehobene Wortfassung in dem gegenwärtig allein maßgebenden StGB.'e nur bei Erwähnung der im Erbrechen zu findenden Auszeichnung gebraucht worden ist, während hinsichtlich der in der Eröffnung verschlossenen Behältnisse mittelst falscher Schlüssel rc. liegenden Qualification der Gesetzgeber sich einer ganz allgemein gehaltenen Fassung bedient hat, indem er sagt: die härteren Strafen des ausgezeichneten Diebstahls treten ein,

„wenn der Dieb zu Oeffnung verschlossener Gebäude oder Behältnisse falsche Schlüssel rc. angewendet hat,"

so daß ein Zweifel dagegen, daß ein Diebstahl der Art, wie ihn Sch. verübt hat, ein ausgezeichneter gewesen ist, gar nicht aufkommen kann. Der Angeklagte hat die Küche vermittelst eines Sperrhakens geöffnet, ist mit Hilfe des dort vorgefundenen Stubenschlüssels in die Wohnstube gelangt und hat dort gestohlen. Der Diebstahl der Stube steht daher mit der vorausgegangenen qualificirten Eröffnung der Küche in ursachlichem Zusammenhange und bildete eine aus dem nämlichen Entschlusse hervorgegangene und in ununterbrochener Continuität vollführte That.

Diese Handlung in zwei Verbrechen, etwa in eine auf qualificirte Weise verübte Entwendung eines Schlüssels zum Zwecke einer einmaligen Benutzung und in eine mittelst des zur K.'schen Wohnstube gehörigen Schlüssels, also auf einfache Weise ausgeführten Gelddiebstahls, zu zerlegen, wie in dem allegirten Aufsatze empfohlen wird, dazu fehlt jeder Grund.

Es kann zwar zugegeben werden, daß da, wo das Gesetz nicht zwei verbrecherische Thätigkeiten verschiedener Art zu einem einzigen Verbrechensbegriffe vereinigt, die Eigenschaft des vorbereitenden keinen Einfluß auf den Begriff des durch dasselbe vorbereiteten Verbrechens äußert, und man kann einräumen, daß es keinen Unterschied begründet, ob das vorbereitende und das vorbereitete Verbrechen unter den nämlichen Gattungsbegriff falle oder nicht, allein es handelt sich hier, wie das BG. bereits richtig bemerkt hat, gar nicht um einen Verbrechensbegriff, der vom vorbereitenden Vergehen auf das spätere übertragen werden soll, sondern lediglich um ein Qualificationsmoment, welches beim Beginn der Ausführung des Verbrechens hinzugetreten ist und nunmehr dem vollendeten Verbrechen anhaftet.

Dürfte man diejenigen Acte, welche die Merkmale eines für sich abgeschlossen bestehenden Verbrechens an sich tragen, von dem nachfolgenden vollendeten Verbrechen trennen und nur als Vorbereitungshandlungen ansehen, dann würde es nothwendig werden, aus einem mittelst Erbrechens ausgeführten qualificirten Diebstahle eine Beschädigung fremden Eigenthums nebst einem einfachen Diebstahle zu construiren, ja man würde noch viel weiter gehen müssen, und einen, gleichviel auf welche Weise, in ein Zimmer eingedrungenen Dieb, der betroffen wird, während er mittelst des im Zimmer aufgefundenen Schlüssels den Geldschrank öffnet, nicht wegen versuchten Diebstahls, sondern nur nach Art. 330 des StGB.'s wegen Ansichnahme des Schlüssels zum einmaligen Gebrauch bestrafen dürfen, weil dieses Ansichnehmen und Gebrauchen rücksichtlich des beabsichtigten Diebstahls immer auch eine vorbereitende Handlung genannt werden könnte. Es ist aber auch eine solche Zerlegung eines aus verschiedenen einzelnen Handlungen bestehenden Verbrechens, wie sie in der mehr angezogenen Schrift empfohlen wird, nicht etwa aus Rücksichten der innern Gerechtigkeit geboten.

Hat ein Dieb auf gewaltsame Weise oder mittelst Diebsinstruments sich den Zugang zu einem Theile einer Wohnung verschafft, so hat er damit den Beweis geliefert, daß er ein Mensch ist, der sich auch durch ihm entgegenstehende größere Schwierigkeiten nicht abhalten läßt, in fremdes Eigenthum widerrechtlich einzugreifen. Für Beurtheilung seines moralischen Werths bleibt es sich gleich, ob er in dem von ihm unmittelbar eröffneten Raume einen Diebstahl ausführte oder in anderen Theilen der Wohnung, zu denen er durch den erstern unbehindert oder mittelst der darin vorhandenen Schlüssel gelangte. Damit stimmt das positive Gesetz überein, setzt aber gleichzeitig zu Gunsten des Diebs noch voraus, daß der zur Bestrafung vorliegende Diebstahl mit der qualificirten Eröffnung der Wohnung im Zusammenhange stehe, mit Hilfe dieser Eröffnung ausgeführt worden sei.

Dieser Fall liegt aber hier, wie bereits nachgewiesen wurde, ebenfalls vor.

Nur dann, wenn die vom Angeklagten ausgeführte Eröffnung der Küche mittelst Sperrhakens mit der nachfolgenden Entwendung in dem Wohnzimmer in keinem Zusammenhange stünde, wie z. B., wenn Sch. den Stubenschlüssel in der Küche nicht gefunden, bei näherer Untersuchung der außerhalb der Küche befindlichen Stubenthür aber es sich gezeigt hätte, daß diese von der verehel. K. bei ihrem Weggange unverschlossen gelassen worden wäre, würde der in der Wohnstube ausgeführte Diebstahl als qualificirter nicht anzusehen gewesen sein. Solchenfalls wäre zwar bei Begehung des Diebstahls eine Qualificationshandlung vom Diebe vorgenommen worden, die als Versuch eines ausgezeichneten Diebstahls in Betracht kommen könnte, allein die vollendete Entwendung stünde mit derselben in keinem ursachlichen Zusammenhange, wäre nicht mit Hilfe dieses Qualificationsmoments zur Ausführung gekommen.

51.

Für die Anwendbarkeit des Art. 301 StGB. ist es gleichgiltig, ob der Versuch ein beendigter oder nicht beendigter ist.

Erkenntn. v. 11. Jan. 1864 no. 1283/1243 v. 1863.

Wenn die vorige Instanz die Handlungsweise des Angeklagten rücksichtlich des unter 3 erwähnten Verbrechens als unbeendigten Versuch eines ausgezeichneten Diebstahls an unbestimmten Werthsobjecten bezeichnet hat, so kann sich dies nur auf die Beschaffenheit der That im Allgemeinen beziehen, da die Anwendung des Art. 301 des StGB.'s darauf, ob der Versuch ein beendigter oder ein nicht beendigter ist, an sich etwas nicht ankommt, indem die im Art. 301 angedrohte Strafe des Versuchs eine auf diesen Unterschied begründete Strafabstufung, wie im Art. 41 des StGB.'s festgestellt, nicht enthält, sondern die Strafe nach dem jedesmal vorliegenden Falle überhaupt bemessen wird.

52.

Unter den Begriff von Urkunden im weitern Sinne fallen auch die von Privatpersonen für einen bestimmten Verkehr ausgegeben, resp. vereinbarten Werthzeichen. Zu Art. 311, 312, 285, Abs. 1 StGB.

Erkenntn. v. 8. Jan. 1864 no. 1259/1234 v. 1863.

Weil die von dem Eisenbahnbau-Unternehmer K. zu W. an seine Arbeiter ausgegebenen, mit D. B. bezeichneten messingnen Brodmarken nicht nur von diesen Arbeitern, sondern auch von den Bäckern zu W. an Zahlungsstatt angenommen worden sind, diesen Marken also, obschon sie die Form einer gewöhnlichen Urkunde nicht gehabt haben, criminalrechtlich die Bedeutung von Privaturkunden, die ihnen durch ein stillschweigendes Ueberkommen am Orte der Ausgabe im Verkehre der gedachten Arbeiter mit ihrem Brodherrn und den Brodverkäufern übereinstimmend beigelegt worden ist, nicht abgesprochen werden kann, da sie in dem bezeichneten Kreise die Stelle schriftlicher Beweisstücke über eine Zahlungsverbindlichkeit vertreten, als eine bestimmte Person verpflichtende Documente gegolten haben, so wird ꝛc. ꝛc.

53.

Die Strafbarkeit des Gebrauchs fremder Waarenzeichen wird dadurch nicht ausgeschlossen, daß das gebrauchte Zeichen nicht in allen Einzelnheiten dem echten entspricht, vorausgesetzt nur, daß es so beschaffen ist, um ohne genauere Prüfung für das echte gehalten werden zu können. — Um einen solchen Gebrauch als widerrechtlich, als Mißbrauch, zu betrachten, ist nicht erforderlich, daß für den Eigenthümer der echten Bezeichnung bereits ein Vermögensnachtheil entstanden sei. Zu Art. 312 StGB.

Erkenntn. v. 4. Jan. 1864. no. 1271/1220.

Zur Anwendung der Strafbestimmung Art. 312 des StGB.'s genügt es, wenn eine fremde Waarenbezeichnung nachgebildet und zu Täuschung im Handel gemißbraucht worden ist. Hieraus ergiebt sich, daß die Beschaffenheit der Nachbildung in ihrer mehr oder weniger hervortretenden Uebereinstimmung mit dem benutzten Originale nur insofern in Betracht kommen kann, als in concreto sich fragt, ob das nachgeahmte Product überhaupt geeignet gewesen sei, die damit beabsichtigte Täuschung herbeizuführen. Wollte man wegen einer geringen, ohne vorzunehmende genaue Vergleichung kaum wahrnehmbaren Abweichung der Nachbildung vom Originale, ungeachtet dessen, daß dadurch der Eigenschaft der erstern im Handel zu täuschen kein Abbruch geschehen ist, von der Anwendung des Gesetzes absehen, so liegt auf der Hand, daß demselben jede praktische Bedeutung benommen und der durch dasselbe den Fabrik- wie Handlungshäusern zugesicherte Rechtsschutz ganz der Willkühr derjenigen, die auf dergleichen Täuschungen ausgehen, preis gegeben würde. Ebenso wenig durch die Worte und den Sinn des Gesetzes erscheint die Deutung begründet, in welcher der Privatangeklagte das Wort „Mißbrauch" aufgefaßt wissen will, nämlich daß, wenn ein solcher angenommen werden soll, eine durch den Gebrauch erfolgte Vermögensbeschädigung nachgewiesen sein müsse. Der Mißbrauch, den das Gesetz verlangt, liegt schon in dem bloßen Gebrauche einer solchen nachgeahmten fremden Waarenbezeichnung im Handelsverkehre, weil dieser Gebrauch eine andere Annahme gar nicht zuläßt, als daß es dem Thäter hierbei um eine Täuschung im Handel und einen dadurch zu erzielenden oder gewinnreicheren Absatz seiner Waaren zu thun gewesen sei.

54.

Unterschied zwischen dem Miturheber und dem Unterhändler beim Verbrechen des Wuchers. StGB. Art. 343.

Erkenntn. v. 29. Jan. 1864 no. 1280/1276 v. 1863.

Es ist irrig, wenn der Defensor vermeint, daß bei dem Vergehen des Wuchers an die Stelle des Begriffs der gleichen Theilnahme und der Miturheberschaft im Art. 296 des CGB.'s und im Art. 343 des StGB.'s der Begriff des Unterhändlers gesetzt worden sei. Denn wenn auch derjenige, welcher ohne sich an dem wucherlichen Geschäfte als Mitcontrahent zu betheiligen und ohne die daraus für den Darleiher entspringenden widerrechtlichen Vortheile für sich erwerben zu wollen, bloß als Vermittler, sei es im Interesse des Darleihers oder des Darleihenden, das Geschäft zu Stande gebracht hat, nicht als Wucherer, sondern nur als Unterhändler bestraft werden kann, so liegt doch auf der Hand, daß dies da nicht statthaft ist, wo diese Betheiligung, sowohl nach der Willensrichtung als der Mitwirkung des Thäters eine weitergehende, auf Abschluß des Geschäfts im eigenen Interesse gerichtete gewesen ist, derselbe also, um sich den widerrechtlichen Gewinn zu verschaffen, das verabredete Vergehen gemeinschaftlich mit dem andern, nicht nur zu dessen, sondern auch zu seinem Nutzen ausgeführt hat. So verhält es sich aber mit den Landrentenbriefen, welche die verehel. B. unter Mitwirkung ihres Ehemanns der Bestimmung Art. 294 des CGB.'s oder 341 des StGB.'s zuwider zum Nominalwerthe gegen $5^{1}/_{2}$ pCt. ausgeliehen hat, da bei diesem wucherlichen Geschäfte beide Eheleute im eigenen Interesse — die Ehefrau, um einen Zuwachs an Capital, der Ehemann, um eine Erhöhung seines Nießbrauchs zu erlangen — concurrirt haben. Hier steht auch nicht entgegen, wie der Vertheidiger behauptet, daß das Darlehn in Creditpapieren gewährt worden ist, weil schon nach dem ältern Rechte in Hinblick auf die allgemeine Bestimmung Art. 274 des CrGB.'s Staatspapiere und überhaupt solche Papiere, welche einen bestimmten Cours haben, ohne diesfalls zwischen Staats- und anderen Creditpapieren einen Unterschied zu statuiren, dem baaren Gelde ebenfalls bei Uebertretungen der gegen den Wucher gerichteten Gesetze stets gleich gestellt worden sind.

Weiß, Bemerk. zu dem CrGB. Bd. III., S. 416. (ed. II., S. 792.)

Aber nur soweit war der Ansicht, von welcher man den genannten Angeschuldigten gegenüber in erster Instanz ausgegangen ist, beizustimmen. Denn was die Landrentenbriefe betrifft, welche der Gutsbesitzer H. zu dem wucherlichen Geschäfte hergegeben hat, verhält es sich anders. Hierbei haben sowohl die verehel. H., als B. nur als Unterhändler concurrirt, weil, obschon sie für jenen den Vertrag zu Stande gebracht haben, doch daraus ihnen unerlaubter Vortheil, wie dem Darleiher, weder erwachsen ist, noch hat erwachsen sollen.

Was hiernächst die über den gesetzlichen Zinsfuß stipulirten Zinsen anlangt, so ist zu unterscheiden. Die auf H. Antheil kommenden wucherlichen Zinsen, da sie diesem, gemäß des Vertrags, allein zu Statten gekommen sind, können keinem zur Verantwortung Gezogenen auf Grund der Bestimmung Art. 293 des CrGB.'s oder 340 des StGB.'s zur Strafe angerechnet werden. Was hierunter dem Angeschuldigten B. und der verehel. H. zur Last zu legen ist, fällt mit dem Reate zusammen, der sie als für H. thätig gewesene Unterhändler trifft. Ebenso wenig hat, was die von der andern Hälfte des Capitals eingehobenen wucherlichen Zinsen betrifft, die verehel. B. für strafbar erachtet werden können. Der hierdurch verübte Wucher fällt einzig und allein dem Angeschuldigten B. zur Last, der diese Zinsen nicht nur sich ausbedungen, sondern auch in Folge dessen ausschließlich bezogen hat. Es liegt auch darin, daß die verehel. B. dieselben für ihren Ehemann eingenommen hat, keine strafbare Begünstigung, weil in Ermangelung des Nachweises, daß sie solches um ihres Vortheils willen oder aus eigenem Interesse an der That gethan habe, ihr die Ausnahmebestimmung Abschn. 1, Art. 72 des StGB.'s zur Seite steht. Dagegen ist der Unterschied, den hinsichtlich der in Frage befangenen Zinsen der Vertheidiger gemacht wissen will, insofern er nämlich behauptet, daß die stattgefundene Verzinsung der Differenz des Nominalwerths mit dem Course gleichsam wie ein nicht als Wucher zu bestrafender Anatocismus sich darstelle, durchaus unbegründet. Denn obschon die im Art. 294 des CrGB.'s und 341 des StGB.'s besonders hervorgehobenen Fälle des Wuchers nur insofern, als darin ebenfalls eine Ueberschreitung des gesetzlich statthaften Zinsfußes liegt, strafbar sind, so charakterisirt sich doch der auf diese Weise erlangte widerrechtliche Gewinn weder factisch noch rechtlich als ein zum Capital geschlagener, bloß gestundeter Zinsbetrag. Es liegt vielmehr hier nach Absicht und Erfolg eine zweifache Gesetzesübertretung vor. Der Darleiher verstößt, wenn er eine größere Summe, als er ausgeliehen, sich versprechen läßt, gegen die Strafbestimmung Art. 294 des CrGB.'s und 341 des StGB.'s, und wenn er diesen Mehrbetrag außerdem sich verzinsen läßt und dadurch an Zinsen mehr erlangt, als die gesetzlichen Zinsen für das wirklich Dargeliehene betragen, gegen die Strafbestimmung Art. 293 des CrGB.'s und Art. 340 des StGB.'s. Im vorliegenden Falle gestaltet sich aber die Sache ohnehin anders, weil, insofern als die B.'schen Eheleute eine verschiedene Absicht verfolgt haben, auch einem Jeden nur das angerechnet werden kann, was es dem zufolge erreicht hat: nämlich der Ehefrau der durch die Stipulation des größern Capitals erzielte widerrechtliche Gewinn und dem Ehemanne der erlangte widerrechtliche Mehrbetrag an Zinsen. Geht man aber unter Festhaltung des thatsächlich Festgestellten von diesem für die rechtliche Beurtheilung maßgebenden Gesichtspunkten aus, so erscheint strafbar:

1. auf Grund der Bestimmung Art. 296 des CrGB.'s oder 343 des StGB.'s

die verehel. H., weil dieselbe bei dem wucherlichen Geschäfte, in Folge dessen ihr Ehemann für die dargeliehenen Landrentenbriefe, statt des

Courswerths den höhern Nominalbetrag und eine den gesetzlichen Zinsfuß übersteigende Verzinsung des wirklich Dargeliehenen erlangt hat, gemeinschaftlich mit B. als Unterhändlerin thätig gewesen ist;

2. auf Grund der Bestimmungen Art. 294 des CrGB.'s oder 341 des StGB.'s:

die verehel. B., weil dieselbe den für die antheilig dargeliehenen Landrentenbriefe stipulirten höhern Nominalbetrag gewährt erhalten hat;

3. auf Grund der Bestimmungen Art. 293 des CrGB.'s oder 340 des StGB.'s und 296 des CrGB.'s oder 343 des StGB.'s:

B., weil er durch das gemeinschaftlich mit seiner Ehefrau vollführte wucherliche Geschäft in zweifacher Weise zu einem den gesetzlichen Zinsfuß übersteigenden Zinsengenuß gekommen ist, und weil er, wie bereits ad 1 erwähnt worden, gemeinschaftlich mit der verehel. H. als Unterhändler zu dem im Interesse des Gutsbesitzers H. abgeschlossenen wucherlichen Geschäfte mitgewirkt hat.

Es war daher das wegen unrichtiger Gesetzesanwendung angefochtene Erkenntniß insoweit, als darin den vorgenannten Angeklagten ein Mehreres beigemessen worden ist, als nichtig aufzuheben, und die Angeschuldigten diesfalls straffrei zu sprechen.

55.

Zur Erläuterung des Gesetzes vom 11. August 1855 die Beschädigung von Eisenbahnen rc. betr.

Erkenntn. v. 29. Jan. 1864 no. 93/63.

Weil eine Unterbrechung des gewöhnlichen Verkehrs auf der am Leipziger Bahnhofe zu N. vorüberführenden Straße nur für die Augenblicke eintritt, in welchen die durch Anziehen einer Glocke signalisirten Bahnzüge unter Vortritt eines mit einer Fahne versehenen Bahnwärters die Straße passiren, also da eine Absperrung des Uebergangs kurz vor Eintreffen der Züge, wie sonst üblich ist, hier nicht stattfindet, der über die Straße gelegte Schienenweg auch nur so lange, als er den Eisenbahnzügen zum Uebergange dient, als eine, zum Betriebe dienende Eisenbahnanlage im Sinne des Gesetzes, die Beschädigung der Eisenbahnen rc. betr., vom 11. August 1855 angesehen werden kann, sobald es sich nicht um eine vorsätzliche, sondern nur um eine culpose Beschädigung dieser Anlage und eine dadurch herbeigeführte Gefährdung des Eisenbahnbetriebs handelt, weil der durch die Oertlichkeit bedingten, der doppelten Bestimmung angepaßten Einrichtung nach dem in Frage befangenen Tracte nur insoweit, als der Eisenbahnbetrieb unumgänglich erfordert, die Eigenschaft einer zum ungehinderten öffentlichen Verkehre dienenden Straße momentan entzogen worden ist, nun aber, da dieses einen zwiefachen Gesichtspunkt darbietende factische Verhältniß unbezweifelt auch für die rechtliche Beurtheilung maßgebend ist, sobald es sich in concreto um die Frage handelt, ob durch eine an der bezeichneten Stelle verhangene Unvorsichtigkeit eine Gefahr oder ein Nachtheil für den Eisenbahnbetrieb herbeigeführt oder eine darauf bezügliche Weisung culposer Weise außer Acht gelassen worden sei, von diesem Gesichtspunkte aus der angefochtene Beschluß als vollkommen richtig sich darstellt, wenn man in Hinblick auf die genugsam beigebrachten factischen Unterlagen erwägt, daß der mit Kehren der Schienen beschäftigt gewesene Bahnwärter F., in seiner Eigenschaft als Bahnwärter, in keiner Weise berechtigt war, dem Kutscher K. das Passiren des Schienenwegs zu verbieten, sein Zuruf, als der letztere unverhofft ihm nahe gekommen war, auch gar nicht solches bezweckte, sondern nur dazu dienen sollte, K.'n auf die Gefahr, welcher er, F., ausgesetzt sei, aufmerksam zu machen, und selbst wenn hiernach anzunehmen sein sollte, daß F. den ihn betroffenen Unfall durch sein zu spätes Ausweichen nicht selber sich zugezogen habe, sondern derselbe ausschließlich K.'n beizumessen sei, weil dieser auf einer so vielfach begangenen Straße jedenfalls umsichtiger hätte fahren sollen, doch diese K.'n zur Last zu legende Unachtsamkeit nach dem, was oben auseinander gesetzt worden ist, weder direct noch indirect eine Gefährdung des Eisenbahnbetriebs oder die Nichtachtung einer darauf bezüglichen Weisung im Sinne der von dem Staatsanwalte angezogenen Artikel des Eisenbahnstrafgesetzes in sich schließen würde, so hat die in Hinblick auf die Bestimmung Abschn. 2, Art. 256 der StPO. darauf gestützte Nichtigkeitsbeschwerde für begründet nicht erachtet werden können.

Handelsrecht.

24.

Verhältniß der Actiengesellschaften vor und nach dem A. D. HGB.'e.

II. Sen.-Erk. v. 3. Septb. 1863 no. 479/485.

Bis zu dem Eintritt des deutschen HGB.'s (Art. 207 fg.) bedurfte nach der richtigeren Ansicht eine Actiengesellschaft der staatlichen Bestätigung nicht zu ihrer rechtlichen Existenz an sich, sondern nur insoweit, als dieselbe gewisse, nur den bestätigten Vereinen zukommende Befugnisse und die juristische Persönlichkeit erwerben wollte.

Annalen des OAG.'s Bd. IV., S. 489.

Durch die Bestätigung einer bereits bestehenden Actiengesellschaft wird also, abgesehen von den so eben erwähnten und den, mit der juristischen Persönlichkeit verbundenen Befugnissen, in dem Verhältnisse der Gesellschaft zu dritten Personen keine wesentliche Veränderung herbeigeführt, so daß die Verpflichtungen, welche dieselbe vor ihrer Bestätigung gegen dritte Personen contrahirt hat, auch von dem bestätigten Verein, als juristischer Person anerkannt und erfüllt werden müssen.

24.

Anwendung der Bestimmungen des Handelsgesetzbuchs über die Höhe der Verzugszinsen in Fällen, wo der Verzug zu einem vor der Einführung jenes liegenden Zeitpunkte begonnen hat.

II. Sen.-Erk. v. 13. Aug. 1863 no. 406/425.*)

Das OAG. hat in Betreff des Petiti sechsprocentiger Verzugszinsen vom 1. März 1862 an der Ansicht der ersten Instanz, welche

*) Vor dem 1. März 1862 (wo bekanntlich in Sachsen das HGB. in Kraft getreten) hatte ein Bankinstitut von dem Geschäftführer eines Filials eine in dessen Büchern eingetragene Propreschuld des Geschäftsführers einzuklagen versucht und Verzugszinsen (damals 5%) gefordert. Die Klage wurde i. d. a. M. abgewiesen. Nach dem 1. März 1862 erhob das Bankinstitut anderweite verbesserte Klage, nunmehr mit dem Petitum 6% Interesses des Verzugs vom 1. März 1862 an. Die Ima deferirte, die IIda beschränkte den Zinsfuß auf 5%, das OAG. stellte die Ima her.

solches aufrecht erhalten, vor der der zweiten, welche auch insoweit nur 5 % Zinsen zugesprochen hat, den Vorzug zu geben gehabt.

Man verkennt nicht, daß die Bl. beleuchtete Frage wegen Anwendung der Bestimmung des Handelsgesetzbuchs Art. 287 jct. §. 1 des Einführungsgesetzes vom 30. October 1861 in einem Falle der vorliegenden Art, wo das in Streit befangene Rechtsverhältniß vor dem Tage des Inkrafttretens des HGB.'s zu Entstehung gelangte, eine sehr bestrittene ist. Im Allgemeinen hat Man nun auch der Ansicht, daß neuen Gesetzen und auch dem HGB. rückwirkende Kraft auf vorher begründete Schuldverhältnisse nicht beizulegen ist, jedenfalls insoweit beizupflichten, als Vorschriften in Frage kommen, welche von der Entstehung einer Forderung handeln. In diesem Punkte spricht sich auch der Entwurf zu der Publicationsverordnung des BGB.'s §. 16 (Landtagsacten I., S. 919) und §. 18 der unter dem 2. Jan. 1863 publicirten Verordnung conform aus.

Zweifelhafter ist die Frage wegen Anwendung derjenigen Vorschriften eines neuen Gesetzes, welche den Worten oder dem Sinne nach den Zweck haben, den Inhalt oder die Wirksamkeit der Forderung zu bestimmen.

In diesem Punkte gehen unter Anderm der vorbemerkte Entwurf und die publicirte Verordnung auseinander. Wie Man nun an sich der Ansicht des Entwurfs, welcher jene Frage bejaht, den Vorzug vor der verneinenden Meinung zu geben hat, so erscheint auch die Ausführung voriger Instanz nicht ganz consequent, wenn sie die Klagerhebung, als die den Verzug begründende Thatsache ansehend, das sechsprocentige Verzugsinteresse im Allgemeinen aberkennt, weil die erste Klagerhebung vor dem Eintritt der Wirksamkeit des HGB.'s, — dem 1. März 1862 — liege, da doch die neue Klagerhebung jedenfalls auch eine den Verzug begründende Thatsache sein würde, und daher Zinsen zu 6 % mindestens vom 23. Mai 1862 an, dem Tage der Behändigung der zweiten Klage, zugebilligt werden müßten.

Man vermag aber auch in Betreff des Verzugs nicht die alleinige Berücksichtigung des Termins der ersten Mahnung zu billigen, da, ist der Verzug einmal begründet, das Verharren in dem Saumsale als eine mit jedem Momente neu entstehende Thatsache sich darstellt, und solchem nach die mora des Beklagten mit dem 1. März 1862 in dem ebengedachten Sinne als eine innerhalb der Wirksamkeit des HGB.'s liegende Thatsache aufzufassen ist.

Römisches und Sächsisches Civilrecht.

64.

Zur Lehre von der Collision der Gesetze in Bezug auf Rechts- und Handlungsfähigkeit der Contrahenten.

II. Sen.-Erk. v. 14. Aug. 1863 no. 425/426.*)

Man ist mit der vorigen Instanz (AG. Budissin) darin vollkommen einverstanden, daß ꝛc. die Volljährigkeit des Beklagten nach den Gesetzen des Königreichs Sachsen, welchem Beklagter als Unterthan nach Bl. der Beilageacten angehört, zu beurtheilen ist ꝛc. Dies entspricht dem von dem OAG. in den Bl. angezogenen Präjudizien

Wochenbl. f. merkw. Rechtsf., Jahrg. 1855, S. 309 fg., Jahrg. 1861, S. 68 fg.

befolgten Grundsatze, daß der Richter bei allen vor ihm anhängigen Rechtsstreitigkeiten auch der ausländischen Partei gegenüber in der Regel und soweit nicht der Wortlaut oder Geist des Gesetzes, beziehentlich Gewohnheitsrecht oder Staatsvertrag, die Berücksichtigung ausländischen Rechts erfordert, lediglich die Gesetzgebung seines Staats als Norm der Entscheidung zu befolgen hat, — einem Grundsatze, welchem auch das BGB. und zwar mit den im Wesentlichen zeither vom Gerichtsbrauche Sachsens befolgten Modificationen angenommen hat (vergl. §. 6 fg.).

Jenem Grundsatze widerspricht es nicht, wenn in Beziehung auf Rechts- und Handlungsfähigkeit Jeder, also auch der Ausländer, nach den Gesetzen desjenigen Staats beurtheilt wird, welchem er als Unterthan angehört; denn der Gesetzgeber hat an sich weder Veranlassung noch voraussetzlich die Absicht, bei den Bestimmungen über Volljährigkeit,

---

*) BGB. §. 6, 7. 8.

Dispositionsfähigkeit u. s. w., bei denen er nur die Angehörigen und die Verhältnisse des Inlands im Auge haben kann, auch Ausländer zu berücksichtigen. Würden aber derartige Rechtsverhältnisse von Ausländern über ihre natürlichen Grenzen hinaus und in das Gebiet des Inlands herübergreifen, so gestaltet sich die Sache anders. Wenn von Ausländern im Inlande vorgenommene Handlungen in Frage sind, dann ist die Rechts- und Handlungsfähigkeit der Ersteren nach den Gesetzen des Inlands zu beurtheilen.

Dies rechtfertigt sich zugleich durch die Erwägung, daß dem mit ihnen contrahirenden Inländer die Kenntniß ausländischen Rechts oder die Beachtung der Gesetzgebung eines andern, als desjenigen Lands, in welchem die fragliche Rechtshandlung vor sich geht, um so weniger anzusinnen ist, als er von der Voraussetzung ausgehen kann, daß auch sein Mitinteressent die Rechtsnormen des Lands, in welchem er contrahirt, stillschweigend als giltig und für ihn bindend anerkenne. In dieser Maße hat das OAG. auch in dem obenerwähnten, im Wochenbl., Jahrg. 1861, S. 68 fg. referirten Falle entschieden. Es bedarf jedoch keiner weitern Ausführung, daß die Beurtheilung der Volljährigkeit von Ausländern in dem vorliegenden Falle gar nicht in Frage steht, vielmehr hier der Beklagte als Inländer und vor den Gerichten des Inlands nach anderen, als den für das Inland maßgebenden Normen über Volljährigkeit nicht beurtheilt werden darf.

65.

Soll die Bedingung: „daß ein Promissar eine Ehe eingehe," für erfüllt gelten, so muß diese Ehe eine giltige sein. — Collision der Rechte.

II. Sen.-Erk. v. 2. Juni 1863 no. 249/302.*)

Es hat Beklagtens Ausflucht, daß eine wirkliche Ehe von der Klägerin mit ihrem dermaligen Ehegatten nicht eingangen worden sei,

*) Der Klage auf Erfüllung eines an die Bedingung, daß Klägerin sich verehelich*e*, geknüpften Versprechens, hatte Beklagter die Einrede, daß die von Klägerin eingegangene Ehe nach Sächsischem Rechte eine ungiltige sei, entgegengestellt, die IIda aber auf deren Beweis erkannt. Die Ungiltigkeit

indem Klägerin der römisch-katholischen Kirche angehöre, ihr Ehegatte aber von seiner ersten Ehefrau geschieden worden und Letztere bei seiner Trauung mit der Klägerin noch am Leben gewesen, in voriger Instanz Beachtung gefunden und es ist daher dem Beklagten der Beweis dieser Exception nachgelassen worden. Die Klägerin hat nun zwar versucht, die Erheblichkeit dieser Ausflucht zu bestreiten, Man hat aber auch bei nochmaliger Erwägung der Sache die von ihr zur Unterstützung ihrer Ansicht beigebrachten Gründe für durchschlagend nicht ansehen können.

Das Mandat vom 19. Febr. 1827, die Ausübung der katholisch-geistlichen Gerichtsbarkeit ꝛc. betreffend, hat in §. 62 bestimmt, daß den katholischen Glaubensgenossen die Verehelichung mit geschiedenen Ehegatten evangelischen Bekenntnisses, so lange der andere geschiedene Ehegatte lebe, nicht gestattet sei, und daß sie daher weder von katholischen, noch von evangelischen Pfarrern in den hiesigen Landen mit einander verlobt, aufgeboten oder copulirt werden dürfen. Das Gesetz verbietet daher unbedingt die Verehelichung eines katholischen Glaubensgenossen mit einem geschiedenen Protestanten bei Lebzeiten des andern geschiedenen Ehegatten und daß durch dieses Verbot nicht bloß ein verbietendes, sondern ein trennendes öffentliches Ehehinderniß festgestellt worden sei, welches die Nichtigkeit einer gegen dieses Verbot eingegangenen Ehe zwischen einem Katholiken und einem geschiedenen Protestanten zur Folge haben muß, ist in der Abhandlung von

Weber in der Zeitschr. f. Rechtspfl. u. Verw. Bd. III., S. 193 fg. mit richtigen Gründen gezeigt worden.*)

Hat man aber hiervon auszugehen, so war der dermalige Ehegatte der Klägerin, obgleich er sich für seine Person zur evangelisch-lutherischen Confession bekannte, behindert, in hiesigen Landen bei Lebzeiten seiner ersten geschiedenen Ehegattin mit einer ledigen Katho-

---

wurde darauf basirt, daß der Klägerin, einer Katholikin, dermaliger, im Auslande, angetrauter Ehemann, Protestant, von seiner ersten Ehefrau geschieden, letztere aber noch am Leben sei. Das OAG. confirmirte auf der Klägerin Berufung. — Wegen Conformität des BGB.'s vergl. die nächste Note und den Text am Ende.

*) Vergl. BGB. §. 1591.

likin eine zweite Ehe zu schließen, da das angezogene Verbot ebenso gut ihn traf, wie die Katholikin, welche unter solchen Umständen eine Ehe mit ihm zu schließen beabsichtigte. Denn war ihm auch nach den Grundsätzen seiner Kirche die Wiederverheirathung an sich unversagt, so war ihm doch immer nicht gestattet, zu seiner zweiten Ehegattin eine Frau zu wählen, welcher nach den Grundsätzen ihrer Kirche, beziehentlich nach den geltenden gesetzlichen Bestimmungen eine Verehelichung mit ihm untersagt war und das Eheverbot, welches für die Letztere bestand, äußerte solchenfalls seine Wirkung auch ihm selbst gegenüber, da eben die betreffende Frau ihn nicht heirathen durfte und er daher auch nicht im Stande war, eine giltige Ehe mit ihr zu schließen. Klägerin selbst hat deducirt, daß eine Ehe nicht halb giltig und halb ungiltig sein könne, und daß, wenn eine Ehe auf der einen Seite giltig sei, sie überhaupt giltig sein müsse. Umgekehrt muß man aber auch annehmen, daß, wenn eine Ehe auf der einen Seite ungiltig ist, sie auch überhaupt in Ansehung beider Ehegatten ungiltig sein müsse und konnte daher unter den gegebenen speciellen Verhältnissen eine gewisse Frau einen gewissen Mann nicht heirathen, so durfte auch der Letztere nicht mit der Erstern eine Ehe eingehen.

Nun war zwar die Klägerin bis zu ihrer Verheirathung nicht sächsische, sondern preußische Staatsangehörige und es ist auch ihre Trauung mit ihrem jetzigen Ehegatten nicht im Inlande erfolgt. Diese Umstände erscheinen indeß immer nicht geeignet, eine andere Beurtheilung der Sache eintreten zu lassen.

Denn wäre auch nach preußischem Rechte, dem die Klägerin bis zu ihrer Verehelichung unterworfen war, katholischen Glaubensgenossen gestattet, eine Ehe mit einem geschiedenen evangelischen Glaubensgenossen bei Lebzeiten des geschiedenen frühern Ehegatten des Letztern giltiger Weise einzugehen, so ist doch die Frage, ob einer Ausländerin erlaubt war, mit einem gewissen sächsischen Staatsangehörigen unter den speciell obwaltenden Umständen sich zu verehelichen, nach der richtigern, von den meisten Rechtslehrern, vergl. insbesondere

Schäffner, Entwickelung des internationalen Privatr. §. 102, 103.

v. Keller, Pandecten S. 22.

v. Holzschuher, Theorie und Casuistik, 2. Aufl., Bd. III., S. 32.

vertheidigten Meinung nur nach dem Rechte desjenigen Staats zu beurtheilen, welchem der Ehemann für seine Person unterworfen war. Denn der eigentliche Sitz der Ehe ist der Wohnort des Ehemanns, sie wird geschlossen, um in letzterm ihre rechtlichen Wirkungen zu äußern, und wenn der Staat, welchem der Ehemann angehört, eine von diesem geschlossene Ehe als wirklich entstanden ansehen soll, so ist er auch zu verlangen berechtigt, daß bei Eingehung der Ehe von den Ehegatten kein Gesetz verletzt worden sei, von dessen Beobachtung die Giltigkeit einer Ehe innerhalb der Grenzen seiner Herrschaft abhängt. Auf den Ort der Trauung kommt hierbei nichts an, und wenn Letztere daher auch in einem Staate erfolgt sein sollte, wo ein in Sachsen geltendes öffentliches Ehehinderniß nicht bestand, so ist doch immer der sächsische Richter bei Entscheidung der Frage, ob durch die Trauung eine wirklich giltige Ehe geschlossen worden sei, lediglich an die in Sachsen bestehenden Gesetze gebunden und nur in Bezug auf die Form der Eheschließung würde die Frage entstehen, ob nicht hinsichtlich ihrer die Gesetze des Staats, wo dieselbe vorgenommen wurde, maßgebend seien. Uebrigens mag hier nicht unerwähnt bleiben, daß auch das unter dem 2. Januar 1863 publicirte BGB. das oben aufgestellte Princip in §. 13 ausgesprochen hat, indem dasselbe dort bestimmt, daß Eingehung und Auflösung der Ehe nach den Gesetzen des Staats zu beurtheilen seien, dessen Unterthan der Ehemann ist.

Nun hat allerdings der Beklagte zugestanden, daß er bereits vor Ertheilung des in Rede stehenden Darlehnsversprechens gewußt habe, es beabsichtige Klägerin ihren gegenwärtigen Ehemann zu heirathen und es sei Letzterer von seiner noch lebenden ersten Ehefrau geschieden worden, sowie daß er das fragliche Versprechen gerade zu dem Zwecke von sich stellte, um die Eingehung der Ehe der Klägerin mit ihrem dermaligen Ehegatten möglich zu machen. Allein es läßt sich auch auf diese Zugeständnisse ein weiteres Gewicht um deswillen nicht legen, weil Beklagter jenes Versprechen doch immer nur für den Fall der wirklichen Verheirathung der Klägerin gab und er nicht auch zugleich eingeräumt hat, daß er das mehrerwähnte Darlehn der Klägerin auch schon dann zu gewähren zugesichert habe, wenn dieselbe nur überhaupt eine Trauung mit ihrem jetzigen Ehegatten zu Stande bringe. Im Gegentheil will er eine Trauung nach katholischem Ritus für erforderlich erklärt und zu deren Herbeiführung der Klägerin seine Vermittelung angeboten haben.

66.

Inwiefern kann Klaganstellung die Acceptation eines Versprechens ersetzen.*)

II. Sen.-Erk. v. 12. Juni 1863 no. 373/339.

Nur ein zur Perfection gediehener Vertrag gewährt ein Klagrecht. Zur Perfection gelangt aber ein Vertrag nur durch die Uebereinstimmung des Willens beider Paciscenten und es bedarf äußerer Kennzeichen für das Vorhandensein dieser Uebereinstimmung, es folgt daraus, daß derjenige, welcher etwas für sich aus einem Vertrage geltend machen will, sich darauf beziehen können muß, entweder daß die gegenseitige Willensmeinung noch besteht, oder mindestens die äußeren Zeichen ihres Bestehens noch vorhanden sind, oder wenigstens, daß die Willenseinigung einmal bestanden hat und also präsumtiv dauert.

Daraus geht weiter mit Nothwendigkeit hervor, daß diejenige Willenserklärung, welche den Vertrag zum Abschluß bringen soll, in der Regel nicht erst durch die Klage auf Contractserfüllung hergestellt werden darf, sondern daß sie ihr vorausgehen muß.

Wenn also in der Praxis Klagen auf Contractserfüllung je zuweilen mit der Wirkung zugelassen werden, daß durch sie die zur Perfection des Vertrags erforderliche Acceptation ergänzt wird, so sind dies Ausnahmefälle, die nur unter der Voraussetzung sich rechtfertigen lassen, daß die der Acceptation des Klägers entsprechende Willensrichtung des andern Theils noch nicht aufgehört habe, zu bestehen, und also wenigstens ein Moment beiderseitiger Willensübereinstimmung existirt hat.

Diese Voraussetzungen nun treten im vorliegenden Falle nicht ein. Wenn der Kläger nach seiner eigenen Darstellung des Beklagten Anerbieten ihm fünfzig Thaler zu schenken abgelehnt, wenn er diese Ablehnung durch den Zusatz motivirt hat, daß er keinen Anspruch auf ein Geschenk habe, so erscheint es schon sehr zweifelhaft, ob des

*) Vergl. BGB. §. 816, 817.

Beklagten weiteres Erbieten ihm zweihundert Thaler zu schenken, sobald sich Kalk in dem erkauften Unterirdischen finden werde, einen andern Zweck gehabt hat, als den, nicht minder „galant" zu erscheinen, als der das Geschenk ablehnende Kläger, da nach Klägers eben gegebener Erklärung eine Annahme des anscheinenden Versprechens seinerseits als im Widerspruche stehend mit der zuvor zu erkennen gegebenen Willensmeinung nicht füglich vorausgesetzt werden könnte. Andererseits aber haben seit der Abgabe des Versprechens und der Erhebung der Klage während des Verflusses von mehr als 2 Jahren die Umstände sich dergestalt verändert, daß es sehr zweifelhaft erscheinen kann, ob Beklagter, wenn er Anfangs wirklich den Willen zu schenken gehabt hätte, bei diesem Willen beharrt haben würde. Denn während zur Zeit der Aeußerung Beklagtens für den Umfang des Gewinns, der durch den unter Klägers Mitwirkung geschlossenen Kauf erlangt werden könnte, nur ungewisse, vielleicht sehr hoch gespannte, Erwartungen existirten, hat sich seitdem eine reelle Grundlage für die Berechnung des Gewinns herausgestellt, die möglicher Weise sehr hinter den damals gehegten Erwartungen zurückbleibt und kein Motiv zu Aeußerungen besonderer Liberalität enthalten würde.

Es muß daher für mehr als zweifelhaft erachtet werden, ob zwischen beiden Theilen zu irgend einem Zeitpunkte die zum Vertrage erforderliche Willensübereinstimmung existirt hat, und Man hat deshalb der Ansicht der vorigen Instanz darin beitreten müssen, daß durch das Factum der Klaganstellung der bei der Beweisführung mißlungene Nachweis der ausdrücklichen Acceptation des Versprechens nicht ersetzt werden kann.

67.

Voraussetzungen der Pflicht zu Bestellung einer Realcaution.

II. Sen.-Erk. v. 2. Juni 1863 no. 249/302.

Zu Bestellung einer Realcaution ist der Beklagte überall nur da anzuhalten, wo der Kläger sich auf eine justa causa seines Verlangens berufen kann.

l. 41 D. de judiciis (5. 1.)

und eine solche ist, wo es sich um persönliche Forderungen handelt, hauptsächlich nur dann anzunehmen, wenn genugsamer Verdacht vorhanden ist, daß der Beklagte durch üble Wirthschaft und Verschleuderung seines Vermögens dem Kläger die künftigen Executionsmittel entziehen werde.

l. 21 §. 3 D. de appell. (49. 1.)

l. 22 §. 8 D. soluto matrim. (24. 3.)

Glück, Erläut. der Pandecten ed. II., Bd. III., S. 442 fg.

Martin, Lehrbuch des deutschen gemeinen Prozesses, 13. Aufl., §. 310, S. 649.

Gensler's Commentar zu Martin's Lehrb., ed. Morstadt, Bd. II., S. 225.

Schlayer, die Lehre von den Cautionen in der Zeitschr. f. Civilr. und Prozeß N. F., Bd. IX., S. 256.

Heimbach in Weiske's Rechtslex. s. v. „Caution" Bd. II., S. 621.

Daß nun aber Beklagter wirklich damit umgehe, der Klägerin durch Verschleuderung seines Vermögens die erforderlichen Befriedigungsmittel zu entziehen, ist weder von der Klägerin selbst in ihrer Klage behauptet worden, noch ergiebt sich dafür sonst ein genügender Anhalt aus den Acten, und wenn auch Beklagter selbst angeführt hat, daß er durch Unglücksfälle sein gesammtes Vermögen verloren habe, und daß er zu seinem eigenen Unterhalt der Unterstützung Verwandter bedürfe, so liegt doch hierin immer nicht das Zugeständniß eines arglistigen Gebahrens des Beklagten über sein Vermögen zum Nachtheile der Klägerin.

68.

Zur Lehre vom Mengekaufe. — Kann solchen Falls der Käufer wegen fehlerhafter Beschaffenheit einer Sache, beziehentlich in Bezug auf eine der mehreren Kaufobjecte drohende Eviction, Erfüllung des ganzen Handels verweigern?*)

II. Sen.-Erk. v. 13. Aug. 1863 no. 436/418.

Beklagter, welcher zugesteht, daß er die zum Nachlasse seiner und der Klägerin Mutter gehörigen Parzellen unter Nr. 490, 519, 524,

*) BGB. §. 1092, jcto. §. 916 conform.

592 und 629 des Sebnitzer Flurbuchs bei der am 10. April 1862 veranstalteten freiwilligen Versteigerung für das Gesammtgebot von 765 Thlr. erstanden habe, hat dem auf Kaufserfüllung gerichteten Suchen der Klägerin unter C die Ausflucht entgegengestellt, daß J. G. A. H.'n an der Parzelle Nr. 490 ein Wiederkaufsrecht, welches laut Marginalattests im Grund- und Hypothekenbuche eingetragen ist, für die Wiederkaufssumme von 68 Thlrn. zustehe, von den Klägern aber diese Dispositionsbeschränkung zu beseitigen sei, ehe sie die Kaufserfüllung Seiten Beklagtens fordern könnten.

Mit den beiden vorigen Instanzen stimmt Man überein, daß der gedachte Einwand des Beklagten nicht zu beachten ist, wenn man auch den für die Zurückweisung desselben angeführten Gründen nicht allenthalben beizutreten vermag. Denn die Ansicht der ersten Instanz, daß dem exceptivischen Vorbringen des Beklagten die Vorschrift des §. 22 des Hypothekengesetzes vom 6. November 1843, wonach Niemand die Unwissenheit dessen, was im Grund- und Hypothekenbuche eingetragen sei, für sich anführen könne, entgegenstehe, ist bereits zur Genüge widerlegt worden. Ferner hat die vorige Instanz die nur erwähnte Ausflucht aus dem Gesichtspunkte eines Evictionsanspruchs, welcher dem Beklagten erst dann, wenn der Berechtigte von dem ihm zustehenden Wiederkaufsrechte an der Parzelle Nr. 490 wirklich Gebrauch machen sollte, einen Anspruch auf Wiederaufhebung des Vertrags oder auf eine angemessene Entschädigung gegen die Kläger gewähren würde, aufgefaßt und die Frage: ob Beklagter schon nach dermaliger Sachlage berechtigt sei, den Kaufpreis für die von ihm erstandenen Parzellen mit Rücksicht auf jene etwaigen Entschädigungsansprüche inne zu behalten? auf sich beruhen lassen, weil Beklagter einen solchen Schädenanspruch zur Zeit nicht geltend gemacht habe. Dieser Ansicht steht jedoch der Grundsatz entgegen, daß der Käufer eines Grundstücks, welchem die Gefahr der Entwährung droht, die unbezahlten Kaufgelder in der Regel so lange retiniren darf, bis der Verkäufer den Evictionsanspruch beseitigt, oder deshalb genügende Caution bestellt hat.

l. 5, l. 24 D. de evict. (8. 45.)

l. 18, §. 1 D. de peric. et comm. (18. 6.)

Dessenungeachtet ist das OAG. zu einer Bestätigung des Erkenntnisses zweiter Instanz aus folgenden Gründen gelangt.

Der Einwand des Beklagten besteht in der Behauptung, daß ihm von den Verkäufern verschwiegen worden sei, daß auf der mitverkauften Parzelle Nr. 490 ein Wiederkaufsrecht hafte. Da nun jeder Käufer voraussetzen darf, daß er über das erkaufte Grundstück frei schalten und walten, insbesondere solches ohne alle Einschränkung veräußern könne, der weitern Veräußerung eines Grundstücks und der vollen Verwerthung desselben aber etwaige auf demselben haftende Wieder- und Verkaufsrechte entgegenstehen, so ist Käufer, welcher von dem Verkäufer von der Existenz einer solchen Dispositionsbeschränkung nicht in Kenntniß gesetzt worden ist, berechtigt, mittelst der actio oder exceptio redhibitoria die Aufhebung des abgeschlossenen Kaufvertrags zu fordern.

Wochenbl. f. merkw. Rechtsf., Jahrg. 1859, S. 63 fg.

Höchst zweifelhaft ist jedoch die Rechtsfrage, ob in Fällen der vorliegenden Art,

> wo mehrere einzelne Sachen zusammen für einen Gesammtpreis veräußert worden sind und unter diesen Sachen sich eine oder mehrere fehlerhafte befinden, die Aufhebung rücksichtlich sämmtlicher Kaufsobjecte verlangt werden könne, oder eine theilweise Redhibition in Betreff der fehlerhaften Sachen zulässig sei.

Denn, während mehrere Rechtslehrer die Ansicht vertheidigen, daß in dem nurgedachten Falle der ganze Kauf rückgängig werde, mithin der Käufer zur Rückgabe aller erkauften Objecte, sowohl berechtigt als verpflichtet sei, indem den Verkäufer eine theilweise Rücknahme nicht angesonnen werden könne,

Unterholzner, Schuldverhältnisse, Thl. II., S. 277.

Gesterding, in der Zeitschr. f. Civilr. und Prozeß Bd. VI., S. 42 fg.

Andere, aber lediglich dem Käufer ein Wahlrecht einräumen, ob er das Ganze oder nur die fehlerhaften Sachen redhibiren wolle.

Treitschke, Kaufcontract §. 97, S. 235.

Fick, im Archiv für deutsches Wechselrecht Bd. VIII., S. 21 fg., insbesondere S. 129 fg. 135.

kann nach der richtigeren, namentlich von

Sintenis, prakt. Civilr. §. 116, not. 118, Bd. II., S. 616 fg.

näher entwickelten, auch im BGB. für das Königreich Sachsen §. 916

angenommenen Meinung in den Fällen, in welchen mehrere einzelne Sachen für einen Gesammtpreis veräußert werden und nur einzelne Stücke fehlerhaft sind, bloß rücksichtlich dieser Stücke Aufhebung des Vertrags gefordert und nur dann, wenn alle einzelne für eine Gesammtsumme verkauften Sachen dergestalt zusammengehören, daß ihr gemeinschaftlicher Besitz den Werth für den Erwerber erhöht, die Wiederauflösung des Kaufs rücksichtlich sämmtlicher, mithin auch der nicht fehlerhaften Kaufsobjecte verlangt werden.

Nach der zuletzt erwähnten Ansicht ist das Verlangen des Beklagten, daß die Kläger mit ihrem auf Kaufserfüllung in Betreff der in der Klage genannten Parzellen gerichteten Suchen zur Zeit und beziehentlich in der angebrachten Maße abgewiesen werden, nicht begründet, da sich Beklagter darauf, daß die erkauften mit verschiedenen Flurbuchsnummern versehenen und auf drei verschiedenen Folien im Grund- und Hypothekenbuche eingetragenen fünf Parzellen dergestalt untereinander in Verbindung stehen, daß sie für ihn als Ganzes einen erhöhten Werth haben, nicht nur nicht bezogen, sondern sogar eingeräumt hat, daß er die mit einem Wiederkaufsrechte belastete Parzelle Nr. 490 an K. G. F., den Ehemann der Mitklägerin, überlassen habe. Ebenso wenig hat sich Beklagter zur Rückgabe der fehlerhaften Parzelle Nr. 490 gegen Kürzung des durch die Taxe dieser Parzelle unter Voraussetzung ihrer Fehlerlosigkeit zu ermittelnden Kaufgelderantheils

Sintenis, a. a. O.

Treitschke, a. a. O.

erboten, oder nach den Grundsätzen der exceptio quanti minoris die Schäden, welche er durch die Verschweigung des Fehlers erlitten, begründet und quantificirt. Da nun sich nicht übersehen läßt, ob Beklagter Willens sei, die Parzelle Nr. 490 zurückzugeben, oder seine etwaigen Entschädigungsansprüche geltend zu machen, so hat auf die oftgedachte Ausflucht sub c im gegenwärtigen Rechtsstreite nicht Rücksicht genommen werden können. Zu demselben Resultate gelangt man, wenn man bei der Entscheidung nicht die Grundsätze der Redhibition, sondern der Eviction zu Grunde legt, da bei Entwährung einer von mehreren einzelnen für einen Gesammtpreis verkauften Sachen vom Verkäufer nur Entschädigung für die entwährte einzelne Sache zu gewähren ist, dafern nicht die einzelnen Sachen dergestalt ein Ganzes bilden, daß durch das Fehlen der einen die übrigen an Werth verlieren.

Sintenis, prakt. Civilr. 2. Aufl. §. 116, Thl. II., S. 629 und 630.

69.

Ueber Rückzahlbarkeit von Darlehnen, hinsichtlich deren eine Bestimmung wegen der Rückzahlung resp. Kündigung nicht getroffen ist.*)

II. Sen.-Erk. v. 25. Juni 1863 no. 398/376.

Hat auch Kläger in seiner Klage selbst angeführt, daß der Beklagte die dort erwähnten 300 Thlr. und 200 Thlr. zum Ankauf von Tabaken und anderer zum Betriebe einer Cigarrenfabrik erforderlichen Materialien und Utensilien von der Cedentin Klägers, der verw. R., dargeliehen erhalten habe, so folgt doch daraus allein, daß die erwähnten Darlehne zur Realisirung eines gewissen Zwecks des Beklagten gewährt wurden, noch keineswegs, daß die verw. R. die Absicht gehabt habe, dem Beklagten die gedachten Capitalien als einen Betriebsfond, mithin als eine Summe, mit der derselbe in seinem Fabrikgeschäft arbeiten und letzteres in Schwung erhalten sollte, zu überlassen. Daß dieses der Wille der verw. R. nicht gewesen, und daß auch der Beklagte selbst jenes Geld nicht in der Meinung, damit ein eigentliches Betriebscapital zu erhalten, von seiner Darleiherin entnommen habe, ergiebt sich auch daraus, daß Beklagter nach seiner Behauptung für nothwendig erachtet hat, sich rücksichtlich beider Darlehne eine dreijährige Unkündbarkeit auszumachen, indem es einer solchen Stipulation nicht bedurft haben würde, dafern jene Summen nach der ausgesprochenen Absicht der Contrahenten ein wirkliches Betriebscapital für Beklagten hätten bilden sollen. Denn in diesem Falle würde ohnehin anzunehmen gewesen sein, daß die fraglichen Capitalien auf längere Zeit dem Beklagten dargeliehen worden seien, und es wäre denn auch die angebliche Stipulation einer dreijährigen Unkündbarkeit eine überflüssige gewesen. Wie aber Beklagter hiernach

*) Conform BGB. §. 1077.

dadurch allein, daß ihm die beiden Capitalien zum Ankauf von Tabak und von anderen zur Cigarrenfabrikation erforderlichen Materialien und Utensilien dargeliehen worden sind, seine Behauptung, daß dem Kläger zur Zeit ein Klagrecht nicht zustehe, nicht zu begründen vermag, so folgt auch daraus, daß ein Termin der Rückzahlung nicht ausdrücklich ausgemacht worden ist, selbst hinsichtlich der jährlich mit 5 vom Hundert zu verzinsenden 300 Thlr. noch nicht, daß eine Rückforderung des Darlehns nicht eher als nach Ablauf eines Jahrs hätte stattfinden dürfen, da das Generale die Verjährung der auf Aufkündigung gestellten Forderungen betr. vom 14. December 1801 eine allgemeine Rechtsvermuthung dafür, daß jährlich zu verzinsende Schuldforderungen eine einjährige Gestundung genießen sollten, keineswegs etablirt hat, und ebenso wenig die Bestimmung in §. 6 des Anhangs zur Erl. Proz.-Ordn. auf diejenigen Fälle auszudehnen ist, in denen die Interessenten über die Zahlungszeit gar nichts bestimmt haben.

Zeitschr. f. Rechtspfl. und Verw., N. F., Bd. XIII., S. 311 und Bd. XVIII., S. 49.

Annalen, Bd. V., S. 232 fg.

Uebrigens würde auch in Betreff beider obgedachter Capitalien seit der Darleihung derselben eine einjährige Frist bereits abgelaufen sein.

70.

Begründung der Klage auf Gewährung der Bonität einer cedirten Hypothek.*)

II. Sen.-Erk. v. 18. Juni 1863 no. 348/356.

Nach Maßgabe der Cessionsurkunde hat Beklagter an die Cedentin Klägers die Hypothekenforderung von 2000 Thlr., d. h. die betreffende

*) Das BGB. §. 971 folgt dem zeither bestandenen Satze, daß der Cedent für die Bonität nur im Fall ausdrücklicher Zusage zu haften hat. Im vorliegenden Prozesse wurde eine Bonitätsgarantie geltend gemacht, sobald die „abgetretene Hypothek“ bei der Subhastation ungedeckt geblieben war. Die Abweisung der Klage basirt auf der Auffassung, daß die Abtretung „einer Hypothek“ eben nur Cession einer hypothekarisch versicherten Forderung sei, somit die Klage auf Gewährung der Bonität nicht schon durch Liquidität der Insufficienz des Sicherungsmittels, sondern erst dann begründet sei, wenn die Inexigibilität der Forderung vorliege.

Forderung sammt der deshalb bestellten Hypothek, mit allen Rechten und Klagbefugnissen abgetreten. Dabei hat Beklagter zugleich die Gewährung nicht bloß, wie sich schon von selbst verstand, der Verität, sondern auch, wozu er außerdem nicht verbunden gewesen sein würde, der Bonität der abgetretenen Forderung ausdrücklich zugesichert. Wenn nun bei der inzwischen erfolgten Versteigerung des Grundstücks der Erlös des Letzteren zu Deckung der abgetretenen Hypothek als unzulänglich sich erwiesen hat, so ist behufs Entscheidung der Frage, wozu der Beklagte vermöge der von ihm übernommenen Bonitätsgewähr verbunden sei, zunächst auf den Inhalt des hierüber getroffenen Abkommens, wie die zweite Instanz richtig bemerkt, zurückzugehen. Dieses Abkommen kann nun nicht füglich anders, als dahin verstanden werden, daß Beklagter die Forderung sammt Accessionen als eine gute, d. h. zu vollständiger Befriedigung des Cessionars ausreichende, diesem zu übertragen und dafür, daß solches der Fall sei, aufzukommen beabsichtigt habe. Erweist sich, daß die abgetretenen Rechte nicht gut — in dem vorbezeichneten Sinne — sind, so ist Beklagter keineswegs zu Beschaffung einer andern bessern Hypothekenforderung, sondern nur zu Leistung des id quod interest der nicht erfüllten Zusicherung, mithin zu Ersatz des dem Kläger hiedurch verursachten Schadens verbunden. Ob aber ein Schade dem Cessionar überhaupt erwachsen sei, läßt sich aus der Unzulänglichkeit der Hypothek allein nicht abnehmen, vielmehr erst dann übersehen, wenn der Cessionar aus sämmtlichen ihm abgetretenen Rechten seine volle Befriedigung nicht zu erlangen vermag. Aus der abgetretenen Forderung selbst aber, d. h. aus dem persönlichen Anspruche des Beklagten an den Schuldner der überwiesenen 2000 Thlr. und Besteller der dafür auf der Hälfte des Grundstücks Fol. 90 des Grund- und Hypothekenbuchs für P. eingetragenen Hypothek, den Bl. unterzeichneten J. A. L., hat Kläger seine Befriedigung noch gar nicht gesucht und ebenso wenig zu behaupten vermocht, daß L. mit Erfolg nicht auszuklagen sei, beziehentlich daß und aus welchem besondern Grunde es einer Ausklagung desselben überhaupt nicht bedürfe. Die vorigen Instanzen haben schon gezeigt, daß das auf die Absicht einer derartigen Klagbegründung hindeutende Anführen zu Klagabschnitt 19, namentlich so viel den dem Beklagten beigemessenen dolus anlangt, theils an sich ungenügend und unerheblich, theils zu dem darüber gebrauchten Eidesantrage ungeeignet ist.

Wenn Kläger in jetziger Instanz in weitläufiger Ausführung der aus dem bestehenden Grund- und Hypothekenrechte abzunehmenden rechtlichen Natur der Hypothek darzuthun sucht, daß Letztere als ein für sich bestehendes, von dem persönlichen Anspruche ganz unabhängiges Rechtsobject betrachtet werden müsse, so wird dabei übersehen, theils, daß die Vorschrift in §. 117 fg. des Hypothekengesetzes, welche für diese Auffassung angezogen werden könnte, auf einer Singularität beruht, durch welche die Trennbarkeit der Forderung von der für selbige bestimmten Hypothek nach klarem Inhalte der Bestimmungen in §. 82 fg. des angezogenen Gesetzes nicht begründet werden kann und soll, theils, daß für die vorliegende Frage vor Allem der abgeschlossene Vertrag entscheidend bleibt und die nach diesem von dem Beklagten übernommene Verbindlichkeit nicht durch eine, die Last der Verpflichtung erschwerende Theilung seiner Vertragsleistungen alterirt werden darf, im Gegentheil etwaige diesfallsige Zweifel durch eine dem Beklagten günstige Auslegung zu lösen sind.

71.

Beurtheilung einer auf Edition einer Urkunde gerichteten Klage in Betreff der Schlüssigkeit der Behauptung, daß Beklagter solche zur Zeit durch Klagerhebung besessen habe.

II. Sen.-Erk. v. 18. Juni 1863 no. 387/355. *)

Es ist bereits in den Gründen der vorigen Instanz in Uebereinstimmung mit der erstinstanzlichen Entscheidung nachgewiesen worden, daß Klägerin an und für sich berechtigt ist, die Vorlegung der in der Klage näher bezeichneten Urkunde, an deren Einsichtnahme sie ein rechtliches Interesse hat, zu verlangen, dagegen aber gegen die Schlüssigkeit der Klage der Einwand erhoben worden, daß es an der Vorbedingung der Statthaftigkeit der Klage gegen die Person

*) Das OAG. erkannte auf das delatum: daß Beklagter die — betr. Urkunde — nicht besitze, diese auch zur Zeit der Behändigung der wider ihn erhobenen Klage nicht besessen habe. — Vergl. BGB. §. 1565 fg.

des Beklagten, nämlich an der bestimmten Behauptung gebreche, daß der Beklagte die fragliche Urkunde zur Zeit der Klagbehändigung — denn die nachherige Besitzentäußerung würde, dafern sie nicht ohne des Beklagten Verschulden eingetreten, dem fortdauernden Besitze in der hier fraglichen Beziehung gleich stehen — im Besitz gehabt habe.

Das OAG. hat diese Ansicht nicht theilen können. Es mag zwar nicht verkannt werden, daß der Verfasser der Klagschrift dadurch, daß er in etwas mehr als nöthig ausführlicher Weise die Umstände dargelegt hat, welche darauf hindeuten, daß der Beklagte im Besitze der Urkunde zur Zeit der Klagerhebung sich befunden habe, und dadurch, daß er mit Rücksicht darauf, daß die Klägerin den Eid über den hier fraglichen Theil der Klage nur als Glaubenseid zu leisten haben würde — vielleicht um die Unstatthaftigkeit der Eidesrelation darüber anzudeuten — von einem Glauben und Dafürhalten spricht, während er den Besitz Seiten des Beklagten direct als Thatsache hätte hinstellen sollen, es in einiger Maße zweifelhaft erscheinen lassen könnte, ob er behaupten wollen, daß Beklagter zur Zeit der Klaganstellung im Besitze der Urkunde gewesen sei. Die Undeutlichkeit wird noch vermehrt durch den Zusatz, daß Beklagter mindestens zu einer näher bezeichneten frühern Zeit die Urkunde besessen habe. Es liegt jedoch in diesem letzten Zusatze nicht nothwendig ein Abgehen von dem früher als Resultat der klägerischen Wahrnehmungen und Argumentationen aufgestellten Satze, daß Beklagter besitze, sondern nur ein möglicherweise auf einer irrigen Rechtsansicht fußender Zusatz, von welchem die Klägerin noch festere Ueberzeugung zu haben behauptet, als von dem für die Statthaftigkeit der Klage nothwendigen vorhergehenden Satze.

Es scheint auch, als ob Beklagter seines Widerspruchs gegen die Statthaftigkeit der Klage ungeachtet die nach der ganzen Tendenz der Klage nicht zu bezweifelnde Absicht der Klägerin, ihn als Besitzer der Urkunde zu bezeichnen, recht wohl erkannt habe, da er in der Anmerkung zum 19. Einlassungspunkte die Antwort auf die im behaupteten Besitze implicite liegende Behauptung des Besitzes zur Zeit der Klagbehändigung dadurch zu umgehen gewußt hat, daß er nur über den für die Klage indifferenten Besitz im Monat Juli 1861 und über den Besitz zur Zeit der Litiscontestation, der aber ebenfalls nach heutigem Rechte nicht entscheidet, sich erklärt und den erstern eingeräumt, den letztern verneint hat.

Es hätte nun allerdings die Frage entstehen können, ob der Beklagte nicht desjenigen Theils der Klage, dem er anscheinend zur Umgehung einer bestimmten Antwort in der gedachten Maße beantwortet hat, geständig geachtet werden können. Man hat jedoch hiervon um deswillen absehen dürfen, weil an die Deutlichkeit einer Klagbeantwortung offenbar keine größeren Ansprüche zu machen sind, als an die des Klagvorbringens selbst, und wie gedacht, das Letztere im vorliegenden Falle allerdings zu einigen Ausstellungen Anlaß giebt. Unbedenklich schien es dagegen, auf den über die Klage angetragenen Eid in der Weise zu erkennen, daß die in der Klagbehauptung unstreitig liegenden wesentlichen Momente, nämlich der gegenwärtige Besitz und der Besitz zur Zeit der Klagbehändigung zum Gegenstande der Eidesleistung gemacht worden sind.

72.

Ueber Berechnung der Conceptionsfrist.

II. Sen.-Erk. v. 23. Juni 1863 no. 400/369.*)

Der Gerichtsbrauch hat sich längst dafür entschieden, daß derjenige als der Vater eines unehelichen Kindes zu gelten habe, welcher innerhalb der Zeit vom 182. bis 302. Tage vor der Niederkunft mit der Mutter des Kinds concumbirt hatte, und daß zwar der Tag des Beischlafs, nicht aber auch der der Niederkunft in diesen Zeitraum mit einzurechnen sei. Auch das neue, mittelst Verordnung vom 2. Januar 1863 publicirte, zur Zeit allerdings noch nicht in Kraft getretene BGB. für das Königreich Sachsen, welches, wie aus den Motiven zu dem Entwurfe desselben hervorgeht, in der fraglichen Beziehung an dem bestehenden Gerichtsbrauche etwas nicht hat ändern

*) Das oben mitgetheilte Präjudiz, sowohl ein weiteres (II. Sen.-Erk. v. 8. Oct. resp. 11. Decbr. 1863 no. 446/450), welches dem Verfasser der Abhandlung in diesen Annalen, Bd. VII., S. 145 fg. erst nach Beendigung des Drucks zu Gesichte gekommen, belegt für die neueste Zeit aus beiden Sectionen des Civilsenats das Anführen S. 147, daß die bei Note 7 bezogene Ansicht die von dem OAG. beim Rechtsprechen befolgte sei.

wollen, bestimmt dies in §. 1859 mit klaren Worten und somit kann darüber kein Zweifel obwalten, daß im concreten Falle, in welchem es sich um ein am 30. Mai 1835 geborenes Kind handelt, als längster Termin für den in Frage kommenden Umgang nur der 1. August, nicht aber der 31. Juli 1834 gelten kann.

73.

Actio de recepto in Bezug auf Postanstalten. — Zu §. 30 des Postgesetzes vom 7. Juni 1859. — Die Bestimmung §. 22 der Postordnung vom 7. Juni 1859 ist nur Instruction für die betr. Beamten, nicht lex contractus.*)

II. Sen.-Erk. v. 18. Juni 1863 no. 345/353.

Man hat der Ansicht voriger Instanz (AG. Dresden) sich angeschlossen, daß die von dem Kläger geltend gemachte Vorschrift in §. 22 der zu Ausführung des Postgesetzes vom 7. Juni 1859 erlassenenen sogenannten Postordnung nur eine reglementmäßige Bestimmung der von der Postanstalt bei der Auslieferung von Postsendungen anzuwendenden Formen enthält, welche zunächst als Instruction für die betreffenden Beamten dienen soll, nicht aber den mit der

*) §. 30 cit. lautet: „Wird ein Gegenstand bei der Auslieferung an den Empfänger äußerlich unverletzt und das bei der Aufgabe ermittelte Gewicht übereinstimmend befunden, so hat die Postverwaltung einen nach der Eröffnung sich ergebenden Mangel nicht weiter zu vertreten 2c.

Die ohne Einspruch erfolgte Annahme eines Gegenstands begründet die Vermuthung, daß bei der Auslieferung derselben äußerlich unverletzt und das ermittelte Gewicht übereinstimmend befunden wird.

Nach §. 22 cit. hat die Auslieferung von Postsendungen 2c. mit Ausnahme von nicht recommandirten oder nicht beschwerten Briefen, an den Adressaten persönlich oder eine in dessen ausdrücklichem oder vorausseztlichem (stillschweigendem) Auftrage handelnde Person zu erfolgen. Als beauftragte sollen, soweit nicht ausdrückliche Vollmacht ertheilt ist, Geschäftstheilhaber, Geschäftsführer und erwachsene Familienmitglieder gelten.

Im concreten Falle war die Auslieferung der äußerlich unverletzten Werthsendung weder an den Adressaten persönlich, noch an eine nach §. 22 ausdrücklich oder stillschweigend legitimirte Person erfolgt, jedoch dieselbe in des erstern Hände gelangt. Mit Rücksicht auf die gegen §. 22 cit. verhangene Instructionswidrigkeit glaubte der Adressat die Präsumtion des §. 30 ausgeschlossen. Die Instanzen sprachen gegen denselben.

Postanstalt verkehrenden Dritten gegenüber als Vertragsnorm zu gelten hat, in dieser Beziehung vielmehr die allgemeinen Grundsätze über Vertragserfüllung mit der in §. 30 des Postgesetzes ausgesprochenen Modification maßgebend bleiben.

74.

Ueber den Fruchtgenuß des Ehemanns am fundus dotalis.

II. Sen.-Erk. v. 13. Aug. 1863 no. 356/416. *)

Eine gesetzliche Bestimmung, zufolge deren der Ehemann verpflichtet wäre, der Ehefrau den Aufwand zu vergüten, welchen sie vor Eingehung der Ehe bestritten hat, damit ihr Grundstück Früchte bringe, ist nicht vorhanden, und die besonderen Bestimmungen, welche nach dem sächsischen Landrechte und der Const. 32, P. III hinsichtlich der Früchte des letzten Ehejahrs zu Gunsten des Ehemanns eintreten, berechtigen nicht zu der Folgerung, daß der Ehefrau eine gleiche Berechtigung hinsichtlich der bei der Eingehung der Ehe noch nicht percipirten Früchte oder das Befugniß zustehe, eine Vergütung für die ihrerseits vor Eingehung der Ehe veranstalteten Culturarbeiten zu beanspruchen. Will die Ehefrau die Ungleichheit, welche auf diese Weise entstehen kann, von sich abwenden, so liegt es ihr ob, sich diesfalls bei Eingehung der Ehe einen geeigneten Vorbehalt zu machen und dadurch zugleich die andernfalls gerechtfertigte Annahme auszuschließen, daß sie dem Ehemanne das ihm zukommende Nießbrauchsrecht ungeschmälert überlassen wolle.

Gottschalk, discept. for. III., cap. 32.
Annalen, Bd. V., S. 478 fg.
Wochenbl. f. merkw. Rechtsf. v. J. 1846, S. 176.
Zeitschr. f. Rechtspfl. und Verw. N. F. Bd. XVII., S. 429.

*) Vergl. Annalen Bd. III., S. 480. Bd. V., S. 478.

Ueber das Gesetz vom 10. März 1864, einige Erläuterungen der allgemeinen deutschen Wechselordnung betr.

Zugleich ein Beitrag zur deutschen Rechtsgeschichte.

Von Dr. Pöschmann.

Die Personalhaftung des Wechselschuldners für die Erfüllung der übernommenen Wechselverbindlichkeit ist nach Art. 2 der Allgemeinen Deutschen Wechselordnung bekanntlich ausgeschlossen:

1) gegen die Erben eines Wechselschuldners;
2) aus Wechselerklärungen, welche für Corporationen oder andere juristische Personen, für Actiengesellschaften oder in Angelegenheiten solcher Personen, welche zu eigener Vermögensverwaltung unfähig sind, von den Vertretern derselben ausgestellt werden;
3) gegen Frauen, wenn sie nicht Handel oder ein anderes Gewerbe treiben.

Daneben war der „besondern" Gesetzgebung überlassen zu bestimmen: inwiefern aus Gründen des öffentlichen Rechts die Vollstreckung des Wechselarrestes gegen andere, als die vorgenannten Personen Beschränkungen erleide.

Von dieser Ermächtigung war von der Particulargesetzgebung — präsumtiv nach den verschiedenen Rechtsanschauungen der verschiedenen deutschen Stämme, und nach den Bedürfnissen der verschiedenen Länder — in allerdings verschiedener Weise Gebrauch gemacht worden [1]).

Sachsen hatte — im Gesetze vom 7. Juni 1849 über den Schuldarrest und den Wechselprozeß §. 16, 17, 20 und 21 — vier Ausnahmefälle statuirt:

a. in Uebereinstimmung mit sieben anderen Staaten [2]), wenn der Schuldner das 70. Lebensjahr zurückgelegt hatte;

b. in theilweiser Uebereinstimmung mit zehn anderen Staaten [3]) gegen den Ehegatten, verwandte und verschwägerte Personen;

c. in wesentlicher Uebereinstimmung mit siebzehn anderen Staaten [4]) bei eröffnetem Concurse zum Vermögen des Schuldners, — in Sachsen für dessen Dauer —;

d. in bezüglich des Grundes vorhandener, bezüglich der Dauer divergirender Uebereinstimmung mit fünfzehn anderen Staaten [5]), wenn der Schuldarrest längere Zeit hindurch — in Sachsen zwei Jahre — vergeblich vollstreckt worden.

Außer diesen Fällen war außerhalb Sachsen die Wechselhaft für unzulässig erklärt:

e. gegen Militärpersonen in fünfzehn Staaten [6]);

---

1) Vergl. die Zusammenstellung in den Verhandlungen der Commission zur Berathung eines allgemeinen deutschen Handelsgesetzbuchs ꝛc. Separatausg. Nürnb. 1858. S. III—XXII, wobei jedoch Churhessen nicht berücksichtigt.

2) Großherzogthum Hessen, Coburg, Braunschweig, Nassau, Waldeck, Lübeck, Frankfurt.

3) Chur- und Großh. Hessen, Weimar, Baden, Braunschweig, Nassau, Lippe-Detmold, Waldeck, Lübeck, Frankfurt.

4) Oesterreich, Preußen, Bayern, Chur- und Großh. Hessen, Weimar, Baden, Coburg, Braunschweig, Mecklenburg-Schwerin, Oldenburg, Holstein, Waldeck, Hessen-Homburg, Lippe-Detmold, Lübeck, Frankfurt.

5) Oesterreich, Preußen, Chur- und Großh. Hessen, Baden, Weimar, Oldenburg, beiden Mecklenburg, Nassau, Braunschweig, Waldeck, Lippe-Detmold, Frankfurt und Lübeck.

6) Oesterreich, Preußen, Hannover, Württemberg, Chur- und Großherz. Hessen, Baden, Mecklenburg-Schwerin, Holstein, Braunschweig, Nassau, Sachsen-Meiningen, Lippe-Detmold, Lübeck und Frankfurt.

f. gegen öffentliche Beamte in zwei Staaten[7]);
g. gegen ordinirte Geistliche in vier Staaten[8]);
h. gegen Mitglieder der Ständeversammlung, während deren Dauer, in drei Staaten[9]);
i. gegen Seeschiffer und Schiffsvolk, wenn deren Schiff segelfertig liegt, in drei Staaten[10]);
k. gegen Betriebsleiter eines Pulverwerks in einem Staate[11]);
l. gegen beide Ehegatten zugleich in sieben Staaten[12]);
m. gegen alle vor der ADWO. nicht Wechsel-, resp. Arrestfähige in einem Staate[13]).

Diese Musterkarte particularer Divergenzen in Fällen, wo eine s. g. allgemeine Deutsche Gesetzgebung, um nicht in ihrer Entstehung zu scheitern[14]), dem Particularrechte einen Spielraum lassen mußte, mag als ein Beispiel zu Rechtfertigung der Annahme führen, daß eben in Deutschland zu einer gemeinsamen Gesetzgebung, d. h. zu einer solchen, wo jeder Deutsche nach den für ihn publicirten Gesetzen mit einiger Sicherheit wissen könnte, was in allen anderen deutschen Ländern Rechtens sei, nicht zu gelangen ist. Weitere werden in Verfolg dieser Darstellung anzuknüpfen sein.

Weder bei der Anwendung der oben unter a—d für Sachsen ausgehobenen Ausnahmen, noch in Folge der particularen

7) Oesterreich, Hannover. — In Churhessen nur bedingt.

8) Oesterreich, Hannover, Churhessen, Meiningen.

9) Preußen, Hannover, Churhessen.

10) Preußen, Mecklenburg-Schwerin, Lübeck.

11) Oesterreich.

12) Oesterreich, Großh. Hessen, Braunschweig, Waldeck, Lippe-Detmold, Lübeck, Frankfurt.

13) Bayern — ähnlich Oesterreich. — Außerdem sind in Churhessen noch ausgenommen, die Glieder des churf. Hauses und der landesherrlichen Familie, die Glieder standesherrlicher Familien und Hofdiener.

14) Protokolle über die Leipziger Wechsel-Conferenzen, Sessio III und XXXII. Hirschf. Ausg. S. 9 und 232 — welche zwar das Gewicht der Divergenz nicht deutlich erkennen, wohl aber insofern errathen lassen, als der Schlußsatz des Art. 2, welcher nunmehr wieder in Wegfall gekommen (s. u.), nicht im Preuß. Entwurfe stand, sondern eben zu Abschneidung weiterer Disputate in der Commission angehängt wurde.

Abweichungen anderer Staaten hatten sich m. W. für sächsische Unterthanen irgend erhebliche Anstände und Uebelstände ergeben. Wären aber dergleichen vorhanden gewesen, so würden sie, wie sich zeigen wird, durch die neue Gesetzgebung nicht wesentlich vermindert sein.

Jedenfalls ist mir nach meinen Erfahrungen aus der Praxis unbekannt, welche Vorgänge gerade die Sächsische Regierung zunächst [15]) veranlassen mochten, Schritte zu thun, um durch Vermittelung des Bundes eine Bestimmung über gleichmäßige Ausführung des Art. 2 herbeizuführen.

Inzwischen hatte die Anregung Erfolg, als später von der Württembergischen Regierung ein verwandter Gegenstand, nämlich die Entscheidung einiger bei Anwendung der ADWO. streitig gewordenen materiellen Rechtsfragen in Anregung gebracht worden, und die Bundesversammlung beschloß in ihrer Sitzung vom 19. Febr. 1857 mit den nöthigen Vorarbeiten in beiderlei Beziehung die zur Berathung eines ADHGB.'s in Nürnberg niedergesetzte Commission zu beauftragen.

Die von der Commission erwählte Subcommission unterzog sich dem Auftrage und empfahl nach Aufstellung der verschiedenen Ausnahmekategorien die Ausnahmen unter c, d, e und i zu allgemeiner Anerkennung, dagegen die übrigen zur Ausschließung durch Gesetz [16]).

Ferner hob diese Subcommission sonstige Controversen anlangend [17]), außer den von der Bundesversammlung speciell berührten, über

A. Berechnung der Frist zur Protesterhebung N. 3. (Art. 41.)

B. Wirkung der die Acceptabilität beschränkenden Clauseln (Art. 181).

C. Wirkung eines Zinsversprechens in Wechseln, besonders in eigenen (Art. 96 no. 2),

---

15) Landt.-Acten 1863/64, I. Abth., 2. Bd., S. 29.

16) Angez. Verhandl. S. XVII fg.

17) Ueber die bis mit dem Jahre 1855 ventilirten, vergl. meine Zusammenstellung in Schletter's Jahrbüchern ꝛc. Bd. I., S. 28 fg.

annoch

D. siebzehn Fragen aus, die theils in der Theorie, theils in der Praxis verschiedene Beurtheilung gefunden.

Sie erachtete die Frage sub A für erledigt, schlug ad B den unten als Nov. 5 bezeichneten Zusatz zu Art. 18 und ad C einen solchen:

Zinsen können unter der Voraussetzung versprochen werden, daß deren Höhe und die Zeit, auf welche sie versprochen werden, aus dem Wechsel hervorgeht,

weiter ad D die unten als Nov. 3, 7 und 8 gedachten Einschaltungen resp. Zusätze zu Art. 4 Nr. 4, 30 und 99, ingleichen zu Art. 29 eine Veränderung der Schlußworte: „von dem Acceptanten — zu lassen" dahin:

wenn die Sicherheit von dem Acceptanten nicht geleistet wird, deshalb Protest erheben zu lassen.

vor, und glaubte endlich in Betreff der sonstigen Controversen ꝛc. ein Absehen von Decisionen anempfehlen zu sollen.

Bei den Berathungen in der vollen Commission wurden nun die unten als Nov. 1, 2, b, e, f und g eventuell a, 3, 5, 7 und 8 auszuhebenden Einschaltungen resp. Zusätze zu Art. 2, 4⁴, 18, 30 und 99, ferner die oben mitgetheilte Veränderung des Schlusses von Art. 29, endlich anstatt des die Zulässigkeit des Wechselversprechens bedingungsweise anerkennenden obgedachten Zusatzes ad C für Art. 7 nach den Worten: „eines Wechsels fehlt" eine Einschaltung:

oder in welcher ein Zinsversprechen enthalten ist,

wonach das Zinsversprechen der Wechsel ungiltig macht, beziehentlich per majora beschlossen.

Diese Beschlüsse gingen nun zunächst an die einzelnen Regierungen. Einige derselben [18]) nahmen Anstoß an dem Ausschlusse des Zinsversprechens. Es erfolgte eine nochmalige Berichterstattung mit früherem Resultate, eine nochmalige Plenarabstimmung mit früherem Resultate. Endlich gelang es, bei einer

18) Es werden die Preußische, Sächsische, Anhaltische und die Thüringischen bezeichnet.

dritten Plenarberathung die Fassung, wie sie jetzt als Novelle 4 zu Art. 7 erscheint, als eventuellen Vorschlag — also zwei Vorschläge mit ziemlich diametral entgegengesetzter Tragweite, „um die Einigung nicht zu stören" — beizufügen.

Letzterer erlangte denn nun auch in der Bundestagssitzung vom 23. Jan. 1862 Annahme und mit den übrigen 7 Vorschlägen Empfehlung zur particularen Publication.

Die Sächsische Regierung hat diese 8 Novellen mittelst Decretes vom 9. Novbr. 1863 mit 3 Ausführungsbestimmungen [19]) den dermalen versammelten Ständen vorgelegt.

Die Verfassungsdeputation der I. Kammer [20]) erstattete einen sehr ausführlichen Bericht [21]) und die Kammer adoptirte einstimmig den Entwurf [22]). Auf einen beistimmenden Bericht [23]) der 1. Deputation der II. Kammer [24]) nahm auch diese den Gesetzentwurf einstimmig an [25]).

Nach demgemäßer Absendung der ständischen Schrift [26]) erfolgte die Publication unter dem 10. März 1863 [27]).

Wendet man sich zu den einzelnen Bestimmungen des nurgedachten Gesetzes, so disponirt §. I., daß die unter 8 Nummern verzeichneten Vorschläge zu Abänderungen und Zusätzen fortan als integrirende Theile der ADWO. zu betrachten seien.

Nov. 1.

Bei dieser Betrachtung gelangen wir zunächst zu Nov. 1 — Zusatz zum ersten Satze des Art. 2:

19) Landt.-Acten Abth. I., Bd. 2, S. 25.
20) Referent: Bürgermeister Müller aus Chemnitz.
21) Landt.-Acten, Beil. zur Abth. II., Bd. I, S. 1.
22) Sitzung vom 23. Nov. 1863, LM. S. 9 fg.
23) Landt.-Acten, Beil. zur Abth. III., Bd. I., S. 43.
24) Referent: Stadtrath Sachße aus Freiberg.
25) Sitzung v. 17. Decbr. 1863, LM. S. 214 fg.
26) Landt.-Acten, Abth. I., Bd. II., S. 441.
27) G.- u. V.-Bl. S. 162. — Die Wechselgesetzgebung des K. Sachsen von Lesky, Lpzg. 1864.

Der Wechselschuldner haftet für die Erfüllung der übernommenen Wechselverbindlichkeit mit seiner Person und seinem Vermögen.

dahin lautend:

Dem Wechselgläubiger ist gestattet, neben der Execution in die Person seines Schuldners gleichzeitig die Execution in dessen Vermögen zu suchen.

Diese Novelle [28]) ist im Wesentlichen gleichlautend mit §. 19, des Gesetzes vom 7. Juni 1849, den Schuldarrest ꝛc. betreffend:

Der Schuldarrest kann gleichzeitig neben der Hilfsvollstreckung in die Güter verhängt werden.

Sie besagt aber auch im Wesentlichen nichts Anderes, als was bereits im ersten Satze des Art. 2 enthalten, und entscheidet am wenigsten die Frage, welche in Bezug auf diesen Gegenstand in der Sächsischen Praxis controvers war, nämlich:

Kann der Kläger aus der Verurtheilung zur Zahlung nach Wechselrecht Execution, sowohl in die Güter als in die Person suchen?

und ebenso wenig in deren Bejahungsfalle die denkbaren Zweifel über die Modalität dieser Execution.

An der Hand des §. 19 cit. glaubten nämlich Viele, sie könnten, wenn der condemnirte Wechselschuldner nach §. 46 zur Wechselhaft gebracht worden, nun auch gleich mit dem Executor hingehen und sein Waarenlager oder sein Mobiliar abpfänden lassen, und es würden sich Manche in dieser Ansicht durch die Fassung der Nov. 1 vielleicht noch mehr bestärkt fühlen. Es läßt sich auch nicht verkennen, daß diese Ansicht den Wechselgläubigern eine factische Priorität giebt, die ihnen in den Rechten versagt ist.

Es mag nun zwar auch diese Ansicht der Meinungsströmung in Betreff der Nothwendigkeit möglichster Begünstigung des Handels und Wechselverkehrs nach allen Richtungen, namentlich durch Beseitigung aller Schranken des Klagerechts des Wechselgläubi-

---

28) Vergl. die Note 1 erwähnten Commissionsverhandlungen S. XXII und LXXXIII sub 1 b.

gers entsprechen, aber nach dem zeither geltenden Rechte ist sie nicht zu begründen.

Es genügt, in Betreff der oben ausgehobenen Frage auf die Ausführung zu verweisen, welche sich in diesen Annalen Bd. III., S. 7 fg. sub III findet, und zu gedenken, daß das OAG. seit dem S. 13 mitgetheilten Beschlusse jene Frage zwar bejaht, jedoch theils die §. 46, Abs. 2 angezeigten Beschränkungen beobachtet, theils zwischen den Fällen der Verurtheilung nach Abs. 1 und 2 den Unterschied statuirt, daß der Richter nach letzterem bei Publication des verurtheilenden Bescheides die Hilfsauflage zu erlassen, in allen anderen Fällen dagegen den Antrag des Gläubigers auf die Hilfsvollstreckung in die Güter abzuwarten und diesem nicht anders zu deferiren hat, als wenn die Condemnatorie Rechtskraft im gewöhnlichen Sinne erlangt hat und die Hilfsauflage erlassen, auch die Zahlungsfrist verstrichen ist.

Nov. 2.

Zu demselben Art. 2 und zwar an die Stelle des gleichzeitig aufgehobenen Schlußsatzes:

Inwiefern aus Gründen des öffentlichen Rechts — bestimmt. besagt Nov. 2:

Den Landesgesetzen bleibt vorbehalten, die Vollstreckung des Wechselarrests auch noch auszuschließen:

a. **gegen die Mitglieder der Ständeversammlung während der Dauer der letzteren;**

b. **gegen Offiziere und Soldaten, Auditeure, Militärärzte und sonstige Militärbeamte, so lange sie sich im activen Dienste befinden;**

c. **gegen Civilstaatsdiener im activen Dienste;**

d. **gegen ordinirte Geistliche;**

e. **gegen den Schiffer, die Schiffsmannschaft, sowie alle übrigen auf dem Schiffe angestellten Personen, wenn das Schiff zum Abgehen fertig (segelfertig) ist;**

f. **wenn über das Vermögen des Schuldners der Concurs eröffnet oder der Schuldner zur Güterabtretung zugelassen worden ist, wegen der früher entstandenen Forderungen und**

g. wenn der Schuldarrest wenigstens ein Jahr hindurch vollstreckt worden ist, wegen der früheren Forderungen desjenigen Gläubigers, welcher den Arrest beantragt hat, sofern derselbe nicht nachweist, daß dem Schuldner Befriedigungsmittel zu Gebote stehen.

Dazu bemerkt das Erläuterungsgesetz vom 10. März 1864:

II. Von dem unter 2 ersichtlichen Vorbehalte werden Wir nach Befinden in Zukunft verfassungsmäßigen Gebrauch machen.

Die Sächsische Regierung hat von den Vorbehalten zu a, c, d, e, zur Zeit Gebrauch zu machen, nicht für angemessen befunden.

Zu den Positionen b, f, g ist dagegen Folgendes zu bemerken:

Im Allgemeinen handelt es sich um Ausschließung des Wechselarrests außer den im Art. 2 unter no. 1—3 ausgehobenen Fällen. Diese sind, wie bereits S. 481 angezeigt ist, jedoch hier der leichtern Uebersicht wegen wiederholt werden mag, folgende:

1) gegen die Erben eines Wechselschuldners;
2) aus Wechselerklärungen, welche für Corporationen oder andere juristische Personen, für Actiengesellschaften oder in Angelegenheiten solcher Personen, welche zu eigener Vermögensverwaltung unfähig sind, von den Vertretern derselben ausgestellt werden;
3) gegen Frauen, wenn sie nicht Handel oder ein anderes Gewerbe treiben.

Zu Nr. 1 dient als Erläuterung §. 7 des Prozeßgesetzes (vom 7. Juni 1849), wonach mit dem bloßen Eintritte eines Erben in die von dem Erblasser eingegangenen Verbindlichkeiten die Unterwerfung des ersteren unter den vom Erblasser angelobten Wechselarrest nicht verbunden ist, und wovon wiederum Ausnahmen in §. 8 enthalten sind, die darauf beruhen, daß der Erbe das Geschäft nicht bloß zur Liquidation fortstellt.

Zu Nr. 2 gehört als Erläuterung §. 9 des gedachten Prozeßgesetzes [29]), wonach auch die wechselfähigen Mitglieder von Personen-Vereinen, welche juristische Persönlichkeit haben, abgesehen von den Vertretern von Anstalten, denen gleiche oder ähnliche Persönlichkeit zukommt [30]) — die durch Art. 2, no. 2 bereits getroffen sind — durch Namens des Vereins oder der Anstalt geschlossene Wechselgeschäfte, dem Wechselarrest nicht unterliegen.

Für Nr. 3 darf auf das Erkenntniß des OAG.'s (Annalen I., S. 69) aufmerksam gemacht werden, wonach theils die Qualität der „Handelsfrau" durch amtliche Zeugnisse zu bescheinigen für zulässig erachtet, theils bei Nachweis dieser Qualität Wechseloperationen einer Ehefrau als auf diesen Geschäftsbetrieb bezüglich erachtet worden.

Anlangend nun die durch die Novelle gestatteten weiteren Ausnahmen, so ist zunächst

ad b.

zu gedenken, daß diesfalls bereits vor deren Erlaß durch die Gesetzgebung [30a]) Vorkehrung getroffen war.

Es besagt das Gesetz, die Militärgerichtsverfassung betreffend, vom 25. April 1862, §. 60:

> Die Vollziehung des Schuldarrests findet gegen Militärpersonen, so lange sie der activen Armee angehören, nicht und zwar selbst dann nicht statt, wenn darauf wider sie schon vor dem Eintritte in den Militärstand, sofern nicht ihr Eintritt ein freiwilliger war, rechtskräftig erkannt worden wäre.

---

29) In dem officiellen Texte: G.-Bl. S. 113 ist ein Druckfehler: Personen, Vereinen statt: Personen-Vereinen, welcher in der Note 27 bemerkten Ausgabe verbessert, übrigens bereits von Du Chesne im Archiv f. WR. Bd. II., S. 358 monirt ist.

30) Vergl. Annalen Bd. III., S. 412.

30a) Vergl. Entwurf: Landt.-Acten 1860/61, Abth. I., Bd. I, S. 218, Motiven S. 241. — Verhandl. der I. Kammer, Mittheil. I., S. 141, Verh. der II. Kammer, Mittheil. Bd. I., S. 497 fg., Bd. III., S. 2612 fg.

Dagegen kann der Wechselarrest gegen die in Wartegeld oder à la suite versetzten, ingleichen gegen die den Kriegsreserven angehörenden Personen zwar verfügt werden, es ist jedoch damit anzustehen, sobald die Einberufung zum Dienst eintritt.

Während der Dauer des Zustands, wo diese Personen der Anlegung des Schuldarrests nicht unterliegen, läuft keine Verjährung der aus einer Schuldverschreibung nach Wechselrecht gegen sie zuständigen Klagen.

Hierzu bestimmt die Ausf.-Verordnung v. 2. Juni 1862. §. 20:

Zu §. 60. §. 20. Auf Schuldverschreibungen nach Wechselrecht, welche vor dem Zeitpunkte ausgestellt sind, mit welchem das Gesetz, die Militärgerichtsverfassung betr. in Wirksamkeit tritt, ist diese Bestimmung nicht anzuwenden, vielmehr sind dieselben nach dem bisherigen Rechte zu beurtheilen, es wäre denn, daß erst nach dem bezeichneten Zeitpunkte eine Prolongation des Wechsels stattgefunden hätte.

(Mit dem 1. Januar 1863 in Kraft getreten laut Verordn. vom 13. Oct. 1862.)

Die Differenz zwischen dem Ausdrucke der Novelle: „im activen Dienste“ und des Gesetzes: „so lange sie der activen Armee angehören“ [31]), erscheint unerheblich, da wenigstens wohl nach der Meinung der Majorität der Commission der Sinn jenes Ausdrucks, dem dieses entspricht [32]).

Dagegen drängt sich ein anderer Zweifel auf, nämlich der, daß während nach dem Eingange des §. 60 die Vollziehung des Wechselarrests gegen Militärpersonen ganz im Allgemeinen — — also unabhängig davon, ob der Grund in einer Tratte, einem eigenen Wechsel oder einer wechselmäßigen Schuldverschreibung, oder auch einer kaufmännischen Anweisung im Sinne des Ges. v. 7. Juni 1849, die k. A. betr., ruht, — ausgeschlossen ist,

31) Vergl. die Definition dieses Ausdrucks im Ges. vom 1. Sept. 1858 über Erfüllung der Militärpflicht §. 26 und 28, wonach als Gegensatz die Kriegsreserve sich darstellt.

32) Vergl. Verhandl. S. LXVI fg.

im Schlußsatze der Lauf der Klagenverjährung nur wegen der aus einer Schuldverschreibung nach Wechselrecht zuständigen Klagen gehemmt wird.

Es läuft also dem Wortlaute nach die Klagenverjährung aus Tratten, trockenen Wechseln und k. Anweisungen fort, ungeachtet die Verfolgung des Wechselanspruchs durch Personalarrestgesuch unthunlich ist, insofern nicht angenommen werden kann, daß man unter dem technischen Ausdrucke: Schuldverschreibung nach Wechselrecht, jene an sich darunter nicht zu subsumirenden Wechselpapiere resp. Anweisungen verstanden habe.

Hier bliebe also, um das Papier nicht verjähren zu lassen, nur übrig, aus demselben rechtzeitig zu klagen und Condemnatoria zu suchen, beziehentlich, wenn nicht die executio in bona zur Befriedigung führt, die Unterbrechungsart rechtzeitig zu erneuern, insofern die frühere nur auf die wechselmäßige Verjährungsfrist Wirkung hat [33]).

Dasselbe würde im Wesentlichen auch hinsichtlich des gleichen Ausdrucks in §. 20 der Ausf.-Verordn. gelten, wodurch offenbar bezweckt wurde, vor dem 1. Jan. 1863 erworbenen Rechte nicht zu kränken, insofern man nicht annehmen darf, daß hier, wie in allen Fällen des §. 60, wo der Schlußsatz dem Wortlaute nach nicht einschlägt, das für den Concursfall in dem Schlußsatze des §. 20 des Prozeßgesetzes vom 7. Juni 1849 ausgesprochene Princip der praescriptio dormiens analog Anwendung leide, was nicht ohne Bedenken ist. Eine authentische Erläuterung wäre jedenfalls erwünscht.

ad f.

Die Unzulässigkeit des Wechselarrests gegen den Gemeinschuldner wegen vor Ausbruch des Concurses entstandener For-

33) Zeitschr. f. Rechtspfl. u. Verw., Bd. XI., S. 379 und Borchardt: Die ADWO., Zus. 473 zu Art. 80 der 3. Ausg., Berl. 1864, S. 250.

An sich, wie nach der ausdrücklichen, von der Regierung nicht beanstandeten Erklärung bei der Verhandlung der ersten Kammer — angef. Mittheil. I., S. 141 — ist nämlich der Wechselprozeß zulässig, und nur die executio in personam unzulässig, demgemäß aber nach der bez. Verhandlung wohl nach §. 46 2. a linea des Ges. vom 7. Juni 1849 zu verfahren.

derungen war bereits im Wesentlichen conform in §. 20 des Prozeßgesetzes vom 7. Juni 1849 ausgesprochen; es bleibt daher insoweit beim bisherigen Rechte. Dasselbe gilt

ad g.

mit der Modification nach §. 21 nurbemerkten Gesetzes, daß die Dauer des Schuldarrests zu Gunsten eines und desselben Gläubigers die in §. 21 cit. vorgezeichnete zweijährige bleibt.

Während jedoch die in Bezug auf die Zeit bestehende Divergenz der particularen Gesetzgebungen nur nach einer Richtung durch die Novelle paralysirt ist, und der Sachse nicht Umgang nehmen kann, das auswärtige Recht anderer deutscher Staaten nach wie vor in diesem Punkte zu studiren, ist durch den Schlußsatz:

sofern derselbe nicht nachweist, daß dem Schuldner Befriedigungsmittel zu Gebote stehen

ein neuer Zweifel entstanden.

Es fragt sich nämlich: gilt diese Beschränkung der Ausnahme nur für den Fall, wo particularrechtlich das eine Jahr der Novelle als Norm dient, also nicht, wenn die particulare Frist, wie eben z. B. in Sachsen eine längere ist, oder auch in diesem?

Ich will mich jedoch bei dieser Frage nicht aufhalten, da sie — wie wohl der ganze Zusatz — eine müßige sein wird, insofern nicht von beiden Seiten nur Hartnäckigkeit im Spiele ist. Denn andern Falls wird es der Gläubiger offenbar vorziehen, von der in dem Nachweise liegenden Wissenschaft insofern Gebrauch zu machen, als er sich durch executio in bona — vergl. das zu Nov. 1 Gesagte — Befriedigung verschafft.

Es mag jedoch noch bemerkt werden, daß durch die Novelle an dem Satze etwas nicht geändert ist, daß, wenn der Wechselschuldner nach Verfluß der in dem Lande, wo der Wechselprozeß zuerst angestrengt wurde, in der fraglichen Beziehung geltenden kürzern Haftfrist, beziehentlich mit dem entsprechenden Vermerke auf dem Wechsel, der Haft entlassen worden, dies ihn nicht dagegen schützt, daß nicht in einem andern Lande, wo diese Frist eine längere ist, der Wechselarrest, im Fall seines Betreffens daselbst, bis zu deren Ablauf erneuert werde [34]).

Noch ist jedoch zu gedenken, daß Sachsen die im Eingange (S. 482) sub a und b erwähnten zwei Arrestausschließungsgründe — Erfüllung des 70. Altersjahrs und nahes verwandtschaftliches oder schwägerschaftliches Verhältniß — wollte es nicht nach dem Vorbilde anderer Staaten vorziehen, von gemeindeutschen Gesetzen nur das zu adoptiren, was ihm gerade paßte, ausdrücklich aufheben mußte, und dies in §. III des Erläuterungsgesetzes durch Außerkraftsetzung von §§. 16, 17 des Prozeßgesetzes vom 7. Juni 1849 — als wonach auch §. 18 wegzufallen hatte — gethan hat.

Es mag sich damit trösten, daß Oesterreich auch zwei seiner Ausnahmen, die Pulvermacher und die Ehepaare geopfert [35]), jedoch nicht vergessen, daß Preußen alle seine Ausnahmen [36]) durchgesetzt und nur Oesterreich gegenüber in den Fällen Concessionen zu weiteren Ausnahmen gemacht hat, wo dieses mit Hannover, resp. Churhessen und Meiningen zusammenging [37]).

Man sollte nun meinen, daß wenigstens für Sachsen weitere Ausnahmen von der Wechselarrestfähigkeit nicht existirten.

Allein ich muß dem sächsischen Richter doch noch zwei von ihm zeither statuirte vindiciren, welche weder die ADWO., noch das Gesetz über den Schuldarrest, noch die Novelle nennt, und an welche die Commission entweder nicht gedacht, oder die sie vielleicht als selbstverständlich erachtet hat, ich meine die Geisteskranken und die als Verschwender unter cura status stehenden.

Für selbige wird natürlich hier das beneficium nicht insoweit in Anspruch genommen, als es sich um Wechselerklärungen handelt, die sie in solchem Zustande gezeichnet haben, denn da

34) Annalen, Bd. I., S. 73.

35) Vergl. oben S. 483 sub k und l; vorausgesetzt nämlich, daß die Novelle daselbst zur Geltung gelangte.

36) Vergl. daselbst sub c, d, e, h, i.

37) Vergl. ebendas. sub f und g.

sind dieselben bereits durch Art. 1 der ADWO. gedeckt. Vielmehr handelt es sich um solche Wechselzeichnungen, welche vor Anlegung der cura erfolgt sind, und hinsichtlich deren, was Geisteskrankheit anlangt, die Existenz nicht für diese Vergangenheit nachgewiesen werden kann.

Diesfalls Wechselarrest [38]) anlegen oder fortstellen zu lassen, hat das OAG. in zwei zu seiner Cognition gelangten Fällen für unthunlich erachtet [39]), weil der Staat nicht einen physischen Zwang auf die Willensbestimmung ausüben lassen kann, wo diese nicht weiter vorhanden, oder vom Staate selbst nach der bei dem Zwange beabsichtigten Richtung hin inhibirt ist. Wie gedacht war das OAG. hierunter nicht im Stande, sich auf Gesetzesworte zu stützen, es standen ihm aber wenigstens auch keine dergleichen direct entgegen.

Anders ist es jetzt insofern, als Novelle 2 ihrer Fassung nach die Zulässigkeit weiterer Ausnahmen, als der in Art. 2 unter 1—3 gedachten und der in ihr unter a—g aufgeführten auszuschließen scheint. Allein ich zweifele nicht, daß man dem gesunden Menschenverstande das Uebergewicht über ungenügende Gesetzesfassung nach wie vor einräumen wird. Nachdem uns Nov. 2 längere Zeit beschäftigt hat, kann ich kürzer zur folgenden Novelle sein.

Nov. 3.

Ratenwechsel nennt man bekanntlich solche Wechsel, wo die Wechselsumme in mehreren Posten mit verschiedener Verfallzeit getheilt, häufig auch die cassatorische Clausel angehängt ist.

Die Frage: ob dies zuläsig? war eine bestrittene, insofern nämlich das Obertribunal in Berlin sie bejaht hatte [40]), wogegen

---

38) Der Wechzelprozeß ist an sich nicht ausgeschlossen, nämlich gegen den Zustandsvormünd — Arg. Art. 2, no. 2. Vergl. auch Annalen, Bd. V., S. 367.

39) Annalen, Bd. II., S. 422. Bd. V., S. 367.

40) Erk. vom 24. Juni 1852 angezogen bei Borchardt: Die ADWO., Zus. 80 zu Art. 4. 4. der 2. Ausg., S. 38.

die Oesterreichische Regierung mittelst Verordn. v. 29. Oct. 1852 sie ausdrücklich als ungiltige Wechsel erklärt hatte [41]).

Aus Sachsen liegen zwei Fälle vor, in welchen vom OAG. anscheinend entgegengesetzt erkannt ist, nämlich ein Erkenntniß vom 18. Jan. 1853 [42]), worin die Zulässigkeit indirect verneint wurde, die Abweisung der Klage indeß nicht darauf basirte; und ein Erk. vom 18. März 1856 [43]), wo eigentlich gar kein Ratenwechsel vorlag und das OAG. nur durch Interpretation zu einem solchen gelangte, wirklich aber die Zulässigkeitsfrage in dieser Beziehung nicht zur Sprache kam.

In diesem Punkte submittirte sich Preußen der Oesterreichischen Auffassung. Beiläufig ist hier zu gedenken, daß bei der Vorbereitung der Commissionsverhandlungen [44]) außer der Oesterreichischen Verordnung nur eine damit conforme Entscheidung des AG.'s zu Eisenach Erwähnung gefunden hatte, die diametral entgegengesetzte Meinung des Obertribunals zu Berlin aber nicht berührt erscheint. Diese m. E. ganz richtige Novelle befindet sich mit den Worten:

für die gesammte Geldsumme nur ein und dieselbe sein und

als Einschaltung in Art. 4, no. 4 zwischen den Worten „kann" und „nur", so daß der betreffende Satz jetzt lautet:

die Zahlungszeit kann **für die g. G. n. e. u. d. s. und** nur festgesetzt werden

auf einen bestimmten Tag ꝛc.

Nov. 4.

Als Zusatz zu Art. 7 der WO.

Aus einer Schrift, welcher eines der wesentlichen Erforfordernisse eines Wechsels (Art. 4) fehlt, entsteht keine wechselmäßige Verbindlichkeit. Auch haben die auf eine solche

41) Verhandl. S. XL.

42) Archiv f. WR., Bd. IV., S. 101 fg.

43) Wochenbl. f. merkw. Rechtsf. 1856, S. 449 fg.

44) Verhandl. S. XL no. 2.

Schrift gesetzten Erklärungen (Indossament, Accept, Aval) keine Wechselkraft.

besagt Novelle 4 Folgendes:

Das in einem Wechsel enthaltene Zinsversprechen gilt als nicht geschrieben.

Bekanntlich hat nämlich das Zinsversprechen im Wechsel, von dem Erscheinen der ADWO. an, eine Reihe divergirender Ansichten hervorgerufen. Man sagte:

a. der Wechsel und das Zinsversprechen sind giltig,

b. der Wechsel ist giltig, das Zinsversprechen dagegen ist als nicht geschrieben zu erachten,

c. der Wechsel ist durch das Zinsversprechen ungiltig.

Die erste Meinung, obwohl im Preuß. Entwurfe für den trockenen Wechsel ausdrücklich enthalten, hat nur wenig Anhänger gefunden, die zweite wurde vom Obertribunal zu Berlin und einer Anzahl anderer Obergerichte verfochten, die dritte endlich war nicht allein von der Doctrin patrociuirt, sondern auch von der Mehrzahl deutscher Obergerichte u. A. dem Obertribunal in Stuttgart und den Oberappellationsgerichten zu Rostock, Oldenburg, München und Dresden adoptirt [45]).

Die Subcommission salvirte nun — wie sich weiter zeigen wird, offenbar gegen das Votum des sächsischen Abgeordneten und Referenten Dr. Tauchnitz — der entschiedenen Majorität der Anhänger der Meinung sub c gegenüber, die Preußischen Ansichten insofern, als ein Zusatz zu Art. 96, no. 2 beschlossen wurde, welcher oben [46]) bereits erwähnt, die Giltigkeit des Zinsversprechens im eigenen Wechsel unter der Voraussetzung anerkannte, daß über Höhe und Zeit kein Zweifel obwalte.

Daran nämlich, daß das Zinsversprechen in der Tratte etwas ganz ungehöriges sei, konnte im Allgemeinen nicht gezweifelt werden. Bei dem trockenen Wechsel hat es allerdings dann

45) Man vergl. die Zusammenstellung bei Borchardt, Zus. 54 zu Art. 4. 2. der 2. Ausg. S. 68 zu Art. 7, Note 97 b der 3. Ausg. und die bez. Verhandlungen S. XXXIII fg.

46) S. 485.

weniger Bedenken, wenn man denselben eben nicht als negociabeles Papier, sondern als wechselmäßige Schuldverschreibung auffaßt, wie dies im gemeinen Leben häufig geschehen mag.

Für Sachsen lag kein Bedürfniß der Zulassung des Zinsversprechens im eigenen Wechsel, oder überhaupt der Befreiung desselben von den Formalvorschriften der Wechselordnung vor, da man hier, um eben den Wechsel rein zu erhalten, im Prozeßgesetze vom 7. Juni 1849, §. 4 für die wechselmäßige Schuldverschreibung alle die Vorkehrungen getroffen hatte, welche erforderlich erscheinen konnten, um neben dem Wechsel ein in der Form unbeengtes Papier zu schützen, das als Schuldbekenntniß und Zeugniß der eventuellen Unterwerfung unter den Schuldarrest, im Uebrigen nach civilistischen Grundsätzen zu beurtheilen war.

Als nun der Vorschlag der Subcommission, welcher den im Jahre 1847 bei der Leipziger Conferenz herausvotirten §. 88 des Preuß. Entwurfs, in Betreff des Zinsversprechens im Jahre 1857 bei der Nürnberger Commission doch noch zu Ehren bringen sollte, bei letzterer im Plenum zur Berathung kam [47]), entwickelte der Referent seine dem Beschlusse der Subcommission entgegengesetzte Ansicht mit dem Erfolge, daß der von ihm proponirte Ausspruch:

> daß Wechsel mit Zinsversprechen keine wechselrechtliche Wirkung haben

mit Beiseitelegung eines Zwischenvorschlags:

> Ein in dem Wechsel erfolgtes Zinsversprechen hat keine wechselrechtliche Wirkung

mit 8 gegen 6, resp. 9 gegen 5 Stimmen [48]) angenommen wurde.

Insoweit war das Resultat ein befriedigendes. Allein der hinkende Bote wurde bereits am nächsten Tage engagirt, als es sich um die Einstellung des Beschlusses in die Wechselordnung handelte. Während nämlich diese Bestimmungen nach der zeit-

47) Es ist zu bedauern, daß in neuerer Zeit seit der Leipziger Conferenz das Princip der Anonymität in den Protokollen adoptirt worden ist. Für die Rechtsgeschichte ist es jedenfalls von Gewicht, den Ursprung der verschiedenen Meinungen zu kennen.

48) Vergl. hierunter allenthalben: Verhandl. rc. S. LXXV—LXXVII.

herigen Auffassung zu Art. 96, no. 2 gehörte, da für Tratten auch Preußischer Seits auf eine Begünstigung der Zinsclausel nicht reflectirt worden war, genehmigte man den Vorschlag des Referenten, sie in der oben S. 497 bemerkten Maaße in Art. 7 einzuschalten, wohin sie in jenem Sinne materiell nicht paßte, und zwar direct unschädlich war, wegen der Consequenzen aber allerdings schädlich wurde.

Denn in Verfolg der Bestrebungen der Preußischen Regierung, ihrem ursprünglichen Entwurfe doch noch Geltung zu verschaffen, bei welcher sie sich sogar die Unterstützung Sachsens verschafft hatte, „weil gerade die verzinslichen Solawechsel für den Credit der kleinen Gewerbsleute höchst nothwendig seien", wurde nach einem abgeschlagenen Sturme in der Sitzung am 1. März 1861, bei einem zweiten am 9. März doch die Genehmigung für Erwähnung des vorberührten Zwischenvorschlags als eines eventuellen erlangt, und dieser nun auch als Anhang zu Art. 7 placirt [49]), worauf denn Preußen es bei der Bundesversammlung durchsetzte, daß diese nur letzteren — also gegen die ursprüngliche Tendenz des Entwurfs, jedoch nach der Ansicht des Obertribunals zu Berlin — den Bundesstaaten zur Annahme empfahl.

Die hierdurch gewonnene Erwartung, daß dieser Vorschlag allgemeine Geltung erlangen werde [49a]), diente zugleich als Motiv für Empfehlung desselben zur Annahme in den Sächsischen Kammern [50]) und sodann für Befürwortung Seiten der 1. Deputationen der I. Kammer [51]), zugleich mit Bezugnahme auf „in der Geschäftswelt lautgewordene Wünsche und auf die in verschiedenen deutschen Staaten bereits bestehende Usance."

Die Kammern genehmigten, wie bereits gedacht, den Vorschlag einstimmig; und so hat denn nunmehr die Mittelmeinung,

49) Vergl. Verhandl. LXXXV—CI und S. c. 7, 17 und 18.

49a) Schaumburg-Lippe hat nächst Oesterreich (?) den ursprünglichen, m. E. richtigern Vorschlag adoptirt — Borchardt, ADWO., 3. Ausg., S. 68, not. 97b.

50) L.-A., Abtheil. I, Bd. 2, S. 30.

51) L.-A., Beil. zur 2. Abth., Bd. 1, S. 16.

daß die Zinsclausel, dem Wechsel im Uebrigen unschädlich, pro non scripta zu gelten habe, für Sachsen Gesetzeskraft.

Welche Folgerungen die Praxis aus dieser im Principe gefährlichsten Billigung des Pro non scripto-Erachtens künftig noch in Bezug auf andere Clauseln zu ziehen sich veranlaßt finden könnte, mag hier dahin gestellt bleiben.

Das letztere Bedenken wiederholt sich auch bei

Nov. 5.

Die Fassung des Art. 18:

> Der Inhaber eines Wechsels ist berechtigt, den Wechsel dem Bezogenen sofort zur Annahme zu präsentiren und in Ermangelung der Annahme Protest erheben zu lassen.

schlug den s. g. Augsburger Uso, wonach Annahmeerklärung des Bezogenen erst 14 Tage vor Verfall gefordert werden konnte.

Diesem Uso liegt eine ähnliche Tendenz zum Grunde, wie sie bei Erfindung und Aufrechterhaltung der kaufmännischen Anweisungen in Sachsen vorwaltete.

Nur ist sie hier nach einer Seite noch schärfer insofern ausgeprägt, als k. Anweisungen im engern Sinne, d. h. gezogene Papiere in Wechselform, jedoch daß an Stelle des Worts „Wechsel" das „Anweisung" tritt, groß mindestens 50 Thlr., lang höchstens drei Monate, vor Verfall nicht zur Annahme mit der Wirkung präsentirt werden können, daß bei beanstandeter oder sogar verweigerter Annahmeerklärung, der Präsentant sich durch Protesterhebung den Regreß auf Sicherstellung verschaffen dürfe [52]).

Der Zweck dieses Instituts ist nämlich der, dem Fabrikanten, welcher wegen Beschaffung von Deckungsmitteln nicht selten an gewisse Gelegenheiten seine Waaren im Großen zu verwerthen angewiesen ist, in der Zeit zwischen Ausstellung und Verfall, also nach Befinden auf drei Monate, Sicherheit gegen Sicherheitsmaßregeln des Inhabers zu verschaffen, wodurch er, für ihn unbequem, zu vorzeitiger Besorgung von Deckungsmitteln genöthigt werden könnte.

52) Ges. vom 7. Juni 1849, die kaufm. Anw. betr., §. 1, 4, 6.

Weiter tragend war der Augsburger Uso insofern, als danach die Länge des Papiers nicht beschränkt war, also auf länger als 3 Monate mit dem Erfolge gezogen werden konnte, daß die vorbemerkten Inconvenienzen für den Trassanten erst 14 Tage vor Verfall eintreten durften.

Der Wechselplatz Augsburg suchte für seinen Uso eine Clausel im Einführungsgesetze zu retten; allein vergeblich.

Nun erließ der Augsburger Handelsstand ein Circular, wonach den Geschäftsfreunden die Clausel:

Gegen diesen 14 Tage vor Verfall acceptabeln Wechsel rc.

empfohlen wurde, um den Usus im Wege des Vertrags zu Geltung zu bringen.

Dies erregte wieder viel Differenzen in der Theorie, wie in der Praxis [53]) und veranlaßte den Auftrag sub B. BB. an die Nürnberger Commission [54]).

Die Subcommission empfahl sie für nicht geschrieben zu erachten [55]) und das Plenum nahm als Zusatz zu Art. 18 die Nov. 5:

Eine entgegenstehende Uebereinkunft hat keine wechselrechtliche Wirkung.

schließlich einstimmig an [56]). Unbeanstandet ging er bei der Bundesversammlung und den Sächsischen Kammern durch.

Mir erregt er eben nur das Bedenken, daß darin das Princip des Pro non scripto-Erachtens ein weiteres Anhalten gewonnen hat.

Weiß nämlich der Geschäftsmann, daß alle Clauseln, welche nicht durch die Wechselordnung ausdrücklich sanctionirt sind, die Ungiltigkeit des Papieres herbeiführen, so gewöhnt er sich an feste, jener entsprechende, Normalformulare.

Weiß er dagegen, daß Clauseln im schlimmsten Falle pro non scriptis gelten, so kommen immer neue Formen zum Vorschein.

---

53) Vergl. hierunter allenthalben v. Völderndorff, Gesetz v. 5. Oct. 1863. Erl. 1864. S. 19.

54) Verhandlungen rc., S. 1.

55) Das. S. XXVII—XXXI.

56) Ebendas. S. LXXV.

Wir erhalten unförmliche Papiere und in der Theorie wie Praxis immer neue Disputate.

Nov. 6.

Zu Art. 29 der ADWO. Regreß auf Sicherstellung wegen Unsicherheit des Acceptanten, dahin lautend:

> Ist ein Wechsel ganz oder theilweise angenommen worden, so kann in Betreff der acceptirten Summe Sicherheit nur gefordert werden:
>
> 1) wenn über das Vermögen des Acceptanten der Concurs (Debitverfahren, Falliment) eröffnet worden ist, oder der Acceptant auch nur seine Zahlungen eingestellt hat;
> 2) wenn nach Ausstellung des Wechsels eine Execution in das Vermögen des Acceptanten fruchtlos ausgefallen oder wider denselben wegen Erfüllung einer Zahlungsverbindlichkeit die Vollstreckung des Personalarrests verfügt worden ist.
>
> Wenn in diesen Fällen die Sicherheit von dem Acceptanten nicht geleistet und dieserhalb Protest gegen denselben erhoben wird, auch von den auf dem Wechsel etwa benannten Nothadressen die Annahme nach Ausweis des Protestes nicht zu erhalten ist, so kann der Inhaber des Wechsels und jeder Indossatar gegen Auslieferung des Protestes von seinen Vormännern Sicherstellung fordern (Art. 25—28).
>
> Der bloße Besitz des Wechsels vertritt die Stelle einer Vollmacht, in den Nr. 1 und 2 genannten Fällen von dem Acceptanten Sicherheitsbestellung zu fordern, und wenn solche nicht zu erhalten ist, Protest erheben zu lassen,

ist Nov. 6 erlassen, dahin gehend:

> **Der Wechselinhaber ist berechtigt, in den Nr. 1 und 2 genannten Fällen auch von dem Acceptanten im Wege des Wechselprozesses Sicherheitsbestellung zu fordern.**

Der Sinn des Art. 29 ist der: daß nicht bloß im Falle verweigerter Annahme (Art. 25—28), sondern auch bei erhaltener Annahme dem Inhaber der Regreß auf Sicherstellung gegen den Aussteller und seine sonstigen Vormänner für den Fall verschafft werden solle, daß der Acceptant immittelst unsicher oder insolvent wird.

Glaubt der Inhaber zu dieser Annahme Grund zu haben, so hat er zunächst von dem Acceptanten Sicherstellung zu fordern, wenn diese nicht zu erlangen, etwaige Nothadressen auf Annahme anzugehen, und er kann sodann, wenn resp. in beiderlei Beziehung von ihm Protesterhebung besorgt werden, nun seinen Regreß gegen die Indossanten und den Aussteller nehmen.

Ueber die Art, wie im Proteste die Unsicherheit des Acceptanten im Falle von dieser verweigerten Sicherstellung zu constatiren, bemerkt Brauer [57]) sehr richtig, daß bei ermangelndem Geständnisse der Zahlungsunfähigkeit Seiten des Acceptanten, der Notar bei Gericht hierüber Erhebungen zu machen und im Proteste zu constatiren haben wird.

Nach der ganzen Anlage des Art. 29 ist daher das Erfordern der Sicherheit von dem Acceptanten nur eine präparatorische Maßregel für den eigentlichen Regreß auf Sicherstellung gegen die Vormänner.

Allein der Handelsstand, der nie genug Sicherstellungen für sich, sofern er Gläubiger ist, erlangen kann, suchte aus den Worten: „wenn in diesen Fällen die Sicherheit von dem Acceptanten nicht geleistet rc. wird“, ein Klagerecht auf Sicherstellung gegen den Acceptanten herzuleiten, und sich dadurch eine Priorität vor anderen, namentlich Nicht-Wechselgläubigern zu verschaffen, und es stand ihm die Ansicht des Obertribunals zu Berlin und des obersten Gerichtshofs zu Wien zur Seite [58]).

Nichtsdestoweniger wagte die Majorität der Subcommission, also wahrscheinlich gegen die Stimmen von Oesterreich und Preußen, die entgegengesetzte Ansicht, welche übrigens von Einert [59]) eine mit gewohntem Scharfsinne ausgeführte Befürwortung erhalten hatte, zu empfehlen und eine Fassung vorzuschlagen, wonach das Klagrecht ausgeschlossen war [60]), und das Plenum nahm

57) Die ADWO. rc. 2. Aufl., S. 78 sub 5.

58) Verhandl. S. XLVI, XLVII.

59) Archiv f. WR., Bd. VI., S. 113 fg.

60) Verhandl. S. LXIV.

ohne Debatte mit 12 gegen 2 Stimmen (doch wohl die von Oesterreich und Preußen) den Vorschlag an [61]).

Was nun; sollten die Vormächte den kleineren Staaten nachgeben? Sicher nicht. Preußen remonstrirte gegen den Beschluß in der Commission [62]) und Oesterreich publicirte eine im entgegengesetzten Sinne gehaltene Decisivverordnung unter dem 2. Nov. 1858, also während die Commissionsverhandlungen noch schwebten.

Was that die Commission? Sie accommodirte sich nunmehr dem Willen der Vormächte [63]) und dieser fand denn nun auch bei der Bundesversammlung, wie bei den Sächsischen Kammern unbeanstandet Annahme.

Es hat diese Novelle auch bereits außerhalb des Kreises der Juristen der Vormächte Vertheidiger gefunden [64]).

Gewiß nimmt es sich nun recht seltsam aus, daß der Inhaber gegen den Acceptanten im Wege des Wechselprozesses Sicherheitsbestellung zu fordern berechtigt ist, wenn über das Vermögen des Acceptanten der Concurs eröffnet worden ist; obschon nach Nov. 2 sub f der Ausschluß des Wechselarrests gegen ihn sanctionirt, und obschon nach der Sächsischen Concursgesetzgebung — im Zweifel wohl auch nach der vieler anderen Länder — der Cridar, nach Befinden bei Criminalstrafe, seine Activa nicht zu Gunsten einzelner Gläubiger angreifen darf.

Nov. 7.

Zu Art. 30 der WO. dahin gehend:

Ist in dem Wechsel ein bestimmter Tag als Zahlungstag bezeichnet, so tritt die Verfallzeit an diesem Tage ein.

Ist die Zahlungszeit auf die Mitte eines Monats gesetzt worden, so ist der Wechsel am 15. dieses Monats fällig.

wurde folgender Zusatz:

Ist die Zahlungszeit auf Anfang, oder ist sie auf

---

61) Das. S. LXXIX.

62) Ebendas. S. XCVI.

63) Ebendas. S. C und S. 11.

64) Vergl. v. Völderndorff a. a. O. S. 20 und das. not. 1.

Ende eines Monats gesetzt worden, so ist darunter der erste oder der letzte Tag des Monats zu verstehen.

beschlossen.

Abgesehen davon, daß schon die WO. durch das 2. a linea insofern eine kleine Inconsequenz enthält, als die diesfallsige Bestimmung mehr zu Art. 4, no. 4 gehörte, und dies auch von der Novelle gilt, entspricht diese Decision der Praxis des OAG.'s [65]) insofern, als man die deutschen Ausdrücke: „Anfang" und „Ende", den im Verkehr üblichern: „primo" und „ultimo" gleichstellte.

Von obersten Gerichtshöfen hatte nur das Obertribunal zu Berlin — jedoch nicht gleichmäßig — und das OAG. zu Celle nach anderer Richtung erkannt.

Der Vorschlag der Subcommission fand im Plenum einhellige Annahme [66]) und erhielt die Zustimmung des Bundestags, wie der Sächsischen Kammern.

Nov. 8.

Die letzte Novelle ist dem Art. 99 appendicirt. Dieser lautet:

Eigene domicilirte Wechsel sind dem Domiciliaten oder, wenn ein solcher nicht benannt ist, dem Aussteller selbst an demjenigen Orte, wohin der Wechsel domicilirt ist, zur Zahlung zu präsentiren und, wenn die Zahlung unterbleibt, dort zu protestiren. Wird die rechtzeitige Protesterhebung beim Domiciliaten verabsäumt, so geht dadurch der wechselmäßige Anspruch gegen den Aussteller und die Indossanten verloren.

und dagegen die Novelle:

Bei nicht domicilirten eigenen Wechseln bedarf es zur Erhaltung des Wechselrechts gegen den Aussteller weder der Präsentation am Zahlunsgtage noch der Erhebung eines Protests.

---

65) Vergl. Annalen I, 245; III, 250.

66) Vergl. Verhandl. S. XLVII und LXXIX.

Ich habe mich über die Frage bereits weitläuftig an einem andern Orte [67]) in dem Sinne der Novelle ausgesprochen; und es bedarf eines weitern Eingehens auf die Sache nicht, da die entgegengesetzte Meinung, m. W., in Sachsen niemals irgend erheblichen Anklang gefunden hat.

Nur Folgendes giebt noch zu Erwägungen Anlaß: Nachdem die Subcommission den fraglichen Zusatz — ob an geeigneter Stelle bleibe dahin gestellt — proponirt [68]), wurde bei der Plenarberathung [69]) der sehr richtige Einwand, daß die obige Fassung die bei diesem Punkte aufgetretenen Zweifel nicht erledige und, im Sinne der Vereinfachung des Wechselverkehrs, der Vorschlag gemacht, direct auszusprechen, „daß es weder zu Erhaltung des Wechselrechts, noch zur Anstellung der Wechselklage rc. der Präsentation und Protestation bedürfe", bei dessen Annahme dann wohl auch der vom OAG. [70]) ausgesprochene weitere Satz gefolgt wäre, daß auch ohne Protest Verzugszinsen vom Verfalltage an gefordert werden könnten.

Allein es beliebte der Commission dieses Amendement nicht, aus Gründen, die ich ebenso wenig als der betreffende Antragsteller für richtig halten kann [71]), und es wurde der Antrag gegen 2 Stimmen abgelehnt, sodann aber der Vorschlag der Subcommission gegen 1 Stimme angenommen, und ging in dieser Maße durch den Bundestag in die Sächsische Gesetzgebung über.

Fragen wir nun, warum in diesem und anderen Punkten ganz zweckmäßige Anträge unberücksichtigt geblieben, und beziehentlich zweckmäßige Beschlüsse der Commission später redressirt worden sind, warum verschiedene Novellen ganz schiefe Stellen

67) Archiv f. WR. Bd. II., S. 206 fg.

68) Vergl. Verhandl, S. LXI.

69) Das. S. LXXIX.

70) Annalen, Bd. V., S. 350, wo zwar vom Acceptanten die Rede ist, der jedoch insoweit mit dem Aussteller des eigenen Wechsels auf gleicher Stufe steht.

71) Vergl. Verhandl. S. LXXIX und LXXX.

im Systeme der WO. erhalten haben, warum von so vielen — von dem Referenten der Subcommission vorbereiteten — Controversen nur so wenige in zum Theil befremdender Weise Erledigung zu finden geeignet erschienen sind? so gelangen wir zu einigem Aufschlusse, wenn wir theils die im Laufe obiger Darstellung, namentlich in Bezug auf Nov. 2 gegebenen Andeutungen berücksichtigen, theils z. B. den Anhang zu Kheil's Wechselrecht (Prag 1859), S. 423, 424 aufschlagen, und hier drei Verordnungen des Oesterreichischen Justizministerii vom 2. Nov. 1858 finden, worin die Novellen 1, 3, 4 (in der principalen Fassung), 5, 6, 7, 8, beziehentlich verbotenus und zu den betreffenden Artikeln der WO. bereits publicirt sind.

Es stand also in Oesterreich im November 1858 fest, daß man anderen Meinungen, namentlich auch der Regierungen, deren Erklärungen über die erste Lesung der Conferenz formell erwartet wurden, keinerlei Concessionen machen wollte, und es kann die spätere Connivenz gegen Preußen in Bezug auf die Novelle zu Art. 7 nur dann eine Sinnesänderung in einem Punkte indiciren, wenn Oesterreich die Verordnung vom 2. Nov. 1858 insoweit in Gemäßheit des Bundestagsbeschlusses redressirt hat [72]).

Die Vorgänge in Bezug auf die Wechselgesetzgebung stimmen mit denen bei der s. g. dritten Lesung des Handelsgesetzbuchs [73]) überein, nur daß hier Preußen die Initiative ergriffen hatte.

Man kann aus diesen Erfahrungen wenigstens den Nutzen ziehen, daß man für alle Vorschritte auf dem Felde gemeinsamer Gesetzgebung Seiten der kleineren Staaten keinerlei Concessionen der beiden Vormächte zu erwarten hat, insofern diese zusammengehen; daß aber, soweit sie nicht zusammengehen, wie in den Fragen des gemeinsamen deutschen Prozeß- und Obligationenrechts, zumal in diesen Preußen offenbar nicht zustimmt,

72) Vergl. jedoch Note 49 a.

73) Vergl. Thöl, zur Geschichte des Entwurfs eines allgem. deutschen Handelsgesetzbuchs, Gött. 1861, auch Goldschmidt, Archiv Bd. V., S. 216 fg. und nunmehr dessen Lehrbuch des Handelsrechts, 1. Thl.; 1. Abth. Erl. 1864. S. 176, übrigens Thöl, Handelsrecht, 4. Ausg., §. 47 b, S. 295.

wenn nicht seine Gesetze resp. Entwürfe adoptirt werden oder wenigstens unter seiner Mitwirkung die Commissionen ihre Arbeiten ganz von Neuem beginnen, auch nicht einen Augenblick daran zu zweifeln ist, daß deren zeitherige Arbeiten, insoweit es sich um etwas *wirklich Gemeinsames* handelt, lediglich schätzbares Material geliefert haben, und ferner liefern werden.

Präjudizien.

Civilprozeß und Concurs.

48.

Competenz in Bezug auf Stauanlagen in Privatflüssen. — Concurrenz polizeilicher Vorschriften mit privatrechtlichen Ansprüchen auf die Instandhaltung von dergleichen.

II. Sen.=Erk. v. 17. Sept. 1863 no. 468/520.*)

Der Beklagte ist in seiner Deduction auf die Behauptung zurückgekommen, daß über die Construction und sonstige Beschaffenheit, welche eine obrigkeitliche concessionirte Stauanlage in flößbaren Gewässern haben und behalten müsse, an sich nicht von der Justiz-, sondern von der Verwaltungsbehörde zu cognosciren sei; er folgert daraus, daß zur Statthaftigkeit einer Civilklage die Angabe und der Nachweis besonderer Verpflichtungsgründe erforderlich sei.

*) Kläger hat in dem Sebnitzbache die Floßzinsgerechtigkeit und demgemäß ein Interesse, daß die Flöße in solchem unbehindert geübt werden können. Beklagter hat dagegen behufs der Wiesenwässerung in jener ein Wehr, welches durch Wasserfluthen theilweise zerstört war, und dessen Trümmer theils direct, theils durch Sandanhegerung die Flöße beeinträchtigte. Kläger verlangte Wiederherstellung der Wehranlage behufs Beseitigung jener Hemmnisse. Es war rechtskräftig auf Beweis erkannt und in diesem die Destruction des Wehrs, und daß dadurch die Flößerei beeinträchtigt werde, constatirt. Die Instanzen sprachen conform condemnatorisch.

Der civilrechtliche Grund der vorliegenden Klage soll nach der Meinung des Beklagten in der vom Kläger behaupteten culposen Nichtbeachtung der einem seiner Vorbesitzer und beziehentlich ihm selbst ertheilten besonderen Bauvorschriften und der dadurch behaupteter-maßen veranlaßten, dem Kläger schadenbringenden Zerstörung des fraglichen Wehrs zu finden, weil aber die Ertheilung dieser besonderen Vorschriften nicht erwiesen, der Beweis Klägers schon aus diesem ersten Grunde für verfehlt zu betrachten sein.

Hierbei könnte zunächst die formelle Frage entstehen, ob durch das Beweisinterlocut in dieser Beziehung bereits eine dem Beklagten zur Seite stehende Rechtskraft begründet worden sei? Dem ist jedoch nicht so. Denn bei der insoweit ganz allgemeinen Haltung dieses Erkenntnisses läßt sich nicht annehmen, daß dadurch der Beweis einer jeden der mannigfachen, in der Klagschrift referirten Thatsachen habe für nothwendig erklärt und gefordert werden sollen.

In der Sache selbst aber hat man der Argumentation des Beklagten nicht beizupflichten vermocht.

Die Construction und die Instandhaltung eines für die Zwecke des Inhabers in fließenden Privatgewässern errichteten Bauwerks kann ebensowohl in öffentlichen wie im Privatinteresse einzelner Personen in Frage kommen und beides, die Rücksicht auf das allgemeine Beste, und die Rücksicht auf privatrechtliche Verhältnisse zwischen dem Inhaber und dritten Personen kann dabei gleichzeitig und nebeneinander auftreten. Es liegt in der Natur der Sache, daß gerade bei Baulichkeiten der hier in Rede stehenden Gattung, die von der competenten Verwaltungsbehörde von ihrem Standpunkte aus und zu ihren Zwecken getroffenen Anordnungen in der Regel so beschaffen sind, daß sie bei gehöriger Beobachtung auch dem Privatberechtigten genügenden Schutz in der Ausübung seiner Rechte verleihen; nur darf man dabei nicht übersehen, daß der Schutz, welchen der Privatberechtigte durch die Anordnungen der Verwaltungsbehörde unter den angeführten Voraussetzungen genießt nur eine thatsächliche, aber keine rechtliche und nothwendige Folge dieser Anordnungen ist. Die Verwaltnngsbehörde hat nur zu prüfen und zu bestimmen, was aus Gründen des öffentlichen Rechts geschehen darf oder geschehen muß; sie wird auch bei ihrer Beschlußfassung unter Umständen auf bestehende Privatrechtsverhältnisse Rücksicht zu nehmen haben, insofern die Sorge für das Allgemeine nicht zu einem willkührlichen Eingriffe in die bestehenden Rechte des Einzelnen führen darf; sie kann aber niemals über das Dasein eines civilrechtlichen Verhältnisses und den Umfang der gegenseitigen Rechte und Verpflichtungen entscheiden, oder dem Berechtigten in Betreff der Ausübung seiner Befugnisse einen Rechtsschutz gewähren. Denn der einzige Weg, auf welchen privatrechtliche Ansprüche als solche zur formalen Anerkennung und directen Realisirung gelangen können, besteht, wie bekannt, in der Anrufung der Richterhilfe durch Beschreitung des Rechtswegs. Daraus folgt aber auch, daß die Anordnungen, welche die Verwaltungsbehörde von ihrem Standpunkte aus getroffen hat, keine Norm für das Maß der civilrechtlichen Verpflichtungen abgeben können; daß also der Civilberechtigte, je nach dem Umfange seines erweislichen Rechts mehr, oder auch weniger, in Anspruch nehmen darf. Man kann sonach dem Beklagten nicht einmal darin beipflichten, daß die Vorschriften, welche dem Vorbesitzer bei der Anlegung des fraglichen Wehrs ertheilt worden sein und denen sich derselbe unterworfen haben soll, oder die Anweisungen, welche nach Klägers Anführen bei den späteren Reparaturbauen das Floßamt zu Schandau dem Beklagten selbst und resp. seinem Mitbesitzer ertheilt hat, einen civilrechtlichen Anspruch auf Beobachtung dieser Vorschriften und Anweisungen gewährt haben würden. Die Vernachlässigung derartiger Vorschriften und Anweisungen und selbst eine directe Zuwiderhandlung gegen dieselben hätte dem Kläger zu einer Beschwerde bei der competenten Verwaltungsbehörde Anlaß bieten und diese hätte möglicherweise zu einer Abhilfe der gerügten Uebelstände im polizeilichen Wege führen mögen; der Kläger war aber nicht gezwungen, diesen Weg zu betreten, oder die von der Verwaltungsbehörde auf Antrag andern Interessenten, oder eigenbeweglich zu treffenden Anordnungen abzuwarten, wenn ein civilrechtliches Verhältniß vorlag, vermöge dessen er aus civilrechtlichen Gründen objectiv denselben Schutz durch richterliches Erkenntniß erlangen konnte.

Das zwischen dem Beklagten als Inhaber der streitigen Wehranlage und Eigenthümer der angrenzenden Grundstücke Nr. 405[b] und 429[b] des Rathmannsdorfer Flurbuchs einer- und dem Kläger andererseits allerdings bestehende und schon in der Klage genugsam bezeichnete Rechtsverhältniß findet seine Begründung in den Principien, welche über die Benutzung fließender Privatwässer von Seiten der Adjacenten gelten. Daß diese Berechtigungen privatrechtlicher Natur und eben deshalb Streitigkeiten, welche hierüber unter Betheiligten entstehen, nicht vor der Verwaltungsbehörde, sondern im Rechtswege vor der Justizbehörde zu erörtern und von dieser zu entscheiden sind, ist von den sächsischen Spruchbehörden jederzeit angenommen und von den Ministerien der Justiz und Verwaltung ausdrücklich anerkannt worden.

Zeitschr. f. Rechtspfl. u. Verw. N. F. Bd. III., S. 80. Bd. XVIII., S. 96.

Hieran ist auch durch das Gewerbegesetz vom 15. Oct. 1861 nichts geändert worden. Denn die für gewisse gewerbliche Anlagen (§. 22) in §. 30 und 33 dieses Gesetzes getroffene Bestimmung, daß wenn eine derartige Anlage nach Beobachtung des §. 24 vorgeschriebenen Verfahrens von der zuständigen Verwaltungsbehörde genehmigt und unter Beachtung der dabei gestellten Bedingungen ausgeführt worden, von den Gerichten später wegen Belästigung oder beeinträchtigter Nutzbarkeit fremder Grundstücke nicht mehr auf Beseitigung oder Aenderung der Anlage, sondern nur noch auf Entschädigung erkannt werden könne, würde der Ausführung eines an sich begründeten privatrechtlichen Anspruchs auf Wiederherstellung der an einer solchen Anlage entstandenen Defecte vor dem Civilrichter nicht entgegenstehen, ist aber auch in §. 35 auf Vorrichtungen zur Benutzung von Wasserkräften nicht ausgedehnt worden. Nun besteht aber, wie bereits von der vorigen Instanz ausgeführt worden ist, bei fließenden Privatwässern der civilrechtliche Grundsatz, daß der einzelne Adjacent die vorhandene Wasserkraft in seinem Interesse nur insoweit benutzen darf, als dies geschehen kann, ohne dem gleichen Rechte anderer Adjacenten oder solcher Personen, denen ein besonderes, nicht mit dem Besitze eines anliegenden Grundstücks verbundenes Recht auf die Benutzung dieser Wasserkraft zusteht, zu schaden. — Daß auf der Sebnitzbach, wenigstens auf dem Trakte derselben, wo sich das Wehr des Beklagten befindet, eine Flöße jederzeit bestanden, und daß der Staatsfiscus die Ausübung dieses Rechts, insoweit als sich dasselbe durch Erhebung der von Privatpersonen zu entrichtenden Floßzinsen geäußert, käuflich an den Kläger abgetreten habe, kann wenigstens nunmehr als unbestritten angesehen werden und demzufolge auch der Umstand, daß dem Fiscus dieses Floßrecht bereits im siebenten Jahrhundert zu der Zeit, wo das gedachte Wehr zuerst errichtet worden, zugestanden habe.

Daß ferner diese Berechtigung, soweit sie demnach auf den Kläger übergegangen ist, wenigstens in der Person des letztern ein privatrechtliches Befugniß bilde, welches mit der Benutzung der zur Flöße bestimmten Gewässer im nächsten Zusammenhange steht, ist an sich richtig, aber auch durch die Rechtskraft des Beweisinterlocuts bereits festgestellt. Denn der Kläger hatte als den privatrechtlichen Grund, weshalb er befugt sei, die Wiederherstellung des angeblich defecten Wehrs und Beseitigung der sonst noch durch dessen Destruction herbeigeführten Uebelstände zu fordern, nur die Beeinträchtigung seiner Floßzinsengerechtigkeit geltend gemacht, und wenn derselbe dabei der Vorschriften gedacht und die Beobachtung der Vorschriften verlangt hat, welche dem Beklagten und seinem Besitzvorfahr von den Verwaltungsbehörden ertheilt worden, so hat dies eben nur darin seinen Grund, weil er dieselben als nothwendig für die unbehinderte Ausübung dieses Rechts hielt.

Das Wehr des Beklagten ist geständlich von seinem damaligen Vorbesitzer errichtet worden, um dadurch und vermittelst eines Wässerungsgrabens Wasser aus der Sebnitz auf sein angrenzendes Wiesengrundstück Nr. 429ᵇ abzuleiten. Zu demselben Zwecke hat diese Anlage auch bisher gedient und der Beklagte, welcher seit 1854 der alleinige Eigenthümer des Wiesengrundstücks Nr. 429b ist, bestreitet durchaus nicht, daß dasselbe noch jetzt lediglich zum Behufe der Bewässerung dieses Grundstücks diene.

Nach den oben entwickelten Grundsätzen sind die Besitzer der an ein fließendes Privatgewässer anstoßenden Grundstücke zu Vorrichtungen dieser Art in ihrem Eigeninteresse überhaupt nur unter der Voraussetzung befugt, daß dadurch weder die Rechte der übrigen Adjacenten, noch die Rechte dritter Personen beeinträchtigt werden, sie sind also auch verbunden, diese Vorrichtung, wenn sie nicht geradezu unstatthaft ist, so zu construiren, daß dadurch eine solche Rechtsverletzung nicht entsteht. In dieser Verpflichtung liegt aber auch zugleich die weitere Verbindlichkeit, die ursprünglich in angemessener Weise construirte Anlage in diesem Zustande zu erhalten, damit weder durch eine eigenmächtige Veränderung, noch durch eine gänzliche oder theilweise Destruction eine Beeinträchtigung fremder Rechte erfolge, denn die Beschränkung, der sich jeder Adjacent bei der Benutzung des Privatgewässers aus Rücksicht auf die Berechtigungen anderer Personen unterwerfen muß, besteht im Allgemeinen darin, daß er in diesem Gewässer nichts vorrichten und haben soll, was der Ausübung dieser Rechte hindernd in den Weg tritt. Daß das streitige Wehr nicht von dem Beklagten selbst, sondern schon vor langer Zeit von einem Vorbesitzer desselben errichtet worden ist, kann in Bezug auf seine Verbindlichkeit zur Instandhaltung und Wiederherstellung desselben keinen Unterschied machen, weil dieses Wehr bemerkter Maßen für die Zwecke des gegenwärtig in Beklagtens Eigenthum befindlichen Grundstücks errichtet worden ist, und der Beklagte dasselbe auch nicht derelinquirt, sondern beibehalten und für dieselben Zwecke benutzt hat. Beklagter bekennt auch selbst, daß er verbunden sei, dasselbe in gutem Zustande zu erhalten. Wollte man nun selbst annehmen, daß der Beklagte damit nur eine polizeiliche Verpflichtung habe anerkennen wollen[1], so ist doch wenigstens so viel gewiß, daß die Gründe, weshalb der Beklagte der Behörde gegenüber verbunden ist, das Wehr im Stande zu halten, im Wesen die nämlichen sind, welche ihn hierzu auch den betheiligten Privatpersonen gegenüber verpflichten, nämlich diese, daß er der Eigenthümer des Grundstücks, für welches die Wehranlage bestimmt ist und der Inhaber der letztern selbst ist.

Aus der somit nicht zu bezweifelnden Existenz eines dem Civilrechte angehörenden Rechtsverhältnisses, vermöge dessen der Kläger berechtigt ist, die richterliche Hilfe gegen eine, durch den destruirten Zustand des fraglichen Wehrs verursachte Störung seines Floßzinsenrechts zu suchen, ergiebt sich denn auch, daß die von dem Beklagten Bl. abermals, jedoch nur in Bezug auf die Verpflichtung zur Beseitigung der im Bachbett vorhandenen Trümmer, angezogenen Vorschriften des prätorischen Edicts über die cautio damni infecti auf den vorliegenden Fall, wenigstens im Sinne des Beklagten, nicht passen. Es kann dabei ganz dahin gestellt bleiben, inwieweit diese römischrechtliche Lehre, die sich nur auf den Schaden bezieht, der einem

Grundstücke aus dem „vitio“ eines fremden Bauwerks oder eines benachbarten Grundstücks droht, nach heutigem Rechte und nach dermaliger Verfassung überhaupt noch praktisch anwendbar sei. Denn schon nach dem römischen Rechte sollte nach dem Grundsatze, daß an sich Niemand verpflichtet sei, für den Schaden einzustehen, der durch seine Sache angerichtet werde, durch die cautio damni infecti bei dem durch leblose Sachen verursachten Schaden eine andernfalls nicht vorhandene Klage erst begründet werden. Die cautio damni infecti, welche zu diesem Behufe gefordert werden konnte, ist also in der Regel nur ein subsidiäres Rechtsmittel, dessen Gebrauch unzulässig, mindestens unnöthig ist, wenn dem Bedrohten oder Verletzten schon andere ordentliche Rechtsmittel zur Abwendung des befürchteten oder vorhandenen Nachtheils zu Gebote stehen,

l. 32 D. de damno infecto. (39. 2.)

Vangerow, Pandecten §. 678, III., S. 585 fg.

Sintenis, Civilrecht, II., §. 127, S. 785, 786.

obschon dieselbe auch mit anderen Rechtsmitteln concurriren konnte, wenn diese einen von der damni infecti cautio verschiedenen Zweck verfolgten. Im vorliegenden Falle ist aber bereits gezeigt worden, daß zwischen den Parteien ein Rechtsverhältniß bestand, welches auf Seiten des Beklagten, als Eigenthümer des Grundstücks Nr. 429 b und Besitzer der streitigen Wehranlagen gewisse Verpflichtungen erzeugte. Der Kläger hatte also schon vermöge dieses Rechtsverhältnisses eine civilrechtliche und zwar als actio negatoria sich charakterisirende Klage auf Beseitigung solcher bei dem Wehre des Beklagten vorhandener Uebelstände, welche ihn in der Ausübung seiner Rechte stören.

l. 13, l. 17, §. 1 D. si serv. vind. (8. 5.)

Sintenis, Civilrecht II., §. 52, S. 526.

Endlich ist es auch richtig, daß in Bezug auf die Verbindlichkeit des Beklagten, sein Wehr in gehörigem Zustande zu erhalten und die gerügten Uebelstände zu beseitigen, dem Kläger gegenüber darauf, ob dieselben durch zufällige Naturereignisse oder durch eigene Verschuldung des Beklagten entstanden sind, nichts ankommt, weil der Beklagte als Eigenthümer des Grundstücks Nr. 429 b und Inhaber der Wehranlage auch die Gefahr dieser Anlage zu tragen hat und überhaupt als Adjacent nur insoweit zum Besitze derselben privatrechtlich befugt ist, als sie den Rechten dritter Personen auf die Benutzung des Wasserlaufs und der Wasserkraft nicht schadet.

49.

Unzulässigkeit des Eidesantrags über ein Mandatverhältniß.

II. Sen.-Erk. v. 8. Sept. 1863 no. 518/497.*)

Wenn Kläger in der Klage sich nur darauf beziehen, daß Adv. B. von dem Beklagten Generalvollmacht zu Besorgung dessen Angelegenheiten erhalten gehabt und insbesondere auch zu Abschließung von Veräußerungsverträgen über Immobilien ermächtigt worden, so enthält dies um so gewisser ein bloßes — für den Eidesantrag bekanntlich ungeeignetes — Urtheil, als nach dem weitern Anführen in den Einlassungspunkten 5—7 es sich von einer schriftlich ausgestellten, vom Beklagten gerichtlich anerkannten Vollmacht handelt. Um die Richtigkeit der Behauptung der Kläger prüfen und beurtheilen zu können, würde entweder die Beibringung der Vollmachtsurkunde selbst oder wenigstens die Aufnahme des wörtlichen Inhalts derselben in die Klage erforderlich gewesen sein.

---

*) Die vorliegende Sache betrifft den in facto interessanten Fall, daß ein Rittergutsbesitzer einem Sachwalter Auftrag zu Veräußerung seines Gutes um angeblich mindesten 75000 Thlr., wie Beklagter behauptet, gegeben, und nun dieser ein gutes Geschäft zu machen geglaubt haben mochte, als ihm ein anscheinender Kaufliebhaber als Kaufpreis einen Centner guten Goldes offerirte. Der Mandant verweigerte die Kaufserfüllung wegen Ueberschreitung des Mandats. Man konnte jedoch in dritter Instanz von einer materiellen Beurtheilung des in den früheren Instanzen verschieden beurtheilten Sachstandes absehen, da man zu Bestätigung der Abweisung der Klage aus dem im Texte ausgeführten formellen Grunde gelangte. Beiläufig ist zu gedenken, daß der anscheinend gute Kaufpreis, nur einen Betrag von etwas über 46000 Thlr. repräsentirte.

Ueber die Möglichkeit der Klagbegründung ohne Production der Generalvollmacht vergleiche die nächste Nummer.

50.

Der in Folge eines mündlich verabredeten Mandats zu Verwaltung aller vermögensrechtlichen Angelegenheiten des Mandans von diesem angestellten Klage auf Rechnungslegung steht es nicht entgegen, daß in solcher der Inhalt einer dem Mandatar zur Legitimation ausgestellten Vollmachtsurkunde nicht speciell wiedergegeben ist.

II. Sen.-Erk. v. 25. Sept. 1863 no. 276 335.

In Verfolg der Appellation der Klägerin ist dermalen lediglich die Frage zu erörtern, ob das auf Rechnungsablegung gerichtete Suchen schlüssig begründet sei oder nicht. In dieser Beziehung hat die Klägerin angeführt, daß sie im Februar oder März 1858 dem Beklagten Auftrag ertheilt habe, ihr gesammtes Vermögen zu verwalten, ihre Forderungen einzuziehen, ihr eingezogenes Vermögen nutzbar und sicher anzulegen, sie, die Klägerin, in allen gerichtlichen und außergerichtlichen Sachen zu vertreten und alles Nöthige und Nützliche für sie und zu ihren Gunsten zu besorgen. Auch habe Klägerin dem Beklagten zu diesem Behufe eine gerichtlich recognoscirte Generalvollmacht ertheilt. In der Replik ist das gedachte Vorbringen in zulässiger Weise dahin berichtigt worden, daß die Klägerin im Januar 1858 zu einer Zeit, wo sie sich in Untersuchungshaft befunden die dem Beklagten ertheilte und von diesem übernommene Generalvollmacht ausgestellt habe. Beklagter hat das nurgedachte Klaganführen zwar formell geleugnet, jedoch zugestanden, daß er von der Klägerin zu einer Zeit, wo sich dieselbe bei dem BG. O. in Haft befunden habe, zu Besorgung der unter 2 a, b, c und d erwähnten Handlungen — Aufbewahrung der Effecten und Einziehung gewisser Außenstände der Klägerin, Bestreitung gewisser Ausgaben und Vertretung der Klägerin in Rechtsstreitigkeiten für den Fall, daß sie wegen Passiven in rechtlichen Anspruch genommen werden sollte, — mit Auftrag versehen und ihm deshalb von der Klägerin eine schriftliche, gerichtlich recognoscirte Vollmacht ertheilt worden sei. Auch hat Beklagter im Einlassungssatze selbst über die in Folge des zugestandenen Mandats für die Klägerin gemachten Einnahmen und bestrittenen Ausgaben Rechnung abgelegt.

Die zweite Instanz hat die Klage, soweit sie auf Rechnungslegung gerichtet, in der angebrachten Maaße deshalb abgewiesen, weil sich Klägerin auf eine dem Beklagten zu dem Behufe der Verwaltung ihres gesammten Vermögens in dem Monate Januar 1858 ausgestellte schriftliche Generalvollmacht bezogen habe, ohne jedoch diese Vollmacht selbst vorzulegen oder ihren Wortlaut anzugeben, so daß das Vorbringen der Klägerin insoweit eine bloße Folgerung behaupte, welche weder für den in der Klage gebrauchten Eidesantrag als geeignet angesehen werden könne, noch für die zu einer sententia certa erforderliche Feststellung des Gegenstandes und Umfanges der abzulegenden Rechnung einiges Anhalten gewähre.

Nach der Ansicht des OAG.'s steht jedoch dieser Auffassung entgegen, daß die Klägerin ihren Antrag auf Rechnungsablegung auf einen dem Beklagten mündlich ertheilten Auftrag, ihr gesammtes Vermögen zu verwalten, gestützt, und die Ausstellung einer schriftlichen, gerichtlich recognoscirten Generalvollmacht nur nebenbei erwähnt hat. Das zuerst erwähnte Vorbringen enthält die Bezugnahme auf eine wirkliche Thatsache, welche für den Eidesantrag hinlänglich bestimmt ist, da das Mandat nicht bloß auf Vornahme einzelner Handlungen, sondern auch auf einen Complex von Geschäften, namentlich auf die Verwaltung des gesammten Vermögens (administratio omnium bonorum) des Mandanten

l. 12 D. de pactis. (2. 4.)

l. 1, §. 1. l. 46, §. 7. l. 47. l. 58 D. de procur. (33.)

l. 10 C. de procur. (2. 13.)

dergestalt gerichtet werden kann, daß der Mandatar, soweit er sich der Verwaltung unterzogen hat, zur Rechnungslegung verpflichtet wird.

l. 46, §. 4 D. de proc. (3. 3.)

Wenn nun Beklagtens Geständniß, daß ihm von der Klägerin eine Generalvollmacht ausgestellt worden sei, aus dem Bl. angeführten Grunde ungenügend erscheint, so hängt die Entscheidung von Leistung des Relati über das Klaganführen beim ersten Einlassungspunkt, daß die Klägerin dem Beklagten zu Verwaltung ihres gesammten Vermögens Auftrag ertheilt hab, ab, indem Beklagter auf solche Thatsachen sich nicht bezogen hat, zufolge deren das nurgedachte allgemeine Mandat, selbst wenn dasselbe in der schriftlichen Vollmacht nicht ausdrücklich erwähnt worden sein sollte, ohne Weiteres für erloschen erachtet werden könnte. Wird der auferlegte Eid geleistet, so bedarf es keines besondern Nachweises Seiten der Klägerin, daß sie dem Beklagten einzelne Bestandtheile ihres Vermögens zur Verwaltung speciell übergeben habe, weil ganz abgesehen, daß nach den übereinstimmenden Angaben der Parteien die Klägerin zur Zeit der Ertheilung der Vollmacht sich in Haft befunden hat, daher außer Stand gewesen ist, eine specielle Uebergabe vorzunehmen, Beklagter schon auf Grund der ihm ertheilten Generalvollmacht die Ermächtigung erhalten hat, das gesammte Vermögen der Klägerin in Besitz zu nehmen, und soweit er dasselbe bereits in Folge eines früher gegebenen Specialmandats verwaltet hat, in Besitz zu behalten und zu administriren. Wie weit aber Beklagter sich der gedachten Verwaltung wirklich unterzogen, hierbei einzelne Vermögenstheile der Klägerin an sich genommen, Einnahmen gemacht und Ausgaben bestritten hat, kann erst im Defecturverfahren erörtert werden.

51.

Zur Lehre von der Nullitätsklage wegen Nichtberücksichtigung der Rechtskraft der Entscheidungsgründe.

A.

Plen.-Erk. v. 21. März 1863.

Die Entscheidungsgründe des angefochtenen Erkenntnisses sollen gegen die Rechtskraft der Bl. referirten Verordnungen des AG. zu L. und des OAG.'s gehen.

Dieser vermeintliche Nichtigkeitsgrund erledigt sich eigentlich schon durch die Erwägung, daß die ebenerwähnten Stellen ebenfalls nur Entscheidungsgründe enthalten und die Frage, ob Entscheidungsgründe Rechtskraft erlangen, durch kein specielles Prozeßgesetz normirt ist, und noch dermalen nach gemeinem und sächsischem Prozeßrechte zu den Streitfragen gehört. Zwar besteht bemerktermaßen bei dem OAG. die Praxis, daß die in die Entscheidungsgründe mit aufgenommenen decisiven Aussprüche Rechtskraft erlangen, allein die Frage, ob gegebenen Falles ein Ausspruch dieser Art vorliege, bleibt immer Sache der richterlichen Beurtheilung. Abstrakte Rechtssätze, welche in den

Rationen aufgestellt werden, können als solche nicht, sondern nur in ihrer Anwendung auf den zur Entscheidung gebrachten Fall auf Rechtskraft Anspruch machen. Die an den Bl. angezogenen Stellen jener früheren Verordnungen über den Wirkungskreis des curator litis et bonorum im Concurse und die Vertretung des Gemeinschuldners durch denselben enthaltenen Aussprüche sind daselbst nur benutzt worden, um darzulegen, daß der im B.'schen Concurse getroffene Vergleich von dem Gemeinschuldner nicht unbedingt gegen sich anzuerkennen sei; in den jetzt als nichtig angefochtenen Rationen ist eine von diesen angeblich abweichende Ansicht zunächst in Bezug auf die Verjährungsfrage aufgestellt worden, welche die gedachten Verordnungen gar nicht beantwortet haben; diese verneinen auch nur, daß der Rechts- und Gütervertreter als Bevollmächtigter des Gemeinschuldners zu betrachten, denselben beim Abschlusse des fraglichen Vergleichs zu vertreten und bindende Erklärungen für ihn abzugeben befugt gewesen, schließen aber die Annahme nicht aus, daß der Rechtsvertreter dennoch in Bezug auf die Prüfung und den Beweis der im Concurse angemeldeten Forderungen die Person des Cridars insoweit mit vertrete, daß in der Anmeldung eine Verfolgung des Anspruchs gegen den letztern zu erblicken sei. In Bezug auf den schon erwähnten Vergleich ist die Bemerkung Bl., daß der Concursvertreter in gewissem Sinne den Gemeinschuldner repräsentire, nur zu der Folgerung benutzt worden, daß sich eine ungerechtfertigte Bevorzugung einzelner Gläubiger vor den anderen nicht voraussetzen lassen, wenn ein Vergleich dieser Art unter Mitwirkung des Gerichts und des Concursvertreters abgeschlossen werde. Uebrigens ist bei der Erörterung der Frage, wie mit Rücksicht auf jenen Vergleich eine das Nachforderungsrecht betreffende Klage zu substantiiren sei, auf den Inhalt und die etwaige Rechtskraft der Entscheidungsgründe der obgedachten beiden Verordnungen nach Bl. Rücksicht genommen worden und man ist dabei zu der Ansicht gelangt, das insbesondere den damaligen Rationen des OAG.'s keine andere, als die Bl. entwickelte Rechtsansicht zu Grunde liege, daß in Fällen der vorliegenden Art den nicht voll befriedigten Gläubigern, gleich wie denen, welche bei einer ordnungsmäßigen Beendigung des Concurses ganz oder zum Theil leer ausgegangen sind, in der Regel unter sonst geeigneten Voraussetzungen ein Klagrecht auf Nachzahlung des ungedeckt gebliebenen Theils ihrer Forderungen zustehe, ohne daß sie erst nöthig hätten, zu beweisen, daß sie bei regulärer Beendigung des Concurses weniger, oder mindestens nicht mehr, als ihnen der abgeschlossene Vergleich eingebracht hat, percipirt haben würden. Ein Verstoß gegen die Rechtskraft der fraglichen Verordnungen läßt sich aber in diesen und den weiteren Bl. zu lesenden Stellen der angefochtenen Rationen schon deshalb nicht erblicken, weil die ersteren überhaupt nur über die Statthaftigkeit einer damals angestellten Executionsklage entschieden haben, eine gleichzeitige Entscheidung der Frage aber, wie die Kläger ihr Nachforderungsrecht bei Anstellung einer ordinarischen Klage zu begründen hätten und inwieweit sie dabei die Beweislast treffen würde, außer dem Bereiche derselben lag, mithin auch die Grundsätze, durch deren Anwendung auf die damalige Klage man zu einer Zurückweisung der letzteren a limine judicii gelangte, nicht als decisive, den über die spätere Ordinarklage erkennenden Richter bindende Aussprüche betrachtet werden konnten.

B.

Plenar-Leuterungs-Erk. v. 7. Novbr. 1863.

Gegen die Bemerkungen Bl., wonach aus den separaten Rationen einer die, die erste Executionsklage a limine abweisende, in zweiter Instanz gebilligte Resolution aufrecht erhaltenden Verordnung des OAG.'s eine den Beklagten zur Seite stehende, und von dem mit der Nullitätsklage angefochtenen Erkenntnisse angeblich nicht berücksichtigte Rechtskraft gefolgert wird, genügt an sich eine Verweisung auf die Ausführung voriger Instanz. Es mag jedoch aus solcher nochmals hervorgehoben werden, daß, wenn überhaupt — was bekanntlich sehr streitig und erst in neuerer Zeit vornehmlich durch Savigny unter Billigung der diesfallsigen Rechtssätze des OAG.'s in der Doctrin zu festerm Ausspruche gelangt ist,

Savigny, System, Bd. VI., S. 350 fg., 388 fg., 394.

— von einer Rechtskraft der Entscheidungsgründe gesprochen werden soll, dies nur mit äußerster Vorsicht und Restriction geschehen darf.

Diese Restrictionen ergeben sich aus den a. a. O. S. 394 mitgetheilten Thesen theils direct, theils folgerungsweise, indem nicht jede beiläufige beziehentlich refutatorische Bemerkung in Rationen als decisiver Satz aufgefaßt werden kann, solche Sätze aber auch nicht weiter extendirt werden dürfen, als dies nach der Lage und für die Zwecke des Falles logisch nothwendig ist.

In einem Executionsprozesse können daher die Abweisung a limine motivirende Rationen eben nur unter dem Gesichtspunkte des Executionsprozesses als eines extraordinären Vorgehens, vorbehältlich der definitiven Feststellung des Rechtsverhältnisses in ordinario, aufgefaßt werden, da durch solche Rationen zunächst eben nur Rechtfertigung der Zurechtweisung der Klage mit Rücksicht auf die Prozeßart bezweckt werden kann. Daß diese Restriktion eine im Sinne der sächsischen Prozeßgesetzgebung liegende ist, ergiebt sich auch schon daraus, daß für solche Entscheidungen nicht der durch das Gesetz vom 28. Januar 1835 B. für das ordinarium geregelte Instanzenzug gilt, sondern unter allen Umständen nur ein Ausspruch dritter Instanz eintreten kann. Sie folgt aber auch aus der Auffassung der Rechtskraft unter dem Gesichtspunkte der Novation, als welche materielle Feststellung eines streitigen Rechtsverhältnisses voraussetzt, wie sie denn auch unter diesem Gesichtspunkte in dem bürgerlichen Gesetzbuche §. 176, 177 — vergleiche auch Motiven S. 630 — aufgefaßt ist.

Am wenigsten ist es also zulässig, wie Kläger wollen, eine zu Motivirung einer Beurtheilung der Wirksamkeit eines im Concurse geschlossenen Vergleichs aufgestellte Rechtsmeinung als einen rechtskräftigen Satz für die dabei gar nicht entschiedene Frage, ob die Anmeldung im Concurse die Extinctivverjährung unterbreche, anzurufen.

52.

Ueber den sogenannten summarischen Prozeß.

II. Sen.-Erk. v. 17. Sept. 1863 no. 571/526.

Impetrant hat, um seine vermeintlichen Ansprüche gegen die Impetraten geltend zu machen, einen offenbar ungeeigneten Weg eingeschlagen, indem er der völlig sachgemäßen Weisung des Prozeßgerichts förmliche Klage wider die Impetraten anzustellen, nicht nachgekommen, sondern bei dem Bl. gestellten Antrage, daß nach vorgängiger Anberaumung eines Inrotulationstermins in der Sache rechtlich erkannt werde, stehen geblieben ist, und auf diese Weise ein rein tumultuarisches Verfahren oder den sogenannten unbestimmten summarischen Prozeß gewählt hat, obwohl die zuletzterwähnte Prozeßgattung vom Gesetzgeber mit Rücksicht darauf, daß bei einer summarischen Behandlung von Rechtssachen die wesentlichen Erfordernisse des ordentlichen Prozesses nicht entbehrt werden können, der sogenannte summarische Prozeß aber nur Weiterungen und Verschleife herbeiführe, durch welche dem Kläger mehr geschadet als geholfen wird, in §. 1 des Anhangs der Erl. Proz.-Ordn. aufgehoben worden ist. Zu Rechtfertigung seines Verfahrens hat sich Impetrant unter Berufung auf

Wochenbl. f. merkw. Rechtsf., 1841, S. 144, 1847, S. 80.
Annalen des OAG.'s Bd. II., S. 104.

darauf bezogen, daß zufolge Gerichtsbrauchs ein unbestimmtes summarisches Prozeßverfahren in civilrechtlichen Streitigkeiten durch die allegirte gesetzliche Vorschrift nicht unbedingt ausgeschlossen sei, namentlich in Fällen, wo das Sachverhältniß leicht zu übersehen sei und alle das Streitobject normirenden Thatsachen mit derjenigen Bestimmtheit angegeben und constatirt worden seien, daß die Anwendung der einschlagenden gesetzlichen Bestimmungen keinem Zweifel unterliege, der Richter für befugt erachtet werde, ohne vorhergegangene Anstellung förmlicher Klage und darauf erlassene präjudicielle Vorladung der Gegenpartei entweder sofort eine hauptsächliche Entscheidung zu ertheitheilen oder nach Befinden auf Beweis zu interloquiren. Allein in den von dem Impetranten angeführten Fällen handelt es sich nicht um die Verpflichtung des Richters, auf einseitigen Antrag ein formloses Verfahren zu gestatten und auf Gruud des in demselben actenkundig gemachten Materials eine rechtliche Entscheidung zu ertheilen, sondern nur um die Ermächtigung desselben, unter den von dem Impetranten hervorgehobenen Voraussetzungen nach vorgängiger Anberaumung eines Inrotulationstermins ein rechtliches Erkenntniß zu fällen. Ehe der Richter von dieser Ermächtigung Gebrauch macht, hat derselbe, wie das OAG. bereits früher ausgesprochen hat,

Wochenbl. f. merkw. Rechtsf., 1861, S. 22.

zu erwägen, daß streitige civilrechtliche Ansprüche in der Regel durch Anstellung förmlicher Klage in der nach Maßgabe der vorhandenen Beweismittel dazu geeigneten Prozeßgattung und unter ordnungsmäßigem Gehör der Parteien zur formalen Anerkennung gebracht werden müssen, und daß eine Ausnahme von dieser Regel, mithin eine Entscheidung über privatrechtliche Ansprüche im Wege eines formlosen Verfahrens nur dann zulässig und zweckmäßig ist, wenn die Parteien über die thatsächlichen Verhältnisse völlig einverstanden und nur Rechtsfragen noch zu entscheiden sind, oder wenn diese thatsächlichen Verhältnisse wenigstens in der Maße vollständig vorgetragen worden sind, daß es nächst der rechtlichen Beurtheilung derselben lediglich noch auf den Beweis der einen oder der andern der angeführten Thatsachen ankommt. Das nurerwähnte Befugniß des Richters, unter den obgedachten Voraussetzungen ein rechtliches Erkenntniß zu fällen, zumal wenn die Parteien selbst darauf angetragen haben, oder aus ihrem Vorbringen zur Genüge hervorgeht, daß sie sich über die für die Entscheidung wesentlichen Thatsachen zu dem Endzweck bestimmt erklärt haben, damit der Streitpunkt sogleich ohne förmlichen Prozeß entschieden werden könne, ist durch die Vorschrift des §. 1 des Anhangs der Erl. Proz.-Ordn. über Aufhebung des unbestimmten summarischen Prozesses weder ausgeschlossen noch beschränkt worden, indem das gedachte Befugniß nur dann ausgeübt werden kann, wenn den Parteien vollständiges Gehör gewährt, mithin dem hauptsächlichsten Erforderniße jeden Rechtsstreits genügt worden ist, und eine Verweisung des Klägers zu Anstellung förmlicher Klage und eine Nöthigung des Beklagten, sich nochmals über das Anbringen des Klägers zu erklären, als eine überflüssige prozessualische Maßregel, welche den Parteien wegen des hiermit verbundenen Zeitverlusts und Vermehrung des Kostenaufwands zum Nachtheile gereichen müßte, erscheinen würde.

Kritz, Sammlung von Rechtsfällen, Bd. II., S. 188 fg., nota x.

Im vorliegenden Falle kann auf Grund des auf Antrag des Impetranten eingeleiteten formlosen Verfahrens eine materielle Entscheidung schon deshalb nicht ertheilt werden, weil weder Impetrant die Ansprüche, welche er gegen die Impetraten zu verfolgen beabsichtigt, genau bezeichnet hat, noch die Impetraten über dieselben gehört worden sind.

53.

Dem Präjudize der Edictalladung im Concurse genügt auch eine generelle Anmeldung im Termine, ohne rechtzeitige Ausführung im Verfahren, dafern nur wenigstens die zu liquidirenden Summen bei jener angezeigt sind.

II. Sen.-Erk. v. 17. Sept. 1863 no. 192/190.*)

Die Erl. Proz.-Ordn. ad Tit. XLI, §. 2 setzt das Präjudiz des Verlusts des Liquidats zunächst auf die Nichtbefolgung der Citation zum Termine, welche nach Maßgabe der daselbst angezogenen Erledigung der Landesgebrechen von 1661 Tit. von Justitiensachen §. 10 (C. A. I, S. 215) „ad liquidandum" zu richten ist.

Dem gemäß ist auch die Ladung erlassen, indem die Gläubiger geladen sind, am 23. Decbr. 1859 als dem anberaumten Liquidationstermine gehörig zu erscheinen, ihre Ansprüche anzumelden und zu bescheinigen, und das Präjudiz der Ausschließung derer angedroht ist, welche im Liquidationstermine nicht erscheinen oder ihre Forderungen nicht gehörig angeben würden.

In §. 3 desselben Titels der Erl. Proz.-Ordn. ist nun das Verfahren geordnet und auf die Nichteinhaltung der Fristen Verlust des Satzes gesetzt.

Diese Bestimmungen hat man in der Praxis und zwar dem Laute des Gesetzes entsprechend dahin angewendet, daß (sofern nicht die Anmeldung anticipirt worden), dafern nur eine vorläufige Anmeldung im Termine als Liquidant (ohne Angabe des liquidirenden Betrags) bewirkt ist, specielle Anmeldung der Forderung in einem

*) Mehrere Kinder des Cridars hatten in einem im Termine übergebenen Satze ihr peculium adventitium so: Emilie B. 553 Thlr., Minna B. 553 Thlr., Auguste B. 400 Thlr. u. s. w. unter Vorbehalt der Begründung und Bescheinigung angemeldet, jene Begründung aber erst in einem nach Ablauf der für das Verfahren in den Edictalien vorgezeichneten sechswöchentlichen Frist, beziehentlich unter nachträglicher Erhöhung der Liquidate versucht. Ima und IIda (mit gewissen hier nicht interessirenden Modificationen) wiesen die Liquidate als versäumt mit Rücksicht auf die Präjudizien: Wochenbl. für merkw. Rechtsf. 1853, S. 362 und Annalen Bd. I., S. 192 zurück. Das OAG. reformirte hinsichtlich der im Termine angemeldeten Beträge auf Beweis.

nachzubringenden Satze innerhalb der dafür nach §. 3 cit. geordneten Frist erfolgen müsse.

Dieser Satz ist in dem in den Annalen Bd. I., S. 192 mitgetheilten Präjudize mit den Worten ausgedrückt:

> ein Concursgläubiger hat selbst dann, wenn er sich im Liquidationstermine vorläufig angegeben hat, den Liquidationssatz bei Vermeidung der Ausschließung vom Creditwesen binnen der für das erste Verfahren in der Ladung bestimmten Frist zu übergeben

und etwas anderes ist auch in dem dabei bezogenen ältern Präjudize, Wochenbl. 1853, S. 362, soweit es sich um Entscheidungen des OAG.'s handelt, nicht enthalten, indem das OAG. nur über die Anmeldungen der S. 361 unter b und c bezeichneten Liquidanten zu cognosciren hatte, welche, wie aus dem prämittirten status causae, namentlich bei Gegenhalt des Referats ad a und d, zu entnehmen, im Termine ganz im Allgemeinen Forderungen ohne Angabe der Höhe angemeldet, die ersten diese Angabe enthaltenden Satzschriften aber erst, ungeachtet für das Verfahren eine sechswöchige Frist vorgezeichnet war, nach Ablauf derselben eingereicht hatten.

In diesem Falle war allerdings die Liquidation nach dem oben hervorgehobenen Grundsatze für versäumt zu erachten, wogegen das OAG. in Betreff des Bl. berührten Falles auf Beklagtens Rechtsmittel keine Veranlassung hatte zu prüfen, inwiefern es hinsichtlich der der Summe nach angemeldeten Pathengelder der in dem Urthel zweiter Instanz erwähnten Restitution an sich und abgesehen von der Rechtskraft der S. 361 referirten Prima bedurft habe.

Allein im vorliegenden Falle ist der Liquidationssatz tempestiv eingereicht und es sind darin die Summen bezeichnet, welche als Object der Liquidation zu gelten hatten.

Zweckmäßiger und regelrechter ist es allerdings, wenn hierbei nicht bloß die Summe der Anmeldung angezeigt, sondern deren Qualität und alles das dargelegt wird, was in §. 3 als Gegenstand des Vorbringens im Verfahren erwähnt wird.

Allein wegen Unterlassung dessen auf Contumaz zu sprechen, erscheint eben nach dem Inhalte des §. 3, welcher nur Verlust des Satzes androht, unzulässig, und der Nachtheil, welchen der Liquidant, der ein so allgemeines Vorbringen im Verfahren macht, erleidet, ist im Wesentlichen der, daß er mancher der im Concurse gebotenen Begünstigungen der Bescheinigung, insbesondere auch der Möglichkeit, sofort zur eidlichen Bestärkung gelassen zu werden, verlustig geht, und, selbst zum Beweise gelassen, etwaigen Einwendungen durch Elisivartikel nicht so begegnen kann, wie dies bei richtig abgesetztem Verfahren ermöglicht ist. Daß übrigens der Mangel der Specialität der Begründung bei sonst gleichzeitiger Anmeldung die Nachholung jener nicht ausschließt, ergiebt sich aus den von

Hommel, Flavius 3. Ausg., S. 135.

vorgezeichneten Injuncten.

Römisches und Sächsisches Civilrecht.

75.

Zur Lehre von der Zurückforderung von Illaten. — Leinwand, Federn, Viehstücke.*)

II. Sen.-Erk v. 11. Juni 1863 no. 367/332.

Unter den von der R. angeblich bei Eingehung der Ehe dem Gemeinschuldner inferirten Gegenständen sind allerdings eine Mehrzahl, welche den vertretbaren beigezählt zu werden pflegen, es sind dies die Quantitäten Federn und Leinwand. Wenn sie indessen als solche im vorliegenden Falle nicht behandelt werden können, so liegt der Grund darin, daß sich aus dem Verzeichnisse der Gegenstände selbst ergiebt, daß sie zu einer Verwendung bestimmt gewesen, die ihnen gleich anfänglich die Natur der Species gegeben hat. Die Leinwand hat die Bestimmung gehabt, zu Hemden verarbeitet zu werden und zwar, da sie unter den Gegenständen der Ausstattung aufgeführt ist, voraussetzlich zum eignen Gebrauche der Beklagten, und der Ansatz für Bettinlet und Ueberzüge weist darauf hin, daß die aufgeführten Federn zur Füllung der zum Gebrauche bestimmten

---

*) Vergl. BGB. §. 1688, jcto. 614 und §. 1674.

Betten, die unstreitig die Natur von Species haben, verwendet worden sind. Wie nun, um zur Restitution des Werths dieser Gegenstände zu gelangen, das Anführen erforderlich gewesen wäre, daß ihr Untergang durch irgend ein Verschulden des Ehemanns herbeigeführt worden, oder daß statt ihrer ihr Werth erlangt worden und dieser dem Ehemanne zugeflossen sei, so macht sich, so viel die an und für sich als Species zu betrachtende Kuh betrifft, dagegen die Vermuthung geltend, daß ihr Werth dem Ehemanne zu Gute gekommen sei. Voraussetzlich hat der Gemeinschuldner mit derselben das Gebahren eines guten Hausvaters beobachtet, der Viehstücke, sobald sie ihres Alters wegen zur Zucht oder sonst unbrauchbar sind, wenigstens im Fleische verwerthet, und es würde, um diese in der Natur der Sache liegende Voraussetzung zu entkräften, dem Kläger obgelegen haben, zu behaupten und nachzuweisen, daß das Thier auf eine den Gemeinschuldner von der Erstattungsverbindlichkeit befreiende Weise aufgehört habe, in Natur vorhanden zu sein. Es erschien daher unbedenklich, der Beklagten, vorausgesetzt, daß sie die erfolgte Illation der Kuh, und daß diese letztere den von ihr behaupteten Werth wirklich gehabt habe, eidlich erhält, das Recht zuzugestehen, die beanspruchten 26 Thlr. neben den in den vorigen Instanzen bereits als erwiesen betrachteten 614 Thlr. 23 Ngr. 3 Pf. gegen Rückgewährung der erkauften Grundstücke erstattet zu verlangen.

76.

Klage der Ehefrau gegen den Ehemann auf Mitwirkung bei Erfüllung eines von ihr als Verkäuferin, vor der Ehe, mit einem Dritten abgeschlossenen Kaufs über ein Grundstück.

II. Sen.-Erk. v. 10. Sept. 1863 no. 533/506. *)

Da Beklagter sich nicht weigert, den zwischen seiner Ehefrau und R. vor der Verheirathung mit ihm, Beklagtem, Inhalts der

*) Die Parteien sind seit Ende Januar 1862 verheirathet. Mitte Januar hatte die Klägerin ihr Grundstück an R. verkauft und sollte die Kaufsumme der 1800 Thlr. bei der spätestens innerhalb dreier Monate vorzunehmenden gerichtlichen Vortragung des Kaufs baar bezahlt worden. Klägerin

Klagbeilage A abgeschlossenen Kauf zu genehmigen, so hängt die Entscheidung der Sache lediglich von Beantwortung der Frage ab: ob Beklagter verpflichtet sei, zu der von der Klägerin zu leistenden Quittung über die Kaufgelder seine ehemännliche Zustimmung zu geben? Obwohl diese Kaufgelder nach Ausweis der Kaufsurkunde erst bei der gerichtlichen Vortragung des Kaufcontracts gefällig waren, so hat doch Klägerin ihre Verpflichtung, über die bereits gezahlten Kaufgelder zu quittiren, erwähnt und mithin zugestanden, daß sie dieselben vom Käufer ausgezahlt erhalten habe. Nun ist aber die Angabe der Zeit, zu welcher die Kaufgelder vom Käufer an die Klägerin gezahlt worden sind, in der Klage gänzlich zu vermissen. Gleichwohl äußert die Zeit der Zahlung auf die Entscheidung der Frage, ob Beklagter verpflichtet sei, zu der von seiner Ehefrau über die bereits gezahlten Gelder zu leistenden Quittung seinen ehemännlichen Consens zu ertheilen, wesentlichen Einfluß. Denn so wenig die gedachte Verpflichtung, sobald die Zahlung vor Eingehung der Ehe erfolgt ist, bezweifelt werden mag, da solchenfalls dem Beklagten nur ein Klagerecht gegen die Klägerin auf Illation der von derselben eingehobenen Gelder zusteht, um so zweifelhafter erscheint die oftererwähnte Verpflichtung, wenn die Zahlung erst während des Bestehens der Ehe stattgefunden hat, indem nach Sächsischem Rechte behufs der Wahrung des dem Ehemanne an dem Vermögen der Frau gebührenden Administrations- und Nutznießungsrechts einer Ehefrau verboten ist, Rechtsgeschäfte, welche Verpflichtungen für sie begründen, oder sonst rechtsverbindliche Folgen für sie haben würden, ohne Zustimmung des Ehemannes zu vollziehen.

Const. XV, P. II.

Dec. XXII, v. J. 1861.

Mandat von Verschreibungen und Obligationen der Weibspersonen vom 18. November 1722.

---

diese Kaufgelder erhoben, ob vor oder nach Eingehung der Ehe war in der Klage nicht gesagt. Sie verlangte von Beklagtem Mitwirkung bei der gerichtlichen Vortragung des Kaufs mit R., welche Beklagter an sich nicht verweigerte, insbesondere aber dessen Zustimmung zu der Quittungserklärung, welche er ablehnte. Das OAG. wies conform mit der Ima die Klage in der angebrachten Maaße ab.

Zu dergleichen Rechtsgeschäften aber, welche ohne Concurrenz des Ehemannes nicht vorgenommen werden dürfen, ist die Empfangnahme von Kaufgeldern, welche auf den Namen der Ehefrau außenstehen und nicht Receptitiengut bilden, zu rechnen, da durch die Einhebung derselben und die hierüber zu leistende Quittung der Käufer seiner ihm aus dem Kaufe obliegenden Verpflichtungen entbunden werden soll.

Zeitschr. f. Rechtspfl. u. Verw. N. F. Bd. XIV., S. 162 fg.

Es kann daher die an die Ehefrau während des Bestehens der Ehe ohne ehemännliche Zustimmung geleistete Zahlung des Kaufgeldes als eine die Liberation des Käufers bewirkende solutio nicht angesehen werden. Auch hat sich Klägerin auf irgend welche Thatsachen, aus denen eine Verpflichtung Beklagtens zum Beitritt zur Quittung über die erst während der Ehe von der Klägerin ohne seine Zustimmung eingehobenen Kaufgelder abgeleitet werden könnte, nicht bezogen.

77.

Zur Lehre von der Pertinenz.

II. Sen.-Erk. v. 18. Juni 1863 no. 350/342.*)

Das OAG. findet, im Wesentlichen übereinstimmend mit den von

Funke, Lehre von den Pertinenzien, Chemnitz 1827.

entwickelten Ansichten, das entscheidende Merkmal für die Eigenschaft einer beweglichen Sache als Zubehör eines Immobile an sich weder

---

*) Zu dem Vermögen des Inhabers einer Zuckerfabrik brach Concurs aus. Er besaß ein Grundstück mit der für die Zuckerfabrikation erforderlichen Einrichtung an Dampfmaschinen ꝛc. Vor der nothwendigen Subhastation wurden Immobilien und Maschinen ꝛc. separat, erstere zu 9956 Thlr., letztere 18944 Thlr. 22 Ngr. taxirt. Bei der Versteigerung fand sich für die Immobilien allein kein Bieter, für diese mit den Maschinen ꝛc. zusammen ein Höchstgebot von 15000 Thlr. Zwischen den Hypothekariern und dem als Chirographarier interessirten Fiscus entstand nun Streit über die Qualität der Licitalgeldermasse; indem insbesondere der Letztere Ziehung einer nach den beiderseitigen Taxen als Erlös der Maschinen ꝛc. zur chirographarischen Masse zu berechnenden Antheil zu der freien Masse verlangte. Ima und IIda deferirten dieser Auffassung. Allein das OAG. reformirte auf der Hypothekarier-Appellation insofern, als es ihnen den Beweis der Pertinenzqualität nachließ; und der Leuterungssenat bestätigte.

Ueber das künftige Recht vergl. BGB. §. 65 fg., 410 fg.

in dem mechanischen, durch Affixion hervorgebrachten Zusammenhange zwischen der Mobilie und dem Grundstücke, mit welchem dieselbe verbunden, noch auch in der bloßen Bestimmung als Zubehörung Seiten des Besitzers, Letzteres insonderheit darum nicht, weil der Wille des Besitzers allein an dem Wesen und dem Zwecke eines Gegenstands und der rechtlichen Eigenschaft des Letzteren dritten Personen gegenüber nichts ändern kann. Es muß vielmehr namentlich in solchen Fällen, wo es sich nicht bloß um die Frage handelt, was gelegentlich eines Vertrags z. B. eines Kaufs als Pertinenz hat gelten sollen, welchen Falles meistens die besonderen Umstände und der voraussetzliche Wille der Contrahenten die Norm der Entscheidung an die Hand geben werden, sondern um die objective Feststellung der Pertinentialität, wie solche unter anderen nöthig wird, wo der Umfang eines einer dritten Person an dem Immobile zuständigen Pfandrechts im Sinne §. 65 des Gesetzes, die Grund- und Hypothekenbücher betr., vom 6. November 1843 und die Befriedigung des Pfandgläubigers aus dem Pfandobjecte, in Frage gelangt, nach der Ansicht des OAG.'s das charakteristische Kennzeichen für die Pertinenzeigenschaft in dem Verhältnisse gesucht werden, in welchem der Gegenstand, dessen Zubehörigkeit fraglich ist, seiner Beschaffenheit und seinem Zwecke nach zu dem Immobile steht. Lediglich dieses letztere Moment, also die sachliche Beziehung der Mobilie zu dem Gebäude selbst, nicht aber das bloße persönliche Bedürfniß des jeweiligen Besitzers und die zufällige Art, wie dieser das Immobile mit Hilfe der Mobilie benutzt, ist entscheidend bei der Frage, was rechtlich als Zubehör des Pfandobjects anzusehen sei. Eine Sache muß, mit anderen Worten gesagt, wenn sie Zubehörung im rechtlichen Sinne sein soll, ohne Bestandtheil des Immobile zu sein, zu fortdauerndem Gebrauche desselben bestimmt und factisch in dieses Verhältniß auch wirklich dergestalt gebracht worden sein, daß durch die Verbindung derselben mit dem Gebäude das letztere als solches erst seinen Zweck erfüllt. Je nachdem ein solches Verhältniß, welches die Quellen sehr bezeichnend mit den Worten: „perpetui usus causa in aedificiis esse“ — „quo aedes perficiantur“ — „quasi pars aedium vel propter aedes“ ausdrücken, im einzelnen Falle als vorhanden angenommen werden kann oder nicht, hat man die Frage bezüglich der Pertinenzeigenschaft gewisser Mobilien im Einzelnen wie im Ganzen entweder zu bejahen oder zu verneinen.

Diese Ansicht, welche von dem OAG., abgesehen von früheren Fällen, insonderheit in der mehrfach in den Acten angezogenen, in der

Zeitschr. f. Rechtspfl. u. Verw. N. F. Bd. XVI., S. 262 fg.

abgedruckten Entscheidung, auf welche Man der Kürze wegen sich hier beziehen kann, ausführlicher entwickelt, aber auch in späterer Zeit consequent befolgt worden ist,

angez. Zeitschr. N. F. Bd. XX., S. 380. Bd. XXI., S. 362. Annalen des OAG. Bd. II., S. 449. Bd. IV., S. 76.

und welche übrigens, wie nur beiläufig erwähnt werden mag, im Wesentlichen auch mit der Auffassung des neuen Civilgesetzbuches §. 65 ff., verb. mit §. 410 fg. übereinstimmt, vergl. hierzu die

speciellen Motiven zu §. 67 fg. und §. 422 fg. des Entwurfs S. 587 fg. u. S. 703 fg.

liegt den vorigen Entscheidungen gleichfalls zu Grunde. Ebenso wenig wird deren Richtigkeit von den Parteien bestritten, nur daß diese in der Anwendung derselben zu einander direct entgegenstehenden Ergebnissen gelangt sind, indem die Appellanten, gestützt auf selbige, die Bl. specificirten Maschinen und anderen Utensilien und zwar insgesammt und ohne Ausnahme, als Zubehörungen der ihnen verpfändeten Zuckerfabrik ansehen, weshalb sie deren Erlös zur Pfandmasse gezogen wissen wollen, während dagegen der wegen seiner Befriedigung an die freie Masse gewiesene Staatsfiscus, indem er obige Rechtsgrundsätze ebenfalls für sich anzieht, solches ohne Ausnahme bestreitet und zwar unter Billigung beider vorigen Sentenzen, welche nach Bl. die entstandene Differenz zu Gunsten des Fiscus dahin entschieden haben, daß eine dem Taxwerthe der fraglichen Mobilien, indem dieselben insgesammt für Zubehörungen der Fabrik nicht zu erachten seien, entsprechende Rate des Gesammtliciti an 15000 Thlr. der freien Masse zugetheilt werden solle.

Dieser Zweifel über die angeregte Zubehörigkeitsfrage, welche, wie sich aus dem Vorstehenden ergiebt, vorliegend lediglich als quaestio facti sich darstellt, beizutreten, erscheint indessen dem OAG. im hohen Grade bedenklich. Allermindestens zur Zeit noch, indem die dabei einschlagenden thatsächlichen Verhältnisse nach den Acten keineswegs insoweit sich übersehen lassen, daß ein definitiver Ausspruch darüber, ob unter Zugrundelegung der oben aufgestellten, leitenden Gesichtspunkte die hier in Rede stehenden Maschinen und anderen Utensilien als Zubehörigkeiten der Fabrikgrundstücke anzusehen seien oder nicht, schon jetzt möglich wäre. Das Verzeichniß, worin dieselben unter den Nummern 1—223 speciell aufgeführt sich finden, weist nämlich zunächst eine Mehrzahl von Dampfmaschinen und Dampfkesseln und vielfache einzelne Bestandtheile von Wasserröhrleitungen aus. Daneben befinden sich in größerer Anzahl gewisse anscheinend speciell für die Fabrikation von Rübenzucker bestimmte Requisite, aber auch wieder eine nicht unbeträchtliche Anzahl von Gegenständen, welche dem Anscheine nach auch zu anderen ökonomischen oder technischen Zwecken verwendbar sein würden. Dagegen findet sich in den Acten weder im Allgemeinen eine nähere Beschreibung der Localitäten, in welchen die fraglichen Maschinen, Maschinentheile und andere Utensilien sich zeither befunden haben, noch auch eine speciellere Auskunft über den Zweck und die Bestimmung, sowie über die Construction, namentlich der Dampfmaschinen, und über die Art und Weise, wie dieselben aufgestellt und mit den Gebäuden in Verbindung gebracht sind, und beziehentlich, worauf es nach dem Vorstehenden wesentlich ankommt, über das Verhältniß beider zu einander. Denn in letzterer Beziehung reichen, wie nur noch bemerkt werden mag, die Auslassungen des adhibirten Sachverständigen über den stattfindenden mechanischen Zusammenhang gewisser Gegenstände mit den Fabrikgebäuden und über die Zubehörigkeit der dort erwähnten Röhren und Hähne zu den Maschinen für den Zweck, um den es sich hier handelt, in keiner Weise aus, schon darum nicht, weil sie nicht auf jenes Verzeichniß, sondern auf ein ganz anderes Verzeichniß sich beziehen, abgesehen davon, daß, wie im Eingange schon gedacht, der mechanische Zusammenhang allein noch keineswegs ein charakteristisches Merkmal für die Pertinzeigenschaften an die Hand giebt.

Nach den Acten, so wie sie jetzt vorliegen, ist also, wie man den vorigen Instanzen zugeben kann, vor jetzt etwas weiter nicht constatirt, als daß die in Rede stehenden Grundstücke mit Hilfe der fraglichen Maschinen und Utensilien zum Betriebe der Zuckerfabrikation actuell benutzt worden sind. Dies könnte nun aber recht füglich der

Fall gewesen sein, ohne daß darum angenommen werden müßte, daß das Gebäude als solches auch eine besondere, bleibende Bestimmung zur Zuckerfabrikation gehabt habe und die Maschinen 2c., um die es sich handelt, lediglich zu dem Zwecke des Grundstücks — quasi pars aedium vel propter aedes — angeschafft und inferirt worden seien Wenn nun aber, wäre dieses nicht der Fall gewesen, die bloß zufällige Bestimmung und Benutzung der Grundstücke zur Zuckerfabrikation und die Benutzung des Dampf- und sonstigen Maschinenapparats, sowie der übrigen Requisite zu diesem Gewerbe durch den Gemeinschuldner nach der auch von dem OAG. mehrfach ausgesprochenen und insonderheit in dem schon angezogenen Präjudize

Zeitschr. f. Rechtspfl. und Verw. N. F. Bd. XVI., S. 262 fg.

ausführlich begründeten Rechtsansicht für die Zubehörigkeitsfrage nicht entscheidend werden würde,

Siegmann, das K. S. Grund- und Hypothekenrecht, S. 191 fg.

so konnte allerdings beim ersten Anblicke der Widerspruch des Staatsfiscus gegen die Annahme eines auf nurgedachte Mobilien sich erstreckenden Pfandnexus gerechtfertigt erscheinen, und würde, wie man den vorigen Instanzen zugeben kann, aus dem Umstande, daß besage der Folienabschrift das Gebäude im Grund- und Hypothekenbuche als „Zuckerfabrik" charakterisirt sich findet, wenn er allein stünde, an und für sich betrachtet noch nichts Entscheidendes für die gegentheilige Ansicht folgen.

Heyne, Commentar Bd. I., S. 302.

Allein wesentlich anders freilich würde das Verhältniß dann sich gestalten — und solchenfalls könnte allerdings auch die so eben erwähnte Art der Bezeichnung der in Rede stehenden Immobilien im Grundbuche eine mindestens adminiculirende Bedeutung gewinnen — wenn sich nachweisen ließe, was von den Appellanten gleich Anfangs mehr oder weniger bestimmt behauptet worden war, worauf von denselben jedoch nach Bl. in voriger Instanz sowohl, wie nach Bl. gegenwärtig um so nachdrücklicher hingewiesen worden ist, daß die fraglichen Grundstücke nicht allein vom Hause aus zum Betriebe der Zuckerfabrikation erbaut, sondern auch eigens zum Behufe dieser und für die darin aufzustellenden Maschinen und sonstigen Fabrikationsapparate construirt und hergerichtet worden wären. Wäre dieses der

Fall, vielleicht sogar, wie mehrfach von den betheiligten Hypothekariern angedeutet wird, die gesammte Construction der Fabrikgebäude eine solche, daß dieselben ohne wesentlichen Umbau für andere wirthschaftliche oder industrielle Zwecke sich nicht oder nur schwer verwerthen ließen, wäre insonderheit, was den streitigen Fabrikapparat betrifft, derselbe gleich Anfangs, sowie er jetzt vorhanden, natürlich unbeschadet etwaiger im Laufe der Zeit nöthig gewordener Reparaturen und Ergänzungen, in die Fabrikgebäude gebracht, beziehentlich, soweit es die Bestimmung desselben erforderlich machte, in dieselben hineingebaut und mit denselben verschmolzen worden, alsdann würde die von den vorigen Instanzen aufgestellte Annahme schwerlich weiter sich rechtfertigen lassen, die Betreibung der Zuckerfabrikation in den fraglichen Grundstücken stelle nur als etwas Zufälliges sich dar, der Fabrikationsapparat aber habe lediglich den persönlichen gewerblichen Zwecken des Gemeinschuldners gedient. Vielmehr würde dann nach der Ansicht des OAG.'s gar wohl in Frage gelangen, ob man nicht genöthigt sein würde, die oftgedachten Mobilien wirklich als einen wesentlichen und integrirenden Theil der Gebäude selbst, nach Befinden sogar als die Hauptsache des ganzen Etablissements, zu betrachten, ähnlich vielleicht dem gehenden und treibenden Zeuge einer Mühle, welches bekanntlich, weil es zu den wesentlichen Bestandtheilen einer solchen gehört und derselben allererst seine Bestimmung giebt, als dem Pfandnexus eo ipso unterliegende Pertinenz angesehen zu werden pflegt,

Zeitschr. f. Rechtspfl. u. Verw. N. F. Bd. XI., S. 288 fg.

Von dieser Seite betrachtet aber könnte, wie nicht zu bestreiten sein wird, neben anderen Momenten, soviel die mit dem Grundstücke selbst durch Einmauerung oder sonst verbundenen Maschinen 2c. anlangt, nach Befinden auch selbst dieser mechanische Zusammenhang mit in Betracht kommen, wenn und soweit derselbe ein so fester und dauernder wäre, daß ohne eine wesentliche Zerstörung des Gebäudes eine Trennung der betreffenden Mobilien von demselben nicht ausführbar sein würde.

Nun geben zwar für eine Anschauung dieser Art die Acten dermalen noch keinen ausreichenden Beweis, auch nicht die von den Appellanten P. und Gen. schon in voriger Instanz angezogenen Beilageacten des vormaligen Patrimonialgerichts zu L., aus welchen nur soviel hervorgeht, daß im Jahre 1836 dem damaligen Besitzer des Ritterguts L. Concession zur Errichtung und Betreibung einer Rübenzuckerfabrik auf Nachsuchen ertheilt worden ist. Wie indessen andererseits dieser Umstand verbunden mit der Thatsache, daß hierauf auch alsbald die fragliche Fabrik erbaut worden ist und der, wie schon gedacht, im Grundbuche erfolgten Bezeichnung derselben als Zuckerfabrik keineswegs als ganz irrelevant sich darstellt, so scheint auch, soviel insonderheit das Verhältniß der P.'schen Erben zu der Masse betrifft, wenigstens nicht ganz ohne Bedeutung der Umstand, daß der Gemeinschuldner die fraglichen Immobilien in der Hauptsache, sowie sie jetzt noch vorhanden sind, als Zuckerfabrik, „wie sie stand und lag" und „mit allen Maschinen und Utensilien im Jahre 1857 von der damaligen Rittergutsherrschaft käuflich erworben und wegen der rückständigen Kaufgelder also auch verpfändet hat. Wenn nun, wie zu den eben hervorgehobenen Momenten noch hinzukommt, die Taxe des Fabrikationsapparats zusammen auf 18,944 Thlr. 22 Ngr. sich beläuft, die Fabrikgebäude und deren Zubehörungen dagegen im Ganzen nur auf 9956 Thlr. gewürdert worden sind, so drängt ganz von selbst die Vermuthung sich auf, daß gerade die Maschinen rc. im Vergleich zu dem Immobile, den wichtigern Theil des ganzen Etablissements gemacht haben dürften, wie denn auch, was von Seiten der Appellanten bis jetzt noch nicht einmal urgirt worden ist, bei der versuchten Separatversteigerung der Fabrikgebäude und des Beilasses für Letzteres ein, wenn auch immerhin verhältnißmäßig niedriges Gebot erlangt worden ist, während auf Erstere allein ein Bieter gar nicht sich gefunden hat, und weshalb man es bei dem Höchstgebote auf das ganze Etablissement hat bewenden lassen müssen.

Allermindestens läßt sich bei so bewandten Umständen keineswegs mit voriger Instanz behaupten, daß von den betheiligten Hypothekariern auf besondere Thatsachen, welche ihrem Verlangen zur Seite ständen, nicht Bezug genommen worden sei, und wenn dieselben auch insofern zu weit gehen, als sie die Pertinenzeigenschaft der in Rede stehenden Mobilien, und zwar noch dazu aller ohne Ausnahme, bereits für constatirt angesehen wissen wollen, so würde es nach der Ansicht des OAG.'s noch viel weniger zu rechtfertigen sein, wenn man ihnen nicht wenigstens Gelegenheit geben wollte, ihre schon jetzt durch mancherlei Thatumstände unterstützte Behauptung soweit nöthig noch förmlich zu beweisen. Es war vielmehr ihnen ein solcher Beweis, und zwar in der im Urthel ersichtlichen Maaße ganz im Allgemeinen nachzulassen wegen sämmtlicher in dem Verzeichnisse unter 1—223 specificirter Gegenstände, also auch solcher, rücksichtlich deren es zweifelhaft erscheint, ob sie ihrer sehr allgemeinen Bestimmung nach überhaupt in ein Pertinenzverhältniß haben treten können, schon darum, weil das Sachverhältniß vor jetzt noch nicht so weit übersehen werden kann, daß ein bestimmter Ausspruch im Einzelnen schon möglich wäre.

78.

Actio negatoria und damni infecti. — Caution?*)

II. Sen.-Erk. v. 4. Juni 1863 no. 307/312.**)

Es ist der Bl. angeregte Zweifel, ob die vorliegende Klage als actio negatoria oder als actio damni infecti zu betrachten sei, hauptsächlich für die Frage entscheidend, ob Kläger Vergütung der durch der Beklagten Gebahren ihm verursachten Schäden unbeschränkt, wie nach Bl. als petirt anzusehen, oder nur in Ansehung der seit der Klaganstellung entstandenen zu fordern berechtigt sei, da, wie schon Bl. gezeigt worden, der Negatorienkläger Anspruch auf Ersatz des gesammten durch die Störung seines Eigenthums verursachten Schadens hat, während die Verpflichtung aus der cautio damni infecti in der Regel und abgesehen von dem Falle unverschuldeter Säumniß in Stellung des Antrags auf Leistung derselben, nur den erst drohenden, mithin nach dem gerichtlichen Antrage erwachsenen Schaden umfaßt, und der Natur des Rechtsmittels gemäß, welches den Besteller der Caution lediglich aus Rücksichten der Billigkeit in seinen an sich nicht widerrechtlichen Eigenthumsdispositionen beschränkt, umfassen kann.
Vangerow, Pandecten, Bd. III., §. 678 sub IX, S. 581 fg.

In dem vorliegenden Falle hat Man aber in Uebereinstimmung mit der zweiten Instanz die actio negatoria allerdings für begründet befunden. Beklagte übersieht in den hiergegen erhobenen Einwendun-

*) Vergl. BGB. §. 321, 360.

**) Es handelte sich um den durch den Betrieb eines Steinbruchs bis an des Nachbars Grenze veranlaßten Ruin von dessen Grenzmauer.

gen das Wesen und die Bedeutung dieser Klage, welche mit der rei vindicatio, so viel den Ursprung und Grund, das Eigenthum, anlangt, auf einer Stufe steht, und sich von dieser im Wesentlichen nur dadurch unterscheidet, daß sie das Eigenthum in einer besondern Beziehung, jene dagegen das Eigenthum in seiner Totalität geltend macht. Die Verschiedenheit der Umstände, unter welchen Beides geschieht, je nachdem das Recht auf die körperliche Substanz gegen den Besitzer oder unkörperliche Rechte gegen den Quasibesitzer oder Nichtbesitzer in Frage stehen, beruht nur auf der zufälligen Veranlassung zur Klage, ändert aber nicht das Wesen der Sache und den Grund der Klage, nämlich das alle diese Rechte umfassende Eigenthum, obschon sie in prozessualer Beziehung und soviel den Beweis betrifft, particularrechtlich (Decis. 1 v. J. 1746) von Einfluß sein kann. Die Meinung, daß die actio negatoria dem Eigenthümer nur zu dem Schutze gegen die Prätension eines solchen Befugnisses zustehe, das objectiv die Erforderniße eines Servitutsrechts trägt, und zugleich subjectiv als solches geltend gemacht wird, widerstreitet schon der römischrechtlichen Auffassung

Schweppe, römisches Privatr. Bd. II., §. 312, S. 222.

Vangerow, Pandecten Bd. I., §. 353, S. 876.

Puchta, Vorlesungen über heutiges röm. Recht, Bd. I., §. 172, S. 367 fg.

Das römische Recht läßt die actio negatoria nicht bloß in solchen Fällen zu, in welchen der Eingriff in das Eigenthum lediglich in seiner äußern Erscheinung und objectiv betrachtet, die Prätension einer Servitut im eigentlichen juridischen Sinne enthalten kann, sondern sogar da, wo ein Dienstbarkeitsverhältniß rechtlich undenkbar ist, wie namentlich gegen einseitige Verfügungen eines Miteigenthümers über das gemeinschaftliche Grundstück, obwohl derselbe nach dem Grundsatze nulli res sua servit an dem im Miteigenthume befindlichen Grundstücke, abgesehen von bestimmten Ausnahmefällen

l. 8, §. 1 D. de serv. (8. 1.)

l. 27 D. de serv. praed. urban. (8. 2.)

gar nicht in der Lage ist, eine Servitutsberechtigung geltend machen zu können, vergl. die

Citate bei Vangerow a. a. O.

Dies schließt natürlich nicht aus, daß unter den obwaltenden concreten Umständen der Mangel einer Rechtsprätension beziehentlich die Nichtimputabilität derjenigen Handlung, welche außerdem als Eingriff in das Eigenthum zu betrachten wäre, sofort deutlich genug hervortritt, um die actio negatoria dawider für unbegründet ansehen zu können.

Annalen, Bd. II., S. 541 fg. no. 114.

Allein abgesehen von derartigen besonderen Fällen, in welchen die Amtspflicht des Richters, unnöthige prozessualische Weiterungen und muthwillige Vexationen zu verhüten, eintritt, reicht zu Begründung dieser Klage eine solche Handlung hin, welche mindestens in ihrer äußern Erscheinung als Ausfluß einer in das Eigenthum eingreifenden Rechtsprätension denkbar sich darstellt. In dem gegenwärtigen Falle, in welchem Beklagte den auf ihrem Grundstücke errichteten Steinbruch so nahe zu dem benachbarten Grundstücke Klägers getrieben hat, daß Inhalts der Klage die auf letzterem befindliche Mauer grundlos geworden und zum Theil eingestürzt, auch ein Theil des Grund und Bodens nachgerutscht beziehentlich eingegangen ist, ist das Vorhandensein einer Eigenthumsstörung in dem gedachten Sinne nicht zu bezweifeln. Das Recht, auf fremdem Grundstücke Sand zu graben, Kalk oder Steine zu brechen, wird in den Gesetzen ausdrücklich zu den Prädialservituten gezählt (l. 5, §. 1. l. 6, §. 1 D. de serv. praed. rust.) und wie daher die Ausübung dieses Rechts auf eignem Grundstücke in der Weise, daß dadurch zugleich das Nachbargrundstück berührt wird, füglich als Prätension einer derartigen Servitut gegen letzteres aufgefaßt werden kann, so erscheint zum Schutze dagegen auch die Negatorienklage zulässig; auch hat das OAG. dieselbe in ähnlichen Fällen bereits zugelassen.

Die Bl. aufgestellte, ganz unbescheinigte Behauptung, daß Klägers Grundstück aus aufgeschüttetem Grund und Boden, einer sogenannten Berghalde, bestehe, ist von diesem Gesichtspunkte aus ebenso einflußlos, als die Bl. angeregte Frage, ob die erhobene Klage als legis aquiliae actio aufrecht zu erhalten sein würde, und mag nur noch in Betreff des über die Bestimmung des mittels Verordnung vom 2. Januar 1863 publicirten bürglichen Gesetzbuchs §. 360 Bemerkten erwähnt werden, daß die Verletzung der hier aufgestellten gesetzlichen Verpflichtung unzweifelhaft die Verbindlichkeit zu dem Ersatze des gesammten dadurch veranlaßten Schadens, ohne Unterscheidung zwischen damnum infectum und praeteritum begründen würde.

Wenn hiernächst, Klägers Berufung anlangend, der auf Errichtung einer zum Schutze seines Grundstücks ausreichenden Mauer gerichtete Theil des Klaggesuchs bereits von zweiter Instanz aus dem Gesichtspunkte der Negatorienklage aufrecht erhalten worden ist, so bedarf es gegenwärtig keines näheren Eingehens auf die diesfallsige Differenz in den Ansichten der vorigen Instanzen und es ist daher unerörtert zu lassen, ob die l. 37 D. de damn. inf. (39. 2.) die Verbindlichkeit zu Wiederherstellung der niedergerissenen gemeinschaftlichen Mauer, rücksichtlich deren die Miteigenthümer sich bereits vermöge des Rechtsverhältnisses der communio gegenseitig verpflichtet sind,

Hesse, die Rechtsverhältnisse zweier Grundstücksnachbarn S. 106 fg.

und nicht vielmehr lediglich die Verbindlichkeit zu Tragung der bezüglichen Wiederherstellungskosten als Gegenstand der actio damni infecti anerkennt. Dagegen kann die Unstatthaftigkeit des auf Bestellung hypothekarischer Caution gerichteten Theils der Klagbitte keinem Zweifel unterliegen, aus welchem der im Eingange erwähnten beiden Gesichtspunkte auch die Klage aufgefaßt werden mag. Denn wer de damno infecto, wie hier rücksichtlich der beklagten Eigenthümerin des Nachbargrundstücks der Fall sein würde, suo nomine Caution zu bestellen angehalten wird, hat bloß Verbalcaution zu leisten, nur der alieno nomine Cavirende ist zur Satisdation durch Bürgen verbunden.

l. 7 pr. l. 13, §. 1 D. de damn. inf. (39. 2.)

Hesse a. a. O. S. 101 fg.

Im Negatorienprozesse aber hat der Kläger zwar auf die sog. cautio de non amplius turbando Anspruch, allein diese besteht nach bekanntem Gerichtsbrauche der Regel nach nur in einer dem Beklagten für den Fall fernerer Störung anzudrohenden Geldstrafe.

79.

Actio negatoria gegen den Pachter des Nachbargrundstücks.*)

II. Sen.-Erk. v. 27. Aug. 1863 no. 474/468.

Beklagtens Widerspruch gegen die vorige Entscheidung beruht im Wesentlichen auf der Behauptung, daß gegen ihn, weil er nicht Eigenthümer, sondern nur Pachter desjenigen Grundstücks sei, welches, insofern die behaupteten Turbationen im Interesse seiner Benutzung geschehen sein würden, als das praedium dominans bezeichnet werden könnte, mit der actio negatoria nicht vorgegangen werden dürfe.

Es findet diese Ansicht nicht nur in römischen Gesetzen keinen Anhalt, indem nach solchen auch gegen den, welcher eine persönliche Servitut beansprucht, bei dem also ein Grundstücksbesitz gar nicht in Frage kommt, die Negatorienklage statthaft ist.

§. 2. Inst. de actionibus L. 5 pr. §. 1, 6 D. si ususfruct. pet. 7, 6.

und auch gegen den Pachter eines Grundstücks, der ein benachbartes Grundstück beeinträchtigt, das gleiche Klagrecht nachgelassen wird,

L. 8, §. 5 D. si servitus vindic. 8, 5.

sondern auch die Ansichten der Rechtslehrer

Puchta, Pandecten §. 172.

Vangerow, Lehrb. der Pandecten, 6. Aufl., Thl. I., §. 355, Anm. 1, S. 876.

Sintenis, prakt. gem. Civilrecht Bd. I., §. 52.

denen auch die Spruchpraxis des OAG. folgt,

Zeitschr. f. Rechtspfl. u. Verw. N. F. Bd. XVI., S. 335 fg.

fordert nicht, daß die mit der actio negatoria bekämpfte Eigenthumsbeeinträchtigung von dem Eigenthümer eines Grundstücks ausgegangen sein müsse, welches, dafern die Eigenthumsbeschränkung eine durch seinen Besitz bedingte und berechtigte wäre, als das servitutberechtigte Grundstück bezeichnet werden müßte.

Was Beklagter aus den Grundsätzen über die Klagberechtigung bei der Confessorienklage bei Prädialservituten ableiten will, paßt deshalb nicht, weil es sich bei dieser klägerischerseits um Behauptung

*) BGB. §. 321 fg.

eines dem Grundstücke gegen ein anderes Grundstück zustehenden Rechts, bei der Negatorienklage um die Verneinung einer Beschränkung der Eigenthumsrechte an einem Grundstücke handelt, zu welcher die Berechtigung, wo sie vorhanden, ebensowohl eine rein persönliche, als eine auf einem Grundeigenthume beruhende sein kann.

Mit Recht hat daher die vorige Instanz die Klage für statthaft und den bei derselben mit erwähnten Schädenanspruch nur als einen accessorischen betrachtet, bei dem es einer Quantificirung nicht bedarf.

80.

Beurtheilung des Beweises einer auf Grund rechtsverwährten Besitzes Seiten einer Commun prätendirten Fußwegsgerechtigkeit.*)

II. Sen.-Erk. v. 4. Juni 1863 no. 210/306.

Man hat dem von dem Kläger versuchten Beweis der von ihm in der Klage prätendirten Wegegerechtigkeit nicht anders als für mißlungen erachten können. Der Kläger hatte in seiner Klage behauptet, die von ihm vertretene Stadtgemeinde befinde sich seit rechtsverwährter Zeit in dem Besitze des Befugnisses zur Bewirthschaftung ihrer Bl. näher bezeichneten Commungrundstücke den über Beklagtens Bl. erwähnte Grundstücke führenden Fußsteig zu begehen und begehen zu lassen, indem die jedesmaligen Pächter gedachter Commungrundstücke, sowie die Angehörigen und Arbeitsleute derselben den fraglichen Fußsteig seit vierzig und mehr Jahren vom Jahre 1856 zurück behufs der Bewirthschaftung der erpachteten Grundstücke begangen und mit Schiebeböcken befahren hätten. Läßt sich nun auch nicht bezweifeln, daß Gemeinden unter sonst geeigneten Verhältnissen Servituten durch

*) Auf Beweis der aus dem Eingange des Textes ihrem Fundamente nach erkennbaren confessoria war rechtskräftig erkannt. Allein der unternommene Beweis wurde für verfehlt erachtet, weil die angeblichen Besitzacte sich nicht als solche im civilrechtlichen Sinne, sondern nur als Ausfluß der Benutzung eines öffentlichen Wegs charakterisirten. Die Rationen der IIIia, welche sich in Betreff der rechtlichen Subsumtion an die Annalen, Bd. IV., S. 94 fg. mitgetheilten Präjudizien anschließen, sind des specielleren auch in Betreff der factischen Beweisergebnisse mitgetheilt, weil sie in präciser Form zu Verdeutlichung jener Rechtssätze beitragen.

Verjährung erwerben, und daß sie zu einem derartigen Erwerb, namentlich auch in Ansehung der ihnen gehörigen Grundstücke, gelangen können, so bedarf es doch für sie hierzu der Mitwirkung von Beauftragten oder Stellvertretern und die von diesen ausgeübten Besitzacte kommen der Gemeinde ebenso, wie dieses bei Stellvertretern physischer Personen der Fall ist, nur dann zu Statten, wenn die betreffenden Handlungen, von denen, welche sie vornehmen, nicht im eigenen Namen und auf Grund einer Berechtigung, welche sie sich für ihre Person beilegen, sondern in dem Glauben, damit ein Befugniß der Gemeinde zu exerciren, ausgeübt werden.

l. 1, §. 20, l. 9 D. de adquir. vel amitt. poss. (41. 2.)

Der Kläger hat daher, wenn er nachweisen wollte, daß die von ihm vertretene Gemeinde das klagbar gemachte Befugniß durch Verjährung erworben habe, solche Besitzhandlungen dritter Personen darzuthun, welche sich offenbar als Ausübungen des prätendirten Rechts charakterisirten und alle solche Besitzacte, welche diesen Charakter nicht deutlich an sich tragen, sind deshalb auch nicht geeignet, zum Beweis der angeblich erfolgten Adquisitivverjährung benutzt zu werden.

Nun hat Kläger in seinem Beweise bei dem 43. Artikel zunächst behauptet:

a. daß der mehrgedachte Fußsteig seit fünfunddreißig und mehr Jahren vom Jahre 1856 zurückgerechnet, von Jedermann frei, öffentlich und ungehindert begangen und vielfach mit Schiebeböcken befahren worden sei,

und sodann hat er bei dem 46. Artikel angeführt:

b. es sei dieser Fußsteig, namentlich auch von den Communfeldpachtern, um vom Stadtgraben aus nach ihren auf dem wüsten Gute und dem Käfermülleracker gelegenen Grundstücken zu gelangen, sowie von deren Angehörigen und Arbeitsleuten seit rechtsverwährter Zeit vom Jahre 1856 zurückbegangen, beziehentlich mit Schiebeböcken befahren worden.

Was nun die Behauptnng unter a betrifft, so schließt dieselbe, wie schon in voriger Instanz richtig bemerkt worden, sowie sie vorliegt, die Anwendung der oberwähnten Grundsätze an sich von selbst aus. Denn wenn Jemand in dem Glauben, daß er als Mitglied des ganzen Publikums zur Benutzung eines gewissen Wegs befähigt sei, dieses Wegs sich bedient, so übt er selbstverständlich hierdurch nicht eine Besitzhandlung mit der Ueberzeugung aus, daß er zu der Benutzung des Wegs Kraft eignen Rechts, oder Kraft des Rechts einer dritten von ihm vertretenen physischen oder juristischen Person befugt sei und es sprechen daher auch die Gesetze in diesem Falle Demjenigen, welcher einen Weg als einen öffentlichen benutzt hat, den Gebrauch der Interdicte und analoger Klagen ausdrücklich ab.

L. ult. D. quemadm. serv. amitt. (8. 6.)

Daraus also, daß angeblich Jedermann den fraglichen Weg benutzt hat, kann Kläger für die von ihm vertretene Gemeinde etwas für letztere Günstiges im vorliegenden Fall nicht herleiten und es fragt sich daher nur, inwieweit Kläger auf den oben unter b erwähnten Gebrauch des Wegs durch die Pächter der Commungrundstücke sich berufen könne.

In dieser Beziehung hat Man nun zuvörderst der vorigen Instanz darin beizutreten, daß schon die Verbindung, in welche der Kläger seine diesfallsige Behauptung durch die Worte „namentlich auch" mit seinem Anführen unter a gebracht hat, nicht unerhebliche Bedenken erweckt. Denn wenn Kläger selbst hiermit darauf hinweist, daß der fragliche Weg, wie von Jedermann, so insonderheit auch von den Pächtern, beziehentlich deren Angehörigen und Arbeitsleuten, benutzt worden sei, so läßt das schon an sich darauf schließen, daß auch die letztgenannten Personen den Weg so gebraucht haben, wie Jeder aus dem Publicum, nämlich lediglich in der Meinung, es sei ihnen wie allen Uebrigen der freie Verkehr auf dem Wege gestattet.

Wollte daher Kläger die Handlungen der Communpächter zum Beweis des prätendirten Befugnisses benutzen, so hatte er wenigstens unter den hier vorliegenden Verhältnissen noch specielle Umstände beizubringen, welche die Annahme zu rechtfertigen geeignet waren, daß jene Pächter den fraglichen Weg wirklich in dem Glauben, beziehentlich in der Absicht benutzten, daß sie durch diese Quasibesitzhandlungen ein Recht der Stadtcommun M., beziehentlich ein mit dem von ihnen erpachteten Commungrundstück, als dem fundus dominans, verbundenes Befugniß ausübten. Derartige specielle Momente hat aber Kläger nicht beigebracht und der Umstand allein, daß die Pächter der Commungrundstücke während ihrer Pachtzeit den gedachten Weg benutzt haben, kann unter den hier obwaltenden Umständen für durchschlagend nicht erachtet werden, weil man eben nicht ersieht, ob nicht auch die Pächter jenes Wegs lediglich in der nämlichen Weise und in der nämlichen Meinung sich bedienten, wie alle übrigen Passanten aus dem Publicum. Wenn daher auch der dritte, vierte, sechste, achte bis elfte und funfzehnte Zeuge bestätigt haben, daß der fragliche Weg auch von den Communpächtern, beziehentlich ihren Angehörigen und Leuten benutzt worden sei, um vom Stadtgraben aus nach ihren auf dem wüsten Gute und dem Käsermülleracker gelegenen Pachtstücke zu gelangen, so läßt sich doch immer hieraus noch nicht ohne Weiteres entnehmen, daß von den Pächtern damit Quasibesitzhandlungen vorgenommen worden seien, auf welche Kläger gegenwärtig sich zu berufen vermöchte, zumal da auch jene Zeugen selbst bei ihren Depositionen keine besonderen thatsächlichen Umstände hervorgehoben haben, aus denen gefolgert werden könnte, daß die Pächter den fraglichen Weg in der Absicht benutzten, um hierdurch ein Recht des erpachteten Grundstücks, beziehentlich der Stadtgemeinde M. auszuüben.

Hierzu kommt übrigens auch noch, wenigstens insoweit, als es sich darum handeln könnte, ob von den Pächtern nicht etwa ein mit den von ihnen erpachteten Grundstücken verbundenes Recht exercirt worden sei, daß man aus den Zeugenaussagen gar nicht weiter ersieht, welche Commungrundstücke von den jenen Weg benutzenden Pächtern innerhalb der hier in Betracht kommenden Zeitperiode erpachtet gewesen seien, so daß es auch, selbst abgesehen von allem Uebrigen, ganz ungewiß bleiben würde, in Ansehung welcher Grundstücke eine Servitut etwa erworben worden wäre.

81.

Ueber die Bedeutung der Fälle des Erlasses des Lehngeldes bei dem Beweise der Acquisitivverjährung, beziehentlich des Herkommens.

II. Sen.-Erk. v. 13. Aug. 1863 no. 255/277.*)

Der Beweis des Herkommens wie der der Verjährung hat bei den einzelnen Fällen sich — außer auf den in Folge eines Todes-

*) Die obstehenden Rationen sind der Definitive in einem jener weitschichtigen Lehngelderprozesse entnommen, deren Actenberge, in Anlaß der

falles eingetretenen Uebergang eines Grundstücks, entweder auf Descendenten, oder auf andere Erben, oder auch auf Beide — über die Zahlung der geforderten Lehnwaare zu verbreiten und zwar, der Behauptung des Provokanten, sowie dem Beweisinterlocute entsprechend, zugleich auf die geschehene Auswerfung dieser Lehnwaare nach fünf vom Hundert des vorigen Kaufpreises. Es erscheint dabei, soviel die Zahlung betrifft, nicht völlig zweifellos, ob es dem Beweise des Herkommens oder der Verjährung unnachtheilig sei, wenn in einzelnen Fällen die Zahlung wegen eingetretenen Erlasses unterblieben ist.

Verjährung und Herkommen oder Gewohnheitsrecht setzen eine Reihenfolge von Handlungen voraus, in welcher sich gleichmäßig und unzweideutig das Bewußtsein manifestirt, des Beanspruchenden, die Leistung fordern zu dürfen, des Inanspruchgenommenen, das Geforderte leisten zu müssen; und unzweideutig spricht sich dies eben nur in Forderung und Leistung und Annahme aus. Unbedingt zu verneinen ist die Frage daher dann, wenn es sich um einen Fall handelt, ohne welchen entweder die erforderliche Zahl von Fällen oder der gesetzliche Zeitlauf nicht gedeckt sein würde. Handelt es sich aber um Fälle, abgesehen von welchen die zur Verjährung erforderliche

---

Ablösungen, sich durch die Geschäftsräume der Spruchbehörden, wie der Sachwalter, eine längere Reihe von Jahren bewegten. Es ist in den Annalen aus der Rubrik Lehngeld ꝛc. bis jetzt nichts mitgetheilt, weil es sich seit deren Bestehen im Wesentlichen nur um Nachzügler aus dieser, wo nicht durch obigen Fall, doch sicher durch äußerst wenige Nachfolger zu schließenden Branche handelte, und das allgemeine Interesse der Praktiker an solchen Fällen als erledigt gelten kann. Obschon nun auch obiger Fall eine reiche Auswahl von Beantwortungen hier einschlagender Einzelfragen bietet, so hat man doch nur die obige ausgehoben, und zwar diese, weil dabei ein allgemeineres Princip Beleuchtung gefunden hat, und mag hier nur noch, als nach den zeitherigen Publicationen, soviel erinnerlich, weniger besprochen, des Umstandes Erwähnung geschehen, daß das OAG. in jenem Falle Veranlassung hatte, darauf hinzuweisen; daß, wie sich aus den Motiven zu dem Ablösungs-Nachtragsgesetze von 1846 (Landt.-Acten 1845/1846, 1. Abth., Bd. 2, S. 241 fg.) und den landständischen Verhandlungen darüber (Landt.-Nachr. über die Verhandl. der II. Kammer, Bd. IV., S. 3012 fg.) mit Bestimmtheit ergäbe, die Vorschrift §. 50 des Abl.-Ges. von 1832 nur auf die nach demselben auf einseitigen Antrag ablöslichen Befugnisse Anwendung leide, zu welchen damals das Laudemialbefugniß nach §. 90 nicht gehörte.

Zahl von Acten innerhalb des Verjährungszeitraums vorhanden sind, so ist die Beschaffenheit des einzelnen Falles in das Auge zu fassen. Ist er von der Art, daß aus ihm mit einer gewissen Wahrscheinlichkeit das Vorhandensein des obengedachten Bewußtseins von der Nothwendigkeit der Leistung erkennbar wird, geht also dem Erlaß eine Bitte um Erlaß, unter ausdrücklicher oder stillschweigender Anerkennung des Forderungsrechts voraus, oder erscheint der Erlaß durch besondere Umstände, beispielsweise durch Zahlungsunvermögen oder Dürftigkeit des Verpflichteten oder auch durch persönliche Rücksichten des Berechtigten gegen den Verpflichteten, durch Dankbarkeit oder in ähnlicher Weise motivirt, so kann er als der erwerbenden Verjährung oder dem Beweise des Herkommens unschädlich betrachtet werden. Wo es aber an einem erkennbaren Motiv, und demnach an dem Anhalt für den Schluß gebricht, daß die erforderliche gegenseitige Meinung von der Nothwendigkeit der Leistung vorhanden gewesen sei, da erscheint der Act allerdings als ein die für erwerbende Verjährung und Herkommen erforderliche Reihenfolge gleichmäßiger Handlungen unterbrechender, und in dessen Folge den Beweis der Verjährung oder des Gewohnheitsrechts zerstörender, ohne deshalb, wie in der in den vorigen Erkenntnissen allegirten Abhandlung,

Zeitschr. f. Rechtspfl. u. Verw. N. F. Bd. VII., S. 151.

gezeigt wird, für die erlöschende Verjährung eines bereits bestehenden Befugnisses benutzt werden zu können.

82.

Dem Verjährungserwerb einer Fußwegsgerechtigkeit steht nicht entgegen, daß die Benutzung, „um Umwege zu vermeiden", erfolgt ist.*)

II. Sen.-Erk. v. 29. Juni 1863 no. 338/318.

In der Klage ist die Behauptung, daß die Kläger als Eigenthümer der Bl. näher bezeichneten Häuslernahrungen und ihre Vorbesitzer seit rechtsverwährter Zeit des über das Bl. beschriebene Grundstück des Beklagten führenden Fußwegs zum Gehen und Fahren mit

*) Vergl. BGB. §. 537, 548, 577.

beladenen und unbeladenen Schiebeböcken, Schubkarren und Kinderwagen durch das Dorf O. sich bedient haben, aufgestellt und somit in für eine auf Beweis gestellte Klage hinreichender Weise auf ein durch Verjährung erworbenes dingliches Servitutenverhältniß Bezug genommen. Auch läßt sich daraus, daß diese Wegebenutzung von den Klägern nicht als eine in der natürlichen Beschaffenheit und Productivität ihrer Grundstücke begründete dargestellt wird, sondern lediglich, um Umwege zu vermeiden, zeither stattgefunden haben soll, ein Grund gegen die Aufrechthaltung der Klage nicht ableiten, da eine Servitut zu ihrer Rechtsbeständigkeit nicht nothwendig einen eigentlichen pecuniären Vortheil für den Besitzer des herrschenden Grundstücks voraussetzt, sondern auch dann statthaft ist, wenn dadurch dem Berechtigten eine bloße Annehmlichkeit verschafft wird.

l. 15 D. de serv. praed. urb. (8. 2.)
l. 8, §. 1 D. si serv. vind. (8. 5.)
l. 1, §. 11. l. 3 pr. D. de aqua quotid. (43. 20.)
Vangerow, Pandecten, 6. Aufl., Bd. I., §. 340, S. 804.
Sintenis, Civilr., Bd. I., §. 57, nota 10, S. 545.

83.

Ein Braunkohlenabbaurecht als Realrecht.*)

II. Sen.-Erk. v. 28. Aug. 1863 no. 514/471.

Das OAG. legt mit der vorigen Instanz (AG. Leipzig) bei der Entscheidung der zwischen den Parteien entstandenen Differenz ein hauptsächliches Gewicht darauf, daß bei der nothwendigen Versteigerung des früher J. F. H. und jetzt dem Kläger zugehörigen Gutes nach Ausweis der Beilageacten den Licitanten und unter diesen dem Kläger ausdrücklich bekannt gemacht worden ist, daß die Beklagten das Recht des Abbaues der Braunkohlen von 600 achtelligen Quadratruthen unter der zu dem fraglichen Gute zugehörigen Parzelle Nr. 210 eigenthümlich erworben haben, ingleichen daß Kläger nach seinem Zugeständniß in der Klage bei der Erstehung des fraglichen Guts den eigenthümlichen Erwerb des Abbaurechts von Braunkohlen

*) Vergl Annalen, Bd. IV., S. 119.

auf der bezeichneten Fläche der Parzelle Nr. 210 Seiten der Beklagten anerkannt hat. Denn aus diesen actenkundigen Vorgängen folgt, daß das in Rede stehende Abbaurecht als ein onus reale, welches durch die Subhastation nicht erlischt, vielmehr auf den Ersteher übergeht, angesehen und als solches vom Kläger ausdrücklich anerkannt worden ist. Die von dem Vorbesitzer des Klägers J. G. L. dem Beklagten in dem Abbauvertrage eingeräumte Benutzung der in der Klage unter I—IV gedachten Baulichkeiten und der Oberfläche der Parzelle Nr. 210 erscheint als ein Accessorium des Abbaurechts selbst, welches den Beklagten in dem genannten Vertrage zum Zwecke des Kohlenabbaues auf so lange, als dieser Abbau nach dem Contracte besteht, zugestanden worden ist. Darauf, daß bei der Versteigerung weder auf den Abbauvertrag verwiesen, noch die dem Beklagten Inhalts desselben zustehende Benutzung der in der Klage erwähnten Gebäude und der Oberfläche der Parzelle Nr. 210 ausdrücklich erwähnt worden ist, kommt etwas nicht an, weil der Richter bei der Subhastation zufolge der Erl. Proz.-Ordn. ad tit. 39, §. 11 die auf dem zu versteigernden Grundstücke haftenden Reallasten „nur um besserer Nachricht willen, und damit der Licitant sich deswegen weiter erkundigen könne“, im Allgemeinen anzuzeigen hat, mithin Kläger, falls er sich über den Umfang des im Subhastationspatente als onus reale bezeichneten Abbaurechts der Beklagten nicht unterrichtet hat, die für ihn durch diese Unterlassung entstandenen Nachtheile selbst zuschreiben muß. Der Einwand Klägers, daß der Abbauvertrag ungiltig sei, weil die den Beklagten zugestandenen 600 achtelligen Quadratruthen noch nicht vermessen seien, ist unerheblich, weil ganz abgesehen davon, daß die Beklagten der Richtigkeit dieses Anführens widersprochen haben, aus einer Unterlassung der Feststellung derjenigen Fläche, auf welcher der Abbau der Braunkohle zu erfolgen hat, dem Kläger nicht das Recht, vom Vertrage abzugehen, sondern nur das Befugniß, auf nachträgliche Vermessung und Berainung dieser Fläche anzutragen, erwachsen würde. Noch irrelevanter ist die Ausstellung, daß in dem Abbauvertrage nicht die Tiefe des abzubauenden Kohlenlagers angegeben worden sei, da die Beklagten in dem Abbau des ganzen Kohlenlagers innerhalb der ihnen überlassenen Fläche von 600 achtelligen Quadratruthen nicht beschränkt, mithin zum Abbau des ganzen daselbst befindlichen Kohlenlagers berechtigt sind.

Da nach Vorstehendem zu Abweisung der Klage in der angebrachten Maaße das Anerkenntniß des Klägers bei der Subhastation, daß den Beklagten das Abbaurecht zustehe, ausreicht, so bedarf es keines Eingehens auf die Frage, ob nicht schon dem Eintrage des fraglichen Abbaurechts im Grund- und Hypothekenbuche auf dem Gutsfolio des Klägers die Wirkung beizulegen sei, daß das gedachte Abbaurecht von jedem dritten Besitzer des abbaupflichtigen Grundstücks als dingliche Last anerkannt werden müsse.

Nur soviel mag in Betreff der neuerlichen Einwendungen des Klägers bemerkt werden, daß weder durch das Mandat vom 10. Sept. 1822, die Gewinnung der Stein-Braun-Erdkohlen und des Torfes betreffend, noch durch §. 10 des Hypothekengesetzes vom 6. Nov. 1843 in Bezug auf den zu Tage betreibenden Braun- und Erdkohlenabbau die Eingehung eines pactum intuitu fundi oder die Constituirung von Realrechten verboten worden ist. Auch hat das Justizministerium in neuerer Zeit die Eintragung von Abbaurechten in Betreff anderer, als der im Mandate vom 10. Sept. 1822 in Verbindung mit §. 10 des Hypothekengesetzes genannten Fossilien auf dem Folium des abbaupflichtigen Grundstücks für zulässig erklärt.

Wochenbl. f. merkw. Rechtsf., Jahrg. 1861, S. 454 fg.

84.

Hereditatis petitio gegen den Nachlaßgegenstände titulo singulari Besitzenden.

II. Sen.-Erk. v. 21. Aug. 1863 no. 447/448.*)

Die Kläger haben ihre Klage auf das Anführen gestützt, daß Beklagter sich in den widerrechtlichen Besitz einer zu dem Nachlasse ihres am 1. August 1861 verstorbenen Bruders und Erblassers Ch. G. W.'s gehörigen Summe von 367 Thlr. 20 Ngr., bestehend in 315 Thlr. gangbarem Papiergelde und in 52 Thlr. Gold- und Silbermünzen gesetzt habe. Beklagter hat die ihm beigemessene wider-

*) Vergl. BGB. §. 2321 fg.

rechtliche Aneignung geleugnet, indem er über den Erwerb der gedachten Summe Folgendes angegeben hat.

Als er am Abend des 31. Juli 1861 bei dem erkrankten W., dem Erblasser der Kläger, welcher in seinem (Beklagtens) Hause miethweise gewohnt, an dessen Krankenbette gewacht habe, habe sich Nachts in der 11. Stunde genannter W. seinen Koffer durch ihn, Beklagten, aufschließen und sich aus demselben eine Geldtasche herausgeben und ebenfalls aufschließen lassen, worauf W. eine Partie Papiergeld und zwei Säckchen mit Geld auf den Tisch gelegt und auf dieselben zeigend erklärt habe:

> Das Alles schenke er ihm, Beklagtem, es solle das Seinige sein, er schenke es ihm für die ihm — W.'n — erwiesene gute Behandlung, er möge es an sich nehmen.

Beklagter habe das erwähnte Papiergeld und die beiden Säckchen Geld, worin sich die geklagten 367 Thlr. 20 Ngr., welche von ihm nach W.'s am Morgen des folgenden Tags eingetretenen Tode dem Ortsrichter M. auf dessen Verlangen zur Aufbewahrung übergeben worden seien, befunden, an sich genommen, habe dem Geber für dessen Güte mit Mund und Hand gedankt und das Geld sofort in seine Kammer getragen und in einem Schranke niedergelegt.

Die erste Instanz hat den Beklagten nach Maßgabe des Klaggesuchs verurtheilt, weil sie in dem Vorbringen des Beklagten ein Zugeständniß, daß er die fraglichen Gelder von dem Erblasser der Kläger in der Nacht vor dessen Tode erhalten habe, gefunden hat, und Beklagter selbst der Auffassung seines Vorbringens als Einrede der Schenkung widersprochen, einen andern Rechtsgrund des Besitzes aber nicht behauptet habe.

Dagegen hat die zweite Instanz die Klage in der angebrachten Maaße abgewiesen, weil in der Geschichtserzählung des Beklagten lediglich eine motivirte Verneinung der Behauptung der Kläger, daß die streitige Geldsumme ein Bestandtheil der W.'schen Verlassenschaft gewesen sei, und er, Beklagter dieselbe aus diesem Nachlasse an sich genommen und sich in dessen widerrechtlichen Besitz gesetzt habe, gefunden werden könne, die Klage selbst aber weder als hereditatis petitio, noch als Eigenthumsklage oder Publiciana in rem actio, noch als condictio furtiva oder sine causa oder als sonstige Condictio factisch genügend begründet sei. Man hat bei anderweiter Erwägung weder der ersten noch der zweiten Instanz beizupflichten vermocht.

Das OAG. hat bereits früher beim Rechtsprechen die Ansicht befolgt, daß der Grundsatz des römischen Rechts, daß die hereditatis petitio gegen den Besitzer von Erbschaftsgegenständen ex titulo singulari nicht statthabe, und daß der letztere seinen Titel nur anzuzeigen, nicht zu beweisen brauche, keine Anwendung leide, wenn aus dem Klagvorbringen und sonst soviel hervorgeht, daß das Streitobject, wenn man von dem vom Beklagten behaupteten Singulartitel absieht, unzweifelhaft als Bestandtheil derjenigen Erbschaft, als deren rechtlicher Inhaber der Kläger auftritt, betrachtet werden könne, indem solchenfalls die Rechtmäßigkeit des Besitzes des Beklagten nicht zu vermuthen, sondern vom Beklagten der Beweis des vorgeschützten vom Kläger geleugneten Titels zu erfordern ist.

Annalen des OAG.'s, Bd. III., S. 497 fg.

Von dieser Ansicht im vorliegenden Falle abzugehen, liegt keine Veranlassung vor. Wenn Jemand gestorben ist, so tritt nur zu häufig der Fall ein, daß Sachen, in deren unbestrittenen Besitz der Erblasser unmittelbar vor seinem Ableben sich befunden hat, unter der Hand entfernt und verschleppt werden. Wenn nun dergleichen Sachen im Besitze dritter Personen, namentlich solcher, welche sich zur Zeit des Todes in der unmittelbaren Nähe des Verstorbenen aufgehalten haben, gefunden werden, so ist im Zweifel zu vermuthen, daß jene Dritte während einer Zeit, zu welcher der Erblasser bereits verstorben war, oder auf seinem Sterbelager wegen des herannahenden Lebensendes sein Eigenthum zu überwachen außer Stande sich befand, eigenmächtig in Besitz der Sachen sich gesetzt haben und mithin letztere nur pro possessore besitzen. An und für sich mag nicht bezweifelt werden, daß die vorstehend aufgestellte Präsumtion mit der Rechtsregel, daß der Besitzer so lange zu schützen sei, bis der Gegner ein Recht auf die Sache nachgewiesen habe, in Widerspruch steht. Auch könnte es scheinen, als ob dem Erben schon insofern ein ausreichender Schutz gewährt sei, als auf ihn alle diejenigen Klagen, welche dem Erblasser zugestanden haben, und insbesondere, wenn Sachen aus dessen Vermögen hinweggekommen sind, die in den Gesetzen geordneten dinglichen Klagen — rei vindicatio oder Publiciana in rem actio — oder die auf die Wiedererlangung einer durch Diebstahl oder Gewalt, Betrügerei u. s. w. entzogenen Sache gerichteten Rechtsmittel zu Gebote stehen, übergegangen sind. Gleichwohl hat das römische Recht den Erben nicht auf die nurgedachten oder die sonstigen dem Erblasser zugestandenen Einzelklagen beschränkt, sondern ihm durch Einführung einer Universalklage der hereditatis petitio deshalb einen vollständigen Schutz gewährt, weil der Erbe verlangen darf, daß er genau in denselben Vermögenszustand eingesetzt werde, wie ihn der Erblasser bei seinem Tode verließ, mithin auch alle die Sachen, in deren Besitz sich der Erblasser im Augenblick seines Todes befand, unverändert und ungetrennt auf ihn übergehen. Durch Gewährung der Einzelklage aber würde dem Erben ein ungenügender Schutz gegeben sein, da der Erbe die Herausgabe selbst solcher Sachen verlangen darf, welche dem Erblasser nicht gehört haben und welche der Erbe nicht vindiciren kann, gleichwohl wegen derselben dem Eigenthümer der Sachen selbst verhaftet ist.

Leist, die bonorum possessio, Göttingen 1844, Bd. I., S. 296 fg. Bd. II., Abth. 2, S. 20 fg.

Hierzu kommt ein zweiter Grund, aus welchem sich der Streit über das Eigenthum und den Besitz an Nachlaßgegenständen von anderen Eigenthums- und Besitzprozessen unterscheidet. Durch den Tod des Erblassers entsteht nämlich ein besitzloser Zustand, welcher die eigenmächtige Besitzergreifung Seiten dritten unberechtigter Personen im hohen Grade erleichtert. Da bei allen anderen Prozessen ein derartiger besitzloser Zustand über den streitigen Gegenstand nicht vorkommt, vielmehr letztere sich fest in den Händen der einen Partei befindet, welche die Sache so lange, bis der Gegner ein Recht auf dieselbe ausgeführt hat, behält, so ist vom Gesetzgeber der Besitzzustand, wie er sich zur Zeit des Todes des Erblassers befunden hat, behufs der Abwendung eigenmächtiger Besitzergreifungen in besonderen Schutz genommen und den als Kläger aufgetretenen Erben, welcher nicht nur sein Erbrecht, sondern gleichzeitig auch den Umstand, daß die Sachen, deren Herausgabe er fordert, in der factischen Innehabung des Erblassers zur Zeit seines Todes gewesen sind, in rechtliche Gewißheit zu setzen vermag, in der Erbschaftsklage, beziehentlich in dem interdictum quorum bonorum ein Rechtsmittel gegeben, durch welches er den verlorenen Besitz wieder erlangt und den Gegner nöthigt, seinen Rechtstitel an- und auszuführen.

Leist, a. a. O. Bd. II., Abth. 2, S. 189.

Es stellt sich deshalb die hereditatis petitio gleichsam als eine erweiterte actio Publiciana dar.

Thibaut, im Archiv für civil. Praxis Bd. VII., S. 233.

Der Grundsatz, daß der Erbe außer seiner Erbberechtigung etwas Weiteres nicht nachzuweisen brauche, als daß die Sache sich factisch im Nachlasse, d. h. bis zum Tode des Erblassers in dessen Besitz befunden habe, und daß bei Führung dieses Beweises der Besitzer, um die Sache dem Erben zu entziehen, sein Eigenthums- oder sonstiges besseres Recht auf die Sache darzuthun habe, ist in l. unica Theod. Cod. Quorum bonorum IV, 21, welche als l. 3 C. quorum bon. VIII, 2, wiewohl in veränderter Gestalt in den Justinianischen Codex übergegangen ist, in den Worten:

> Quid jam planius, quam ut heredibus traderentur, quae in ultimum usque diem defuncti possessio vindicasset, etiam si quid possit tribui de proprietate luctamen?

sowie in §. 2 daselbst:

> insuper etiam mansura perpetua sanctione jubemus, ut omnibus frustrationibus amputatis in petitorem corpora transferantur, secundaria actione proprietatis non exclusa.

anerkannt worden, indem nach diesen Stellen der Erbe verlangen kann, daß der Beklagte diejenigen Sachen, welche der Verstorbene „in ultimum usque diem" besessen, herausgebe, seine etwaigen Ansprüche darauf aber in einem besondern Rechtsstreite ausführe. Darauf, daß die gedachten gesetzlichen Bestimmungen sich zunächst nur auf das interdictum quorum bonorum beziehen, kommt etwas nicht an. Denn wenn man auch der Ansicht, daß die hereditatis petitio und das interdictum quorum bonorum nach neuerm Rechte dergestalt gleichgestellt seien, daß bei hereditatis petitio, mittelst welcher körperliche Nachlaßgegenstände eingeklagt werden, durch den Nachweis der Erbqualität und des Besitzes der Sachen Seiten des Erblassers zur Zeit seines Ablebens die Frage über das besondere Rechtsverhältniß der Sachen ganz ausgeschlossen und der Erbe in die Lage versetzt werde, daß in Beziehung auf jene besonderen Rechtsverhältnisse Andere gegen ihn klagend auftreten müßten,

Leist, a. a. O. Bd. I., S. 321.

nicht beipflichtet, so kann doch jedenfalls der Erbe mittelst des interdictum quorum bonorum einen bleibenden Vortheil nicht erlangen, welcher ihm bei der hereditatis petitio entginge, wie solches offenbar der Fall sein würde, wenn der Erbe durch das erstere Rechtsmittel den Besitz der vom Verstorbenen bis zu seinem Tode besessenen Sachen unbedingt erstreiten, und dann ruhig die Eigenthumsklage des Gegners und dessen Beweis erfordern könnte, bei der hereditatis petitio aber durch das bloße Anführen des Gegners, daß ihm das Eigenthum zustehe, genöthigt würde, seinerseits das Eigenthum des Verstorbenen nachzuweisen. Vielmehr unterscheiden sich die beiden Rechtsmittel in Betreff der vom Gegner vorzuschützenden Einrede des Eigenthums nur insofern, als im Interdictprozeß der Streit über das Eigenthum der Erbschaftssachen ganz ausgeschieden und einem besondern Prozesse überwiesen wird, während bei der hereditatis petitio, falls Kläger nachweist, daß die streitigen Sachen zum Nachlaß gehören, die Bezugnahme Klägers auf einen besondern Rechtstitel als eine vom Beklagten zu erweisende Ausflucht erscheint.

Arndts, Beiträge zu verschiedenen Lehren des Civilrechts. Bonn 1827. S. 38 fg., besonders S. 43.

Franke, Recht der Notherben S. 101.

Aus diesen Gründen reicht zu Begründung der Erbschaftsklage, mittelst welcher einzelne Sachen gefordert werden, das Anführen des Klägers, daß er Erbe sei, und daß die fraglichen Sachen zur Erbschaft gehörig oder vom Erblasser hinterlassen worden seien, aus, wogegen das unbescheinigte Vorbringen des Beklagten, daß er zufolge eines vom Erblasser des Klägers anzuerkennen gewesenen besonderen Rechtstitels zum Besitze berechtigt sei, als eine von ihm zu erweisende Ausflucht aufzufassen ist.

Sintenis, prakt. Civilr. Bd. III., §. 190, S. 541, ed. 2 und not. 35, S. 540 fg. ibid.

Schwieriger ist die Beantwortung der Frage, ob der Erbe, welcher mittelst der hereditatis petitio Herausgabe einzelner Nachlaßsachen verlangt, nothwendig das Dasein des Besitzes des Erblassers im Augenblicke seines Ablebens nachweisen müsse, oder ob der Nachweis genüge, daß der Erblasser die Sachen zu irgend einer Zeit während seines Lebens besessen habe, und ob solchenfalls die Fortdauer des Besitzes so lange vermuthet werde, bis der Beklagte darthue, daß der Erblasser den Besitz verloren habe? Da die Fortsetzung des Besitzes auf einem stets fortdauernden factischen Verhältnisse zur Sache beruht, die Fortdauer des letzteren aber nicht ohne Weiteres vermuthet werden kann, so ist in der Regel der Besitz zu derjenigen Zeit, wo der Schutz desselben in Anspruch genommen wird, nachzuweisen. Dessenungeachtet läßt sich nicht verkennen, daß das erwähnte factische Verhältniß des Besitzers zur Sache eine etwas unbestimmte Natur hat, indem zu Fortsetzung des Besitzes nicht die unmittelbare physische Herrschaft über die Sache nöthig ist, die zum Erwerb desselben erfordert wird, weshalb der Besitz, sobald derselbe erworben worden ist, durch die bloße Entfernung von der Sache nicht verloren wird, vielmehr zu Fortsetzung des Besitzes die Möglichkeit, die physische Herrschaft über die Sache auszuüben genügt. Aus diesem Grunde muß der Richter bei der Beurtheilung des Beweises der possessio praesens vorzüglich freie Hand behalten, indem es in jedem einzelnen Falle von seiner Prüfung abhängt, ob aus dem nachgewiesenen Besitze zu einer früheren Zeit eine Vermuthung für die Fortdauer des Besitzes bis zu dem in Rede stehenden Zeitpunkte abgeleitet werden kann. Jedenfalls wird diese Vermuthung um so mehr Gewicht haben, je kürzer der zuletzt erwähnte Zeitraum ist.

Savigny, Recht des Besitzes S. 461 fg. in Verbindung mit S. 269 fg., ed. 6.

Wenn man im vorliegenden Falle von den vorstehenden Grundsätzen ausgeht, so steht durch die eingangserwähnten Zugeständnisse des Beklagten fest, daß der Erblasser der Kläger in derselben Nacht, wo er gestorben ist, sich im Besitze der in der Klage gedachten Gelder befunden hat, indem nach der Angabe des Beklagten, zwischen der Zeit, wo der gedachte Erblasser die Gelder von dem Orte, wo er sie aufbewahrt gehabt, hinweggenommen und auf den Tisch gelegt und seinem Ableben nur einige Stunden inneliegen.

Dieser kurze Zwischenraum zwischen dem nachgewiesenen Besitze und dem Augenblicke des Todes gestattet bis zum Beweise des Gegentheils den Schluß, daß der Erblasser sich noch im Augenblicke seines Verscheidens im Besitze der Gelder befunden habe, weshalb sich Beklagter nicht beschweren kann, wenn ihm der Beweis der angeblichen Schenkung der Gelder und der Besitzergreifung derselben mit Zustimmung des Erblassers der Kläger auferlegt worden ist.

Die Ansicht der vorigen Instanz, daß die Frage, ob der Beklagte, welcher für seine Person ein Erbrecht nicht in Anspruch nimmt, pro possessore besitze, durch die Bezugnahme des Beklagten auf den titulus donationis ihre Erledigung gefunden habe und nunmehr die Kläger genöthigt seien, eine anderweite Erbschafts- oder eine Singularklage anzustellen, würde im vorliegenden Falle zu den größten Härten für den Kläger führen. Denn die Richtigkeit der Ansicht der vorigen Instanz vorausgesetzt, würde die Möglichkeit mit einer anderweiten hereditatis petitio durchzudringen, ausgeschlossen sein. Ebenso wenig dürfte den Klägern die Publiciana in rem actio oder die rei vindicatio einen ausreichenden Schutz gewähren, da die von den Klägern als Theil des Nachlasses in Anspruch genommenen Gelder in 315 Thlr. gangbarem Papiergelde und in 52 Thlr. 29 Ngr. Silber- und Goldmünzen bestehen, nach sächsischem Rechte aber die Grundsätze über die Vindication des baaren Geldes auf Cassenbillets Anwendung leiden,

Haubold, Lehrb. des sächs. Privatr. 3. Aufl. §. 188.
Gesetz vom 16. April 1840, §. 8. (G.- u. V.-Bl. S. 54.)
Gesetz vom 6. Sept. 1855, §. 8. (G.- u. V.-Bl. S. 528.)

die Vindication von baarem Gelde aber nur so lange, als es noch mit anderen Geldern des Besitzers vermischt ist,

l. 78 D. de solut. 46, 3.

gestattet wird. Nicht minder unbillig würde das Verlangen sein, daß die Kläger, welche aus eigener Wissenschaft über die Vorgänge zur Zeit des Todes ihres Erblassers keine Kenntniß haben, den Beweis führen, daß Beklagter sich in widerrechtlichen Besitz der Gelder gesetzt habe, da nach Obigem schon der Nachweis der Kläger, daß die Gelder zur Zeit des Ablebens oder bis zu dem letzten Lebenstage sich im Besitze des Erblassers befunden haben, genügt, um den Beklagten zu dem Nachweise seiner Behauptung, daß ihm dieselben von dem Erblasser in seinen letzten Lebensstunden geschenkt worden seien, zu nöthigen.

Endlich ist nicht außer Berücksichtigung zu lassen, daß sich Beklagter auf eine Schenkung, mithin auf einen lucrativen Rechtstitel berufen hat. Denn wenn man auch der Ansicht der Rechtslehrer nicht beipflichtet, welche diejenigen Dritten, die Nachlaßgegenstände besitzen, ohne dafür ein Aequivalent geleistet zu haben, bis zum Beweise des Gegentheils als praedones oder Besitzer pro possessore ansehen,

Curtius, Handb. §. 954, not. d.

so ist dennoch, sobald man in Fällen der vorliegenden Art die bloße Anzeige des titulus singularis zu Ausschließung der Erbschaftsklage für ausreichend erachtet, die Stellung des Erben, gegen welchen der Beklagte den Einwand, daß ihm die als Nachlaßgegenstand beanspruchte Sache von dem Erblasser unmittelbar vor seinem Tode geschenkt worden sei, vorbringt, weit ungünstigere als bei der Berufung des Beklagten auf einen onerosen Rechtstitel. Denn im letztern Falle wird der Erbe jedenfalls berechtigt sein, die Gegenleistung in Anspruch zu nehmen, oder den Nachweis, daß die letztere bereits dem Erblasser gewährt worden sei, vom Beklagten zu fordern, während bei der Bezugnahme auf einen lucrativen Rechtstitel der Erbe in der Regel auf eine Singularklage, mittelst welcher er eine widerrechtliche Aneignung der Sachen Seiten des Beklagten zu behaupten und auszuführen hat, beschränkt sein wird.

Aus diesen Gründen ist auf Beweis der vorgeschützten Ausflucht der Schenkung erkannt worden. Die Ansicht der ersten Instanz, daß Beklagter zu dem Nachweise dieser Ausflucht nicht gelassen werden könne, weil Beklagter selbst in der Anmerkung zum 83. Einl.-Punkte der Auffassung des daselbst Vorgebrachten als Einrede der Schenkung widersprochen habe, ist offenbar unrichtig, da die Absicht des Beklagten nur dahin gegangen ist, sein Vorbringen als geleugneten Klagegrund darzustellen, wie daraus unzweifelhaft erhellt, daß Beklagter am Schlusse des Einlassungssatzes ausdrücklich erklärt hat, daß er, falls in dem Vorgeschützten eine zerstörliche Einrede erkannt werden sollte, letztere wiederholt haben wolle.

85.

Ueber die Verbindlichkeit zu Herausgabe einer Nachlaßspecification. — Dec. 56 von 1661. — Uebergang auf die Erben.

III. Sen.-Erk. v. 10. Sept. 1863 no. 3938.

Die Beklagten haben zugestanden, daß sich ihr Erblasser einige Tage vor dem Ableben der verw. N. in das der letzteren zugehörige Bauergut begeben, und die Leitung der häuslichen nnd wirthschaftlichen Angelegenheiten derselben bis zu ihrem Ableben besorgt habe. Er ist also, wie dieser Todesfall eintrat, in der Lage, über den im Gute der Testatrix befindlichen Nachlaß thatsächlich zu verfügen, mithin insoweit im factischen Besitze desselben gewesen. Dies genügte nach der auf die Dec. 56 vom Jahre 1661 gestützten Praxis, um eine Verbindlichkeit zur Specification dieses Nachlasses zu begründen. Die Beklagten haben auch nicht einmal mit Bestimmtheit angeführt, daß ihr Erblasser sich sofort nach dem Ableben der verw. N. aus dem Gute der letzteren entfernt und daß statt seiner die übrigen Miterben den Mobiliarnachlaß in Besitz genommen hätten; ihre Behauptung geht vielmehr im Wesentlichen nur dahin, daß sich ihr Erblasser nicht im ausschließlichen Besitze der Nachlaßmobilien befunden und daß nach dem Ableben der N. alle drei Erben ab und zu im Nachlaßgute gewesen seien, wobei nicht unberücksichtigt zu lassen ist, daß, wenn die Beklagten selbst behaupten, daß ihr Erblasser eine Rechnung über die Administration dieses Gutes abgelegt habe, nach welcher ihm ein Vorschuß von 61 Thlr. 14 Ngr. 1 Pf. zugekommen, auch die Voraussetzung, daß er dasselbe bewirthschaftet und sich wenigstens im Besitze eines Theiles der Nachlaßmobilien befunden habe, gerechtfertigt erscheint.

Die Verpflichtung des Miterben zur Specification würde aber dadurch, daß er den Nachlaß nicht ausschließlich, sondern nur theilweise in Besitz genommen oder behalten, nicht aufgehoben, sondern nur insofern beschränkt werden, daß er lediglich die in seinen Besitz gelangten Gegenstände zu vertreten hätte. Ebenso wenig konnte die von dem Kläger nicht in Abrede gestellte Thatsache, daß einzelne zum Nachlaß gehörige Gegenstände bereits vertheilt worden seien, zur

Abweisung der Klage, soweit dieselbe die Edition eines Nachlaßverzeichnisses bezweckt, führen. Denn, wie bereits in voriger Instanz gezeigt worden ist, würde, wenn auch über die Objecte dieser Vertheilung specielle und übereinstimmende Angaben der Parteien vorlägen, weder der präparatorische Zweck der vorliegenden Klage auf Edition einer Nachlaßspecification für den Kläger erreicht, noch selbst den Beklagten eine wesentliche Erleichterung in der Erfüllung ihrer diesfallsigen Verpflichtungen gewährt worden sein. Der Einwand der letzteren endlich, daß ihnen eine eigene Kenntniß der Sache nicht beiwohne, hat, wenigstens dermalen, nicht berücksichtigt werden können, weil die Verbindlichkeit eines Miterben zur Specification dessen, was er vom gemeinschaftlichen Nachlasse in Besitz genommen, auf die Erben des letzteren übergeht, und diese sich von jener Verpflichtung nicht so ohne Weiteres mit der Behauptung zu befreien vermögen, daß ihnen hierbei keine Wissenschaft beiwohne.

86.

Zur Lehre vom legatum praesente herede relictum. *)

II. Sen.-Erk. v. 27. Aug. 1863 no. 501/467.

Beide vorige Instanzen haben in dem Klagvorbringen lediglich die Bezugnahme auf eine donatio inter vivos erblickt. Obwohl nun auch das OAG. die im Eingange der Klage erwähnte Schenkung als eine Schenkung unter Lebenden ansieht, so ist dennoch gleichzeitig in Erwägung zu ziehen, ob nicht in dem späteren Klagvorbringen die Bezugnahme der Klägerin auf ein legatum praesente herede relictum zu finden sei. Insbesondere ist das Anführen: „der Schenkgeber C. habe die Mitbeklagte von dieser Schenkung in Kenntniß gesetzt und letztere habe hierauf erklärt:

> „Nun Vater, beruhige Dich nur, ich bin's zufrieden und die anderen Geschwister werden es auch zufrieden sein, die Frau M. (die Klägerin) soll die 300 Thlr. bekommen."

für den gebrauchten Eidesantrag, welches Beweismittel in Betreff der Vermächtnisse, die in Gegenwart des Erben geschehen, zufolge der

---

*) Vergl. BGB. §. 2384, 2385.

decis. XI v. J. 1746 zulässig ist, hinlänglich bestimmt, weshalb Mitbeklagte des gedachten Theiles der Klage wegen unterlassener Einlassung und Antwort hierauf für geständig und überführt zu achten ist. Man kann jedoch von einem näheren Eingehen auf die Frage, ob das gedachte Klagvorbringen aus dem Gesichtspunkte eines Anspruchs auf ein legatum praesente herede relictum und zwar als eines Vermächtnisses einer durch das geleistete Schenkungsversprechen übernommenen Schuld (legatum debiti) aufzufassen sei, deshalb absehen, weil einer Seits in den Fällen, wo mehrere Erben vorhanden sind und der Erblasser in Gegenwart eines oder mehrerer derselben ein Vermächtniß hinterlassen hat, nur die gegenwärtigen, nicht aber die abwesenden Erben verpflichtet werden,

Kind, quaest. for. tom. I. c. 41, p. 75, ed. 2.

anderer Seits Inhalts der Klage der Mitbeklagten weder die Verpflichtung, die geschenkten vollen 300 Thlr. an die Klägerin zu zahlen, vom Erblasser auferlegt, noch von ihr, der Mitbeklagten übernommen, vielmehr von letzterer dem Erblasser nur die Zusicherung ertheilt worden ist, daß sie die Schenkung genehmige, und die anderen Geschwister es wohl auch zufrieden sein würden. Sie würden daher im günstigsten Falle, selbst wenn man die Existenz eines Vermächtnisses, welches in Gegenwart der Erben verordnet worden ist, annehmen wollte, bloß nach Höhe ihrer Erbportion verpflichtet worden sein. Wie viel jedoch diese Erbportion beträgt, ist aus den Acten nicht zu ersehen.

Repertorium.

I. Verzeichniß der Abhandlungen.

II. Gesetzregister.

III. Sach- und Wortregister.

CPSIA information can be obtained
at www.ICGtesting.com
Printed in the USA
LVHW100333230422
716647LV00008B/26

9 783752 595796